HEYNE
HARDCORE

NINA WÄHÄ

Vaters Wort
und
Mutters Liebe

Roman

Aus dem Schwedischen
von Antje Rieck-Blankenburg

WILHELM HEYNE VERLAG
MÜNCHEN

Die Originalausgabe erschien unter
dem Titel *Testamente* bei Norstedts, Stockholm

MIX
Papier aus verantwortungsvollen Quellen
FSC® C014496
FSC
www.fsc.org

Verlagsgruppe Random House FSC® N001967

in der Verlagsgruppe Random House GmbH,
Neumarkter Straße 28, 81673 München
Lektorat: Kirsten Naegele
Redaktion: Sibylle Klöcker
Umschlaggestaltung: Eisele Grafik-Design, München,
unter Verwendung einer Illustration von seregasse435/Bigstock
Satz: Satzwerk Huber, Germering
Druck und Bindung: GGP Media GmbH, Pösneck
Printed in Germany

ISBN 978-3-453-27287-3

www.heyne-hardcore.de

Diese Geschichte ist nichts anderes als die Geschichte eines Mordes. Oder doch, natürlich, sie ist noch viel mehr als das.

Aber ich möchte niemanden in die Irre führen oder etwas derart Zentrales unterschlagen.

Jemand wird sterben. Und jemand anders wird schuldig sein. Wir müssen versuchen herauszufinden, wer. Und wer noch. Und warum.

Ihr müsst leider die ganze Truppe kennenlernen, weil alle miteinander in der einen oder anderen Weise etwas mit der Geschichte zu tun haben. Sie sind ein Haufen unterschiedlichster Kreaturen, genauso wie in diesem seltsamen Schlager aus den Fünfzigern: Die einen bekommst du nicht zu fassen, auch wenn du sie direkt vor der Nase hast, die anderen bekommst du nicht zu sehen, aber da sind sie trotzdem.

Vielleicht wirst du beim Lesen hin und wieder innehalten und denken: Was soll denn das jetzt? Aber hab Geduld. Reich mir die Hand, und ich werde dich durch dunkle Zeiten führen und durch helle.

Also. Los gehts.

Dies ist die Geschichte von der Familie Toimi und von gewissen Ereignissen, die ihr Leben nachhaltig verändert haben, und mit Familie Toimi meine ich Mutter Siri und Vater Pentti, die Hauptpersonen des Dramas, und ich meine all ihre Kinder, die zum Zeitpunkt des Geschehens lebten, und ich meine auch die Kinder, die nicht mehr am Leben waren. Und ich meine außerdem die ungeborenen Kinder. Und die Kinder, die noch kommen sollten.

*

Übrigens:
Toimi ist ein komischer Familienname. Er bedeutet, wie du unter Umständen wissen könntest, »funktionsfähig« und wäre für so manche Familie ein komischer Name. Insbesondere für diese. Oder selbst für diese.

Die Handlung spielt größtenteils auf dem Land. Um genau zu sein, im finnischen Tornedal.

Mehr muss man eigentlich nicht wissen. Vielleicht noch, dass die Familie Toimi Landwirtschaft betreibt und dass wir uns in den frühen 1980er-Jahren befinden, dass es gerade auf Weihnachten zugeht und dass es in der Familie viele Kinder gibt, mehr, als ich uns eigentlich wünschen würde, auseinanderhalten zu müssen. Aber es ist nun mal, wie es ist.

Also! Vorhang auf!

DIE SCHLÜSSELFIGUREN:

ANNIE – die älteste lebende Schwester, wohnhaft in Stockholm, schwanger.

ALEX – der Vater von Annies ungeborenem Kind.

LAURI – Annies homosexueller Bruder, der zu ihr nach Stockholm gezogen ist, sich später aber in Kopenhagen niederlässt.

ESKO – der älteste lebende Bruder, er kauft seinen Eltern den Hof ab.

SEIJA – Eskos Ehefrau.

TATU alias »BUCKEL« – Siris und Penttis fünfter Sohn, gezeichnet durch alte Brandverletzungen im Gesicht, ist gerade aus dem Gefängnis freigekommen.

SINIKKA – Tatus Ehefrau. Schwanger?

HELMI – die mittlere Schwester. Ihr Name bedeutet Perle. Sie befindet sich ständig in Geldnot.

PASI – Helmis Ehemann.

LILL-PASI – »Klein Pasi«, Helmis Sohn.

ONNI – der jüngste Sohn. Sein Name bedeutet Glück.

ARTO – der zweitjüngste Sohn, nach einem Sturz in die Kupferwanne mit Brandwunden übersät. (Aber darüber wissen wir noch nichts.)

SIRI – die Mutter.

PENTTI – der Vater.

TARMO – der homosexuelle Sohn, der nach Helsinki gezogen ist, um dort die Schule zu besuchen.

LAHJA – Annies jüngste Schwester. Ihr Name bedeutet Gabe.

MAIRE – Lahjas Freundin.

VALO – der hübsche Bruder. Sein Name bedeutet Licht.

HIRVO – der Bruder, der mit Tieren sprechen kann. Sein Name bedeutet weder Elch (Hirvi) noch grausam (Hirveä), weckt aber ähnliche Assoziationen.

VOITTO – der Bruder, dessen Name Gewinn bedeutet. Wessen Gewinn?

RIIKO – Siris und Penttis erster Sohn, im Alter von zwei Jahren gestorben.

ELINA – die Erstgeborene, im Alter von fünf Jahren gestorben.

TEIL I

THE CAST, THE SCENERY

ANNIE FÄHRT NACH HAUSE

Annie kommt nach Hause. Das Drama nimmt seinen Lauf. Wir lernen die Landschaft und die Figuren kennen. Die Figuren? Nein, die Menschen!
Jemand wird ins Krankenhaus gebracht. Jemand anders glänzt durch Abwesenheit. Aber eigentlich ist noch gar nichts passiert, oder?

Heimkommen ist immer etwas Spezielles. Entweder man freut sich darauf, oder man freut sich nicht, aber egal ist es einem nie. Bei Annie rief es jedes Mal widerstreitende Gefühle wach.

Einerseits negative – weil sie immer eine gewisse Angst befiel, dass ihr Elternhaus bei der Heimkehr seine Krallen in sie schlagen könnte und sie plötzlich dort festsitzen würde. Gefangen, zurückgeworfen, rein physisch außerstande, sich wieder loszureißen und zu sich nach Hause zu fahren. Ein Gefühl, das sie schon als Teenager immer befallen hatte, der Drang, sich beeilen und Hals über Kopf aufbrechen zu müssen, sonst würde dieser Ort, ihr Geburtsort, sich ihrer bemächtigen. Sie würde dort festwachsen, ihre Füße würden Wurzeln schlagen. Deshalb verließ sie ihr Elternhaus schon mit sechzehn.

Andererseits positive Gefühle – weil mehrere ihrer Geschwister (genau genommen die meisten) noch zu Hause wohnten. Die Bindung zu ihnen war stark und manchmal beinahe körperlich spürbar. Als wären sie, wenn nicht durch ihre Nabelschnüre, so durch andere unsichtbare starke Bande miteinander verknüpft. Wie ein Rattenkönig an den Schwänzen verknotet, unfreiwillig zusammengewachsen. So lebten sie ihre Leben, Seite an Seite, nie allein, immer vereint.

Doch heute, diesmal, hatte Annies innere Unruhe nicht unbedingt mit dem Heimkommen zu tun. Ihr Kleid spannte über der Taille, und sie hatte sich in diesem Winter einen neuen Mantel kaufen müssen, weil der alte zu eng geworden war. Sie strich mit den Händen über ihren Bauch, der sich im Kontrast zu ihrem ansonsten so mageren Körper inzwischen deutlich wölbte und in dem es jeden Abend zu strampeln begann, anfänglich ganz schwach und vielleicht auch nur eingebildet, was aber, und das wissen alle Mütter, mit der Zeit spürbar zunehmen würde. Ein Kind, das sie sich nicht gewünscht hatte, aber auch nicht hatte wegmachen wollen.

Sie hatte bereits eine Abtreibung hinter sich, und sie war erst siebenundzwanzig. Außerdem schreiben wir das Jahr 1981, man unterlässt es wenn möglich, mehrfach abzutreiben, damals genauso wie heute und wohl auch in Zukunft. Annie hatte die Ausschabung als schmerzhaft empfunden, und in Anbetracht der Narben in ihrer Gebärmutter hatten die Ärzte von einem weiteren Eingriff abgeraten, falls sie jemals Kinder haben wollte, und jetzt, wo ein Kind darin heranwuchs, warum sollte sie es ablehnen, noch dazu, wenn es womöglich ihr letztes (und einziges) sein würde?

Das erste Kind hatte sie unmöglich behalten können, denn der Mann, also der Vater (er hieß Hassan), war ein Ticket to nowhere gewesen. Eine Sackgasse. Arbeitsmigrant, genau wie sie selbst, allerdings aus einem außereuropäischen Land. Ein Land, in das er außerdem zurückkehren wollte, ein Land, in dem die Rechte der Frauen und der Kampf dafür längst noch nicht so weit gediehen waren wie in Skandinavien. Ein Land, in dem Annie nie würde wohnen können oder wollen. Annie erwartete mehr vom Leben.

Der Vater dieses Kindes hingegen, tja, the jury is still out, was ihn betrifft. Annie war nicht in ihn verliebt, das wusste sie. Sie war eigentlich noch nie verliebt gewesen. Bestimmt war sie gefühlsmäßig gestört, überlegte sie manchmal, vermutlich wegen ihrer Kindheit, den vielen Jahren ohne Liebe und, wie es ihr mitunter vorkam, ohne Eltern. Doch mit diesen Gedanken hielt sie sich nicht länger auf. Streifte sie flüchtig und ließ sie achselzuckend wieder fallen.

Dies war ihr Leben, es gehörte ihr allein, und sie hatte nicht vor, es mit irgendwem oder irgendwas Beliebigem zu vergeuden.

Aber jetzt ein Kind.

Zusammen mit Alex. Alex von der Arbeit. Alex mit den gefährlich dunklen Augen. Dem Lockenkopf. Der behaarten Brust. Der heiseren, leisen Stimme. Dem schiefen Lächeln. Er war irgendwann einfach aufgetaucht und ist noch immer da, fragt, wie es ihr geht, umwirbt sie und redet etwas zu viel. Alex, der ihr eines Nachts im Studentenwohnheim bei einer Flasche Chianti seine Ölgemälde präsentiert hatte. Der ihr gezeigt hatte, wie man Farben mischt. Der ihr zugehört hatte, als sie ihm ihre Träume von einer Fahrt nach Pompeji offenbarte. Davon, die Stadt unter der Vulkanasche auszugraben. Die in Panik erstarrten Gesichter der Bewohner sorgfältig mit einem Pinsel freizulegen, all die kleinen Puzzleteile zu dokumentieren, sie zu registrieren und zu archivieren und dann vorsichtig wieder zu einem Ganzen zusammenzufügen.

Der Gedanke daran, Ordnung in eine Katastrophe zu bringen, die bereits vor langer Zeit eingetroffen war, gefiel ihr irgendwie. Dabei waren die Worte »vor langer Zeit« entscheidend, denn dadurch würde Annie jegliche gefühlsmäßige Beteiligung erspart bleiben, und sie könnte die Welt mit klinischem Blick untersuchen. Diese Seite der Archäologie faszinierte sie.

Alex hatte es verstanden, nicht alles, aber zumindest einen Teil dessen, was sie ihm anvertraute. Und er hatte ihr Gesicht mit seinen großen Händen umschlossen und sie geküsst, mehrmals, wieder und wieder, bis sie seine Küsse erst widerwillig und dann nicht ganz abgeneigt erwidert hatte. Und jetzt hatte er ihr also ein Kind gemacht. Er hegte große Pläne, sogar Träume für ihre gemeinsame Zukunft und ihr Leben. Ein Boheme-Leben, in dem sie nachts malten (egal, ob Annie nun malen wollte oder nicht), tagsüber demonstrierten, sich nachmittags liebten und abends Wein tranken.

»Und das Kind?«, fragte Annie.

»Das Kind, unser Kind, wird ein Genie. Ich komme aus einer Familie, in der es vor Genies nur so wimmelt, und dieses Kind, dieser Sohn, er wird eines Tages die Welt regieren«, sagte Alex.

»Das Kind wird unsere Beziehung vollenden«, sagte Alex.

»Gar kein Problem«, sagte Alex.

Annie wollte ihm gern glauben.

Sie würden ihn Oskar nennen. Das hatten sie gemeinsam entschieden. Mehr oder weniger gemeinsam. Nach einem der früheren Könige von Schweden, Oskar II. Ein König, der Literat und Poet gewesen war und der zudem die Literatur und ihre Verfasser gefördert, aber nicht zuletzt dieselbe Skepsis gegenüber dem Nationaldichter August Strindberg gehegt hatte, wie Alex selbst es tat.

Annie wollte Alex nur allzu gern glauben. Ihm glauben, wenn er für sie sang, Alex is the man, Alex understands. Doch in ihrem Inneren spürte sie eine nagende Unruhe, all diese Pläne und Träume, sind das wirklich unsere, meine, und wenn ja, wo komme ich darin vor?

Denn sie würde fahren.

Lasst es mich anders formulieren:

Sie WIRD fahren.

Etwas anderes kam nicht infrage.

Vielleicht würde der Kleine in ihrem Bauch die Sache etwas erschweren oder den Zeitplan leicht verschieben, doch sobald Oskar groß genug wäre, würde sie fahren. Oskar könnte ja bei seinem Vater bleiben. Und wenn nicht, dann eben bei Siri.

Oma Siri.

Erst sechsundfünfzig Jahre alt und schon mehrfache Großmutter, und bald würde sie erfahren, dass ihre älteste Tochter ihr erstes Kind bekommt. Im Sommer. Ihre inzwischen älteste noch lebende Tochter. Annie.

Sie hätte anrufen können. Sie hätte es am Telefon erzählen können, denn sie hatte im Lauf des Herbstes schließlich öfter mit ihrer Familie telefoniert, wenn auch nicht immer mit Siri, aber doch mit ihren Geschwistern, sowohl mit denen, die noch zu Hause wohnten, als auch mit den anderen, die in die nähere Umgebung gezogen waren, Tornio, Karunki, Keminmaa oder irgendein anderes Kaff da oben, das war alles noch zu Hause, oder zumindest nahe genug, um als zu Hause durchzugehen.

Aber sie hatte es nicht aussprechen können. Denn es ging nicht einfach nur darum, es zu erzählen. Dabei blieb es nämlich nicht. Sie hätte damit ein riesiges Tor geöffnet, Fragen, die weitere Fragen aufwarfen, immer mehr, doch Annie hatte keine Lust, all diese Fragen zu beantworten. Nicht Siris, und schon gar nicht Penttis (falls er überhaupt Interesse zeigen würde), und wenn sie genauer darüber nachdachte, wollte sie eigentlich mit niemandem darüber reden, sondern lieber so tun, als wäre nichts, in Ewigkeit, amen. Doch wie wir alle wissen, kommen Kinder mit einer Deadline.

Nach Hause fahren. Die Stockholmer Betonwüste hinter sich lassen, alle Brücken, den Asphalt, die nackten baumlosen Flächen, und sehen, wie sich die Landschaft verändert, die Wälder dichter werden und die Natur sich auftürmt. Im Norden ist die Natur Respekt einflößend, eine Macht, die sich nicht so einfach bezwingen lässt. Die Bäume stehen, wo sie stehen, und üben keinerlei Nachsicht. Während der frühen Sommermonate ist der Wald bezaubernd, die weißen Birken strahlen im ewigen Licht etwas Andächtiges aus, selbst für Nichtgläubige. Dann kommt Mittsommer und mit ihm die Mücken, und mit den Mücken kommt der erste Anflug vom Verfall der Natur, der uns wieder der Dunkelheit und der langen Nacht entgegenführt, in der uns nicht mal mehr die weiße Rinde der Birken schützen kann.

Heute war der achtzehnte Dezember, der absolute Nullpunkt. Dunkler würde es nicht werden. In Kürze würden die Tage wieder um ihr Recht kämpfen, und auch wenn es ein langer Prozess ist, ist er auf metaphysischer Ebene doch wichtig für die in der Finsternis ausharrenden Menschen. Zu wissen und darauf vertrauen zu können, dass es bald wieder heller wird. Und dann wird es heller, auch wenn wir es noch nicht merken, aber das Licht kommt zurück.

Es war noch dunkel, als der Überlandbus auf den Bahnhof von Tornio einbog. Die Atemluft bildete Wölkchen vorm Mund.

Der Bus war früh dran, und Annie würde mindestens eine Viertelstunde warten müssen, bevor jemand käme und sie abholte.

Wer wohl kommen würde? Das wusste sie nicht. Es war erst kurz nach sechs Uhr morgens, und bestimmt war keiner besonders scharf darauf, an einem Samstag so früh aufzustehen und die knapp hundert Kilometer in die Stadt zu fahren.

Annie wühlte in der Tasche nach ihren Zigaretten.

Die Ärzte hatten ihr gesagt, dass Rauchen nicht gut fürs Kind sei, und sie hatte auch schon fast aufgehört. Aber gelegentlich überkam sie die Lust auf eine Fluppe. Und wenn es *ihr* gutging, ging es dem Kind in ihrem Bauch doch wohl auch gut, oder? Wenn es ihr also damit besser ging, dass sie gelegentlich mal eine rauchte, würde es Oskar doch auch besser gehen als mit einer leidenden Mutter, oder?

Mutter. In diesem Zusammenhang kam ihr das Wort irgendwie eigenartig vor.

Annie zündete sich eine Zigarette an und sog den Rauch ein.

Mutter. War sie das, würde sie das sein können?

Mutter war doch Siri. Eine Mutter trug eine Schürze und hatte rissige Hände, eine Mutter zog einen an den Haaren, wenn man etwas falsch machte, eine Mutter versorgte und kümmerte sich um einen, eine Mutter befeuerte die Sauna, schälte Kartoffeln, immer einen Spross auf der Hüfte, während weitere Blagen ihr um die Füße herumsprangen. Eine Mutter, das war eine Person, die nie die Schulbank gedrückt und nie auch nur einen ihrer Träume verwirklicht hatte, hey, die nie auch nur einen Traum gehabt hatte, eine Mutter war so vieles, doch nichts von alldem traf auf Annie zu.

I'm going places, aber jetzt fahre ich erst mal nach Hause. Dorthin zurück, wo alles angefangen hat.

In Stockholm herrschten Temperaturen um die null Grad, und die Leute schlitterten gestresst durch die Straßen, die Frauen schick zurechtgemacht in hochhackigen Pumps und mit frisierten Haaren. Hier oben lag bereits eine dicke Schneedecke, und die Menschen sahen alle weitaus älter aus, jedenfalls die wenigen, die so früh schon unterwegs waren. Die vorbeifahrenden Autos waren ausschließlich ältere Modelle, dreckverschmiert und klapprig, verbeult und rostig, und wirkten die Leute hier oben letztlich nicht auch unglücklicher? Wurden die Menschen unglücklicher, wenn sie kein Ziel hatten, keinen Sinn im Leben sahen? Konnte das Leben hier oben überhaupt einen Sinn haben? Ohne U-Bahn, ohne Kneipe, ohne Kaufhaus? Wenn niemand sah, dass man lebte, war man dann überhaupt existent?

Annie erblickte einen schwarzen Mercedes, der über die schneebedeckte Fläche des Busbahnhofs schlitterte und schließlich näher kam, und auch wenn sie das Auto nicht erkannte, kam ihr der Fahrstil doch ziemlich bekannt vor, so verlässlich wie ein Fingerabdruck.

Tatu? Das hätte sie nicht erwartet. War er überhaupt schon wieder auf freiem Fuß? Nach ihrem letzten Kenntnisstand saß er gerade seine zwölf Monate in der Justizvollzugsanstalt von Keminmaa ab.

Er hatte, um es mit seinen eigenen Worten auszudrücken, die Kurve etwas zu eng genommen und war wohl auch einen Tick zu schnell unterwegs gewesen, und dann standen sie verflucht nochmal plötzlich einfach da wie zwei Vogelscheuchen, die alten Tanten. Es war wirklich keine Absicht gewesen. (Was auch niemand angenommen hatte.)

Doch der Tod nimmt darauf keine Rücksicht.

Auf dem Fahrersitz saß ihr kleiner Bruder, einer von neunen, mit einer Kippe im Mundwinkel und diesem schiefen Lächeln, das noch immer charmant und nicht zahnlos war. Aufgrund der charakteristischen Narben auf seiner linken Gesichtshälfte, die er sich bei dem Garagenbrand im Jahr 1976 zugezogen hatte (mehr dazu später), hatte Lauri ihm den Spitznamen »Buckel« verpasst. Dieser setzte sich rasch durch, weil seine Gesichtshälfte mit der für immer veränderten neuen Silhouette einer Buckelpiste glich. Annie hatte sich allerdings noch immer nicht an den Spitznamen gewöhnt, er wollte ihr einfach nicht über die Lippen kommen, denn sie hasste das, was die meisten Mitglieder ihrer Familie so gut konnten, nämlich die Kontrolle über schmerzhafte Erlebnisse aus der Vergangenheit zu erlangen und diese in eine Kuriosität umzumünzen, eine Stärke, eine humoristische Episode. Etwas, worüber man Witze reißen konnte.

»Bist du etwa getürmt?«

Er lachte, ein Zwischending zwischen Husten und Schluckauf.

»Die haben mich früher rausgelassen. Ziemlich anständig von denen, was?« Sie hatte offenbar erstaunt dreingeblickt, denn er fügte hinzu: »Mich hat's genauso gewundert wie die anderen. Außer natürlich Mama.«

Mama, ja. Siri hatte ihrem kleinen Tatu noch nie irgendetwas Böses zugetraut. Und auch Siri benutzte den hässlichen Spitznamen nie. Annie fragte sich, ob andere Mütter ihre Kinder genauso selektiv liebten, also unterschiedlich stark, und wenn ja, ob sie es ebenso deutlich zeigten.

»Hier hat aber jemand ordentlich zugelegt«, bemerkte Tatu, als sie neben ihm auf den Beifahrersitz sank. »Zu viel Plätzchen gefuttert, was?«

Annie wollte eigentlich nicht darüber reden, nicht mit ihrem kleinen Bruder und auch nicht mit irgendwem anders, aber ihr war klar, dass er nicht als Einziger fragen würde und sie sich wohl oder übel daran gewöhnen musste. Sie zuckte mit den Achseln.

»'n Braten in der Röhre, wie man auf Schwedisch sagt. Kommt irgendwann nach Mittsommer. Wohnst du jetzt zu Hause?«

Sie achtete darauf, so neutral wie möglich zu klingen, was bei ihren Geschwistern unbedingt nötig war. Denn sobald sie auch nur einen Anflug von Nervosität wahrnahmen, schlugen sie sofort zu. Sie spürte Tatus Blick, bevor er antwortete.

»Ja, na ja … meine Sachen sind noch zu Hause, aber schlafen tu ich meist woanders.«

Jetzt kam er richtig in Fahrt, Annie spürte es, die Gefahr war also vorüber, und Tatu war schon ganz woanders.

»Ich hab übrigens auch jemanden kennengelernt. Sinikka heißt sie. Die kleine Schwester von Veli-Pekka, erinnerst du dich? Er hatte diesen roten EPA-Traktor, und sie wohnten in Karunki.«

Annie nickte, sie erinnerte sich. Zwar nicht an die kleine Schwester, aber an den EPA-Traktor.

Das war typisch Tatu, er sah nur das, was er sehen wollte, mehr brauchte er über die Welt nicht zu wissen. Während der Fahrt erzählte er ihr von seinem Leben. Von der Freundin, bei der er halbwegs eingezogen war, dem Bauernhof, den ihre Eltern besaßen, ihrem kranken Vater, den Knastis, die er im Gefängnis kennengelernt hatte, von seinen Zukunftsplänen, dem elterlichen Hof, den zunehmenden Streitereien der Eltern, und Annie konnte aufatmen.

Sie war froh, dass Tatu sie abholte. Er gehörte zu den Geschwistern, die hauptsächlich mit sich selbst beschäftigt waren, sodass sie ihre Ruhe vor neugierigen Blicken, fragenden Blicken, verurteilenden Blicken und sonstigen Aufdringlichkeiten hatte. Während der restlichen Fahrt döste sie vor sich hin und lauschte ihrem Bruder, wie man Radio hört, den Blick auf den Wald draußen gerichtet, auf all die abzweigenden Wege, die sie wie ihre Westentasche kannte, weil sie einen Großteil ihres Lebens darauf zu Fuß, mit dem Fahrrad, dem Moped, dem Auto oder dem Traktor verbracht hatte.

Doch das war damals, und heute war heute, jetzt war sie nur eine Besucherin, ein zeitweiliger Gast. Sie hörte, wie der Wald ihren Namen flüsterte und »Komm nach Hause« rief, doch sie wollte es nicht hören und tat so, als wäre nichts.

Sie erblickte ihr Spiegelbild in der Windschutzscheibe, die ernsten finnischen Augen, hell wie verdünnte Farbe, ihre Frisur, die dunkel gefärbten Haare, die das Gesicht einrahmten und ihre Blässe, den schmalen Mund und die gerade Nase unterstrichen. Annie war hübsch, zwar nicht gerade aufsehenerregend, nicht so, dass man sich auf der Straße nach ihr umdrehte, aber ihre Wangenknochen waren markant, der Blick offen, und sie war noch immer jung genug, um attraktiv zu sein. In einigen Jahren, fünf, zehn, zwanzig, wer weiß, würde sich das vielleicht ändern. Gewisse andere Menschen wie zum Beispiel Alex, das ließ sich jetzt schon sehen, würden wohl bis ins Alter attraktiv bleiben. Genau wie Tatu, dachte sie, als sie ihren kleinen Bruder auf dem Fahrersitz betrachtete, von dieser Seite sah man die Narben nicht. Er war jetzt erwachsen, zumindest stand er an der Schwelle zum Erwachsensein, ein dunkler Typ mit Wallonenblut oder Samenblut oder auch einer Mischung aus beidem, so wie auch einige ihrer anderen Geschwister einen eher dunklen Teint hatten. Annie allerdings nicht, sie war hell. Doch Tatu würde mit den Jahren noch hübscher werden, jedenfalls die eine Gesichtshälfte, zumindest hatte er die Veranlagung dafür. Genau wie Pentti.

Man konnte ihrem Vater vieles vorwerfen, aber er hatte schon immer gut ausgesehen, feurig und attraktiv.

Schon komisch, die meisten Kinder in ihrer Familie hatten entweder das Aussehen ihrer Mutter oder das ihres Vaters geerbt. Eigentlich war nur Lauri mit seinem dunklen Haar und den blassen Augen eine Mischung aus beiden. Wie Elina und Riiko ausgesehen hatten, als sie noch lebten, wusste Annie nicht genau. Die beiden Erstgeborenen der Geschwisterschar, die ihre ersten Lebensjahre nicht überstanden hatten, die eine aufgrund einer Lungenentzündung und der andere wegen eines angeborenen Herzfehlers.

Annie strich sich mit den Händen über den Bauch. Von den verstorbenen Geschwistern kannte sie nur vergilbte Fotos mit verschwommenen Gesichtern. Die Existenz dieser Bilder, die im Elternschlafzimmer an der Wand hingen, verursachte ihr immer ein mulmiges Gefühl. Das erste Familienporträt. Eine andere Familie. Eine, die womöglich funktioniert hatte, wenn auch nur für kurze Zeit.

Konnte man seine Geschwister dem jeweiligen Charakter der Eltern zuordnen? Die Mutter mit sonnigem Gemüt gesegnet, lebensfroh, und doch unnahbar. Der Vater ungestüm, unberechenbar, schwermütig. Was den Charakter betraf, gab es eine größere Streuung in der Geschwisterschar. In dieser Hinsicht waren mehrere von ihnen eine Mischung aus beiden Elternteilen, während einzelne Kinder wiederum ihren ganz eigenen Charakter hatten.

Diese unglaubliche Mischung, die irrsinnige Wut ihres Vaters und der nahezu russische Optimismus und Zukunftsglaube ihrer Mutter.

Wie würde Annies Baby werden? Eine Mischung aus Alex und ihr, oder etwas ganz Eigenes, ein vorherbestimmter Mensch, unabhängig von ihnen beiden und den Fehlern, die im Lauf ihrer Elternschaft vor ihnen lagen? Und wie waren sie eigentlich, Annie und Alex?

Unterschiedlich, sehr unterschiedlich. Er war ein dunkler Typ, aber nur äußerlich, denn er ging wie ein Tänzer mit leichten Schritten durchs Leben. Wie der gut gelaunte kleine Bruder, der er war, eines von zwei Geschwistern. Annie war anders als Alex. Vom Aussehen her, aber auch im Hinblick auf ihr Innenleben.

Manche Menschen besitzen eine Schönheit wie Diamanten oder Marmor. Ihre Züge benötigen Zeit und Widerstand, um sich herauszubilden und in Erscheinung zu treten. Bei Annie wusste man es nicht so genau, aber sie selbst hatte den Verdacht, dass es mit der Schönheit irgendwann vorbei sein würde. Das Alter, glaubte sie, würde ihre Züge verblassen lassen und ihr Gesicht aufschwemmen wie bei einer Wasserleiche. Aber aufs Aussehen hatte sie noch nie besonders viel Wert gelegt. Schönheit sprach sie an, ganz klar, doch Schönheit war nicht alles. Nicht wie bei mehreren von ihren Geschwistern, die sich von ihrem eigenen Spiegelbild oder dem anderer regelrecht verzaubern ließen.

Als das Auto eine Stunde später auf den Hof einbog, hatte die Morgendämmerung eingesetzt. In Haus und Hof brannte Licht, und Annie atmete tief durch, bevor sie ausstieg.

»Ich glaub, dass sich Mama verdammt freuen wird. Na ja, wenn sie über den ersten Schock weg ist.«

Tatu fasste sie an den Schultern und drückte sie sanft, bevor er sich eine weitere Zigarette anzündete und ohne jegliches Interesse an der

Aufmerksamkeit, die Annie gleich im Haus entgegenschlagen würde, in Richtung Garage schlenderte. In seinem allzu dünnen Ledermantel, die schmalen Schultern bis zu den Ohren hochgezogen, tanzte er über den Hof und durchs Leben, mit Schritten, die aussahen, als schwebten seine Füße einige Zentimeter über dem Boden, federleicht.

Siri schien es am meisten zu schaffen zu machen, dass Annie nicht geheiratet hatte und auch keinerlei Absichten hegte, dies zu tun. Ansonsten brachte die Tatsache, dass Annie schwanger war, sie offenbar nicht besonders aus der Fassung. Ihre Mutter kam aus einer anderen Zeit, und selten war die Kluft zwischen den Generationen größer gewesen als hier und jetzt.

Siri hatte keinerlei Alternativen gehabt, sie musste heiraten, um zu überleben. Aber in den Vierzigerjahren in Karelien jung zu sein oder in den Achtzigerjahren in Stockholm, waren zwei Welten, die nicht weiter hätten auseinanderliegen können. Annie schwieg achselzuckend. Siri würde es sowieso nicht verstehen. Und ihre Mutter spürte offenbar selbst, dass es Dinge gab, die sie nicht verstehen konnte. Daher wurde das Thema nicht weiter diskutiert.

Alle kleinen Geschwister scharten sich wie immer neugierig um Annie, nicht nur wegen der exklusiv eingepackten Weihnachtsgeschenke in ihrer Tasche, sondern auch wegen ihres Bäuchleins, und schon recht bald spürte sie, wie ihre Schultern herabsanken. Jetzt, wo sich ihre innere Unruhe gelegt hatte, konnte Annie sie sich eingestehen. Sie döste auf der Küchenbank, gut gesättigt vom Frühstück mit Roggenbrot und Kochkaffee, einem vertrauten Geschmack, der Teil ihres genetischen Codes war und aus dem sich ihre Persönlichkeit entwickelt hatte. Sie hatte gar nicht bemerkt, wie sehr sie diesen Geschmack in der Großstadt vermisst hatte. Denn in Stockholm kann man ja vieles bekommen, aber Siris Roggenbrot definitiv nicht.

Auf der Küchenbank liegend, nahm sie den Raum in Augenschein, ihr Zuhause, das noch immer ein Teil von ihr war. Sie kannte alle Holzdielen des Fußbodens in- und auswendig, jede knarrende Treppenstufe hinauf ins Obergeschoss, das sie damals ausgebaut hatten, als Annie neun geworden war, das Jahr, in dem Hirvo geboren wurde.

Sie erinnerte sich noch an das Gefühl, das sie überkam, als sie die Treppe zum Elternschlafzimmer hochgeschlichen war, wo Siri mit Hirvo an der Brust lag, das Haar offen und der Blick sanft, beseelt, glücklich. Ja, glücklich. Die meisten von Annies Erinnerungen waren von Wehmut gefärbt, oder von etwas anderem, Dunklerem, doch wenn Siri gerade ein Kind geboren hatte, dann hatte sie immer unbesiegbar gewirkt. Das Leben gewann etwas Erhabenes im ersten Jahr nach einer Geburt. Und in der Familie Toimi gab es viele solcher ersten Jahre.

Ihre jüngsten Brüder, Arto und der noch kleinere Onni, spielten auf dem Fußboden, da sie als Einzige noch nicht in die Schule gingen. Die anderen verließen nach dem Frühstück das Haus, jeweils mit ihrem eigenen Leben beschäftigt (Hirvo draußen im Wald, was er dort tat, wusste niemand), irgendwelche Aufgaben erledigend (Lahja), um danach in die Bibliothek fahren zu können (wieder Lahja), oder unterwegs nach Tornio (Valo), sodass es im Haus jetzt still war, oder jedenfalls stiller.

Das Feuer im Ofen knisterte, Onni und Arto spielten mit Autos und gaben Motorengeräusche von sich, doch ansonsten war es still.

Zu still.

Stiller als sonst.

Es dauerte eine Weile, bis Annie schließlich begriff, was anders war.

Ihre Mutter.

Ihre Mutter war still. Das war der Unterschied. Normalerweise hörte man sie immer, entweder redete sie mit den Moderatoren im Radio, beschimpfte sie, kommentierte ihre Beiträge oder amüsierte sich über ihre Wortwahl, und dasselbe tat sie auch mit ihren Kindern, ermahnte, schimpfte, murmelte etwas vor sich hin oder summte, trällerte, sang mit, wodurch das Haus mit Geräuschen und Leben erfüllt wurde. Doch jetzt, Stille.

Wenn Siri still war, schien man sie besser wahrnehmen zu können.

Sonst stand immer so vieles andere im Weg, doch jetzt sah Annie, dass sie gealtert war.

Seit wann?

Das wusste sie nicht.

Wann war Annie zuletzt zu Hause gewesen?

Die Zeit vergeht überall, nicht nur dort, wo man gerade ist.

Siri stand in der Küche und setzte gerade einen Teig an. Sie bewegte ihren Oberkörper rhythmisch über der Schüssel, das mattbraune Haar unter einem Kopftuch zusammengefasst, die Gesichtszüge unverstellt. Siri war nicht immer hübsch gewesen, erst als Erwachsene waren ihre Züge zur Geltung gekommen. Sie hatte dieses typisch karelische Aussehen, das viele auch als russisch bezeichneten, mit wässrig feuchten Augen, die wie ausgewaschen wirkten, durchsichtiger Haut, die über hohen Wangenknochen spannte, all den Zügen, wenn nicht sogar Eigenschaften, die auch Annie von ihrer Mutter geerbt hatte und die ihr früher immer so stolz und straff erschienen waren. Doch jetzt sah Annie ihre erschlaffte Gesichtshaut und wie das Alter sie eingeholt hatte. Krähenfüße um die Augen, der schmale Mund nur noch ein Strich, die Lippen blutleer und weiß. Ihr Gesicht wirkte ausgezehrt, dachte Annie.

Sie wollte ihren Arm ausstrecken und ihre Mutter berühren, ihr über die Wange streichen, bevor es zu spät wäre, doch sie ließ es bleiben.

Stattdessen blieb sie auf der Küchenbank liegen und strich mit den Händen über ihren Bauch. Wie alle Schwangeren es seit Jahrtausenden unbewusst tun, aus einem Reflex heraus, vielleicht, um das Ungeborene zu schützen oder zu trösten. Eine vorweggenommene Bitte um Entschuldigung.

Ihren Vater hatte sie bislang weder gesehen, noch hatte irgendwer von ihm gesprochen oder sich über ihn lustig gemacht, wie sie es immer taten, um dem Dunklen, Angsteinflößenden, Schmerzlichen, Zermürbenden die Spitze zu nehmen.

»Und, wie läuft's mit dem Hof?«, fragte sie schließlich.

Siri hielt mitten in der Bewegung inne, nur für den Bruchteil einer Sekunde, kaum merklich, doch Annie sah, wie sie erstarrte, bevor sie weiterknetete.

»Ja. Läuft.«

Bei Annies letztem Besuch im Frühjahr, als Tarmo, ihr hyperintelligenter kleiner Bruder, gerade die Nachricht bekommen hatte, dass er auf eine Eliteschule gehen könne (doch das ist eine andere Geschichte, die später erzählt wird), stritten sich ihre Eltern viel über Geld. Ihre finanzielle Lage war angespannt, und der Staat stellte höhere Ansprüche an die Milchqualität, was zur Folge hatte, dass die Landwirte in immer teurere Technik investieren mussten. Das wiederum war Pentti nicht nur völlig gleichgültig, sondern er lehnte es heftig ab, während Annies ältester Bruder Esko viele Jahre lang versucht hatte, den Vater zu der Einsicht zu bringen, dass einem als Landwirt heutzutage nur eine Möglichkeit blieb, um zu überleben, nämlich am Modernisierungsprozess teilzunehmen.

Siris Reaktion nach zu urteilen, dauerten die Streitereien noch an. Annie war der unvergleichliche Terror, den Pentti verbreiten konnte, nur allzu vertraut. Er war hartnäckig und ließ nicht locker, bis er langsam, aber sicher jeden Widerstand brach.

Auf irgendeine seltsame Art schien er diesen Terror zu genießen. Das war die einzige Erklärung. Musste die einzige Erklärung sein.

»Wollt ihr denn nicht einen Teil an Esko verkaufen? Wenn ihm doch so sehr daran gelegen ist? Dann könnte er alle Renovierungsarbeiten durchführen, die ihm vorschweben.«

Annies großer Bruder wohnte noch fast am selben Ort, im selben Dorf, oder zumindest in derselben Gemeinde, nur zehn Kilometer entfernt, er war inzwischen verheiratet und hatte eigene Kinder. Er träumte von seinem Elternhaus, nämlich davon, dass der Hof wieder oder endlich aufblühen würde und er seiner Frau und seinen Kindern eine sichere Zukunft bieten könnte. Er hatte hin und wieder wie im Vorbeigehen erwähnt, dass er schließlich als Einziger in der Familie den Hof oder selbst diesen Ort wirklich liebte.

Siri zuckte mit den Achseln, sie hatte Annie noch immer den Rücken gekehrt und signalisierte mit ihrer Körpersprache, dass dieses Gespräch in keinerlei Hinsicht wichtiger war als das Leben, mit dem sie schon mehr als genug zu tun hatte.

»Wenn es allein meine Entscheidung wäre, würde ich ihm den Hof ja verkaufen. Dann hätte es endlich ein Ende mit dieser Schufterei. Ich würde bloß noch tun, was mir Spaß macht. Aber so funktioniert das nicht, Annie.«

»Es gibt da was, das nennt sich Scheidung.«

»In Stockholm vielleicht.«

Das Gespräch verlief wie jedes Mal, wenn das Wort Scheidung zur Sprache kam. Annie wünschte ihrer Mutter eine zweite Chance im Leben, auch wenn sie wusste, dass es nie so weit kommen würde.

Aber sie wünschte es ihr dennoch.

Ihre Mutter verdiente endlich Ruhe, Ruhe vor lauernden Blicken, die nie erloschen.

*

Der Schneeballeffekt.

Im Nachhinein erscheint einem das Leben immer so klar und deutlich. Doch während man es lebt und mittendrin steckt, kommt es einem vor, als würden die Dinge, Ereignisse, Worte oder Handlungen einfach geschehen, eine Sache nach der anderen oder auch parallel zueinander, ohne erkennbare Zusammenhänge. Doch das, was man jetzt als anstrengend empfindet, wird schon bald Vergangenheit sein, eine ferne Vergangenheit, die weder wehtut noch einem länger zu schaffen macht, und dann, wenn einem die Dinge nicht mehr bevorstehen oder man nicht mehr mittendrin steckt, begreift man plötzlich, wie alles zusammenhängt. Wie etwas, das einem so belanglos, unwichtig oder zusammenhanglos erschien, dennoch eine bedeutsame Rolle in einem größeren Ganzen spielte, ohne dass es einem anfänglich klar war.

Heute war Montagmorgen, der 21. Dezember 1981, und am Donnerstag war Heiligabend. Annie wachte früh auf, dachte sie jedenfalls, doch als sie einen Blick auf ihre Armbanduhr warf, sah sie, dass es schon kurz vor halb acht war. Sie war die Letzte. Ihren Vater hatte sie noch immer nicht zu Gesicht bekommen.

Sie liebte ihre Wohnung, ihr Stockholm, hatte sich aber noch immer nicht an das Leben in einem Mietshaus gewöhnt, in dem sich die Geräusche aller fremden Schritte durch den Beton fortpflanzten, was zur Folge hatte, dass sie zu Hause in ihrer Wohnung früh wach wurde. Doch hier in ihrem Elternhaus schlief sie einen tiefen und traumlosen, geborgenen festen Schlaf.

So, wie man nur zu Hause schläft.

Sie hörte die Geräusche in der Küche, all die eiligen Verrichtungen vorm Verlassen des Hauses, damit die Kinder den Schulbus in den letzten Tagen vor den Weihnachtsferien noch rechtzeitig erreichten. Frühstücken, Haare bürsten, es nahm kein Ende, und Mutter Siri hatte heute zusätzlich zur täglichen, nicht abreißenden Arbeit und allen sonstigen Aufgaben, die erledigt werden mussten, noch mehr auf dem Zettel. Heute stand die Weihnachtswäsche an, deswegen war sie schon früh draußen gewesen und hatte Feuer in der Sauna gemacht, die ansonsten nicht an einem gewöhnlichen Montag, sondern nur abends oder am Wochenende beheizt wurde. Heute war also Waschtag. Draußen tollte Onni bereits durch den Schnee, und Arto versuchte mit unbeholfenen Bewegungen, den Tretschlitten zu steuern, fiel aber jedes Mal schon nach wenigen Schritten herunter. Annie beobachtete die beiden durchs Fenster, während sie ihren Morgenkaffee trank. Mittlerweile spürte sie morgens nur noch eine leichte Übelkeit, und das auch nur selten.

Draußen stand die große Kupferwanne, in der die Kinder im Sommer immer badeten und in der Siri im Dezember ihre Wäsche wusch.

Sie begann mit den Gardinen, dann kam die Bettwäsche dran und zum Schluss die Teppiche. In derselben Reihenfolge, wie sie es schon immer gemacht hatte. Die einzig sinnvolle.

Zuerst das, was man sah, dann das, was man spürte, und zuletzt das Fundament, auf dem alles stand und verlässlich ruhte.

Aus der Wanne dampfte es, und Siri schleppte einen Eimer Wasser nach dem anderen heran, wie immer kochendes Wasser, und Annie genoss das Wissen darum, dass sich manche Dinge nie änderten.

Es war ein eigenartiges Gefühl, warm in eine Decke gehüllt auf der Küchenbank zu sitzen und das Treiben draußen auf dem Hof zu beobachten. Sie sah, wie ihre Mutter weitere zwei Eimer kochenden Wassers in die Wanne kippte, wie ihre kleinen Brüder im Schnee spielten, wie Siri ihnen den Rücken kehrte, wie Arto mit dem Tretschlitten etwas zu schnell wurde, wie er plötzlich wegrutschte und die Kontrolle verlor, die geringe, die er besaß, und nicht absprang, warum sprang er nicht einfach ab? Er war jetzt sechs Jahre alt und musste doch halbwegs einschätzen können, was passieren würde. Doch der Tretschlitten rammte die Wanne, sein kleiner Körper flog durch die Luft und glitt über die Kante, wo er im kochenden Wasser landete. Annie sah es passieren, doch es spielte keine Rolle, sie hatte bereits gewusst, dass es passieren würde, und betrachtete den Film, den lautlosen Film. Kurz darauf rutschte Onni im Schnee aus, als Kleinkind begriff er noch nicht, was gerade geschehen war, doch seine Schreie beim Aufprall auf Ellenbogen und Knie hatten zur Folge, dass Siri sich im Türrahmen der Sauna umdrehte, Arto erblickte und augenblicklich verstand.

Als Annie die Reaktion ihrer Mutter sah, wurde sie selbst aus ihrer Trance gerissen und realisierte, was gerade geschehen war, und dass es Wirklichkeit war.

Annie riss die Haustür auf, und plötzlich strömten die Geräusche auf sie ein: Onnis Weinen und Siris Aufschrei. Annie stürzte hinaus in den Hof und erblickte den leblosen kleinen Körper, sie zog Arto aus dem Wasser, riss ihm die Kleider vom Leib und rief ihrer Mutter zu: »Mama, ruf einen Krankenwagen, sofort!«

Annie wusste nicht, was in einer solchen Situation zu tun war, aber sie begann, Arto auszuziehen, und hoffte, dass ihre Intuition sie leiten würde.

Siri lief ins Haus und nahm Onni mit, während Annie ihren leblosen kleinen Bruder in den Armen hielt. Sie wiegte ihn sanft, und plötzlich erschien ihr der Gedanke gar nicht mehr fremd, selbst bald Mutter zu sein und ein eigenes Baby in den Armen zu halten.

Artos magerer Körper, die blasse Haut, die sich allmählich feuerrot verfärbte, sein dunkles Haar und die langen Wimpern, er hatte die Farben seines Vaters geerbt, selbst die dunklen Augen, die hinter den geschlossenen Augenlidern gerade nicht zu sehen waren. Direkt unter der dünnen Haut konnte sie seinen Puls am Hals schlagen sehen. Annie schöpfte mit der Hand etwas Schnee von der Treppenstufe unter ihr, betupfte damit seinen Körper und sah die weiße Masse an seinen Rippen, seinem Bauch, seinen Armen und Beinen schmelzen.

Wie lange saß sie so da?

Irgendwann wurde die Haustür geöffnet, und Onni schaute hinaus, woraufhin Annie ihn zu sich winkte. Die beiden Jungs waren vom Alter her nicht weit auseinander, und Onni, der zu seinem großen Bruder aufsah, wollte immer genau dort sein, wo Arto war. Annie zeigte ihm, wie man den Körper mit Schnee betupfte, und Onni erfüllte seine Aufgabe mit großem Ernst.

»Schau, was du schon kannst. Du bist ja ein richtiger Krankenpfleger. Was für ein Glück, dass dein Bruder dich hat.«

Über Onnis Gesicht huschte der Schatten eines Lächelns, während er Arto weiter mit Schnee betupfte.

»Aber nichts auf meinen Piephahn, das tut weh.«

Artos Stimme war schwach, aber deutlich.

Inzwischen waren sie von dicken Schneeflocken umgeben, die in der Luft stillzustehen schienen, so als wäre der Augenblick in der Zeit festgefroren. Annie und Onni mussten lachen, und ihr Lachen wurde immer lauter, woraufhin auch Arto mit flatternden Augenlidern leicht zu lächeln begann, und Annie spürte die Tränen in ihren Augen brennen, bemühte sich aber, vor ihren kleinen Brüdern nicht zu weinen.

Während sie auf den Krankenwagen warteten (was ungefähr eine halbe Stunde dauerte oder auch etwas länger), konnte Annie Pentti nirgends erblicken. Siri zwar auch nicht mehr, aber Annie nahm an, dass ihre Mutter gerade alle nötigen Anrufe tätigte oder sich um alles andere kümmerte, was geregelt werden musste.

Annie saß auf der Treppe vor der Sauna mit Arto im Arm und Onni neben sich und wusste, dass ihr Vater im Stall war, auf der anderen Seite des Hofes, sie wusste einfach, dass er die Schreie hier draußen gehört hatte. Doch er kam nicht.

Während sie dort saßen, erzählte sie ihren Brüdern ein Märchen, das mit den drei Königen, die weit in die Welt hinausritten, um eine Antwort auf die Rätsel des Lebens zu finden. Arto war zwar nicht mehr bewusstlos, doch seine Augen wirkten glasig, und sein Blick verschwand ein ums andere Mal in weiter Ferne. Plötzlich zuckte er zusammen, sein Körper versteifte sich, und er wurde ganz unruhig, doch kurz darauf entspannte er sich wieder. Annies Nerven waren zum Zerreißen gespannt, doch sie bemühte sich, es nicht zu zeigen. Sie hatte das Gefühl, keine Knochen mehr im Körper zu haben, sondern nur noch von der Haut zusammengehalten zu werden. Von der Haut und dem Fötus in ihr, dem Kind.

Hirvo kam aus dem Wald zurück. Er hatte offensichtlich wieder eine seiner Runden gedreht. Was er im Wald tat, wusste niemand so genau, denn er erzählte es nicht, auch wenn man ihn fragte, und sie hatten schon lange aufgehört zu fragen. Ihr Sonderling von Bruder war gerade vor einem Monat achtzehn geworden und verbrachte für gewöhnlich den ganzen Tag im Wald. Er wohnte noch immer zu Hause, suchte jedoch keinen Kontakt zu den anderen Familienmitgliedern. Er segelte in seinem eigenen Boot auf seinem eigenen Meer.

Hirvo warf Annie und seinen Brüdern einen kurzen Blick zu, und obwohl ihr klar war, dass es für ihn nichts weiter zu tun gab, schmerzte es sie, dass er seine Hilfe nicht mal anbot.

Doch sie wusste um Hirvos Mitleid. Arto lag ihm von allen Geschwistern am meisten am Herzen, mit ihm fühlte Hirvo sich am stärksten verbunden. Er betrachtete Annie mit einem unergründlichen, verschlossenen stummen Blick, machte dann kehrt und ging mit raschen, geduckten Schritten zum Stall, in dem er verschwand. Jedoch kam er fast genauso schnell wieder heraus, um wieder auf den Wald zuzusteuern, aus dem er gekommen war, erst langsamen Schrittes, dann schneller, wie ein Elch trabte er davon, bis ihn schließlich die Bäume verschluckten. Siri und Pentti waren noch immer nirgends zu sehen.

Esko kam noch vor dem Krankenwagen an. Siri hatte ihn offenbar angerufen. Er wohnte ja gleich in der Nähe. Und das Sägewerk, in dem er arbeitete, lag nur vier Kilometer entfernt, an ruhigen Tagen konnte man sogar das Geräusch der Sägeblätter erahnen. Er bog schlitternd auf den Hof ein, und der Wagen kam direkt vor der Sauna zum Stehen. Annie bedeutete ihm mit dem Blick, dass es ernst war.

Und ihr älterer Bruder, der sonst immer auf alle Fragen eine Antwort wusste, der immer half, wenn Not am Mann war, wirkte plötzlich sehr hilflos.

»Er ist ausgerutscht, er ist Tretschlitten gefahren und ausgerutscht.«

Esko nickte mit verbissener Miene. So sah er immer aus, wenn er traurig oder verärgert war, eigentlich ziemlich oft.

»Wo ist Pentti?«

Annie deutete mit einem Nicken in Richtung Stall und zuckte mit den Achseln.

Esko fischte eine Zigarette aus der Jackentasche und stiefelte dorthin.

Esko. Mit seinem blonden Haar, das seit ihrem letzten Besuch etwas gewachsen war, und hatte er nicht auch einen Oberlippenbart getragen? Er sah noch immer gut aus. Etwas gealtert, aber trotzdem. Breitschultrig, Sicherheit ausstrahlend und in vieler Hinsicht wie ein echter großer Bruder. Er hatte alles richtig gemacht, alles getan, was man hätte verlangen können. Und dennoch liebte ihn niemand, seine Mutter nicht, seine Frau nicht, nur sein Vater vielleicht, wenn Pentti nun überhaupt in der Lage war, Liebe zu empfinden.

Wenn nicht Liebe, dann wenigstens Respekt.

Die anderen Geschwister hatten mit Esko immer ihre Späße getrieben, denn ihm fehlte ein Wesenszug, den die meisten von ihnen besaßen, ein gewisser Einfallsreichtum. Aber er hatte einen klaren, ehrlichen Blick und strebte in jeder Situation danach, sein absolut Bestes zu geben. In ihm steckte nichts Teuflisches. Manche Menschen scheinen unbefleckt vom Bösen durchs Leben zu gehen. Sie schweben ein paar Schritte über dem Boden, umhüllt von einem Licht, völlig nackt und schutzlos. Sie hegen keinerlei Hassgefühle. Mitunter sind sie traurig, vielleicht sogar ärgerlich, aber nie boshaft. So einer war Esko. Seine Familie verstand sich nicht auf ihn, und vielleicht war es das, was sie spürten, aber nicht benennen konnten, das Fehlen jeglicher Bosheit. Bosheit, die sie in ihrem Inneren, in ihren Erbanlagen so deutlich spürten.

Als Esko kurz darauf wieder aus dem Stall kam, lag etwas in seinem Blick, das Annie bewog, lieber nicht nachzufragen. Sie schaltete einfach ab, wollte gar nicht wissen, was ihr Vater nun wieder gesagt, getan oder auch gemacht hatte. Es hatte keinen Sinn, Pentti verstehen zu wollen. Ihr Vater marschierte im Takt seiner eigenen Trommel, das hatte er schon immer getan, und jegliche Übereinkünfte darüber, wie man sich als Mensch verhielt, zählten für ihn nicht.

Sich wie ein Mensch zu verhalten, hatte Siri ihnen beigebracht.

Was Pentti ihnen beigebracht hatte, war schwer zu sagen, womöglich, genau dies nicht zu tun.

Einige ihrer Geschwister waren mehr vom Vater beeinflusst worden.

Oder hatten sie es von ihm geerbt?

Vielleicht war es schlicht und einfach auch nur eine Konsequenz des Heranwachsens in einem Zuhause, in dem so viele Mägen gesättigt und Herzen geliebt werden wollten. Er hatte keinen Sinn für Gefühle, und zugleich verschlang er sie allesamt. Ihr Vater war in vielerlei Hinsicht ein wandelndes Paradoxon. Doch beeinflusst hatte er sie alle, seit sie auf der Welt waren.

*

Annie hatte richtig gehandelt, indem sie Arto ausgezogen hatte. Der Schnee war auch hilfreich gewesen. Am besten wäre es allerdings gewesen, wenn sie ihn unter kaltem Wasser abgespült hätte. Einen Körperteil nach dem anderen. Doch im Großen und Ganzen hatte sie es richtig gemacht. Ihr Instinkt funktionierte also, der elterliche Instinkt, die Mutterliebe.

Esko rief aus dem Krankenhaus an, er war dem Krankenwagen mit dem Auto gefolgt, während Siri bei Arto mitfuhr. Ihre blassen Wangen waren jetzt noch blasser geworden, sofern das überhaupt möglich war, ihr Blick war gläsern. Sie hielt sich krampfhaft an ihrer Handtasche fest, das Kopftuch hatte sie abgenommen, und Annie sah, dass sie sogar versucht hatte, sich die Haare zurückzukämmen, doch einige unbändige Strähnen standen vom Kopf ab. Siri war bewusst geworden, dass sie in die Stadt, die Zivilisation fahren würde, und hatte sich Mühe gegeben, sich zwar nicht umgezogen, aber zumindest den guten Mantel übergestreift.

Annie blieb auf dem Hof zurück, denn irgendwer musste schließlich zu Hause sein. Sie wusch die Weihnachtswäsche auf zittrigen Beinen. Dabei ließ sie Onni nicht aus den Augen, was keine Kunst war, denn er hing ohnehin ständig an ihrem Rockzipfel, während sie die Wassereimer und die schwere nasse Wäsche hin- und herschleppte. Sie mischte Schnee unters heiße Wasser, auch wenn dadurch nicht alles blitzsauber wurde, doch Annies Hände hätten die hohe Temperatur sowieso nicht ausgehalten. Siris Hände hingegen waren durch ein langes Leben mit Gardinen- und Teppichwäsche abgehärtet.

Sie arbeitete den gesamten Vormittag und bis in den frühen Nachmittag hinein, und als ihr irgendwann schwarz vor Augen wurde, nahm sie ihren jüngsten Bruder mit ins Haus, um ihm etwas zu essen zu machen. Sie briet die Kartoffeln vom Vortag, machte Würstchen heiß und ließ ihn so viel Senf nehmen, wie er wollte (eine halbe Tube ging dabei drauf), während sie eine Zigarette rauchte und einen Becher schwarzen Kaffee trank. Dann rief Esko an und bescheinigte ihr, dass sie größtenteils richtig gehandelt hatte.

»Und was passiert jetzt?«

Annie hielt kurz die Luft an, denn sie wollte natürlich alles erfahren, aber zugleich am liebsten gar nichts, denn sie wusste, dass sie diejenige sein würde, die es den anderen beibringen müsste. Dieser ewige Balanceakt zwischen dem Drang, die Geschwister zu beschützen, und der Notwendigkeit, sie vor vollendete Tatsachen zu stellen.

»Sie haben ihn ins künstliche Koma versetzt. Er hatte starke Schmerzen und schrie, und sie mussten Haut transplantieren.«

»Haut transplantieren?«

»Äh, ich weiß nicht, Annie. Sie haben es zwar genau erklärt, aber Siri war so durch den Wind, dass ich mich kaum konzentrieren konnte.«

Annie hörte ihren großen Bruder in den Hörer sprechen, hörte seine zitternden Atemzüge und das Geräusch der Glut von seiner Zigarette. Vor ihrem inneren Auge sah sie Hautstücke vor sich, anonyme glatte Haut, wie weite unbewohnte Flächen auf einer Landkarte. Wie unberührter Neuschnee.

»Ich hab sie noch nie zuvor so erlebt. Nicht mal damals.«

Esko verstummte, und auch Annie sagte nichts. Beide mussten an den Tod ihres Bruders Riiko zurückdenken, an den sie sich zwar nicht mehr erinnern konnten, aber in dessen Folge sie erst einmal die einzigen Geschwister gewesen waren. Und danach wanderten ihre Gedanken unweigerlich zum Garagenbrand und zu Tatu, denn an seinem Krankenbett hatte ihre Mutter zuletzt gewacht.

»Nicht mal da, nein, noch nie.«

Sie hörte das Zischen, als Esko mit seiner Spucke die Glut der Zigarette löschte.

»Hat Pentti sich schon blicken lassen?«

»Nein.«

»Ich muss jetzt leider los. Können ja später noch mal telefonieren. Aber Siri weigert sich, nach Hause zu fahren. Sie bleibt so lange hier, bis Arto entlassen wird.«

»Ja, das wird sie wohl, wenn sie sich das in den Kopf gesetzt hat.«

Annie saß nach dem Telefonat mit dem Hörer in der Hand da und betrachtete den schneebedeckten Stall auf der anderen Seite des Hofes. Ein Schneeball war gerade ins Rollen geraten, doch davon wusste sie noch nichts.

Als die Geschwister nachmittags von der Schule nach Hause kamen, erfuhren sie, was passiert war. Annie erzählte es zuerst Lahja, die ihren geschorenen Kopf schüttelte und mehrmals den Mund öffnete und schloss. Annie fiel auf, wie still ihre Schwester seit dem letzten Mal geworden war. Sie war gewachsen und wirkte jetzt, wo sie Tarmo nicht mehr an ihrer Seite hatte, ziemlich deplatziert.

Ein fremder Vogel im Elternhaus.

Na ja, das waren sie wohl alle, jeder auf seine Weise. Lahja sagte nichts, doch Annie sah, dass sie traurig war. Sie liebte Arto. Doch Lahja gab sich derartigen Gefühlen nie lange hin, sondern senkte nur den Kopf und arbeitete weiter. Nun zuckte sie mit den Achseln und begann, Kartoffeln zu schälen. Valo kümmerte sich um Onni, er nahm seinen kleinen Bruder mit auf den Hof hinaus und fuhr ihn in der zunehmenden Dämmerung auf dem Tretschlitten umher, sodass Annie die anderen Geschwister anrufen und darüber informieren konnte, was passiert war.

Hirvo kam hereingeschlendert, die hochroten Ohren wie zwei Trichter von seinem Kopf abstehend, wobei dieser Eindruck durch seine Stoppelhaare noch verstärkt wurde. Segelohren, eng stehende Augen, fehlten nur noch zusätzliche Finger an den Händen, aber dennoch, dumm war er nicht, sonderbar vielleicht, aber nicht dumm. Er wohnte noch immer zu Hause, doch keiner hatte ihn richtig auf der Rechnung, und manchmal wusste man nicht mal genau, wie viel er von all dem, was um ihn herum vorging, und von seiner Umwelt im Allgemeinen mitbekam.

Seinem Blick zu begegnen, war unmöglich. Früher hatte ihn sein Stottern noch zusätzlich nervös gemacht und seiner Sprache etwas leicht Abgehacktes verliehen, doch das Stottern hatte sich mittlerweile etwas gelegt, oder vielleicht redete er auch nur weniger. Wie auch immer. Er hatte die Schule im Frühjahr beendet und arbeitete jetzt in der Waldindustrie, überwiegend im Akkord, doch außer dem Weihnachtsbaumverkauf in Tornio, der sowieso nur an den Wochenenden stattfand, gab es im Augenblick nicht viel zu tun. Sein Schwedisch war zu schlecht, um es in Luleå zu versuchen, und da die Schweden mehr Weihnachtsbäume kauften als die Finnen, herrschte gerade Flaute. Seine Ausflüge in den Wald dauerten manchmal mehrere Tage, und er kam und ging, ohne es irgendwem mitzuteilen.

Als er jetzt von seinen Geschwistern erfuhr, was passiert war, nachdem er es zuvor nur aus der Ferne gesehen hatte, wirkte er fast unberührt. Er murmelte irgendetwas Unverständliches, ließ sich auf die Küchenbank fallen und begann mit entschlossenen Bewegungen und stoischer Miene, sein Schnitzmesser zu schärfen, doch Annie wusste, dass Hirvo große Angst hatte, Angst davor, was geschehen könnte. In Arto hatte er ein praktisch veranlagtes Gemüt aufgespürt, das er selbst ebenfalls besaß, sodass er sich mit dem kleinen Bruder verbunden fühlte und ihn sogar hin und wieder auf seine Touren mitnahm. Jetzt sah er seine Schwester mit gequältem Blick an, doch anstatt zu sprechen, wich er rasch ihrem Blick aus und fuhr mit dem Schleifen fort. Annie hatte sich noch nie auf Hirvo verstanden, aber schon vor langer Zeit aufgehört, ihn aufzuziehen. Jetzt glichen sie eher zwei Satelliten auf ihrer jeweiligen Umlaufbahn, deren Wege sich nur selten kreuzten.

Helmi brach am Telefon in Tränen aus und sagte, sie würde sofort kommen, Lill-Pasi würde sie mitbringen. Annie und Helmi hatten sich bisher noch nicht gesehen, auch wenn Helmi natürlich sofort angerufen hatte, als sie vom Zustand ihrer großen Schwester erfuhr. Annie fragte nicht nach Helmis Pasi (Stor-Pasi, dem »großen Pasi«), doch sie nahm an, dass er arbeitete oder sich gerade in einer seiner Säuferphasen befand. Helmi war dem Alkohol ebenfalls zugetan, wenn auch nicht im selben Ausmaß wie ihr Ehemann. Außerdem trug sie die Verantwortung für Lill-Pasi, was bislang dafür gesorgt hatte, dass sie sich einigermaßen zurückhielt. (Jedenfalls soweit Annie es wusste. Doch was wusste sie schon, denn letztlich trennten sie im Alltag fast tausendzweihundert Kilometer.)

Annie kannte die Hemmungslosigkeit ihrer kleinen Schwester nur allzu gut und wusste, dass es nur eine Frage der Zeit war, bis sie tiefer in dem Sumpf versank, in dem ihr Mann schon im Alter von fünfundzwanzig Jahren lange Phasen seiner Lebenszeit zugebracht hatte. Die Zeit, in der er nicht arbeitete. (Das heißt, Arbeit konnte man das nicht gerade nennen, aber irgendwie musste man es ja bezeichnen, und da passte dieser Begriff wohl noch am besten. Doch schwedisches Geld auf der finnischen Seite zu waschen und dubiose Autoversicherungen zu verticken, war dennoch keine richtige Arbeit. Richtig schweißtreibend bestimmt, aber keine Arbeit.)

Vielleicht hätte Helmi ihre Energie dafür aufwenden können, etwas aus ihrem Leben zu machen, aber sie hatte einfach keinen Plan, und so kam es, wie es kommen musste, schwanger von einem Typen namens Pasi Alaniva. Helmi war schon als Kind immer diejenige gewesen, die voranging, völlig unerschrocken und immer auf der Jagd nach etwas, das ihr Herz schneller schlagen ließ.

Tatu kam vorbei und bot an, Tarmo abzuholen, dessen Weihnachtsferien in Helsinki gerade begonnen hatten und der bald in Tornio ankommen würde. Auf Buckel konnte man wirklich zählen, wenn es darum ging, jemanden abzuholen, egal, wie weit es war oder zu welcher Uhrzeit.

Annie rief bei sich zu Hause an, um mit Lauri zu sprechen, doch er meldete sich nicht, und sie nahm an, dass ihr kleiner Bruder entweder unterwegs war oder vielleicht eine Extraschicht auf der Fähre eingeschoben hatte – oder aber schlicht und einfach schlief.

Alex war noch immer nicht bei ihr eingezogen, nicht weil er es nicht gewollt hätte, sondern weil Annie auf etwas wartete. Worauf, das wusste sie selbst nicht so genau, aber sie wartete.

Wenn sie zusammenzögen, würde sich vieles verändern. Lauri würde sich nach einer anderen Bleibe umschauen müssen, und Annie würde nicht mehr allein, sondern mit jemandem zusammen wohnen, dem Vater ihres ungeborenen Kindes, auf immer und ewig, unwiderruflich festgekettet und zusammengeschweißt.

Nach einer Weile trudelte einer nach dem anderen ein. Erst Helmi mit ihrem Dreijährigen unterm Arm und der charakteristischen Wärme, die sie überall verbreitete, und kurz darauf Tarmo.

Tarmo, dieses schwarze Schaf, der Bruder mit einem Gehirn, das viel zu groß geworden war für ihren kleinen Hof.

Valo und Onni kamen schließlich auch wieder von draußen herein, und als alle versammelt waren, rief Lahja, dass das Essen fertig sei, und stellte alles auf dem Herd bereit, woraufhin sich die Geschwister davor einreihten, und Annie, die Älteste, Kartoffeln mit Hackfleischsoße auf ihre Teller füllte. Die Hackfleischsoße, mit der sie alle aufgewachsen waren, ohne jegliche Spuren von Tomaten darin, dafür mit reichlich Fett, das in öligen Flecken obenauf schwamm. Pfützen, in denen man sein trockenes Roggenbrot aufweichen konnte. Dann setzten sich alle um den Küchentisch herum und aßen.

Es war so unglaublich vertraut, die Geräusche, der Geschmack des Essens, die Gefühle. Alles war genauso wie immer und doch völlig anders.

Annie schaute in die Runde. Hier waren sie jetzt versammelt, nicht alle, aber doch die meisten. Nur vier Geschwister fehlten (oder sechs, abhängig davon, wie man rechnete).

Der Rattenkönig war vereint.

Sie aßen schweigend, und alle machten sich Sorgen um Arto, doch sie standen dem Tod nicht unvorbereitet gegenüber, eigentlich keiner von ihnen.

Einmal waren da ihre verstorbenen Geschwister, an die sie denken mussten, und außerdem starben auf einem Bauernhof immer irgendwelche Tiere. Auch wenn der Tod angsteinflößend sein kann, ist er noch lange nichts Fremdes, sondern ein natürlicher Bestandteil des Lebens. Wie ein alter Verwandter, zu dem alle eine gewisse Beziehung haben. Nach dem Essen halfen alle beim Abwasch, und Onni wurde gegen seinen Willen und unter lautem Protest in der Spüle gewaschen und in seinen Pyjama gesteckt, um kurz darauf, sobald sein Kopf auf Helmis Schoß landete, neben Lill-Pasi auf der Küchenbank einzuschlafen.

Nach dem turbulenten Morgen war im Verlauf des Abends eine himmlische Ruhe auf dem Hof eingekehrt, eine Art Weihnachtsfrieden, eine Ruhe, wie sie nur auf eine abgewehrte Katastrophe folgen kann. Denn heute war keiner gestorben (noch nicht). Mehrere Geschwister saßen im Wohnzimmer und guckten Fernsehen, während sich die anderen in der Küche versammelten und kurzerhand darauf einigten, schon einmal mit der Weihnachtsbäckerei zu beginnen, der sich Siri am Abend bestimmt angenommen hätte, wenn sie nicht im Krankenhaus geblieben wäre. Safranschnecken und allerlei Weihnachtsplätzchen nahmen sie sich vor. Sie waren mit der Bäckerei in vollem Gange, als plötzlich die Küchentür geöffnet wurde und Pentti hereinkam.

Die Atmosphäre im Haus veränderte sich schlagartig, die Temperatur sank, und das nicht nur, weil er die Kälte von draußen mit hereinbrachte, sondern auch, weil er fast all seinen Kindern eine befremdliche Angst einjagte. Das war sein Markenzeichen.

»Volles Haus, wie ich sehe«, war das Erste, was er sagte, als er seine Kinder und deren mit Mehl bestäubte rosige Wangen betrachtete. Ihre Fröhlichkeit schien ihn geradezu wütend zu machen.

Annie füllte ihm einen Teller mit Kartoffeln und Hackfleischsoße, den er ohne ein Wort entgegennahm. Er setzte sich auf seinen angestammten Platz, den er seit jeher innehatte, den sogenannten Hochsitz, von wo aus er einen Überblick über die gesamte Küche hatte. Er schnaufte.

»Löffel«, befahl er, und Lahja, die vor der Küchenschublade stand, öffnete diese und gab ihm einen.

In der Küche war es still, es waren nur die Stimmen aus dem Fernseher im Wohnzimmer zu vernehmen. Die Stimmen und Penttis Kauen.

Dieser Mann war irgendwie eigenartig. So klein, nicht größer als einen Meter fünfundsechzig, mit einem von Natur aus schwarzen Blick und ebenfalls schwarzen Haaren, keinem einzigen grauen. Vierzehn Kinder hatte er in die Welt gesetzt, und noch nicht ein graues Haar, tja, das war wohl genetisch bedingt, hatte aber auch symbolischen Charakter.

Oder etwa nicht?

In Penttis Verwandtschaft floss Samenblut, ganz eindeutig, auch wenn das keiner zugeben wollte und man nicht darüber reden durfte. Samenblut und noch etwas anderes, Obskures, der heilige Zorn (und Wahnsinn) entstammte einer höheren religiösen Instanz, alles andere war ausgeschlossen. In diesen Adern floss zweifelsohne katholisches Blut.

»Sauermilch«, rief er in die Stille hinein, und Annie sah, wie Helmi neben ihm auf der Küchenbank zusammenzuckte, ihm dann rasch ein Glas vollschenkte und es ihm hinschob.

Ihre Bewegungen waren flink und präzise, doch Pentti gelang es trotzdem, sie am Handgelenk zu packen. Seine Reflexe waren noch immer pfeilschnell, ungeachtet seines fortgeschrittenen Alters.

»Hast du deine Familie dabei?«

Er fragte, ohne sie anzuschauen, und betrachtete stattdessen unablässig Annie.

»Nur Lill-Pasi.«

»Dein Glück. Ihr fresst mir nämlich noch die Haare vom Kopf, aber was soll ich machen, ihr seid ja mein Fleisch und Blut. Fleisch und Blut. Aber da ist dann auch Schluss.«

Das hatten sie schon oft zu hören bekommen, jedes Mal wenn eines der Geschwister seine Familie oder Freunde mitgebracht hatte, doch es beängstigte sie nicht mehr. Es war nur einer von Penttis Monologen.

Lieber seine Monologe als das andere.

Sein Gehirn glich einer verminten Landschaft. Außenstehende konnten in seinem Verhalten keine Logik erkennen, aber seine Kinder, die damit aufgewachsen waren, schon, und sie wussten genau, wie er in der jeweiligen Situation reagieren würde.

Nein, natürlich nicht in jeder. Das war ja gerade das Beängstigende. Dass er immer dann sein System änderte, wenn man gerade glaubte, es durchschaut und überlistet zu haben. Er schaute sie oft noch nicht mal an, sondern richtete seinen Blick stattdessen woandershin, aber er sah ihnen nie in die Augen. Oder nur ganz selten. Doch jetzt schaute er seine älteste Tochter an. Und Annie fand, dass er geradezu fröhlich wirkte. Man konnte fast den Eindruck bekommen, dass er gar nicht wusste, was heute passiert war.

»Jetzt backt ihr also auch noch.«

»Na ja, in ein paar Tagen ist schließlich Weihnachten.«

Annie fühlte sich verpflichtet, etwas zu erwidern. Sie war die Älteste der Anwesenden, und außerdem gelang es ihr meistens recht gut, die gefährlichen Windungen in Penttis Gehirn zu umschiffen. Tatsächlich hatte sie noch eine sehr verschwommene Erinnerung an eine Zeit, in der sie keine Angst vor ihrem Vater und seinem unberechenbaren Temperament gehabt hatte. Mitunter empfand sie sogar mitten in ihrem Ärger und allen anderen Gefühlen eine gewisse Zärtlichkeit für ihn, die den Impuls weckte, ihre Hand auszustrecken und ihm über die Wange zu streichen, ihrem kleinen Papa. Dem Kind, das er selbst einmal gewesen war. Doch dieses zärtliche Gefühl verflog rasch wieder, da man ihn zum gegenwärtigen Zeitpunkt nur schwerlich lieben konnte. Jetzt schnaubte er, während er das Essen in sich hineinschaufelte.

»Vielen Dank, aber daran brauche ich nicht erinnert zu werden. In diesem Haushalt wird das Geld ja mit vollen Händen ausgegeben, aber ich bin anscheinend der Einzige, der sich darüber Gedanken macht. Und jetzt ist auch noch eins der Gören in der Notaufnahme, die Hausfrau kriegt man auch nicht zu fassen, die ganze Arbeit bleibt liegen. Alles muss man selber machen.«

Das waren seine ersten Worte über Arto. Jetzt wandte er seinen Blick ab.

»Aha, du weißt also davon«, entgegnete Annie.

»Hier war heute ja das reinste Chaos, in all dem Durcheinander ist man ja kaum zum Arbeiten gekommen.«

Pentti aß schweigend zu Ende, und es schien ihm zu schmecken, denn er schmatzte mehrmals laut und schlürfte sogar die letzten Soßentropfen vom Teller. Als er fertig war, ließ er sein benutztes Geschirr auf dem Küchentisch stehen und ging in die gute Stube, wo er sich in den Fernsehsessel fallen ließ. Die Kinder atmeten auf und versammelten sich eines nach dem anderen in der Küche, von der Wärme des Holzofens angezogen oder, besser gesagt, vom Fehlen derselben im Wohnzimmer vertrieben.

»Tja, Annie«, sagte Tatu, »dann mal herzlich willkommen zu Hause.«

Er sagte es in seiner besten Pentti-Nachahmung, mit tiefer Stimme und leichtem Vibrato, wobei er die Tornedal'sche Satzmelodie bewusst übertrieb. Und die Geschwister vereinten sich dort, wo sie es oft taten, im Lachen. War das Lachen womöglich eine Voraussetzung für das Böse, das innewohnende? Das, was ihrem ältesten Bruder Esko fehlte? Jedenfalls hallte ein erlösendes Gelächter durch die Küche.

*

Annie konnte sich nicht daran erinnern, dass Siri je mit ihr übers Kinderkriegen gesprochen hatte, und auch nicht über den weiblichen Körper an sich. Nein, Siri hatte nie irgendetwas mit ihr beredet, das als peinlich aufgefasst werden könnte; das war für ihre Generation sicher nichts Ungewöhnliches, lag aber wohl vor allem an ihrer Gesinnung. Annie wusste, dass die Mütter ihrer Freundinnen ihre Töchter besser darauf vorbereitet hatten.

Annie würde nie den Winter vergessen, in dem sie ihre erste Periode bekommen hatte. Sie war elfeinhalb Jahre alt, und es war Februar. Draußen herrschte tiefster Winter mit klirrendem Frost, der fast bis nach China reichte, und die Dunkelheit hatte das Land noch immer fest im Griff. Valo war gerade erst geboren worden, und seine schmerzhaften Blähungen nahmen Siris gesamte Zeit in Anspruch, sodass Annie besonders viel mithelfen musste. Sie erinnerte sich genau daran, wie erschöpft sie gewesen war, andauernd müde, seit dem Sommer war sie fast fünf Zentimeter gewachsen, was den Körper letztlich auch anstrengt. Eines Tages wachte sie im Morgengrauen von einem undefinierbaren Schmerz im Körper auf, Wachstumsschmerzen, aber zusätzlich plagte sie noch ein anderer dumpfer, fast tierischer Schmerz. Als sie zur Toilette ging, die sie im Jahr zuvor installiert hatten, sah sie es, das Blut in der Unterhose.

Sie erstarrte.

Schaute sich nervös um, aus lauter Angst, dass jemand sie sehen könnte, mitten in der Nacht, mitten im Winter.

Was war geschehen? Aus der Toilettenschüssel leuchteten ihr rote Streifen entgegen, die auf dem weißen Untergrund bedrohlich echt aussahen. Sie musste sie unbedingt hinunterspülen, auch wenn Pentti darauf bestand, dass man nicht spülte, falls man überhaupt zum Pinkeln auf die Toilette gehen musste, nein, dafür durfte man kein Wasser verschwenden, aber sie tat es dennoch, und es war ihr egal, ob die Spülgeräusche irgendwen weckten.

Hier ging es schließlich um Leben und Tod.

Sie stand auf. Plötzlich wurde ihr schwindelig und schwarz vor Augen, und sie spürte einen Blutgeschmack im Mund. Warum sie bestraft wurde, wusste sie nicht, aber in diesem Augenblick war sie sich ganz sicher, dass es eine Strafe war. Ihr Zuhause war zwar nicht religiös geprägt, nicht wie bei Penttis zahlreichen Brüdern, doch genau aus diesem Grund empfand sie es oft so, dass Gott sie sah und seine Hand entweder schützend über einen legte, oder eben nicht.

Und jetzt hatte er definitiv seine Hand weggezogen.

Voller Panik raffte sie im Dunkeln so leise wie möglich ihre Kleider zusammen, und nachdem sie sich angezogen hatte (ohne ihre Geschwister zu wecken, die im selben Zimmer schliefen, Helmi, Lauri und Voitto), glitt sie lautlos die Treppe hinunter und schlich hinaus in die Februardämmerung. Sie zog ihre Skischuhe an, schnallte sich die Skier unter und fuhr mit schnellen Schritten in Richtung Nordosten, ohne irgendetwas Essbares mitzunehmen, denn ihr würde ohnehin keine Zeit zum Essen bleiben.

Sie warf noch einen letzten Blick zurück auf das Haus, den Hof und den Stall, all das, was sie als ihr Zuhause betrachtete, aber was sie empfand, war keine Trauer.

Es war Wut.

Sollte das hier wirklich alles gewesen sein? War dieser armselige, halb verfallene, dürftige, hässliche Anblick alles, was sie im Leben sehen würde?

Sie fuhr, bis ihr der Schweiß am Rücken hinunterrann. Dann schleuderte sie ihre Skier zur Seite und sank an einem Baum in sich zusammen. Ihr Puls dröhnte in den Ohren, und sie spürte einen starken Blutgeschmack auf der Zunge, als strömte das Blut aus einer offenen Wunde im Hals, während ihr Herz im Brustkorb wie verrückt hämmerte. Sie kauerte ziemlich lange dort, bis es irgendwann hell wurde. Bis sich ihr Körper nicht mehr anfühlte, als würde er explodieren. Bis ihr kalt wurde und sie Hunger bekam.

Sie lebte.

Wie spät es war, wusste sie nicht, aber bestimmt waren mehrere Stunden vergangen. Sie war sich sicher gewesen, sterben zu müssen. Doch jetzt schien es eher, als würde sie überleben. Es dauerte eine Weile, bis sie sich an den Gedanken gewöhnt hatte, dass das Leben noch nicht zu Ende war. Was geschehen war, wusste sie noch immer nicht, aber jetzt hatte sie zumindest keine Angst mehr. Spürte nur ihren unbändigen Hunger und die Kälte. Sie richtete sich auf zittrigen Beinen auf und fuhr dann langsam wieder heim. Ihre Unterhose war vom eingetrockneten Blut steif und kalt geworden, und bei jedem Schritt spürte sie, wie es sachte aus ihr heraussickerte.

Um kurz nach neun Uhr kam sie wieder zu Hause an. Alle anderen hatten bereits gefrühstückt und waren zur Schule gefahren. Die jüngsten Geschwister hingegen waren zu Hause, also Lauri, Tatu, Hirvo und der kleine Valo.

Pentti arbeitete im Stall, während Siri gerade das Frühstücksgeschirr spülte. Sie wirkte erstaunt, als Annie hereinkam, aber nicht besonders beunruhigt. Nachdem man eine gewisse Anzahl Kinder bekommen hat, sorgt man sich vielleicht nicht mehr um jedes einzelne. Oder vielleicht bleibt die Sorge unverändert hoch, verteilt sich aber auf die Anzahl der Kinder und ist deswegen weniger spürbar.

»Da kommst du ja endlich.«

Annie warf ihrer Mutter einen aufrührerischen Blick zu, ohne selbst zu wissen, warum, aber noch immer von der Wut erfüllt, die sie am frühen Morgen befallen hatte.

»Ich bin krank, ich bleib heute zu Hause.«

Ihre Mutter schaute nicht auf, sondern trocknete die Löffel und die tiefen Teller ab, um sie in den Schrank zu stellen.

»Und was hast du?«

»Weiß nicht, aber ich blute.«

»Du blutest?«

Als Annie nicht antwortete, schwieg Siri eine Weile, während sie die Arbeitsplatte abwischte. Doch dann musste sie plötzlich kichern.

»Ach so, dann bist du gar nicht krank, meine Liebe, das bedeutet vielmehr, dass du eine Frau geworden bist.«

Sie lächelte und warf Annie einen Blick zu, der vieles bedeuten konnte, Zärtlichkeit, oder auch Freude darüber, dass ihre erste (noch lebende) Tochter schließlich herangewachsen war und sie selbst ihre Aufgabe als Mutter erfüllt hatte. Vielleicht war es sogar ein amüsiertes Lächeln, weil sie nicht verstand, wie es ihrer Tochter hatte entgehen können, dass sie gerade im Begriff war, sich von einem Mädchen in eine Frau zu verwandeln, was schließlich ein ganz normaler Vorgang war. Oder womöglich war es noch etwas anderes, das Annie nicht benennen konnte, doch in ihrem elfjährigen Körper spürte sie keinerlei Mutterliebe, sondern nur Verrat, sie war ein weiteres Mal fallen gelassen worden, noch dazu in eine fremde Welt, ihren neuen Körper, ohne jegliche Hilfe oder Vorwarnung.

Annie zuckte mit den Achseln.

»Aha? Ich leg mich jedenfalls ins Bett.«

»Heute kannst du das tun, weil es das erste Mal ist, aber von nun an wird das jeden Monat passieren, bist du alt bist, und dann kann man sich natürlich nicht jedes Mal auf die faule Haut legen.«

Annie ging nach oben, kroch ins Bett und schloss die Augen. Nach einer Weile kam Siri hoch.

»Hier«, sagte sie und warf ein weiches Bündel aufs Fußende.

»Du musst sie danach aber jedes Mal waschen.«

Es war ein kleiner Stapel alter abgenutzter Handtücher, verschlissen und voller Löcher, solche die man nur noch fürs Putzen aufbewahrte.

Das war das einzige Gespräch, das Annie je mit ihrer Mutter über ihre Menstruation geführt hatte.

Am nächsten Tag sprach sie ihre Freundinnen in der Schule darauf an. Mehrere von ihnen hatten ältere Schwestern, und mit deren Hilfe gelang es ihr, genügend Informationen zu sammeln, um am Ende selbst darüber lachen zu können, dass sie in der Nacht planlos und wie eine Verrückte auf Skiern in den Wald gefahren war, in der Überzeugung, sterben zu müssen. Danach war sie sorgfältig darauf bedacht gewesen, ihre jüngeren Schwestern aufzuklären, damit diese nicht dasselbe durchleben müssten wie sie selbst. Der Anblick ihres Elternhauses in der Morgendämmerung war ihr nie mehr aus dem Kopf gegangen, doch er hatte auch eine ganz konkrete Sehnsucht in ihrer Brust geweckt, die Überzeugung, dass sie von hier wegmusste, weggehen würde, anstatt zu bleiben und wie ihre Mutter zu enden. Was auch immer, aber so wollte sie nicht enden.

Nach diesem Vorfall dachte sie nicht länger über Themen wie Gott und Strafe nach, und sobald vor ihrem inneren Auge eine große väterliche Hand oben am Himmel erschien, verdrängte sie das Bild sofort und entschied, dass dies etwas für kleine Kinder war, aber nicht für erwachsene Frauen.

Da weder Annie noch Helmi (die ihre Periode zwei Jahre später schon als Neunjährige bekam) Lust darauf hatten, alte blutverschmierte Handtücher zu waschen, benutzten sie lieber altes Zeitungspapier, das sie in der Unterhose zusammenknüllten, sobald sie ihre Regel bekamen. Im kleinen Flur direkt vor Annies und Helmis Zimmer gab es neben der Treppe einen Spalt im Holz, in dem sie ihre eingetrockneten blutigen selbst gefertigten Binden entsorgten, rostbraune alte Dorfnachrichten im Hohlraum zwischen Treppe und Wand, den man eigentlich isolieren wollte, doch wie so vieles andere (im Leben) war nichts daraus geworden.

Dieser Luftspalt, ausgestopft mit blutigem altem Zeitungspapier, sollte eine entscheidende Rolle bei der rasanten Zerstörung des Hauses spielen. Kurz, er diente dabei als hervorragender Luftschacht für den Sauerstofftransport, diesen wichtigen Bestandteil bei einem Feuer. Doch dazu später mehr.

Man weiß, was man hat, aber nicht, was man bekommt. Und die Leute sagen immer, dass man keines der Kinder missen möchte, die man in die Welt gesetzt hat, doch Annie hatte sich oft gefragt, was Siri für ihre Kinder wirklich empfand. An Pentti dachte sie gar nicht erst, sie waren zwar alle auch seine Kinder, aber zugleich auch wieder nicht, denn er übernahm keine gefühlsmäßige Verantwortung für sie. Aber Siri, bereute sie die Geburt eines ihrer Kinder, oder mehrerer, und wenn ja, welcher?

Annie liebte ihre Geschwister unterschiedlich stark, das wusste sie, und sie wusste auch, dass Siri ihre Lieblinge hatte, Kinder, denen sie bestimmte Dinge durchgehen ließ, die sie anderen verwehrte. Jene zog sie an den Haaren, gab ihnen Ohrfeigen und Klapse auf den Hintern oder las ihnen anderweitig die Leviten. Aber bedingungslose Mutterliebe war für Annie etwas Unvorstellbares. Und deshalb bereute sie die Abtreibung auch nicht, kein bisschen. Sie hatte nicht mal mehr daran gedacht, bevor sie wieder schwanger geworden war.

Nachdem damals, beim ersten Mal, der Samen in ihren Körper gepflanzt worden war, spürte sie ziemlich bald eine physische Veränderung, allerdings keine positive. Es war wie eine Invasion, etwas Fremdes war in sie eingedrungen und übte nun Macht über sie aus, sie wurde von Empfindungen und Gedanken überrumpelt, die sie gar nicht von sich kannte und die nicht ihre eigenen waren. Außerdem musste sie oft heulen, litt unter Übelkeit und wurde von Gefühlsausbrüchen geplagt, all diese typisch weiblichen Eigenschaften kamen zum Vorschein, die zum Glück gar nicht zu ihrem Wesen gehörten, vielleicht war das genetisch bedingt, oder der Grund lag darin, dass sie ihr Leben lang aktiv dagegen angearbeitet hatte. Jetzt aber wurde sie von ihnen manipuliert.

Sie sah ihren Vater vor sich und fühlte sich an seine Verhaltensweisen erinnert, gefühlsgesteuert und irrational (nicht ausschließlich, er hatte natürlich auch etwas Berechnendes), doch sie war nicht ihr Vater, wollte nicht so werden wie er und würde es auch nie werden. Nach dem Eingriff wachte sie mit widersprüchlichen Gefühlen auf, so wie es nach einer Narkose oft der Fall ist, aber Trauer empfand sie nicht. Eher hatte sie den Eindruck, als hätte ihr jemand einen Schleier vor den Augen weggezogen, denn sie konnte plötzlich wieder klar denken und ihre Gefühle abschalten, und diese Tatsache, in Kombination mit der Persönlichkeit des potenziellen Kindsvaters, bestärkte sie in ihrer Überzeugung, die richtige Entscheidung getroffen zu haben.

Doch diesmal war es anders. Bei der jetzigen Schwangerschaft ging es ihr wesentlich besser, und sie wurde nicht mehr von Gefühlsausbrüchen gequält, allerdings hatte sie auch schon früh den Entschluss gefasst, das Kind behalten zu wollen, wenn auch zu ihren eigenen Bedingungen. Wenn Alex mitmachen wollte, gerne. Aber sie konnte es auch allein durchziehen. Den Traum von trauter Zweisamkeit hatte Annie noch nie geträumt, und sie hatte sich auch noch nie so stark in jemanden verliebt, dass sie dessen Bedürfnisse über ihre eigenen gestellt hätte oder auch nur Kompromisse eingegangen wäre.

Deswegen hatte sie auch einfach weiter geraucht, oder es zumindest fast ohne Schuldgefühle getan.

Deswegen fiel es ihr auch so schwer, mit Alex zusammenzuziehen, auch wenn sie wusste, dass er es gern wollte, liebend gern sogar.

Als Alex erfahren hatte, dass Annie schwanger war, hatte er sofort um ihre Hand angehalten. War mitten im Café, in dem sie gerade saßen, vor ihr auf die Knie gegangen. Annie hatte sich zu Tode geschämt.

»Nein, nein«, zischte sie, »bist du verrückt geworden, ich werde nie und nimmer heiraten. Nein. Steh wieder auf.«

Anfänglich wirkte er verletzt, doch dann, als er begriff, dass sie das Kind behalten wollte, hatte er sie hochgehoben und in der Luft herumgewirbelt. Die Leute hatten aufgeschaut, und er hatte lachend gerufen: »Ich werde Vater! Vater! Vater!«

Danach hatte er sich wieder Annie zugewandt und mit einem schiefen Lächeln gesagt: »Das letzte Wort ist noch nicht gesprochen, Süße. Warte nur. Ich habe Geduld. Meine Liebe wird schon irgendwann deinen Widerstand brechen. Warte nur.«

Und Annie hatte lachend seine Küsse erwidert, doch in ihrem Inneren war alles wie immer, neutral, als wäre nichts geschehen.

Als Hassan nach der Abtreibung herausgefunden hatte, in welchem Krankenhaus Annie lag, und schließlich zu ihr gekommen war, hatte er vor Wut geschäumt. Abtreibung kam für ihn einer Todsünde gleich, so etwas tat man einfach nicht. Begriff sie denn gar nicht, was sie sich selbst und dem Embryo angetan hatte?

Diese Tatsache konnte er nicht akzeptieren. Er saß mit rot geflecktem Gesicht neben ihrem Bett und weinte, weinte darüber, was sie getan hatte, ihrem ungeborenen Kind angetan hatte, ihrer Liebe. Ihre Liebe war seiner Auffassung nach nicht stark genug, doch alles, was Annie empfand, war ein leises Unbehagen und eine Betretenheit, weil er ihr gerade eine Szene machte, und sie hoffte nur, dass er möglichst bald wieder gehen würde. Auf derlei Gefühle kann man natürlich keine Beziehung aufbauen und schon gar keine Familie gründen, das versteht sich von selbst.

Ansonsten war sie gerne mit ihm zusammen gewesen. Sie mochte seine Geradlinigkeit, seine Entschlossenheit, und ihr gefiel seine olivfarbene Haut ebenso wie sein schwarzes Haar, das fast seinen gesamten Körper wie ein Fell bedeckte. Ihr gefiel, dass er so entdeckungsfreudig war, sie in angesagte Kneipen und Nachtclubs ausführte, und außerdem gefiel ihr, wie er sie liebte, heftig und kompromisslos und ohne sich besonders um ihre Bedürfnisse zu scheren. Er mochte es, sie an den Haaren zu ziehen, wenn er in sie eindrang, und sie mochte es, sich verletzlich und hilflos zu fühlen.

Doch an eine gemeinsame Zukunft mit ihm hatte sie nie auch nur einen Gedanken verschwendet. Annie sah in ihrer Zukunft nur eine Person, und das war sie selbst. Und irgendwo in ihrem Schlepptau sah sie ihre Geschwister in ewiger Verbundenheit. Sie würden für immer vereint sein, like it or not.

Bevor Lauri zu ihr in die Wohnung gezogen war, hatten Annies Freunde nichts über ihre Familie gewusst. Sie wussten zwar, dass sie aus Nordfinnland kam und auf einem Bauernhof aufgewachsen war, in the middle of nowhere, doch jeglichen Gesprächen über ihre Geschwister und Eltern, über all das, was ihr Leben und ihre Herkunft ausmachte, war sie immer geschickt ausgewichen.

Die meisten Menschen wollen nur selbst gesehen werden.

Wollen, dass man ihnen zuhört. Und sie wollen Spaß haben. Annie umgab sich bewusst mit Leuten, die diese Lebensphilosophie teilten. Und wenn man in einer Kneipe arbeitete, traf man automatisch solche Typen. Menschen, die gerne lachten und Spaß haben wollten, die nicht davon besessen waren, die Vergangenheit wiederzukäuen, sondern im Hier und Jetzt lebten und auch schon mal an einem Wochentag für eine gelungene Party zu haben waren.

Hassan hatte sie spätnachts auf dem Heimweg von einer Party bei Freunden kennengelernt. Er fuhr Taxi, und sie waren miteinander ins Gespräch gekommen und hatten viel gelacht. Es endete damit, dass Annie ihn auf einen Tee zu sich in die Wohnung einlud und sie, als der Morgen dämmerte, miteinander schliefen. Danach trafen sie sich in unregelmäßigen Abständen wieder, aber ausschließlich bei ihr zu Hause, was Annie nur recht war.

Nichts von Dauer.

Bis sich diese kleine Schwangerschaft ankündigte und alles kompliziert machte. Und dann saß er weinend an ihrem Krankenbett und machte Schluss. Annie empfand es als Erleichterung, aber sie vermisste ihn schon hin und wieder, während sie mit Alex schlief – Alex, der darauf bestand, sie immer zuerst zu befriedigen, bevor er selbst überhaupt loslegen konnte. Doch es war nur eine rein körperliche Sehnsucht, irgendwelche Gefühle hätte sie nie zugelassen, oder gar eingestanden, nicht sich selbst gegenüber, nicht ihm oder irgendwem anders gegenüber.

Neulich hatte sie ihn zufällig zusammen mit seiner Familie gesehen. Es war, kurz bevor sie nach Hause gefahren war, nur wenige Tage vorher. Sie war im Kaufhaus gewesen, um Weihnachtsgeschenke zu besorgen, mit offenem Mantel und deutlich sichtbarem Bäuchlein. Sie fuhr gerade die Rolltreppe hinauf und er herab. Gemeinsam mit einer korpulenten Frau mit behaarter Oberlippe sowie zwei Kindern, die in Onnis und Artos Alter zu sein schienen. Die Frau war gerade mit den Kindern beschäftigt, und Hassan stand ein paar Schritte hinter ihnen, als sich ihre Blicke begegneten. Kurz darauf fuhren sie aneinander vorbei, Annie drehte sich nicht um, aber sie war sicher, dass Hassan es tat. Es war das erste Mal, dass sie ihn in seinem anderen, eigentlichen Leben gesehen hatte. In der Spielzeugabteilung angekommen, musste sie sich erst einmal setzen, doch die Verkäuferinnen reichten ihr lächelnd ein Glas Wasser und sprachen besänftigend von wachsenden Babybäuchen, woraufhin Annie mitspielte und schon kurz darauf wieder sie selbst war.

DIE ZERRISSENE LATZHOSE

Annie (oder war es Esko?) versucht, die Familie an einen Tisch zu holen. Ihr Bruder Lauri wird vorgestellt, und mit ihm spitzt sich das Drama zu. Drama, Drama, Drama.
Doch bislang ist noch nichts passiert.

Wenn man auf einem Bauernhof aufwächst, ist der Tod allgegenwärtig. Natürlich nicht nur der Tod, sondern auch das Leben. Aber auf einem Bauernhof zu leben, gefällt nicht jedem.

Annie hatte schon immer gewusst, dass sie irgendwann wegmüsste. Mehreren von ihren Geschwistern ging es genauso, sie wussten es ebenfalls, hatten es immer gewusst. In der Schule wurden Bauernkinder oft als ungehobelt und ungepflegt angesehen. Obwohl die meisten in Annies Klasse Bauernkinder waren, oder gerade deswegen.

Annie war keine besonders begabte Schülerin gewesen, hatte aber schon früh begriffen, dass die Schule ein Ticket weg vom Bauernhof war. Nach dem Hauptschulabschluss hatte sie die Hotelfachschule in Tornio mit Schwerpunkt Gastronomie und Service besucht. Ein Jahr dauerte die Ausbildung, und schon bald konnte sie nebenbei im Stadshotell jobben und sich etwas dazuverdienen.

Zu ihrer Abschlussfeier kamen Siri und Pentti (die sowieso noch etwas anderes in der Stadt erledigen mussten, ansonsten wäre es überhaupt nicht gegangen, an einem Wochentag schon gar nicht), und als Annie auf der kleinen Tribüne ihr Diplom entgegennahm, stampfte Pentti ungeduldig mit den Füßen auf und linste unruhig auf seine Armbanduhr, während Siri mit frisch frisiertem Haar sowohl froh als auch etwas traurig dreinblickte.

Anschließend lud sie ihre Eltern zum Mittagessen ins Stadshotell ein (in den schickeren Teil, nicht den Bistro-Bereich) und versuchte, ein Gespräch mit ihnen anzufangen, Konversation zu betreiben, so wie sie es bei ihren Gästen beobachtet hatte. Doch ihre Eltern blickten sie nur verständnislos an. Was interessierten sie denn schon die Neuigkeiten aus der Großstadt?

»Ist doch sowieso alles Scheiße«, meinte Pentti aufgebracht.

Siri versuchte, ihn zu beschwichtigen, denn sie wollte nicht, dass seine Flüche sie beide als die Hinterwäldler entlarven würden, die sie waren (als wären die Schimpfwörter das Einzige, was sie hier in dem kühlen stillen Saal entlarven würde, in dem nur das Klirren von Porzellan zu hören war), doch Pentti ließ sich nicht zum Schweigen bringen.

»Das gesamte System arbeitet gegen die kleinen Betriebe und vor allem gegen uns Landwirte. Kein Politiker kümmert sich um uns hier oben, um unsere Bedürfnisse. Kein Arsch setzt sich für uns ein.«

Annie, die gerade angefangen hatte, regelmäßig Zeitung zu lesen, wusste, dass ihr Vater falschlag. Sie wusste, dass die Regierung mit dem angesehenen Kekkonen an der Spitze innerhalb der letzten Legislaturperiode mehrere Landwirtschaftsreformen durchgesetzt hatte, und sie wusste auch, dass ihr Vater bis in alle Ewigkeit den von ihm geliebten und verehrten Präsidenten und Landesvater wählen würde, aber ausgerechnet hier und jetzt musste er offenbar eine andere Sicht der Dinge vertreten, weil …, tja, weil er nun einmal so tickte. Er liebte es, sich querzustellen, und sobald man ausnahmsweise mal etwas genießen wollte, musste er einen unbedingt provozieren. Sie sagte nichts und hoffte, dass ihr Schweigen und der Verzicht auf Widerworte ihren Vater auf andere Gedanken bringen würde.

»Wie lange muss man hier eigentlich warten, bis man endlich mal was bestellen kann?«, beschwerte er sich, woraufhin unversehens ein Kellner an ihrem Tisch stand, bereit, ihre Bestellung aufzunehmen, und ohne dabei eine Miene zu verziehen, wie Annie es ebenfalls gerade in der Ausbildung gelernt hatte. Der Gast hatte immer recht.

Siri fand das Ganze spannend, Annie sah es ihrer Mutter an, spannend, wenn auch etwas beängstigend. Sie hatte Angst, etwas falsch zu machen, die Serviette womöglich zu früh auf dem Schoß auszubreiten oder in der falschen Art und Weise, aber einmal blinzelte sie ihrer Tochter auch verschwörerisch zu, und sie ließ ihren bewundernden Blick immer wieder zu den Kronleuchtern an der Decke und durch den Saal schweifen, auch das leise, gedämpfte Murmeln, das die Reichen im Restaurant von sich gaben, schien sie zu genießen.

Pentti störte sich eher an den gestärkten weißen Tischdecken und den gedämpften Stimmen. Er stopfte seine Serviette kurzerhand in den Hemdkragen und schlürfte seine Vichyssoise geräuschvoll in sich hinein, während Siri mit erröteten Wangen danebensaß. Wenn Annie sich nicht so furchtbar geschämt hätte, hätte sie den Anblick ihrer Eltern ziemlich rührend gefunden.

»Deine Kartoffelsuppe schmeckt besser, Siri, und die kostet auch keine vierzehn Mark.«

Daran musste Annie zurückdenken, als sie Penttis Pick-up vor dem Stadshotell parkte. Sie wollte Arto besuchen, auch wenn er noch immer im Koma lag, und hatte zudem frische Kleidung für Siri dabei. Außerdem würde sie hinterher noch einen Stadtbummel machen, wie man es eben tat, wenn man heimkam.

Doch zuerst rief sie bei sich zu Hause an.

Sie wollte ihren kleinen Bruder Lauri erreichen. Lauri, der schon seit einiger Zeit bei Annie wohnte. Annie hatte nichts dagegen, mit ihrem Bruder zusammenzuwohnen, wusste aber, dass Alex wartete. Geduldig wartete, bereit, bei ihr einzuziehen. Und sie wusste auch, dass der Raum, den Lauri belegt hatte, ein ausgezeichnetes Kinderzimmer abgeben würde.

All diese Entscheidungen, all die Worte, die ausgesprochen werden mussten. Allein der Gedanke daran ermüdete Annie schon. Deshalb schwieg sie auch meistens lieber. Nun stand sie fröstelnd in der Telefonzelle vorm Stadshotell und wartete darauf, dass Lauri abhob. Durch die Glasscheibe hindurch betrachtete sie die Weihnachtsdekoration in den Fenstern des Hotelfoyers. Grüne Tannenkränze umwickelt mit roten Seidenbändern. Lauri meldete sich nicht.

Sie wartete und malte sich aus, wie ihr Bruder erst in den frühen Morgenstunden heimgekommen war, völlig übermüdet, vermutlich betrunken, und ließ es lange klingeln. Als er noch immer nicht ranging, wählte sie stattdessen Alex' Nummer. Der meldete sich fast sofort.

»Principessa!«

Am Telefon sprach er immer etwas zu laut. Annie hätte ihn am liebsten darauf hingewiesen, dass es gar nicht nötig war und sie ihn auch so gut verstand, brachte es jedoch nicht übers Herz. Einem Hundewelpen sagt man ja auch nicht, dass er aufhören soll, seinem eigenen Schwanz hinterherzujagen, sondern man lässt ihn schlicht und einfach zu gegebener Zeit selbst darauf kommen. Und dieselbe Einstellung hatte sie Alex gegenüber. All in due time.

Sie erzählte ihm nichts von Artos Unfall, eigentlich erzählte sie ihm gar nichts, sodass das Gespräch ziemlich bald erstarb.

»Tja ...«, sagte Alex zögerlich.

»Ja ...«, entgegnete Annie. »Ich wollte nur hören, wie's dir geht.« Sie malte mit dem Zeigefinger kleine Quadrate aufs Fensterglas.

»Ach so, mir geht's gut, und dir?«

Man hörte an seiner Stimme, dass er lächelte, wie immer, er lächelte und lächelte.

»Auch gut ... alles in Ordnung.«

»Und dein Bauch?«

»Wächst.«

Schweigen.

»Okay, dann mach ich hier mal weiter, mi amore, aber ruf mich bald wieder an, bella donna.«

»Versprochen.«

Dann machte es klick. Sie versuchte noch einmal, bei sich zu Hause anzurufen. Jetzt melde dich doch endlich, Lauri, komm schon. Doch Lauri meldete sich nicht.

*

Lauri war schon homosexuell, solange er zurückdenken konnte.

Besser gesagt, er hatte es einfach gewusst. Seit er seine Sexualität entdeckt hatte, wusste er es. Ich bin nicht so wie die anderen Jungen. Wie meine Brüder oder Klassenkameraden. Oder mein Vater Pentti.

Er war lieber mit seinen Schwestern zusammen. Kämmte ihnen die Haare, schaute zu, wenn sie sich schminkten, oder spielte selbst die Schminkpuppe. Seine großen Schwestern waren seine Idole und Vorbilder. Er hatte sich immer ein Zimmer mit ihnen geteilt, und als er es nicht mehr durfte und entschieden wurde, dass Annie und Helmi ein eigenes Zimmer bekommen sollten, hatte er angefangen, sich auszumalen, was sie gerade taten, und war, wann immer sie es ihm erlaubten, doch zu ihnen ins Zimmer geschlüpft.

Als Annie schließlich auszog, war es, als stürbe ein Teil von ihm ab oder hörte zumindest auf zu funktionieren. Und sobald er die Schule beendet hatte, ebenfalls Hotelfach, zog er ihr hinterher. Nahm den Überlandbus runter nach Stockholm, gekleidet in Helmis alte Lederjacke und die engsten Jeans von ganz Tornedal. Er war achtzehn und hatte glatte weiche Wangen, kastanienbraune Locken und einen Hunger im Blick sowie im Körper, einen Durst nach Liebe, nach Schönheit, nach Abenteuer, nach dem Leben, das nun endlich beginnen würde.

Vorher hatte er Annie jede Woche angerufen. (Natürlich heimlich, denn sonst wäre Pentti ausgerastet.) Hatte die Telefonschnur um seinen Finger gewickelt, bis sich die Haut blau färbte, während er ihren Erzählungen lauschte, über hochhackige Schuhe, frisierte Haare, übers Tanzen, Diskotheken, die U-Bahn, die schwedische Sprache, ihre Wohnung, ihre Arbeitskollegen. Jedes Mal vergewisserte er sich, ob er wirklich bei ihr würde wohnen können. Ja, bestätigte sie, du kannst bei mir wohnen, bis du was Eigenes gefunden hast, ja, komm einfach, aber erst musst du die Schule zu Ende machen, versprich es mir, und er hatte es versprochen, weil er wusste, dass sie diesbezüglich keine Kompromisse eingehen würde, es war eine nicht verhandelbare Bedingung. Noch zwei Jahre, dann nur noch eines, dann noch ein paar Monate und schließlich nur noch Wochen, Tage, Minuten.

Nach diesen Telefonaten ging er tagelang leichteren Schrittes durchs Leben als sonst. Konnte Penttis Hohn leichter ertragen und auch den seiner Klassenkameraden, die ihn ständig aufgezogen. Solange er Annies Stimme frisch in Erinnerung hatte, konnte ihm niemand etwas anhaben. Wartet nur, war sein einziger Gedanke.

Wartet's nur ab.

Eines Tages werde ich weit weg sein, und zwar genau dort, wo jede Menge los ist. Und ihr hockt dann noch immer hier. Hier in diesem gottverlassenen, nach Kuhscheiße stinkenden Kaff. Dem abgelegensten Zipfel der Welt.

Genau das dachte er, wenn er wieder einmal in der Schultoilette auf dem Fußboden kauerte und darauf wartete, dass seine Haare und sein Pulli endlich halbwegs trocken wären, um ins Klassenzimmer zurückkehren oder nach Hause fahren zu können, ohne sich blöde Fragen anhören zu müssen. Die anderen liebten es geradezu, ihn zu taufen, wie sie es nannten, liebten es, ihn unter Drohungen dazu zu bringen, gewisse Worte auszusprechen, bei denen es um steife Schwänze in Mündern oder um Toilettenwasser oder auch seinen eigenen ekligen Anblick ging. Irgendwann bewältigte er dies so gut, dass er den Eindruck hatte, selbst weit weg zu sein, wenn es wieder geschah, als wäre nur noch seine äußere Hülle dageblieben und in dieser gefrorenen Hölle gefangen. Und weil er nie etwas sagte, sondern sich schweigend in sein Schicksal fügte, hatten sie ihn weiterhin gemobbt, seine gesamte Schulzeit hindurch. Doch ein Teil der Schuld lag bei Lauri selbst, weil er sich nicht zur Wehr setzte. Auf der Suche nach einer Erklärung konnte man es jedenfalls so auffassen.

Am Tag nach seinem Schulabschluss fuhr er los. Die gepackte Tasche hatte schon wochenlang unter seinem Bett gestanden. Seine Habseligkeiten waren überschaubar, und er wollte auch nur wenige davon mitnehmen. Lauri las keine Bücher, er baute keine Modelle zusammen und goss auch keine Zinnsoldaten. In seiner Tasche lag nur die wenige Kleidung, deren er sich nicht schämte, eine Sonnenbrille, die Annie ihm zum letzten Weihnachtsfest überlassen hatte, sowie eine halb geleerte Flasche Wodka der Marke Koskenkorva, die noch von der Abschlussfeier am Vortag übrig geblieben war.

Von Pentti verabschiedete er sich gar nicht erst, aber Siri fuhr ihn nach Tornio. Sonst setzte Siri sich nur ins Auto, wenn sie unbedingt musste, und sie hätte auch keines ihrer anderen Kinder irgendwohin gefahren, doch bei Lauri war es etwas anderes.

Er war einer ihrer Lieblinge, und sie wollte diese letzte Zweisamkeit mit ihm genießen. Sie unterhielten sich während der gesamten Fahrt, plauderten entspannt miteinander, redeten darüber, womit dieser oder jener Nachbar gerade diesen oder jenen Teil seiner Felder bestellt hatte, oder wie die diesjährige Erdbeerernte wohl ausfallen würde, lauter alltägliche, banale Dinge. Sie verloren jedoch kein einziges Wort darüber, dass er jetzt weit wegziehen würde, und schon gar nicht über das andere, Unaussprechliche, seine Homosexualität, dass sie der Grund dafür war, weshalb er weggehen musste. Er konnte sich nicht einfach ändern und dableiben, und er wusste, dass Siri ihn so liebte, wie er war, dass sie ihn akzeptierte, was nicht viele Mütter getan hätten, sie aber schon, und er wusste auch, dass sie begriff, dass ihm hier oben alles zu eng wurde.

Und dennoch musste er ihre Tränen trocknen, als sie im Auto saßen und auf den Bus warteten.

»Nicht weinen, Mama. Es wird schon alles gut gehen.«

Sie nickte. Dann zog sie einen Fünfhundertmarkschein aus ihrem braunen Lederportemonnaie.

Lauri wusste, dass das viel Geld war und sie Pentti deswegen hatte anlügen müssen. Darum drückte er ihr einen Kuss auf die Wange und nahm den Schein wortlos entgegen, und obwohl er seinen Entschluss wegzugehen keinen einzigen Augenblick lang bereute und auch nicht zurückschaute, weinte er, als er im Überlandbus saß, die coole geerbte Sonnenbrille auf der Nase, Helmis alte Lederjacke auf den Schultern und an den Beinen die engsten Jeans von ganz Tornedal, er weinte hemmungslos wie ein kleines Kind.

»Komm mit mir, Mama«, hätte er am liebsten gesagt, ließ es aber bleiben. Stattdessen sang er ein Lied für sie, weil er das Schweigen nicht länger aushielt. So standen sie an der Bushaltestelle, seine Arme um ihren Körper geschlungen, ihr Kopf an seiner Brust ruhend, seine Stimme in ihrem Ohr.

Er sang das Lied über Alexander Fjodorowitsch Kerenski, das ihre Mutter so liebte und das von dem russischen Revolutionär handelte, der einen Teig knetete und Finnland dabei als Salz hinzugab. Siri liebte es, wenn Lauri sang, und dieses Lied heiterte sie immer auf.

Heute allerdings nicht.

»Kaleva kultani«, sagte sie leise und strich ihm über die Wange.

Kaleva war sein Taufname, wie der des damaligen Präsidenten und Landesvaters Urho Kaleva Kekkonen, des Mannes, der Finnland vor dem Russen beschützte. Der Name Lauri stammte von einem anderen Helden, einem Kriegshelden, der für Karelien gekämpft hatte, genau wie Pentti auch. Und kultani bedeutete: mein Schatz.

Was, wenn seine Eltern gewusst hätten, wer er war, oder womöglich werden würde, oder eben auch nicht werden würde, als sie ihm diesen Namen gaben?

Ist man eigentlich von Geburt an jemand, oder wird man erst zu jemandem?

Lauri war schon immer homosexuell gewesen, aber nicht immer ohne Hemmungen. Er hatte schon immer etwas Düsteres ausgestrahlt, aber es nicht immer nach innen gekehrt oder gegen sich selbst gerichtet. Mit diesem Düsteren würde er später Menschen in seiner Nähe, die ihm wichtig waren, oder die er liebte, verletzen. *Liebte?* Ja, vielleicht.

Nachdem er aufgehört hatte zu weinen, konzentrierte er sich auf die vorbeiziehende Landschaft. Er versuchte, alle Eindrücke in sich aufzunehmen, um seine innere Landschaft, sein inneres Finnland auszutauschen gegen Schweden, sein neues Heimatland, das er dort draußen sah. Ortsnamen, Fichtenwälder, Volvos, Shell-Tankstellen. Er sah, wie sich die Landschaft wandelte, und verwandelte sich dabei selbst, oder versuchte es zumindest.

Das ist jetzt mein neues Leben, ich werde nie zurückkehren, dachte er. Er testete leise flüsternd seine schwedische Aussprache, sodass nur er es hören konnte, während draußen die Kilometer vorbeisausten und ihn näher zu dem Ort, der Stadt brachten, in der sein Leben endlich beginnen würde.

Als die Abenddämmerung einsetzte, machte der Bus in Sundsvall eine Pause. Lauri kaufte sich einen Kaffee und setzte sich zum Rauchen draußen auf den Rastplatz, wo er die Leute um sich herum betrachtete und gierig alles Schwedische in sich aufsog.

Ein Stück entfernt saßen mehrere alte Damen in Polyesterkleidern und mit Kopftüchern, die er aus dem Bus wiedererkannte. Sie tranken Kaffee aus Thermoskannen und aßen karelische Piroggen mit Eibutter. Doch er beachtete die finnischen Frauen nicht weiter, da sie nicht mehr zu seiner Welt gehörten.

Hinter ihnen saß eine Familie mit mehreren Kleinkindern. Die Mutter versuchte gerade, die quengelnden Kinder zu beruhigen und ihnen die Rotznasen abzuwischen, während der Vater Lauri beobachtete, nein, ihm tief in die Augen schaute.

Lauri war erst achtzehn und noch nicht besonders erfahren, aber er merkte es, wenn jemand ihn begehrte.

Der Vater war um die dreißig. Er war Schwede, hatte Koteletten und trug ein kariertes Hemd.

Lauri hatte keine andere Wahl, er stand auf und schlenderte in Richtung der Toiletten.

Dabei ließ er sich viel Zeit, denn er wusste, dass der Mann einen inneren Kampf austrug, während er ihn betrachtete. So erging es denen, die ihre Bedürfnisse heimlich ausleben mussten, es lief immer auf eine unlösbare Gleichung hinaus.

Die Herrentoilette war leer, Lauri warf einen Blick in alle Kabinen und wartete dann gegen die Wand gelehnt. Er wusste selbst, dass er gut aussah. Dann öffnete er den obersten Knopf seiner Jeans, und als der Mann schließlich hereinkam, fuhr Lauri sich mit der Zunge über die Lippen und fragte ihn in seinem gebrochenen Schwedisch, ob ihm gefiel, was er vor sich sah.

Der Mann nickte, unfähig zu sprechen.

Lauri zog ihn mit sich in die hinterste Kabine und schloss die Tür ab. Ganz langsam und ohne den Augenkontakt zu verlieren, knöpfte er die Jeans des Mannes auf. Darin streckte sich ihm ein normal großer, vollständig erigierter Penis entgegen. Lauri schob die Jeans des Mannes bis zu den Knöcheln hinunter und ging in die Hocke. Er hatte schon mehreren Männern einen geblasen und spürte selbst, dass er ein Naturtalent war. Er nahm an, dass es mit seinen erotischen Träumen zusammenhing, in denen er solche Situationen schon so oft durchlebt hatte. Der Mann erschien ihm in der Tat mehr als zufrieden, denn er stöhnte und vergrub seine Finger tief in Lauris Locken.

»Gut so«, sagte er leise wieder und wieder.

Als lobte er ein Tier.

Plötzlich wurde die Tür zu den Toiletten geöffnet, und jemand betrat die Kabine nebenan. Der Mann zuckte zusammen, bewegte sich dann aber etwas schneller. Er packte Lauris Haarschopf, und schon bald war er derjenige, der den Rhythmus vorgab, bis er sich ziemlich heftig, aber lautlos in Lauris Mund entlud.

In der Kabine nebenan rauschte die Spülung, dann wurde die Tür geöffnet und wieder geschlossen.

Der Blick des Mannes, eben noch glasig und erregt, war jetzt ernst und verschlossen, und er warf Lauri einen schwedischen Hunderter hin, bevor er verschwand.

Lauri blieb noch eine Weile auf dem gefliesten Boden sitzen, bevor er den Hunderter an sich nahm und ins Restaurant schlenderte, wo er sich ein Pfeffersteak bestellte.

Er horchte in sich hinein, um zu ergründen, was er empfand. Wenn ich an die Sache von eben denke, komme ich mir zwar schmutzig vor, sagte er zu sich selbst, aber wenn ich es sein lasse, spüre ich rein gar nichts, außer wie fantastisch dieses Pfeffersteak doch schmeckt. Es war dieselbe Methode, die er auch während seiner schwersten Stunden in der Schule angewandt hatte, und diese Methode sollte er im Lauf der Jahre noch weiter perfektionieren.

Als er eine Weile später wieder in den Bus stieg, lag das Pfeffersteak wie ein heißer schwerer Stein in seinem Magen, und es kam ihm vor, als hätte seine Reise nun richtig begonnen, die Reise in ein Schweden, das er sich auf seine ganz persönliche Art zu eigen machen würde.

Annie wusste, dass Lauri kommen würde, und holte ihn am Bahnhof ab. Für sie hingegen war es kein Festtag, nichts Besonderes. Es war ein warmer Sommertag, der jetzt, gegen vier Uhr nachmittags, seine größte Hitze entfaltete, und sie trug ein geblümtes Kleid in einem rostfarbenen Ton, das er noch nie an ihr gesehen hatte. Ihm fiel auf, wie selbstsicher Annie auftrat, sie fand sich überall zurecht und musste sich beim Rolltreppenfahren nicht festhalten. All diese Eindrücke im Kontrast zu seiner eigenen Unsicherheit bewirkten, dass er sich schwor, sich so rasch wie nur möglich zu akklimatisieren und die Tatsache, dass er ein echtes Landei war, so gut es ging, zu verbergen. Sprich, seine Vergangenheit, sein ganzes altes Ich auszulöschen.

Er beobachtete seine Schwester und prägte sich jede ihrer Bewegungen ein, um die Erinnerung daran später wieder hervorholen zu können. Er war ein Chamäleon und besaß viel Erfahrung darin, seine Schwestern nachzuahmen, sowohl Annie als auch später, nachdem

Annie ausgezogen war, Helmi. Auch wenn Helmi für Lauris Geschmack etwas zu nachlässig war.

Sein neues Zuhause war ein sonniges Wohngebiet im Süden der Stadt mit dem dramatischen Namen Brandbergen. Die Fahrt dorthin erfolgte mit U-Bahn und Bus, zuletzt mussten sie noch ein kurzes Stück zu Fuß zurücklegen.

Brandbergen war zwar kein Getto, aber dort wohnten viele Finnen. Die meisten kamen nicht von so weit her wie Annie und Lauri, sondern eher aus den südlichen Landesteilen Finnlands, doch seine eigene Muttersprache zu hören, und sei es nur, wenn man zum Supermarkt runterging, um geschmacklosen schwedischen Kaffee und Knäckebrot einzukaufen, vermittelte ihm ein vertrautes Gefühl.

Annies Wohnung war hell und sauber. Die Wände zierten geschmackvolle klein gemusterte Blümchentapeten, der Boden war in allen Zimmern mit leicht zu reinigendem hellem Linoleum ausgelegt, im Wohnzimmer stand ein schwarzes Ledersofa, und im Mahagoniregal daneben thronte eine große Stereoanlage. In der Küche lag einer von Siris Flickenteppichen, aber ansonsten konnte er nirgends Ähnlichkeiten mit ihrem Elternhaus entdecken. Außer dass es hier genauso sauber war.

Annie kochte Kaffee und servierte ihn draußen auf dem Balkon, wo sie mit einem verschmitzten Lächeln unerwartet eine Kognakflasche hervorzauberte und jedem von ihnen einen Schluck in den Becher goss.

So saßen sie dort in der Abendsonne, rauchten Zigaretten und plauderten, und Lauri fühlte sich richtig frei. Diese Freiheit, gepaart mit dem Gefühl, angekommen zu sein, verursachte ihm sogar leichten Schwindel.

Annie erzählte ihm von einer Freundin, die im selben Vorort wohnte, nur ein paar Häuserblocks entfernt, und die auf einer der Fähren arbeitete und eventuell ein Vorstellungsgespräch für Lauri organisieren könnte, wenn er wollte, da sie die Hauswirtschafterin auf der Fähre näher kannte.

»Ich kann dir alle nötigen Ausdrücke auf Schwedisch beibringen und so, aber eigentlich ist das gar nicht so wichtig. Solange man adrett und gepflegt zur Arbeit erscheint und immer freundlich lächelt, reicht es fürs Erste. Den Rest lernt man dann später. Und den Charme hast du ja in die Wiege gelegt bekommen.«

Und dann prostete sie ihm mit ihrem Kaffeebecher zu und lachte ausgelassen.

Lauri genoss den Anblick seiner weltgewandten, offenbar glücklichen Schwester. Er hatte sie als ziemlich beherrschte Person in Erinnerung, als hätte sie früher ständig etwas zurückhalten und vor den anderen verbergen müssen und erst jetzt endlich losgelassen, nicht vollständig, aber zumindest ein wenig.

Er war glücklich darüber, Zutritt zu einem neuen Leben erhalten zu haben. Dadurch kam er sich bedeutsamer vor.

Lauri bekam den Job auf der Fähre, und es war genauso, wie Annie gesagt hatte, nämlich keineswegs wichtig, irgendetwas zu können. Nachdem er bewiesen hatte, dass er volle Teller auf dem Unterarm balancieren konnte, und wusste, wie man von einer Platte servierte und von welcher Seite aus man Wein einschenkte sowie den Tisch abräumte, ging es nur noch um das richtige Timing und darum, keck zu sein, angemessen keck, und zu den Gästen immer freundlich und höflich. Lauri hatte kein Problem damit, nett zu den Gästen zu sein, ja, eigentlich zu allen Leuten, mit denen er zu tun hatte, denn er war noch nie zuvor so glücklich gewesen wie jetzt. Alle Menschen, denen er begegnete, wirkten auf ihn spannend und interessant, weil sie anders waren als er, und er arbeitete hart an sich, um ja nicht er selbst zu sein.

Er war fest entschlossen, etwas aus sich zu machen, ein anderer Mensch zu werden als derjenige, der er einmal gewesen war, zu dem er erzogen worden war, der Sohn seines Vaters, aber einer, der Pentti immer nur enttäuscht hatte. Auf den Fähren hingegen war keiner von ihm enttäuscht. Er kam pünktlich, erledigte seine Arbeit und war immer gut gelaunt, denn er hatte auch allen Grund dazu. Die

Trinkgelder strömten nur so in seine Taschen, er verdiente zum ersten Mal sein eigenes Geld und fühlte sich wie ein König, und wenn er in seiner eng anliegenden schwarzen Hose und dem blütenweißen Oberhemd zwischen den Tischen hin und her eilte, kam er sich wie ein Star vor, auf den sich alle Blicke richteten.

Spätabends ergab sich immer wieder das eine oder andere spontane sexuelle Abenteuer. Lauri folgte den Männern gern in ihre Kabine, natürlich erst nach Ende seiner Schicht. Er war in der Lage, nahezu unbegrenzte Mengen Alkohol zu konsumieren und trotzdem am nächsten Tag pünktlich seine Frühschicht anzutreten, wobei er dies schon ein paarmal ungeduscht und mit einem feuchten Rinnsal in der Unterhose getan hatte, während er den Frühaufstehern unter den Reisenden frisch gebrühten Kaffee servierte.

Auf der Fähre arbeitete man in siebentägigen Schichten, was bedeutete, dass man sieben Tage am Stück an Bord war und anschließend sieben freie Tage hatte. Lauri arbeitete meistens auf der *Viking Isabella,* der Fähre, die zwischen Stockholm und Helsinki hin und her pendelte, und er ging oft in Helsinki von Bord, um dann mit einem Gefühl der Überlegenheit kreuz und quer durch die Stadt zu flanieren.

Nie mehr würde er in diesem Land wohnen, auch wenn er wusste, dass es selbst innerhalb Finnlands Unterschiede gab, aber in Helsinki vermisste er etwas, einen gewissen Rhythmus, die finnische Hauptstadt bot sozusagen kein Disco-Gefühl, denn alle Gebäude stammten aus der Zeit der Jahrhundertwende und waren eher braun und düster, und ein paar Jahre später sollte er auch begreifen, warum sein jüngerer Bruder Tarmo sich dort so wohlfühlte.

Helsinki kam Lauri irgendwie geschlechtslos und wie geleckt vor, nichts, womit er sich hätte identifizieren können oder wollen. Er freute sich jedes Mal wieder, wenn er nachmittags zurück an Bord ging und mit dem Mise en Place fürs Abendessen begann.

Lauri liebte alles an seinem Restaurantjob, angefangen vom Gläser- und Besteckputzen übers Falten der gestärkten Stoffservietten bis hin zum Willkommenheißen der Gäste, denn er empfand es, als wäre er selbst ein Teil dieses Luxus, ein teures, kostbares Luxusgut. Und wenn er seine Schicht in Stockholm beendete, machte er gerne einen Abstecher in die Innenstadt, um in der Hötorgshall verschiedene stark riechende Käse, Weintrauben und Chutneys einzukaufen und diese zusammen mit seiner Ration Taxfree-Wein in die Wohnung in Brandbergen zu tragen.

Annie arbeitete zu Beginn meist auf der *Sally*, der Fähre, die zwischen Stockholm und Turku pendelte, und schätzte die Weinpartys ihres kleinen Bruders, mit denen er den Beginn seiner freien Arbeitswoche feierte. Viele der Angestellten auf den Fähren waren an ihren freien Tagen in den Kneipen der Stadt anzutreffen, und immer stieg irgendwo eine Party, auf die man gehen konnte. Annie arbeitete mittlerweile mehr an Land als auf den Fähren, da ihr Schwedisch inzwischen gut genug war. Im Augenblick kellnerte sie zu Lauris Bedauern an den Wochenenden im Restaurant Hasselbacken draußen auf Djurgården, was sein Glück leicht trübte, wenn er zu viel darüber nachdachte. Deshalb unterließ er das Nachdenken lieber.

*

Annie versuchte erneut, bei sich zu Hause anzurufen, konnte ihren kleinen Bruder jedoch noch immer nicht erreichen. Auch egal, dachte sie. Da sie in der kalten Telefonzelle allmählich an den Fingern und Zehen zu frieren begann, musste sie es wohl oder übel später noch einmal versuchen, vielleicht von Helmis Wohnung aus.

Nachdem Annie den Hörer wieder auf die Gabel gelegt hatte, bummelte sie ein wenig durch die Stadt, oder Kleinstadt, je nachdem, wie man es betrachtete, doch es erstaunte sie wieder einmal, wie stark Tornio geschrumpft war, während ihre eigene Welt gewachsen und gleichzeitig Stockholm zu ihrer Heimatstadt geworden war.

Überall erblickte sie bekannte Gesichter, ehemalige Klassenkameraden oder deren Geschwister, die hiergeblieben waren, und nickte ihnen höflich zu, wenn sie Augenkontakt aufnahmen, blieb jedoch nicht stehen, um Small Talk zu halten. Sie ging die Puutuhakatu entlang und bog dann in die Hallituskatu ein, wo sie durchs Schaufenster einen Blick in Frau Kaunios kleine Modeboutique warf, die sie auch damals aufgesucht hatte, nachdem sie im Stadshotell ihren ersten Lohn ausbezahlt bekam. Dort hatte sie ihr erstes Markenkleidungsstück erworben, einen knöchellangen violetten Overall aus einer Wollmischung. Er kratzte zwar wie verrückt, aber sie hatte ihn getragen, bis er völlig auseinanderfiel und sich nicht mehr flicken ließ, so wichtig war er ihr als Symbol, als Trophäe gewesen. Dass sie sich deshalb einen ganzen Monat lang ausschließlich von Bratkartoffeln hatte ernähren müssen, hatte sie gern in Kauf genommen.

Jetzt erblickte sie Frau Kaunio im Laden, die gerade freundlich lächelnd eine Kundin bediente, und kurz darauf entdeckte sie Frau Kaunios Tochter Leena hinterm Kassentresen, die für eine andere Kundin etwas einpackte. Leena war auf der Berufsschule in Annies Parallelklasse gegangen.

Annie hatte Mitleid mit Leena und ertappte sich dabei, wie sie angesichts der Vorstellung erschauderte, an ihrer Stelle hiergeblieben zu sein, einen Jarmo, Jaako oder Jukka geheiratet zu haben und nun in einem Laden oder Restaurant des Ortes zu arbeiten und einfach … noch immer dort zu sein. Für Annie gab es keine härtere Strafe, und sie konnte sich nichts Schlimmeres vorstellen, als hierzubleiben. Helmi hingegen schien es nichts auszumachen. Esko und Siri ebenso wenig. Und auch Tatu nicht, der sich trotz der beiden alten Frauen, die er auf dem Gewissen hatte, hier unters Volk mischte.

Nein, fast niemand anderem schien diese Strafe, der sie Tag für Tag ausgesetzt waren, etwas auszumachen: in diesem Kaff ausharren zu müssen, wo man keine Luft bekam, es nichts zu sehen gab und man niemals seine Ruhe hatte. Das konnte doch nicht wahr sein, oder? Die Leute müssten sich doch von hier wegsehnen, raus aus dieser Hölle.

Annie betrachtete Leena hinter der Scheibe und überlegte, dass diese doch eigentlich neidisch auf sie, Annie, sein müsste, die den

Mut gehabt hatte, wegzugehen. Leena schien Annies Blicke auf sich zu spüren, denn jetzt schaute sie geradewegs durch die Fensterscheibe, sodass die beiden ehemaligen Schulkameradinnen Augenkontakt zueinander aufnahmen, woraufhin Leena sie fröhlich anlächelte und ihr mit einem Winken bedeutete, hereinzukommen. Doch Annie hatte es plötzlich eilig wegzukommen und signalisierte ihr mit Gesten (die Leena hoffentlich richtig deutete), dass sie weitermüsse, aber vielleicht morgen mehr Zeit habe.

Während sie in ihren teuren Lederstiefeln, die viel zu dünn und glatt für den Winter in Nordfinnland waren, den verschneiten Bürgersteig entlangging, musste sie an Lauri denken. Lauri teilte ihre Sehnsucht. Dass ihr Bruder von seinen Klassenkameraden grausam gemobbt worden war, hatte seine Sehnsucht sicher noch verstärkt, aber sie wusste auch, dass er diese schon immer in sich getragen hatte, verbunden mit einer gewissen Arroganz, als wäre er etwas Besseres als die armen Teufel hier oben, die in diesem gottvergessenen Winkel der Erde festsaßen. Wäre ihr Bruder in der Schule etwas fleißiger gewesen, wäre er höchstwahrscheinlich Tierarzt geworden. Doch das Kellnern passte besser zu ihm. Jedenfalls besser, als es zu ihr passte, aber sie hatte schließlich nicht vor, diesen Job ihr Leben lang zu machen.

*

Lauri konnte sich noch gut an den Frühling erinnern, als seine Lieblingskuh Kulta gekalbt hatte. Damals war er nicht älter als acht oder höchstens zehn Jahre gewesen.

Lauri liebte den Frühling auf dem Hof am meisten. Er liebte es, bei den Geburten mitzuhelfen, und weil er so lange, dünne Arme, Hände und Finger hatte, musste er Pentti helfen und seine Hände in die trächtige Kuh schieben, um das Kälbchen zu ertasten und herauszufinden, wie die Geburt vorankam. Er liebte es wegen der Ernsthaftigkeit und Ruhe, die alle gebärenden Kühe ausstrahlten, und er liebte es, den Augenblick der Geburt miterleben zu dürfen. Es war wie

Weihnachten, und dennoch übertraf das Geschenk, das schließlich herauskam, all seine innigsten Wünsche. Nie fühlte er sich mehr von seinem Vater geliebt als in diesen Stunden, in denen er wusste, dass er ihm eine Hilfe sein konnte und gebraucht wurde.

Lauri war so mager, schwächlich und schreckhaft, dass er nicht zur Arbeit auf dem Hof taugte, so dachte sein Vater jedenfalls über ihn, das wusste er, weil Pentti es ihm bei jeder Gelegenheit an den Kopf warf. Doch hier und jetzt, wo eine Geburt bevorstand, war er der beste Helfer seines Vaters, denn keines der anderen Kinder genoss diese Aufgabe so wie er selbst, im Gegenteil, viele von ihnen ekelten sich sogar viel zu sehr davor, um es überhaupt durchstehen zu können.

Doch dies war etwas, was er konnte.

Wenn er groß war, wollte er Tierarzt werden, und ausnahmsweise gab Pentti nicht solche Kommentare von sich wie:

»Das willst du wirklich? Du hast doch gar nichts in der Birne«, oder:

»Du auf der Universität? Das schaffst du doch nie und nimmer«, oder:

»Ein Idiot wie du, das kannst du vergessen.«

Derlei Gemeinheiten oder Gehässigkeiten, mit denen er seine Kinder für gewöhnlich traktierte, wenn sie ihm ihre Berufswünsche offenbarten, hatte er Lauri angesichts seiner Tierarztträume nie an den Kopf geworfen. Also fühlte sich Lauri in seinem Wunsch bestätigt, er gab sich weiter seinen Träumen hin und hoffte, sie würden irgendwann Wirklichkeit werden.

In der Woche zuvor hatten sie vier Kühe entbunden, und alles war gut gegangen. Nach jeder Geburt waren sie fröhlich ins Haus zurückgekehrt, beeindruckt vom Wunder des Lebens, nicht nur Lauri, sondern auch Pentti (jedenfalls, was die Tiere anging, bei seinen eigenen Kindern hingegen – nun ja). Sie tranken gemeinsam Kaffee, und Lauri fühlte sich im lächelnden Blick seines Vaters geborgen, die beiden saßen einvernehmlich nebeneinander, ein funktionierendes Team, das gut gelaunt in die Zukunft blickte.

Und jetzt war also Kulta an der Reihe.

Lauri hatte sie vier Jahre zuvor taufen dürfen, als sie auf den Hof kam. Sie war braun-weiß gefleckt mit einem herzförmigen Muster auf der einen Seite, und er hatte darauf bestanden, sie Kulta zu nennen, Liebling. Kulta war eine etwas kleinere Kuh mit prallem Euter, die trotz ihrer geringen Größe oft am meisten Milch von allen Kühen gab, doch ihre Geburten waren mitunter etwas knifflig, gerade wegen ihrer geringen Größe.

Es war später Nachmittag, und Lauri hatte das Kartoffelschälen beenden müssen (innerlich triumphierte er, als er an seinen Geschwistern vorbeiging), denn Pentti war in die Küche gekommen und hatte ihn mit den Worten geholt, dass jetzt Kulta an der Reihe sei und kalben würde.

Sie lag in der hintersten Box im Stall und wirkte matt.

»Irgendwas stimmt nicht«, sagte Pentti.

Er klopfte Lauri auf die Schulter, und gemeinsam näherten sie sich der liegenden Kuh.

»Du musst sie untersuchen und rausfinden, was los ist. Vielleicht liegt das Kalb in Steißlage. Sie hat schon seit dem Mittag Wehen, aber bis jetzt ist noch nichts passiert. Möglicherweise müssen wir versuchen, es zu drehen.«

Das war schwieriger als alles, was Lauri je zuvor hatte tun müssen, doch erstaunlicherweise machte es ihn kaum nervös. Er fühlte sich gewappnet für die bevorstehende Aufgabe. Lauri krempelte die Ärmel hoch und legte beruhigend eine Hand aufs Hinterteil der Kuh, bevor er die andere in sie einführte. Sie reagierte kaum. Er tastete sich im Innersten seiner geliebten Kuh voran.

»Ja, ich spüre was. Das Maul, ich kann das Maul ertasten!«

Er schaute seinen Vater an, der nun ebenfalls aufgeregt wirkte, und in diesem Augenblick waren sie sich ganz nahe, Lauri genoss das Gefühl ungeahnter Zusammengehörigkeit.

»Fühl mal, ob es die Nabelschnur um den Hals geschlungen hat!«

»Nein, das geht nicht, ich komm nicht weiter!«

»Doch, streck dich, natürlich geht das.«

Pentti hatte ihm anspornend auf den Rücken geklopft und Mut zugesprochen, und Lauri spürte die Aufregung des Vaters, genau wie er sie angesichts dieses sonderbaren Zustands an der Schwelle zwischen Leben und Tod selbst in seinem Inneren spürte. Ihre Blicke begegneten sich, der Vater schaute ihn ermutigend an, doch da war noch etwas anderes, sein Blick war irgendwie fragend, als wäre Lauri jetzt die Autorität und wüsste mehr als Pentti.

Jetzt steckte Lauris gesamter Arm in Kultas Innerem, und seinen Pulli würde er hinterher vergessen können. Er tastete sich an der Nase des Kälbchens entlang zu den Ohren, bis er den Hals erreichte. Und ganz richtig, dort spürte er etwas, es war die Nabelschnur, genau wie Pentti vermutet hatte. Sie fühlte sich an wie ein Schlauch, ein glatter weicher Gartenschlauch, so wie sie ihn auf dem Hof hatten.

»Ich spüre die Nabelschnur! Sie ist um den Hals geschlungen, Papa!«

»Dann mach sie los! Mach schon!«

Lauri zog vorsichtig an der Nabelschnur, und als er spürte, dass sie nicht besonders fest saß, traute er sich, etwas stärker daran zu ziehen, bis es ihm gelang, sie über die Ohren und das Maul hinunterzuschieben. Es musste Kulta dabei etwas wehgetan haben, denn sie zuckte zusammen und trat instinktiv nach hinten aus. Nur wenige Zentimeter an Lauris Kopf vorbei, allerdings erwischte sie ihn gerade noch an der Schulter, was bestimmt einen dicken blauen Fleck hinterlassen würde, aber ansonsten blieb er unverletzt.

Er atmete aus, erleichtert darüber, die Aufgabe gelöst zu haben.

»Ich glaub, ich hab es geschafft«, sagte er.

»Also dann wieder rein mit dem Arm und hilf mit, es rauszuziehen. Sie hat keine Wehen mehr, wir müssen ihr helfen.«

Pentti ermahnte ihn, sich zu beeilen. Lauri packte das Kälbchen am Nacken und zog und zog, doch Kulta half überhaupt nicht mit, sondern lag nur apathisch und schwer atmend da. Einem Kalb auf die Welt zu helfen, ist schwierig, wenn die Kuh selbst nicht mithilft, doch nach einer Weile, vielleicht einer halben Stunde, war es ihm endlich gelungen, das Kälbchen so weit herauszuziehen, dass Pentti es erreichen und somit übernehmen konnte. Dank seiner großen Muskelkraft konnte der Vater das Kalb rasch herausziehen, und ein paar Augenblicke später lag der gesamte Körper auf dem Boden des Kuhstalls, unbeweglich. Pentti schlug ihm fest auf den Rücken, was bei neugeborenen Kälbern normalerweise half, den Atemreflex auszulösen, das hatte Lauri vorher schon oft gesehen, doch jetzt passierte nichts.

Pentti schlug weiter auf das Kalb ein und hörte nicht auf, obwohl Lauri versuchte, seinen Vater wegzuziehen und ihn zum Aufhören zu bewegen.

»Lass es in Ruhe, du tust ihm doch weh«, rief er.

Doch Pentti schob ihn zur Seite. Seine Augen waren jetzt schwarz, genauso schwarz, wie Lauri sich tief in seinem Inneren fühlte, pechschwarz, starr vor Angst.

»Dieses Kalb spürt nichts mehr«, entgegnete Pentti schließlich und schüttelte den Kopf. »Es ist nicht mehr am Leben.«

Lauris Unterlippe zitterte, ja, er zitterte am ganzen Körper.

»Aber ich hab es doch gerettet. Ich hab die Nabelschnur weggeschoben.«

Pentti zuckte mit den Achseln. »Zu spät. Da drinnen geht es schließlich um Sekunden.«

Lauri sank neben dem toten Kalb zu Boden. Er schämte sich. Was war er nur für ein Tierarzt? Er hätte doch begreifen müssen, dass er sich nicht dafür eignete. Wie hatte er sich das nur einbilden können?

Er schluchzte auf. Plötzlich spürte er, wie seine Jeans feucht wurde. Ein dunkler Fleck breitete sich auf dem Boden aus. Blut. Es war Blut.

»Papa, sie blutet, Kulta blutet! Wir müssen ihr helfen.«

Doch Pentti reagierte kaum, sondern zuckte nur erneut mit den Achseln. Lauri sah, dass die Hände seines Vaters zitterten.

»Wir können sie nicht retten. Lass der Natur jetzt ihren Lauf.«

»Aber sie blutet, sie blutet doch!«

»Diese Kuh war nicht geeignet fürs Kalben. Sie hatte nicht die Konstitution dafür. Lass sie einfach liegen, sie schläft schon irgendwann ein.«

Und mit diesen Worten ging er davon.

Lauri legte Kultas Kopf auf seinem Schoß ab und strich ihr zärtlich über Nase und Stirn. So blieb er lange sitzen. Der sonnige Frühsommertag ging in den Abend über, und draußen setzte die Dämmerung ein. Niemand kam und suchte nach ihm. Niemand rief nach ihm. Er saß noch lange dort und spürte, wie das Leben aus seiner geliebten Kuh rann, ohne dass jemand etwas unternahm, um ihr zu helfen. Doch er selbst konnte auch nicht das Geringste tun. Also streichelte er weiter ihren Kopf und weinte still.

Erst viel später hörte er, wie die Tür zum Kuhstall geöffnet wurde. Pentti wirkte erstaunt, ihn dort anzutreffen. Doch jetzt war das Gemeinschaftsgefühl im Blick seines Vaters und die Erinnerung an das, was sie erst vor Kurzem miteinander geteilt hatten, wie weggeblasen. Nun tauchte er mit einem Spaten in jeder Hand auf.

»Ach, sitzt du noch immer hier? Und, ist sie jetzt tot?«

Lauri schüttelte den Kopf, die Wangen striemig von Tränen, der Blick trübe.

»Geh zur Seite«, forderte sein Vater ihn auf.

Als er sich nicht bewegte, wurde Pentti ärgerlich und schob ihn weg. Dann griff er sich einen Spaten und hob ihn über Kultas Kopf. Es erinnerte ihn an das Ausholen vor dem ersten Spatenstich, damals, als sie die Erde aufgruben, um die neue Garage zu bauen. Doch stattdessen landete der Spaten auf Kultas Schädel, und Lauri konnte sehen, wie ihre Beine erzitterten, bevor sie wieder still wurden, für immer. Er weinte noch immer, sein Kopf schmerzte schon vom vielen Weinen, seine Kleidung war völlig hinüber und sein Blickfeld durch die Tränenflut verschwommen.

Pentti warf ihm den anderen Spaten zu.

»Jetzt mach schon, ich will sie unter der Erde haben, bevor Schlafenszeit ist. Ansonsten kommen die Fliegen, und dann ist es die reinste Hölle, die Viecher wegzuschaffen.«

Doch Lauri konnte sich nicht vom Fleck rühren. Er saß noch immer genauso da wie vorher und konnte einfach nicht aufhören zu weinen.

Sein Vater seufzte, unternahm aber nichts weiter.

»Dann geh in die Sauna und wasch dich, bevor du reingehst. Siri wird wahnsinnig, wenn du drinnen alles einsaust, sie hat gerade erst die Teppiche ausgeklopft.«

Dann schnappte er sich die beiden Spaten und verschwand. Lauri hörte, wie sein Vater draußen vorm Stall nach Voitto rief, einem seiner älteren Brüder, einer, der niemals so heftig weinen würde, dass er nicht in der Lage wäre, eine Kuh zu begraben. Lauri trocknete seine Tränen, zog den Rotz hoch und schluckte und schluckte, und nach einer Weile gelang es ihm, stolpernd den Kuhstall zu verlassen und zum Saunahaus hinunterzugehen.

Die Sauna war leer. Er warf seine gesamte Kleidung in die Feuerluke, und die Flammen im Ofen begannen, wie verrückt zu prasseln. Dann legte er sich auf die unterste Bank und schloss die Augen.

Nur kurz ein bisschen dösen, dachte er.

Plötzlich wurde er von einem Schwall kalten Wassers im Gesicht geweckt. Pentti stand über ihn gebeugt da, sein Gesicht war rot angelaufen (wegen der Hitze, nahm Lauri zunächst an, doch es war vor Zorn, wie er kurz darauf begriff), und eine Sekunde später fand Lauri sich auch schon im Gras vor der Sauna liegend wieder.

»Was zum Teufel machst du da?«, schrie der Vater. »Mit diesen Marotten jagst du deiner Mutter einen Riesenschreck ein.«

Als Lauri später am Abend in seinem Bett lag und Annie an seiner Bettkante saß, um ihm gute Nacht zu wünschen, kam ihm der Tag wie ein einziger langer Albtraum vor. Außerdem trauerte er um seine Lieblingsjeans. Der Pulli war ihm nicht ganz so wichtig.

»Du kannst meinen alten Samtpulli haben.«

Er schaute seine große Schwester an. Es war ihr schönstes Oberteil, und jedes Mal, wenn sie es trug, fuhr er verträumt mit den Fingern über den Stoff, um zu spüren, wie sich die fellartige Struktur je nach Streichrichtung veränderte. Jetzt saß sie hier und strich ihm übers Haar, wie sie es schon damals immer getan hatte, als er klein war und sie ihn zu Bett brachte, weil er im Dunkeln nicht allein einschlafen konnte. Ihre Haare waren noch feucht, sie war gerade aus der Sauna gekommen, und ihre Wangen hatten diese Saunafarbe. Annie wirkte im gedämpften Licht der Nachttischlampe so lebendig, so hübsch, und er sah in ihr einen Engel.

»Ich trag ihn sowieso nicht mehr. Außerdem bin ich eher ein Herbsttyp, Weinrot steht mir besser. Aber du bist ein Sommertyp, du kannst leuchtendes Rot gut tragen. Dir steht es viel besser.«

Dann ging sie zurück in Helmis und ihr Zimmer, doch am nächsten Morgen, als er aufwachte, lag der rote Samtpulli auf einem Stuhl an seinem Fußende.

Danach betrat er den Kuhstall nie mehr. Er wusste auch, wo sie Kulta und ihr Kalb begraben hatten, in einer Ecke des Grundstücks, wo alle Tiere vergraben wurden, doch auch dorthin ging er nie.

✲

Nachdem er seinen Traum, Tierarzt zu werden, aufgegeben hatte, nahm sein Interesse für seine Schwestern und deren Freizeitbeschäftigungen zu.

Er liebte es, auf einem der Betten in ihrem Zimmer zu sitzen und ihnen zuzuschauen, wenn sie sich schminkten. Annie, die Älteste, beherrschte es am besten und brachte es Helmi bei, die begierig von ihr lernte. Manchmal bezogen sie ihn auch mit ein und schminkten ihn mit Rouge und Mascara, doch oft war er einfach nur Zuschauer. Pentti wurde nämlich rasend vor Zorn, wenn er ihn geschminkt sah, sodass ihm nach den Ohrfeigen noch tagelang die Ohren klingelten, wenn sein Vater einen Volltreffer gelandet hatte.

Seine erste sexuelle Erfahrung machte er trotz allem, was passiert war, ausgerechnet in einem Kuhstall. Er war gerade bei seinem Onkel Olli, der im schwedischen Teil des Tornedal wohnte, und half ihm, auf dessen Kinder aufzupassen, weil seine Frau ins Krankenhaus musste, um sich einen Knoten in der Brust entfernen zu lassen. Lauri war damals vierzehn. In jenem Jahr hatte er zum Geburtstag eine braune Latzhose aus Breitcord mit weitem Schlag an den Beinen geschenkt bekommen. Sie saß wie eine zweite Haut am Hintern und im Schritt, und er kam sich unbeschreiblich ... erwachsen vor, wie er glaubte, oder eher sexy, obwohl er die genaue Bedeutung dieses Wortes selbst noch nicht begriff.

Normalerweise hätte man Helmi geschickt, die schließlich ein Mädchen und außerdem zwei Jahre älter war, doch Siri war schwanger mit Arto und brauchte mehr Hilfe als sonst. Außerdem ging es nur um ein paar Tage, und Lauri hatte zu Hause schon öfter den Babysitter gespielt. Jetzt, wo er nicht mehr bei den Tieren im Stall mithalf, hatte er Siri tatkräftig im Haushalt unterstützen müssen und dabei sowohl kochen als auch backen sowie aufräumen und putzen gelernt. Lauri erinnerte sich nur noch dunkel an Ollis und Eevas Besuch zu Penttis fünfzigstem Geburtstag, der schon vier oder fast fünf Jahre zurücklag, doch er freute sich darauf, von zu Hause wegzukommen, von allem Zank und Streit, und überhaupt: Schweden, Schweden, Schweden – das übte einen ganz besonderen Reiz auf ihn aus.

Solange er sich erinnern konnte, hatte ihn das Nachbarland magisch angezogen. Ihm hatten es die Erzählungen aus dem Krieg angetan, über alle Kinder, die das Glück gehabt hatten, dorthin geschickt zu werden und nie wieder zurückkehren zu müssen (Lauri sah es so, als hätten sie Glück gehabt, nicht im kargen Finnland ausharren zu müssen, doch er machte sich keine Gedanken über die Familien, ihren Zusammenhalt oder die Ängste dieser Kinder), und er hatte schon früh angefangen, von dem Tag zu träumen, an dem er endlich groß genug sein würde, um das Tornedal verlassen zu können und nie wieder zurückschauen zu müssen.

Ich werde bereit sein, dachte er. Ich werde die Sprache lernen und mich anpassen.

Olli und Eeva hatten vier Kinder zwischen zwei und zehn Jahren, und ihr Bauernhof war mit rund fünfzehn Kühen und ein paar Feldern eher klein. Sie waren Laestadianer wie alle von Penttis Geschwistern, und Lauri wusste, dass sie weder einen Fernseher noch ein Radio besaßen und im Haus auch kein Alkohol getrunken wurde. Doch viel mehr wusste er eigentlich nicht über sie und ihre Religion.

Aber er erinnerte sich vage daran, dass sie damals nett zu Buckel und ihm gewesen waren und sie beide eingeladen hatten, sie jederzeit zu besuchen. Ihr könnt gern den Sommer bei uns verbringen, Jungs.

Lauri fand ihr Angebot verlockend, doch im Sommer mussten sie schließlich das Heu einfahren, und dabei konnte auf keine Arbeitskraft verzichtet werden, egal, wie jung sie war. Deshalb war nie etwas daraus geworden. Doch jetzt würde er also fahren dürfen.

Alles lief super: Voitto, der gerade achtzehn geworden war und in der Woche zuvor seinen Führerschein gemacht hatte, fuhr ihn hin, sodass er Eeva noch antraf, bevor Olli sie ins Krankenhaus brachte. Sie blickte ihn mit ihren hellblauen wässrigen Augen an und zeigte ihm alles, was er wissen musste. Auch die Kinder waren unglaublich lieb, überhaupt nicht so wie seine eigenen Geschwister, sondern gut erzogen und leise, nur sprachen sie kaum ein Wort Finnisch. Lauri freute sich umso mehr darüber, denn er betrachtete es als perfekte Gelegenheit, sein Schwedisch zu verbessern. Bereits zu dieser Zeit träumte er jeden Tag von seinem bevorstehenden Umzug ins Nachbarland.

Olli war ebenfalls nett, überhaupt nicht wie Pentti, obwohl sich beide ähnlich sahen. Olli war fast zwanzig Jahre jünger als sein Bruder und einen Kopf größer, aber sie hatten dieselben schwarzen Haare und Augen und dasselbe Lachen. Allerdings mit dem kleinen Unterschied, dass Lauri niemals Beklemmungen oder Angst bekam, wenn Olli lachte.

Es war der letzte Tag vor seiner Heimreise, ganze zwei Wochen war er schließlich dort gewesen. Am nächsten Morgen würde Olli früh losfahren, um Eeva aus dem Krankenhaus abzuholen, und wenn sie gegen Mittag wieder zurück wären, würde Voitto kommen und ihn heimfahren. Länger konnte Lauri nicht bleiben, wenn er abgeholt werden wollte, da sich Voitto an seinem achtzehnten Geburtstag beim Militär verpflichtet hatte und schon am nächsten Tag seinen Wehrdienst antreten würde.

Lauri hatte die Kinder zu Bett gebracht und das Geschirr vom Abendessen gespült, bevor er in den Kuhstall ging, wo Olli gerade die Milchsiebe reinigte. Er stellte sich ans Fenster und schaute hinaus. Es war ein ziemlich kalter dunkler Januartag, und drüben im Haus prasselte ein gemütliches Feuer im Ofen. Lauri trug seine braune Latzhose, die er schon die ganze Zeit getragen hatte, und einen orangebraunen Strickpulli, den er aus Annies Kleiderschrank stibitzt hatte, aber als Erbstück betrachtete. Seine dunklen Haare waren etwas länger geworden, die Locken fielen ihm bis auf die Schultern, und er fühlte sich wohl, als er dort am Fenster stand und auf die winterlich nackten schwedischen Felder schaute.

Irgendwann spürte er Ollis Blick auf seinem Körper.

»Du bist tüchtig gewesen, Lauri Kaleva«, sagte er.

»Danke, es hat aber auch wirklich Spaß gemacht. Außerdem hab ich mein Schwedisch verbessern können.«

»Du warst ja fast genauso tüchtig wie meine Frau, und dabei bist du erst vierzehn. Eigentlich unglaublich. Gottes Wege sind unergründlich.«

Lauri nickte.

Olli betrachtete ihn mit seinen sanften freundlichen Augen.

»Ich möchte dir zum Dank gerne etwas geben.«

»Ach, nicht nötig, ich bin froh, wenn ich helfen konnte. Und eure Kinder sind ja so gut erzogen!«

Lauri lachte auf.

»Nicht so wie meine Geschwister, diese Wildkatzen.«

»Komm und setz dich hierher, Lauri Kaleva«, sagte Olli und klopfte auf seine Oberschenkel, während er auf der Bank saß.

Lauri schaute ihn an und zögerte. Was meinte er nur? Sollte er sich wie ein Kleinkind auf seinen Schoß setzen? Hier im kalten Stall, mit all den Kühen um sie herum?

»Na komm schon.«

Olli klopfte erneut mit seinen groben gefurchten Händen auf seine breiten Oberschenkel. Sein Blick war sanft und mild.

Lauri näherte sich ihm langsam, bis Olli seine Hand nahm und ihn auf seinen Schoß hinunterzog. Es war irgendwie spannend und unangenehm zugleich, und er verspürte ein Ziehen in der Unterhose. Olli zog ihn noch etwas näher zu sich heran, so nahe, dass er deutlich spüren konnte, wie sich unter der Hose seines Onkels etwas spannte.

»So ist es gut, Lauri Kaleva«, sagte der Onkel und seufzte zufrieden, als Lauris Hintern gegen seinen steifen Penis gedrückt wurde. »Keine Angst.«

Und dann packte er Lauri und presste ihn mit denselben Händen, die sich am Vortag, einem Sonntag, noch zu einem Gebet gefaltet und beim anschließenden Kirchenkaffee die Tasse gehalten hatten, gegen die Holzwand einer Stallbox.

»Nein«, versuchte Lauri hervorzubringen, während sein Gesicht gegen das raue Holz gedrückt wurde, doch sein Protest hätte sowieso nichts bewirkt.

Olli würde nicht aufhören.

Lauri hörte ihn mit der einen Hand an seinem Gürtel herumfummeln, während die andere abwechselnd seinen Rücken und Po knetete und streichelte.

Der Onkel versuchte halbherzig, seine braune Latzhose aufzuknöpfen, was ihm in seinem erregten Zustand jedoch nicht gelang und letztlich damit endete, dass er in seinem Eifer, in Lauris vierzehnjährigen Körper einzudringen, kurzerhand die Träger und Knöpfe abriss.

Lauri erinnerte sich noch an die Schmerzen, denn der Onkel benutzte natürlich kein Gleitmittel, sondern drang mit Gewalt in ihn ein, und er erinnerte sich an seine Angst, aber auch an die Lust dahinter, die er im Augenblick des Geschehens zwar keineswegs zu genießen imstande war, aber sich doch sein gesamtes erwachsenes Leben lang in Erinnerung rufen konnte, wie eine Quelle der Fantasie und des Verlangens.

Hinterher wirkte Olli eher befangen, und nachdem er sich als netter Onkel anfänglich Zeit genommen hatte, um mit seinem Neffen zu reden, nahm er jetzt noch nicht mal mehr Blickkontakt zu ihm auf.

Weder kurz danach noch irgendwann später im Leben.

Olli entschuldigte sich nuschelnd und verschwand im Haus, während Lauri auf die Knie sank und lange in der Dunkelheit verharrte, mit nacktem Hintern und den wiederkäuenden Kühen um sich herum. Doch er weinte nicht, denn mitten im Schmerz beschlich ihn ein merkwürdiges erhebendes Gefühl, als wäre das, was passiert war, der ultimative Beweis dafür, dass er seine Aufgabe bestanden hatte. Er hatte sie genauso gut gemeistert wie Eeva und konnte ihre Rolle ausfüllen, in jeder Hinsicht. Der Schmerz klang allmählich ab, zumindest etwas, während die Kühe um ihn herum schnauften.

Als er ins Haus zurückkam, brannte nirgends mehr Licht, und er schlich in die Toilette, wo er sich so leise wie möglich wusch und dabei die Luft anhalten musste, damit sich sein Schmerz nicht durch Schreie, Jammern oder Tränen entladen würde.

Lauri tat der Hintern noch Wochen später weh, und er blutete mehrere Tage lang, sobald er auf die Toilette ging. Dennoch brachte er es nicht übers Herz, seine braune Latzhose wegzuwerfen, und schob sie stattdessen zusammengefaltet in die hinterste Ecke seines Kleiderschranks.

(Eeva kam zwar dieses Mal mit dem Leben davon, doch fünfzehn Jahre später siegte der Krebs.)

*

Als Annie bei Helmi ankam, hatte die Dämmerung bereits eingesetzt. Sie war länger im Krankenhaus geblieben als geplant. Esko hatte versucht, mit ihr zu reden, doch er war müde gewesen und hatte ziemlich unzusammenhängendes Zeug über Pentti und den Tag vor dem Unfall von sich gegeben. Dennoch, er hatte Annie erzählt, was er gesehen hatte. Aber sie wollte nicht näher darauf eingehen, denn so viel begriff sie: Wenn Pentti tatsächlich so krank war, wie Esko behauptete, dann würde dieser Schneeball, der nun ins Rollen geraten war, sich nicht mehr stoppen lassen. Das würde einige Probleme mit sich bringen, derer sich jemand annehmen müsste, doch Annie wollte auf keinen Fall dieser Jemand sein. Nicht jetzt.

»Ich weiß nicht so recht, was das bringen soll, aber er versucht, Mama zu überreden, dass sie sich scheiden lässt.«

Helmi lachte, es war ein erstauntes Lachen.

»Meint er das ernst?«

»Offenbar ja.«

Annie zuckte mit den Achseln. Sie wollte nicht weiter darüber nachdenken, deswegen war sie zu Helmi gefahren, obwohl es schon spät war und obwohl sie wusste, dass sie in Aapajärvi gebraucht wurde. Sie wollte vorher nur noch eine kleine Auszeit nehmen. Sie nippte an ihrem Kaffee, der heiß war und so angenehm duftete, wie er in ihrer Kindheit geduftet hatte, bevor sie selbst angefangen hatte, welchen zu trinken.

»Die werden sich niemals scheiden lassen.«

Helmi rührte in ihrem Kaffeebecher herum, in den sie reichlich Zucker geschüttet hatte. Dabei schwappte der Kaffee über und rann am Rand hinunter. Hellbraune Rinnsale, doch Helmi schien es nicht zu bemerken. Lill-Pasi wachte aus seinem Nachmittagsschlaf auf und kam angewatschelt, und Annie lehnte sich auf der Küchenbank ihrer Schwester zurück, froh darüber, noch eine kleine Weile ihre Ruhe zu haben. Noch konnte sie so tun, als wäre nichts.

*

Das, was sich auf dem Rastplatz ereignet hatte, wurde prägend für Lauri und seine sexuellen Beziehungen. Es waren flüchtige kurze Begegnungen, und oft oder fast immer war Lauri derjenige, der die Liebe empfing, die der andere, oftmals ältere Mann ihm schenkte.

Er hatte einen Blick für sie, die Familienväter, und er betrachtete es als Sport, sie sich zu angeln. Oftmals hing er in seiner Freizeit mit Annie und ihren Freunden ab, doch manchmal ging er auch mit seinen Arbeitskollegen von der Fähre aus, denn sie waren genauso wie er junge, vorurteilsfreie hemmungslose Männer, die bewusst in die Großstadt gezogen waren, wo die Abende lang waren, und die sich eine Arbeit gesucht hatten, mit der sie schnelles Geld verdienen konnten. Bei der Arbeit lernte Lauri auch seine ersten homosexuellen Freunde kennen. Männer, die nur Freunde waren und mit denen er nicht ins Bett ging (oder jedenfalls nur sehr selten).

Mit seinen Freunden, seiner Schwester, seinem Job, seinem Geld und dem freien Zugang zu Sex lebte Lauri seinen Traum. Als er von der Schwangerschaft seiner Schwester erfuhr, war er enttäuscht, versuchte es jedoch, vor ihr zu verbergen. Da sie selbst auch nicht besonders begeistert zu sein schien – weder von der Schwangerschaft noch von der Tatsache, dass ihr Freund bei ihr einziehen wollte –, fiel es ihm schwer, diese Neuigkeit ernst zu nehmen und ihre Tragweite zu begreifen.

Annies Freund war attraktiv. Sehr attraktiv. Zu attraktiv für Annie, fand Lauri. Doch aus irgendeinem Grund benahm sich Annie, als wäre das Gegenteil der Fall, als wäre sie diejenige, die sich die Männer aussuchen könnte.

Wahrscheinlich würde die Beziehung nicht halten.

Seine Schwester schien völlig desinteressiert an Männern zu sein oder, besser gesagt, an anderen Menschen überhaupt. Es war nicht so, dass sie Frauen vorzog, nein, Lauris Auffassung nach war sie eher nicht in der Lage, tiefere Gefühle zu empfinden. Außerdem merkte man ihr kaum an, dass sie eine Sexualität besaß, und wenn er es nicht besser gewusst hätte, hätte er angenommen, dass es zwischen ihren

Beinen völlig glatt war, dass dort nichts war, weder eine Möse noch ein Schwanz, wie bei einer Puppe.

Ja, seine große Schwester erinnerte ihn ein wenig an eine Barbiepuppe. Groß und schlank, immer ein künstliches Lächeln auf den schmalen Lippen. Aber mit spitzen Ellenbogen. Auch ihre Hautfarbe veränderte sich nie, als wäre das Blut, was in ihrem Körper floss, nahezu durchsichtig, wie verdünnte Milch.

Er liebte es, mit seiner Schwester zusammenzuwohnen, doch obwohl er jetzt schon seit einiger Zeit in Stockholm lebte und vieles von dem gelernt hatte, was er sich vorgenommen hatte, bevor er in die Stadt gekommen war (wie Rolltreppe zu fahren, sich in der Kneipe ein Bier zu bestellen oder die Haare mit galantem Schwung nach hinten zu werfen), kam es ihm vor, als hätte Annie immer einen Vorsprung. Stockholm würde immer eher ihre Stadt sein als seine. Mehrere von seinen homosexuellen Freunden hatten von Kopenhagen geschwärmt und behauptet, dass es dort noch dekadenter und freier zugehe als in Stockholm, und irgendwo in seinem Hinterkopf hatte ein kleiner Traum begonnen, Form anzunehmen.

Er hatte angefangen, alles Finnische glühend zu verachten, doch auf der Fähre war er schließlich jeden Tag gezwungen, Finnisch zu sprechen. Je weiter er sich von seinem Vaterland entfernte, desto mehr würde er sich also verändern können.

Jetzt war Annie über Weihnachten zu ihrem gemeinsamen Elternhaus zurückgefahren.

Lauri hatte Wein, Käse, leckere Chutneys und eingelegte Kirschen gekauft, die edle Sorte, und freute sich darauf, nur mit einer Unterhose und Annies weichem Seidenmorgenmantel bekleidet ungestört durch die Wohnung zu spazieren und dabei Musik zu hören, ganz für sich allein.

Er würde die gesamte Woche freihaben und sich mit niemandem verabreden, bevor er seine Silvesterschicht auf der Fähre antrat. Doch schon an seinem ersten freien Tag wurden seine Pläne zunichtegemacht, als es gegen Mittag an der Tür klingelte. Lauri hatte nicht vor, sich zu entschuldigen, als er nur in Unterhose und Annies Seidenmorgenmantel öffnete, war aber umso erstaunter, Alex davorstehen zu sehen.

»Annie ist nicht zu Hause«, sagte Lauri und spitzte die Lippen, wie er es bei einem älteren Kollegen gesehen hatte (es war ihm ziemlich elegant erschienen, und er hatte es im Zuge seiner Selbsterneuerung übernommen).

»Nein, ich weiß, aber ich dachte, dass ...«

Er zog mit einem Augenzwinkern eine Flasche Wein unter seinem Mantel hervor und lächelte.

»Ich dachte, dass ...«

Alex lächelte ihn an, und Lauri, der noch nie zuvor Ziel dieses Lächelns gewesen war und jetzt ausnahmsweise mal im Scheinwerferlicht stand, spürte, wie er errötete.

»Komm rein, komm rein, du hast ja schließlich das Zauberwort dabei«, sagte Lauri und lachte sein künstliches Lachen, das er sich im Zuge seiner Selbsterneuerung ebenfalls zugelegt hatte, während er fieberhaft zu verstehen versuchte, was Alex bei ihm wollte.

Alex und Lauri kannten sich bereits, sie gingen oft zusammen aus, zwar nicht zu zweit, aber zusammen mit Annie und anderen Arbeitskollegen. Alex arbeitete im Gyllene Freden in Gamla Stan, und sie konnten ungezwungen miteinander plaudern und verstanden sich recht gut.

»Du fragst dich bestimmt, was ich hier will«, sagte Alex, als sie auf dem Sofa saßen und das erste Glas Chianti tranken. »Das frage ich mich auch. Ich weiß es ehrlich gesagt nicht. Ich glaube nur, dass ich ...«

Er nahm einen neuen Anlauf.

»Du weißt, dass wir ein Kind erwarten, oder?«

Lauri nickte.

»Und wie findest du das? Nein, du brauchst natürlich nicht darauf zu antworten, ist ja auch egal. Aber eine, die darauf antworten sollte, oder eine Meinung dazu haben sollte, ist deine Schwester. Annie.«

Jetzt merkte Lauri, dass Alex lallte. Er hatte offenbar schon einiges getrunken, bevor er kam. Seine dunklen Locken hingen ihm ins Gesicht, während sein Blick auf einen Punkt in der Ferne gerichtet war. Lauri schwieg.

»Aber sie sagt gar nichts dazu. Sie ist stumm wie ein Fisch. Und ich weiß nicht, was sie will. Und außerdem raucht sie. Kapiert sie überhaupt, dass sie schwanger ist? Ich frage mich ja nur.«

Er nahm einen großen Schluck Wein und zündete sich an der Glut seiner Zigarette eine weitere an. Lauri betrachtete Alex' Hände, die Haut war glatt, die Finger lang. Hände, die nie einen Spaten gehalten oder eine Kuh entbunden hatten. Hübsche Hände.

»Sie kapiert es«, entgegnete Lauri. »Annie ist nicht gerade gut darin, Gefühle zu zeigen, aber sie kapiert, dass sie schwanger ist.«

»Aber kapiert sie auch, dass ich bei der ganzen Sache auch eine Rolle spiele? Ich bin schließlich der Vater!«

Er breitete hilflos die Arme aus und ließ sich rücklings in die Polster fallen. Lauri betrachtete den Mann auf dem Sofa. Er war mit seinen großen, nahezu kugelrunden dunklen Augen und dem Grübchen im markanten Kinn wirklich attraktiv. Seine dunklen Locken fielen bis knapp über die Schultern, und Lauri stellte fest, dass er schon deutliche Geheimratsecken hatte. Sein Lächeln war strahlend, doch jetzt lächelte er nicht.

Stattdessen schaute er Lauri mit einem flehenden Blick an, der ihn an ein Tier erinnerte. Hilf mir, sagte dieser Blick.

»Na ja, du musst verstehen, Annie ist letztlich ein Produkt ihrer Erziehung. Und wir sind ziemlich speziell erzogen worden.«

»Du meinst, auf dem Land? Viele Leute wachsen doch auf dem Land auf.«

»Ja, aber es ist nicht nur das. Wir waren ziemlich viele. Wir sind eine große Geschwisterschar und hatten eigentlich immer nur uns. Wenn du Geschwister hast, weißt du bestimmt, dass sie einen manchmal wahnsinnig machen können, aber man kann sie sich eben nicht aussuchen.«

Alex nickte, machte aber nicht den Eindruck, als verstünde er es oder als wäre Lauris Erklärung hinreichend.

»Schon klar. Man streitet sich und schreit sich an, und irgendwann verträgt man sich wieder. Mein Bruder und ich haben uns wie die Verrückten gestritten. Und geprügelt! Mehrmals in der Woche!«

»Aber wir waren einfach zu viele. Und unsere Eltern, tja, die haben wirklich einen an der Klatsche. Insbesondere unser Vater.«

»Alle Eltern haben einen an der Klatsche.«

»Aber bei so 'ner großen Familie fällt es nicht so schnell auf. Und Annie war schließlich die älteste Tochter. Ich glaub, sie hat ziemlich damit zu kämpfen gehabt, so einiges hinter sich zu lassen, und wenn man dann selbst ein Kind kriegt, denkt man bestimmt ziemlich oft an seine eigene Kindheit zurück ...«

Alex unterbrach ihn. Seine Augenlider hingen herab, und seine Bewegungen waren langsam.

»Ich hab auch viel an meine Kindheit zurückgedacht. Im Nachhinein hätte man immer einiges anders gemacht.«

Er schaute zu Lauri auf, als wäre ihm seine Anwesenheit gerade erst aufgefallen.

»Ich wusste gar nicht, dass ihr so viele wart.«

»Doch, wir sind zwölf. Oder vierzehn, je nachdem.«

»Erzähl.«

Und Lauri erzählte von allen Geschwistern. Alex unterbrach ihn nicht, sondern lehnte sich derweil auf dem Sofa zurück und trank seinen Wein. Lauri hielt mehrmals inne, um zu prüfen, ob er eingeschlafen war. Doch jedes Mal bedeutete Alex ihm mit einer Handbewegung, einem dezenten Kreisen seiner Finger, die die Zigarette hielten, rede weiter, bitte rede weiter. Und als er ihm von all seinen Geschwistern, den lebenden wie den toten, und von seinen Eltern und auch vom Hof erzählt hatte, schaute Alex ihn erneut fragend an.

»Und was soll ich jetzt machen? Soll ich da hochfahren?«

»Nein! Auf keinen Fall. Damit wirst du ihr Herz nicht erobern können.«

Lauri stellte sich vor, wie Alex in seinem Ledermantel und in seinen Wildlederstiefeln dort oben auf den verschneiten Wegen, in der Sauna und in seinem Elternhaus herumstolzierte, und musste lachen.

»Ich glaube eher, du solltest ihr etwas Zeit geben und warten, bis sie zu dir kommt.«

Alex blickte traurig drein.

»Ich weiß nicht, ob ich das kann.«

Lauri murmelte etwas vor sich hin. Allmählich nervte ihn dieses Gespräch. Musste sich denn immer alles nur um Annie drehen? Selbst wenn sie nicht dabei war, ging es um sie. Er stand auf und legte eine Platte auf, *Super Trouper,* tanzte ein paar Schritte und kreiste dabei aus Spaß verführerisch mit den Hüften. Alex merkte es nicht mal, er saß einfach da und dachte an etwas anderes, an Annie. Lauri seufzte und ließ sich wieder aufs Sofa fallen. Dann saßen sie schweigend da, trinkend und rauchend, während es draußen zu dämmern begann und die wehmütigen Klaviertöne den Raum wohltuend einhüllten. Die klare Frauenstimme traf Lauri direkt in die Magengrube und verursachte eine plötzliche Übelkeit.

»Tell me, does she kiss like I used to kiss you?«

»Does it feel the same when she calls your name?«

Lauri wusste nicht, woher seine plötzliche Lust kam, Dinge zu zerstören, schöne Dinge, die ihm widerfuhren. Vielleicht war es genetisch bedingt, lag es ihm etwa im Blut? Er war trotz seines geringen Alters schon in der Lage, sich so stark zu betrinken, dass er Erinnerungslücken hatte, Zustände, in denen er mitunter aus einem dunklen Schlaf erwachte und gewisse Dinge geschehen sah, sich selbst Handlungen ausführen sah, Handlungen, von denen er zwar wusste, dass sie seiner Veranlagung entsprachen, die er aber in nüchternem oder weniger betrunkenem Zustand niemals auch nur erwogen hätte auszuführen.

Und in dieser Nacht kam es zu solchen Handlungen.

Lauri spürte diesen Sog im Körper, erst sachte, dann immer stärker, und er spürte, dass Alex ihn haben wollte, na ja, nicht unbedingt ihn, aber doch etwas von ihm, nämlich einen gewissen Zugang zu Annie, den Lauri besaß, was dazu führte, dass er sich begehrt fühlte.

Alex war auf dem Sofa eingeschlafen, und ohne selbst die Verantwortung dafür übernehmen zu können, stellte Lauri in einem klaren Augenblick mitten in seiner düsteren Trunkenheit fest, dass er gerade dabei war, Alex einen zu blasen, dem zukünftigen Vater von Annies Kind. Er schaute zu Alex auf, doch dessen Kopf war nach hinten auf die Sofalehne gesunken, und auch wenn sein Körper auf Lauris Bewegungen ansprach, machte er nicht den Eindruck, als wäre er wach. Lauri spürte sofort, dass es verkehrt war, und dass er gerade einen schwerwiegenden Fehler beging, auch Annie gegenüber, ausgerechnet Annie, die sich immer um ihn gekümmert hatte, die ihn bei sich wohnen ließ und ihm alles gegeben hatte, die perfekte Annie. Plötzlich spürte er Finger in seinem Haar, was er als Zeichen deutete, dass Alex einverstanden war, und machte weiter, bis er die vertrauten Zuckungen sowie den Geschmack auf der Zunge spürte, der ihm ebenfalls bekannt vorkam. Als er sich aufsetzte oder, besser gesagt, sich endlich traute, es zu tun, erwartete er eine Reaktion, welche genau, das wusste er nicht, aber jedenfalls nicht, dass Alex noch immer schlafen würde.

Alex hatte den gesamten Akt verschlafen.

Die Übelkeit übermannte ihn erneut, diesmal stärker, und er würgte ein paarmal und spürte, wie der ihm wohlbekannte Geschmack im Hals hochkam, während unter seinen Augenlidern Tränen brannten. Er ging rasch in sein Zimmer, schloss die Tür ab und legte sich aufs Bett, wo der dunkle Schlaf ihn schluckte. Weit entfernt hörte er ein Klopfen an der Tür und noch weiter entfernt das Klingeln des Telefons, doch er schlief einfach weiter, schlief, bis es draußen wieder dunkel war. Erst dann stand er auf und trank Milch direkt aus der Packung, was er nicht durfte, wenn Annie zu Hause war, danach pisste er in die Spüle, was er ebenfalls nicht durfte, wenn Annie zu Hause war, um sich anschließend wieder ins Bett zu legen. Er wusste, dass das, was er getan hatte, schlimmer war als alles, was er je zuvor angerichtet hatte, denn es war, als hätte er sich selbst Gewalt angetan und die Nähe, die sie beide verband, zerstört. Doch er konnte es nicht ungeschehen machen, sondern nur versuchen, damit zu leben.

Als er schließlich ans Telefon ging, hörte er Helmis Stimme von weit her.

»Wo bist du denn gewesen? Wir haben andauernd versucht, dich zu erreichen.«

Er antwortete ausweichend, doch sie schien ihm kaum zuzuhören.

»Auch egal, jetzt kann ich dir ja endlich erzählen, was passiert ist.«

Sie klang aufgeregt wie ein echtes Waschweib, sowohl mitleidig als auch schadenfroh. Manchmal erinnerte ihn Helmi an eine alte Dorftratsche, eine richtige Hinterwäldlerin, wie er verächtlich feststellte.

Keineswegs vergleichbar mit ihm, dem Big City Boy.

Nachdem sie ihn informiert hatte, schämte er sich für seine Gedanken, und Arto tat ihm furchtbar leid. Als er den kleinen Kinderkörper und das heiße Wasser vor sich sah, schmerzte es ihn physisch.

»Und, wann kommst du?«, wollte Helmi wissen.

»Nee, wieso, ich komme nicht.«

Er war erstaunt über ihre Frage.

»Hey, Arto liegt im Krankenhaus!«

»Aber die Ärzte sagen doch, dass er wieder gesund wird.«

»Lauri, also wirklich!«

»Was denn? Ich kann nicht kommen, ich muss arbeiten.«

»Warte, hier kommt Annie.«

»Nein, ich will gar nicht mit ihr sprechen, das ist nicht nötig.«

Doch Helmi war nicht mehr in der Leitung, und er hörte, wie seine große Schwester nach dem Hörer griff oder, besser gesagt, er spürte es, und er spürte auch, wie sich seine Kehle zu einem dünnen Strohhalm zusammenzog, sodass er kaum noch Luft bekam.

»Lauri, du kommst jetzt nach Hause.«

Als er Annies Stimme hörte, übermannten ihn erneut die Erinnerungen an den vorigen Abend, und er begriff, dass er die Schlacht verloren hatte.

»Ich weiß aber nicht, ob ich freibekomme«, entgegnete er, doch da wusste er schon, dass ihm keine andere Wahl blieb.

»Es geht auch noch um andere Dinge, Lauri, nicht nur um Arto.« Sie senkte ihre Stimme, als wollte sie nicht, dass Helmi es hörte.

»Aha?«

»Ich hab das Gefühl, dass irgendwas Schlimmes passieren wird.«

Lauri hatte keine Schwierigkeiten, freizubekommen, denn die Kollegen – von denen viele in Stockholm genauso allein und entwurzelt waren wie Lauri – standen regelrecht Schlange, um die Weihnachts- oder Neujahrsschicht zu übernehmen, zumal diese Dienste besser bezahlt wurden und das Trinkgeld erfahrungsgemäß besonders reichlich floss. Lauri stieg noch am selben Abend in den Überlandbus und fand ganz hinten einen freien Sitz am Fenster.

Er war todmüde. Es war die Scham, die ihn müde machte, und er wusste nicht, wie er dem Blick seiner Schwester würde standhalten können.

*

Annie wachte davon auf, dass im Zimmer nebenan Penttis Wecker klingelte. Sie wusste, dass es halb fünf am Morgen war, weil der Wecker immer um halb fünf klingelte, jeden Tag, das ganze Jahr hindurch, so sicher wie das Amen in der Kirche, und sie wusste auch, dass sie nicht mehr würde einschlafen können. Obwohl sie spät zu Bett gegangen war und obwohl Onni, der neben ihr lag, im Schlaf geschrien hatte, sie wusste nicht mehr, wie oft, aber trotzdem würde sie nicht mehr einschlafen können, auch diese Nacht nicht.

Sie lag da und lauschte den morgendlichen Geräuschen im Haus, ihr Vater ging pinkeln, wusch sich, zog sich an, kochte Kaffee, kurz, er erledigte alles, was erledigt werden musste. Sie blieb im Bett liegen und wartete, bis sie hörte, wie die Haustür geöffnet und wieder geschlossen wurde, und schließlich das Geräusch von knirschendem eiskaltem Schnee unter Gummistiefelsohlen vernahm. Dann stand sie auf.

Annie betrachtete sich im Spiegel. Sie wirkte müde. Sie war müde. Schon seit sie nach Hause gekommen war, hatte diese Müdigkeit sie übermannt und an ihr genagt, jeden Tag etwas mehr. Sie hatte noch mit niemandem über Eskos Informationen sprechen können, weil sie wusste, wie es ablaufen würde und was von ihr erwartet wurde.

Esko war fast vier Jahre älter als Annie, aber in vieler Hinsicht waren die beiden wie Zwillinge, so nahe hatten sie sich einmal gestanden. Und auch wenn sie sich jetzt nicht mehr ganz so nahestanden, war die Bindung noch vorhanden und auch das Verantwortungsgefühl, das sie teilten. Sie hatten schon immer als Sprachrohr ihrer Geschwister fungiert, hatten dafür sorgen müssen, dass aufs Tapet kam, worüber gesprochen werden musste, und Annie wusste, dass es jetzt an ihr lag, die Geschwister zusammenzutrommeln, ihnen mitzuteilen, was Esko ihr vor die Füße geworfen hatte, und sie durch alles hindurchzulotsen, was nun wichtig wäre.

Annie wusste es, aber sie wollte es nicht. Sie schaffte es nicht. Sie betrachtete ihre Haut, die so dünn war, dass sie kaum das Fleisch ihrer Wangen, die Knochen und den Knorpel bedeckte, als würde die oberste Schicht jeden Moment einfach verdunsten, abfallen, verschwinden und sie völlig ungeschützt vor ihrer Umwelt zurücklassen. Ich mache es später, hätte sie am liebsten gesagt. Genau so, wie sie mit dem anderen Problem verfahren wollte, mit dem, was in ihrem Bauch heranwuchs und sie dazu zwang, sich neue Winterklamotten zu kaufen.

Später, später.

Doch manche Dinge lassen sich nun mal nicht aufschieben. Und manche Dinge lassen sich nicht aufhalten, wenn sie erst mal ins Rollen gekommen sind.

Und Annie war ein großes Mädchen, das, ohne zu murren, tat, was es tun musste. Also stand sie auf, machte Feuer im Herd, kochte Kaffee, bereitete das Frühstück zu und weckte ihre Geschwister. Und als es draußen hell wurde und alle Kinder gegessen und sich angezogen hatten, als das Geschirr gespült und das Mittagessen vorbereitet war und alle tausend kleinen Dinge erledigt waren, die erledigt werden mussten, stieg sie erneut in den Pick-up und fuhr in Richtung Stadt. Um die Familie nach Hause zu holen und zu versammeln.

*

Annie und Helmi kamen in die Stadt und holten Lauri ab, auf dem Rücksitz saß Lill-Pasi. Lauri stellte fest, dass es doch nicht so schwierig war, Annie unter die Augen zu treten.

Er musste nur sein Innerstes ganz klein und sozusagen wasserdicht machen, durfte nichts rauslassen und nichts hinein, dann funktionierte es. Solange er nicht an das Schmerzhafte dachte, war es auch nicht existent. Außerdem hatte er während der Busreise genügend Zeit zum Nachdenken gehabt und sich einen Plan zurechtgelegt.

Er würde noch höchstens ein paar Monate auf der Fähre arbeiten und dann wegziehen. Stockholm verlassen und in Richtung Süden ziehen. Er hatte von den Fähren zwischen Malmö und Kopenhagen gehört. Es waren kleinere Schiffe, und die Strecke war viel kürzer, man fuhr an einem Tag mehrmals hin und zurück und musste nicht auf dem Schiff übernachten. Seine Freunde hatten ihm Kopenhagen als das Paradies auf Erden schmackhaft gemacht. Man brauchte ja nicht mal dort zu wohnen, sondern konnte sich in Malmö etwas suchen, wenn man wollte. Und Dänisch war außerdem nicht besonders schwer, man musste sich nur vorstellen, dass alle Leute mit einem Schwanz im Mund sprachen, wie sein Freund Jimmy es ausgedrückt hatte.

Doch nun saß er hier auf der Rückbank, Lill-Pasi neben sich und seinen beiden großen Schwestern auf den Vordersitzen, und lauschte ihren Stimmen.

Jetzt war es an der Zeit, sagten sie.

Die große Trennung stand bevor, prophezeite Helmi.

Annie war nicht davon überzeugt und entgegnete, dass Siri Pentti nie und nimmer verlassen würde, weil es in ihren Augen nichts gab, was unverzeihlich war.

»Es gibt immer was«, konterte Helmi. »Irgendwann ist auch bei ihr das Maß voll.«

Annie zuckte mit den Achseln. Sie würden es schon sehen. Lauri spürte, wie Annie ihn im Rückspiegel ansah. Er hatte es die ganze Zeit sorgfältig vermieden, ihr in die Augen zu schauen. Doch dann bemerkte er, wie seine beiden Schwestern vorn einen Blick austauschten, und wusste, was es zu bedeuten hatte.

Was hat er denn jetzt schon wieder angestellt?

Denn bei Lauri spielten sich andauernd irgendwelche Dramen ab, so war es schon immer gewesen, seit er ein kleines Kind war. Oft allerdings keine weltbewegenden, sondern solche, die sich von selbst wieder legten. Und auch diesmal handelte er nach dem Motto: Augen zu und durch. Er würde es schon irgendwie überleben, und danach würde er frei sein, frei für einen Neuanfang weit entfernt von seiner verfluchten Verwandtschaft.

Aapajärvi hatte sich nicht verändert, es war kalt und abstoßend wie immer. Annie hakte sich bei ihm unter, während sie durch den Schnee zum Haus stapften, um nicht auszurutschen, wie er annahm, doch er empfand es so, als würde sie ihn stützen und es ihm zuliebe tun, und in diesem Moment konnte er sich vorstellen, dass sie ihm verzieh; obwohl sie es noch gar nicht wusste, verzieh sie ihm intuitiv, instinktiv.

Jetzt waren alle Geschwister versammelt, und auch Arto würde aus dem Krankenhaus entlassen werden. Es war der Tag vor Heiligabend, und zum ersten Mal seit mehreren Jahren würden alle Geschwister wieder zu Hause sein.

WIE SCHWER DIE VERANTWORTUNG AUF DEM ÄLTESTEN LASTET

Schneebälle geraten ins Rollen, und wenn sie erst einmal in Bewegung sind, lassen sie sich unmöglich stoppen.
Ach, all diese Wahrheiten, die unter der Oberfläche lauern und nur auf einen Anlass warten, hervorzulugen, ans Licht zu kommen, sich zu zeigen und alles unwiederbringlich zu zerstören.
Aber eigentlich ist doch noch immer nichts passiert, oder?

»Annie, du wirst es nicht glauben.«

»Was diesen Mann betrifft, glaube ich fast alles.«

»Okay, aber wenn ich es dir erzähle, dann sag nicht, dass ich dich nicht gewarnt hätte.«

Annie zuckte mit den Schultern.

Es war später Abend, und Arto war heimgekommen.

Er hatte nur drei Tage im Krankenhaus gelegen. Eigentlich hätte er länger bleiben müssen, doch offenbar hatte er dem Personal leidgetan, sodass sie ihn schon vor Weihnachten entließen. Vielleicht hatten sie auch nur mitbekommen, wie groß seine Familie war, und wollten vermeiden, dass an den Feiertagen jede Menge Leute im Korridor herumsprangen. Jetzt lag er gut versorgt in einem Klappbett im Elternschlafzimmer.

Esko hatte ewig herumgedruckst und zögerlich das Gewicht von einem Fuß auf den anderen verlagert, doch Annie wusste genau, dass ihr großer Bruder sein Herz erleichtern und ihr etwas Wichtiges mitteilen wollte, was auch immer er gesehen hatte, das ihn so stark mitnahm. Aber sie war müde, so verdammt müde.

Ich hätte nicht herkommen sollen. Ich hätte in Stockholm bleiben und Alex sagen sollen, dass er einziehen kann, schließlich wartet er schon länger darauf, der Arme, und außerdem sollte ich mich etwas mehr um meinen eigenen Kram kümmern, dachte sie und seufzte tief angesichts all dessen, was von ihr erwartet wurde. Doch schließlich hatte sie im Flur einen alten Wollmantel übergezogen, sich eine der Pelzmützen ihrer Eltern aufgesetzt und war Esko in die Garage gefolgt.

Esko hatte eine Zigarette nach der anderen geraucht und ihr dabei berichtet, was er gesehen hatte, anfangs zögerlich, doch dann immer flüssiger. Sie hatte zwischendurch mehrfach laut aufgelacht, sich beim Anblick von Eskos empörter Miene jedoch auf die Zunge gebissen. Begriff er denn nicht, wie crazy das Ganze war? Doch Esko wirkte ernst.

Nachdem Esko alles losgeworden war, saß sie lange schweigend da. Esko wartete und wartete, zunehmend frustriert. Offenbar hatte er diese Reaktion nicht erwartet.

»Wir müssen ihr helfen.«

Esko versuchte, Blickkontakt mit Annie aufzunehmen, doch sie starrte hinunter auf ihren Daumennagel, als wären darunter alle Antworten auf die weltbewegenden Fragen verborgen.

»Man kann anderen nicht helfen, man kann nur sich selbst helfen.«

»Ach, laber doch keinen Scheiß, Annie. Wir müssen Mama helfen.«

Annie seufzte. Warum musste er denn ausgerechnet sie damit behelligen? Oh, warum war sie nur nach Hause gefahren.

»Siri legt aber keinen Wert auf unsere Hilfe.«

»Aber uns selbst hilft es doch auch. Ich hab mir alles genau überlegt. Und es kann funktionieren, aber nur, wenn wir zusammenhalten. Du und ich, wir müssen uns gegenseitig unterstützen.«

*

Im Gemeinschaftsgefühl liegt eine große Kraft.

Jetzt waren alle Geschwister zu Hause versammelt.

Alle außer Voitto.

Doch der war weit entfernt auf einer Insel im Mittelmeer stationiert, und wahrscheinlich legte auch keiner großen Wert darauf, dass er heimkommen würde. Obwohl er schon seit Beginn seines Wehrdienstes vor acht Jahren kaum je zu Hause gewesen war, sehnte sich keines seiner Geschwister besonders nach ihm, noch rechnete jemand mit ihm. Deshalb riefen sie ihn bei Anlässen wie diesem auch nicht an.

Doch alle anderen hatten als Willkommenskomitee im Flur gestanden, als Esko den kleinen Arto über die Haustürschwelle trug und vorsichtig auf der Küchenbank absetzte. Im Haus roch es nach Putzmittel und Bohnerwachs, ein typischer Weihnachtsgeruch, das Feuer im Ofen prasselte friedlich, und auf dem Küchentisch lag der rote Weihnachtsläufer, den Siri gewebt hatte. Darauf stand das gute Porzellan, und auf dem Plätzchenteller lagen Spitzbuben, mit Zwetschgenmus gefüllte Sterne und Pfefferkuchen. Alle versammelten sich gut gelaunt um den Tisch herum, und als Lahja Kaffee ausschenkte, legte sich eine gewisse Feierlichkeit über den Raum. Das Gemeinschaftsgefühl unter den Geschwistern war so stark, dass es auch nicht geschmälert wurde, als Pentti hereinkam und in barschem Ton fragte, warum keiner die Kaffeeglocke geläutet hatte. Er fuhr Arto kurz mit den Fingern durchs Haar und griff sich einige Plätzchen, bevor er ins Wohnzimmer verschwand und das Radio einschaltete.

*

Esko hatte am Tag des Unfalls angefangen, seinen Plan zu schmieden, während er spätabends weinend auf einer Bank im Korridor des Krankenhauses saß. Er weinte wegen all dem, was er gesehen und in Erfahrung gebracht hatte, und auch wegen der schweren Last auf seinen Schultern angesichts der Tatsache, dass er mit seiner Mutter reden und ihr alles erzählen müsste. Eigentlich müsste er jetzt stark sein und die Sache wie ein Mann angehen, aber er war nie stark gewesen, sondern immer nur schwach, jemand, den man eher mit Füßen trat und ausnutzte. Er war ein Schwächling und besaß kein Rückgrat, er litt unter einem Defekt, einer Krankheit. Einer Krankheit namens Zuverlässigkeit.

Seine Mutter saß an Artos Bett, denn sie wollte bei ihm sein, wenn er aufwachte, und er hatte ihr versprochen, sie zurückzufahren.

Esko, die Zuverlässigkeit in Person.

Esko? Nach dem kannst du die Uhr stellen.

Er wusste, dass die anderen Geschwister sich hinter seinem Rücken über ihn lustig machten. Aber was sollte er tun? Er war nun einmal so, wie er war, er konnte nicht aus seiner Haut. Jetzt verfolgten ihn die wiederkehrenden Bilder seiner Erinnerungen, die sich einfach nicht abschütteln ließen, sosehr er es auch versuchte. Ja, wie er es auch anstellte, waren sie das Erste, was er sah, wenn er morgens aufwachte, und das Letzte, was er vor Augen hatte, wenn er abends versuchte einzuschlafen.

Er sah seinen Vater vor sich. Er sah ihn.

Am liebsten wollte er nicht weiter darüber nachdenken, doch plötzlich waren die Bilder einfach da, kamen immer wieder, und er konnte sich unmöglich gegen sie wehren. Doch er verspürte keinerlei Wut in sich aufsteigen, nein, vom Körper und vom Wesen her schien er gar nicht in der Lage zu sein, in Rage zu geraten, denn er war das komplette Gegenteil seines Vaters, eines Mannes, der von jetzt auf gleich explodieren konnte. Esko dagegen kam sich wie ein Boot vor, dessen Vertäuung sich gelöst hatte. Er würde jeden Moment wegtreiben, und das Pflichtgefühl, die Loyalität und den Respekt, den er einmal vor seinem Vater gehabt hatte und den seine Geschwister, jedenfalls die meisten von ihnen, völlig vermissen ließen, verlor er jetzt ebenfalls.

Nachdem sein Vater aus seiner Wahrnehmung verschwunden wäre, würde er ihm gegenüber keinerlei Verpflichtungen mehr empfinden. Und aus dieser Kraft heraus würde er seinen Plan umsetzen.

Er strich sich etwas Rotz aus dem Schnurrbart, trocknete seine Tränen mit dem Jackenärmel und wischte diesen schließlich am Hosenbein ab, bevor er sich eine Zigarette anzündete.

Ist ja gut.

Du bist ja schon ein großer Junge.

Der Bauernhof würde am Ende ihm gehören, dafür würde er sorgen. So war es nämlich seit jeher vorgesehen, und er hatte lange darauf gewartet. Jetzt wartete er schon seit zehn Jahren, denn er hatte Penttis Zusicherung geglaubt, den Hof nach Penttis zweiundfünfzigstem Geburtstag übernehmen zu können, damals wäre es eigentlich an der Zeit gewesen. Pentti hatte ihm an einem seiner gut gelaunten Tage versichert, alles genau geplant zu haben, tja, damals hatte er noch öfter gute Laune, oder nein, schon damals war das nur noch hin und wieder der Fall gewesen, und heute gar nicht mehr. Vermutlich war seine Lebensfreude irgendwann um Artos oder Onnis Geburt herum versiegt, Esko erinnerte sich nicht mehr an den genauen Zeitpunkt, damals hatte er ja schon nicht mehr zu Hause gewohnt.

Pentti hatte ihn irgendwann im Sommer einmal besucht, als er zum ersten Mal Großvater geworden war. Seine neue Rolle als Großvater hatte ihn glücklich gemacht, und er hatte ab und zu abends bei seinem ältesten Sohn auf einen Kaffee vorbeigeschaut.

Damals hatte sein Vater recht muskulös gewirkt. Kräftig und vital. Mit einer Entschlossenheit im Blick, einem gewissen Schalk im Nacken und einem fröhlichen Summen auf den Lippen. Doch das war schon lange her.

»Eines Tages wirst du mir Aapajärvi abkaufen. Du bekommst den Hof auch zu einem guten Preis.«

Vater und Sohn saßen auf der Veranda und blickten über das Grundstück. Es war ein vollkommen stiller Abend, wie es im Tornedal im Sommer mitunter vorkommt, keine zirpenden Grillen, keine

Zikaden, keine Verkehrsgeräusche aus der entfernten Stadt, nicht mal das Rauschen des Kukkolafors drang bis zu Eskos Hof.

»Versteh mich nicht falsch, natürlich zum marktüblichen Preis. Aber nicht zum Wucherpreis. Eine angemessene Summe, damit deine jüngeren Geschwister hinterher nicht sauer auf dich sind.«

Er schnalzte mit der Zunge und nickte im Stillen.

»Und dann baut ihr euch neben der großen Kiefer ein neues Haus, du und Seija, in dem ihr mit allen Kindern wohnen könnt. Es werden viele sein, das sieht man. So was sieht man einfach.«

Der Vater blinzelte ihm zu, doch dann wurde er ernster.

»Unter der großen Kiefer, dort hätte eigentlich das Wohnhaus stehen müssen. Aber im Nachhinein ist man immer schlauer.«

Esko hatte ihn reden lassen, seine Anwesenheit vermittelte Pentti eine gewisse Sicherheit, die ihn gesprächig machte.

»Und Siri und ich bleiben im alten Haus wohnen. Aber wir werden keinen Einfluss mehr auf den Hof nehmen, den Hof übernimmst du, tja, und zwar, sobald ihr das Haus fertig habt. Was sicher nicht länger als ein halbes Jahr dauert.«

Esko hatte seinem Vater in die Augen geblickt, und sie lächelten einander zu.

»Das wird prima, wirst schon sehen!«

Dann hatte er Esko liebevoll auf die Schulter geklopft und war zu seinem Mercedes zurückgeschlendert.

Esko erinnerte sich noch genau an diesen Tag. Er erinnerte sich deswegen so genau daran, weil es das letzte Mal war, dass Pentti von diesem Geschäft gesprochen hatte. Und immer wenn Esko es danach wieder aufgreifen wollte, hatte es die Situation entweder nicht zugelassen, oder Pentti hatte keine Zeit gehabt, oder irgendetwas anderes war dazwischengekommen.

Immer war etwas anderes wichtiger gewesen.

Doch Esko hatte nie den Glauben an seinen Vater verloren. Dies war letztlich der einzige Anlass, weshalb Seija und er Streit bekamen: dass Esko nun schon fast zehn Jahre auf den Tag gewartet hatte, an dem er sein Elternhaus übernehmen würde, dieser Tag aber noch immer nicht gekommen war.

Seija behauptete, dass er nie kommen würde, weil Pentti heute nicht mehr derjenige war, der er vor zehn Jahren gewesen war. Er würde seinen Hof nie verkaufen, sondern sie alle überleben und letztlich einsam und unglücklich dort sterben, und deshalb müssten sie ihr Leben endlich selbst in die Hand nehmen und eine neue, eine andere Zukunft planen.

Sie besaßen Geld, nicht gerade viel, aber Esko hatte all die Jahre lang gespart, und Seija hatte ein kleines Erbe zur Verfügung, was für eine Anzahlung auf ein Darlehen sowie nötiges Baumaterial gereicht hätte, jedenfalls fast, und darüber hinaus würden sie Unterstützung vom Staat bekommen, wenn Esko seine Träume von der Modernisierung des Hofes realisieren würde. Er hatte versucht, mit Pentti darüber zu reden, doch der schnaubte nur verächtlich und verfluchte die neumodischen Spinnereien der Regierung. Nach dem Motto: Was hatten die Politiker denn je Gutes für ihn getan? und dergleichen.

Jedenfalls hätte das Geld gereicht, um irgendwo anders, vielleicht etwas weiter südlich, neu anzufangen. Seija war gelernte Erzieherin, sie arbeitete zwar im Moment nicht, könnte aber jederzeit wieder anfangen, oder? Und Esko war im Sägewerk als Vorarbeiter angestellt und konnte ohne Probleme eine neue Arbeit finden, so zuverlässig, wie er war. Sie könnten zum Beispiel nach Oulu ziehen oder nach Tampere oder Helsinki oder … ja, wenn sie in der richtigen Stimmung war, konnte Seija sogar von Schweden träumen.

Doch Esko sagte jedes Mal Nein und ließ keinerlei Diskussion zu, denn er wusste, was er wollte, und hatte nicht vor, seine Meinung zu ändern. Nein, jetzt konnte er keinen Rückzieher mehr machen. Stellung zu beziehen, erschien ihm zunehmend wichtig, als wäre es das Einzige, was ihm geblieben war, wie er mitunter in dunklen Stunden sinnierte. Er würde warten, nur noch ein wenig warten, denn bald würde es geschehen. Der Hof würde seiner werden. Er würde das Elternhaus zurückerobern.

Doch innerlich zweifelte er durchaus. Er sah auch, wie das Leben um ihn herum weiterging, und spürte, wie er selbst stillstand, älter wurde, in der Zeit festgefroren, vollständig den Launen seines Vaters ausgeliefert, einem Vater, der ihm bis heute mit keinem Wort signalisiert hatte, dass ihr Gespräch an besagtem Juliabend im Jahr 1972 auch in seiner Erinnerung stattgefunden hatte.

Esko stand von der Bank im Krankenhauskorridor auf und erblickte in einer Glasfront sein Spiegelbild. Er fand, dass er genauso aussah wie immer, doch sein Blick wirkte irgendwie ängstlich, eingeschüchtert. Er hörte das Krankenhauspersonal weiter hinten im Korridor leise miteinander sprechen, und von irgendwoher vernahm er das Piepen einer medizinischen Apparatur, wahrscheinlich eines EKG-Geräts. Und hier stand er jetzt.

Er empfand keine Liebe mehr für seinen Vater. Er hatte Geld. Er hatte Munition. Er hatte eine Waffe. Eine Waffe, die er gegen seinen Vater richten konnte. Zum ersten Mal in seinem Leben fühlte er sich frei.

Ich kann diesen Menschen fertigmachen, überlegte er. Aber ich werde es auf meine Weise tun, sodass er es nicht merkt, bevor es zu spät ist.

Er müsste Annie überzeugen und auf seine Seite ziehen, dann würden auch die restlichen Geschwister mitmachen. Denn sie machten grundsätzlich, was Annie wollte, das hatten sie schon immer getan, allesamt. Er müsste sie ja nicht in alle Einzelheiten seines Plans einweihen, aber wichtig war, dass sie in der Sache zusammenhielten. Er würde Annie nur über das Nötigste informieren.

*

Er saß in einer Telefonzelle im Krankenhaus und versuchte, zu Hause anzurufen, zu Hause in Aapajärvi.

Aapajärvi, so hieß der Ort. Der Hof, auf dem sie alle aufgewachsen waren. Ihr ursprüngliches Zuhause.

Esko erinnerte sich an alles. All die Jahre, die ihn geformt hatten. Er erinnerte sich an die Zeit, als sie die Wasserrohre verlegt hatten, er erinnerte sich daran, als das Haus noch nicht voller schreiender Kinder gewesen war. Er erinnerte sich beinahe noch daran, als er das jüngste Kind in der Familie gewesen war, er, der jetzt der Älteste war. Und dies schon so lange. Manchmal kam ihm alles wie ein Traum vor.

Er erinnerte sich an den Holzschuppen.

Die Tischlerwerkstatt.

Die alte und die neue Garage.

Die Orte, an denen die toten Kinder begraben worden waren.

Er erinnerte sich daran, weil er sich an alles erinnerte, wenn auch nur vage, und mitunter fragte er sich, ob seine Erinnerungen nur nachträgliche Rekonstruktionen oder sogar nur Fantasien waren.

Doch Esko war kein Tagträumer. Er war Realist. Wog immer alle Nachteile gegen die Vorteile ab. Er sorgte für Gerechtigkeit und achtete darauf, dass er nie irgendwem etwas schuldig blieb. Bemühte sich, anderen immer einen Schritt voraus zu sein, und konnte besser damit umgehen, wenn andere in seiner Schuld standen, wenn auch nur geringfügig.

Diese berechnende Seite an ihm hatte bewirkt, dass er nie besonders viele Freunde gehabt hatte. Oder Freundinnen. Die meisten hatten zwar nicht gerade Angst vor ihm, waren in seiner Gegenwart aber befangen und fühlten sich unwohl. Es war, als haftete ihm ein unangenehmer Geruch an, den man zwar nicht wahrnehmen konnte, der sich aber in allen Räumen, in denen er sich aufhielt, ausbreitete, der Geruch eines ängstlichen Mannes.

Als er etwas jünger war, hatte er gut ausgesehen. Stattlich. Mit markantem Kinn und einer löwengelben wallenden Haarmähne. Mit prallem Bizeps und unbehaartem Brustkorb. Bepackt mit Muskeln, die unter seiner Kleidung spannten, Muskeln, die er ausgebildet hatte, ohne zu wissen, wie oder warum. Äußerlich war er ein wahrer Macho. Doch er blieb immer anständig, wollte nichts zu tun haben mit den geschminkten, Kaugummi kauenden, puppenäugigen Mädchen in Nylonstrümpfen, und schon bald verloren sie das Interesse an ihm.

Esko wusste, was er haben wollte, zwar nicht, wen genau, aber was. Er wusste, dass er es merken würde, wenn er der Richtigen begegnete. Und als er Seija begegnete, wusste er es. Sie war nicht so wie die anderen, trug keine Miniröcke, sondern immer nur Jeans und Strickpullis, im Sommer T-Shirts, und das frisch gewaschene Haar reichte ihr bis zu den Schultern. Sie hatte einen festen, klaren Blick, war ungeschminkt und unverstellt, spielte keine Spielchen, kicherte nicht hinter seinem Rücken los und jagte Esko keine Angst ein. Außerdem roch sie nach Lux und war einfach sie selbst.

Er wusste es sofort.

Sie war das erste Mädchen, das er haben wollte, und er bekam sie. Er war der erste Junge, der sie auf diese Weise betrachtete, und als sie frisch zusammengekommen waren, lag sie manchmal in der Dunkelheit neben ihm und betrachtete ihn, nachdem er eingeschlafen war, ließ ihren Blick über jeden Zentimeter seiner Haut, seines Gesichts, seiner Haare und seiner Lippen schweifen. Nachdem die beiden ein Paar geworden waren, schien es, als würden sie sich nicht länger für den Rest der Welt interessieren.

Esko, die Zuverlässigkeit in Person, hielt natürlich Kontakt zu seiner Familie, selbstverständlich, denn so macht man das eben, und bemühte sich darüber hinaus auch, Seijas Familie kennenzulernen und eine Beziehung zu ihr aufzubauen, doch tief in seinem Herzen hatten die beiden nur Augen füreinander und ihre eigene junge wachsende Familie. So etwas spürt man, und alle um sie herum spürten es, die Mütter, die Väter, die Brüder, die Schwestern, und der Abstand zwischen ihnen wuchs, langsam, aber sicher.

Esko und Seija lernten sich im November 1968 kennen und heirateten im Mai 1970. Es war eine kleine Zeremonie im Rathaus von Tornio, Esko trug einen Anzug aus goldenem (oder vielleicht eher beigefarbenem) Samt, und Seija trug ein hochgeschlossenes weißes Kleid mit langen Ärmeln und einer Knopfleiste am Rücken, das man in Ermangelung anderer Attribute als stilvoll bezeichnen könnte. Sie war ungeschminkt und hielt einen Brautstrauß bestehend aus drei roten Rosen in der Hand. Ja, das Ganze war wirklich stilvoll, und hinterher gab es in Seijas Elternhaus Schnittchen für die ganze Verwandtschaft, die Nachbarn und wer weiß, wen noch alles.

Am Abend feierte das Brautpaar bei sich zu Hause eine Party, zu der alle Freunde und Geschwister eingeladen waren. Dort trank man Bowle aus Plastikbechern, aß dazu Häppchen mit Räucherlachs und tanzte zu Schlagern, und Helmi betrank sich zum ersten Mal, und Annie musste ihr die Haare aus dem Gesicht halten, als sie sich im Badezimmer übergab.

Zwei Jahre später im Mai wurde ihr Ältester geboren, Juhanni, das erste Enkelkind in der Familie, der Junge, der dafür gesorgt hatte, dass Pentti so sentimental und für seine Verhältnisse glücklich war. Das Kind, das den möglichen Verkauf des Hofes ankündigte. Juhanni machte seine Eltern ebenfalls glücklich, und für eine Weile dachte Esko, dass sich schon alles regeln würde. Doch die Jahre vergingen, und er war zwar noch immer glücklich, aber in seiner Brust nagte das Gefühl, noch immer zu warten: darauf zu warten, dass sein Leben, *das Leben,* endlich beginnen würde.

Seija spürte all das ebenfalls, und sie nahm auch einen gewissen Abstand zwischen ihnen wahr. Sie selbst ging ganz in ihren Kindern auf, denn es kamen noch weitere hinzu, und liebte diese schließlich mehr als ihn. Das tun doch eigentlich alle, denkt ihr vielleicht, was auch stimmen mag, aber es war, als hätte sie aufgehört, ihre Träume mit Esko zu teilen. Auch sie hielt ihr Leben in gewisser Weise an, während sie darauf wartete, dass seines anfangen würde.

In ihrem Heim schlich sich eine Stille ein, auch wenn die Kinder schrien oder das Radio plärrte, eine Stille, die ein wenig an den ersten Schneefall im Herbst erinnerte, der sich wie eine dämpfende Decke über alles Leben legt. Keineswegs unangenehm, aber dennoch still.

Nicht so wie in Eskos Elternhaus. Seit er denken konnte, war er von Geräuschen umgeben gewesen. Man hörte immer irgendetwas oder irgendjemanden, die Kinder, Pentti oder auch Siri, die immer vor sich hin summte, oder das Radio oder die Tiere. Seine frühe Kindheit sah er allerdings eher wie durch einen Schleier hindurch. Damals hatte eine Trauer über dem Haus gelegen, ein stilles Weinen, aber er konnte seine Erinnerungen kaum von einem Traum unterscheiden. Oder war womöglich sogar alles nur ein Traum gewesen?

Als Esko aufwuchs, hatte er eine glückliche Mutter gehabt, ja, eine überwiegend glückliche Mutter. Natürlich weinte sie manchmal, nicht zuletzt in dieser untröstlichen Art und Weise, doch ihre Tränen jagten ihm nie Angst ein, denn man wusste, schon als Kind wusste man es, dass man sie nicht trösten konnte, nichts dagegen tun konnte, wenn sie ihrer Trauer um die toten Geschwister Ausdruck verlieh. So war das Leben nun mal, ungerecht, aber wahr, und er fand es irgendwie tröstlich zu wissen, dass man nichts dagegen tun konnte. Jetzt weinte seine Mutter nicht mehr, und ihm fiel auf, dass er gar nicht wusste, wann sie damit aufgehört hatte. Doch die Trauer steckte nach wie vor in ihrem Körper und war jetzt noch deutlicher zu spüren als in seiner Kindheit, sie war irgendwie allumfassender.

In seiner Kindheit hatte Esko eine lachende Mutter und einen leicht aufbrausenden Vater gehabt. Das heißt, einen Vater mit lauter Stimme und eine Mutter mit einem besänftigenden Lachen. In ungefähr der Hälfte der Fälle funktionierte es. Sein Vater hörte auf zu wüten, und die Ordnung wurde wiederhergestellt. Doch irgendwann hatte es sich geändert, hatten *sie* sich geändert. Pentti hörte nicht mehr auf Siri, und Siri scherte sich einen Dreck darum. Sie schritt nicht mehr ein, um seine Wutausbrüche abzumildern, sondern schien diese eher als aufziehende Stürme überm Meer zu betrachten, gegen die man nichts tun konnte und die man besser von selbst wieder abziehen ließ. Und die auch nicht unbedingt ihr Problem waren.

Im Grunde genommen war eine Scheidung kein großer Akt, fand Esko. Das Einzige, was seine Eltern miteinander teilten, war letztlich das Familienunternehmen, und wenn er selbst die beiden auslösen würde, könnten sie sich im Gegenzug von ihrer Familie freikaufen. Denn Liebe gab es zwischen ihnen nicht mehr.

Ganz bestimmt nicht mehr, dachte er. Vielleicht hatte es sie früher einmal gegeben, in seiner Kindheit, aber jetzt nicht mehr, schon lange nicht mehr.

Vielleicht hatten sich Siri und Pentti wegen der Kinder verändert. All die Kinder und die viele Arbeit, die sie machten. Esko wusste selbst, wie sich Beziehungen aufgrund von Schlafmangel verändern, durch Kinderfüße, die in ungünstigen Momenten ins Schlafzimmer hereintapsen, oder durch reizbare Ehefrauen, die von ihren Männern unmögliche Dinge erwarten, durch Kommunikationsschwierigkeiten, die entstehen, wenn einer mehr reden will als der andere, und all das, was geschieht, wenn sich zwei Menschen von einem Liebespaar in eine wachsende Familie verwandeln.

Oder vielleicht war es auch etwas anderes, das Kinder nicht erfassen konnten. Etwas, das Esko erst jetzt als erwachsener verheirateter Mann begriffen hatte, etwas, das ausschließlich zwischen Mann und Frau geschieht, während die Kinder immer außen vor bleiben. Dass die Liebe aufhören kann, spürte er, auch wenn er es noch nicht selbst erlebt hatte. Vielleicht war es ja so einfach, dass die Liebe einfach nicht mehr da war.

In allen Beziehungen gibt es Augenblicke, in denen sich die Liebe abnutzt und verbraucht, vielleicht merkt man es nicht im selben Moment, aber im Nachhinein, im Rückblick sieht man es, dass hier und dort ein kleines Stück von der Liebe abhandengekommen ist, die man einmal empfand, wie beim Schnitzen. Wenn man zu viel vom Holzblock abschabt, bleibt am Ende nichts mehr übrig, und er lässt sich nicht mehr reparieren. Das viele Herumschnitzen am Holzklotz der Zweisamkeit macht ihn irreparabel.

Wie auch immer, irgendwann hatte sich eine, wenn auch nicht gerade glückliche, aber doch funktionierende Ehe in eine unglückliche verwandelt. Vielleicht war sie auch schon von Anfang an zum Scheitern verurteilt gewesen, vielleicht war dies ihr unausweichliches Schicksal.

Ein Schicksal, das vielleicht sogar allen Ehen bevorstand?

Bei diesem Gedanken grauste es Esko, und ihm sträubten sich die Nackenhaare. Er fürchtete nichts mehr, als in die Klauen seines eigenen unabwendbaren Schicksals zu geraten. Esko wollte nicht daran glauben. Er wollte hingegen nichts lieber, als Kontrolle über sein eigenes Leben sowie sein eigenes Schicksal auszuüben. Niemals wollte er denselben Weg gehen wie seine Eltern. Zum ersten Mal spürte er jetzt eine leise Wut in sich aufsteigen, ein Gefühl, dass es eilte und er gezwungen sein würde, möglichst bald zu handeln. Niemand durfte sich ihm nun in den Weg stellen.

Esko wusste, dass er moralisch im Recht war, so sah er es jedenfalls. Wenn am Tag des Jüngsten Gerichts dort oben ein Richter säße, der entscheiden würde, wer richtig und wer falsch gehandelt hatte, würde er zu Eskos Gunsten entscheiden. Man könnte vielleicht sogar sagen, dass sein Handeln rechtlich betrachtet zwar nicht gerade korrekt, aber in allerhöchstem Grad moralisch zu verteidigen war. Und er handelte eigenhändig, ergriff die Initiative – das war für ihn ein ganz neues Gefühl. Ein Gefühl, das ihm gefiel.

Esko, ein Mann der Tat.

*

Siri war zu ihm in den Krankenhauskorridor hinausgekommen. Hier, in diesen sterilen und anonymen Räumen, kam sie ihm merkwürdig klein vor, hier war sie nicht sie selbst, und auch die gegenwärtige Situation, in der sie beide sich nicht so leicht zurechtfinden konnten, erschien ihm irgendwie unwirklich. Siri bewegte sich ganz langsam, als hätte der Schock ihre normale Geschwindigkeit gedrosselt.

»Sie sagen, dass sie ihm etwas gegeben haben, sodass er wahrscheinlich die Nacht durchschlafen wird. Aber ich glaube, ich bleibe hier, für den Fall, dass er doch aufwacht. Du kannst jetzt nach Hause fahren.«

Sie hatte ihm seine Zigarette abgenommen und sie an ihre Lippen geführt, was ihm ziemlich ungewohnt vorkam, denn normalerweise rauchte sie nicht.

Wie soll ich es ihr nur sagen?, fragte er sich. Aber ich muss es ihr sagen.

Er hatte ihr seinen Flachmann hingehalten und einen Schluck angeboten, doch sie hatte nur den Kopf geschüttelt.

»Mama, ich muss dir was erzählen.«

Sie hatte eine abwehrende Bewegung mit der Zigarette gemacht und sich geweigert, ihn anzuschauen, den Blick auf einen Punkt in der Ferne gerichtet.

»Esko, Esko. Das kann doch warten.«

»Nein, das glaube ich nicht.«

Er hatte zu seiner Mutter hinuntergeschaut, die ihm so klein vorkam und so … verbraucht war das einzige Wort, das ihm einfiel.

Und dann sprach er es einfach aus. Er nahm erst ein paar stärkende Schlucke aus der Flasche, und danach fing er an zu reden. Sagte, was er gesehen hatte, berichtete von Pentti. Sie hörte ihm zu, den Blick weiterhin auf diesen Punkt in der Ferne gerichtet. Scheinbar unberührt. Schließlich nickte sie.

Sie drückte seine Zigarette aus, indem sie mit der Spitze mehrfach in den Aschenbecher tippte, wie ein Vogel, der nach einem Wurm pickt.

Schließlich wandte sie den Blick und schaute ihn an.

»Dann weißt du es also jetzt«, sagte sie.

Sie kicherte, ja, tatsächlich, und zuckte leicht mit den Achseln, so leicht, dass man es kaum sehen konnte, aber sie tat es.

»Was meinst du damit? Hast du es etwa gewusst, die ganze Zeit? Wie lange geht das denn schon so? Und wie kannst du einfach so weitermachen?«

Die Worte waren nur so aus ihm herausgesprudelt, und er hatte sie nicht stoppen können. Seine Fragen, aus denen Wut sprach.

Sie wollte sie nicht beantworten, was er auch verstand. Wollte ihm offenbar keinen Zugang zu ihrem intimsten Inneren gewähren, und er begriff, dass es ihre Beziehung zueinander sonst für immer verändert hätte. Dann wäre er nicht mehr nur einfach ihr Sohn gewesen, sondern sie wären in gewisser Weise zu Komplizen geworden. Jedenfalls hätte sich ihre Beziehung verändert, von einer Mutter-Kind-Beziehung zu etwas anderem. Sie schaute ihn mit sanftem Blick an, sagte jedoch nichts. Schließlich streckte sie die Hand nach seinem Flachmann aus und nahm ebenfalls ein paar Schlucke. Danach saß sie lange schweigend da, so lange, bis Esko nicht mehr erwartete, dass sie noch etwas sagen würde.

»Ich weiß schon eine ganze Weile davon«, brachte sie schließlich hervor.

Sie schaute irgendwo weit hinter dem Krankenhauskorridor in die Ferne, richtete ihren Blick auf etwas, das nur sie sehen konnte.

»Ich wusste schon früh, dass der Mann, den ich geheiratet hatte, nicht ganz richtig … ja, nicht ganz richtig im Kopf war. Oder dass mit ihm etwas nicht stimmte. Oder er nicht so war wie ich, wie wir, meine Familie, und schon gar nicht wie die Jungs im Dorf, aus dem ich kam. Doch am Anfang war es wohl genau das, in das ich mich, wenn auch nicht unbedingt verliebte, aber doch das, was mich faszinierte oder anzog.«

Sie lachte erneut auf, und Esko streckte seine Hand aus, um sie zu berühren, doch irgendetwas hielt ihn zurück.

»Ich glaubte, dass seine Andersartigkeit mich retten würde. Retten vor dem Leben, das ich bis dahin kannte. Doch das war nicht der Fall, ich geriet eher von einem Gefängnis ins nächste. Aber dann kamt ihr, einer nach dem anderen, und ich spürte, dass ihr für mich viel wichtiger wart. Dass ihr genügend zu essen und ein Dach über dem Kopf brauchtet und all die Möglichkeiten bekommen solltet, die ich nie hatte.«

Er hatte sie noch nie so sprechen hören. Sie schien kaum Macht über ihre Worte zu haben. Worte, die aus ihrem Mund kamen und die nun im Raum standen und sich unmöglich zurücknehmen ließen.

»Viele würden eher sagen, dass Kinder am dringendsten ein liebevolles Zuhause und glückliche Eltern brauchen.«

Sie schaute zu ihm auf, erstaunt über seine Worte, und lächelte, als sie antwortete.

»Wer so was sagt, hat noch nie hungern müssen. Ich weiß noch ganz genau, wie ich als Kind ständig Hunger hatte. Und damals hätte ich liebend gern alles Glück der Welt gegen eine vernünftige Mahlzeit am Tag eingetauscht.«

Sie strich ihm über die Wange.

»Esko, mein Liebling, ich bin jetzt sechsundfünfzig Jahre alt. Ich kann mich nicht scheiden lassen.«

Und dann ging sie wieder zurück in Artos Zimmer, wo sie es sich auf dem Lehnstuhl neben seinem Bett bequem machte, indem sie ihren guten Mantel über sich ausbreitete und die Augen schloss.

Esko blieb noch eine Weile neben seiner Mutter stehen und betrachtete sie und seinen bandagierten kleinen Bruder. Dann ging er zurück zur Telefonzelle.

Er hatte Annie überredet, sich auf ein weiteres Gespräch einzulassen.

»Aber später, Esko, wenn Arto wieder zu Hause ist. Im Moment kann ich ja nicht mal meine eigenen Gedanken hören«, hatte sie gesagt.

Und als Arto wieder zu Hause war, war sie Esko schließlich in die Garage gefolgt und hatte ihm zugehört. Seine Schwester sah müde aus. Die Schwangerschaft stand ihr nicht gut zu Gesicht, fand Esko. Nicht so gut wie Seija. Seija hatte bei jeder Schwangerschaft, bislang waren es drei, irgendwie erhaben ausgesehen, ja, fast heilig. Mit rosigen Wangen und einem sanftmütigen Lächeln auf den Lippen war sie durch ihre Schwangerschaften gegangen, sie war richtiggehend aufgeblüht, je mehr ihr Körper sich gerundet hatte.

Annie hingegen sah nicht so aus, als hätte sie auch nur ein Gramm zugenommen. Im Gegenteil, sie wirkte eher magerer als sonst. Als wäre der Fötus ein Schmarotzer, der an ihrem Körper nagte, sie von innen aushöhlte und jegliche Energie aus ihr heraussog. Esko wünschte, sie könnte sich ausruhen, und einen Augenblick lang plagten ihn Gewissensbisse, weil er die Dinge nicht einfach auf sich beruhen ließ. Eigentlich hätte er seine Entdeckung im Stall einfach dorthin verbannen sollen, wo letztlich alle Anekdoten über seinen Vater gelandet waren, in einer Art Geheimfach, aus dem man die Geschichten über ihn und seine Verrücktheiten jederzeit herausholen könnte, um sie miteinander zu teilen und anschließend gemeinsam über das Elend zu lachen. Bis die Zeit schließlich ihren Lauf nehmen würde, ohne dass man irgendetwas unternehmen müsste, was das Allerbequemste für alle Beteiligten gewesen wäre. Doch irgendetwas in seinem Inneren hatte sich verändert. Er konnte einfach nicht mehr so tun, als sei nichts. Er wollte es nicht mehr.

*

Annie hatte in den Tagen vor Heiligabend weitere Weihnachtsvorbereitungen getroffen und auch das Festessen vorbereitet. Möhrenauflauf, Steckrübenauflauf, Leberauflauf. Lahja hatte ihr geholfen, und nachdem Siri und Arto nach Hause gekommen waren, hatte sie den Eindruck gehabt, dass die Ordnung fast wiederhergestellt war.

Ihre Brüder hatten Arto in den Wald mitgenommen, sie hatten ihn vorsichtig in Decken gehüllt und auf dem Schlitten festgegurtet, um ihn dann eine Tanne aussuchen zu lassen, die sie schließlich fällten und hereinbrachten, denn es war der Tag vor Heiligabend. Danach hatten sie die Kiste mit dem Christbaumschmuck hervorgeholt und den Baum dekoriert. Im Radio brachten sie erst das Weihnachtsgeläut und dann die Weihnachtsvesper, all die vertrauten Lieder und Rituale. Tatu war ebenfalls nach Hause gekommen, mit seinem eigenen Auto, und er hatte eine Flasche Koskenkorva dabei. Die Geschwister hatten sie herumgereicht, nur Onni, Arto und Annie hatten nicht mitgetrunken.

Seit sie schwanger war, trank sie fast gar nichts mehr, Alkohol schmeckte ihr nicht mehr. Und außerdem hatte sie noch nie Gefallen an dieser Hitzewallungen auslösenden, fast schwindelerregenden Trunkenheit gefunden, die reiner Wodka verursachte. Nein, hin und wieder an einem Kognak zu nippen oder einen Schluck Wein zu trinken, war in Ordnung, aber auf Schnaps verzichtete sie lieber, ganz unabhängig von ihrem Zustand.

Esko war mit ihrem ersten Gespräch draußen in der Garage nicht zufrieden gewesen und hatte sie erneut angerufen. Er wollte weiterreden. Reden, reden, reden. Vor Heiligabend hatte er bislang jeden Tag angerufen, und jeden Tag hatte Annie stumm den Kopf geschüttelt, wenn ihre Geschwister versuchten, sie ans Telefon zu holen. Sie wussten zwar nicht, warum Annie nicht mit ihrem großen Bruder sprechen wollte, verhielten sich ihr gegenüber aber loyal und erfanden die unterschiedlichsten Ausreden, warum sie gerade nicht telefonieren konnte. Und Esko legte jedes Mal seufzend auf.

Er musste noch einmal persönlich vorbeikommen. Also fuhr er am Abend des 23. Dezember, als Seija und die Kinder schon im Bett lagen, ein weiteres Mal nach Aapajärvi. Annie sah durchs Küchenfenster, wie sein Wagen auf den Hof einbog.

Sie seufzte, denn sie wusste, dass ihr Bruder nicht aufgeben würde, bevor er nicht seinen Willen durchgesetzt hätte. Annie hatte die Dinge, ja, eigentlich alle Dinge, immer schon als gegeben hingenommen, weil alles nun einmal so war, wie es war, und auch für immer so bleiben würde. Auch wenn es ihr Spaß machte, Siri aufzuziehen und sie mit dem Thema Scheidung und einem anderen Leben zu konfrontieren, wusste sie, dass es für ihre Mutter keinesfalls infrage kam, da so etwas in ihrer Vorstellung einfach nicht geschehen konnte.

Doch dann war Esko mit seinem Plan gekommen. Esko, der an eine Veränderung glaubte. Und vielleicht war genau das erforderlich.

Er hatte eine Tüte mit Seijas Weihnachtsplätzchen dabei. Die liebte Annie, und das wusste er. Er war draußen auf dem Hof stehen geblieben und hatte die Tüte hin und her geschwungen wie einen Köder vor einem Barsch. Annie hatte das Gesicht verzogen, sich dann aber etwas Warmes übergeworfen, um zu ihm hinauszugehen.

In der Garage war es kalt, und Annie hüllte sich in zwei warme Decken, bevor sie die Plätzchen direkt aus der Tüte in den Mund schob. An ihren Fingern blieb Zucker kleben, den sie sorgfältig ableckte, um

Esko ja nicht in die Augen schauen zu müssen, während er mit ihr redete.

»Siri soll den Hof an mich verkaufen. Oder besser gesagt, beide sollen verkaufen. Siri und Pentti. Sie besitzen ja jeweils fünfzig Prozent und können mir ihre Anteile abtreten. Ja, sie werden mir ihre Anteile abtreten.«

»Hast du denn so viel Geld?«

Annie schaute ihren Bruder zweifelnd an. Doch Esko nickte.

»Ja, hab ich.«

Das stimmte allerdings nicht ganz. Esko wusste, dass er nur seine Mutter ausbezahlen könnte, das hatte er beim Katasteramt in Erfahrung gebracht. Aber das würde ausreichen. Wenn sein Plan funktionierte.

Er redete weiter, sorgfältig bedacht darauf, nicht allzu beflissen zu klingen und seine Gefühle nicht durchscheinen zu lassen.

»Und dann werde ich dieses Haus bauen, dort hinten neben der Kiefer soll es stehen. Genau wie er es in diesem Sommer gesagt hat, als er zu uns kam, damals, als Juha noch klein war. All das wird jetzt Wirklichkeit werden.«

»Und Pentti soll hier wohnen bleiben?«

»Ja, ja, er bleibt in seinem Haus wohnen, aber ich will dort nicht einziehen, und ich will auch nicht, dass meine Kinder dort aufwachsen, in diesem verfluchten Haus.«

Das stimmte auch nicht ganz. Esko hätte sich nämlich sehr gut vorstellen können, wieder in dem Haus zu wohnen, in dem er geboren worden war, doch er wusste, dass Seija sich weigern würde. Und um das neue Haus möglichst rasch bauen zu können, müsste er darüber hinaus einen viel größeren Teil seines Anteils aufwenden als geplant.

»Und dann, wenn sie begreift, wie viel Geld sie besitzt, werde ich ihr helfen, ein neues Haus zu finden. Und dann wird sie es kaufen, Annie, das weiß ich.«

Annie sah ihre Mutter vor sich. In ihrem eigenen Haus. Und wie glücklich es sie machen würde.

Sie kapitulierte vor dem Eifer ihres Bruders, auch wenn er sein Bestes tat, um ihn zu verbergen, und gelangte schließlich zu der Überzeugung, dass es das Richtige war. Sie dachte, dass sie sich endlich würde ausruhen können, wenn sie vorher nur noch diese eine Sache auf den Weg brächte und Esko unterstützte (auch wenn sie nicht ganz begriff, warum es so wichtig war, dass ihr Vater den Hof an Esko verkaufte, wenn er ohnehin dort wohnen bleiben würde). Danach würde sie heimfahren und in ihrer Wohnung in Stockholm bleiben können, ohne je wieder herfahren zu müssen, jedenfalls nicht, bevor ihr Kind geboren worden wäre, und dann, wenn sie selbst erst einmal Mutter wäre, wenn sie selbst eine eigene Familie zu versorgen hätte, würde sie endlich von der Last befreit sein, sich um ihre Ursprungsfamilie kümmern, andauernd irgendetwas regeln oder den Dreck wegmachen zu müssen, den andere verursachten.

Esko konnte Annies Gedanken beinahe lesen. Er spürte, wie der Fisch, der zuvor nur ein wenig am Köder geknabbert hatte, jetzt die gesamte Beute gefressen hatte. Er wusste, dass er mit Annie rechnen konnte.

»Ich glaube, es ist am besten, wenn ich mit ihm rede, und niemand anders. Oder, na ja, Mama schon, die beiden müssen ja sowieso miteinander reden. Aber sonst niemand. Und irgendwann wird er merken, dass er sich fühlt wie im Hotel, Kost und Logis für den Rest seines Lebens.«

»Und was hält Seija von alldem?«

»Sie sieht es genauso wie ich.«

Er nickte und schaute seiner Schwester geradewegs in die Augen.

»Dann könnte es funktionieren«, sagte Annie. »Aber zuerst müssen wir die Familie versammeln.«

EIN ACHSELZUCKENDER JUNGE / DER FÜNFTE SOHN

Annie versucht, Entscheidungen zu treffen, möglichst unwiderrufliche, zukunftsweisende, und wir lernen den fünften Sohn kennen, Tatu oder auch Buckel, wie er genannt wird, und werden von seinem Beispiel abgeschreckt.
Ein überraschender Besuch findet statt.
Und bald, schon ganz bald wird vermutlich etwas passiert sein.

Die Zeit ist ein eigenartiges Phänomen. Die Weihnachtstage vergingen, und sie verliefen sogar … na ja, nicht gerade friedvoll, aber zumindest ohne weitere böse Überraschungen. Man könnte es so ausdrücken: Weihnachten kam einem einzigen langen Ausatmen gleich. Und schließlich kam und ging auch der Neujahrstag. Die Kälte umschloss die Natur jetzt mit festerem Griff und damit auch die Menschen und die Tiere. Die Temperatur war seit dem Tag, als Arto in die Kupferwanne fiel, nie höher als bis minus fünf Grad gestiegen.

Apropos Arto: Ihm ging es jetzt besser. Er war ja erst sechs Jahre alt, und die Kleinen haben wirklich gutes Heilfleisch. So drückte sich jedenfalls Doktor Viisenmaa bei einem seiner Hausbesuche aus, als er den Heilungsprozess begutachtete, die Verbände wechselte und die Narbenbildung kontrollierte.

»Man wird es ihm später kaum noch ansehen, dem kleinen Spatz.«

Lauri, der zu Weihnachten auf den Hof beordert worden war, hatte sich seines kleinen Bruders angenommen. Jeden Tag nahm er Arto auf eine kleine Schlittenpartie mit nach draußen, damit dieser bei Tageslicht möglichst oft an die frische Luft kam, was nach Aussage des Doktors die Heilung förderte. Damit hatte Lauri eine Beschäftigung gefunden, die er dringend benötigte, um die Tage hier oben zu überstehen.

Annie wohnte während ihres ganzen Besuchs in Aapajärvi, obwohl sie lieber bei Helmi in der Stadt übernachtet hätte. In ihrem Elternhaus kam es ihr jetzt, wo alle Geschwister zu Hause waren, ziemlich eng vor, ja, sie bekam beinahe Beklemmungen. Anfänglich begriff sie nicht, was sie dazu bewog, trotzdem zu bleiben, doch dann beschlich sie eine leise Ahnung.

Annie wachte über ihre Familie. Erst unbewusst und schließlich bewusst.

Pentti hielt sich überwiegend draußen im Stall auf. Was er dort tat, wusste niemand, denn keiner ging zu ihm hinaus. Zum Mittagessen und Abendessen kam er herein, doch ansonsten hielt er sich vom Wohnhaus fern. Und wenn er drinnen war, verhielt er sich wie immer, möglicherweise war er sogar etwas besser gelaunt als sonst, aber vielleicht auch nicht, vermutlich bildete Annie es sich nur ein.

Am Neujahrstag stieg er in den Pick-up und fuhr zu einem seiner Brüder, der im schwedischen Teil des Tornedal wohnte, in Lainio, nördlich von Aapajärvi. Er fuhr los, ohne sich von irgendwem zu verabschieden, was allerdings keinen weiter kümmerte.

Diese Reise unternahm er sonst jedes Jahr Anfang Januar; normalerweise kamen Siri und die kleineren Kinder immer mit, aber jetzt, in diesem Jahr, stand es offenbar gar nicht zur Debatte. Pentti hatte einfach seine Tasche gepackt und war frühmorgens losgefahren, bevor auch nur irgendwer wach war. Ob er und Siri sich überhaupt ausgetauscht hatten, erfuhren die Geschwister nicht. Vielleicht hatten sie gar nichts gesagt, vielleicht aber auch alles.

Annie fragte sich, ob in Siri womöglich ein Gedanke gekeimt war, was man ihr jedoch nicht ansehen konnte. Derweil warteten Esko und sie auf eine passende Gelegenheit, um mit ihrer sogenannten Operation loslegen zu können. Die Tatsache, dass Pentti weggefahren war, begünstigte das Ganze natürlich.

Selbst das Haus atmete gewissermaßen auf, nachdem Pentti verschwunden war, denn jetzt, wo Annie, Lauri und Tarmo zu Hause waren und Tatu zumindest jede zweite Nacht, war es wirklich ziemlich eng.

Und dennoch kam es ihnen weniger eng vor, als Pentti weg war.

Und weniger beklemmend.

Und weniger anstrengend.

Alle halfen sich gegenseitig. Tarmo, Lahja und Valo übernahmen das Melken der Kühe, und Siri erhielt sowohl von Annie als auch von Helmi Unterstützung bei der Hausarbeit. Helmi und Lill-Pasi waren fast die ganze Zeit dort, während Pasi bestimmt wieder eine seiner Säuferphasen hatte. Annie fragte nicht nach, und Helmi erzählte von sich aus auch nichts, doch Annie meinte, im Blick ihrer Schwester einen Schatten wahrzunehmen, der von mehr als gewöhnlicher Müdigkeit herrührte. Allerdings ergab sich keine Gelegenheit, mit Helmi darüber zu sprechen, und Annie beschlich das leise Gefühl, dass es auch nichts nutzen würde. Jedes Mal wenn sie intuitiv den Arm ihrer Schwester berühren und sie fragen wollte, wie es ihr eigentlich ging, dachte sie sich, dass es besser wäre, es bleiben zu lassen, da es weder ihr Problem war, noch sie etwas anging. Außerdem war Lill-Pasi ein lebhaftes Kind, lebhafter als alle von Annies Geschwistern gewesen waren; trotz seines geringen Alters kletterte er überall hinauf, und Helmi hatte alle Hände voll damit zu tun, auf ihn aufzupassen.

Arto würde nicht sterben. Jedenfalls nicht an seinen Verbrennungen. Bei kleinen Kindern verheilen Wunden schnell, und sie vergessen auch schnell.

Tatsächlich wirkte Arto ziemlich unberührt von seinem Unfall. Er litt zwar unter Schmerzen, aber hauptsächlich nachts. Eigentlich wirkte er sogar noch fröhlicher als sonst, weil all seine älteren Geschwister um ihn herum versammelt waren und ihm jede Menge Aufmerksamkeit schenkten.

Onni, zwei Jahre jünger, war es zunehmend leid, dass sich alle andauernd nach Arto und seinem Zustand erkundigten und ihn verhätschelten und verwöhnten. Diesbezüglich zeichnete sich ein Ende mit Schrecken ab.

Eines Nachmittags kam er laut schreiend ins Haus gelaufen, als wäre ein Feuer ausgebrochen, und rief, dass er sich Brandverletzungen vierten Grades zugezogen hätte. Überall an seinem Körper lösten sich Hautfetzen großflächig ab, und er heulte wie ein Wahnsinniger, als jemand versuchte, ihm zu helfen. Doch wie sich herausstellte, hatte er Doktor Viisenmaas Worten gelauscht und auch andere Gespräche mit angehört, die nicht für kleine Ohren bestimmt gewesen waren, und hatte mitbekommen, dass Artos Verletzungen zwar schlimm waren, es aber noch weitaus schlimmere gab. Man konnte nämlich seine gesamte Haut auf einmal verlieren, sodass man aussah wie eine Fleischwurst ohne Pelle.

Genervt von der Tatsache, dass er nach Artos Unfall als Jüngster nun keine besondere Aufmerksamkeit mehr genoss, hatte Onni sämtliche in der Vorratskammer vorhandenen Fleischwürste von ihrer Pelle befreit und diese mit Holzleim auf seinen Körper geklebt, um daraufhin mit großen sich ablösenden Hautfetzen hereinzustürmen.

Die Wurstpelle fiel irgendwann ab, doch Onni bekam vom Leim eine allergische Reaktion, und sein Körper sah entsetzlich aus, überall flammend rot. Zum Glück war er aber unverletzt (oder auch leider, je nachdem, wie man es betrachtete), wenn auch mit einem fürchterlichen Juckreiz bestraft, der sich nicht stillen ließ.

Seine Geschwister lachten ihn aus, und Siri lachte auch, nachdem sich der erste Schock gelegt hatte.

»Zum Glück ist Pentti nicht hier, der hätte bestimmt einen Herzinfarkt bekommen, wenn er die Mengen an Naturdärmen gesehen hätte, die wir wegschmeißen mussten.«

Annie beschlich ein seltsames Gefühl. Nachdem Arto am Tag vor Heiligabend aus dem Krankenhaus gekommen war, hatte Eskos und ihre große Verschwörung mehr oder weniger pausieren müssen. Esko hatte sie an Heiligabend noch einmal beiseitegenommen. Diesmal waren sie in die Sauna gegangen, um ihre Ruhe zu haben. Alle Familienmitglieder hatten ihr weihnachtliches Saunabad schon genommen, und die Nachwärme in der Vorkammer des kleinen Saunahauses war behaglich. Dort konnten sie ungestört reden.

All die Dinge, die er ihr über Pentti erzählt hatte, überraschten sie nicht besonders, denn man hätte damit rechnen können. Natürlich war es nicht gerade das, was man hören wollte, aber überraschend kam es nicht. Und Esko war nach wie vor fest entschlossen, den Hof zu kaufen.

Annie fand die Idee gut, und trotzdem konnte sie sich nicht richtig dafür erwärmen. Sie wusste, dass Esko genau deswegen noch einmal hergekommen war. Sie bewegte sich zwar auf denselben Holzdielen ihres Elternhauses, auf demselben Grund und Boden und auf denselben Wegen, die sie schon ihr ganzes Leben gegangen war, und dennoch kam sie sich wie eine Fremde vor. Als würden ihre Gedanken andauernd in ein anderes Leben abschweifen, in die Zukunft, zum Kind.

Esko wollte gemeinsam mit ihr einen Plan erstellen. Er wollte genau festlegen, was und wie und wann sie das tun würden, was sie vorhatten zu tun. Mit Siri zu reden.

Sie waren gezwungen, es zu tun. Annie war gezwungen, es zu tun. Siri davon zu überzeugen, dass sie gemeinsam stark genug waren. Sie dazu zu bringen, von einem anderen Leben zu träumen. Gemeinsam würden sie es schaffen. Und dennoch kam es ihr irgendwie, tja, unwichtig vor. Das war wohl das Wort, was es am besten traf.

Alles, was hier und jetzt geschah, würde eines schönen Tages sowieso in Vergessenheit geraten.

Keiner würde sich mehr daran erinnern, und keiner würde es aufschreiben oder irgendwann in den Geschichtsbüchern wiederfinden. Diese Gedanken ermüdeten sie. Annie war müde. Müder als sonst. Was in der Schwangerschaft allerdings nichts Ungewöhnliches war.

Sie wusste nicht, woher diese Gedanken kamen. Hingen sie etwa mit dem Kind in ihrem Bauch zusammen? War es womöglich das dunkle Wesen des Kindes, das sie vergiftete? Manchmal überfielen die Gedanken sie einfach, aber eigentlich erst, als sie wieder in ihr Elternhaus zurückgekehrt war.

Oder als Arto in die Kupferwanne fiel.

Oder als Lauri zurückkam.

Die vielen Geschwister in ihrem Elternhaus verursachten ihr Platzangst, jetzt, wo sie sich schon so sehr an ihre Freiheit gewöhnt hatte.

In Annies Reisetasche, die jetzt unter ihrem Bett stand, lag ihre Rückfahrkarte mit einem Abreisedatum, das sich allmählich näherte. Niemand wusste, wann sie wieder wegfahren würde. Sie wusste ja selbst nicht mal, ob sie tatsächlich an diesem Tag fahren könnte oder gezwungen sein würde, noch länger zu bleiben, um sich wie immer des häuslichen Chaos anzunehmen. Nein, wenn man es genau betrachtete, war es eigentlich überhaupt nicht wie immer.

Annie und Esko hatten lange miteinander diskutiert, wie sie es Siri am besten beibringen sollten. Damit sie ihnen zuhörte. Natürlich dürfte Pentti nicht dabei sein, das war klar. Es müsste also irgendwo anders stattfinden, bei irgendwem anders zu Hause. Und was sollten sie ihren Geschwistern sagen? Annie hatte schon mit Helmi und Lauri gesprochen, doch die restlichen Geschwister mussten ebenfalls erfahren, worum es bei diesen spätabendlichen Unterredungen ging. Onni und Arto vielleicht nicht, aber die anderen schon.

Schließlich hatten sie sich auf einen Tag geeinigt, an dem sie sich treffen würden – zufällig war es ausgerechnet Annies Abreisetag. Sie hatte Esko nichts davon erzählt, da sie noch immer nicht wusste, was sie tun sollte. Hierbleiben oder abreisen. Das tun, was von ihr erwartet wurde, oder es nicht tun und jemand anderem die Drecksarbeit überlassen.

Sie konnte ihre Fahrt natürlich umbuchen und einen Tag später fahren, denn das Restaurant, in dem sie arbeitete, hatte bis Mitte Januar geschlossen. Niemand würde sie vermissen, na ja, bis auf Alex, doch er würde es überleben. Ein Tag mehr oder weniger. Er wollte, dass sie ihn anrief, das hatte er gesagt, doch als sie es dann tat, war es ihnen unmöglich, miteinander zu sprechen, sodass es in der Leitung still blieb, an beiden Enden. Dabei hätte es so viel zu erzählen gegeben und auch einiges zu besprechen, Entscheidungen über die Zukunft zu treffen, ihre gemeinsame Zukunft. Doch Annie konnte noch immer nicht über diese Dinge reden – und Alex? Er wartete schlicht und einfach.

So what, einen Tag hin oder her, er müsste wohl oder übel noch etwas länger warten.

Sie beide verband nicht gerade eine himmelsstürmende Liebe. Alex wollte es schon, das wusste sie. Denn er besaß die Fähigkeit, intensiv und leidenschaftlich zu lieben, wie im Film.

Wozu Annie fähig war, wusste sie selbst nicht.

Überall sah man, wie Menschen einander liebten, als wäre es das Wichtigste und Größte, das man im Leben erreichen konnte. Sie sah es wie gesagt öfter im Film, aber auch in der Wirklichkeit, mitunter kam es ihr sogar so vor, als könnte man es überall sehen. Ihre Geschwister, oder zumindest manche von ihnen, quollen über vor Gefühlen, sie hungerten und dürsteten geradezu danach, einen erhebenden Zustand im Leben zu erreichen. Ihr selbst hingegen bereitete dieses Bemühen Unbehagen, oder erschien ihr, besser gesagt, beschwerlich und etwas peinlich, ja, schmierig und schmutzig.

Manche Menschen haben offenbar schlicht und einfach ein größeres Bedürfnis danach, mit anderen zu verschmelzen, und sehen den Sinn ihres Lebens anscheinend darin, es auf ganzer Linie mit anderen zu teilen, als vermittle dies ihrem eigenen kleinen Leben eine gewisse Existenzberechtigung, die es allein nicht hätte. Doch Annie gehörte nicht zu diesen Menschen. Sie war eher eine Insel, und sie war hochzufrieden damit.

Der Tag ihrer Rückfahrt kam, der dritte Januar. Pentti war jetzt seit drei Tagen außer Haus, sodass sich alle entspannt hatten und gelöster Stimmung waren. Und es war der Tag, an dem sie wie verabredet mit Siri sprechen würden. Sie würden sich alle in Helmis Wohnung versammeln, alle außer Onni und Arto.

Auch Voitto würde natürlich fehlen, ihn hatten sie nicht erreichen können, auch wenn sie es – etwas halbherzig – versucht hatten. Höchstwahrscheinlich war ihr Bruder, soweit es die Geschwister wussten, noch immer auf Zypern stationiert, dieser exotischen Insel im östlichen Mittelmeer.

Tatu, der die letzten Nächte im Elternhaus verbracht hatte, war der einzige von Annies Geschwistern, der ihre Schlafgewohnheiten teilte. Anders ausgedrückt, alle anderen waren schon unterwegs, um irgendwelchen Pflichten nachzukommen, außer Annie und Tatu.

Annie konnte nachts schlecht schlafen, blieb aber morgens gerne noch eine Weile liegen, bis sie hörte, dass sich das Haus leerte. Dann schlich sie meist in die Küche hinunter, um sich ein Brot zu schmieren und einen Becher schwarzen Kaffee einzuschenken, schon ziemlich abgestandenen Kaffee, der pechschwarz und fast sirupartig aussah und zudem leicht verbrannt schmeckte. Normalerweise hätte sie sich davor geekelt, doch jetzt erschien ihr dieses Gebräu, wenn auch nicht gerade lecker, so doch zumindest angenehm vertraut. Heute nahm sie das Frühstück mit in ihr Zimmer hinauf und zog die Reisetasche unterm Bett hervor.

Sie saß auf der Bettkante und versuchte, gleichzeitig zu packen und ihr Brot zu essen, als Tatu plötzlich grinsend im Türrahmen stand, nur mit einer schmuddeligen langen Unterhose und einem Unterhemd bekleidet, die Haare verwuschelt. In der Hand balancierte er eine Kaffeetasse, und zwar eine der geblümten Tassen vom guten Porzellan, das eigentlich nur an Feiertagen hervorgeholt wurde, doch das war typisch für Tatu, denn solche Gepflogenheiten kannte oder beachtete er nicht.

»Sieh mal einer an, große Schwester, jetzt, wo es zählt, machst du die Biege, oder was?«

Tatu lächelte schief, wodurch sich die Gesichtshaut um seine Narben herum spannte.

Annie wusste nicht, was sie entgegnen sollte. Der Fluchtreflex hatte eingesetzt, tatsächlich hatte sie in den letzten Tagen an nichts anderes gedacht. Also lächelte sie ihn resigniert an.

Doch er wirkte eher leicht amüsiert. »Ach, schau doch nicht so ernst drein. Ich fahr dich gern zum Bahnhof, wann geht dein Bus?«

*

Das Schicksal gewisser Menschen scheint vorherbestimmter zu sein als das anderer. Im Nachhinein betrachtet, hätte ihr Leben gar nicht anders verlaufen können, als es verlaufen ist. Tatus Schicksal war so eines. Mit einem goldenen Löffel im Mund geboren, über alles geliebt und mit einem sonnigen Gemüt ausgestattet, und dennoch, oder vielleicht gerade deswegen, von größerem Pech verfolgt, als menschlich überhaupt möglich zu sein scheint.

Was wird aus einem solchen Kind?

Tatu Olavi war das achte Kind, das in die Familie Toimi hineingeboren worden war, doch davon schien er selbst keine Notiz zu nehmen. Was ihn anbelangte, war er das erste und einzige Kind.

Und so war es auch für Siri. Sie konnte niemandem erklären, warum es so war, und sie hätte es wahrscheinlich auch noch nicht mal zugegeben, wenn man sie damit konfrontiert hätte, doch es war eindeutig der Fall. Nichts von all dem, was Tatu anstellte, konnte ihren Glauben in ihn erschüttern.

Aber er konnte sie zu Tränen rühren, natürlich. (Sowohl Freudentränen als auch Tränen der Trauer entlockte er ihr.)

Und sie schämte sich seinetwegen auch, ziemlich oft sogar.

Doch ihre Liebe zu ihrem achten Kind, dem fünften Sohn, war wie ein Fels in der Brandung, ewig und unerschütterlich.

Vielleicht war diese Mutterliebe für das Fehlen der väterlichen Liebe verantwortlich?

Von dem Apriltag an, an dem er geboren worden war, hatte Pentti eine selten zuvor gesehene und kaum verhohlene Frustration gegenüber seinem fünften Sohn empfunden. Eine Aversion von Geburt an, die zur Folge hatte, dass die beiden nie miteinander zurechtkamen.

Vielleicht beruhte es ja darauf, dass Tatus Sternzeichen Widder war, genau wie Penttis?

Und möglicherweise spürte Pentti instinktiv, dass Tatu jenes Kind war, das ihn ersetzen würde.

Der Widder ist ein feuriges, aggressives Sternzeichen, ein Anführer, der niemals zur Seite oder gar zurückschaut. Pentti vereinte all diese Charaktereigenschaften in sich, er war aggressiv und richtete seinen Blick stets nach vorn, doch er barg eine Düsterkeit in seinem Inneren, etwas, das sich nur langsam bewegte, wie zähflüssiges Öl oder abgestandener Kaffee, und überall dorthin, wo das Dunkle drang, färbte es alles schwarz, eine Schwärze, die sich unmöglich entfernen ließ.

Tatu war seinem Vater ähnlich und doch wieder nicht. Meistens jedoch nicht, denn Tatu war immer lachend durchs Leben gegangen, oder jedenfalls lächelnd, und nahm alles, was ihm widerfuhr, achselzuckend hin. Tatu ließ alle Gefühlsregungen in seinem Umfeld an sich abperlen, sowohl die seines Vaters und seiner Mutter als auch die seiner Geschwister. Er war weder nachtragend, noch hegte er irgendeinen Groll gegen jemanden, und wenn er sich über etwas ärgerte, sagte er es laut und deutlich, doch er ärgerte sich kaum je über etwas. Die Sticheleien seiner Geschwister nahm er sich nie zu Herzen, während sie angesichts seiner Fähigkeit, jede einzelne ihrer Schwächen bloßzustellen, fast wahnsinnig wurden.

Es war ein Fluch oder ein Segen, je nachdem, wie man es betrachtete, doch er konnte nichts dafür, er war nun einmal so. Er betrachtete das Leben als ein Geschenk, das ihm persönlich zugeteilt worden war. Nicht dass er es genauso ausgedrückt hätte, aber so sah er es.

Er war schon immer hoch aufgeschossen gewesen und sah mit seinen dunklen Haaren und den braunen mandelförmigen Augen gut aus (außer seiner Narbe im Gesicht). Er war derjenige unter den Geschwistern, der Pentti äußerlich am meisten ähnelte, doch Pentti war klein und Tatu groß, fast einen Meter neunzig. Seine schlaksige Erscheinung und sein schlurfender Gang ließen ihn kleiner erscheinen, so, als duckte er sich dauernd, doch wenn er sich streckte und stillstand, war er ziemlich stattlich. Seine grundlegende Einstellung, dass das Leben gewissermaßen nur ihm gehörte, trug natürlich auch dazu bei, und er schritt durchs Leben, als wäre er ein Filmstar, einer, der seine Stunts selbst absolvierte. In der Justizvollzugsanstalt hatte Sport zum Pflichtprogramm gehört, und Tatu, der noch nie in seinem Leben auch nur einen Meter gejoggt war, hatte zum ersten Mal Muskeln bekommen, was ihm gut stand.

Tatu liebte Autos schon seit frühester Kindheit. Ihm gefiel es, an ihnen herumzuschrauben, in ihnen zu sitzen, mit ihnen herumzufahren, sie zu zeichnen, sie in Zeitschriften oder im Schaufenster zu betrachten, ja, einfach alles.

Sein erstes Auto erwarb er bereits als Zwölfjähriger. Er hatte dem Nachbarn den ganzen Sommer lang mit dessen Traktor geholfen, ihn gefahren, an ihm herumgewerkelt und ihn sogar ein paarmal repariert. Als Bezahlung bekam er schließlich den alten knallgrünen Lada geschenkt, der fahruntüchtig auf dem Nachbarhof stand. Er musste ihn selbst wieder flottmachen, konnte dann aber damit tun und lassen, was er wollte.

Tatu benötigte drei Monate, bis der Wagen wieder in einem fahrbaren Zustand war und er ihn den knappen Kilometer, den die beiden Höfe auseinanderlagen, fahren konnte. Mit triumphierendem Blick kam er auf den Hof geknattert. Zu Penttis Leidwesen fuhr er den Lada direkt in die Garage, was zur Folge hatte, dass Penttis eigener Pick-up nicht mehr ganz hineinpasste, doch Siri sprach ein Machtwort und argumentierte, dass er seinen Wagen doch sowieso nie in der Garage parkte, was auch stimmte. Pentti erwiderte nichts darauf, beschwerte sich infolgedessen aber jedes Mal knurrend, sobald der Lada zur Sprache kam, was ziemlich oft geschah, weil Tatu praktisch von nichts anderem sprach. Tatu hatte kein Gespür für Stimmungen, und er begriff nicht, oder wollte es nicht begreifen, dass andere kein Interesse an seinen langen Monologen über Kardanwellen, Kolben oder die Vorteile eines Mercedes gegenüber anderen Automarken hatten, und darüber, dass nur Vollidioten auf die Idee kommen konnten, eine andere Automarke zu kaufen. (Auch wenn Letzteres alle Mitglieder der Familie Toimi eher unbewusst verinnerlicht hatten, denn danach fuhr keiner mehr von ihnen eine andere Automarke als Mercedes.)

Die Garage war klein, und Tatu hielt sich von früh bis spät darin auf. Ja, dort schlief er sogar mitunter, denn es war nicht weiter ungewöhnlich, dass er sich im Morgengrauen auf die Rückbank legte und sich mit einer Jacke zudeckte, wenn er zu müde wurde. Am frühen Morgen und späten Abend, ja, sogar in der Nacht konnte man ihn dort drinnen antreffen, entweder über die Motorhaube gebeugt oder unter die Karosserie geklemmt. Da drinnen verlor er jegliches Gefühl für Zeit und Raum, und selbst der Wechsel der Jahreszeiten beeinflusste ihn nicht nennenswert.

Den meisten anderen wäre es viel zu kalt gewesen, in einer Januarnacht dort herumzuwerkeln, doch Tatu nicht. Ihm schienen die Minusgrade nichts anhaben zu können. Die trockene Kälte bewirkte allerdings, dass das Holz rasch Feuer fangen konnte, und die Musik aus dem Autoradio sorgte dafür, dass Tatu das Knistern, das ihm eigentlich so vertraut war, zu spät wahrnahm.

Unglücklicherweise war es Tatu in der Januarnacht 1976 nicht zu kalt gewesen, obwohl draußen unter zwanzig Grad minus herrschten, sodass er sich in der Garage aufhielt, als sie plötzlich vor seinen Augen lichterloh brannte. Tatu versuchte noch, die Garage zu verlassen, wurde dabei jedoch von einem herunterfallenden Balken getroffen, was ihn bewusstlos werden ließ. In letzter Sekunde konnte er von seiner Mutter aus dem lichterloh brennenden Schuppen gerettet werden. Das Ganze hätte übel enden können, ja, noch viel übler, als es der Fall war. Doch es endete letztlich mit einem Krankenhausaufenthalt für Tatu (und für Siri) und damit, dass er mit einer langen braunen Narbe am Rücken und dieser buckligen Erhebung auf der linken Wange für immer gezeichnet war. Doch Tatu trauerte mehr um seine Garage als um seinen Körper.

Ja, er war wohl der Einzige, der wirklich um die Garage trauerte, weil der Lada und viele seiner Werkzeuge darin verbrannt waren. Pentti dagegen drückte unverhohlen seine Zufriedenheit über den Brand aus, da das Geld von der Versicherung gut und gerne für den Neubau einer Garage ausreichte. Siri war sichtlich mitgenommen vom Unfall ihres Sohnes und trauerte seinem hübschen Gesicht nach.

Pentti scherzte häufig in einer Art und Weise über den Brand, die keiner lustig zu finden schien, außer vielleicht Valo, was aber wohl eher damit zusammenhing, dass er erst zehn Jahre alt war und es nicht besser wusste. Dies führte immer zu heftigen Streitereien zwischen den Eltern und war höchstwahrscheinlich das einzige Thema, mit dem Pentti Siri in Rage versetzen konnte, die für seine Verrücktheiten normalerweise nur ein Achselzucken übrig hatte.

Im Nachhinein betrachtet hatte der Garagenbrand Tatu letztlich Glück gebracht, denn die neue Garage war doppelt so groß wie die vorherige und noch dazu isoliert, sodass es sich selbst in einem besonders kalten Winter dort drinnen viel besser aushalten ließ, wenn die Temperaturen mitunter auf minus dreißig Grad fielen. Außerdem gab es inzwischen Strom, sodass man, wenn man wollte, rund um die Uhr arbeiten konnte. Ohne dass Pentti es beabsichtigt hatte, war es für Tatu wie ein Geschenk, ein eigenes Zimmer, in dem er sich ungestört aufhalten konnte. Auch jetzt noch zog er sich immer dorthin zurück, wenn es ihm im Haus zu eng oder zu beschwerlich wurde. Und als er nun, kurz nachdem er seine erste Liebesbeziehung eingegangen war, die besonderen Ansprüche und Anforderungen auf sich lasten spürte, die eine Partnerin mitunter an einen stellte, ging er wieder in die Garage seines Elternhauses, wo er zur Ruhe kam. Über den Spitznamen, den ihm seine Geschwister verpasst hatten, konnte er nur grinsen, im Grunde kümmerte es ihn nicht weiter, denn er stellte sich allen sowieso nur als Tatu vor und nicht als Buckel.

Tatu verlor schon früh jeden Respekt vor Pferdestärken, Motoren, Geschwindigkeiten und Verkehrsregeln. Er fuhr umsichtig, wenn er wollte, doch oft wollte er es nicht. Er hatte auch keinen Respekt vor Alkohol, sein ganzes Handeln war von einer gewissen Maßlosigkeit gekennzeichnet. Obwohl er noch so jung war, konnte man sich also leicht ausrechnen, in welche Misere er unter Alkoholeinfluss geraten könnte, wenn er seine Gewohnheiten nicht änderte. Kurz, er hatte keinerlei Respekt vor irgendetwas, und seiner Auffassung nach gab es auch keinen Grund dafür. Warum sollte er sich also ändern? Konnten sich Menschen überhaupt ändern? Ging es nicht eher darum, zu lernen, Seite an Seite zu leben, und wenn es nicht möglich war, einfach getrennte Wege zu gehen und dem anderen ein gutes und langes Leben zu wünschen?

Durch seinen Fahrstil hatte er bereits zwei Leben auf dem Gewissen. Zum Glück war er nüchtern gewesen, als es passierte, ansonsten wäre seine Strafe weitaus höher ausgefallen.

Es geschah nach dem ersten Glatteis im Herbst in einer allseits berüchtigten scharfen Kurve außerhalb von Rovaniemi, doch er hatte die Kurve wohl etwas zu eng genommen und in der Dämmerung die beiden älteren Damen übersehen, die gerade auf dem Heimweg vom Kirchenbasar gewesen waren.

Rumms, rumms, die eine starb sofort, während die andere später im Krankenhaus ihren Verletzungen erlag, ihre inneren Blutungen waren so stark, dass sie leider nicht mehr gerettet werden konnte.

Zwei Frauen, sechzig und zweiundsechzig Jahre alt, jetzt gab es sie aufgrund von Tatus rasantem Fahrstil und seinem Mangel an Respekt für Regeln und das Leben anderer nicht mehr. Es war nicht ganz leicht, ihnen oder, besser gesagt, ihren Hinterbliebenen zu erklären, dass sie sich nur von Tatu hätten fernhalten müssen, um einer Gefahr zu entgehen.

Dieser Vorfall ereignete sich im November 1979, Tatu besaß erst seit wenigen Monaten den Führerschein. Er war schon vorher einmal in den Graben gerauscht und hatte sich mehrere Rippen gebrochen sowie blaue Flecken geholt, doch bislang hatte er außer sich selbst noch keinen Menschen verletzt.

Die Gerichtsverhandlung fand im April statt, zwei Wochen nach Tatus zwanzigstem Geburtstag, und er wurde zu einer Gefängnisstrafe verurteilt, ein Jahr bekam er, was ihm wie eine Ewigkeit vorkam und seiner Auffassung nach ziemlich hart war, den Familien der verstorbenen Frauen aber nur einen schwachen Trost bot. Seine Geschwister spekulierten im Nachhinein darüber, ob die Strafe wegen Buckels hoffnungslosen Anblicks wohl etwas milder oder im Gegenteil sogar härter ausgefallen war.

Siri war bei der Gerichtsverhandlung anwesend, Pentti hingegen nicht. Zu viel Arbeit und zu wenig Interesse an seinem fünften Sohn. Nicht dass es Tatu in irgendeiner Form beeinträchtigt hätte, denn nichts, was sein Vater sagte oder tat, beeinträchtigte ihn in irgendeiner Form.

Heute nicht, damals nicht, nie.

Natürlich tat es ihm leid, dass die beiden Frauen gestorben waren, doch sobald sie aus seinem Bewusstsein verschwanden, war es, als hätte es sie nie gegeben.

Er hatte sozusagen ein *gutes,* wenn auch kurzes Gedächtnis.

Im Gegensatz dazu, was er selbst und alle anderen angenommen hatten, gefiel es Tatu im Gefängnis. Dort herrschte ein geregelter Tagesablauf mit klaren Anweisungen, und obwohl er das Rallyefahren und Saufen vermisste, war es ihm nie so gut gegangen wie in der Justizvollzugsanstalt Keminmaa.

Er war zurückhaltend, brach keinen Streit vom Zaun, kümmerte sich um seine eigenen Angelegenheiten und erledigte die Arbeit, die ihm aufgetragen wurde. In seiner Freizeit machte er Liegestütze, rauchte Zigaretten und nahm alle Geräte auseinander, die er nur finden konnte und die einen Motor hatten, um sie anschließend wieder zusammenzusetzen.

Im Gefängnis wurde alles besser.

Doch alles Gute hat einmal ein Ende, und Tatu wurde wegen guter Führung bereits nach sechs Monaten statt zwölf entlassen.

Helmi und Valo kamen, um ihn abzuholen. Sie fuhren in seinem schwarzen Benz vor, umarmten ihn und überreichten ihm Zigaretten und eine Flasche Koskenkorva mit Preiselbeergeschmack, und dann fuhren sie nach Rovaniemi, um zu feiern. Sie gingen ins Stadshotell, nicht weil das so angesagt war, sondern weil kein anderes Lokal offen hatte. Und das Erste, was dort geschah: Er erblickte sie.

Genauer gesagt: Er erblickte SIE.

Sie hieß Sinikka und war die kleine Schwester von Veli-Pekka Virtunen, einem Klassenkameraden von Voitto, ein Rocker, dem Tatu hin und wieder bei diversen Oldtimer-Treffen begegnet war, doch an Sinikka konnte er sich überhaupt nicht erinnern. Sie war allerdings auch gerade erst achtzehn geworden, das erklärte die Sache womöglich.

Sie war hübsch, auf diese tornedalfinnische Art, mit einem Hauch von Sami-Blut, einer nahezu durchscheinenden Haut und hohen Wangenknochen, die die katzenhafte Form ihrer Augen noch verstärkten, Augen, die so hell waren, dass sie einen fast blendeten, und darüber hinaus hatte sie ein heiseres Lachen, lauter Sommersprossen auf der Nase und blondierte Haare. Sie trug eine hautenge Jeans. Außerdem war sie inmitten alter Autos aufgewachsen und wusste fast genauso viel über Ersatzteile wie Tatu selbst.

Sie sah aus, als wäre sie auf der Suche nach Ärger, und da stand er plötzlich vor ihr, frisch aus dem Gefängnis entlassen, mit seinem rabenschwarzen Haar, einem schiefen Lächeln und schlanken ölbefleckten Fingern, die nie ganz sauber wurden, sosehr man sie auch schrubbte.

Es war Liebe auf den ersten Blick.

Sie vollzogen ihre Vereinigung bereits im Stadshotell, in einer der Toilettenkabinen, und einige Stunden später noch einmal bei Sinikka zu Hause. In dieser Nacht schliefen sie nicht, aber redeten viel zwischen all den Küssen, die sie austauschten, und lernten einander mitsamt ihren jeweiligen Träumen und Lebenshintergründen kennen.

Im Großen und Ganzen wollten beide das Gleiche. Oder besser gesagt, sie wollten nichts Besonderes, vielleicht etwas Landwirtschaft betreiben oder auch einfach nur Autos reparieren und sich die Fingernägel lackieren, diesbezüglich waren beide nicht unbedingt festgelegt. Aber die Liebe war ihnen wichtig, ihre Liebe. Sie war wichtiger als alles andere. Als Tatu sich schließlich im Morgengrauen aus ihrem Bett schlich, wussten sie beide: This is it.

Er war auf dem Hof angekommen, als Siri gerade zum Melken in den Kuhstall gehen wollte, und als sie ihn erblickte, ließ sie den Eimer in ihrer Hand fallen, lief auf ihn zu und stürzte sich in seine Arme.

»Geliebter Junge, wo bist du gewesen?«

»Im Gefängnis, Mama, das weißt du doch.«

Sie lachten beide, und Tatu hob seine Mutter hoch, wirbelte sie durch die Luft und hielt sie lange in den Armen. So viele Monate hatte sie noch keines ihrer Kinder entbehren müssen, insbesondere nicht ihr meistgeliebtes Kind, den fünften Sohn. Er setzte sie wieder ab, und sie wurden ernst. Sie schob ihn ein Stück von sich weg und betrachtete ihn mit kritischem Blick von oben bis unten.

»Lass dich mal ansehen. Wie mager du geworden bist!«

Siri kniff ihm liebevoll in die Arme und die Seite, unzufrieden über das, was sie sah.

»Ach.«

Tatu umschloss Siris Gesicht mit seinen langen feingliedrigen Fingern.

»Mama, jetzt ist es passiert. Ich habe sie getroffen.«

»Wen denn?«

»Sie. Die Frau meines Lebens. Sie, die ich heiraten werde. Du kennst sie nicht, Mama. Aber ich liebe sie. Sinikka.«

Tatu konnte keinerlei Reaktion im Gesicht seiner Mutter erkennen. Er wusste nicht mal, ob sie überhaupt gehört hatte, was er sagte, obwohl er sich sicher war, dass sie es gehört haben musste. Sie schaute ihn an, und dann umfasste sie seine Hände und küsste sie in derselben Art und Weise, wie sie es schon getan hatte, als er als Neugeborener im Körbchen draußen neben ihr auf der Wiese lag, während sie das Heu einbringen mussten, oder auch im Stall, als die Kühe gemolken werden mussten. Dann zwinkerte sie ihm zu.

»Beeil dich, dass du nach oben kommst, bevor Pentti aufwacht«, sagte Siri und strich ihm zärtlich über die Wange.

»Zum Frühstück gibt's Leberauflauf, dein Leibgericht.«

Tatu schenkte seiner Mutter ein Lächeln und schlenderte dann zum Wohnhaus hinüber, während Siri mitten auf dem Hofplatz stehen blieb, bis ihr schlaksiger Junge im Haus verschwunden war. Als wollte sie sich vergewissern, dass er jetzt auch wirklich zu Hause war, bevor sie weiterging, um mit der täglichen Plackerei anzufangen.

Tatu betrat die Küche, die er ein halbes Jahr nicht betreten hatte. Drinnen sah es genauso aus wie sonst, und obwohl kein Licht brannte, spürte er, dass sich nichts verändert hatte. Alles war genauso, wie es schon immer gewesen war und wohl auch bis ans Ende aller Zeiten bleiben würde.

In der Küche war es schummrig, und im Ofen knisterte ein Feuer. Siri entfachte jeden Morgen ein Feuer im Ofen, bevor sie zum Melken hinausging. Es dauerte eine Weile, bis sich seine Augen an die Dunkelheit gewöhnt hatten. Doch als sie es schließlich taten, erblickte er plötzlich Pentti, der auf seinem gewohnten Platz saß. Er saß da und betrachtete schweigend seinen fünften Sohn, während er mit der einen Hand seinen Kaffeebecher umschloss. Tatu lachte nervös auf.

»Voi vittu, verdammt, hast du mich erschreckt, Papa!«

Pentti zog eine Augenbraue hoch und nahm einen Schluck Kaffee. Der Becher in seiner Hand sah winzig klein aus.

»Ach ja, hab ich das? Merkwürdig. Ich sitze nämlich ziemlich oft hier. Aber das weißt du wohl nicht mehr.«

Dieses Gefühl hatte er völlig vergessen. Das leise Unbehagen, das sein Vater bei ihm auslöste. Nichts weiter Schlimmes, sondern eher etwas, das verschwand, wenn man es (oder ihn) nicht länger im Blick hatte.

»Ich werde heiraten, Papa«, sagte Tatu, nach außen hin ganz unberührt vom Ton seines Vaters.

Er hatte schon früh gelernt, seinem Vater nicht zu zeigen, ob oder wie sehr der ihn irritierte. Denn so etwas roch Pentti förmlich wie ein Bluthund. Und dann biss er sich erst recht fest.

Pentti nickte nur, als wüsste er das schon.

»Dann ziehst du hier aus«, entgegnete er.

»Ja, so wird's wohl sein«, sagte Tatu und goss sich Kaffee in einen Becher.

Dann stellte er sich ans Küchenfenster und richtete seinen Blick auf den Horizont in der Ferne, auf eine Zukunft, die nur er sehen oder sich erträumen konnte. Er hörte nicht länger, was Pentti sagte, falls der überhaupt noch etwas sagte. In seinem Herzen trug er Sinikkas lächelndes Angesicht bei sich, sorgfältig darauf bedacht, es vor den kritischen Blicken seines Vaters zu schützen.

*

Jetzt hatte Annie sich entschlossen. Dank Tatus wohlwollendem Entgegenkommen.

Sie würde heimfahren. Zu *sich* nach Hause. In ihr neues Heim.

Und sie würde Alex bitten, bei ihr einzuziehen. Lauri müsste wohl oder übel ausziehen. Na ja, nicht unbedingt sofort, natürlich müsste er erst etwas Neues haben, aber doch in naher Zukunft. Außerdem war er ziemlich abweisend und schroff zu ihr gewesen, seit sie ihn gezwungen hatte, nach Hause zu kommen, und deshalb gefiel ihr die Vorstellung, ihn und seine Launen nicht länger ertragen zu müssen.

Sie würde ein Kinderzimmer einrichten. Der Gedanke stimmte sie froh und zuversichtlich. Die betäubende Müdigkeit, die sie wie eine schwere Decke eingehüllt hatte, ließ etwas nach, und in Gedanken schwebte sie von dannen und plante weiter. Im Zimmer hing schon eine ansprechende Tapete mit einem dezenten Muster aus Glockenblumen, und die weißen Gardinen konnten ebenfalls hängen bleiben.

Ein Kinderbett musste sie, oder *mussten sie beide*, allerdings noch kaufen, und sie malte sich in Gedanken alles aus, was jetzt vor ihr lag: die Zweisamkeit, die junge Familie, ihre eigene Hingabe. Vielleicht würde es ja tatsächlich so werden wie im Film, auch für Annie. Ein flauschiger Teppich, ein Sessel, in dem sie beim Stillen sitzen könnte, und ein hübsches Bild an der Wand, das ihr Kind jedes Mal beim Aufwachen anschauen würde.

Eine Flucht aus einer unangenehmen Situation in eine andere, überschaubarere, die im Vergleich keineswegs mehr so unangenehm erschien. Annie glaubte, dass die Schwangerschaft bei ihr diesen Fluchtreflex ausgelöst hatte. Sie wollte einfach nur weg, und der Gedanke daran, dass sie sich später am Tag versammeln und ihre Mutter mit einer möglichen Scheidung konfrontieren würden, verursachte ihr fast Übelkeit. Sie sah Siri vor sich, wie sie das Gesicht verzog und sich anstrengen müsste, um vor ihren Kindern die Fassade zu wahren. Würde es ihr gelingen? Oder würde es misslingen, würde sie zusammenbrechen, würden die Geschwister sie trösten, ihr übers Haar streichen und beruhigend auf sie einreden müssen? Keines der beiden Szenarien hätte Annie ertragen. Und erst vor dem Hintergrund dieser Vorstellung war es ihr plötzlich möglich erschienen, zu sich nach Hause zu fahren und dem strampelnden Wesen in ihrem Bauch ein Heim einzurichten.

Annie zog eine Grimasse, als er sich neben sie aufs Bett setzte.

»Hast du Schmerzen?«

Annie lächelte und schüttelte abwehrend den Kopf. Es war keine Antwort, sondern eher die Verweigerung einer Antwort.

Sie betrachtete ihren kleinen Bruder. Jetzt erblickte sie auch die Schürfwunden an seinem Unterarm und sah die dunklen Ringe unter seinen Augen und stellte fest, dass sie keine Ahnung hatte, wie sein Leben eigentlich aussah. In den letzten Nächten hatte er zwar öfter zu Hause geschlafen, was sie auf eine gewisse Sorge um Arto und die angespannte Stimmung im Elternhaus zurückgeführt hatte, doch ihr war auch klar geworden, dass er noch ein anderes Zuhause hatte, in dem eine Frau auf ihn wartete, während er hier war.

»Steckst du in der Bredouille?«

»Was?«

»Steckst du in der Bredouille, also ... steckst du in der Klemme, gibt's Trouble?«

»Trouble?«

Er lachte auf. Er lachte immer lauter. Dann nickte er.

»Ja, Trouble, große Schwester, so könnte man es wohl nennen.«

»Aber nichts, was du nicht lösen könntest?«

»Nein, nichts, was ich nicht lösen könnte. Sollen wir fahren?«

Er stand auf, wobei er eine weitere Grimasse zog, schnappte sich ihre Tasche und trug sie die Treppe hinunter. Jetzt sah sie es ganz deutlich, das leichte Humpeln. Ihr Bruder geriet oft in Trouble, doch es schien ihn nur selten wirklich zu belasten. Und wenn er nicht darüber sprechen wollte, dann wollte Annie ihn auch nicht drängen. Im Gegenteil, sie fand es eher angenehm, wenn jemand auch einfach mal den Mund halten konnte.

Tatu half Annie, die Tasche nach draußen zum Auto zu tragen. Er tat es wie beiläufig, und als sie dann losfuhren, um, wie sie vorgaben, ein paar »Erledigungen« zu machen, wurde niemand misstrauisch. Es war ein schöner Januartag, und die Sonne schien strahlend hell von einem blauen Himmel, wärmte aber nur mäßig, wie eine Wintersonne eben wärmt, oberflächlich und grell, und dennoch wenden die Menschen ihr nach Licht und Wärme gierend die Gesichter zu. Ihre Geschwister waren alle draußen, manche spielten auf dem Hof, und die Tür zum Stall stand offen, von wo aus sie Siris Lachen hörte, das sich mit Lauris vermischte.

Annie hatte sich im Haus umgeschaut, bevor sie hinausging. Sie hatte einen letzten Blick auf ihr Bett geworfen, auf die Treppe und auf die Küche mit der Küchenbank, dem Flickenteppich auf dem Boden und den Gardinen vorm Fenster. Im unbarmherzigen Winterlicht konnte sie alle Einzelheiten messerscharf erkennen. Anschließend schaute sie sich draußen auf dem Hof um. Und obwohl sie es besser wusste, obwohl sie es mit dem Verstand erfasste, kam es ihr dennoch vor, als würde sie diesen Ort gerade zum allerletzten Mal sehen, und mit dem Ort auch ihre Familie. Sie musste den unvermittelten Impuls unterdrücken, zu allen Familienmitgliedern hinzulaufen und eines nach dem anderen zu umarmen. Denn das wäre ganz sicher verdächtig gewesen.

Als sie im Auto saß und Tatu lachend ausatmete, musste sie sich zusammenreißen, um nicht in Tränen auszubrechen. Annie, die niemals weinte, musste auf einmal die Tränen zurückhalten, die beharrlich unter ihren Augenlidern brannten.

»Kopf hoch, Mädel«, sagte Tatu und kniff sie freundschaftlich in die Seite. »Jetzt bist du raus aus diesem Irrenhaus.«

Annie wusste nicht, was sie sagen sollte, und kämpfte weiter mit den Tränen, doch dann nahm sie die Hand ihres Bruders, schob seine langen kalten Finger in ihre und umschloss sie fest, während das Auto gen Süden, zum Busbahnhof, in Richtung Zukunft fuhr.

*

Schon von Anfang ließ es sich deutlich erkennen, wie glücklich oder unglücklich Tatus und Sinikkas Beziehung war.

Wenn sie glücklich waren, tranken sie zusammen.

Wenn sie unglücklich waren (oder sich gestritten hatten), tranken sie jeweils allein und trafen sich anschließend wieder, um sich weiter zu streiten.

Sinikka hatte ein hitziges Temperament, und Tatu war hemmungslos und nicht in der Lage zu verstehen, wann er zu weit gegangen oder eine Grenze überschritten hatte.

Schon früh in ihrer Beziehung fingen die Streitereien an, gefolgt von leidenschaftlichen Versöhnungen, und schon früh verlieh Sinikka ihrer Frustration über Tatus Mangel an Empathie körperlich Ausdruck.

Das erste Mal schlug sie ihn, nur drei Wochen nachdem er aus dem Knast gekommen war, also drei Wochen nach ihrer ersten gemeinsamen

Nacht. Es fing ziemlich unschuldig an, mit einer Ohrfeige. Es war schon spät, wie so oft, wenn sie zu streiten begannen, und er hatte sie bewusst provoziert, doch wie so oft ohne böse Absichten. Er wollte sie gar nicht wütend machen und begriff nicht mal, dass es dennoch geschehen konnte. Na ja, er begriff es vielleicht schon, doch Tatu besaß keine Impulskontrolle. Er war jemand, der das Gaspedal durchtrat und dann nicht rechtzeitig bremsen konnte, sowohl bildlich gesprochen als auch buchstäblich, und so etwas hatte Konsequenzen, bildlich wie buchstäblich.

Hätte Sinikka sich in einer anderen Zeit gegenüber einem anderen Mann so verhalten, wäre sie damit nicht durchgekommen, doch Tatu konnte ihr Benehmen nichts anhaben. Wie so vieles im Leben perlte auch dies einfach an ihm ab.

Überrascht war er, das ja. Verblüfft hielt er sich die brennende Wange, während es in seinen Ohren klingelte. Sinikka schaute ihn verängstigt und zugleich böse an, als rechnete sie damit, dass er zurückschlagen würde. Doch Tatu schlug nicht zurück. Zum einen war Sinikka fast einen halben Meter kleiner als er, genauso klein wie Siri. Und zum anderen war er einfach nicht so veranlagt, war es noch nie gewesen. Er würde ein Mädchen nie schlagen. Stattdessen kicherte er und streckte den Arm nach ihr aus. Dann sagte er ihr zum ersten Mal, dass er sie liebte, und danach versöhnten sie sich gleich mehrere Male hintereinander in ihrer kleinen Küche, auf dem Küchentisch, gegen die Arbeitsplatte gelehnt und auf dem Fußboden, bevor sie ermattet ins Bett fielen und einschliefen. Am nächsten Tag war Tatus Wange leicht gerötet, doch keiner von ihnen sprach es an, weder nach dem ersten Mal noch später.

Sinikka tat, was sie konnte, um zu ihm vorzudringen, in nüchternem Zustand funktionierte es immer besser als in betrunkenem, und wenn Worte nicht mehr ausreichten und Tatu sie stark genug provoziert hatte, versuchte sie es mit Fäusten. Bei solchen dysfunktionalen Beziehungen ist es immer leicht, mit dem Finger auf andere zu zeigen. Immer gibt es Leute, die grundsätzlich demjenigen, der Gewalt anwendet, die Schuld geben, und viele meinen, dass schon ein einziges Mal ein Mal zu viel ist. Doch was man mit Sicherheit ohne jegliche Schuldzuweisungen sagen kann, ist, dass der Persönlichkeitscocktail, aus dem sich Tatus und Sinikkas Beziehung zusammensetzte, kein idealer war.

In einer Liebesbeziehung kann es vorkommen, dass man gewissermaßen schnell altert, dass die Beziehung rasant den Bach runtergeht und in kurzer Zeit viele Phasen durchlebt. Manche Menschen leben ihr Leben sozusagen in einem angenehm temperierten Zustand und lassen es wie ein schmackhaftes Curry auf dem Herd vor sich hin köcheln, da sein Geschmack lange braucht, um sich voll zu entfalten. Es kocht weder über, noch brennt es an. Andere dagegen tun alles in Höchstgeschwindigkeit.

Tatu und Sinikka gehörten der zweiten Kategorie an. Bei ihnen war alles schnell gegangen. Vermutlich hätten sie ihre Beziehung schon zu diesem Zeitpunkt, also bereits nach ein paar Wochen oder Monaten, beenden sollen, doch sie taten es nicht. Sie kämpften weiter, bis aufs Blut, was sie letztlich näher zueinander brachte, doch ob das gut oder eher schlecht war, ist die Frage.

Nach ein paar Monaten wurde Sinikka schwanger, was sich negativ auf die Beziehung auswirkte. Die Schwangerschaftshormone sorgten dafür, dass sie noch eher durchdrehte und noch schneller die Fäuste erhob. Was allerdings zur Folge hatte, dass sich Tatu zunehmend zurückzog, und wenn sie sich danach wiedersahen, er höchstwahrscheinlich betrunken und sie womöglich ebenfalls, war alles noch schlimmer als sonst.

Sie wohnte in einer Einliegerwohnung im Haus ihrer Eltern, einem kleinen Apartment oberhalb der Garage mitsamt Küchenzeile und eigenem Eingang. Tatu jobbte ein wenig in der Autowerkstatt in Tornio, und Sinikka half gegen freie Logis und etwas Taschengeld auf dem Hof ihrer Eltern mit.

Die beiden waren keine idealen werdenden Eltern, und es war, als spürte der Embryo es bereits, und Tatu vielleicht auch. Denn als er eines Nachts Mitte November in Sinikkas Wohnung zurückkam und sie weckte, legte sich in ihrem Inneren ein Schalter um, und sie fing an, ihn zu schlagen, und dann passierte etwas, das noch nie zuvor passiert war. Ob es ein Unfall war oder eher eine bewusste Handlung, lässt sich nicht abschließend beurteilen, auf jeden Fall geschah Folgendes: Tatu hatte irgendwann die Nase voll und stieß Sinikka die Treppe hinunter. Oder sie stolperte und fiel hinunter. Oder vielleicht auch eine Mischung aus beidem. Die Folgen waren jedenfalls dieselben. Vierzehn Stufen reichten aus, um eine Fehlgeburt auszulösen.

Es geschah recht früh in der Schwangerschaft, sodass es kaum richtig zählte, doch Sinikka brach sich beim Sturz auch das Schlüsselbein, weshalb der Arzt ihr Schmerztabletten mit dem Inhaltsstoff Codein verschrieb, und in ihrem Rausch beschlossen die beiden kurzerhand, gleich am nächsten Morgen im Rathaus von Tornio zu heiraten. Ohne Trauzeugen. Sie mit dem Arm im Dreieckstuch und seinem Ledermantel über den Schultern. Er fröstelnd im Hemd, befleckt von Sinikkas Blut und mit einer Alkoholfahne.

Sie erzählten ihren Familien nichts, vielleicht schämten sie sich. Sie spürten offenbar, welche Reaktionen die Nachricht auslösen würde, und ohne es miteinander abgesprochen zu haben, beschlossen beide, nichts zu sagen. Als Tatu nach Hause zurückkehrte und Siri erblickte, schämte er sich etwas für ihr Unterfangen. Er wusste zwar, dass Siri ihn immer lieben würde, konnte jedoch den Gedanken an den enttäuschten Blick nicht ertragen, den sie ihm zuwerfen würde, wenn er nach Hause käme und ihr erzählte, dass er geheiratet hatte. Ein Mädchen, das er ihr noch nicht mal vorgestellt hatte, und dass er diesen Schritt noch dazu getan hatte, nachdem sie die Nacht wegen ihres Streits und der damit verbundenen Fehlgeburt in der Notaufnahme verbracht hatten, und er sich kaum an die Zeremonie erinnern konnte, weil sich sein Hirn von der Einnahme der Opiate so angenehm schwummerig und berauscht angefühlt hatte.

Nein, er erzählte zu Hause nichts. Daraufhin folgte eine Phase, in der er kaum Zeit zu Hause verbrachte. Denn nur wenige Tage nach der Fehlgeburt und der Trauung erlitt Sinikkas Vater eine Hirnblutung. Er starb nicht, wurde aber mit Lähmungen ins Krankenhaus gebracht, in der Hoffnung auf Besserung oder auch zwecks endgültiger Verwahrung, je nachdem, wie man es betrachtete.

Er wurde zu einem Pflegefall, einem Krüppel, und war sozusagen nur noch körperlich anwesend.

Sinikkas Mutter war seit ihrem achtzehnten Lebensjahr verheiratet, von der schützenden Hand ihres Vaters war sie direkt in die ihres Ehemanns übergeben worden, und nachdem sie nie auch nur einen Tag ihres erwachsenen Lebens ohne den Schutz eines Mannes verbracht hatte, fiel es ihr schwer, die Situation zu akzeptieren. Sie saß von morgens bis abends an seiner Seite. Das Krankenhauspersonal sah irgendwann ein, dass es keinen Sinn hatte, sie auf die Besuchszeiten zu verweisen. Doch abends warfen die Krankenschwestern sie hinaus, sodass ihr nichts anderes übrig blieb, als in ihr leeres Haus zurückzufahren, wo sie sich auf ihre Hälfte des Ehebettes legte. An Schlaf war nicht zu denken. Sie starrte so lange an die Decke, bis der Morgen dämmerte und sie sich wieder anziehen und ins Krankenhaus fahren konnte, um an der Seite ihres Mannes zu wachen.

In manchen Ehen, in denen zwei Menschen in selbstverständlicher Symbiose gelebt haben, kann man beobachten, dass beim Verschwinden des einen dem anderen buchstäblich der Boden unter den Füßen weggerissen wird. Die Trauer ist so kompromisslos wie eine Amputation. Man erholt sich nicht wieder, und der Schaden ist irreparabel.

Der Schlaganfall veränderte auch das Leben des frisch verheirateten Paares. In gewisser Weise hin zum Besseren, weil sie sich plötzlich mit wichtigeren und entscheidenderen Dingen als ihren Beziehungsproblemen auseinandersetzen mussten (auch wenn man keinesfalls behaupten kann, dass eine Hirnblutung bei einem geliebten Vater oder Schwiegervater etwas Positives wäre).

Doch es war in der Tat so, dass sowohl Sinikka als auch Tatu sich notgedrungen zusammenreißen mussten, angesichts der ihnen unerwartet auferlegten Verantwortung für einen, wenn auch kleinen landwirtschaftlichen Betrieb. Sinikkas älterer Bruder wohnte nicht mehr im Norden, sondern arbeitete in der Saab-Fabrik in Nystad und hatte nun weder die Zeit noch die Möglichkeit, freizunehmen und zurückzukommen, um ein paar abgetakelte Rinder zu versorgen. Tatu hörte, wie Sinikka ihren Bruder anschrie, und sah, wie sie Rotz und Wasser heulte, doch er war unfähig, sie zu trösten.

Diese Ehe war von Anfang an eine schlechte Idee gewesen. Doch Tatu bemühte sich auf seine Weise, für seine Frau da zu sein. Er half ihr, so viel er konnte, doch es entzog ihm bald jegliche Energie, und er spürte, dass sie sich beide nach einem unbeschwerteren Leben sehnten. Er suchte seine Zuflucht wie schon so oft im Herumwerkeln. Allein, in der Garage, nach der getanen alltäglichen Arbeit. Und Sinikka gehörte normalerweise nicht zu den Frauen, die auf dem Sofa saßen und auf ihren Mann warteten. Wenn sie einsah, dass Tatu auch an diesem Abend nicht zu ihr kommen würde, wurde sie selbst aktiv und suchte die nächstbeste Nachbarin auf, von der sie wusste, dass sie genau wie sie selbst und viele andere Leute in der Gegend nur nach einem Anlass suchte, um eine neue Flasche Klaren aufmachen zu können. Doch inzwischen fehlte ihr die Kraft dazu. Sie schlief stattdessen mit geballten Fäusten auf dem Sofa ein, Abend für Abend. Um schließlich am nächsten Morgen wieder mit der Schufterei zu beginnen, der sie nicht entrinnen konnte. Selbst für einen erfahrenen Bauern war diese Art von Arbeit anstrengend, doch Sinikka empfand sie noch anstrengender, schließlich machte sie den Job nur, weil es kein anderer tat.

Sinikkas Mutter konnte schließlich nichts tun, außer den ganzen Tag im Krankenhaus zu verbringen und nachts im Bett zu liegen und an die Decke zu starren, sodass Sinikka sowohl den Haushalt schmeißen als auch die sieben Kühe auf ihrem kleinen, aber gepflegten Hof versorgen musste, während Tatu tagsüber in der Werkstatt jobbte und bemüht war, sich in seiner Freizeit um die Landwirtschaft zu kümmern, bevor er sich abends wieder in seine Werkstatt zurückzog.

Nebenher blieb keine Zeit zum Streiten und Saufen.

(Zum Vögeln blieb jedoch immer noch Zeit, und innerhalb kürzester Zeit war Sinikka wieder schwanger.)

Am Tag vor Heiligabend im Jahr 1981, nur wenige Tage nach Artos Unfall, erzählte sie es ihm. Er freute sich, aber offenbar nicht genügend, jedenfalls nicht für Sinikka.

Manche Frauen beeinträchtigt eine Schwangerschaft physisch, andere eher psychisch. Wieder andere beeinträchtigt sie gar nicht, doch Sinikka beeinträchtigte sie definitiv psychisch.

Körperlich war sie ziemlich leistungsfähig, vermutlich weil sie noch so jung war, doch psychisch bewältigte sie die Situation nicht. Sie, die schon von Anfang an wie eine entsicherte Pistole herumgelaufen war, wurde noch unberechenbarer und streitsüchtiger. Und dazu noch eifersüchtig.

Tatu wiederum litt darunter, dass ihm jetzt, wo er in seiner Freizeit plötzlich den Landwirt spielen musste, nur noch wenig Zeit für seine beiden größten Interessen – Autos und Alkohol – blieb. Folglich gelang es Sinikka und Tatu, den kleinen Bauernhof innerhalb kürzester Zeit stark herunterzuwirtschaften.

Esko hatte schon im Juni auf einen kurzen Besuch bei ihnen vorbeigeschaut, nachdem er vom neuen Verantwortungsbereich seines kleinen Bruders erfahren hatte, und als er jetzt sah, wie es um die Kühe bestellt war, wusste er sich keinen anderen Rat, als es bei den Behörden zu melden. Die Tiere standen bis zu den Knien in ihrem eigenen Mist, ungemolken und verdreckt. Schließlich kam ein Kontrolleur, der sich das Desaster anschaute und eine Strafe verhängte, was allerdings auch nichts bewirkte, außer ihre Finanzen noch weiter zu ruinieren. Langer Rede kurzer Sinn: Das kleine Familienunternehmen endete im Bankrott.

Die beiden waren eben einfach nicht dafür geschaffen, einen Bauernhof zu betreiben. (Im Übrigen gab es vieles, wofür sie nicht geschaffen waren, unter anderem auch nicht füreinander.)

Die letzten noch lebenden Kühe wurden auf einer Auktion im November verkauft, sodass Tatu sich wieder der Autoschrauberei und dem Saufen widmen konnte. Sinikka lebte von der Invalidenrente ihres Vaters, die allerdings gering war und gerade mal die Krankenhauskosten deckte. Schließlich beschloss sie, ins Haus zurückzuziehen und ihre Wohnung zu vermieten. Was ihr erstaunlicherweise auch gelang, nämlich an einen auf Bewährung aus dem Gefängnis entlassenen etwa fünfzigjährigen Mann, der nach einem Raubüberfall eine fünfjährige Haftstraße verbüßt hatte. Der Mann humpelte, und jeden Tag konnte man ihn die Treppe erst hinunter- und dann wieder heraufhumpeln hören. Hinunter, wenn er morgens verschwand, Tatu wusste nicht genau, wohin, vielleicht um sich eine Arbeit zu suchen, und am späten Nachmittag, wenn er zurückkehrte, wieder herauf, oft mit einer Tüte in der Hand, aus der unverkennbar das Klirren voller Flaschen zu hören war.

Wenn Tatu sich nicht so große Sorgen darüber gemacht hätte, dass der Knastbruder Sinikka überfallen könnte, wäre er für immer ausgezogen, auf der Stelle. Doch jetzt übernachtete er ungefähr jeweils eine halbe Woche bei Sinikka. Allerdings sorgfältig darauf bedacht, nicht immer die gleichen Wochentage zu wählen, damit der Mann eine mögliche Tat nicht planen könnte. Doch er fand die Nächte bei Sinikka anstrengend, denn ihre Streitereien zehrten allmählich selbst an Tatu.

Eines Abends fingen sie wie so oft wieder an zu streiten, und wie so oft war Gewalt im Spiel. Und auf einmal war Sinikka diejenige, die ein paar Kleidungsstücke in eine Tasche stopfte und rief, dass sie es jetzt tun würde, ihn verlassen, das Auto nehmen und damit zu ihren Cousinen fahren würde, die ungefähr zwanzig Kilometer entfernt wohnten. Tatu, der normalerweise ruhig blieb (vergleichsweise ruhig, jedenfalls ruhiger als Sinikka), rastete an diesem Abend aus, weil er genau wusste, was sie bei ihren Cousinen vorhatte. Er wusste, dass sie dorthin wollte, um ein paar Gläser zu kippen (oder auch ziemlich viele), schlecht über ihn zu reden (das meiste war ohnehin gelogen) und sich höchstwahrscheinlich mit dem feschen Junggesellen aus dem Nachbarhaus ihrer Cousinen zu trösten. Und er war es leid, dass sie am nächsten Tag im Morgengrauen oder eventuell auch erst am späten Nachmittag wieder zurückkommen und dann nach einem anderen Mann riechen würde. Deshalb forderte er sie zuerst höflich, und als das nicht funktionierte, etwas weniger höflich, auf zu bleiben.

Doch Sinikka weigerte sich. Tatu sah, wie sich ihre Nasenlöcher weiteten, die ihn jetzt an die Nüstern eines Pferdes erinnerten, das jeden Moment steigen und dem jeden Moment der Geifer aus dem Maul triefen würde. Er baute sich vor der Haustür vor ihr auf. Da er so viel größer und breiter war als sie, würde sie nicht an ihm vorbeigelangen, wenn er standhaft bliebe. Doch als ihre Fäuste ihm nichts anhaben konnten, griff sie schließlich zu der einzigen Waffe, die Frauen besitzen, und rammte ihm heftig und entschieden ein Knie in den Unterleib.

Dagegen war er nicht gewappnet. Tatu wurde von einem martialischen Schmerz übermannt und sackte in sich zusammen, Sterne vor den Augen. Doch als er draußen ihren Wagen starten hörte, lief er vor Schmerzen gekrümmt hinaus und aufs Auto zu, um die Tür aufzureißen und sie vom Fahrersitz zu zerren.

Es war Sinikkas Auto, ein goldfarbener Mercedes, zu dessen Kauf Tatu sie ermuntert hatte, ein Wagen vom Schrottplatz, der verhältnismäßig günstig gewesen war und den er angeboten hatte zu reparieren. Was er dann auch getan hatte, und jetzt war die Karre nach mehreren Monaten intensiven Auseinander- und Zusammenschraubens wieder fahrtüchtig. Das Einzige, was noch immer klemmte, waren die Türen.

Die Beifahrertür war verbeult und ließ sich häufig nicht öffnen, auch diesmal nicht. Tatu zog daran, doch sie bewegte sich keinen Millimeter. Hingegen blieb er schließlich mit der Hand am Türgriff hängen, ein Umstand, den Sinikka entweder nicht bemerkte oder der ihr egal war, jedenfalls legte sie einen Kavalierstart hin und bog in hohem Tempo auf die schneebedeckte Landstraße vor dem Hof ein.

Dort hing er jetzt, anfänglich versuchte er, neben dem Wagen herzurennen, dann schrie er, doch Sinikka hörte ihn nicht, da die Stereoanlage in ohrenbetäubender Lautstärke AC/DC spielte, die einzige

Musikkassette, die Sinikka in ihrem Auto liegen hatte, und er konnte nichts tun. Noch bevor sie die Hauptstraße erreicht hatten, wurde er ohnmächtig vor Schmerzen.

Sinikka fuhr fast einen ganzen Kilometer, bis sie begriff, dass irgendetwas hinter dem Auto hergeschleift wurde. Es hinterließ einen roten Streifen auf dem weißen Schnee am Straßenrand.

Als Sinikka die Blutspur erblickte, ging sie endlich vom Gas runter. Tatus eine Körperhälfte war vollständig aufgeschürft, und er verlor immer wieder das Bewusstsein, während sie versuchte, seine Hand vom Türgriff loszubekommen. Nachdem ihr das endlich geglückt war, musste sie ihn ins Krankenhaus bringen und den Ärzten wohl oder übel erklären, was passiert war. Tatus Wunden wurden versorgt, er selbst erinnerte sich nicht mehr an alle Einzelheiten des Unfalls, und vollgepumpt mit Morphin schlief er die ganze Nacht, während sie an seiner Seite saß.

Wie so oft nach ihren Streitereien, auch wenn sie in den meisten Fällen nicht zu Krankenhausaufenthalten führten, waren beide hinterher reuevoll und liebevoll (und sternhagelvoll). Dieser Zustand war für beide offenbar so erhebend, dass sie sich schon kurz darauf heftig danach zu sehnen schienen, ihn immer wieder aufs Neue zu erreichen.

Als Tatu am nächsten Morgen aufwachte, blickte er in Sinikkas Gesicht. Sie saß zusammengekauert auf dem Besucherstuhl, die Arme um die Beine geschlungen, und schlief.

Er liebte sie. Das war leider einfach so. Er seufzte. Wie sollte er da nur wieder herauskommen? Die Streitereien konnten einfach nicht so weitergehen. Sie würden ihm noch den Tod bringen. Oder ihr. Oder ihnen beiden.

»Sinikka.«

Er flüsterte ihren Namen. Sie schlug die Augen auf, und einen Moment lang schien sie nicht zu wissen, wo sie war, und sich nicht an die Ereignisse des Vortags zu erinnern. Doch dann kehrte die Erinnerung offenbar wieder zurück, und er sah, wie sich ihre Augen mit Tränen füllten. Sie fiel ihm um den Hals. Tatu zuckte vor Schmerzen zusammen, hielt sie aber dennoch fest, während ihre Tränen und der Rotz an seinem Hals hinunter bis auf seine Schulter liefen.

»Verzeih mir«, flüsterte sie wieder und wieder.

»Ist ja schon gut«, flüsterte er zurück. »So was kann doch mal passieren.«

Doch sie wussten beide, dass dies nicht stimmte. Und als Tatu ihr erklärte, dass er für ein paar Tage nach Aapajärvi fahren würde, um sich auszuruhen, widersprach Sinikka nicht. Sie nickte nur, ihre Augen füllten sich erneut mit Tränen, doch sie nickte und hielt ihn weiter umschlungen.

Tatu lehnte es ab, seine Ehefrau anzuzeigen, obwohl ihm der Arzt freundlich, aber bestimmt geraten hatte, es in Erwägung zu ziehen. Er meinte, dass Tatu zwar noch einmal glimpflich davongekommen sei, man aber die Spätfolgen solcher Verletzungen nie genau abschätzen könne, und empfahl ihm, den Vorfall schon allein aus versicherungstechnischen Gründen unbedingt polizeilich zu melden und dokumentieren zu lassen, für den Fall, dass er in zwanzig Jahren womöglich im Rollstuhl landete oder einen Bandscheibenvorfall erlitte, der ihn ans Bett fesseln würde. Doch Tatu konnte nicht mal zwanzig Tage im Voraus überblicken, wie sollte er sich dann erst eine so lange Zeitspanne wie zwanzig Jahre vorstellen? Das war, was ihn betraf, ein ganzes Leben, und wer wusste schon, ob er überhaupt so lange lebte?

Also erstattete er keine Anzeige. Sinikka saß weinend an seiner Seite und bereute alles. Seine Verletzungen waren nicht allzu umfangreich, hauptsächlich die Hüfte hatte etwas abbekommen (dort war das Fleisch bis auf den Knochen abgeschürft), doch ansonsten schien es ihm gut zu gehen. Als er aus dem Krankenhaus entlassen wurde, humpelte er leicht, doch er hatte weitere Schmerztabletten abgelehnt, aus Angst, dass sie in die falschen Hände geraten könnten (in seine oder auch in ihre).

Tatus und Sinikkas Liebe war eine unmögliche Emulsion, war wie Öl im Feuer. So etwas geht nie gut, im Gegenteil, die Situation verschlechtert sich rasant und wird immer schlimmer. Doch auf wundersame

Weise schien es der Natur bewusst zu sein, welch schlechte Idee es war, ausgerechnet diesen genetischen Cocktail weiterzuvererben, denn trotz mehrerer weiterer Schwangerschaften wurde sozusagen nie etwas daraus.

*

Annie und Tatu saßen nebeneinander auf der Bank im Warteraum, Tatu mit einem ewig auf und ab wippenden Knie. In seinem Körper und auch in seiner Seele herrschte eine anhaltende Rastlosigkeit. Die Temperatur im Gebäude lag bei wenigen Plusgraden, doch die Kälte schien ihm nichts anhaben zu können. Annie hingegen fröstelte. Der Überlandbus aus Stockholm war gerade in den Bahnhof eingebogen, und sie würde postwendend mit ihm zurückfahren, doch erst mussten alle Passagiere aussteigen, damit der Bus gereinigt und mit neuen Müllbeuteln ausgestattet werden konnte.

Tatu hatte darauf bestanden, gemeinsam mit ihr zu warten. Vielleicht spürte er ja auch den Ernst der Lage und dass dieser stillschweigende Abschied und die Art und Weise, wie sie Aapajärvi verlassen hatten, etwas Endgültiges hatte.

Annie betrachtete ihren kleinen Bruder. Das Gesicht stets zu einem Lächeln verzerrt, als wäre es darin festgefroren, sein Blick unmöglich zu deuten. Sie fragte sich erneut, was es wohl war, das ihm zu schaffen machte. Hätte sie nachhaken sollen? Versuchen sollen, etwas aus ihm herauszubekommen? Ihr Bruder machte keine unnötigen Worte, nein, zumindest nicht, wenn es um schmerzhafte Dinge ging.

Tatu war verschlossen und öffnete niemandem die Tür zu seinem Inneren. Doch sein Äußeres konnte einen wirklich blenden. Er sah gut aus, ein wenig ausgezehrt allenfalls. Die reinen Züge, die wie gemeißelt wirkten, das dunkelgelockte unbändige Haar, die schwarzen Augen, die gerade Nase, die breiten Schultern. Jetzt saß sie zu seiner Linken und stellte fest, dass nicht mal seine entstellte Wange ihn hässlich aussehen ließ.

»Komm doch mal nach Stockholm und besuch mich dort.«

Er nickte. »Aha, du brauchst also ein Kindermädchen? Noch bevor das Kleine geschlüpft ist?«

»Komm, wann du willst. Ich meine es ernst.«

Dann sagten sie nichts weiter. Annie wollte ihm vorschlagen, schon einmal loszufahren, biss sich aber auf die Zunge. Es hätte sowieso nichts genutzt. Wenn Tatu sich einmal zu etwas entschieden hatte, dann tat er es auch.

Das Wartehäuschen war klein und in schlechtem Zustand. Die Holzbänke waren blank gesessen und abgewetzt und der Steinboden vor dem Fahrkartenschalter und der Tür ausgetreten. Ihr Bruder passte so gar nicht dort hinein. Aber gab es überhaupt irgendwo auf der Welt einen Platz für ihn?

Gibt es irgendwo auf der Welt einen Platz für irgendjemanden?

Noch immer stiegen Leute aus dem Bus, Annie und Tatu betrachteten ihre Gesichter. Gesichter von Menschen, die heimkommen.

Sie wirkten so glücklich, als sie ihre Verwandten begrüßten. So erwartungsfroh.

Plötzlich entdeckte Annie unter den Passagieren ein bekanntes Gesicht.

Erst konnte sie es nicht recht einordnen, weil sie es sonst in einer ganz anderen Umgebung sah. Und es dauerte eine Weile, bis ihr klar wurde, dass dort der Vater ihres Kindes kam, unangemeldet, an diesem dritten Tag des neuen Jahres stieg er einfach aus dem Bus, in ihrem Tornio, ihrem Finnland, ihrer Welt. Alex.

IMMER FRÖHLICH

Was geschieht, wenn wir Entscheidungen immer vor uns herschieben, von uns weg?
Können wir unser Leben in Verleugnung und Glückseligkeit leben, indem wir einfach so tun, als wäre alles in Ordnung?
Wenn im Wald ein Baum umstürzt, können wir dann so tun, als sei es nie geschehen, nur weil wir es nicht gesehen haben?
Obwohl er dort liegt, augenscheinlich und unbestreitbar?
Passiert eigentlich irgendwann mal etwas?
Bald wird aber doch wohl endlich etwas passiert sein, oder?

Die erste Hälfte des Januar 1982 war geprägt von Geheimniskrämerei. In den Fluren und den Räumen zwischen den Zimmern wurden viele Worte gewechselt, gemurmelt vielmehr, und geheime Versammlungen abgehalten, die oft eilig wieder abgebrochen wurden. Und wie es mit allen Geheimnissen in der Familie war, ließ sich auch dieses nicht lange verbergen. Andeutungen und im Vorbeigehen zugeflüsterte Worte, die einer nach dem anderen mitbekam und die schließlich auch bis zum Letzten durchsickerten.

Die Information verbreitete sich wie ein Virus, ohne dass irgendwer irgendetwas laut geäußert hätte. Doch in gewisser Weise erinnerte es sowohl von der Form als auch vom Inhalt her an das Spiel Stille Post. Man erfuhr gewisse Dinge, doch der Wahrheitsgehalt, die Fakten, waren leicht verwässert oder verändert worden.

Das erste sogenannte offizielle Treffen, zu dem alle zusammenkamen, um Dinge zu äußern, die man hinterher nicht mehr zurücknehmen konnte, fand zu Hause bei Helmi statt. Am dritten Januar. (Am selben Vormittag hatte Annie ihren Versuch unternommen, nach Stockholm zurückzufahren.)

Annie und Esko hatten das Treffen eilig einberufen, weil die Situation es erforderte. Die beiden ältesten Geschwister hatten nach ihren klammheimlichen Rückzügen in diverse warme und auch kalte Nebengebäude die restlichen Geschwister und auch Siri darüber informiert, dass sie das eine oder andere mit ihr besprechen müssten, was sich nicht aufschieben ließe, weil es zum Teil vorübergehend verreiste Familienmitglieder betraf, die an diesem Gespräch möglichst nicht teilnehmen sollten.

»Was?«, hatte Helmi am Telefon gefragt, als Annie sie angerufen hatte.

Annie seufzte.

»Das, worüber wir mit Mama sprechen wollten. Wir müssen es jetzt tun, und zwar bei dir zu Hause.«

»Aha, warum hast du das denn nicht gleich gesagt?«

Pentti würde in wenigen Tagen zurückkehren, und dann müsste das Ganze bereits über die Bühne gegangen sein, um in die Tat umgesetzt werden zu können.

Lauri war noch da, per Anruf nach Hause beordert worden, widerwillig, Annie war auch noch da, ebenfalls widerwillig (jetzt besonders widerwillig wegen ihres unangemeldeten spontanen Gastes), und alle waren versammelt, außer Onni und Arto, die von Seija betreut wurden. Voitto war wie gesagt nicht gekommen, da er, soweit sie wussten, noch immer auf dieser Insel irgendwo im Mittelmeer stationiert war. Selbst Hirvo war dabei, vermutlich ebenfalls widerwillig (was schwer abzuschätzen war, da er nichts sagte, doch ihm waren alle

Zusammenkünfte im größeren Kreis unangenehm), aber immerhin. Und alle Anwesenden waren alt genug, um zu verstehen, worum es ging. Von Onni und Arto einmal abgesehen.

Lahjas und Tarmos Fernbleiben hätte letztlich entschuldigt werden können, doch auch sie waren alt genug, um die Folgen abschätzen zu können, und außerdem war es ihnen ziemlich wichtig, dabei zu sein. Sie hatten es sogar eingefordert. Als Annie vorgeschlagen hatte, dass sie derweil auf ihre kleinen Brüder aufpassen könnten, hatten sie geradezu beleidigt reagiert. Nein, sie würden beide dabei sein und alles mit anhören.

Annie kam die Situation fast feierlich vor. Es war in der Tat feierlich. Annie betrachtete ihre Geschwister, und erneut beschlich sie ein Gefühl der Endgültigkeit, und dass sie damit beschäftigt waren, etwas abzuschließen, nein, eher dass *sie* dabei war, etwas abzuschließen, und gerade versuchte, sich aus der Familiengeschichte auszuklinken.

Ihr wichtigster Auftrag am heutigen Tag bestand darin, Siri zu der Einsicht zu bringen, dass es letztlich um ihr eigenes Wohl ging und sie etwas ändern müsste. Na ja, nicht nur etwas ändern, sondern die Scheidung beantragen. Dass die Scheidung eine Option darstellte, und zwar letztlich die einzige.

Siri wusste natürlich, warum sie sich versammelt hatten, auch wenn sie ihr Bestes tat, um die Fassade zu wahren und sich unwissend zu geben. Annie betrachtete ihre Mutter, die auf der vordersten Kante von Pasis Fernsehsessel saß. Sie wirkte so zerbrechlich. Wenn man Siri vom heimischen Hof wegholte, ließ sie dort einen so großen Teil von sich selbst zurück, dass sie außerhalb ihrer gewohnten Umgebung fast identitätslos war. Wie würde sie überhaupt in einer Welt außerhalb von Aapajärvi zurechtkommen? Wer würde sie sein, wenn nicht mehr diejenige, die sie schon immer, oder zumindest den größten Teil ihres Lebens, gewesen war? Steckte da noch etwas anderes in ihr? Bestand überhaupt die Möglichkeit, noch etwas anderes zu entwickeln?

*

Helmi schenkte Kaffee aus und servierte Pfefferkuchen. Sie kümmerte sich rührend um alle, wie sie es schon immer getan hatte, ihrem Naturell entsprechend. The natural born hostess. Sie war gern für andere da, sorgte immer dafür, dass es allen gut ging, dass gute Stimmung herrschte und keiner ungerecht behandelt oder außen vor gelassen wurde.

Helmi wohnte mit ihrer Familie in Rovaniemi, in einer vierundvierzig Quadratmeter großen Zweizimmerwohnung im Erdgeschoss eines Mietshauses. Sie hatten die Wohnung günstig mieten können, weil Pasi im Gegenzug den Hausmeisterjob übernahm. Das Haus war dreistöckig und hatte drei Eingänge mit je sechs kleinen Wohnungen, in denen hauptsächlich alleinstehende ältere Frauen oder Männer wohnten, Menschen, die früher oder bis vor Kurzem als Bauern ihre eigenen Höfe bewirtschaftet hatten, aufgrund verschiedenster Umstände aber gezwungen gewesen waren, diese zu verlassen. Einige aus Altersgründen, andere aus finanziellen Gründen, nicht zuletzt wegen verschiedener Landwirtschaftsreformen oder schlicht und einfach, weil sie nicht mehr in der Lage waren (oder es noch nie gewesen waren), einen Hof mit allem Drum und Dran zu führen. In fast allen Fällen war der Umzug jedoch durch den Tod eines Ehepartners verursacht worden. Nur in ganz wenigen durch Scheidung. Denn solch neumoderne Allüren, diese Art von Luxus leistete man sich in dieser Gegend nicht.

Wie auch immer, dort hockten sie jetzt, lauter einsame Menschen in kleinen aneinandergereihten Boxen aufeinandergestapelt, Menschen, die ihr Leben lang eigenen Grund und Boden besessen hatten und es gewohnt waren, sich dort frei zu bewegen.

Pasi hatte alle Hände voll zu tun. Immer wieder musste er Missgeschicke oder kleine Katastrophen abwenden, Folgen des unerwarteten Komforts und erhöhten Standards. In einer Stadt, das mussten die Mieter erst lernen, betätigt man nach dem Toilettenbesuch die Spülung. In der Stadt stellt man seinen Müllbeutel nicht einfach vor die Wohnungs- oder Haustür. Man wirft ihn auch nicht aus dem Fenster. (Nein, auch nicht aus dem Badezimmerfenster.) In der Stadt kann man nicht die ganze Nacht lang lautstarke Tangomusik auf dem

Plattenspieler spielen. In der Stadt, tja, die Liste ließe sich beliebig fortsetzen. Doch der überwiegende Teil von Anfragen oder Anliegen betraf Dinge, die die Mieter zweifellos auch allein hätten bewältigen können, wie das Austauschen einer Glühbirne, das Schieben eines Steckers in die Steckdose oder auch das Abtauen eines Gefrierfachs. Die meisten von ihnen waren schlicht und einfach einsam. Doch sie konnten es nicht zugeben, sondern erfanden stattdessen Gründe dafür, dass sie bei der einen oder anderen Sache unbedingt Hilfe benötigten, und klingelten einfach beim Hausmeister, um dann im Türrahmen seiner Wohnung zu stehen und ihm zu berichten, was sie in der Zeitung gelesen oder im Radio gehört hatten oder was ihnen sonst gerade durch den Kopf ging. Pasi fand die alten Weiber und Kerle verdammt anstrengend, doch Helmi nahm sich Zeit für sie. Sie mochte die älteren Herrschaften, sie vermittelten ihr ein Gefühl von Geborgenheit und Beständigkeit.

Helmi schaute sich in ihrem bescheidenen Wohnzimmer um und betrachtete ihre Geschwister sowie ihre Mutter. Sie empfand eine tiefe Liebe für sie alle, eine Zärtlichkeit und Freude darüber, sie bei sich zu wissen. Einige ihrer Geschwister wirkten angesichts dieser Familienzusammenkunft jedoch eher erschöpft, als raubte diese ihnen jegliche Energie, was vielleicht auch der Fall war, denn Helmi wiederum fühlte sich in ihrer Gegenwart geradezu energiegeladen.

Sie hatten sich versammelt, um mit Siri zu reden. Um ihr zu vermitteln, dass das Leben noch etwas anderes für sie bereithielt. Andere Möglichkeiten.

»Ich bin so froh, dass ihr alle hier seid«, sagte Helmi immer wieder.

Sie war in der Tat froh; froh darüber, dass sich die Dinge jetzt verändern würden.

Sie betrachtete Siri und versuchte, sich ihre Mutter in einer dieser Mietwohnungen vorzustellen. Unmöglich. Das würde sie nicht überleben. Aber es blieb ihr keine andere Wahl, dachte Helmi. Außerdem hatte sie zwei kleine Kinder, die bei ihr wohnen würden. Nein, sogar noch mehr, denn Lahja und Valo wohnten ebenfalls noch zu Hause. Von Vorteil war sicher, dass Siri um einiges jünger war als die älteren

Leute hier im Haus. Sie würde es schon schaffen. Da war sich Helmi sicher. Denn alles ließ sich irgendwie regeln, wenn man es nur wollte. So lautete ihre Grundeinstellung. Schon von Geburt an war positives Denken ihr ständiger Begleiter gewesen, wie eine schützende Hand über ihr. Stieß man einmal auf Widerstand, war es am einfachsten, die Richtung zu wechseln, bis man schließlich offene Türen fand, durch die man weiterkam. Das war Helmis Lebensphilosophie.

Das Wohnzimmer war im Nu zugequalmt, weil Tatu und Lauri Kette rauchten, doch das machte Helmi nichts aus. Sie öffnete einfach die Balkontür, und damit war das Problem für sie gelöst. In derselben Art und Weise löste sie alle Probleme im Leben. Na ja, zumindest die meisten.

Helmi betrachtete ihre große Schwester, die auf einem Küchenstuhl an der Tür saß. Annie und Helmi waren schon immer gegensätzlich gewesen, doch als ihre Schwester jetzt zurückgekehrt war, kam es ihr vor, als wäre das, was sie beide sonst vereint hatte, diese Tür zwischen ihnen, die vorher immer offen gewesen war, inzwischen verschlossen, und Helmi fragte sich, ob sie selbst vielleicht etwas Falsches gesagt oder getan hatte oder ob sich ihre Schwester verändert hatte. Oder ob sie sich alles schlicht und einfach nur einbildete und überreagierte, was Pasi ihr häufig vorwarf, wenn er aus einer seiner Säuferphasen zurückkehrte und sie bat, sich mal wieder zu beruhigen.

Doch Helmi wusste nicht, wie man das machte. Wie man seine Gefühle unterdrückte und so tat, als hätte man keine. Oder doch, ein einziges Mal war es ihr gelungen, und diese Tür zu ihrem Inneren hielt sie noch immer fest verschlossen. War sie womöglich diejenige, die sich verändert hatte, und nicht Annie? Sie schüttelte den Kopf, denn diese Gedanken führten zu nichts, also dachte sie lieber an Dinge, die sie beeinflussen konnte, an positive Dinge.

»Möchte jemand einen Schluck Kirschwein?«, fragte sie lächelnd in die Runde.

*

Das Stimmengewirr im Wohnzimmer nahm kein Ende, und schließlich, nachdem sich Esko mehrfach geräuspert und nervös von einem Bein aufs andere getreten war, ohne dass irgendjemand reagiert hätte, ergriff Annie das Wort.

Sofort verstummten alle.

Sie betrachtete ihre Geschwister, die so ernst und aufmerksam dreinblickten. Helmi lächelte ihrer großen Schwester aufmunternd zu.

»Tja, ihr wisst ja alle ungefähr, warum wir uns heute hier versammelt haben.«

Übereinstimmendes Gemurmel.

»Ich weiß ja nicht, wie es euch ergangen ist, aber für mich ist es ziemlich simpel. Ich bin es allmählich leid, mir andauernd Sorgen machen zu müssen.«

Sie wusste, dass mehrere Geschwister ein schlechtes Gewissen gehabt hatten, als sie von zu Hause auszogen, weil sie dieses Pulverfass von einem Elternhaus mit der Mutter und den jüngeren Geschwistern darin zurückließen. Die Kleinen, denen sie wünschten, möglichst unbeeinträchtigt von alldem aufwachsen zu können, von dem sie selbst geformt worden waren.

»Ich bin es leid, mich immer im Schatten dieses kleinen Mannes zu ducken.« Annie breitete hilflos die Arme aus. »Das muss endlich ein Ende haben. Ich meine, dass ein anderes Leben möglich wäre.«

Keiner sagte etwas, und man konnte das Rauschen der Autobahn hinter dem Wäldchen hören. Die vorbeidonnernden Lastwagen.

»Für dich, Mama«, fügte sie etwas sanfter hinzu.

Alle schauten Siri an, und Siri erwiderte Annies Blick. Sie war inzwischen kalkweiß im Gesicht, als wäre alles Blut aus ihrem Kopf gewichen. Wenn sie jetzt aufsteht, klappt sie zusammen, dachte Annie.

Esko übernahm. Er räusperte sich und errötete. Ihm war es schon immer schwergefallen, vor Leuten zu sprechen, selbst vor seinen eigenen Geschwistern. Schließlich sagte er, dass es ja nun schon eine ganze Weile so ginge, aber Artos Unfall letztlich der Auslöser gewesen sei. Der ganze schicksalhafte Tag.

Penttis Abwesenheit.

Esko berichtete, was er im Kuhstall gesehen hatte.

Es fiel ihm sichtlich schwer, die richtigen Worte zu finden, und er brach mehrfach ab oder verlor den Faden. Über Dinge zu sprechen, die einem so falsch vorkommen, dass man fast glaubt oder gar hofft, sie nur geträumt zu haben, ist in der Tat schwierig. Zumal wenn die Erinnerung daran noch frisch ist, weil sie einen zu sehr beschämen.

Später, in ein paar Jahren oder vielleicht auch nur Monaten, würden vermutlich alle über diese Geschehnisse lachen, doch heute war heute, und heute lachte keiner.

Als Esko sein Anliegen vorgebracht hatte, war es, als hätte jemand einen riesigen Luftballon zum Platzen gebracht. Die Luft war raus, und alle schwiegen betreten.

Sie warteten darauf, dass Siri etwas sagen würde. Doch sie sagte nichts.

Lange Zeit saß sie schweigend da, bis sie endlich anfing zu reden: »Ich weiß genau, was ihr von mir wollt. Und ich weiß auch, dass ihr euch Sorgen macht. Aber ihr braucht keine Angst zu haben. Ich habe jedenfalls keine Angst.«

Helmi lächelte ihrer Mutter aufmunternd zu, während Esko puterrot im Gesicht wurde.

»Aber es gibt keinen anderen Weg!«

»Esko, es gibt immer einen anderen Weg«, wandte Helmi mit sanfter Stimme ein.

Annie entschuldigte sich und verschwand auf die Toilette. Durch die Tür hörte sie die aufgebrachten Stimmen ihrer Geschwister, ein Konflikt schaukelte sich hoch, bis jemand (oft Tatu) die Fäuste erhob und jemand anders (womöglich Esko?) die Herausforderung annahm. Doch sie pfiff drauf. Jetzt hatten sie es zumindest versucht. Aber es hatte nicht funktioniert. Tough luck. Sollten sie doch sehen, wo sie blieben, ihre Eltern. Selbst schuld. Sie drehte den Wasserhahn voll auf, um die Stimmen zu übertönen.

Annie musste an Alex denken, der darauf bestanden hatte, nach Rovaniemi mitzukommen. Jetzt, wo er schon einmal hier war, wollte er sich gern die Stadt anschauen, er wollte so viel wie möglich sehen, anstatt allein in Aapajärvi zurückzubleiben.

»Die Architektur fasziniert mich.«

Welche Architektur, fragte Annie sich. Diese Stadt ist nicht von Architekten mit grandiosen Ideen errichtet worden, sondern die Häuser wurden rasch hochgezogen, und zwar von Menschen, die blöd genug waren, sich an einem Ort wie diesem niederzulassen.

Doch sie hatten ihn in der Innenstadt abgesetzt und ausgemacht, ihn um achtzehn Uhr vorm Kino wieder abzuholen.

*

Die Situation war ziemlich peinlich gewesen, Annie und Tatu hatten sich zunächst wie auf frischer Tat ertappt gefühlt, bald aber war es ihnen gelungen, einigermaßen souverän mit der ganzen Angelegenheit umzugehen.

Nach den Verwirrungen am Busbahnhof kam es auch später in Aapajärvi zu einem kleinen Aufruhr, denn alle Geschwister beeilten sich, ins Haus zu kommen, um Annies Gigolo in Augenschein nehmen zu können.

Sie waren höflich und freundlich zu ihm, kicherten jedoch die ganze Zeit aufgeregt wie Kleinkinder, die zum ersten Mal in ihrem Leben einen Elefanten sehen.

Sie erinnerten an ein Rudel ausgehungerter Hunde, die sich glücklich kläffend auf ihren Fressnapf stürzen.

Annie machte Alex' Anwesenheit eher befangen, aber irgendwie war sie auch gerührt.

Allerdings war er charmanter denn je, und selbst Siri schien ihn sympathisch zu finden. Doch Helmi freute sich offenbar am meisten von allen, was bei ihrem Interesse an Äußerlichkeiten und seinem guten Aussehen kein Wunder war.

Sie riss hinter seinem Rücken entzückt die Augen auf und beschrieb mit der Hand obszöne Gesten, woraufhin ihre kleineren Geschwister loslachten, sodass Alex sich erstaunt umdrehte, während Annie zunehmend errötete. Helmi war schon immer so gewesen, sie war eine Person, die überall, wo sie auftrat, Freude verbreitete oder zumindest alle zum Lachen brachte.

Pentti war noch immer bei seinem Bruder, und Annie war dankbar dafür, dass Alex ihm nicht begegnete. Seine dunklen Seiten sollte Alex möglichst nicht zu sehen bekommen (eigentlich sollte niemand sie zu sehen bekommen), und sie war auch äußerst bedacht darauf, Alex von dem geheimnisvollen Geflüster im Haus fernzuhalten. Doch er war nicht blöd, jedenfalls nicht so blöd, dass er nicht verstanden hätte, dass irgendetwas im Gange war, und zog sich diskret zurück.

»Wir haben heute Nachmittag so eine Versammlung«, murmelte sie an seinem Hals.

Alex nickte, fragte jedoch nicht weiter nach.

»Schon klar, hier wimmelt's ja nur so von Geheimagenten.«

Er zwinkerte ihr zu.

Von unten aus der Küche rief Helmi, dass das Frühstück jetzt fertig sei und sie runterkommen sollten, wenn sie rechtzeitig aufbrechen wollten. Alex drückte ihr einen Kuss aufs Haar und sprang die Treppe in zwei großen Sätzen hinunter. Er bewegte sich überall so selbstverständlich, als gehörte ihm die Welt. Der Aufprall seiner Füße im Erdgeschoss katapultierte Annie in die Zeit zurück, als sie noch zu Hause gewohnt hatte, doch da war Helmi diejenige gewesen, die gleich mehrere Stufen auf einmal nahm und es immer eilig hatte.

*

Helmi war ein glückliches Kind gewesen.

Ein Sonnenschein.

Ein Kind, das immer zum Lachen aufgelegt war und dies oft und gern tat.

Sie war ein angenehmer Mensch, und alle Geschwister mochten sie.

Alle Menschen mochten sie.

In ihren Augen lag ein gewisses Leuchten.

Sie war freundlich, hilfsbereit und kontaktfreudig, und sie zeigte reges Interesse an ihren Mitmenschen. Sie hatte braune Augen und volles helles Haar, das sich kaum glatt bürsten ließ. An ihrem Hinterkopf hatte sich im Lauf der Jahre durchs Liegen im Bett eine verfilzte Stelle gebildet, die nie ganz verschwand. Im Kindesalter hing dies mit ihren lebhaften Träumen zusammen, denn sie lag nie still, sondern warf sich in ihren nächtlichen Abenteuern von einer Seite auf die andere. Im Erwachsenenalter hing es wohl eher mit den wachen nächtlichen Abenteuern zusammen.

Sie war ein hübsches Kind und wurde zu einer hübschen Frau, die die Fähigkeit besaß, Makel in Vorzüge zu verwandeln. Ihre wuscheligen Haare bildeten nun die Grundlage für eine sorgfältig toupierte Frisur, die sie jeden Tag frisch mit Haarspray in Form brachte.

Ihre liebenswerte Art trug natürlich auch zu ihrer Attraktivität bei. Helmi hatte schon immer geradeheraus gesagt, was sie dachte und fühlte – eine Eigenschaft, die keineswegs typisch für die Bewohner des Tornedal war. Vielleicht lag es an ihrem karelischen Wesen, das sie von Siri geerbt hatte.

Die Tatsache, dass sie die Dinge einfach aussprach und mit ihren Gefühlen nicht hinterm Berg hielt, bewirkte jedenfalls, dass man ihre Nähe als angenehm empfand und sie als unkomplizierte und fürsorgliche Person betrachtete, Eigenschaften, die nicht weit entfernt waren von Einfalt und Dummheit. Deshalb wurde sie von vielen als lieb und nett, aber minderbegabt eingeschätzt. Aber wirklich lieb! Und nett.

Der erste Kinofilm, den Helmi sah, war *The Sound of Music.* Sie hatte mit Annie ins Kino gehen dürfen, um dann neben ihr zu sitzen und sie die ganze Vorstellung hindurch flüsternd zu fragen, was gerade gesagt wurde und was es bedeutete, denn ihr Englisch war ziemlich schlecht. Doch Annie war keine Heilige, sie hatte nicht vor, das Kindermädchen für ihre kleine Schwester zu spielen *und* ihr noch dazu den gesamten Film zu übersetzen, sodass Helmi den Inhalt dieses großartigen musikalischen Machwerks lediglich in Bruchstücken erfasste. Doch außer der wunderbaren Musik nahm sie eine Sequenz aus diesem Film mit; die Passage, als die Mutter Oberin zu Maria sagte: »Wenn der Herr eine Tür schließt, öffnet er irgendwo ein Fenster.« Diesen Satz trug Helmi seitdem in ihrem Herzen.

Als Helmi älter wurde, wurde ein Feuer in ihr entfacht. Die heiße Flamme der Liebe entbrannte in ihrem Inneren, stark, hell und strahlend. Dagegen verblasste alles andere.

Helmi war noch nie ein Bücherwurm gewesen, doch jetzt begann sie plötzlich zu lesen. Erwartungsgemäß Liebesgeschichten, aber immerhin. Sie lag auf dem Bett und verschlang ein Buch nach dem anderen, und mitunter, nachdem sie eine besonders starke Passage gelesen hatte, rollte sie sich auf den Rücken, um seufzend an die Zimmerdecke zu starren, denn dass die Liebe so stark sein konnte, überstieg ihr Vorstellungsvermögen.

Von da an bestand ihr großes Ziel im Leben darin, irgendwann einmal selbst so empfinden zu können.

Jemanden so innig zu lieben, und von diesem Jemand ebenso innig geliebt zu werden, bedingungslos und grenzenlos, wie sie es innerlich spürte, wusste, brauchte.

Als ihr die Liebe dann zum ersten Mal begegnete und sie diese hautnah und nicht in Form von Geschichten erleben durfte, verlor sie jegliches Interesse an den Büchern. Sie wollte diese Welt nicht vom Parkett aus erleben, sondern selbst auf der Bühne stehen, als Hauptdarstellerin in ihrem eigenen Leben.

Helmi verlor früh ihre Unschuld, auf der Rückbank eines Autos, wie so viele Mädchen vor und nach ihr. Sie verlor sie an den Ersten in einer langen Reihe von Liebhabern, die sie als Teenager haben sollte. Und sie verlor sie definitiv vor ihrer drei Jahre älteren Schwester Annie, doch Annie dürstete nicht so stark danach wie sie, und wenn doch, dann verbarg sie es tief in ihrem Inneren.

Helmi erinnerte sich noch gut an ihren ersten Orgasmus. Sie musste sechs Jahre alt gewesen sein, denn Siri war gerade schwanger mit Valo, und sie lag nach dem Mittagessen bäuchlings auf der Küchenbank, während Siri gerade draußen war, um Holz zu holen. Helmi lauschte dem friedvollen Knistern im Ofen und spürte, wie eines der Sitzkissen gegen ihren Oberschenkel und ihre Scheide drückte, und als sie sich bewegte, fühlte es sich beinahe an, als müsste sie dringend zur Toilette, doch sie bewegte sich einfach weiter, immer schneller, und als sie schon befürchtete, jeden Moment lospinkeln zu müssen, wurde sie von einem herrlichen Gefühl überschwemmt, einem Pulsieren zwischen den Beinen und dem Eindruck, tief zu fallen, aber ganz weich, auf eine höchst angenehme Weise.

Sie hatte intuitiv begriffen, dass dies etwas war, worüber man nicht sprach. Das hier war etwas Verbotenes oder zumindest etwas in höchstem Grad Geheimes. Was sie allerdings nicht daran hinderte, es Abend für Abend vorm Einschlafen zu wiederholen.

Helmis Onanie-Künste halfen ihr dabei, ihre Sexualität gemeinsam mit den jeweiligen Partnern zu erforschen. Zugegebenermaßen empfand sie ihr erstes Mal nicht unbedingt als angenehm, das zweite war jedoch schon etwas besser, und bald war es ausschließlich und definitiv angenehm.

Ihr fiel es nicht schwer, ihren Partner während des Akts um das zu bitten, wonach ihr gerade war; was selbst viele Erwachsene noch nicht mal nach einem langen Eheleben schafften, gelang ihr somit schon als Fünfzehnjähriger. Und diese Bestimmtheit, gepaart mit ihrer zugewandten Persönlichkeit, bewirkte, dass sich viele Männer in Helmi Toimi verliebten. Helmi wiederum sehnte sich wieder und wieder nach diesem Gefühl, dem Kribbeln der allerersten Verliebtheit.

Helmis Name bedeutete Perle, und sie erinnerte gewissermaßen auch an eine Perle. Eine, die auf dem Meeresboden lag und glänzte, bereit, von einem Perlenfischer gefunden zu werden. Die Frage war nur, wer ihr Herz erobern und wohin ihre seltenen Begabungen sie führen würden.

Als sie achtzehn Jahre alt wurde, hatte sie schon fünf Liebesbeziehungen hinter sich und mit insgesamt acht jungen Männern geschlafen. Doch an ihrem achtzehnten Geburtstag, als sie und Annie gemeinsam zum Tanzen ins Stadshotell in Tornio gingen, begegnete sie tatsächlich ihrem Zukünftigen. Er hieß Pasi und sah verflucht gut aus. Er erinnerte an Harrison Ford, besaß aber leider nicht dessen Humor. Doch er hatte üppige Koteletten und trug einen weißen Polyesteranzug mit Schlaghosen. Dazu ein offen stehendes Rüschenhemd, aus dem sein Brusthaar hervorquoll. Die Mähne auf seinem Kopf hatte er mit Wasser nach hinten gekämmt, den goldblonden Schnauzer auf seiner Oberlippe sorgfältig gezwirbelt. Er sah genauso aus wie einer der Prinzen aus den Liebesromanen, die sie als Kind gelesen hatte.

»Der ist nichts für dich«, flüsterte Annie ihr ins Ohr, als er Helmi zum Tanz aufforderte, doch Helmi konnte den Blick nicht von ihm abwenden, schob ihre Hand in seine und ließ sich geschmeidigen Schrittes von Pasi auf die Tanzfläche führen.

Sie tanzten zu einem Song und noch zu einem weiteren, bis Annie kam und sie mit sich zog, doch Helmi konnte seinem Anblick einfach nicht widerstehen. Später am Abend gingen sie hinaus, um etwas Luft zu schnappen, und Pasi bot ihr eine Zigarette an. Als Helmi sie anzündete, wölbte er seine Hände um ihre, und in diese ritterliche Geste verliebte sie sich. Sie konnte es nicht recht in Worte fassen, doch wenn sie mit Pasi zusammen war, kam es ihr vor, als würde sie ein großes Abenteuer erleben, vielleicht sogar ein gefährliches, das aber ganz sicher ein gutes Ende nehmen würde, weil er bei ihr war. Pasi war die Liebe ihres Lebens, und von dieser Einsicht erfüllt, sagte sie Ja, als er nach einem halben Jahr um ihre Hand anhielt. Und zu all seinen weiteren Spinnereien sagte sie ebenfalls Ja.

Denn Pasis Kopf war voller Spinnereien, wie sich herausstellen sollte. Doch er war nicht ganz so humorlos, wie er aussah. Ebenfalls ein Bauernsohn, aber mit Tischlerambitionen, und nachdem Helmi und er ein paar Wochen liiert waren, schnitzte er ihr den allerschönsten kleinen Holzlöffel.

Zu dieser romantischen Geste kehrte sie in Gedanken immer wieder zurück, und daraus zog sie auch den Treibstoff für ihre innere Flamme, sodass sie nie aufhörte, hell und klar zu leuchten. (Auf den Gedanken, dass Pasi diesen Löffel womöglich schon vor ihrer ersten Begegnung geschnitzt haben könnte, kam Helmi nicht.)

Ein Jahr später, an Helmis neunzehntem Geburtstag, heirateten sie in der Kirche von Karunki. Helmi trug ein bodenlanges Kleid aus weißer blumiger Spitze und einen Kranz aus Heidelbeerkraut in ihrem vollen offenen Haar. In ihrem Bauch wuchs bereits das erste Kind heran, Pasi, oder Lill-Pasi, wie er genannt werden sollte. Fast alle Geschwister waren gekommen und auch Siri und Pentti. Helmi weinte während der Trauung so viel, dass sie ihre Schminke vollständig erneuern musste, bevor das Hochzeitsfoto gemacht werden konnte, denn ihr Gesicht war gestreift wie ein Zebra. Annie musste ihr auf der Rückbank des grünen Trabants von Pasis Vater dabei helfen, durfte während der ganzen Prozedur jedoch kein Wort sagen, weil Helmi sonst erneut in Tränen ausgebrochen wäre, und dann hätten sie wieder von vorn anfangen müssen.

Als Außenstehender ist es vielleicht nur schwer zu verstehen, doch das Tornedal war eine polarisierende Gegend: Zum einen wurde sie von strenggläubigen Laestadianern und ihrer Nüchternheitsbewegung geprägt, zum anderen von »gewöhnlichen Leuten«, und die gewöhnlichen Leute im Tornedal konnten zwei Dinge besonders gut: Kinder kriegen und Saufen. Wobei das Kinderkriegen auf beide Teile der Bevölkerung zutraf.

Helmi und Pasi gehörten zu den gewöhnlichen Leuten und tranken gern. Helmi, die immer fröhlich war, wurde vom Alkohol noch fröhlicher, aber sie verspürte keinerlei Aggression oder Wut in sich, während Pasi unter einer Schwermut litt, die aufgrund seiner frühen Verantwortung als Familienvater und Ernährer rasch zunahm. Esko vermittelte ihm einen Job im Sägewerk, wo er es nur für kurze Zeit aushielt, weil er sich wegen seines geringen Alters fehl am Platz vorkam. Es war, als könnte er in die Zukunft blicken und mit Erschrecken feststellen, dass er an diesem Arbeitsplatz die nächsten dreißig Jahre seines Lebens ausharren müsste, und diese Einsicht machte ihn vorzeitig verbittert. Doch nichts von alldem minderte Helmis Fröhlichkeit oder die Liebe zu ihrem Mann. Sie lachte nur, wenn er meinte, dass er mehr wert sei, weder höhnisch noch böswillig, sondern eher entzückt, denn alles, was aus seinem Mund kam, war das Wunderbarste, was sie je gehört hatte.

Pasi kam nie direkt nach der Arbeit nach Hause, sondern erledigte noch diverse andere Dinge, bevor er dann oft spät und betrunken heimkehrte. Eines Abends traf er sich mit einem alten Kumpel, der ihm erzählte, dass er vor einiger Zeit zufällig einen schwedischen Führerschein gefunden und daraufhin angefangen hätte, bei schwedischen Banken Schecks einzulösen, und seitdem Gebrauchtwagen an- und verkaufte. Er benötigte Unterstützung bei der Geldwäsche auf der finnischen Seite. Als Pasi heimkam und Helmi davon erzählte, war diese sofort Feuer und Flamme.

»Dann können wir uns ein Haus kaufen!«, rief Pasi träumerisch aus.

»Mit einem weißen Ledersofa!«, ergänzte Helmi.

Die beiden lagen rauchend im Bett und träumten von einer gemeinsamen Zukunft in Reichtum. Davon zu fantasieren, war ihnen wichtiger als alles andere. Abgesehen von einer geringen Arbeitsmoral verband sie nämlich auch dies: Wenn es nach ihnen gegangen wäre, hätten sie den ganzen Tag auf dem Sofa gelegen und sich alles Mögliche zusammengeträumt. Ausdauer und Kampfgeist dagegen gehörten nicht zu ihren Stärken.

Vielleicht wird man einfach so, wenn man durchs Leben geht und merkt, dass man in nichts besonders gut ist. Dann gibt es sozusagen kein höheres Ziel, wonach man streben kann.

Anfänglich war es leicht verdientes Geld, und sie hatten nicht mal das Gefühl, etwas Gesetzwidriges zu tun. Ziemlich rasch stellten sie fest, dass es mittels einer erfundenen ID-Nummer ganz einfach war, bei schwedischen Banken Konten zu eröffnen, auf die sie dann kleine

Beträge überwiesen. Danach besorgten sie sich Scheckhefte und lösten die Schecks auf der finnischen Seite ein, ohne dass eine Prüfung des Kontostands vorgenommen wurde.

Wenn man erst einmal die Grenze des Legalen überschritten und sich in eine Art Grauzone begeben hat, wird es immer leichter, diese Grenze auszudehnen. Auf die Scheckbetrügereien folgten Versicherungsbetrügereien und schließlich Autoschiebereien.

Ein Haus ist nicht ganz billig, und sie taten, was sie konnten, um etwas anzusparen. Häufig war es an Helmi, Geld zurückzulegen, doch wenn ein Geschäft schiefl ief, waren sie gezwungen, etwas von ihren Ersparnissen abzuzweigen, die deshalb nicht gerade schnell anwuchsen, doch darüber hinaus besaßen sie noch einige andere Rücklagen. Helmi hatte jedenfalls irgendwann ihr weißes Ledersofa bekommen.

Als Helmi zum zweiten Mal schwanger wurde, beschlossen sie, eine Pause einzulegen, wie sie es ausdrückten. Eine Pause von ihren transnordischen Geschäften. Pasi wollte sich derweil erneut um eine Anstellung im Sägewerk bemühen, in dem Esko als Vorarbeiter tätig war. Doch stattdessen landeten sie in dem Mietshaus, in dem sie bis heute wohnten. Bei Helmis Termin in der Hebammenpraxis stellte sich allerdings heraus, dass gar kein Kind in ihrem Bauch heranwuchs. Helmi war wie vor den Kopf geschlagen, denn selten hatte sie sich so schwanger gefühlt wie jetzt. Ihre andauernde Müdigkeit, der Schwindel, die Taubheit in den Händen und ihr ständiger Harndrang bewirkten, dass sie der Hebamme nicht recht glaubte und um einen Arzttermin bat.

Daraufhin wurde sie an einen Arzt überwiesen, der ihr Blut abnahm und sonderbare Tests durchführte, bis Helmi im Herbst 1981 in die Arztpraxis gebeten wurde, wo man sie mit einem Verdacht konfrontierte. Eine Krankheit, die offenbar ihren Körper befallen hatte, ihr Nervensystem, und die langsam, aber sicher alle Körperfunktionen zum Erliegen bringen würde, bis sie nicht mehr allein zurechtkäme.

Verdacht.

Glauben.

Bevor man es mit Sicherheit sagen könnte, wären weitere Tests nötig.

Durchaus Chancen auf eine gute Lebensqualität.

Dies waren nur Bruchstücke dessen, was der Arzt gesagt hatte. Sie hatte nicht alles mitbekommen, erinnerte sich nicht an alles. Multiple Narben, das wusste sie noch. Worte, die sich von nun an zu einer Beschreibung ihres Zustands zusammenfügen würden. Ob sie es nun wollte oder nicht, ob sie auf sie zutrafen oder nicht.

Anschließend war sie geradewegs in eine Kneipe gegangen. Doch da es erst Viertel vor elf war und alkoholhaltige Getränke nicht vor elf Uhr ausgeschenkt werden durften, musste sie all ihre Überredungskünste aufbringen, damit der Barmann ihr ein Bier servierte. Als es vor ihr auf dem Tresen stand, saß sie davor und starrte in die Luft. Lill-Pasi war gerade bei Siri und Pasi auf der Arbeit, sodass sie keinerlei Verpflichtungen nachkommen musste. Sie war losgelöst von allen gesellschaftlichen und familiären Zusammenhängen.

Es war noch nicht sicher. Diese Aussage würde sie von ihrem Arztbesuch mitnehmen. Nichts war sicher, bevor weitere Tests durchgeführt werden würden. Und wenn man keine weiteren Tests durchführte?

Die Taubheit blieb, wenngleich Helmi den Arzt danach nicht wieder aufgesucht hatte. Als sie nun ihre große Schwester und deren Babybauch betrachtete, verspürte sie selbst ein unangenehmes Ziehen und Grummeln in der Magengegend, doch sie schüttelte ihre innere Unruhe ab und wusch ihre Hände ein weiteres Mal unter heißem Wasser, denn wenn sie knallrot, also gut durchblutet waren, spürte sie die Taubheit weniger, ja sogar kaum noch.

Außerdem hatte Helmi einen Artikel im Promimagazin *Hymy* über einen Amerikaner gelesen, bei dem eine umfangreiche Bluttransplantation durchgeführt worden war, durch die er sowohl von seiner MS-Krankheit als auch von seiner Alkoholabhängigkeit geheilt wurde, und ganz langsam war in ihr eine Hoffnung gekeimt: dass es vielleicht, ganz vielleicht, oder mit dem nötigen Kleingeld *ganz bestimmt,* ein Heilmittel dagegen gab – nicht dass sie notwendigerweise an dieser Krankheit litt, aber *wenn,* dann, ja dann bestimmt.

Doch in der Regel dachte sie gar nicht daran, und wenn sie einfach nicht mehr daran dachte, dann war es, als existierte diese Krankheit überhaupt nicht.

*

Annie wäre am liebsten für immer auf der Toilette geblieben und nicht wieder herausgekommen. Doch schließlich begegnete sie ihrem eigenen Blick im schlierigen Badezimmerspiegel und zwang sich, wieder hinauszugehen. Als sie ins Wohnzimmer zurückkam, saßen ihre Geschwister noch immer auf dem Sofa, dem Fußboden und auf den Stühlen.

Plötzlich stand Valo auf und stellte sich mitten in den Raum. Jegliche Gespräche verstummten. Valo errötete. Es schien, als hätte er selbst erst begriffen, was er getan hatte, als er schon stand. Doch jetzt gab es kein Zurück mehr.

»Ja?«, fragte Esko.

»Na ja …«, begann Valo zögerlich. »Also, mir ist da was eingefallen.«

Seine großen Augen waren weit aufgerissen, und die langen Wimpern verstärkten den Eindruck noch.

»Da ist eine Sache, über die ich lange nachgedacht hab …«

»Aha?«

Valo linste zu Tatu rüber.

»Ja, also, es geht um Buckels Garage.«

Tatu schaute unversehens auf. Jetzt, wo es um etwas ging, was ihn betraf, war sein Interesse geweckt. »Aha?«

Valo wand sich.

»Nun spuck's schon aus, Junge!« Lauri war es leid, als eine Art Geisel so lange hier in dieser verfluchten Gegend, aus der er stammte, ausharren und warten zu müssen. Außerdem hatte sich sein Stresspegel durch Alex' Auftauchen markant erhöht, was jedoch keiner der anderen bemerkt hatte.

»Na ja, ihr wisst wahrscheinlich, dass es kein Unfall war, oder?«

Jetzt schien es, als wachte auch Siri auf.

»Was meinst du damit?«, fragte sie.

»Ach nichts.«

Siri packte ihn am Arm. »Jetzt aber raus mit der Sprache.«

Widerwillig begann er zu erzählen. Esko musste ihn mehrfach in die Seite stoßen, damit er weitersprach. Und so kam es, dass Valo in Helmis Wohnzimmer stand und von den Geschehnissen berichtete, die sich in der besagten Januarnacht vor sechs Jahren zugetragen hatten, als die alte Garage abgebrannt und Tatu beinahe ebenfalls dahingerafft worden war. Streng genommen ließ Valo einige Einzelheiten aus, doch er log nicht, sondern meinte nur, dass das Ganze Penttis Idee gewesen sei und Pentti es getan hätte. Gemeinsam mit Voitto. Der Bruder, den sie nicht hatten erreichen können. Valo schaute beim Sprechen hinunter auf seine Füße, und es war, als spräche er zu ihnen, adressierte seine Worte an sie.

»Das in der Garage war kein Unfall. Das waren die.«

Während er berichtete, hielt Siri seine Schultern umfasst. Er war sechzehn und hatte gerade einen heftigen Wachstumsschub hinter sich, und erst als er fertig war, ließ sie ihn los. Genau in dem Moment gaben seine Beine nach, und er schlug mit dem Kopf gegen die Ecke von Helmis rauchfarbenem Glastisch (wie konnte man nur einen derart gefährlichen Tisch zu Hause stehen haben, mit Lill-Pasi und überhaupt?) und fing an zu bluten (das war Lill-Pasi bislang nicht zugestoßen, jedenfalls noch nicht). Helmi eilte ihm zu Hilfe. Sie betupfte die Stirn ihres Bruders, während Siri nicht mal bemerkt zu haben schien, was passiert war. In sich gekehrt sank sie wieder auf ihren Sessel zurück.

Siri verspürte in ihrem Inneren eine Eiseskälte. Sie hatte es nun schon so viele Jahre mit diesem Mann ausgehalten. Lange Jahre, wie ein einziger Winter, der kein Ende nahm.

Er hatte ihr vieles kaputt gemacht. Er hatte ihr immer alles kaputt gemacht.

Sie hatte gelernt, damit zu leben. Durch seine Nachlässigkeit war ihre Erstgeborene gestorben.

Sie hatte so vieles erduldet. Seine Perversionen im Kuhstall. Seinen idiotischen Geschäftssinn. Seinen nicht vorhandenen Überblick über die Finanzen.

Aber das hier.

Jetzt war definitiv eine Grenze erreicht, und überschritten. Unwiderruflich.

Valo bekam ein Pflaster auf die Stirn geklebt, während draußen die Dämmerung einsetzte.

»Tut mir leid, Mama«, schluchzte er, auf Helmis Schoß sitzend.

Jetzt wirkte er wie ein kleiner Junge. So klein, wie sie am Anfang alle waren. Doch dann wuchsen sie, und die Welt verschlang sie, verdarb sie. Siri schaute ihn an und schüttelte den Kopf.

»Es war nicht deine Schuld.«

Sie betrachtete ihre Kinder, diejenigen, die noch am Leben waren und hier an diesem Januarnachmittag 1982 im Raum versammelt waren.

»Ich werde eure Hilfe brauchen«, sagte sie schließlich.

Alle Anwesenden im Raum beugten sich zu ihr vor, um sicherzugehen, dass sie richtig gehört hatten.

Sie holte Luft. »Ich mache es.«

»Du wirst es nicht bereuen, Mama«, sagte Annie.

»Wir werden dir helfen, Mama«, sagte Esko.

Helmi sprang auf und umarmte ihre Mutter.

Es war bereits fast sieben Uhr, als Tatus schwarzer Benz vor dem Kino einbog. Ein kleines Grüppchen von ungefähr zehn Leuten stand in der Kälte davor und wartete fröstelnd, und dem Aushang nach zu urteilen, wurde Scorseses *Raging Bull* gezeigt. Obwohl Alex sowohl einen Wildledermantel als auch eine Pelzkappe trug, sah Annie, dass er fror, während er von einem Bein aufs andere trat.

»Er steht noch da, Annie! Er hat den Test bestanden!«

Tatu stieß sie freundschaftlich in die Seite und grinste vielsagend. Sie verdrehte die Augen. Auf der Rückbank saßen Tarmo und Lahja. Die anderen waren in Eskos Auto mitgefahren. Als Alex sie erblickte, hellte sich seine Miene auf. Er wirkte ganz und gar nicht verärgert.

»Ah, ich dachte schon, ihr hättet mich vergessen«, sagte er und wuschelte Tarmo durchs Haar, als er sich neben ihm auf die Rückbank zwängte.

»Sorry, es hat etwas länger gedauert.«

»Kein Problem, Principessa, ich hab mir Rovinimi angeguckt, und es war fantastisch.«

Sie brachte es nicht übers Herz, ihn zu verbessern, sondern drehte stattdessen das Radio auf, in dem ein beliebtes Sonntagsprogramm mit Tangomusik lief, und dann schwiegen sie während der gut hundert Kilometer langen Fahrt durch die Dunkelheit nach Aapajärvi, während Olavi Virta von einer Einsamkeit sang, die so stark war, dass man sich regelrecht nach dem Tod sehnte, um ihr zu entfliehen.

Annie musste an Siri denken und fragte sich, was sie letztendlich zu ihrer Entscheidung bewogen hatte.

Im Kofferraum von Tatus Auto lag noch immer ihre Reisetasche. Heute Morgen, dachte sie. Seitdem ist ein ganzes Leben vergangen.

Manchmal plätschert das Leben so vor sich hin, ein Tag folgt auf den anderen, ein Jahr aufs nächste, ohne dass viel passiert. Doch natürlich, das Leben passiert, aber man lässt sich treiben und ist zufrieden, zumindest zufrieden genug, um so weiterzumachen wie bisher. Und dann passiert plötzlich alles auf einmal, wie an diesem Tag. Nach Jahren, in denen sich Trauer, Wut und Enttäuschung angesammelt hatten, Jahre voller enttäuschter Hoffnungen und Träume, die schließlich so wichtig geworden waren, bereit, sich Bahn zu brechen. Es ist fast unbegreiflich, dass nur wenige Stunden vergangen waren, seit so viele Dinge überlegt, erwogen, diskutiert und letztlich entschieden worden waren, die sich nicht mehr zurücknehmen oder ändern ließen.

Die Landschaft draußen war schwarz und unsichtbar, doch Annie kannte sie in- und auswendig. Aber im Moment sah sie gar nichts mehr. Sie war blind geworden für alles, was ihr sonst so vertraut gewesen war, als hätte sich ihr innerer Kompass umgestellt. Die Welt, die sie einst gekannt hatte, erschien ihr gänzlich neu.

*

Im Obergeschoss des Hauses in Aapajärvi war es dunkel. Ihre Geschwister waren offenbar schon zu Bett gegangen. Tatu hatte einen kleinen Umweg gemacht, um seine jüngsten Brüder abzuholen. Alex hatte Lust, die Sauna auszuprobieren, weshalb Tarmo und Lahja ihm das Saunahaus zeigten und den Ofen anfeuerten. Dann verschwanden sie hinauf in ihr Zimmer.

In der Küche saßen nur noch Annie und Siri. Es gab so vieles zu bereden, so viele unausgesprochene Worte, die zwischen ihnen standen und wie ein einziges unentwirrbares Durcheinander anmuteten.

Scheidung. Das kleine Wörtchen, das Annie ihrer Mutter immer wieder vor die Füße geworfen hatte. Das Wort, das ihre Mutter jedes Mal verächtlich zurückgewiesen hatte. Und jetzt lag es dort, im trüben Schein der Küchenlampe.

»Was hat denn nun eigentlich den Ausschlag gegeben, dass du dich entschieden hast?«, fragte Annie schließlich.

Siri schloss die Augen. Sie sah Tatus Gesicht vor sich, seine verbrannte Wange, seine versengten Haare, und wie er fast gestorben wäre, sein bewusstloser Körper, den sie im letzten Moment aus der Garage herausgeschleift hatte, was für ein unfassbares Glück, dass sie es noch bis nach draußen geschafft hatte. Diese Garage, die er mehr geliebt hatte als sein eigenes Leben. Dieses Bild wurde schließlich von Artos Gesicht überlagert und dessen verbranntem Körper. Und danach von einem weiteren noch kleineren Kind, das leblos in ihren Armen gelegen hatte. Sie schüttelte den Kopf.

»Ich glaube, dass es eine Kombination von mehreren Dingen ist.«

»Die da wären?«

Wie viel können die eigenen Kinder verstehen? Wie viel kann man mit ihnen teilen?

»Dass Valo seinem Vater immer ähnlicher wird. Genau wie Voitto.«

Sie mussten beide an Voitto denken und daran, wie groß ihre Erleichterung gewesen war, als er von zu Hause auszog. Annie erinnerte sich noch gut an die zunehmende Tierquälerei ihres Bruders und wie er sich immer weniger darum scherte, seine Experimente vor den anderen zu verbergen.

Dann versank Siri in anderen, ganz eigenen Gedanken. Sie überlegte, ob Esko nicht vielleicht doch recht gehabt hatte, als er davon sprach, dass Kinder ein grundlegendes Bedürfnis nach Liebe haben. Und sie dachte an Arto, der im Obergeschoss in einem Klappbett schlief. Und an Onni. An die Zeit, die ihr mit den Kindern noch blieb, ihren jüngsten Kindern, bevor sie groß und schließlich erwachsen wurden, bevor sie sie verließen, ausflogen, um nie wieder zurückzukehren. Würden sie zurückkehren? Würden sie sie wenigstens besuchen? Und auch der Gedanke daran, auf ihre alten Tage in einem leeren Haus gemeinsam mit einem Ehemann wohnen zu müssen, der von Tag zu Tag immer wahnsinniger zu werden schien, konnte sie weder zu Ende denken noch aussprechen. Stattdessen schwiegen beide. Mit allen Worten in einem einzigen Durcheinander zwischen sich.

Plötzlich wurde die Haustür geöffnet, und Alex trat in die Küche. Seine Wangen waren rosig, die Haare noch feucht.

»Ah, herrlich, so eine Sauna!«, rief er und breitete die Arme aus.

Er trug seinen Ledermantel, unter dem sein behaarter Brustkorb hervorlugte. Siri betrachtete ihn. Annie betrachtete ihn ebenfalls. Er reckte seinen Daumen nach oben und strahlte sie beide an.

»Sauna! Mmm, Annie, warum hast du mir nie erzählt, wie wunderbar das ist? Ich habe zu Gott gefunden! Mein Hirn ist da drinnen fast explodiert! Also natürlich auf eine ganz angenehme Weise!«

Annie stand auf und schob Alex vor sich die Treppe hinauf. Sie zwinkerte Siri zu.

»Mama, ich glaube, wir gehen jetzt schlafen.«

Siri nickte und sah sie die Treppe hinauf verschwinden. Dann schaute sie hinunter auf ihre Hände. Ihre sechsundfünfzigjährigen, von der Zeit gezeichneten Hände. Auf einmal betrachtete sie sie mit Zärtlichkeit im Blick. Waren diese Hände es denn nicht wert, geliebt zu werden? Würden sie nie mehr einen anderen Körper streicheln? Würde sie selbst nie mehr Glück empfinden? Würde sie nie mehr singen? Jetzt sah sie ganz deutlich vor sich, was sie tun müsste. Nun war es so weit, der Zeitpunkt war gekommen. Unerwartet hatte die Wirklichkeit einen Riss bekommen, durch den sie hindurchschlüpfen würde, hinaus in die Freiheit, solange noch Zeit dafür blieb. Sie würde sich endlich für das Leben entscheiden.

In dieser Nacht lag sie lange wach und konnte nicht einschlafen. Der Mond hing am Himmel und verbreitete seinen schwachen Schein im Schlafzimmer. Sie lauschte Artos Atemzügen.

*

In Rovaniemi lag Helmi ebenfalls lange wach und starrte denselben Mond an. Abends, nein, eigentlich nachts war es immer am schlimmsten. Bisher hatte sie auf der Seite immer gut schlafen können, doch jetzt döste sie nur kurz weg, bevor sie von einem Stechen in den Fingern geweckt wurde, das es ihr unmöglich machte, wieder einzuschlafen. Neben ihr im Bett lag Lill-Pasi. Er schlief oft unruhig, drehte und wand sich im Schlaf. Pasi legte sich in Nächten wie dieser, in denen er erst nach Hause kam, wenn sie schon im Bett lag, draußen aufs Sofa. Es war kurz nach eins, und sie hörte ihren Mann im Wohnzimmer schnarchen. Doch sie musste an Siri denken. Und an Buckel. Was wäre, wenn es ihr Kind gewesen wäre? Wenn Pasi ihrem Sohn etwas angetan hätte?

Ich hätte ihn totgeschlagen, dachte sie mit einem Schaudern.

*

Am Montagnachmittag, dem 4. Januar 1982, bog der blaue Pick-up auf den Hof ein. Es war kurz vor der Kaffeezeit. Helmi war an diesem

Tag in ihr Elternhaus gekommen, Esko jedoch nicht, denn er musste arbeiten. Alle anderen waren versammelt und erwarteten Pentti schon. Nein, Onni und Arto nicht. Das heißt, sie waren natürlich auch da, aber noch zu jung. Außerdem sollten sie so lange wie möglich aus der Sache herausgehalten werden. Alex hatte sich angeboten, gemeinsam mit ihnen eine kleine Tour mit dem Tretschlitten zu unternehmen, woraufhin von drinnen alle beobachteten, wie er mit seinen glatten Ledersohlen versuchte, dieses Gefährt zu manövrieren, das er noch nie zuvor gesehen hatte, und wie es ihm jedes Mal misslang. Annie tat er irgendwann leid, sodass sie sich etwas überzog und zu ihm hinausging, um ihm zu helfen. Dann verschwanden die vier auf dem Weg zum Nachbarhof für eine Weile aus dem Blickfeld. Alle anderen saßen in der Küche. Auf dem Tisch stand Kaffee, und wenn die Umstände anders gewesen wären oder man es nicht besser gewusst hätte, hätte man glauben können, dass dort gerade ein heimeliges Kaffeekränzchen stattfand. Helmi saß auf der Küchenbank, das Kribbeln in ihren Fingern hatte seit der vergangenen Nacht nicht so wie sonst nachgelassen. Sie legte die Hände auf die Tischdecke und wappnete sich für den Augenblick, der alles verändern würde.

Pentti kam zur Tür herein. Ihn schien es nicht weiter zu erstaunen, dass alle in der Küche versammelt waren.

Er stellte seine Tasche neben der Tür ab, knöpfte seinen Wintermantel auf und goss sich Kaffee ein. Dann gab er in aller Ruhe Zucker und Sahne in den Becher, sorgsam portioniert. Er hatte keine Eile. Als der Kaffee trinkbar war, lehnte er sich mit dem Rücken an die Arbeitsplatte, schloss die Augen, nahm einen ersten Schluck und genoss ihn, bevor er die Augen wieder öffnete und seine Familie mit dem wachen neugierigen Blick eines Kindes betrachtete, einen nach dem anderen.

»Aha, ist das hier so eine Art Willkommenskomitee«, sagte er.

Auf seine Worte folgte Stille. Eine Stille, die so kompakt war, wie sie nur zustande kommen kann, wenn eine ganze Gruppe von Menschen beschlossen hat zu schweigen.

»Habt ihr euch so nach mir gesehnt?«

Keiner sagte etwas. Alle warteten. Helmi schaute hinunter auf ihre Hände. Sie traute sich nicht aufzuschauen, denn sie wusste, dass sie es beim Anblick ihres Vaters nicht schaffen würde, den Mund zu halten.

Schließlich ergriff Siri das Wort.

»Ich werde die Scheidung einreichen«, sagte sie.

Pentti schwieg lange. Helmi linste nervös zu ihrem Vater hinüber. Hatte er es überhaupt gehört?

Dann fing er an zu lachen. Anfänglich klang es wie ein Kichern oder Räuspern, doch dann wuchs es zu einem schallenden Gelächter an. Helmi blickte verstohlen zu Siri hinüber, und ihre Mutter nickte ihr zu.

Siri wusste, dass es Helmi aus Veranlagung schwerfiel, den Mund zu halten.

Pentti lachte noch immer. Er lachte eine ganze Weile, aber wie lange? Minutenlang? Er lachte schamlos wie nach einem lustigen Witz und wischte sich mit dem Handrücken die Tränen aus den Augenwinkeln. Typisch Pentti. Hätte man ernsthaft etwas anderes erwarten können?

Wie vorhergesehen, war Helmi diejenige, die zuerst die Nase voll hatte. Sie wusste genau, was sie vorher ausgemacht hatten, nämlich ihre Mutter ausreden zu lassen, nicht zu vermitteln und sich nicht einzumischen. Einfach nur als stumme Zeugen dazusitzen. Für den Fall, dass er gewalttätig werden sollte oder sie mit Worten verletzen würde, die er nicht wieder zurücknehmen könnte.

»Hast du nicht gehört, was sie gesagt hat?«, schrie Helmi, als er einfach nicht aufhören wollte zu lachen. »Hörst du schlecht? Jetzt ist es so weit. Du wirst einsam alt werden und auch einsam sterben.«

Unvermittelt verstummte sein Gelächter. Er betrachtete seine Tochter mit leeren, ausdruckslosen Augen.

»Wir müssen alle einsam sterben, Helmi«, entgegnete er leise.

»Was?«

Sie linste erneut zu ihrer Mutter hinüber. Doch Siri richtete ihren Blick geradewegs auf Pentti. Aus Angst davor, ihn auch nur eine Sekunde lang aus den Augen zu lassen. Aus Angst davor, was passieren könnte oder sich schon jetzt in seinem Inneren zusammenbraute. Pentti redete mit der sanften, frommen Stimme eines Pastors weiter.

»Ich sagte, dass wir alle einsam sterben müssen. Die Frage ist nur, was wir vorher aus unserem Leben machen.«

Dann betrachtete er nacheinander alle Familienmitglieder am Tisch. Sein Zeigefinger, mit dicken braunen Schwielen bedeckt und leicht gekrümmt nach einem langen Arbeitsleben, deutete auf jeden Einzelnen und jede Einzelne von ihnen.

»Das hier«, sagte er, »das werde ich nicht vergessen. Das hier werde ich nie verzeihen.«

Dann goss er sich Kaffee nach und machte eine wegwischende Handbewegung in ihre Richtung, als wären sie lästige Fliegen an einem heißen Sommertag.

»Und jetzt lasst uns alleine. Nun unterhalten sich die Erwachsenen.«

Die Kinder schauten Siri fragend an, die wiederum nickte. Einer nach dem anderen nahm seine Jacke und verließ die Küche. Annie und Alex kamen gerade mit den kleinen Brüdern von der Schlittentour zurück. Die Dämmerung hatte bereits eingesetzt und lauerte nur darauf, sich über die Landschaft zu legen und sie vollständig zu umschließen, wie sie es hier oben zu dieser Jahreszeit immer tat.

Kurz darauf trat Pentti aus dem Haus. Er wirkte ruhig und ging langsam über den Hof zum Kuhstall. Sie alle hatten ihren Vater beim Zurücklegen dieses Weges schon oft gesehen, mehrmals am Tag, ihr Leben lang, und sie wussten, dass man es ihm deutlich ansah, wenn er wütend war, denn dann stieg hinter ihm förmlich eine Rauchsäule auf, während er vorwärtsstapfte. Doch heute – nichts dergleichen. Ruhig und besonnen, ja, fast würdevoll, schritt er über den Hof und ging in den Kuhstall hinein, in die Wärme und Geborgenheit bei den Tieren.

Helmi tat ihr Vater leid. Sie begriff natürlich, warum alle auf Abstand zu ihm gingen, und sie begriff auch, dass dies die einzige Möglichkeit war, es durchzuziehen. Dass die Sache gemeinschaftlichen Einsatz und ihren gesamten Mut erforderte. Und dennoch. Sie machte sich Sorgen um ihn. Er jagte ihr zwar Angst ein, das hatte er schon immer getan, doch ihr Herz machte sich nichts aus der Angst, denn im Augenblick war ihr Herz voller Liebe für ihn.

*

Um es abzuschließen oder die Dinge zusammenzufassen:

Das Erste, was bei Familie Toimi im neuen Jahr stattfand, war eine Schneeballschlacht. Sie warfen sozusagen gleich mehrere Bälle in die Luft. Alle Familienmitglieder waren in irgendeiner Form von den Ereignissen betroffen und spürten, dass das Dasein oder die Wirklichkeit einen Riss bekommen hatte. Und dass vermutlich nichts so bleiben würde, wie es einmal gewesen war, und man sein Schicksal tatsächlich beeinflussen konnte.

Die Dämmerung senkte sich noch weiter, und mit der Dunkelheit kam auch eine gewisse Bedächtigkeit, die alle zum Nachdenken zwang:

Tatu, der in seinem Auto sitzen blieb und frierend mehrere Zigaretten rauchte, während er darüber nachdachte, ob er wirklich aussteigen, die Treppe hoch- und zu Sinikka hineingehen sollte. Oder ob er vielleicht doch besser wegfahren sollte, irgendwohin verschwinden, um nie wieder zurückzukehren.

Helmi, die sich abends neben Lill-Pasi zum Schlafen ins Bett legte, nachdem sie sich einen Absacker genehmigt hatte (und dann noch einen), weil es ihr angesichts des Taubheitsgefühls leichter fiel einzuschlafen, wenn sich ihr Kopf vom Alkohol angenehm warm und schwer anfühlte, und der Gedanke daran, eine Diagnose zu bekommen, dann nur noch einer in dem vielstimmigen Chor war, der weit entfernt undeutlich sang, ohne bis zu ihr vorzudringen.

Lauri, der darauf bestand, nach Hause zu fliegen, obwohl er gerade knapp bei Kasse war. »I travel in style.« Oder vielleicht eher: Mir ist jedes Verkehrsmittel recht, solange ich meiner Schwester nicht länger in die Augen schauen muss, nach allem, was ich mit ihrem Typen gemacht habe.

Esko, der sich abends lange im Badezimmerspiegel betrachtete. Der Blick, der ihm darin begegnete, als er sich die Zähne putzte, war der eines Mannes, der Kontrolle über sein Schicksal ausübt. Dieses befriedigende Gefühl erfüllte ihn so sehr, dass er umgehend zu Seija ins Bett schlüpfte und sie liebte, zärtlich und brutal zugleich. Der Samen, den er in dieser Nacht in ihren Körper pflanzte, sollte zu einem weiteren Toimi heranwachsen.

Siri, die an diesem Abend ein Saunabad nahm, in derselben Sauna, die sie schon als junge Frau benutzt hatte, damals noch ungebrochen vom Leben, und der Dampf öffnete die Poren ihrer Haut, wie er es schon unzählige Male zuvor getan hatte, und ihr Blick, ihr heller karelischer Blick, sah weit in die Zukunft, eine Zukunft, die wie ein unendlicher Horizont im Nebel vor ihr lag.

Annie und Alex, die schweigend ihre lange Busreise nach Stockholm antraten. Annie, die ihre Augen bereits in Haparanda schloss und dann entweder so tat, als schliefe sie, oder tatsächlich schlief, den Kopf an Alex' Schulter gelehnt. In ihrem Herzen klang das Lied von dem Abschied nach, den sie schweigend und im Verborgenen vollzogen hatte, und in ihrem Inneren vernahm sie die Stimme des Tangokönigs, aus der eine Einsamkeit widerhallte, die so stark war, dass sie sich fragte, ob sie sie überleben würde. Sie kam sich wie ein ferner Satellit vor, der durchs dunkle Weltall schwebte, losgelöst von seiner Vergangenheit und noch nicht verankert in der Zukunft.

All die anderen dachten ebenfalls nach, doch keine Sorge, ihr werdet schon bald Bekanntschaft mit ihnen schließen, sofern sie für die Erzählung wichtig sind – was sie, wie wir später erfahren werden, allesamt sind.

TEIL 2

THE MURDER

LEBEN UM JEDEN PREIS

Wie viel Mut braucht es, um Widerstand zu wagen? Wie viel, um für sich selbst einzustehen? Kann man sein Schicksal abwenden? Kann man es umschreiben? Kann man noch einmal neu anfangen?

Ein Kind entsteht. Das ist ein Wunder. Oder? Jedes Detail muss passen, damit das kleine Leben entstehen kann, alle Komponenten müssen haargenau aufeinander abgestimmt sein und sich präzise ineinanderfügen. Das ist nichts anderes als eine göttliche Fügung, egal, ob man religiös ist oder nicht.

Doch nicht alle Eltern lieben ihre Kinder. Dass wir unsere Kinder so bedingungslos lieben und umsorgen, ist ein recht modernes Phänomen, und es reicht schon aus, hundert Jahre in der Zeit zurückzugehen, um ein ganz anderes Menschenbild vorzufinden, das damals der gültigen Norm entsprach. In der ersten Hälfte des zwanzigsten Jahrhunderts war es keineswegs üblich, seine Kinder zu lieben.

Das lag nicht daran, dass alle Menschen schlecht oder gestört waren – oder vielleicht waren sie es tatsächlich. Doch damals wurde von einem nicht erwartet, sein Leben, seine innersten Gedanken, mit anderen zu teilen. Die eigene Befindlichkeit ging niemanden etwas an, ja, sogar kaum einen selbst.

Gefühle, *jegliche* Gefühle, wurden als schändlich erachtet. Das war ganz normal. Gott stellte man sich wie einen realen Menschen oben im Himmel vor, und weder weinte man, noch zeigte man andere unnötige Gefühle. Kinder waren wie kleine Erwachsene, nur etwas schlechtere, unreife Varianten, die sich möglichst beeilen sollten, erwachsen und somit reif zu werden, um gegenüber ihren Eltern oder anderen Erziehungsberechtigten und schließlich, wenn auch nicht gerade der Gesellschaft, so doch dem nächsten Vorgesetzten gegenüber ihre Pflicht erfüllen zu können.

Dies sind keine revolutionierenden Erkenntnisse, aber wenn man sich mit den Menschen und deren Schicksal auseinandersetzt, die zu Beginn des zwanzigsten Jahrhunderts geboren wurden, sollte man es im Hinterkopf behalten.

Siri wurde als viertes und letztes Kind in ihre Familie hineingeboren, eine Familie mit dem poetisch klingenden Namen Aamuvuori, doch ich kann euch versichern, dass diese Familie ansonsten nichts Poetisches verkörperte. Siri war das einzige Mädchen, und für die damalige Zeit war die Familie klein.

Siri wurde an einem der ersten Sommertage geboren, als alles blühte, und wenn es in Karelien blüht, tut die gewaltige Farbenpracht nach dem langen grauen Spätwinter fast in den Augen weh.

Sie war eine Blume und der Augenstern ihrer Brüder, denn Kinder verspürten schon zu allen Zeiten eine Neugier aufs Leben, was bei Siris Brüdern nicht anders war. Sie liebten ihre kleine Schwester und trugen sie nur allzu gern herum.

Sie war das letzte Kind in der Familie, allerdings nicht, weil die Geburt so schwierig gewesen wäre (denn ihre Mutter war keine Frau, die sich eine schwere Geburt je eingestanden hätte). Nein, dass in der Familie Aamuvuori nur vier Kinder geboren wurden, lag ganz einfach daran, dass die Eltern nur allzu gut wussten, wie es war, wenn man hungrige Mägen nicht sättigen konnte.

Beide Eltern waren einfache Menschen, die schon seit Generationen als Bauern arbeiteten, zunächst als Leibeigene, doch im Zuge politischer Veränderungen innerhalb Finnlands und nach der Erlangung der Selbstständigkeit schließlich als bettelarme Kleinbauern. Sie hatten ihr Leben lang am selben Ort gewohnt, wie alle Familienmitglieder vor ihnen und auch die meisten anderen Menschen zu dieser Zeit. Es gab schlicht und einfach keine Alternative, und nicht mal gedanklich war man frei, von einem anderen Leben zu träumen.

Jeder Mensch, der schon einmal Hunger gelitten hat, wird diese Erfahrung nie wieder vergessen. Und je länger der Hunger anhält, desto stärker prägt dies den Menschen. Siris Eltern kamen wie gesagt beide aus kinderreichen Familien und hatten nicht nur jeweils eines ihrer Geschwister verhungern oder an den Folgen des Hungers sterben sehen, sondern gleich mehrere. Man kann fast sagen, dass diese Erlebnisse und der Wunsch, keines ihrer eigenen Kinder aus diesem Grund begraben zu müssen, sie zusammengeführt hatten. Denn aus Liebe kamen sie nicht zusammen, that's for sure.

Liebe ist ein Luxus, den sich nur reiche Menschen leisten können. Für arme Leute hingegen hat sie keinerlei Wert, sie bringt nur Ärger mit sich und stellt sich allen wichtigen, bedeutsamen Dingen in den Weg, Dingen wie: Essen auf dem Tisch zu haben und um jeden Preis zu überleben. Wobei man sich natürlich fragen kann, weshalb es eigentlich so wichtig ist, um jeden Preis zu überleben.

Der Mensch ist an sich ziemlich dumm, doch sein Körper und dessen Instinkte sind ziemlich stark. Wäre ein eingebauter Sterbemechanismus nicht sinnvoller gewesen? Wenn die Lebensbedingungen unwürdig werden, schaltet der Körper einfach ab, pfeift darauf, seine Gene weiterzugeben, und beendet stattdessen das Leiden.

Trotz der weitsichtigen Planung ihrer Eltern litten die Kinder Hunger. Die Eltern taten ihr Bestes, doch es war nicht genug. Siri wuchs nicht genügend, und wenn es damals schon Mütterberatungsstellen gegeben hätte, hätte die Krankenschwester ihre Wachstumskurve als äußerst besorgniserregend eingeschätzt. Siri war klein gewachsen und hatte diesen charakteristischen karelischen Hautton, der leicht ins Graue ging. Wenn aber der Sommer kam und ihre Wangen sowie die Nasenspitze küsste, wurde die Haut tief honigfarben. Diese schmutzig braune Hautfarbe sollte sie ein Leben lang begleiten wie auch die staksigen Beine und knochigen Hüften. Die Tatsache, dass sie so klein und mager war, ließ sich auf ein Versagen zurückführen, das Versagen ihrer Eltern, und vielleicht verabscheute Siris Mutter ihre Tochter deswegen so sehr.

Es konnte aber auch schlicht und einfach daran liegen, dass sie ein Mädchen und deswegen von Natur aus weniger wert war. Oder daran, dass ihre Eltern irgendwann zu der nagenden Erkenntnis gelangten, dass selbst vier Kinder noch eines zu viel waren.

Schon Siris erste Erinnerungen waren körperlicher Natur. Brennende Ohrfeigen und Ziehen an den Haaren. Ja, sie war ein lebhaftes Kind. Höchstwahrscheinlich genauso lebhaft wie ihre Brüder. Doch das durften Mädchen nicht sein, weder damals noch heute. Siri wurde oft geschlagen, und zwar von ihrer Mutter, weitaus öfter als ihre Brüder. Doch das Leuchten in ihren Augen konnte die Mutter damit nicht auslöschen.

Sie entsprach genau der Jahreszeit, in der sie geboren wurde, sie war eine blühende Explosion, die überall Freude bereitete, wohin sie auch kam. Sie sang schon seit früher Kindheit, während sie im Haushalt half, und trotz der beharrlichen Zurechtweisungen ihrer Mutter war es ihr unmöglich, es nicht zu tun, denn die Töne flutschten einfach so aus ihrem Mund heraus. Sie war wie viele andere Leute in Karelien eine etwas lebendigere Art von Mensch, vergleichbar mit einem heißen Sommertag, an dem kein einziges Wölkchen den blauen Himmel trübt.

*

Der Sommer gestaltet sich völlig anders, wenn man weder Nutztiere besitzt noch Land zu bewirtschaften hat. Dann ist er eine Zeit der Ruhe und Erholung, man werkelt ein wenig im Garten herum, kümmert sich um die Blumen und ruht sich ansonsten einfach nur aus. Dieser Sommer war sowohl Onnis als auch Siris erster ohne Arbeit, ein Fünfeinhalbjähriger und eine gerade Siebenundfünfzigjährige. (Sie hatte ihr letztes Kind als Einundfünfzigjährige zur Welt gebracht. Die Lokalzeitung Pohjolan Sanomat hatte es durch Zufall erfahren und eine Reportage über die außergewöhnlich spät Gebärende machen wollen, doch Siri hatte entschieden abgelehnt.)

Und beide genossen den Sommer in ähnlicher Weise.

Sie wachten morgens spät auf, ohne Wecker, erst gegen neun, und tranken ihren Morgenkaffee auf der Veranda, sie ihren schwarz und er seinen aus der Untertasse mit viel Zucker und Sahne. Durchs Küchenfenster hörten sie die Stimmen der bittersüßen Schlager aus dem Radio. Siri seufzte glücklich und drehte die Musik noch etwas lauter, wenn ein Tenor seiner tiefen Sehnsucht nach einer großen und allumfassenden Liebe mit Vibrato Ausdruck verlieh. Es kam sogar vor, dass sie draußen auf der Vortreppe ein paar Tanzschritte hinlegte und ihren fünfjährigen Sohn zu dessen großem Vergnügen hoch in der Luft herumwirbelte.

Ein ganzer Tag lag vor ihnen. Siri zupfte vielleicht etwas Unkraut, Onni schnitzte vielleicht ein wenig an seinem hölzernen Spielhaus oder streifte mit seinem Hund durch die angrenzenden Wiesen, oder aber er suchte in Pfützen nach Kaulquappen, und wenn sie gegen Mittag hungrig wurden, schmierten sie sich eine Stulle oder aßen eine karelische Pirogge mit Eibutter und Salami. Salami, diese exotische Neuheit, die Siri nach der Scheidung entdeckt und angefangen hatte zu kaufen, eine von vielen Neuerungen in ihrem Leben. Der salzige Geschmack der Wurst harmonierte wunderbar mit der fettigen Butter und dem zarten weichen Teig der Piroggen.

Nachmittags lagen sie eventuell ein Stündchen in der Hollywoodschaukel, und Siri fragte Onni vielleicht, was er am Abend essen wollte.

Die Tage plätscherten träge und erholsam dahin. Das Haus in Kuivaniemi war nicht so groß wie jenes in Aapajärvi, das sie verlassen hatten, und natürlich auch nicht von so großen Ländereien umgeben, doch über dem Grundstück lag eine gewisse Ruhe, etwas Unbeflecktes, Reines. Über dieses Grundstück war Pentti noch nicht gestapft.

Siri liebte diesen Ort, und deswegen liebten ihre Kinder ihn auch. Sowohl diejenigen, die gemeinsam mit ihr hergezogen waren, als auch die anderen, die zu Besuch kamen.

Hier wohnte sie jetzt also, frisch geschieden mit vier Kindern. Mit den beiden kleinsten, Onni und Arto. Arto würde im Herbst in die Schule kommen. Und mit Lahja, der Vierzehnjährigen, die allerdings viel Zeit bei ihrem Freund in Tornio verbrachte, während Valo, der gerade das vorletzte Schuljahr absolvierte, schon ziemlich selbstständig war und sich kaum blicken ließ. Es war wie ein immerwährender Urlaub, falls es so etwas überhaupt gibt.

Durch den Verkauf des Hauses und die Unterhaltszahlungen, zu denen Pentti gerichtlich verpflichtet worden war, kam eine gehörige Summe zusammen, sodass Siri gar nicht mehr arbeiten musste.

Oder, na ja, das stimmt natürlich nicht ganz, denn die Arbeit hört nie auf, doch sie musste sich zumindest keine Anstellung suchen, glücklicherweise, denn wer hätte sie schon angestellt, eine Siebenundfünfzigjährige ohne jede Ausbildung und mit mehr Kindern, als man an zwei Händen abzählen konnte. Nein, sie kam gut über die Runden, wenn sie das kleine Stück Land bestellte, das ihr jetzt gehörte, und darüber hinaus Flickenteppiche für Nachbarn, Bekannte oder Bekannte von Bekannten webte, die von ihrer Begabung gehört hatten und willens waren, sie zu entlohnen. Sie hatte schon Anfragen von entfernten Verwandten oder Freunden bekommen, die nach Helsinki gezogen waren und gern ein Erinnerungsstück aus ihrer Heimat erwerben wollten, allerdings am liebsten mit modernem Touch, und so webte sie viele rosa- und mintfarbene Teppiche, oder auch schwarzweiße. Siri war nicht pingelig, was die Farbgebung betraf, die war ihr egal. Aber sie nahm dankbar das Geld entgegen und kam sich steinreich vor, weil sie wusste, dass es ihr und nur ihr gehörte. Sie hatte das Gefühl, eine zweite Chance im Leben bekommen zu haben.

Diese neue Freiheit war schwindelerregend. Ihr Leben hatte so lange nicht ihr selbst gehört, zuerst gehörte es ihrer Mutter und ihrem Vater und danach ihrem Ehemann, und sie hatte schon fast die Hoffnung aufgegeben. Doch jetzt stand sie hier und hatte es zurückbekommen. Siri war nicht religiös, empfand es jedoch als göttliche Fügung, oder zumindest als spirituelle Erfahrung, dass ihre ehelichen Fesseln nun endlich gelöst worden waren.

Es war ein langer Weg gewesen. Sie erinnerte sich noch an ihre ersten stolpernden Schritte als Frischgetrennte, als hätte man ihren Körper von einem anderen losgelöst, an den sie, solange sie sich erinnern konnte, gekettet gewesen war, und sie kam nicht weit, bevor sie sich nervös umschaute und überlegte, ob er wohl bald auftauchen würde. Sie fühlte sich wie ein entlaufenes Tier. Doch allmählich, langsam, aber sicher, wurden ihre Schritte entschlossener. Sie hatte nie gezögert und es auch nie bereut, sondern eher gedacht, dass sie es schon längst hätte tun sollen.

Und als sie sah, wie gut die Trennung ihren Kindern tat, war sie umso mehr davon überzeugt, den richtigen Entschluss gefasst zu haben. Natürlich gab es noch immer Menschen, die auf andere herabsahen, weil sie sich scheiden ließen und weil sie nicht kämpften oder ausharrten, sich nicht um ihr Ansehen oder das der Verwandtschaft, des ganzen Dorfes und so weiter scherten. Doch Siri hatte sich noch nie sonderlich darum geschert, was die Leute von ihr dachten.

*

Es war ein heißer Tag im Hochsommer, und die Fliegen flogen surrend durch die Fenster ins Haus und wieder hinaus und auch um die Kühe herum, die träge über die Wiese stapften und das frische saftige Gras fraßen. Siri und ihr ältester Bruder Ilo waren draußen, um die Kühe zu hüten und sie am späten Nachmittag wieder nach Hause zurückzutreiben.

Ilo war Siris Lieblingsbruder. Und umgekehrt. (Doch Siri war die Lieblingsschwester all ihrer Brüder.) Jetzt lag ein ganzer langer Tag vor ihnen, und Siri freute sich so sehr, dass sie fast übersprudelte vor Glück, denn sie wusste, dass es ein ganz wunderbarer Tag werden würde, und in dem Stoffbündel, das sie zwischen sich trugen, lagen sowohl ein Kanten Roggenbrot als auch mehrere Kartoffeln, dazu ein ordentliches Stückchen Butter. Am Rande des Wäldchens vor ihnen leuchteten die Walderdbeeren, zwischen dem Grün der Birken lugten lauter rote Punkte hervor, und Siri lief das Wasser im Mund zusammen, während sie neben ihrem Bruder herging und ein fröhliches Lied vor sich hin trällerte.

Der Weg, den sie zurücklegen mussten, war ungefähr zwei Kilometer lang und führte an den Äckern des Großbauern vorbei. Der Bauer, der bis zur Revolution alles Land im Umkreis besessen hatte und noch immer den größten Teil davon besaß, war ein angsteinflößender Mann. Alle Leute fürchteten und verabscheuten ihn, und sobald sie ihn sahen, ballten sie die Hand in der Tasche zur Faust, verbeugten sich dem Brauch gemäß jedoch höflich und tief vor ihm.

Plötzlich waren vor ihnen Geräusche zu hören, und kurz darauf tauchten hinter einem Steinhaufen die Söhne des Großbauern auf. Diese Söhne waren fast noch schlimmer als der Großbauer selbst, weil sie noch jung und töricht waren und es genossen, ihre Macht über die armen mittellosen Bauern im Dorf auszunutzen. Und jetzt stellten sie sich Siri und Ilo sowie ihren sieben Milchkühen in den Weg.

Dort standen sie alle drei, mit geröteten Gesichtern und Sommersprossen. Die Sonne setzte ihnen unbarmherzig zu und hatte bereits ihre Nacken und Ohren verbrannt, und Siri konnte sich vorstellen, wie stark ihre Haut abends in der Sauna oder später im Bett brennen würde. Jetzt lächelten sie Siri und Ilo mit kreideweißen Zähnen an. Alle trugen bereits ein Gebiss. Der Bauer hatte genügend Geld, um seiner gesamten Familie neue ebenmäßige Zähne aus Porzellan zu bezahlen, damit sie ihre echten nicht behalten müssten, die ihnen irgendwann nur Beschwerden und Schmerzen verursachen würden wie den meisten anderen Leuten in der Gegend. Die Gebisse waren den Jungen jedoch noch etwas zu groß, da sie noch nicht ausgewachsen waren, der älteste war so alt wie Ilo, der jüngste zwei Jahre älter als Siri. Ihr Lächeln wirkte irgendwie verzerrt, und obwohl sie sich bemühten, freundlich dreinzublicken, wusste Siri nur allzu gut, dass sich ihre Miene jeden Augenblick verdüstern könnte.

»Schöner Tag!«, rief der jüngste Bruder.

Er war etwas näher gekommen und stand nur wenige Meter von ihnen entfernt. In der Hand hielt er einen kleinen Korb, dessen Boden mit großen roten Erdbeeren bedeckt war. Erdbeeren! Siri hatte in diesem Sommer noch keine Erdbeeren gegessen, denn auf ihrem eigenen Acker waren sie noch immer klein und weiß. Sauer und ungenießbar, sooft sie sie auch probierte. Jetzt nickte sie dem jüngsten Bruder zu und lächelte ihn an. Er streckte ihr den Korb hin.

»Möchtest du probieren?«

Sie linste verstohlen zu Ilo hinüber. Ilo schüttelte den Kopf, doch ihre Lust auf Erdbeeren war übermächtig. Sie nickte und lächelte erneut. Der Junge hielt ihr den Korb hin. Dort lagen sie, die großen saftigen Erdbeeren, auf fruchtbarerem Ackerland als ihrem eigenen gewachsen und an einem sonnigeren Ort. Siri malte sich bereits aus, wie gut sie schmecken würden, noch bevor sie in eine hineingebissen hatte. Sie streckte ihre Hand aus, doch genau in dem Moment, als sie sich eine Frucht aussuchen wollte, zog der Junge den Korb weg.

»Zeig uns erst deine Muschi«, sagte er und entblößte erneut seine großen weißen Porzellanquadrate.

Siri zog ihre Hand wieder zu sich heran und bereute bereits, auf ihn hereingefallen zu sein, doch er hatte so nett ausgesehen (für seine Verhältnisse), und die Erdbeeren sahen so lecker aus. Sie registrierte Ilos unmerkliches Kopfschütteln.

»Nein, mach ich nicht.«

Der Junge zuckte mit den Achseln. Dann nahm er eine besonders große Erdbeere aus dem Korb, biss einmal hinein, warf sie schließlich auf den matschigen Boden und trat drauf. Siri betrachtete die zermatschte Erdbeere. Der Saft rann dem Jungen am Kinn herunter und färbte sein beigefarbenes Hemd rot. Es war bereits voller Erdbeerflecken. Sie ballte die Hand hinterm Rücken zur Faust. Jetzt waren auch die älteren Brüder näher gekommen und bauten sich vor Siri und Ilo auf.

»Was haben wir denn hier für 'ne Kuhscheiße?«, fragte der mittlere Bruder.

Ilo warf Siri einen kurzen Blick zu, und sie wusste genau, dass sie jetzt besser den Mund halten sollte, weil es nichts brachte, gegen die Jungen aufzubegehren. Obwohl sie erst sieben Jahre alt war, wusste sie, dass man gegen manche Leute keine Chance hatte und besser das Weite suchen sollte. Siri war zwar kein unterwürfiges Mädchen, doch ihrer Familie zuliebe riss sie sich zusammen, insbesondere jetzt, Ilo zuliebe. Also nickte sie ihrem Bruder zu und öffnete ihre Hand wieder. Sie würde es schon schaffen.

»Was nickst du so blöd, du Babypuppe?«

Der mittlere Bruder knuffte sie unvermittelt in die Schulter. Nicht besonders heftig, doch Siri war nicht darauf vorbereitet und fiel hin. Sie spürte den feuchten Matsch durch ihre Kleidung hindurch und wusste, dass sie heute Abend deswegen gerügt werden würde. Doch sie blieb einfach im Matsch sitzen. Jetzt war es auch egal, denn dieser Tag, der so gut angefangen hatte, so sonnig und vielversprechend, war jetzt sowieso besudelt und zerstört.

»Wir wollen doch nur mit den Kühen raus, könnt ihr uns nicht vorbeilassen? Bitte«, murmelte Ilo verbissen.

Siri sah, wie sich die Ohren ihres Bruders dunkelrot färbten, was immer der Fall war, wenn er wütend wurde, allerdings nur selten vorkam, da er ein weniger hitziges Temperament besaß als seine Schwester. Außerdem waren ihm die Konsequenzen naturgemäß viel stärker bewusst. Doch jetzt fühlte er sich gedemütigt und war wütend. Die Söhne des Großbauern sahen es ebenfalls.

»Was hast du gesagt? Ich hab dich nicht verstanden.«

Jetzt sprach der älteste Bruder. Ilo und er waren einmal in dieselbe Klasse gegangen, doch das war schon lange her, denn Ilo hatte nur vier Jahre lang die Schule besucht, mehr konnte sich die Familie Aamuvuori nicht leisten. Die Kinder des Großbauern hingegen konnten sie bis zum Abschluss besuchen. (Ein Studium kam für sie allerdings nicht infrage, denn, um es freundlich auszudrücken, das lag ihnen nicht so sehr.) Er stand mit verschränkten Armen vor ihnen und grinste sie an.

»Bitte«, sagte Ilo, diesmal etwas lauter.

Die Söhne des Großbauern grinsten erneut und tauschten triumphierende Blicke aus. Ihr Tag war im Unterschied zu Siris offenbar weitaus besser geworden, als sie es sich morgens beim Aufwachen hätten träumen lassen. Die Sonne stand hoch am Himmel, und Siri sah, dass ihre Ohren mit jeder Minute, die verging, mehr verbrannten. Dass sie heute Abend verflixt wehtun würden, war nur ein kleiner Trost, aber immerhin.

»Könnt ihr verstehen, was er sagt?«, meinte der Älteste.

Die anderen schüttelten den Kopf und grunzten zufrieden. Siri fand, dass sie wie Schweine klangen, und außerdem sahen sie auch so aus. Der Matsch um sie herum roch übel, ganz ähnlich wie der Schweinestall des Nachbarn, was den Eindruck noch verstärkte. Derweil stieg in ihr eine Wut auf, die an eine helle Stichflamme erinnerte. Aber sie rührte sich nicht vom Fleck, sondern blieb sitzen und wartete. Sie hoffte, dass die Jungen bald genug hätten und abziehen würden.

Doch sie hatten noch nicht genug.

»Vielleicht wenn er auf die Knie geht«, schlug der jüngste Bruder vor, der lange nichts mehr gesagt und stattdessen ohne Unterbrechung Erdbeeren in sich hineingestopft hatte.

Sein Hemd bekam immer mehr Flecken. Siri fragte sich, ob die Kinder des Großbauern auch verprügelt wurden, wenn sie ihre Kleidung einsauten. Doch sie glaubte es nicht. Sie hoffte, dass die Jungen wenigstens ein paar Hiebe mit dem Gürtel verpasst bekommen würden. Am besten auf ihre sonnenverbrannten Ohren.

»Ja, das ist eine richtig gute Idee!«

Der mittlere Bruder wirkte äußerst zufrieden.

»Runter auf die Knie und bitte darum, vorbeizudürfen.«

Ilo blieb mit gesenktem Kopf stehen, und nur die roten Ohren zeugten von seinen wahren Gefühlen.

Mach's nicht, dachte Siri. Mach's nicht. Doch als sie sah, wie sich Ilo trotz ihrer stummen Bitte auf die matschige Erde kniete, wo seine Hose ebenfalls dreckig wurde, traten ihr Tränen in die Augen. Sie zwinkerte verbissen, denn sie wollte unbedingt vermeiden, dass die anderen sie weinen sahen.

»Dürfen wir bitte vorbei …«, begann Ilo.

»Liebe Herren«, fügte der älteste Bruder auffordernd hinzu.

»… liebe Herren«, wiederholte Ilo.

Sie schwiegen und betrachteten den im Matsch knienden Ilo. Die Fliegen surrten, und irgendwo in der Ferne war das Geräusch von Axthieben zu vernehmen.

»Na gut«, sagte der Älteste nach einer langen Weile.

Er streckte Ilo die Hand hin, um ihm aufzuhelfen. Ilo ergriff sie, doch als er einen Schritt machen wollte, schob der mittlere Bruder plötzlich sein Bein vor, und Ilo fiel der Länge nach hin, mit dem Gesicht voran in eine Pfütze. Die drei Brüder zogen lachend davon, und Siri sah, wie ihr Bruder mit lehmverschmiertem Gesicht unbeweglich dalag.

Ihre aufsteigende Wut bahnte sich so rasch einen Weg, dass sie sich im Nachhinein kaum noch daran erinnern konnte, was sie dann getan hatte.

Doch Ilo wusste es noch genau. Sie habe, so erklärte er später, nach einem Stein gegriffen, der genau in ihre kleine Hand hineinpasste, und ihn nach den drei Jungen geworfen.

Der erste Stein hatte den jüngsten Bruder so hart am Rücken getroffen, dass ihm der Korb aus der Hand fiel und er der Länge nach in den Schlamm stürzte.

Der zweite und dritte Stein hatten den mittleren Bruder getroffen, zuerst am Hinterkopf und dann, als er sich überrascht umblickte, mitten ins Gesicht, knapp oberhalb der Augenbraue. Daraufhin rann ein kleines rotes Rinnsal an seinem Gesicht hinunter, und er griff sich erstaunt an die Augenbraue, doch als er seine blutbefleckten Finger sah, sank er ebenfalls hinunter in den Schlamm, sein Sommersprossengesicht kalkweiß verfärbt.

Blieb noch der älteste Bruder. Er stand wie zu einer Salzsäule erstarrt da und glotzte Siri an. Sie wog den Stein in ihrer Hand.

»Entschuldige dich, und zwar sofort«, forderte sie ihn auf.

Die Entschuldigung kam prompt, doch Siri war noch nicht zufrieden. Sie schüttelte den Kopf. Im Augenwinkel sah sie, wie Ilo die Hand nach ihr ausstreckte, um sie zu stoppen. Doch jetzt war es zu spät. Siri pfiff auf die nachfolgenden elterlichen Prügel, und sie pfiff darauf, was die Leute von ihr dachten. Sie trat auf die Jungen zu und wiederholte ihre Forderung.

»Entschuldigung!«, schrie der älteste Bruder fast, und erst dann war Siri zufrieden. Sie starrte die Jungen mit wildem Blick an, rot vor Zorn.

»Und jetzt verschwindet endlich, damit wir vorbeikönnen«, zischte sie ihnen zu, während sie einen weiteren Stein in der Hand wog, sein Gewicht prüfend und ihn leicht in die Luft werfend.

Die Brüder liefen eilig davon, ihr Lachen nun von lautem Schluchzen abgelöst.

Später mussten Siri und Ilo über den Vorfall lachen. Eigentlich schon unmittelbar danach. Als sie an dem Erdbeerkorb vorbeikamen, kickte Siri ihn mit dem Fuß weg. Sie beschlossen, den etwas längeren Weg hinunter zum Wasser zu nehmen, um sich den gröbsten Dreck abzuwaschen, und unterwegs gingen sie noch einmal das Erlebte durch. Oder eigentlich war Ilo eher derjenige, der erneut davon anfing, beeindruckt von der Entschlossenheit und Treffsicherheit seiner kleinen Schwester.

»Du solltest Bogenschützin werden! So gut, wie du triffst! Du musst unbedingt bei den Olympischen Spielen mitmachen!«

Und dann ahmte er die Bewegungen seiner Schwester nach, die Art und Weise, wie sie sich mit dem Stein in der Hand den Jungen langsam genähert hatte. Siri war seine Lobhudelei eher peinlich. Sie wusste, dass es noch lange nicht vorbei war. Sie hatte zwar eine Schlacht gewonnen, doch das Risiko, dass sie den Krieg verlieren würde, war groß.

»Tut mir leid, Ilo.«

Der Bruder schaute sie mit ernster Miene an.

»Wird schon gut gehen«, sagte er und lächelte ihr zu.

Doch sie wussten beide, dass dem nicht so sein würde.

Trotz oder vielleicht sogar aufgrund der Ereignisse erlebten sie noch einen fantastischen Tag. Schließlich ist das Leben unmittelbar vor der Katastrophe immer am schönsten.

Die Kühe standen an der Wasserstelle und grasten oben auf der Wiese, während sie mit ihren Schwänzen träge die Fliegen und Bremsen wegwedelten. Siri und Ilo wuschen und erfrischten sich im kalten Wasser, nachdem sie ihre Kleider zum Trocknen aufgehängt hatten. Fast der gesamte Dreck war rausgegangen, und die Chancen standen gut, dass sie bei ihrer Rückkehr keine Prügel beziehen würden.

*

Die letzte Zeit in Aapajärvi war hart gewesen. Für alle. Insbesondere für die Kinder. Das konnte Siri jetzt erkennen, wo ihr all die anderen Probleme nicht mehr die Sicht nahmen. Die Kinder hatten sich an das Verhalten der Erwachsenen untereinander gewöhnt, den Mangel an Zärtlichkeit oder Rücksichtnahme und die gegenseitige Erniedrigung. Doch die Streitereien hatten in der letzten Zeit zugenommen, die Wortgefechte waren häufiger und gehässiger geworden, und jetzt, wo Pentti realisierte, dass Siri es ernst meinte und ihn tatsächlich verlassen würde, war er noch perfider geworden, sowohl ihr als auch den Kindern gegenüber. Doch was sie ihm nie verzeihen würde, war die Tatsache, dass er seine Kinder anlog.

Sie hatte ihm so viele Jahre lang so vieles verziehen, und als dann irgendwann das Maß voll war, gab es kein Zurück mehr. Jetzt konnte sie ihm gar nichts mehr verzeihen, was zur Folge hatte, dass sie ihm jede noch so kleine Ungerechtigkeit, die ihr auffiel, vorwarf. Was Pentti wiederum noch mehr auf die Palme brachte.

Er wollte die Kinder nicht. Das wusste sie, und das wussten auch die Kinder, weil er ihnen oft auf den Kopf zusagte, dass er sie nicht mehr brauchte, jetzt, wo er den Hof nicht mehr bewirtschaftete. Nun benötigte er keine Hilfskräfte mehr. Natürlich hatte er seine Kinder nie bezahlt, doch nun brauchte er nicht mal mehr unbezahlte Arbeitskräfte. Ihm blieb allerdings noch immer die Möglichkeit, Siri zu drohen, und auch wenn er ihr keine Angst mehr einjagen konnte, konnte er immerhin seinen Kindern durch Drohungen Angst machen, zumindest den jüngsten, was er auch oft und gerne tat. Deshalb war Siri gezwungen, immer ein Auge auf sie zu haben. Und jedes Mal wenn sie aus irgendeinem Grund das Haus verließ, musste sie ihren Kindern den Grund dafür nennen, damit diese nicht glaubten, sie hätte sie verlassen. Denn Pentti war schnell dabei, ihnen genau das weiszumachen.

Durch eine Maklerannonce in der Zeitung hatte Siri schließlich das Haus in Kuivaniemi gefunden, und Tatu hatte sie und Onni direkt zu einem ersten Besichtigungstermin hingefahren. Sie hatte die Anzeige durch Zufall an einem Samstagnachmittag beim Anfeuern der Sauna entdeckt. Daraufhin hatte sie den Makler am Montag angerufen und ihm stammelnd ihr Anliegen erklärt, gesagt, dass sie nach einem Haus suche und soundso viel finnische Mark zur Verfügung habe, und gefragt, ob es möglicherweise etwas gebe, was auf ihre Beschreibungen passen würde.

»Es muss ja nicht unbedingt im Tornedal liegen«, beeilte sie sich hinzuzufügen. Doch der Makler hatte nur gelacht und ihr erklärt, dass sie mit diesem Budget wohl eher nichts außerhalb des Tornedal finden würde und außerdem im Augenblick leider sonst nichts auf dem Markt wäre. Siris Mut sank.

»Gibt es denn etwas südlicher vielleicht etwas?«

Der Makler seufzte und versprach, einen Kollegen zu fragen, und während sie wartete, hörte sie murmelnde Stimmen am anderen Ende der Leitung, bis der Makler nach einer gefühlten Ewigkeit wieder ans Telefon zurückkehrte.

»Jetzt haben Sie aber großes Glück gehabt. Es gibt da ein Haus, und es liegt nicht mal im Tornedal.«

»Und mein Geld reicht dafür aus?«

»Es reicht allemal. Sie werden sogar noch etwas übrig behalten. Wann können Sie es sich denn ansehen?«

Am nächsten Tag fuhren sie nach dem Mittagessen hin, und als sie auf den Vorplatz des weißen eternitverkleideten Hauses einbogen, das von fünf Birken eingerahmt wurde, wusste sie, dass sie hier glücklich werden könnte. Ja, das würde sie bestimmt.

Jetzt konnte sie endlich aufatmen. Sie drückte Onnis Hand, woraufhin er zu ihr aufschaute und fragte: »Was ist, Mama?«

»Hier werden wir wohnen, mein Engel«, antwortete Siri mit Tränen in den Augen, Freudentränen.

Der Makler führte sie herum, und sie nahmen ihre zukünftigen, wenn auch kleinen Besitztümer in Augenschein. Früher war hier einmal großflächig Getreide angebaut worden, doch dann war der Grund und Boden parzelliert und in kleineren Stücken verkauft worden, sodass nun nicht mehr viel davon übrig blieb. Hier gab es weder Ställe noch Weiden, und außerdem führte direkt am Grundstück eine Straße vorbei. Darauf tuckerten Traktoren dahin und sausten staubige Autos vorbei, doch man könnte schließlich jederzeit einen Zaun errichten. Und es gab sogar eine kleine Sauna, einen Holzschuppen, ein Spielhaus (Onni wusste nicht, was das war, denn er hatte noch nie zuvor ein Spielhaus gesehen) und einen Hundezwinger.

»Darin werden wir Hunde halten«, erklärte sie Onni, während sie darauf deutete.

Im Haus war es sauber und hell, nicht so dunkel und düster wie in Aapajärvi, wo man den Eindruck bekam, dass eine Angst in den Wänden saß, die man unmöglich wegschrubben konnte.

Die Küche war klein und verhältnismäßig modern, ohne altertümliche Back- oder Holzöfen. Doch im Wohnzimmer gab es einen offenen Kamin und genügend Platz für einen großen Esstisch und mehrere Sofas. Das Ehepaar, das hier gewohnt hatte, war kinderlos und um die vierzig. Sie waren etwas weiter in den Süden gezogen, da die Frau unter Asthma litt und die Ärzte ihr geraten hatten, in ein wärmeres Klima umzusiedeln.

Das Haus stand bis auf einige alte Möbelstücke leer, die das Paar nicht hatte behalten wollen und die Siri übernehmen konnte. Es waren keine hochwertigen Möbel, doch Siri nahm sie neugierig in Augenschein. Sie inspizierte die weiß gestrichene Küchenbank, die lindgrünen Terrassenmöbel und die vom Mann selbst gezimmerte Hollywoodschaukel und spürte deutlich, dass sie jetzt ihr gehörten, wie ein Schatz, eine Beute. Sie schaute sich das gesamte Haus und auch den Außenbereich genau an und kam sich fast wie ein Tier vor, weil sie rein körperlich spürte, dass hier ihr Revier lag, ihres und das ihrer Kinder.

Onni war neugierig aufs Spielhaus und die Hunde, die sie haben würden, und Tatu gefiel besonders der großzügige Schuppen, in dem vorher ein Rasenmäher und der Mähdrescher gestanden hatten und den man jetzt als Garage und Werkstatt zugleich nutzen konnte. Die gut gelaunten Söhne umarmten ihre Mutter, und sie drückte die beiden fest an sich, überglücklich, diesen Augenblick ausgerechnet mit ihnen teilen zu dürfen, ihren beiden Sonnenstrahlen.

»Ich nehme es«, sagte sie zum Makler, und damit war die Sache klar.

Dann ging alles ganz schnell. Esko begleitete sie zur Bank, und dort taten sie etwas, bei dem sich Siri nicht ganz sicher war, ob sie es vollständig begriff. Sie überschrieb ihren Anteil von Aapajärvi auf Esko, der wiederum das Haus in Kuivaniemi für sie erwarb, und außerdem eröffnete sie ein Sparkonto auf ihren eigenen Namen, und nur ihren, auf das Esko eine Summe überweisen würde, sobald die Scheidung rechtskräftig wäre. (Was er am selben Tag tat, als der Brief von den Behörden eintraf.)

»Aber, Esko, das ist doch so viel Geld«, wandte sie ein. »Und für Pentti noch einmal genauso viel. Kannst du dir das wirklich leisten? Bei dem Hausbau und allem!«

Doch er versicherte ihr, dass alles in bester Ordnung sei und sie sich auf ihn verlassen könne, auf ihren großen Jungen, der endlich einmal wie der große Bruder gehandelt hatte, der er auch war. Mit zittriger Hand setzte sie ihre Unterschrift unter den Vertrag, noch unerfahren darin, zum ersten Mal etwas ganz allein zu besitzen.

Es war ein heller Wintertag Mitte März. Als sie aus der Bank kamen, lud Esko Siri in die Konditorei ein, wo sie Kaffee und Kuchen bestellten, feines Gebäck mit Früchten unter einer glänzenden Gelatineschicht. Eskos Wangen waren leicht gerötet, er wirkte aufgekratzt, redete schnell. Und obwohl Siri bemüht war, sich zu beherrschen, war sie genauso aufgedreht wie er. Die süßen Früchte und die sahnig weiche Vanillecreme hatten ihr selten so gut geschmeckt.

»Ich werde eine Menge Gemüse anbauen«, sagte sie zwischen den Bissen.

Esko nickte. Er war froh darüber, seine Mutter so heiter zu erleben.

»Und Blumen. Auf jeden Fall Blumen! Pflanzen, für die ich mir früher nie Zeit genommen habe und die Pentti nutzlos und unnötig fand. Mohn und Kornblumen.«

»Das wird schön, Mama«, sagte Esko und strich ihr unbeholfen über den Handrücken.

Das Haus würde zum Monatsende ihr gehören, also in zwei Wochen, doch mit dem Umzug würde es wahrscheinlich noch etwas dauern. Vermutlich bis April, aber nicht länger.

»Und wann zieht ihr ein?«, fragte Siri.

Eskos Blick flackerte.

»Tja, mal sehen. Seija hat ein bisschen Muffensausen bekommen.«

»Aha?«

»Ja, wegen der Schwangerschaft und so. Ihr ist nicht ganz wohl bei dem Gedanken, unterm selben Dach zu wohnen wie ... tja, wie Pentti. Deshalb werden wir während des Ausbaus wahrscheinlich noch im alten Haus wohnen bleiben, wenn alles nach Plan läuft, und erst im Herbst umziehen.« Er zuckte mit den Achseln und trank einen Schluck Kaffee. »Na ja, halb so wild, dann ist es eben so.«

»Dann ist er jetzt ganz allein.«

»Ich habe Voitto übrigens geschrieben.«

Esko zündete sich eine Zigarette an. Siri musste an Voitto denken, der sich immer auf die Seite des Vaters geschlagen hatte.

»Dann wird er kommen.«

»Glaubst du das wirklich? Er ist doch da unten stationiert und kann nicht einfach mal eben nach Hause kommen.«

»Wenn Pentti alleine ist, kommt Voitto nach Hause. Da bin ich mir ganz sicher. Dieser Sohn liebt seinen Vater. Vielleicht ist er sogar der Einzige, der ihn liebt. Na ja, außer Onni, der liebt seinen Penttipapa auch. Er ist einfach noch zu klein, um das Ganze zu durchschauen.«

Dann stießen Siri und Esko mit ihren Kaffeetassen an, und draußen leuchtete die Sonne so kalt und weiß, wie sie es nur im Spätwinter tut.

*

Doch Onni liebte Pentti nicht nur, weil er noch klein war.

Onni war schon immer ein fröhliches Kind gewesen. Er war nicht besonders anspruchsvoll, und als jüngstes von vierzehn Geschwistern (oder zwölf, je nachdem, wie man zählt, doch wer zählte sie am Ende noch?) gab es immer jemanden, der sich um ihn kümmerte und den er fragen oder um Hilfe bitten konnte. Er war zwar schon früh recht selbstständig gewesen, doch wenn er die Blicke der anderen auf sich gerichtet spürte, begann er, zu strahlen und sich erst richtig wohlzufühlen. Kurz, er liebte es, im Mittelpunkt zu stehen, kam aber auch so gut zurecht.

Ohne Onni wäre es wahrscheinlich schon früher zur Scheidung gekommen. Das Nesthäkchen hatte seinem Namen alle Ehre gemacht und der Familie eine kleine Weile Glück geschenkt. Jetzt wohnte er plötzlich hier, hundert Kilometer von seinem Zuhause oder dem Ort entfernt, an dem er gezeugt, geboren worden und aufgewachsen war, doch nicht mal das machte ihm etwas aus. Für ihn war die Umstellung am einfachsten gewesen. Zwar verwirrend, aber nicht schmerzlich. Er fand es ein bisschen schade, dass Pentti nicht mit umgezogen war, denn sein Vater hatte ihn immer gut behandelt. Oder zumindest war er nicht ausdrücklich gemein zu ihm gewesen. Außer in der letzten Zeit, da war er schon ein wenig … merkwürdig gewesen, und seine Augen hatten, wie Onni fand, anders ausgesehen. Sie waren zwar noch immer so dunkel wie der schwarze Waldsee, doch in der letzten Zeit hatten sie irgendwie trübe gewirkt. Onni wusste, dass sein Vater nicht weinte, es nicht konnte, und dass Väter so etwas nicht tun, aber er fragte sich, ob es vielleicht doch Tränen waren, die seine Augen etwas gräulich färbten. Die anderen schienen es nicht zu bemerken, und keiner von ihnen schien den Vater zu vermissen.

Onni begriff anhand des Verhaltens seiner Mutter und seiner Geschwister und auch anhand der Gesprächsfetzen, die er aufschnappte, dass die Scheidung das Beste gewesen war, was ihnen allen passieren konnte, außer vielleicht Pentti selbst, doch seine Gefühle waren den anderen egal. Und damit waren sie auch Onni egal.

Seine Mutter war jetzt glücklicher.

Sie war anders.

Glücklicher, aber anders.

Glücklicher *und* anders.

Sie weinte öfter, was ihm etwas unangenehm war. Doch ihre Tränen schienen keine traurigen zu sein, sondern etwas anderes, was genau, das wusste er nicht, und außerdem umarmte sie ihn jetzt häufiger und fester. Insgesamt wirkte sie nachdenklicher, als fänden in ihrem Kopf irgendwelche Gespräche statt, die nur sie hörte, Selbstgespräche, was ihm das Gefühl vermittelte, dass sie zwar da war, aber nicht anwesend, oder vielleicht irgendein Geheimnis hütete.

Darüber hinaus war sie immer zu Späßen aufgelegt und sprach weniger Verbote aus. Wenn die Kinder im Garten zelten wollten: natürlich, kein Problem. Wenn die Kinder mitten in der Nacht mit ihren älteren Geschwistern zum Angeln rausfahren wollten: natürlich, kein Problem (solange sie versprachen, Schwimmwesten zu tragen). Und wenn die Kinder in der Hollywoodschaukel zu Abend essen wollten: kein Problem. Doch mitunter sah er seine Mutter lange vor dem Spiegel stehen, und er sah auch ihre Blicke, wie sie sich betrachtete, wie sie sich drehte und wendete, um ihren Körper so eingehend wie möglich in Augenschein zu nehmen. Er begriff es nicht, aber er sah es dennoch.

Onni war schon schlafgewandelt, seit er groß genug war, um aus seinem Bettchen zu klettern, und hatte dann immer Siris Bett angesteuert. In Aapajärvi war es wegen des schmalen Ehebetts nie möglich gewesen, neben ihr zu schlafen. Jetzt hingegen empfing sie ihn gerne, und es gab immer Platz für ihn. Er schlief an den warmen Körper seiner Mutter geschmiegt ein, friedlich und geborgen. Auch Siri schlief besser, und bestimmt wachten die beiden deswegen auch morgens erst so spät auf.

Arto hingegen war ein Frühaufsteher. Allerdings erst seit seinem Unfall. Anfangs war er aufgewacht, weil er Schmerzen hatte. Dann, als die Wunden verheilt waren, war er wegen der Albträume von seinem Unfall aufgewacht, und jetzt, wo die Albträume nachgelassen hatten, war es, als hätte sich sein Körper einfach an den neuen Schlafrhythmus gewöhnt. Nun machte er immer einen Mittagsschlaf und blieb dafür abends lange wach, fast immer bis zu den Elf-Uhr-Nachrichten, um dann morgens gegen fünf aufzuwachen, die Uhrzeit, zu der Siri in Aapajärvi immer aufgestanden war, um die Kühe zu melken.

Arto wachte neuerdings oftmals von Ängsten geplagt auf. Am meisten Angst hatte er davor, dass Pentti mit erhobener Flinte in ihr Haus hineinstürmen würde. Die Flinte, die er auf sie gerichtet hatte, als sie nach Aapajärvi kamen, um die letzten Sachen aus dem Haus zu holen. Arto hatte auf der Rückbank von Tatus Auto gesessen und es beobachtet. Siri hatte gerade verschiedene lose Gegenstände zum Auto geschleppt, mehrere Flickenteppiche, einen Kupferkessel, ein Kissen und eine Kühltasche. Pentti war fluchend hinter ihr hergestapft, doch seine Worte konnte man im Auto nicht hören, wo Onni und Arto auf der Rückbank des schwarzen Mercedes eingeklemmt zwischen Decken und Schlafsäcken hockten. Onni versunken in den Anblick der Quadrate eines bunten Zauberwürfels und Arto mit heftigem Herzklopfen beim Anblick von Pentti mit der Flinte in der Hand.

Siri blieb nicht stehen, und Arto nahm eine Art von Entschlossenheit in ihrem Blick wahr, die er noch nie zuvor gesehen hatte, oder vielleicht wirkte ihre Miene jetzt nur nicht mehr so streng und verschlossen, wie er es gewohnt war. In diesem Frühjahr hatten sich ihre Gesichtszüge verändert, entspannt. Früher waren sie ganz starr gewesen, fast wie gemeißelt, doch jetzt wirkten sie etwas weicher. Sie hielt öfter inne und nahm sich Zeit für ihre Kinder, anders als Arto es gewohnt war. Manchmal strich sie ihm sogar unvermittelt zärtlich übers Haar, den Blick in die Ferne gerichtet.

Viele Kinder haben Angst vor allem Neuen, Unbekannten, so auch Arto. Ihm fiel es schwer zu begreifen, dass seine Mutter sich verändert hatte, auch wenn es vielleicht eine Veränderung zum Besseren war. Dagegen weiß man, was man hat, und dieses Wissen vermittelt einem eine gewisse Sicherheit: Selbst wenn man ein beschissenes Leben führt, so ist es doch das eigene, wohlbekannte beschissene Leben.

Siri war unbeirrt in Richtung Auto weitergegangen, während Buckel aus der Garage angeschlendert kam. Er rief etwas über den Hof, und sowohl Pentti als auch Siri schauten sich zu ihm um, Pentti eher fragend, woraufhin Buckel wiederholte, was er gesagt hatte. Dabei gestikulierte er mit seinen langen Armen, was an eine Art Tanz erinnerte, und versuchte gleichzeitig, sich mit einem schiefen Lächeln eine Zigarette anzuzünden. Doch Pentti schien nicht seiner Meinung zu sein, denn jetzt fuchtelte er noch wilder mit der Flinte herum, während Siri weiterging. Pentti ließ sie laufen und richtete seine Waffe stattdessen auf seinen fünften Sohn, doch dann stapfte er plötzlich auf ihn zu und stieß ihn von sich weg.

Artos Herz schlug jetzt so heftig, dass es fast aus seinem Brustkorb heraussprang, doch Buckel wirkte völlig unberührt. Arto fiel es schwer zu verstehen, dass sein Vater so unterschiedlich starken Einfluss auf seine Kinder hatte. Buckel wehrte sich nicht und ließ sich von Pentti herumschubsen, wobei sein groß gewachsener schlaksiger Körper hin und her schwang, was jetzt erst recht an einen befremdlichen Tanz erinnerte. Siri öffnete die Beifahrertür und rief nach Buckel.

»Jetzt fahren wir, Tatu, nun komm schon!«

Und dann waren sie losgefahren. Ohne groß Abschied zu nehmen. Ganz unsentimental. So endete ihr gemeinsames Leben.

Im Autoradio sang ein ganz anderer Mann mit einem tiefen Vibrato von ewiger Liebe, während draußen die Dämmerung einsetzte. Buckel trommelte mit den Fingern aufs Lenkrad, und Arto sah, wie er seiner Mutter beruhigend auf den Oberschenkel klopfte und wie sie lächelte. Doch ihre Augen waren voller Tränen.

Lahja und Valo würden am Wochenende nach Kuivaniemi kommen. Sie wohnten zurzeit in der Stadt, Lahja bei Helmi und Valo bei Esko. Allmählich hatte sich das Haus geleert. Von Tarmo wusste er nichts Genaues, er würde wohl in den Sommerferien kommen. Die Sonne stand schon hoch am Himmel, doch draußen lag noch immer Schnee, sodass es bestimmt noch eine Weile dauern würde, bis der Sommer käme. Arto schloss die Augen und hoffte, dass alles nur ein Traum gewesen wäre. Und wenn nicht, dass die Zeit zumindest möglichst schnell vergehen würde, sodass es ihm bald nur noch wie ein ferner Traum vorkommen würde, ein Traum von einem anderen Leben, nicht seinem, sondern dem eines anderen.

*

Arto hatte sein Fahrrad nicht mitnehmen können, was ihn beunruhigte. Er hatte schon öfter gesehen, wie Pentti das Spielzeug seiner Kinder einfach kaputt gemacht hatte, das wenige, das sie besaßen, und jetzt fragte er sich, was mit seinem Fahrrad wohl passieren würde. Es war kein besonders schönes Rad, und vor ihm waren schon viele seiner Geschwister damit gefahren, und im Grunde genommen war es auch schon etwas zu klein für ihn geworden, doch es beunruhigte ihn trotzdem.

Er verbrachte viel Zeit damit, sich auszumalen, wie sein Vater das Fahrrad schadenfroh demolierte und fahruntüchtig machte, dabei versetzte Arto sich gedanklich regelrecht in das Gefährt hinein, und dann kam es vor, dass ihn die Panik vollständig übermannte.

Wenn Lahja zu Hause war, wachte sie oft von Artos nächtlichen Panikattacken auf und kam zu ihm ins Zimmer getapst, wo er auf seinem Bett sitzend den Oberkörper vor und zurück wiegte und sich dabei mit den Fäusten gegen die Stirn schlug. Dann legte sie sich jedes Mal neben ihn und hielt ihn fest umschlungen. Sie sang ihm etwas vor oder erzählte ihm eine Geschichte und tröstete und beruhigte ihn, bis sich die größte Angst gelegt hatte. Doch Lahja war vierzehn, und ihre Romanze mit dem etwas älteren Matti, den Arto nicht besonders mochte, war seit dem Umzug noch enger geworden, sodass sie an manchen Abenden gar nicht nach Hause kam und Arto seinen Ängsten gänzlich ausgeliefert war.

Manche Menschen empfinden das frühe Morgenlicht als etwas Zauberhaftes. Die Sonne aufgehen zu sehen, kann wie ein Gebet anmuten, ein Augenblick, in dem das Dasein etwas Erhabenes hat. Für Menschen mit Angstzuständen hat das Licht allerdings den entgegengesetzten Effekt. Insbesondere im hohen Norden, wo es zum Sommer hin morgens immer früher hell wird und die Dunkelheit kaum Einzug hält, bevor sie schon wieder vom Licht verdrängt wird. Man kann seinen erdrückenden Gefühlen nicht entfliehen, hat keine Möglichkeit, sich im Dunkeln zu verkriechen, wieder einzuschlafen und damit alle Sorgen hinter sich zu lassen, um dann einige Stunden später wieder aufzuwachen und sich selbst davon überzeugen zu können, dass das Ganze offenbar nur ein böser Traum gewesen und jetzt alles wieder in Ordnung ist. Wenn man dauerhaft dem unbarmherzigen Licht ausgesetzt ist, wird die Angst zu einem ständigen Begleiter.

Arto erzählte Siri nie etwas davon. Er begriff mit einer Intuition, die für Kinder typisch ist, dass seine Mutter viele andere Sorgen hatte, und traute sich nicht, sie auch noch mit seinen Ängsten zu belasten.

Doch auch wenn Kinder oftmals viel mehr begreifen, als man glaubt, so begreifen sie in vielen Situationen oft auch weitaus weniger, als man meint. (Und ihre Egozentrik! Sie glauben immer, dass sich alles nur um sie dreht! Weit gefehlt!)

Als er Lahja schließlich gestand, dass er sich Sorgen um sein Fahrrad machte, lachte sie, doch nicht boshaft und erniedrigend, sondern eher zärtlich, sodass er sich geliebt fühlte.

Anschließend rief sie bei Seija an, und schon nach wenigen Tagen stand sein Fahrrad auf der Veranda ihres Hauses in Kuivaniemi, völlig heil und funktionstüchtig. Er war froh darüber, dass sie das Fahrrad Penttis Klauen entrissen hatten, doch eigentlich ging es ihm gar nicht um das Fahrrad. Das wurde ihm bewusst, als er in den darauffolgenden Nächten von neuen, anderen Albträumen befallen wurde, und auch wenn seine Träume jetzt von anderen Dingen als seinem Fahrrad handelten, waren sie doch im Grunde alle ähnlich und unentrinnbar.

Arto wollte das Fahrrad nicht mehr haben, es war in der Tat zu klein für ihn. Stattdessen bekam Onni es. Auf ihm lernte er das Radfahren, und er war das erste Kind, dem Siri dabei zuschaute. Vorher hatte sie nie Zeit für so etwas gehabt, doch jetzt saß sie auf der Veranda, während Lahja und Arto ihren kleinen Bruder anschoben und anfeuerten. Siri saß dort mit Tränen in den Augen und klatschte in die Hände. Das Leuchten in seinen Augen, als er spürte, dass er das Gleichgewicht halten konnte, diesen Anblick würde sie für den Rest ihres Lebens in sich tragen. Sie musste an all die Augenblicke in der Vergangenheit zurückdenken, in denen sie weder die Zeit noch die Kraft oder Möglichkeit besessen hatte, daran teilzuhaben, und beschloss in ihrer karelischen Art, nicht um diese zu trauern, sondern sich stattdessen auf alle Augenblicke zu freuen, die noch vor ihr lagen.

*

Siri hatte schon immer die Gabe besessen, sich auf die positiven Dinge des Lebens zu konzentrieren. Die Leute sagten, dass die Menschen in Karelien nun einmal so waren, wie sie waren, nämlich Idioten (um es bösartig auszudrücken), oder arglose arme Seelen (um es nett zu umschreiben), die immer laut Hier schrien, wenn Gott Unglück über die Menschheit brachte. Zwar waren nicht alle Menschen in Karelien so veranlagt, doch genügend, um es verallgemeinern zu können.

Man kann immer alles verallgemeinern, denn so ist der Mensch nun einmal veranlagt, er will die Dinge begreifen und das Unerklärliche erklären, gerne auch mit simplen Erklärungsmodellen.

Natürlich hatte es nach Siris und Ilos Begegnung mit den Söhnen des Großbauern ein Nachspiel gegeben. Als sie am selben Abend nach Hause zurückkehrten, wirkten ihre Eltern ganz starr, die Münder zu einem schmalen Strich zusammengepresst. Ein Zeichen dafür, dass irgendetwas völlig im Argen lag. Wenn man nicht mal eine Ohrfeige bekam oder ausgeschimpft wurde, wusste man sofort, dass es noch viel schlimmer kommen würde.

Siris Vater war zum Großbauern zitiert worden. Er hatte schon vom schändlichen Verhalten seiner Kinder erfahren, die mit Steinen nach den unschuldigen Jungen geworfen hatten, die ihnen eigentlich nur frisch gepflückte Erdbeeren hatten anbieten wollen, und jetzt würden sie die Sache ein für alle Mal klären. Er hatte buchstäblich unterwürfig mit den Füßen scharren und ehrerbietend den Hut vor dem Großbauern ziehen müssen, und am Ende hatte der Vater keinen anderen Ausweg gesehen, als dem Großbauern eine seiner Milchkühe zu überlassen, denn ihm blieb nichts anderes übrig, als seine Schuld auf diese Weise zu tilgen, die Schuld, die der Großbauer der Familie Aamuvuori wegen des Vorfalls zugewiesen hatte. Die Schuld daran, seine armen Söhne beschämt zu haben. Eine verlorene Kuh von sieben in einem bereits überstrapazierten Haushalt. Der Schatten des Hungers senkte sich noch tiefer über die Familie.

Es geschah nicht oft, dass der Vater seine Tochter schlug. Sonst übernahm dies eher die Mutter. Siri war ganz blass geworden, als der Vater seinen Gürtel abgeschnallt und sie in die Küche beordert hatte. Sie war ihrem Vater vom Temperament her ähnlich, auch er war meistens gut gelaunt und fröhlich, eben ein karelischer Typ, doch während er sie auf den knochigen Hintern schlug, bis es anfing zu bluten, spiegelte sein Blick alles andere als das wider. Nach Siri kam Ilo dran, und sie traute sich nicht, ihm in die Augen zu schauen, als sie im Türrahmen aneinander vorbeigingen.

Danach flüchtete sie in die Sauna, wo sie sich auf eine Bank legte und bitterlich weinte, weil ihre Eltern ihr nicht glaubten und weil die anderen Jungen so einfach davonkamen und auch weil sie sich trotz des Vorfalls nicht sicher war, ob sie sich beim nächsten Mal anders verhalten würde.

Es muss doch noch ein anderes Leben geben, überlegte sie. Was ist denn sonst der Sinn des Ganzen? Nein, dann will ich lieber sterben.

Beim Abendessen hatte sich die Familie versammelt, und alle waren niedergeschlagen bis auf die Mutter, die außergewöhnlich gute Laune hatte. (Was nicht unbedingt viel zu sagen hatte.) Sie hatte Sommersuppe gekocht, Siris Lieblingsessen, diese milchige dünne Suppe mit zartem Gemüse aus der ersten Ernte. Mohrrüben, Erbsen, Kartoffeln. Vom Geschmack her so leicht und frisch, dass sie noch ein wenig nach der Erde schmeckten, in der sie gewachsen waren. Die Mutter füllte die Suppe auf die Teller, doch als Siri an die Reihe kam (sie bekam immer als Letzte aufgefüllt, weil sie die Letztgeborene war), gab die Mutter nur ein wenig Bouillon auf den Tellerboden und setzte sich dann wieder, um selbst zu essen.

Siri traute sich nicht aufzuschauen. Nach den Gürtelhieben tat ihr noch immer der Po weh. Sie fragte sich, wie es Ilo erging, denn sie wusste, dass der Vater ihm öfter den Rücken als den Hintern versohlte, und hoffte, dass er auf seinem Stuhl ihr gegenüber einigermaßen sitzen konnte, ohne bei jedem Atemzug den pulsierenden Schmerz zu spüren, so wie sie selbst.

Niemand sagte etwas. Im Topf war noch Suppe, das war also nicht der Grund gewesen, warum sie nur so wenig bekommen hatte.

»Irgendwo müssen wir ja sparen, jetzt, wo Rosa nicht mehr da ist«, erklärte die Mutter.

»Anniki«, entgegnete der Vater leise.

Die Mutter starrte ihn an. Niemand sagte etwas, und es war, als hielten selbst die Wände ihres kleinen Häuschens die Luft an. Nur das Surren der Fliegen war zu hören.

»Das Mädchen muss etwas essen«, sagte er. »Sonst stirbt sie.«

Die Mutter zuckte mit den Achseln. Doch dann stand sie auf und gab Siri noch etwas mehr Suppe. Siri traute sich noch immer nicht, ihre Mutter anzuschauen, doch sie sah, wie Ilo ihr zuzwinkerte, und trotz des blauen Auges, das er sich eingefangen hatte, lächelte er, und erst dann traute sie sich endlich, ihre Suppe zu essen.

*

Seit dem Umzug nach Kuivaniemi kamen die Geschwister öfter nach Hause, was Onni gut gefiel. Er weinte, wenn sie wieder wegfuhren, doch die anschließende Stille setzte ihm nicht zu, denn hier in Kuivaniemi war sie nicht so angsteinflößend wie in ihrem früheren Zuhause. Und Siri begann, wieder zu singen. Die Nachbarn waren nett, und von ihnen kauften sie auch den ersten Hund, den Siri ihrem Jüngsten bereits beim Besichtigungstermin im März versprochen hatte.

»Er soll Kiva heißen«, beschloss Onni.

Arto und Lahja lachten ihn aus.

Kiva bedeutet lustig und ist kein gewöhnlicher Hundename, beziehungsweise gar kein Name.

»Das ist doch kein Hundename, du Dummerchen.«

»Egal. So soll er aber heißen.« Onni ließ sich nicht beirren.

Also wurde der kleine Spitz, den sie an Mittsommer bekamen, Kiva genannt. Der Name passte zu dem Hund, denn er war wirklich lustig und immer fröhlich und sprang andauernd an Onni hoch, um ihm das Gesicht zu lecken. Onni und Kiva wurden rasch unzertrennlich. Der Hund folgte Onni überallhin, und wenn er aus irgendeinem

Grund im Zwinger eingesperrt werden musste, blickte er todunglücklich drein und jaulte lange vor sich hin, bis er irgendwann aufgab und sich zum Schlafen in die Hundehütte legte.

Siri hatte Arto ebenfalls einen Hund versprochen. Doch er zögerte, nicht weil er Tiere nicht mochte (er liebte Tiere nämlich über alles, fast so sehr wie sein Bruder Hirvo, der mittlerweile im Wald wohnte und als Zimmermann arbeitete), doch Arto fiel es schwer, sich in seiner neuen Situation zurechtzufinden. Er benötigte Zeit, um anzukommen, bevor er sich ein Haustier zulegen konnte. Immer wenn er nachts oder im Morgengrauen aufwachte, brauchte er eine ganze Weile, um sich zu orientieren und in Erinnerung zu rufen, wo er war und in welcher Wirklichkeit er lebte.

Die Scheidung der Eltern löst im Leben eines Kindes oft ein folgenschweres Trauma aus. In der Familie Toimi waren die meisten Kinder schon so groß, dass sie nicht negativ von der Scheidung beeinflusst wurden, doch Artos und Onnis Welt veränderte sich durch die Trennung radikal, und obwohl es offensichtlich war, dass sich nun alles zum Besseren wenden würde oder bereits besser war, so war es trotzdem eine schwierige Zeit. Arto weinte oft, er sehnte sich nach seinem Zuhause, er vermisste das Haus und den Hof und alle Tiere und bisweilen sogar seinen Vater. Er vermisste das Gefühl, festen Boden unter den Füßen zu haben, vermisste das ihm Bekannte. Manche Menschen haben ein größeres Bedürfnis nach Geborgenheit als andere, einer Geborgenheit, die man aus gewohnten Abläufen bezieht. Und da Siri dieses Bedürfnis nicht hatte, fiel es ihr schwerer, es bei ihren Kindern zu verstehen.

Onni erinnerte Arto irgendwann an einen Vorfall aus dem Frühjahr, nur wenige Wochen vor ihrem Auszug. Pentti hatte sie wegen irgendwelcher Dummheiten ausgeschimpft, er wusste nicht mehr genau, weswegen, und Arto hatte die Stricknadel, die er als Mast für das Boot benutzte, das er gerade gebaut hatte, genommen und sie in den Brotlaib gerammt, der noch auf dem Küchentisch lag, nachdem der Vater den Raum verlassen hatte.

»Das hier werde ich mit ihm machen«, hatte er mit zusammengebissenen Zähnen gezischt. »Ich werde sie ihm in den Arsch rammen und in den Bauch, und dann immer weitermachen, bis nichts mehr von ihm übrig ist.«

Sie hatten gelacht wie die Wahnsinnigen, bis ihnen die Tränen über die Wangen hinunterliefen – und bis Pentti die Tür aufgerissen hatte, denn er war nicht, wie sie annahmen, in den Kuhstall zurückgegangen, sondern hatte vor der Küchentür gestanden und gelauscht. Jetzt kam er herein, mit düsterem Blick und zornesroten Wangen, den Gürtel erhoben. In diesem Augenblick war Arto froh über seinen Unfall in der Weihnachtszeit, bei dem er so dicke Naben davongetragen hatte, die ihn jetzt schützten und das Brennen der Hiebe etwas abmilderten.

Arto konnte sich noch gut daran erinnern, und hier in der Geborgenheit des neuen Hauses konnten sie erneut gemeinsam über die Sache mit dem Brotlaib und auch über Penttis Frust lachen, als er merkte, dass seine Schläge nicht die beabsichtigte Wirkung zeigten.

*

Siri wusste noch genau, wann Onni gezeugt worden war. Sie wusste es, weil sie die wenigen Male, die Pentti sie innerhalb der letzten zehn Jahre genommen hatte, an zehn Fingern abzählen konnte. Und die Male, bei denen es einvernehmlich geschah, ließen sich sogar an einer Hand abzählen. Doch bei Onnis Zeugung im Januar 1976 hatte er sie zum letzten Mal berührt. Es geschah unmittelbar nach dem Garagenbrand und einer durchwachten Nacht im Krankenhaus. Er hatte sie im Bett überrumpelt, schon am frühen Abend, die Kinder waren noch wach und hätten jeden Moment hereinkommen können.

Siri glaubte nicht, dass er es aus Lust getan hatte, denn es war schon lange her, dass Pentti Lust für sie empfunden hatte. Während ihrer letzten zehn gemeinsamen Jahre waren jegliche sexuellen Aktivitäten einem Machtspiel gleichgekommen, er wollte Macht über sie ausüben und sie dazu zwingen, sich seinem Willen zu beugen, sich zu unterwerfen.

Doch es war schon lange her, dass er tatsächlich Macht über sie besessen hatte. Nicht mal damals an diesem frühen Abend, als er ihr Gesicht aufs Kissen gepresst hatte, bis ihr schwarz vor Augen wurde, und er ihre Arme gepackt und auf dem Rücken verschränkt hatte, während er sie bestieg, ja, so fühlte es sich tatsächlich an, als wäre sie ein Tier gewesen, eines seiner Tiere im Stall, die er ebenfalls bestieg, um sich in sie zu entleeren. Nicht mal damals konnte er Siris Willen brechen. Denn bis zu ihrem inneren Kern, zu dem nur sie selbst Zugang hatte, würde er nie vordringen. Sie erinnerte sich noch daran, wie groß ihre Angst gewesen war, zu sterben, aufs Kissen gepresst zu ersticken, doch den Gedanken an den Tod, so Furcht einflößend er auch gewesen war, hatte sie nicht ausschließlich als negativ empfunden.

Sie musste an das Gefühl aus ihrer Kindheit zurückdenken, als sie nach den Gürtelhieben ihres Vaters in der Sauna gelegen hatte. Wie angenehm, verlockend und sanft ihr der Gedanke an den Tod vorgekommen war und wie sie fantasiert hatte, dass, wenn sie sich ihm nur hingäbe, er kommen und sie retten und zu einem weit entfernten Ort führen würde, wo immer die Sonne schien und sie alle Erdbeeren der Welt pflücken könnte.

Doch dann hatte der Überlebensinstinkt in ihr gesiegt, sie hatte angefangen, sich zu wehren, und wieder ein wenig Luft bekommen. Ihr Widerstand hatte Pentti offensichtlich noch mehr erregt, weil er sich kurz darauf entlud, und dieser Samen war der Keim für ihr letztes Kind gewesen, ihren Sonnenschein, dessen Name Glück bedeutete. Onni hatte ihr wider Erwarten so viel Glück geschenkt und tat es noch immer.

Siri musste an ihren letzten Tag in Aapajärvi zurückdenken, und sie wusste, dass sie ihn nie vergessen würde. Er lag eingebettet in ihrer Erinnerung, gemeinsam mit verschiedenen anderen sorgfältig ausgewählten Tagen ihres Lebens, die sie ebenfalls nie vergessen würde. Riikos Todestag. Der Tag, an dem die Söhne des Großbauern ihren

Bruder provoziert hatten. Der Tag, an dem sie die Nachricht vom Tod eines ihrer Brüder bekommen hatten.

Es gab noch eine Handvoll weiterer Tage, und dort lag er nun, der letzte Tag in Aapajärvi in guter Gesellschaft.

Jetzt dachte sie mit zärtlichen Gefühlen an das Haus zurück, jetzt, wo sie nicht länger darin gefangen war. Und jetzt konnte sie sich auch an die frühen, wenn auch nicht glücklichen, so doch hoffnungsvollen Jahre erinnern. Sie betrachtete das Haus mit Sorge, und für einen kurzen Augenblick sah sie es auch aus der Perspektive ihres Ex-Mannes. Denn jetzt war er ihr Ex-Mann, der Bescheid war Anfang der Woche gekommen, jetzt war sie frei, juristisch betrachtet frei. Doch sie hörte förmlich, wie leise es plötzlich im Haus geworden war, und dachte, dass es für Pentti nicht leicht werden würde, auch wenn er sein Bestes geben würde, um sich nichts anmerken zu lassen. Doch sie wusste, dass er abends im Bett liegen und sich drehen und wenden würde, ohne Schlaf zu finden, verlassen in seinem großen Haus, dem Haus, das er mit seinen eigenen Händen erbaut hatte. Das Haus, das er schließlich mit seinen Kindern gefüllt und letztlich auch wieder geleert hatte, indem er alle in seiner Nähe verjagt hatte, unfähig, zu lieben oder geliebt zu werden.

Sie fragte sich, ob er es überhaupt überleben würde.

Doch diesen Gedanken schob sie rasch wieder weg, denn im Grunde scherte sie sich einen Dreck darum, wie es Pentti erging.

Als sie wegfahren wollten, hatte er ihr mit dem Gewehr vor der Nase herumgefuchtelt. Als er begriff, dass sie ihn tatsächlich verlassen würde und es jetzt endgültig vorbei war. Doch da war es bereits zu spät. Siri hatte allerdings nie geglaubt, dass er schießen würde.

Und er schoss auch nicht. Es wäre ihm durchaus zuzutrauen gewesen, denn er war so veranlagt. Aber er ließ sie leben, ließ sie gehen. Trotzdem schaute sie noch immer oft über die Schulter und war dankbar dafür, dass der Kiesbelag auf dem Vorplatz unweigerlich jeden Besucher ankündigte, sodass Pentti sich nicht unbemerkt an ihr neues Heim würde heranschleichen können. Denn Siri wusste, dass eine Scheidung letztlich nur Worte auf einem Blatt Papier waren, die im Grunde genommen nichts zu bedeuten hatten, wenn sie nicht von beiden Parteien respektiert wurden, diese Worte. Und Pentti würde einen Teufel tun, sich von irgendwem vorschreiben zu lassen, wie die Dinge lagen, denn das entschied verflucht nochmal er selbst.

WAS DIE TIERE WISSEN

Manche Menschen haben besondere Fähigkeiten. Eine Art Intuition. Was ihrer Umgebung mitunter Angst einflößen kann, ja, sogar ihnen selbst. Aber wenn man sich traut, auf seine innere Stimme zu hören, können fantastische Dinge geschehen. Fantastische oder auch entsetzliche. Je nachdem, wie man's betrachtet.

Junge Menschen träumen von der Liebe, und das müssen sie auch. Sie müssen so verrückt sein. Für sie sollte das Leben ein glückliches Fragezeichen sein. Das ist genetisch bedingt, und man kann nichts dagegen tun. Die Hormone rauschen durch den Körper, die Körper wollen sich mit anderen Körpern vereinen, ihnen nahe sein, mit ihnen verschmelzen, neues Leben erschaffen.

Wir können es bei den Tieren beobachten. Wenn wir uns nicht mehr sicher sind oder überheblich werden und glauben, vielmehr *uns einbilden*, etwas Besseres zu sein als Tiere. Wenn wir meinen, ihnen überlegen oder zu etwas Höherem geboren zu sein, dann sollten wir einen Blick auf die Tiere werfen, bei denen wir zwar dieselbe sinnlose Jagd nach der Fortpflanzung sehen, deren Triebe aber gewissermaßen reiner sind als die der Menschen, weil sie eben keine rationalen Entscheidungen zur bestmöglichen Erhaltung ihrer Art treffen.

Siri wusste, dass es schwierig für sie werden würde, einen Mann zu finden. Das begriff sie schon als Zehnjährige. Es würde aus mehreren Gründen schwer werden. Zum einen aufgrund ihres jämmerlich dürren Körpers. Sie wusste selbst, dass sie nicht schön anzusehen war, ihre Rippen standen wie ein nachlässig aufgebautes Zelt vom Brustkorb ab, dazu die knochigen Gliedmaßen und die großen Hände, die vom Tragen der schweren Milchkannen schon seit jungen Jahren voller Schwielen waren. Und dann noch das dünne Haar, das platt an ihrem Kopf klebte, zwar halbwegs verdeckt vom Kopftuch, aber eben nur halbwegs. Sie hoffte, als Erwachsene zumindest Brüste zu bekommen, konnte sich jedoch nicht sicher sein. Siris Mutter war zwar keine hübsche Frau, aber zumindest eine mit den Formen und Funktionen einer solchen. Ihre Hüften waren breit genug, um Kinder zu gebären, und ihre Brüste groß genug, um sie zu ernähren.

»In deinem Alter hatte ich schon breite Hüften und große Brüste, und die Jungs schauten sich nach mir um«, sagte sie in der Sauna zu Siri und seufzte bekümmert, ja, fast traurig.

Siri war eine Enttäuschung, so viel begriff sie, auch wenn sie nicht genau verstand, wofür diese körperlichen Attribute gut sein sollten.

Siri wusste nichts zu entgegnen. Sie schämte sich dafür, ihre Eltern mit ihrem mageren hässlichen Aussehen zu enttäuschen, doch zugleich schüttelte sie innerlich den Kopf und dachte gar nicht daran, sich für irgendetwas zu entschuldigen. (Es sollte noch viele Jahre dauern, bis sie ihren eigenen Körper zwar nicht gerade liebte, aber zumindest akzeptierte.) Schließlich war sie so erschaffen worden und konnte nichts dafür. Irgendwo müsste es doch auch für sie einen Platz in der Welt geben, oder wenigstens einen Ehemann.

»Wer will denn so eine wie dich schon heiraten?«, meinte ihre Mutter des Öfteren, nicht um sie zu verletzen, sondern eher als traurige Feststellung.

Siri hatte keine Antwort parat.

Das Dorf Soanlahti lag vor dem Krieg zwanzig Kilometer von der russischen Grenze entfernt, was allen Bewohnern immer als sicherer

Abstand erschienen war. Doch während des Winterkrieges sollte sich herausstellen, dass es viel zu nahe lag. Und ohne den Ereignissen vorauszugreifen, kann man sagen, dass Siris Chancen darauf, in diesem kleinen Dorf einen Ehemann zu finden, äußerst gering waren.

Einen weiteren Grund für die Schwierigkeiten bei der Suche nach einem passenden Gatten für Siri bildete die Tatsache, dass sie selbst nicht besonders scharf darauf war, zu heiraten. Schließlich hatte sie die Ehe ihrer eigenen Eltern vor Augen. Als Zehnjährige aber war sie voller Träume und Hoffnungen. Träume von einem Prinzen, der sie küsste (und wenn schon kein Prinz, dann zumindest ein hübscher junger Mann), und Hoffnung darauf, dass er Stil hatte und fremdartig war. Das war fast das Wichtigste. Als der Krieg dann ausbrach, war Siri insgeheim völlig aufgedreht, weil sie wusste, dass sie irgendwo hier in der Menge der schmutzigen Soldaten in schmutzigen Uniformen ein Ticket weg von ihrer Familie finden würde.

*

All das spürte sie schon als Zehnjährige. Es war wie ein Instinkt, der sich nicht ignorieren ließ. Genau wie bei den Tieren. Als sie älter wurde, lernte sie, diesen Instinkt zu zügeln und zu unterdrücken, trug ihn aber weiterhin in sich. Ein Gespür dafür, dass die Möglichkeit bestand, ein anderes Leben zu führen, ein anderes Ich zu verkörpern. Sie hatte es nur noch nicht entdeckt.

Man lernt sich selbst am besten durch andere kennen, vor allem durch seine eigenen Kinder. Jedes einzelne von Siris Kindern entwickelte besondere Eigenschaften, die zunehmend hervorstachen, und durch diese Eigenschaften konnte Siri etwas über sich selbst lernen, wenn sie zuhörte, wenn sie es wollte, wenn sie es versuchte. Manche traten deutlicher in Erscheinung als andere, und manche waren ausgeprägter als andere.

1963 war das Jahr, in dem Siri ihr neuntes Kind gebar. Das Kind, das in gewisser Hinsicht mehr einem Tier glich als einem Menschen.

Hirvo war nicht wie ihre anderen Kinder, das merkte Siri früh, doch ansonsten schien ihm nichts zu fehlen. Sie erkannte, dass er dieselben Triebe und Instinkte in sich trug, die auch tief in ihrem eigenen Inneren schlummerten – mit dem Unterschied, dass sie gelernt hatte, diese zu unterdrücken. Das konnte Hirvo jedoch nicht, und er würde es auch nie lernen. Er war anders, so etwas merken selbst Menschentiere, und all das, was die Menschentiere nicht verstehen, jagt ihnen Angst ein.

Hirvo hatte mitten in der lärmenden Familie Toimi eine einsame Kindheit verbracht. All diese Geräusche, die Geräusche anderer Menschen, die reden und reden und reden und reden, die störten Hirvo. Siri konnte sehen, dass ihn andere Menschen stressten und dass er lernen musste, ihre Stimmen auszublenden. Doch sie kam nie auf die Idee, dass sie ihm dabei helfen könnte. Es gibt vieles, was eine Mutter für ihre Kinder tun kann, was Siri aber nie tat.

*

Im Wald war es immer ruhig und still.

Nein, still ist das falsche Wort, denn draußen im Wald sprachen viele Geschöpfe, und viele von ihnen konnten sich auch vorstellen, mit Hirvo zu sprechen.

Draußen im Wald war es ruhig und *freundlich.*

Keine harten Worte, kein Streit, nur Instinkte und Wahrheit. Keine Zwischentöne, Zweideutigkeiten oder Zweifel.

Hirvo verhielt sich im Wald immer still. Nein, nicht still, sondern wortlos, obwohl er im Wald am meisten kommunizierte. Im Wald war er offen: offen für seine Umwelt, aufrichtig, unerschrocken, frei. Dort zog ihn niemand auf, und er musste sich vor nichts in Acht nehmen.

In einer wortlosen Kommunikation kann man nicht stottern. Hirvos Gedanken waren messerscharf und kristallklar. Nur im Zusammenspiel, in der Auseinandersetzung mit anderen Menschen wurde alles stumpf und trübe.

Er erinnerte sich noch an das erste Mal. Er war aus dem Haus gestürmt, in den Wald hinein, wollte nur weg, weg von all seinen Geschwistern und seinen Eltern. Der Schweiß war ihm auf die Stirn getreten, als er versucht hatte, die Worte so hervorzubringen, dass sie für den Rest der Welt begreiflich waren.

Er hatte das Gefühl gehabt, in seinem eigenen Körper gefangen zu sein.

So fühlte es sich an. Die Gedanken rein, klar, messerscharf, doch die Worte und ihr Sinn: gefangen.

Es war 1975, als es zum ersten Mal geschah. Hirvo war zwölf Jahre alt. Sein allerschlimmstes Alter, bis dahin jedenfalls. Und mit jedem Jahr wurde es für ihn etwas schwieriger, Mensch zu sein. Er war so weit gelaufen, wie ihn die Füße trugen, in dem Fall nicht besonders weit, denn er war ein pummeliger kleiner Junge, der sich ungelenk und langsam bewegte. Noch dazu hatte er einen Sprachfehler: eine Unzulänglichkeit, die den Eindruck erweckte, dass er nicht nur körperlich, sondern auch geistig verlangsamt war. Keines seiner anderen Geschwister sah so aus oder war wie er. Er war in jeglicher Hinsicht anders, das wusste er, und das wussten auch sie. Und Kinder können grausam sein.

Ein paar Hundert Meter entfernt vom Haus setzte er sich auf einen umgestürzten Baumstamm, um sich auszuruhen. Obwohl ihm der Schweiß von der Nasenspitze tropfte und das Herz in seinem Brustkorb hämmerte, spürte er, wie sich in seinem Inneren eine Ruhe ausbreitete. Jetzt, nachdem er sich von allen entfernt hatte und allein im Wald saß, wo er hingehörte.

Er hatte den Oberkörper vorgebeugt, um wieder zu Atem zu kommen, und nach einer Weile erregte etwas in seinem Augenwinkel seine Aufmerksamkeit. Etwas Flatterndes. Er erblickte neben dem Baumstamm einen Spatz. Der Spatz gab keinen Laut von sich, sondern schaute ihn nur mit seinem schwarzen unergründlichen Blick an.

Tiere hatten normalerweise keine Angst vor ihm, denn sie wussten instinktiv, dass er einer von ihnen war. Sie ließen ihn an sich heran und taten ihm nichts, und er half ihnen entweder oder ließ sie in Ruhe.

Doch dieser Vogel war anders. Hirvo wusste zwar, dass er fähig war, mit den Tieren zu kommunizieren, doch er wusste nicht, wie, und eigentlich hatte er auch noch nie darüber nachgedacht. Ihm war bewusst, dass andere Menschen diese Fähigkeit nicht besaßen, während sie ein Teil von ihm war, ebenso natürlich wie die Haare auf dem Kopf, die Zehen an den Füßen oder die Luft in den Lungen. Doch als sich der Spatz neben ihm so sonderbar benahm, fiel ihm auf, dass die Tiere Farben hatten, Farben ausstrahlten. Das konnte er sehen.

Vögel waren blau, in variierenden Farbtönen. Alles von helltürkisfarbenen Schwalben bis hin zu mattgrauen Dohlen. Dieser Spatz war blassblau, doch das, was ihn von anderen Vögeln unterschied, war sein auffälliger Rotton, wie mit einem kräftigen Pinselstrich gezogen. So nahm Hirvo es jedenfalls wahr.

Und die Farbe des Vogels … veränderte sich …, das spürte er. Sie pulsierte, zwar schwach, aber sie bewegte sich auf ihn zu, versuchte, sich ihm zu nähern.

Hirvo kannte seine eigene Farbe, ein helles Blassbraun oder mitunter auch ein schwaches Orange, und er strengte sich an, um den roten Puls des Vogels mit seiner eigenen fließenden Farbe zu erreichen.

Er hatte keine Angst, weder vor der Kontaktaufnahme des Vogels noch vor dem Wissen, der Einzige zu sein, der das, was er gerade spürte, auch konnte und wollte. Im Gegenteil, es beruhigte ihn eher. Es war, als gäbe es in der Welt tatsächlich einen Platz für ihn und somit einen Sinn in seinem Leben.

Als das Rote des Vogels Hirvos blassem Orange begegnete, war es, als würden sich die Farben miteinander vermischen. Es erinnerte ein wenig an die Vereinigung zweier Körper, obwohl es noch intensiver war. Ja, viel intensiver, denn die Farben vermischten sich tatsächlich, und Hirvo konnte das Innere des Vogels erkennen und spüren. Diese Wahrnehmung ließ sich zwar nicht so konkret benennen, wie er es gewohnt war, aber sie war dennoch wahrhaftig. Ihm wurde klar, dass der Vogel auch in sein Inneres hineinblicken konnte, aber er schämte sich nicht dafür, weil er wusste, dass Tiere nicht urteilen.

Er konnte das gesamte Leben des Vogels vor sich sehen, von seinem ersten Atemzug außerhalb der Eierschale an. Er spürte das Flattern der Flügelschläge seiner Eltern, als sie mit Futter kamen, spürte das Ziehen in seinen Eingeweiden, als er zum ersten Mal flog, all das sah und spürte er. Er sah auch die Gefahr. Eine Katze, genauer gesagt ihre eigene Hofkatze Sakari, die ihn angriff und mit ihm zusammen zu Boden krachte, wobei der Vogel heftig aufschlug und in seinem Flügel etwas zerbrach. Der Vogel hatte sich daraufhin in eine Aushöhlung im Stamm geflüchtet, und Sakari hatte wegen der Rufe eines anderen Geschwisterkinds aufgehorcht und von ihm abgelassen, bis Hirvo selbst vor einer Weile durch den Wald gepoltert und hierhergekommen war.

Er spürte, wie das Rote seine Form änderte und wieder zu einer eigenen Einheit wurde. Der Vogel verhielt sich fordernd, wollte ihm etwas zeigen, das spürte er.

Als er sah, was der Vogel ihm zeigen wollte, bekam er zuerst Angst. Doch dann begriff er, dass er keine Angst zu haben brauchte.

Der Vogel wies ihn darauf hin, dass er sterben wollte. Und er zeigte Hirvo, was er tun sollte, wie er das kleine Geschöpf in Händen halten und ihm mit einer einzigen Bewegung den Hals umdrehen sollte. Hirvo schaute in die schwarzen Vogelaugen und schöpfte Kraft aus den dunklen Brunnen. Er strich dem Vogel mit dem Zeigefinger übers Köpfchen und hob ihn vorsichtig hoch, spürte sein kleines Herz pochen, und schließlich tat er dem Vogel den Gefallen und brach ihm das Genick, und dann war es vorbei.

Die rote Farbe, die sich mit seiner eigenen vermischt hatte, verwässerte und rann aus ihm heraus, erst verschwand das Rote und danach auch das Blaue. Als der Vogel in seinen Händen lag, farblos und reglos, wusste er, dass das Tier tot war.

Danach war er ganz erfüllt, beschwingt, ja fast berauscht. Zum ersten Mal spürte er, dass sein Leben einen Sinn hatte. Und zum ersten Mal spürte er, dass er unmittelbaren Kontakt zu einem anderen Lebewesen aufgenommen hatte.

Von da an veränderte sich etwas in Hirvos Innerem. Es war, als würde ihm die Welt, so wie er sie kannte, keine Angst mehr einjagen, und all die Leute um ihn herum, seine Geschwister, seine Eltern, die Nachbarn und Klassenkameraden, nicht mehr an ihn herankommen. Und erstaunlicherweise linderte dies auch seinen Sprachfehler. Er stotterte weniger, weil ihn das, was andere über ihn sagten oder dachten, jetzt weniger stresste. Von da an ging er jeden Tag nach der Schule in den Wald. Bei jedem Wetter. Dort suchte er Kontakt und fand ihn.

Dieses zielgerichtete Umherstreifen und Überwinden von Baumstämmen und Gestrüpp, immer weiter und tiefer in den Wald hinein, veränderte seinen Körper. Zum ersten Mal in seinem Leben bekam er Muskeln. Er war zwar noch immer hässlich und pummelig, seine Ohren standen noch immer ab und die Augen zu eng beieinander, doch in seinem Inneren spürte er die Kraft. Er konnte beliebige Gewichte stemmen, und unbewusst trainierte er seinen Körper, um so stark zu werden, wie er befürchtete, eines Tages eventuell sein zu müssen.

Er merkte, dass alle Tiere die Fähigkeit besaßen, mit ihm zu kommunizieren, die meisten aber gar nicht das Bedürfnis hatten, sich ihm zu nähern. Wenn Hirvo Kontakt aufnahm, bekam er unterschiedliche Antworten, denn alle Tiere waren vom Wesen her verschieden, wie er entdeckte. Genau wie die Menschen. Manche waren scheu, andere sozial, einige starrköpfig, wieder andere umgänglich, und eigentlich ließ sich das Verhalten der verschiedenen Arten und Rassen nicht verallgemeinern.

Hirvos Familie merkte deutlich, dass er sich verändert hatte, doch im Prinzip behandelten ihn alle genauso wie vorher. Allerdings zogen sie ihn nicht mehr auf, sondern ließen ihn mehr oder weniger in Ruhe und lebten ihr Leben parallel zu seinem, weil sie spürten, dass er keiner von ihnen war, sondern in gewisser Weise unmenschlich und außerstande, ihre Regeln einzuhalten.

Hirvo fühlte sich stark und unnahbar. In der Schule ließen seine Peiniger von ihm ab, weil sie merkten, dass sie ihm nicht mehr zusetzen konnten. Hirvo strahlte etwas Angsteinflößendes, ja Unnahbares aus. Er war mehr und mehr auf sich allein gestellt, wie eine im Meer treibende Insel weitab vom Festland. Was ihm durchaus gefiel. Jetzt wusste er, dass er zwar anders, aber eben nicht einsam war.

In der Pause ging er seinen Mitschülern aus dem Weg und sammelte stattdessen Insekten, um sie zu studieren und sich mit ihnen zu unterhalten (sie waren ziemlich einsilbig). Oder er gesellte sich zur Katze des Rektors, einem launischen Geschöpf, das Angst vor den Streichen der Kinder hatte, aber über alles geliebt wurde. Ihr Fell wurde gebürstet, bis es glänzte, und jeden Freitag bekam sie frischen Fisch. Die Katze legte sich in seinen Schoß, und er streichelte sie. Katzen waren in ihrem Inneren schwarz, in unterschiedlicher Ausprägung. Die Katze des Rektors hatte ein mattes Tiefschwarz. Ihr gesprenkeltes Fell war weich und warm, und sie ließ ihn in ihr Bewusstsein dringen. Sie zeigte Hirvo, wie schnell sie sein konnte, sie flog geradezu an Baumstämmen hinauf und wieder herunter, stürzte sich beherzt auf Ratten, Spitzmäuse und Fliegen und lebte Hirvo die tierische Befriedigung vor, die ihr das Töten eines anderen Geschöpfes verschaffte.

Beim ersten Mal zuckte Hirvo zusammen und entzog sich dem Bewusstsein der Katze, verängstigt durch ihre dunkle Farbe und ihre Instinkte, doch nachdem er sich beruhigt hatte, näherte er sich ihr vorsichtig wieder. Und allmählich gewöhnte er sich an das, was der Mensch im Lauf der Jahrhunderte mühevoll versucht hatte zu verdrängen und zu verleugnen, den Tod.

Der Tod, dieser Wendepunkt, der Wächter des Schreckens. Der Mensch, von Natur aus so rational, so sorgfältig darauf bedacht, sein Leben einzurichten und soziale Kontakte zu knüpfen. Doch wenn es aufs Ende zuging, stand er starr vor Angst oder schlotternd da, bettelnd, flehend und verhandelnd. Noch ein wenig mehr Leben, nur noch ein wenig mehr. Was auch immer, nur nicht den Tod. Hirvo hingegen hatte keine Angst vorm Tod. Er wusste, dass sich die Sache mit dem Tod schon irgendwie finden würde. Und meistens vergaß er sogar, dass es ihn gab, genau wie die Tiere auch, er dachte schlicht und einfach gar nicht daran.

Hirvo wohnte noch zu Hause, verbrachte jedoch immer mehr Zeit im Wald. Der Einzige, der sich nicht vor ihm fürchtete, sondern sich von seinem veränderten Verhalten eher provoziert fühlte, war natürlich Pentti.

Mit Hirvo hatte Pentti nicht nur einen Sohn bekommen, der nicht ganz richtig im Kopf war und eigentlich weggesperrt gehörte, sondern auch noch einen, der erhobenen Hauptes umherging, als wäre er stolz auf etwas. Nein, das war dem Vater wahrlich ein Dorn im Auge. Er schikanierte seinen Sohn weiterhin, und Hirvo ließ es geschehen, denn weder physische noch verbale Angriffe setzten ihm jetzt noch zu. Was allerdings zur Folge hatte, dass der Vater noch härter zuschlug und noch lauter brüllte, wenn er erst einmal losgelegt hatte. Aber genau genommen mussten die anderen Geschwister insgesamt mehr Schläge einstecken.

(Solidarität unter Geschwistern ist etwas Schönes. Denn unabhängig davon, was man getan oder auch nicht getan hatte, um den Zorn des Vaters zu erregen – und auch wenn Hirvos verändertes Verhalten tatsächlich unmittelbar dazu führte, dass die anderen die Wutausbrüche ihres Vaters noch mehr zu spüren bekamen –, war es nicht so, dass die Geschwister sich gegenseitig dafür verantwortlich machten, denn sie wussten, dass sich so etwas rasch ändern konnte. Einen Tag ich, den nächsten du.)

Als Arto bewusstlos auf Annies Schoß lag und sie auf den Krankenwagen warteten, spürte Hirvo ihn. Das Innere seines geliebten kleinen Bruders erschien ihm als schwach pulsierender strahlender goldener Schein. Mitunter hatte er beobachtet, wie sich die Tiere zu Arto hingezogen fühlten, wenn er im Stall mithalf. Wie sie kamen, wenn er sie rief, und seine Nähe suchten. Und Hirvo wusste, dass Arto eine besondere Gabe besaß. Nicht dieselbe wie er selbst, nein, etwas noch Erhabeneres, denn die Tiere mochten Arto ebenso wie die Menschen. Hirvo hingegen hatte nie den Eindruck gehabt, dass die Tiere ihn mochten, sie akzeptierten ihn nur, weder mehr noch weniger. Und die Menschen – nein. Nein, nein, nein.

Menschen können so unterschiedlich sein. Unterschiedlich liebenswürdig sein. Unterschiedlich liebenswert. Oder auch unmöglich zu lieben.

Unmittelbar nach Artos Unfall wagte sich Hirvo zum ersten Mal in das Bewusstsein eines anderen Menschen. Doch er wollte nicht zu viel erfahren, traute sich nicht, wollte nicht alles sehen, was in seinem Inneren vorging. Er wollte sich eigentlich nur vergewissern, ob das Leben in seinem Bruder noch pulsierte und ob es irgendetwas gab, was er tun könnte, um zu helfen. Er stand direkt hinter der Sauna, nahe genug, um ihn zu spüren, aber selbst nicht gesehen zu werden. Obwohl er äußerst vorsichtig vorging, spürte er, dass Arto ihn wahrnahm. Sein kleiner Bruder zuckte zusammen und versuchte, sich aufzusetzen, er war unruhig geworden und hatte vielleicht sogar Angst bekommen, woraufhin sich Hirvo, so schnell er konnte, zurückzog, sowohl physisch als auch psychisch. Hirvo wusste, dass Annie ihn gesehen hatte, doch das war ihm egal. Er konnte nicht bleiben. Es war besser zu verduften und abzuwarten, bis sich der Sturm gelegt hatte.

Er war unterwegs in den Stall und hatte ihn schon fast erreicht, als er die Geräusche hörte. Er hörte die Schreie, die Angst, lautlos und dennoch höchst vernehmlich. Es war schon eine ganze Weile so gegangen, doch in seiner Sorge um Arto hatte er diese Hilferufe offenbar verdrängt. Jetzt hatte er den Stall beinahe erreicht und war gezwungen zuzuhören. Er spürte es stark im ganzen Körper, er musste die Tiere und ihr Anliegen anhören.

Am liebsten wäre er davongelaufen, doch er zwang sich weiterzugehen, in den Stall hinein. Der Schnee knirschte unter seinen Sohlen, dennoch fühlte er sich erstaunlich leicht und unsichtbar.

Im Vorraum war es warm, und jetzt war er nahe genug, um die einzelnen Stimmen unterscheiden zu können. Die Stimmen der Kühe, oder auch ihrer Seelen.

Sie hatten Angst. Das wusste er bereits.

Er ist hier, sagten sie.

Hirvo brauchte nicht weiter zu fragen, wer.

Pentti.

Sie hatten Angst vor *Pentti.*

Warum habt ihr solche Angst? Was kann euch denn ein einzelner Mann tun?

Hirvo fragte, obwohl er die Antwort bereits wusste, nämlich dass ein Mann vieles tun und alles zerstören kann.

Auf dem Stallboden lag kein Schnee, sondern weiches Stroh, und er näherte sich aufrechten Rückens der Box von Rosa. Dort erblickte er Pentti, und er hörte Rosa, bevor er sie sah. *Nein,* sagte sie, schrie sie, *rühr mich nicht an,* aber Pentti nahm sie, auch das hörte er, bevor er sah, wie sich sein Vater an der Kuh vergriff, und dann sah er alle Kühe auf einmal und hörte, wie sie ihm von all den Übergriffen berichteten.

Wie sie ihn anflehten, dem Ganzen ein Ende zu bereiten und Pentti zu stoppen.

Doch Hirvo war von der ganzen Situation überfordert.

Im Nachhinein verfluchte er sich dafür, in dem Augenblick nichts unternommen zu haben, doch er war einfach nicht vorbereitet gewesen. Nicht auf das, was er gesehen hatte, und auch nicht darauf, was es mit ihm machen würde. In diesem Augenblick wurde er wieder zum Kind, dem andersgearteten Kind mit der ständigen Angst davor, dass irgendwer merken könnte, wie es eigentlich um ihn bestellt war, und dass er eigentlich hinter Schloss und Riegel gehörte.

Er wich zurück, bis er zuerst an die Wand und dann gegen die Tür stieß, und stürzte aus dem Stall. Dann rannte er los. In der Ferne hörte er die Sirenen des Krankenwagens, und er hörte auch die Kühe, ihr Flehen hallte in ihm wider, doch er rannte weiter. Er lief schneller als je zuvor, obwohl es ihm im tiefen Schnee schwerfiel, doch schließlich erreichte er seine Hütte. Es handelte sich um einen einfachen Unterstand tief im Wald, an dem er mehrere Jahre lang gebaut hatte. Er kroch hinein, legte sich auf das Schaffell über der

Schicht aus Tannenzweigen und knöpfte seinen Wollpulli am Hals auf. Der Schweiß lief ihm am Rücken hinunter, und er verspürte einen Blutgeschmack im Mund, weil er schneller gerannt war als je zuvor. Er schloss fest die Augen und wartete, bis sich seine Atmung wieder beruhigt hatte, und dann schaltete er sein Bewusstsein aus, schaltete einfach ab und schlief ein.

Als er aufwachte, war es dunkel. Er fror, doch er wollte nicht nach Hause gehen. Stattdessen entfachte er mit gewohnten Handgriffen vor dem Eingang seiner Hütte ein Feuer, den Fokus ganz auf das gerichtet, was vor ihm lag.

Die Bilder und Geräusche aus dem Stall hatten sich so stark in seine Netzhaut eingebrannt, dass er seinem Vater nie wieder in die Augen schauen wollte.

Hätte er etwas tun können? Im Nachhinein quälte er sich, indem er die Situation ein ums andere Mal vor seinem inneren Auge aufrief. Jedes Mal mit einem anderen Szenario und anderen Möglichkeiten, wie er sich für die Kühe hätte einsetzen und sie verteidigen können. Doch was brachte das? Er hatte es nicht getan und würde es sich auch nie trauen, wenn es hart auf hart käme.

Er schämte sich für das, was er gesehen hatte, und er schämte sich vor den Kühen, die ihn um Hilfe gebeten und angefleht hatten, das Ganze zu stoppen. Er wusste zwar nicht genau, wie lange es schon so ging, aber insgeheim ahnte er, dass es bereits lange war. Es fühlte sich an wie ein dunkle feuchte Decke, die über dem Dasein gelegen hatte, seit, ja, seit er sich erinnern konnte. Sie hatte die Welt Furcht einflößend verdunkelt und erdrückt, doch das hieß nicht, dass sie für immer und ewig dort liegen bleiben musste. Im Gegenteil, es war höchste Zeit, sie zu lüften. Hirvo seufzte schwer, bevor er aus seinem Versteck kroch, mehrere Hände voll Schnee aufs Feuer warf und sich zurück nach Hause begab.

Pentti musste gestoppt werden, koste es, was es wolle. Und es würde einiges kosten. Doch er würde für das, was er getan hatte, bezahlen müssen.

Dafür würde Hirvo sorgen.

In welcher Form, das wusste er noch nicht, aber vor ihm lag ein langer Heimweg, und er würde sich schon irgendetwas einfallen lassen. Wenn nicht heute, dann morgen. Oder übermorgen. Oder überübermorgen.

Im Haus waren seine Geschwister versammelt. Sie saßen in der Küche und aßen oder lagen auf dem Sofa und schauten Nachrichten. Siri und Arto fehlten, aber die meisten anderen waren da. Annie schaute ihn mit diesem fragenden und zugleich ausdruckslosen Blick an. Sie verkörperte all das, was er nicht war, und jagte ihm mit all ihren Worten und ihrem leeren Blick Angst ein. Als sie ihn fragte, ob er schon gehört hätte, was passiert war, nickte er nur stumm und zog sein Schnitzmesser und den Schleifstein aus der Hosentasche, denn er brauchte eine Ablenkung, mit der er die Bilder vertreiben konnte, die er gesehen hatte und die in seinem Kopf wie ein Film in Endlosschleife abliefen.

Im Stall brannte Licht, Pentti war also noch da draußen. Auch gut. Hirvo fiel ein, dass er gar nicht genau wusste, ob Pentti ihn gesehen hatte, aber eigentlich war es ihm auch egal.

Die Gefühle für seinen Vater, die wenigen, die er empfunden hatte (hatte er überhaupt je welche gehabt?), waren gänzlich verschwunden. Er spürte nicht einmal mehr Hass, nur eine Entschlossenheit, die mit jedem Herzschlag und jedem Atemzug stärker wurde. Pentti musste weg. Bum-bum, bum-bum. Als er neuen Mut schöpfte, spürte er seine innere Farbe. Jetzt erschien sie ihm reiner und kräftiger, *klarer* als zuvor. Doch im nächsten Moment verließ ihn der Mut wieder, und er schämte sich von Neuem, sodass seine innere Farbe wieder den schmutzigen faden Ton annahm, den sie sonst hatte. Und so begann das Pendel, in seinem Inneren zu schwingen. Vor und zurück.

Es würde einige Zeit dauern. Denn Hirvo lebte sein Leben in langsamen Zyklen. Manche würden sagen, dass er im Einklang mit der Natur und den Jahreszeiten lebte, was letztlich auch stimmte. Doch da war noch etwas anderes oder vielleicht sogar Drittes, das länger dauerte, länger als alle Jahreszeiten zusammen. Denn er lebte in astronomischen Zyklen, wenn man das so sagen kann, und somit noch immer in den Konsequenzen des vorherigen. Im Zyklus des Garagenbrandes mitten im eiskalten Winter und dem nachfolgenden Schweigen.

Hirvo war schon immer handwerklich begabt gewesen. Er konnte zimmern und mauern, er konnte Holz hacken und stapeln, aber vor allem konnte er Feuer machen. Manche Menschen sind so veranlagt, dass sie das Feuer und dessen Temperament verstehen. Hirvo war einer von ihnen. Er konnte Feuer entfachen an Orten, an denen es unmöglich zu sein schien, und noch dazu mit Holz, das eigentlich viel zu feucht war, um zu brennen. Er wusste auch, wie man es anstellte, dass ein Feuer so aussah, als wäre es unbeabsichtigt oder *natürlich* ausgebrochen.

Und nicht gelegt worden.

Hirvo war jemand, dem man nur selten Beachtung schenkte. Wenn er wollte, konnte er sich ziemlich unbemerkt durchs Leben schleichen. Dadurch bekam er mehr von seiner Umgebung mit als die Umgebung von ihm. Und er sammelte, freiwillig oder unfreiwillig, Geheimnisse.

Er hatte Dinge gesehen, von denen er hätte berichten können, wenn man ihn je gefragt hätte.

An jenem Abend war er auf einem seiner späten Streifzüge durch den Wald gewesen, die er angefangen hatte zu unternehmen, als er gerade begann, die Tragweite seiner besonderen Begabung zu erahnen. (Später sollte er aufgrund eines Vorfalls mit einem Wolf dazu übergehen, sich eher tagsüber im Wald aufzuhalten.) Doch damals, in der besagten Januarnacht 1976, war er gerade rechtzeitig nach Aapajärvi zurückgekehrt, um mitzubekommen, wie das Feuer in der Garage ausbrach. Er wusste alles darüber und hätte es durchaus berichten können. Wenn sich nur irgendwer die Mühe gemacht hätte, ihn zu fragen.

Er wusste, dass nicht Pentti die Streichhölzer in der Hand gehalten hatte, jedenfalls nicht physisch. Und er wusste auch, dass es eine Weile gedauert hatte, bis der alte Schuppen endlich Feuer fing. Aber so ist es nun mal, wenn man ein Kind mit dem Job eines Erwachsenen beauftragt. Es war merkwürdig, denn obwohl Hirvo erleichtert darüber war, dass man nicht ihn gezwungen hatte, die Garage in Brand zu stecken und damit auch beinahe Tatu zu töten, erinnerte er sich noch immer daran, nein, versetzte es ihm noch immer einen Stich, dass ihn niemand gefragt hatte. Denn in ganz Aapajärvi gab es niemanden, der so schnell Feuer legen konnte wie Hirvo. Und niemanden, der es so überzeugend als Unglück kaschieren konnte wie Hirvo.

Und auch niemanden, der ein Geheimnis so gut für sich behalten konnte wie Hirvo.

Doch jetzt war es auch egal. Jetzt, wo das Geheimnis sozusagen gelüftet war, wo die Karten auf dem Tisch lagen und die Sache sowieso gelaufen war.

Schon möglich, dass Hirvo euch recht sonderbar erscheint, und letztlich ist er das auch, aber wir müssen noch ein wenig bei ihm verweilen. Er wird etwas erleben, was ihm große Angst einjagt und ihn zur Flucht veranlasst. Und irgendwo im Zusammenhang mit diesem Erlebnis liegen Informationen, die wichtig sind. Vielleicht sogar essenziell. Deshalb müssen wir noch eine Weile bei ihm ausharren.

Nach der Scheidung seiner Eltern hatte er beschlossen auszuziehen. Er hatte das gesamte Geschehen während der Weihnachts- und Silvesterwochenenden 1981/82 mitbekommen, das seine Geschwister vorangetrieben hatten, und seine Eltern auseinandergehen sehen. Er hatte Siri gemeinsam mit seinen Geschwistern ausziehen sehen, ohne je selbst danach gefragt worden zu sein, was er vorhatte. Doch er war es gewissermaßen gewohnt, vergessen zu werden, denn man hatte ihn noch nie nach seiner Meinung gefragt. Er war sich nicht mal sicher, ob er überhaupt eine Meinung hatte. Aber *vielleicht* schon. Wenn ihn jemand gefragt hätte. Wenn ihm jemand einen Grund gegeben hätte, darüber nachzudenken.

Doch jetzt spielte es keine Rolle mehr.

Als die Tage wieder länger wurden und die Temperaturen wieder etwas anstiegen, liebäugelte er zunehmend damit, endgültig in den Wald zu ziehen. Eigentlich war er von Natur aus verfroren, doch er arbeitete daran, damit umzugehen. Dementsprechend hatte er lange in der Sauna gesessen und zugesehen, dass er etwas Warmes in den Magen bekam, bevor er sich auf den Weg machte. Im Februar wurden immer Waldarbeiter benötigt, eine Gelegenheit, um aus seinem Elternhaus wegzukommen. Er wohnte in den bereitgestellten Hütten, aß das dort angebotene Essen und arbeitete den ganzen Tag hart mit der Motorsäge, sodass er abends völlig erschöpft ins Bett fiel und keinen Gedanken mehr daran verschwendete, wie er Pentti bestrafen könnte.

Doch zum Frühjahr hin wurde die Arbeit rarer, und als im Mai das Tauwetter einsetzte, zog er wieder zurück nach Aapajärvi. Den Traum vom Leben in seiner Hütte gab er allerdings nicht auf. Gelegentlich übernachtete er dort, kam aber jedes Mal nach einem oder spätestens zwei Tagen wieder nach Hause, wo er oft mit seinem Vater zusammen zu Abend aß. Hirvo wurde gebeten, seinen Obolus für die Haushaltskasse zu entrichten und das Geld in die Blechdose auf der Spüle zu legen, in der Siri immer alle Quittungen gesammelt hatte.

Er war jetzt vom Rest der Familie abgekoppelt, ja, letztlich wohnten nur noch sein Vater und er im Haus, und keiner hatte ihn (oder den Vater) auf der Rechnung. Keiner fragte nach ihnen, und keiner vermisste sie. Die Stille, die einsetzte, nachdem Siri und seine kleineren Geschwister ausgezogen waren, die Stille ohne das Heulen der Motorsägen, überwältigte Hirvo. Denn jetzt standen all den anderen Stimmen und Geräuschen, die er vernahm, keine menschlichen Stimmen mehr im Weg. Vor allem hörte er jetzt die Kühe deutlicher, er hörte sie sogar über den Hofplatz hinweg bis ins Wohnhaus. Er hörte sie auch, wenn sie draußen auf der Weide grasten. Doch tagsüber und im Sommer fühlten sie sich wohler. Erst am Abend, wenn Pentti sie zum Melken und zu anderen Dingen in ihre Boxen trieb, wurden ihre Stimmen unerträglich. Hirvo war abends mehrmals kurz davor, aufzuspringen und in den Stall zu stürmen. Dabei sah er vor seinem inneren Auge, wie er seinen Vater mit der Anklage konfrontierte und ihn wegstieß, wie er nach der Heugabel griff, wie das eine zum anderen führte, und er schließlich den Vater *stoppte*, und zwar für immer. Doch am Ende verließ ihn jedes Mal der Mut, und wenn Pentti dann ins Haus zurückkehrte, war Hirvo derjenige, der den Blick niederschlug, als müsse er sich für irgendetwas schämen, etwas, worüber Gottes Engel im Himmel weinten.

Deshalb empfand er es als Erleichterung, als Esko anfing, das Fundament für das neue Haus zu gießen. Erneut wurde der Hof von Stimmen, Hammerschlägen und Leben erfüllt, doch abends fuhr Esko zumeist heim, und dann war Hirvo wieder allein mit Pentti.

An jenen Sommerabenden seinem Vater gegenübersitzen zu müssen, fiel Hirvo schwer. Denn das Innere des Vaters drängte nach außen. Sein Körper glich einem undichten Gefäß, einem rissigen Krug, und sein Inneres drohte auszulaufen. Hirvo sah es deutlich, und obwohl er keine Angst mehr vor den Menschen hatte, wollte und konnte er nicht mehr in Penttis Inneres schauen, er brachte es einfach nicht über sich. Die Farbe des Vaters war stark und matt, wie schwarzes Neon, und Hirvo befürchtete, dass sie auf ihn abfärben könnte. Ja, instinktiv hielt er sie für ansteckend, wie eine Krankheit, vor der man sich in Acht nehmen müsste. Oder wie eine Art Öl, das aus ihm herausrinnen und alles besudeln würde, was ihm in den Weg käme.

Hirvo hatte mitunter den Verdacht, dass ihm irgendjemand durch die Tiere und ihre Seelen etwas mitteilen wollte. Doch erst nach der Scheidung seiner Eltern begann er, darüber nachzudenken, ob dieser jemand womöglich Gott war. Und wenn es einen Gott gab, wenn es in dieser Welt oder irgendwo im Universum etwas Gutes gab, dann musste es auch etwas Böses geben. War das, was er aus dem Körper seines Vaters hatte fließen sehen, vielleicht das Böse? Und wenn der Vater voll des Bösen war, müsste es dann nicht auch in ihm selbst sein und in ihnen allen, den Geschwistern?

Der letzte Abend, den er zusammen mit seinem Vater verbrachte, hätte beinahe ein böses Ende genommen.

Pentti war kein Mann, der sich darum scherte, Essen zu kochen (und außerdem konnte er es gar nicht), doch er liebte Fleischwurst, und die aß er zumeist. Dazu gab es Kartoffeln. Esko kam fast täglich in sein Elternhaus und half ihnen beim Kochen, oder zumindest kochte er Kartoffeln und briet die Wurst. Doch an diesem Abend war Esko nicht da, sodass Pentti und Hirvo allein aßen. Die Zeit, die Vater und Sohn miteinander verbrachten, war schrecklich schweigsam und still, jetzt, wo die anderen nicht mehr da waren, nein, wo keiner mehr als isolierende Schicht zwischen ihnen fungierte. Sein Vater brummte meistens irgendetwas vor sich hin, während er selbst mit den Achseln zuckte.

Hirvo linste zu seinem Vater hinüber. Er war unrasiert, und auf seinen Wangen sprossen dichte schwarze Bartstoppeln. Sein kariertes Hemd hatte am Ärmel einen Riss, was er jedoch nicht zu merken schien, und seine Haare standen wirr zu allen Seiten ab. Der Vater stand am Herd und kochte Kaffee. Das Radio plärrte laut, Pentti hatte den großen Holzapparat, den er zu Beginn der Sechzigerjahre bei Tornio Bild und Ton erstanden hatte, in die Küche geschleppt. Nach der Trennung hatte Siri das kleine Transistorradio mitgenommen, das sonst normalerweise in der Küche stand, und Pentti das große teure unhandliche überlassen. Jetzt blockierte es den Weg ins Wohnzimmer, doch das war egal, denn dort hielt sich sowieso kaum noch jemand auf.

Hirvo saß auf der Küchenbank und wartete. In seiner Hosentasche lag ein glatter Stein, um den er seine Finger schloss. Er war angenehm kühl und schmiegte sich perfekt in seine Faust. Hirvo hatte ihn auf einem seiner Streifzüge durch den Wald gefunden und hielt ihn gerne in der Hand. Er beruhigte ihn und erinnerte Hirvo immer daran, dass er in seinem eigenen Körper verankert war, was er sonst im Wald während seiner wortlosen Kommunikation leicht vergaß.

Sie aßen schweigend. Die Kartoffeln waren mehlig und braun, denn die diesjährige Ernte würde erst in der nächsten Woche beginnen. Der Vater trank seine Sauermilch in großen geräuschvollen Schlucken, und nachdem er das Glas geleert hatte, zeichnete sich auf seiner Oberlippe ein weißer Schnurrbart ab.

Hirvo merkte, wie er regelrecht darauf wartete, dass Pentti einen Streit vom Zaun brechen würde. Seine Wutanfälle begannen in ganz unterschiedlicher Weise, und Hirvo fürchtete sie am meisten, wenn sie aus völlig heiterem Himmel kamen wie in diesem Moment, bei einem gut gelaunten, friedlichen Beisammensein. Wenn Pentti eben noch vor Zufriedenheit fast übersprudelte, um sich im nächsten Augenblick unversehens in einen diabolisch grinsenden Wahnsinnigen zu verwandeln, der nicht davor zurückschreckte, einem seine Gabel in die Handfläche zu rammen (das war passiert, als Tatu versucht hatte, sich beim fünfzigsten Geburtstag seines Vaters ein zweites Stück Kuchen zu nehmen) oder einen mit dem Kopf in die Milchkanne zu tauchen (das war passiert, als Hirvo zehn gewesen war und eine Kanne Milch verschüttet hatte). Hirvo war genau wie die anderen Geschwister Toimi stets darauf gefasst, dass die Laune seines Vaters jeden Moment umschlagen konnte.

An diesem Abend wirkte der Vater jedoch zu müde. Hirvo wäre gern aufgestanden, traute sich jedoch nicht, weil er unsicher war, ob dies beim Vater irgendeine Reaktion auslösen würde. Deshalb blieb er sitzen.

Er musste eingeschlafen sein, denn als er die Augen öffnete, war es dunkel. Erst wusste er nicht, warum sich alles völlig anders anfühlte. Doch kurz darauf begriff er es: Er hatte irgendetwas im Hals stecken und bekam keine Luft mehr. Und nicht nur das. Er lag rücklings auf der Küchenbank, beide Unterschenkel ragten über die Kante hinweg, und eine Hand hing herunter auf den Küchenboden. Auf seinem Brustkorb hockte Pentti wie eine geschmeidige Katze, die auf ihn gesprungen war. Wie konnte er nur so dahocken?, ging es Hirvo durch den Kopf. Er war doch viel zu alt und zu träge. Die Farbe des Vaters pulsierte in der Dunkelheit und näherte sich ihm, er konnte sie trotz der Finsternis sehen, dieses schwarze Neon, das aus ihm herauszuquellen schien.

Hirvo versuchte, sich zu bewegen, doch es ging nicht. Wie lange überlebt ein Mensch, ohne Luft zu holen? Jetzt begann auch seine eigene Farbe stark zu pulsieren, nun wieder klar und kräftig, und er sah sie in einem schwachen Wirbel herabgleiten. Wie in klarem Wasser.

Er wusste, dass es in dem Moment, da sie den Grund erreichte, zu spät sein würde, vorüber, aus und vorbei.

Als es ihm endlich gelang, Pentti wegzustoßen und sich auf den Küchenboden hinunterzurollen, flog etwas aus seinem Mund. Er holte tief Luft. Neben ihm lag der Stein aus seiner Hosentasche. Er hatte in seinem Hals gesteckt.

Wie war er dort hingekommen?

Kurz darauf hörte er die langsamen und schweren Schritte seines Vaters auf der Treppe, die eines Zweiundsechzigjährigem wie ihm durchaus würdig waren. Ganz anders als zuvor, als er wie eine geschmeidige Katze auf seinen Brustkorb gesprungen war.

Hirvo erschauderte. Er war sich nicht ganz sicher, was er gerade erlebt hatte. Aber wenn es einen Gott gab, dann hatte dieser ihm hiermit ein Zeichen gegeben: Jetzt kam es darauf an, gewissenhaft in sich hineinzuhorchen und den Vorfall ernst zu nehmen.

Er wagte es nicht, abzuwarten. Deshalb sammelte er unverzüglich seine Sachen zusammen und trug sie hinaus in den Wald. Da es schon fast Sommer war, taugte seine provisorische Hütte allmählich wieder zum Übernachten, vorausgesetzt, er zog sich warm an und machte regelmäßig Feuer. Zum nächsten Winter würde er sich rechtzeitig eine ordentliche neue Bude bauen.

Dann schlich er zurück nach Hause und in die Garage, wo er ein funktionierendes Fahrrad fand. Ohne weiter nachzudenken, schwang er seinen schwerfälligen Körper auf das zierliche braune Crescent und trat kräftig in die Pedale, während die Welt um ihn herum in der milden aprikosenfarbenen Nacht schlief.

*

Einsamkeit ist etwas Hinterlistiges. Einsamkeit stinkt. Ist euch das je aufgefallen?

Einsamkeit riecht nach Tod und nach einem leer stehenden, vom Schimmel befallenen Haus. Ein Haus, in dem sich seit langer Zeit niemand mehr aufgehalten hat. In dem die Fenster schon viele Jahre nicht mehr geöffnet wurden, die Wasserhähne verrostet sind und sich diese Art von Feuchtigkeit gebildet hat, die sich wie ein Krebsgeschwür ausbreitet. Zuerst bilden sich dunkle Punkte, die sich miteinander verbinden und schließlich Flecken bilden, bis der totale Verfall einsetzt: verrottete Wände, an denen sich die Tapeten wellen und wölben, um sich schließlich abzulösen. Einsamkeit sorgt dafür, dass dieses Haus zu einem toten Ort wird.

Ein Mensch, der lange allein lebt, verliert irgendwann das Gefühl für seinen Körper und seine Umgebung. Um es kurz zu sagen: Letzten Endes weiß man nicht mehr, wo der eigene Körper aufhört und die Umgebung anfängt. Wenn man allein lebt, verwischen die Grenzen, und dann kann es leicht passieren, dass man anfängt, Selbstgespräche zu führen, oder sich mit den Haustieren unterhält. Oder auch mit anderen Tieren. Oder mit etwas anderem, das für das menschliche Auge unmöglich zu erkennen ist.

Wenn man kein Gegenüber hat, das einem widerspricht oder beipflichtet, kann es auch vorkommen, dass sich der eigene moralische Kompass verstellt und man selbst Gesetze und Regeln aufstellen muss, um zu wissen, wie man sich verhalten darf, muss oder kann, oder wie man denken darf, muss oder kann.

Und dann ist es nicht ausgeschlossen, dass man jemanden verletzt, sich selbst oder ein Tier oder auch einen anderen Menschen, da man im Grunde genommen entmenschlicht wurde. Das, was den Menschen ausmacht, der gemeinsame Vertrag, den wir unterschreiben, wenn wir am Weltgeschehen teilnehmen, ist aufgelöst, nicht länger gültig.

Tatsachen wie diese erschweren es, Menschen wie Pentti zu verurteilen, wenn man bedenkt, dass er von Anfang an eine andere Auffassung davon hatte, was Menschsein bedeutet und was im Vertrag steht. Wenn man schließlich auch noch die Einsamkeit in Betracht zieht, diesen ansteckenden Krebs, dann lässt sich leicht erahnen, dass er nicht aus Böswilligkeit heraus handelte. Mag sein, dass Böswilligkeit durchaus im Spiel war, aber wie zurechnungsfähig ist man überhaupt noch, wenn man sich nicht mehr daran erinnern kann, wo unten oder oben und was richtig oder falsch ist?

*

Genau wie Hirvo hatte Siri in ihrer Jugend eine starke Intuition besessen. Sie konnte zwar nicht immer erklären oder begründen, warum sie etwas fühlte oder dachte, aber sie wusste, wann etwas richtig war, und vertraute auf dieses Gefühl, ließ sich davon leiten.

Als sie beschloss, Pentti zu heiraten, widersetzte sie sich zum ersten Mal bewusst ihrem Bauchgefühl. Ihr war klar geworden, dass sie irgendetwas in ihrem Leben ändern müsste, und zwar bald, denn sie wurde nicht jünger. Kurzum, es war höchste Zeit, erwachsen zu werden. Nachdem Siri ein Auge auf Pentti geworfen und sich für ihn entschieden hatte, schob sie ihre Instinkte einfach beiseite. Vielleicht nicht bewusst, aber doch unbewusst. Und über eine bereits gefällte Entscheidung grübelte sie nicht weiter nach.

Und alle anderen Entscheidungen, alle Millionen Entscheidungen, die jeden Tag, jede Stunde, jede Minute getroffen werden müssen, was wurde aus denen?

Siri überließ sie Pentti. Sie wusste, dass sie sich nicht einmischen durfte und alle Entscheidungen in der Ehe der Verantwortung des Mannes unterlagen. Deshalb brauchte sie sich also nicht den Kopf darüber zu zerbrechen.

Doch jetzt, als Hausherrin, als Herrin über ihr eigenes Schicksal, war sie gezwungen, in sich hineinzuhören, was ihr ungewohnt vorkam. Nicht ganz neu, aber ungewohnt.

Und damit kehrten ihre Instinkte zurück. Jetzt empfand sie wieder Gefühle, die sie schon als Kind gekannt hatte, aber bis heute nicht benennen konnte.

Sie spürte es ganz deutlich in ihrem Körper. Es fing in ihren Geschlechtsorganen an, war jedoch stark verbunden mit ihrem Gefühlsleben, ja, mit ihrem *Herzen,* wie es ein Dichter wohl ausgedrückt hätte.

Doch Siri war keine Dichterin, sondern nur eine einfache siebenundfünfzigjährige Frau, die nie gelernt hatte, sich selbst zu befriedigen, und auch nie von ihrem Ehemann befriedigt worden war. Manche Menschen können vielleicht ein Leben lang damit leben, sich nie einem Orgasmus zu nähern. Siri jedoch nicht, denn ihre Bedürfnisse, nein, ihre *Triebe* machten sich einfach zu stark bemerkbar und drohten, die Oberhand zu gewinnen.

Nachdem Onni neben ihr im Bett eingeschlafen war, wälzte sie sich unter einem trügerisch hellen Himmel hin und her, obwohl es bereits nach Mitternacht war.

Sie würde sich nie an die Mitternachtssonne gewöhnen, obwohl sie jetzt schon länger hier oben lebte, als sie zuvor in ihrer ursprünglichen, etwas weiter südlich liegenden Heimat gelebt hatte. Es war, als protestierte ihr ganzes Wesen gegen diesen Ort und riefe: Bring mich heim, ich gehöre nicht hierher. Doch es war zu spät, um heimzukehren, denn dieses Heim gab es nicht mehr. Ihr Elternhaus war vor fast vierzig Jahren abgebrannt und das Dorf, in dem es gestanden hatte, nicht mehr für sie zugänglich, da es jetzt zu Russland oder, besser gesagt, zur Sowjetunion gehörte. Auch wenn man dem Feind viele unterschiedliche Namen geben kann, bleibt seine Natur dieselbe.

Wenn Siri nur gewusst hätte, wie, hätte sie sich selbst befriedigt und sich neben ihrem schlafenden Fünfjährigen in den Schlummer onaniert. Doch stattdessen ging sie im Rhythmus der langsamen Atemzüge des Jungen planlos durchs Schlafzimmer.

Unruhig lief sie in dem kleinen Zimmer auf und ab, bis sie vor dem Spiegel innehielt und sich betrachtete. Durch das dünne Nachthemd hindurch konnte sie die Konturen ihres Körpers erkennen. Sie strich sich mit den Händen über die Brüste und weiter hinunter über die Rippen und die Taille bis zu den Hüften. So stand sie da, dann begann sie, sich vorm Spiegel zu drehen.

Bin ich liebenswert?, fragte sie sich.

Bin ich überhaupt existent?

Als sich Onni im Schlaf bewegte, kroch sie rasch wieder zurück zu ihm ins Bett. Aus Sorge, dass er aufwachen und nach ihr suchen würde, wie er es jedes Mal tat, wenn er in seinem eigenen Bett übernachtete.

Während sie dalag und darauf wartete, vom Schlaf übermannt zu werden, der einfach nicht kommen wollte, beschloss sie schließlich, es zu tun. Das, was Helmi ihr neulich vorgeschlagen und was sie selbst mit einem Lachen abgetan hatte, fast beleidigt, böse. Das, von dem sie nie gedacht hätte, es überhaupt zu wollen oder gar zu können.

Sie schnappte sich den Notizblock neben dem Bett und ihren Bleistift, den sie normalerweise benutzte, um ihre Einkaufsliste zu schreiben.

Doch jetzt schrieb sie keine Einkaufsliste. Sie verfasste eine Kontaktanzeige.

In der Morgendämmerung wachte sie vom Knirschen im Kies draußen auf dem Wendeplatz auf. Sie wusste nicht, wie lange sie geschlafen hatte, doch spät konnte es nicht sein, denn im Haus war noch niemand wach, nicht mal Arto.

Pentti. Unvermittelt schoss ihr sein Name durch den Kopf. Sie spürte das wohlbekannte Ziehen im Steißbein, den Schrecken, den sein Name auslöste, und den faden Beigeschmack, den er hinterließ.

Flüchtig überkam sie auch eine Trauer, die Trauer darüber, dass er nun hierhergefunden hatte und jetzt auch noch diesen Ort beschmutzen und zerstören würde. Ihre Zuflucht, ihr neues Heim, ihre Zukunft.

Doch es war natürlich nicht Pentti. Pentti war kein Mann, der sich vorsichtig anschleichen würde, wenn er noch eine Rechnung mit jemandem offen hätte.

Nein, er hätte sich dem Haus eher wie ein grollender Donnerhall genähert und wäre dann über die Bodendielen gepoltert, ohne jede Rücksichtnahme.

Statt seiner kam Hirvo auf dem Fahrrad angeradelt.

*

Sie setzten sich auf die Treppe vorm Haus und tranken schweigend ihren Kaffee. Hirvos Nacken war ganz feucht von der langen Radtour. Er räusperte sich, als hätte er einen Kloß im Hals oder wollte etwas sagen, wüsste aber nicht, wie er anfangen sollte. Siri blieb stumm und wartete nur. Sie genoss den schönen Morgen an diesem herrlichen Ort, der zum Glück noch immer ihr allein gehörte und noch immer unbefleckt war von Pentti.

Der Kaffee war heiß und schwarz, und Siri wärmte ihre Hände am Becher. Sie fröstelte leicht in ihrem dünnen Nachthemd.

»Ich glaub, es ist was passiert …«, begann Hirvo.

Er schaute sie verstohlen an, ihrem Blick ausweichend. Sie streckte ihre Hand aus und strich ihm über den Arm, um ihn zu beruhigen, doch er zuckte zusammen, wobei etwas Kaffee auf seine Jacke schwappte.

»Schon gut, Hirvo. Du brauchst keine Angst zu haben. Erzähl mir einfach, was passiert ist.«

Hirvo blies auf seinen Kaffee und rührte ihn mit dem Zeigefinger um. Schließlich fing er an zu reden, den Blick starr auf den Hundezwinger auf der anderen Seite des Vorgartens gerichtet.

»Na ja, wie soll ich es sagen. Also, du weißt ja, dass ich … Ich glaub, ich hab die Welt schon immer irgendwie anders erlebt … als andere. Ich sehe die Dinge sozusagen anders. Nicht so wie die anderen.«

Siri nickte ermunternd, jedoch nicht übertrieben. So viel hatte Hirvo noch nie mit ihr gesprochen, und so weit hatte er sich ihr gegenüber auch noch nie geöffnet. Sie wagte es nicht, ihn anzuschauen, aus Angst, dass er den Faden verlieren oder es sich anders überlegen könnte.

»Manchmal weiß ich nicht, was wahr ist und was … tja, was ich mir nur einbilde und was tatsächlich da ist.«

Sie wollte ihn umarmen, nicht nur in der jetzigen Situation, sondern auch für all die Male, da sie es versäumt hatte, doch sie traute sich nicht. Deshalb blieb sie einfach nur still sitzen und wartete, so wie man es bei scheuen Tieren tut.

»Schon gut, Hirvo, du kannst es mir erzählen«, flüsterte sie.

»Ja also, ich weiß nicht, aber ich glaub, dass Pentti versucht hat, tja … ich glaub, dass er mir vielleicht … was antun wollte.«

Siri wurde innerlich ganz kalt. Mit einem Mal kam sie sich verdammt dumm vor. Dumm und völlig entkräftet, weil sie fälschlicherweise angenommen hatte, frei sein zu können. Wo sie doch tief in ihrem Herzen wusste, dass es das, was sich Freiheit nannte, gar nicht gab. Die Impulse, sich über die Schulter zu schauen, waren völlig berechtigt gewesen. Doch Siri hatte sie unterdrückt. Solange Pentti lebte, würde sie nie frei sein.

»Und was hat er getan?«

Hirvo schüttelte den Kopf.

»Es ist gut ausgegangen, Mama. Es ist nichts passiert. Eigentlich weiß ich gar nicht richtig, was passiert ist. Es war mitten in der Nacht, und ich hab geschlafen, aber …«

Er schaute zu ihr auf, und jetzt war sein Blick klar und offen. Siri erinnerte er an einen Fuchs oder ein anderes wildes Tier. Seine bernsteinfarbenen Augen und dieser unverhüllte Blick kamen ihr so gar nicht menschlich vor, sondern eher wie die eines Tieres, das man tief im Wald aufgeschreckt hatte. Und mit dem man hätte sprechen, ja wirklich sprechen können, wenn man seiner Sprache mächtig gewesen wäre.

»Ich glaub, er wollte mir was antun.«

»Und was genau hat er getan?«

Hirvo zuckte mit den Achseln und lächelte. Doch eigentlich war es gar kein Lächeln, sondern es waren nur seine Mundwinkel, die sich hoben.

»Schwer zu sagen.« Hirvo wand sich. »Ich weiß es wirklich nicht. Aber ich hab nicht abgewartet. Bin einfach abgehauen.«

Siri streckte ihre Hand aus und strich ihm erneut über die Wange, und diesmal zuckte er nicht zusammen. Sie sah den Schmerz in seinen Augen und spürte ihn auch. Doch das Gefühl, das sich in ihr breitmachte und alle anderen Gefühle überdeckte, war Angst.

Sie wollte gerade etwas sagen (sie wusste allerdings nicht, was, denn was sagt man jemandem, der Angst um sein Leben und Angst vor seinem Vater hat, wenn man weiß, dass man selbst der Grund dafür ist, dass es überhaupt so weit kommen konnte), als sie Schritte auf der Treppe hörte.

»Hirvo!«

Es war Arto, der die Treppe heruntergetapst kam. Er warf sich seinem großen Bruder um den Hals und bombardierte ihn mit Fragen. Wie war er denn hergekommen? Und warum? War er den ganzen Weg geradelt? Auch im Dunkeln? Hatte der Dynamo funktioniert? Hatte er unterwegs eine Pause gemacht? Würde er lange bleiben? Oh, warum denn nicht? Er könnte doch bleiben, oder? Zumindest drei oder vier Wochen, oder?

Hirvo fuhr ihm liebevoll mit der Hand durchs Haar.

»Manchmal muss man eben seine Mutter um Rat fragen, weißt du?«

Arto nickte ernst. Sein dunkles Haar war stoppelig und von der Sonne ausgeblichen, die Stirn leicht gekräuselt, wie es oft der Fall war.

»Und seinen kleinen Bruder besuchen.«

Arto nickte erneut. Sein Mund stand halb offen und wies eine große Zahnlücke auf. Während der Sommerferien waren ihm alle vier Schneidezähne ausgefallen.

»Und wenn man das getan hat, muss man wieder wegfahren.«

Jetzt protestierten sowohl Siri als auch Arto. Sie überredeten Hirvo, noch ein wenig zu bleiben und wenigstens gemeinsam mit ihnen zu frühstücken, bevor er in seine ungewisse Zukunft zurückradelte.

Hirvo war noch nie zuvor in Kuivaniemi gewesen, und Arto führte ihn herum, während Siri Arme Ritter zubereitete, Hirvos Leibgericht. Es war ein schönes Haus, und Siri wusste, dass Hirvo es ebenso empfand. Allein schon wegen der Stille, die über dem Ort lag und die auch sie selbst bei ihrem ersten Besuch überwältigt hatte. Ein Ort, an dem sie glücklich werden würde. Hier konnte sie leben, nicht nur überleben. Die Sonnenstrahlen rieselten durchs Laub der Birken hindurch. Hirvo würde nicht mehr bei seinem Vater wohnen bleiben, unabhängig davon, was dieser getan (oder möglicherweise auch nicht getan) hatte, das wusste Siri. Doch nach Kuivaniemi würde er nicht ziehen. Er war schließlich erwachsen. Und er brauchte seinen Wald, das wusste sie auch.

Obwohl Siri ihn bat, bei ihr einzuziehen, und wenn es auch nur für eine Weile wäre, schüttelte er den Kopf und entgegnete, dass er wieder zurückmüsse.

»Aber mach dir keine Sorgen, ich will nur kurz meine Sachen holen, sonst nichts. Ich weiß schon, wo ich wohnen kann.«

*

Als er sich Aapajärvi näherte, war es bereits später Nachmittag. Aus der Entfernung hörte er Stimmen. Das letzte Stück schob er sein Fahrrad durch den Wald, um nicht entdeckt zu werden und sich im Notfall verteidigen zu können. Dort auf dem Hofplatz standen drei Gestalten. Einer von ihnen war Pentti, das sah er. Penttis Anwesenheit konnte er schon von Weitem spüren, und die negative Energie, die er verbreitete, ließ ihn erschaudern. Bei den beiden anderen war er sich unsicher, aber er meinte, in einem von ihnen Esko zu erkennen. Den anderen erkannte er nicht. Erst als er so nahe war, dass sie ihn sehen konnten, stellte er fest, dass es Voitto war, sein fern der Heimat lebender Bruder, der offenbar zurückgekehrt war.

Voitto drehte den Kopf und schaute ihn geradewegs an. Hirvo geriet ins Wanken. Voittos Blick war durchdringend und erinnerte ihn unmittelbar an einen Traum, den er zwar nicht geträumt, der sich ihm aber ins Bewusstsein gebrannt hatte.

Voittos finsterer Blick, den hatte er fast vergessen. Sein schwarzer Blick und sein schwarzes Haar. Er sah genauso aus wie sein Vater. Nur jünger und geschmeidiger. Wie eine Katze.

Jetzt hob Voitto seine Hand und winkte ihm träge zu.

»Hej, kleiner Bruder. Bist du wieder zurück? Hab ich dir heute Nacht etwa Angst eingejagt?«

Er zuckte mit den Achseln wie in einem Versuch, sich zu entschuldigen, doch dann wandte er sich wieder den anderen zu.

Hirvo murmelte etwas, ging aber nicht auf die drei Männer zu, sondern hielt Abstand zu ihnen. Er beeilte sich, das Fahrrad abzustellen, ein paar Habseligkeiten einzupacken, um anschließend rasch in den Wald zu flüchten. Dabei war er sorgfältig darauf bedacht, dass ihm niemand (Voitto) folgte, obwohl er wusste, dass Voitto ihn finden würde, wenn er es darauf anlegte, denn der kannte sich besser im Wald aus als alle anderen, sogar besser als Hirvo selbst. Hirvo konnte nur darauf hoffen, dass sein Bruder anderes zu tun hatte.

In Gedanken kehrte er oft zur vergangenen Nacht zurück und fragte sich, was eigentlich genau geschehen war. Er war sich so sicher gewesen, dass es Pentti war. Aber vielleicht hatten ihn seine Sinne getäuscht? Vielleicht war es doch Voitto gewesen, der auf ihm gehockt hatte. Es ließ sich unmöglich herausfinden. Jedenfalls für Hirvo. Jemand anders hätte sich vielleicht getraut nachzufragen. Hirvo jedoch nicht.

*

Der Sommer dauerte an.

Hirvo hielt sich überwiegend im Wald auf, verfolgte die Geschehnisse in Aapajärvi allerdings aus angemessener Entfernung. An windstillen Tagen brauchte er nicht mal besonders nah heranzukommen, um die Hammerschläge zu hören, die über den Hof hallten. Er hörte Eskos Wagen morgens auf den Hofplatz einbiegen und abends wieder wegfahren.

Dennoch schaute er in regelmäßigen Abständen zu Hause herein, um seinen Vater (und auch seinen Bruder) gewissermaßen zu überwachen. Oder auch zu beaufsichtigen, abwartend. Er lauschte den Stimmen der Tiere, sowohl den zahmen auf dem Hof als auch den wilden in den umliegenden Wäldern, und überwachte seinen Vater, damit sich der Riss in seinem Inneren nicht vergrößerte. Er lernte, mit halb geöffneten Augen zu schlafen, weil er wusste, dass es nur eine Frage der Zeit wäre, bis Voitto auf dumme Gedanken kommen würde. Bis irgendetwas passieren würde. Was auch immer.

Sein Zuhause war nun kein Zuhause mehr, das würden auch Außenstehende bezeugen können. Es war nur noch eine leere Hülle, ein verlassenes unbewohntes Nest.

Im Haus lebten zwar noch Menschen, doch keiner von ihnen kümmerte sich mehr darum. Keiner liebte es, putzte es oder sorgte dafür, dass es nicht verfiel.

Auch wenn Hirvo nicht alle Einzelheiten wahrnahm, sah er ihn dennoch, den Verfall des Hauses. Er sah, wie schmutzig es darin geworden war, jetzt, wo niemand mehr den Boden kehrte und scheuerte, die Flickenteppiche ausklopfte und wusch. Er sah das schmutzige Geschirr, das nach den Mahlzeiten nicht mehr gespült wurde und sich auftürmte. Sein Bruder bemühte sich zwar, den Haushalt zu führen, doch trotz seiner militärischen Disziplin fehlte ihm der richtige Blick dafür, die Fähigkeit, den Schmutz überhaupt zu sehen. Pflichtschuldig hantierte er in der Küche herum, doch der Dreck blieb.

Hirvo sah die anwachsenden Stapel von Ausgaben des *Pohjolan Sanomat*, die nun nicht mehr von Siri sortiert und in den Brennholzkorb gelegt wurden. All diese offensichtlichen Dinge sah er, aber darüber hinaus auch noch andere Dinge, die weniger leicht zu erklären oder zu verstehen waren, zum Beispiel wie sich das leere Haus regelrecht zu ducken schien und tiefe Seufzer ausstieß. Und er wusste auch, dass im Inneren seines Vaters enorme furchterregende Kräfte wüteten, die unter keinen Umständen freigesetzt werden durften.

Und in Voittos Innerem ebenfalls.

Hirvo hatte seinen Vater immer als stattlichen Mann erlebt. Doch in der letzten Zeit hatte er sich verändert. Natürlich war er gealtert, doch da war noch etwas anderes. Das Fehlen der persönlichen Hygiene oder Pflege. Und noch etwas. Jetzt, wo der Vater mehr oder weniger allein lebte, schien es, als wäre jegliche Luft aus seinem Körper entwichen. Die Haut an seinen Wangen hing schlaff herunter, und die Furchen von den Nasenflügeln bis hinunter zum Kinn waren tiefer geworden, noch betont durch seine notorisch unrasierten Wangen. Die Haare, noch immer schwarz wie die Nacht, standen ihm wirr vom Kopf ab, und seine zerknitterte Hose sonderte einen zunächst schwachen, mit der Zeit jedoch stärker werdenden und schließlich nicht mehr zu leugnenden Geruch nach Urin ab. Auch der Anblick von Voitto, der von nun an täglich neben ihm herging wie ein Schatten oder vielleicht eher ein Spiegelbild seines Vaters, war Furcht einflößend. Sein jugendliches Äußeres verstärkte den Eindruck des Verfalls bei seinem Vater noch.

Hirvo musste wieder an die besagte Nacht zurückdenken, an Voittos Körper, den er anfänglich für Penttis gehalten hatte. Doch jetzt wusste er, dass es nicht der Körper eines alten Mannes gewesen sein konnte. Es war vielmehr der Körper eines Tieres, und als solches sah er seinen Bruder auch, als ein Geschöpf, das seinen Instinkten folgte. War das Böse in seinem Vater nun etwa auch auf seinen Bruder übergegangen?

Hirvo erinnerte sich an einen Vorfall im Wald, als Voitto ihm einmal etwas hatte zeigen wollen. Er selbst war noch ziemlich klein gewesen. Damals hatte Voitto sich hin und wieder um ihn gekümmert, Hirvo erinnerte sich deutlich daran, konnte heute aber kaum noch glauben, dass Voitto je fürsorglich gewesen war.

An jenem Tag waren sie zu dem großen Ameisenhaufen gegangen, der nur wenige Hundert Meter vom Hof entfernt im Wald lag. Hirvo war vom Gewimmel der Ameisen und deren Arbeitseifer fasziniert gewesen. Er hätte den ganzen Tag davorstehen und ihnen zuschauen können. Voitto hielt einen vertrockneten Zweig in der Hand. Der Zweig war spröde, und die abfallende Rinde erinnerte Hirvo an die Haut seines eigenen Körpers, die sich in der heißen Sauna leicht abrubbeln ließ. Sein großer Bruder zündete den Zweig an, und sofort stieg eine starke klare Flamme auf, die jedoch schnell herunterbrannte und eine Glut zurückließ.

»Du, sollen wir nicht mal ausprobieren, ob die Ameisen noch ein bisschen schneller werden, wenn man ihnen etwas Feuer unterm Hintern macht?«

Voitto lächelte ihn an. Hirvo lächelte zurück. Er hatte keine Ahnung, was sein Bruder meinte, fühlte sich wegen Voittos ungeteilter Aufmerksamkeit aber zu einem gewissen Entgegenkommen verpflichtet. Ausgerechnet ihm wurde sie zuteil, der es gewohnt war, immer allein zu sein.

»Du zuerst!«

Voitto reichte ihm den Zweig. Hirvo ergriff ihn, doch es dauerte eine Weile, bis er kapierte, was von ihm erwartet wurde. Dann schüttelte er heftig den Kopf. Doch Voitto bestand darauf.

»Okay, dann machen wir es zusammen!«

Direkt hinter ihm stehend, schloss er seine Hände um Hirvos, sodass Hirvo in seiner Umarmung gefangen war.

Als sie den Zweig in den Ameisenhaufen bohrten, begann es, darin zu zischen. Die Ameisen flohen panisch, und Hirvo musste unweigerlich die Augen schließen, wollte es nicht mit ansehen. Doch die Geräusche konnte er nicht ausblenden, und den Geruch auch nicht. Er hatte hinterher niemandem davon erzählt, denn er war sich nicht sicher, ob seine Auffassung von den Dingen oder doch eher Voittos Verhalten richtig gewesen war. Und er konnte auch niemanden fragen, der es ihm erklärt hätte.

Obwohl Hirvo die Verwandlung seines Vaters und auch die des Hauses großes Unbehagen bereitete, bewachte er es weiterhin. Er hatte das vage Gefühl, dass … irgendetwas in der Luft lag. Und er trug die Verantwortung dafür, dass es sich nicht entlud.

SIRI ERINNERT SICH.
TEIL I

Alles rächt sich irgendwann. Über höhere Gerechtigkeit, wenn es sie denn gibt. Oder vielleicht eher die Ironie des Schicksals?

Esko wusste, dass Pentti einsam war. Er sagte es seinem Sohn sogar. Gleich an einem der ersten Abende, nachdem Siri ausgezogen war. Esko war gegen Abend mit einem Nudelauflauf unterm Arm vorbeigekommen, den Seija vorbereitet hatte, und hatte seinen Vater gefragt, ob er Appetit darauf hätte und ob sie vielleicht zusammen zu Abend essen wollten. Pentti hatte sich gefreut. Aufrichtig. So sehr, dass Esko es schon fast bereute. Aber nur fast.

»Diese Einsamkeit ist doch ein Kreuz. Ich kann verflucht nochmal nicht schlafen. Es ist einfach zu still.«

Er hatte seine Worte zwischen den Bissen gemurmelt. Esko und er hatten schließlich gemeinsam gegessen und saßen nun schweigend im Dämmerlicht. Esko brummte etwas Unverständliches zur Antwort.

»Natürlich vermisse ich sie nicht. Keinen Einzigen von ihnen. Aber die Stille. Ich war einfach nicht drauf vorbereitet.«

Pentti schaute aus dem Fenster. In seinem Mundwinkel klebten Essensreste. Die Wangen waren unrasiert. Sein Blick, ständig in Bewegung, unruhig und nie ganz fokussiert.

»Ich wusste ja, dass sie nicht glücklich war, aber ich bin doch verdammt nochmal auch nicht glücklich!«

(Esko entgegnete nichts, weil er fand, dass sein Vater selbst schuld war. Doch er wollte es ihm nicht unbedingt unter die Nase reiben, da er noch vorhatte, ihn zu überraschen. Und um ihm eine letzte gelungene Überraschung zu bereiten, eine endgültige, benötigte er sein Vertrauen.)

*

Siris gesamtes Leben war eine einzige Überraschung, ein eigenartiger Zufall gewesen. Sie wurde in einem Haus geboren, das mit unseren heutigen Maßstäben gemessen kaum größer war als eine Hütte, ohne jegliche Elektrizität. Als letztes Geschwisterkind nach drei älteren Brüdern und mit einem Vater, der sie nicht schlug, aber einer Mutter, die dies gleich für beide Elternteile übernahm.

Siri wurde in Soanlahti geboren, im Bezirk Salmi in der Provinz Wiborg, die damals zu Finnland gehörte. Wie so viele andere konnte sie es den Russen nie verzeihen, dass diese ihr die Heimat genommen hatten. Doch sie wurde nicht verbittert, sondern liebte das Leben trotz allem und konnte schlicht und einfach nicht umhin, in allem Schlechten auch das Gute zu sehen. Die Familie war wegen des Krieges gezwungen gewesen, ihr Haus zu verlassen. Doch im Zuge ihrer Flucht war Siri dem jungen Soldaten mit den schwarzen Haaren und den unergründlichen Augen begegnet, und weil sie sich in ihn verliebte (oder wie man es nun nennen soll), wurde sie eine Bäuerin im Tornedal, und dank seiner Fruchtbarkeit wurde sie letztlich Mutter so vieler Kinder. Doch wegen seines finsteren Wesens mussten ihre Kinder sterben. Erst verloren sie Elina und kurz darauf Riiko. Die beiden Erstgeborenen. All das war nur wegen Pentti passiert. Davon war sie überzeugt.

Siri war nicht besonders religiös, sie glaubte nicht mal an einen Gott, aber sie wusste, dass ihre Kinder heute noch am Leben und bei ihr gewesen wären, wenn sie diese mit einem andersgearteten Mann bekommen hätte. Andererseits wären es dann allerdings auch nicht diese, sondern ganz andere Kinder geworden. Durfte sie sich also ernsthaft wünschen, dass Elina und Riiko noch lebten, wenn dies auf Kosten ihrer heute noch lebenden Kinder ging?

Eigenartig, denn Siri liebte Pentti am Anfang wirklich. Sie hatte einfach beschlossen, es zu tun. Mehrere Jahre lang liebte sie ihn. Doch in ihm wohnte eine zerstörerische Kraft. Eine Kraft, die sie am Anfang erregte, die vielleicht aber auch den Ausschlag dafür gab, dass die Liebe schließlich versiegte. Sie akzeptierte, dass es vorbei war, dass das Leben von diesem Moment an anders werden würde, und dennoch konnte sie Freude und Dankbarkeit für die Kinder empfinden, die er ihr geschenkt hatte. Diejenigen, die lebten, überlebten. Eine Scheidung wäre ihr nie in den Sinn gekommen.

Mit jedem Kind, das geboren wurde, tat es etwas weniger weh, an diejenigen zu denken, die sie verloren hatte, und deshalb bekamen sie auch so viele. Jedenfalls nach Siris Auffassung. Warum Pentti Kinder haben wollte, wusste sie noch immer nicht. Sie glaubte nicht, dass dieser Mann überhaupt fähig war, zu lieben oder Liebe zu empfinden. Aber schließlich musste ja nicht alles einen Grund haben, oder?

Siri wusste noch, wie es war, mit einem kleinen Geschöpf im Arm dazusitzen und zu spüren, wie dessen ohnehin schon schwache Lebensflamme immer schwächer wurde. Sie erinnerte sich noch gut daran. Damals hatte sie noch Zeit gehabt. Zeit, um Nähe und Verlust zu erleben. Bevor ihre Kinderschar wuchs. Wenn sie daran zurückdachte, kam es ihr vor, als wären die Stunden damals unendlich gewesen. Und als hätte ihr kleiner Junge lange Zeit gelebt.

Doch es waren nur zwei Jahre gewesen. Zwei Jahre und einige wenige mickrige Monate.

Und dennoch, ein ganzes Leben.

Sie wohnten in dem Haus, das sie selbst erbaut hatten. Es war noch bevor sie das Obergeschoss ausgebaut und an der Rückseite angebaut hatten. Nur eine Küche und ein Zimmer, der Schuppen mit dem Plumpsklo auf der einen und der Heuboden auf der anderen Seite. Siri hatte mit Riiko im Schoß auf der Küchenbank gesessen. In ihrer Erinnerung war es draußen immer dunkel gewesen. Niemals hell. Doch er hatte zwei helle Jahreszeiten erlebt, das wusste sie, auch wenn es ihr nicht so vorkam und sie sich nur an die Dunkelheit erinnern konnte.

Nach seiner Geburt sagte die Hebamme, dass irgendetwas mit ihm nicht stimmte. Alle Kinder schreien bei der Geburt, das war ein ungeschriebenes Gesetz, und wenn sie es nicht taten, stimmte etwas nicht. Riiko war von Anfang an schwächlich, schrie nicht, trank nicht, sah aus wie ein kleines blaues Würmchen, und Siri wusste noch, dass sie zwar äußerst besorgt, aber ebenfalls schwach gewesen war. Sie hatte bei der Geburt viel Blut verloren und litt unter Atemnot, Schwindel sowie Müdigkeit. Und musste noch dazu ein Baby versorgen, das nicht trinken wollte.

Milch hatte sie mehr als genug, sie tropfte und rann geradezu aus ihr heraus. Als Pentti sie beide schließlich zum Doktor nach Tornio fuhr, stellte sich heraus, dass Riiko ein Herzgeräusch hatte, das sich aller Voraussicht nach, vielleicht, auswachsen würde. Vielleicht, vielleicht aber auch nicht. Man konnte nichts dagegen tun, außer abzuwarten.

Siri saß mit ihren vierundzwanzig Jahren selbst wie ein Kind dort, ihr zweites Kind im Arm haltend, voller Angst, weil sie wusste, was geschehen konnte, was mit Kindern geschah, die nicht richtig atmeten. Der Doktor nutzte die Gelegenheit, um ihr zu einer weiteren Schwangerschaft zu gratulieren. Sie selbst hatte es noch gar nicht bemerkt. Wahrscheinlich ein weiterer Grund dafür, dass sie so erschöpft und außerstande war, irgendetwas auf die Reihe zu bekommen. Der Doktor riet ihr, sich auszuruhen, weshalb sie Penttis Schwester baten, vorbeizukommen, um die Kühe zu melken, Essen zu kochen, Wäsche zu waschen und sich um die Kinder zu kümmern. Sie kam auch, allerdings widerwillig und skeptisch. Sie schaute verächtlich auf die beiden herab, insbesondere auf Siri. In ihren Augen war sie eine verlorene ungläubige Seele ohne Mumm in den Knochen, die ihren eigenen Haushalt nicht im Griff hatte und weder fähig war, Kinder zu gebären, noch, sie entsprechend zu ernähren. In den Augen ihrer Schwägerin war Siri keine richtige Frau, und auch Siri selbst glaubte das manchmal.

Ihre eigene Mutter hatte nie ein Kind verloren, und sie spürte die mütterliche Verurteilung regelrecht vom anderen Ende des Landes her. Ihre Mutter brauchte gar nichts weiter zu sagen, denn sie hatte bereits eine solide Grundlage gelegt, Siris Selbsthass lauerte unmittelbar unter der Oberfläche. Siri wusste Bescheid, ohne dass ihre Mutter ihr Briefe schrieb, sie anrief oder besuchte, sie wusste es einfach.

Irgendwann wurde es vorübergehend besser. Siri kam zur Ruhe, und Pentti unterstützte sie. Er hielt seine Schwester mittels heftiger Beschimpfungen von ihr fern, und Siri hörte des Öfteren, wie er sie draußen auf dem Hofplatz zurechtwies, in einiger Entfernung, damit sie selbst es nicht mitbekäme. Und Riiko, ihr kleiner Goldschatz, der im Gegensatz zu seiner Schwester so lieb und sanft war, trank und wuchs. Er war zwar noch immer mager, aber er starb nicht, jedenfalls noch nicht. Riiko war ein ruhiges Baby mit seidigen schwarzen Härchen auf dem Kopf und einem weichen Flaum auf dem Rücken. Wenn er seiner Mutter mit seinem dunklen festen Blick in die Augen schaute, überkam sie immer eine große Ruhe. In diesem Augenblick konnte einfach nichts Schlimmes passieren.

Und dennoch verlor sie ihn.

Siri erinnerte sich noch gut an seinen Blick. Es war immer derselbe gewesen. An jedem einzelnen Tag hatte er sie auf der Suche nach einer Antwort angeschaut, sie um Hilfe gebeten. Damit sie ihm erklärte, was mit ihm geschah, warum er nicht gesund wurde, sondern stattdessen immer schwächer wurde, und dann, in den letzten Minuten seines Lebens, suchte er schließlich nicht mehr nach Antworten.

Mit Elina war es genauso gewesen, als wären beide bereits mit etwas Göttlichem vereint. Deshalb wusste sie auch, dass es wieder passieren würde.

Riiko war so ruhig und kam ihr so erhaben, so weise vor.

»Mama«, sagte er nur. »Mama.«

Sein kleines Händchen drückte ihre Hand, ganz schwach, und dann – nichts mehr.

Dann war er weg.

Es geschah am Abend. Pentti saß am Tisch, Esko schlief, und Penttis Schwester war ebenfalls schon zu Bett gegangen, denn es gefiel ihr nicht, dass abends mitunter das Radio lief.

»Pentti«, flüsterte Siri.

Sie rief ihn ganz leise, um seine Schwester nicht zu wecken.

Er sah von seiner Schnitzerei auf und begriff sofort, was geschehen war. Beide schüttelten den Kopf, so hatte sie es jedenfalls dreißig Jahre später in Erinnerung, dass sie einträchtig den Kopf schüttelten und einander lange anschauten.

Ihr Blickkontakt bildete an diesem dunklen Abend einen Rettungsanker.

Siri blieb die ganze Nacht mit ihrem toten Kind im Arm sitzen. In der Morgendämmerung nahm Pentti ihr den Jungen ab, wickelte ihn in eine Decke und trug ihn hinaus in den Schuppen, wo das Feuerholz und das Werkzeug untergebracht waren und wo sie auch Elina nur zehn Monate vorher hingetragen hatten. Dann brachte er Siri zu Bett. Sie blieb mehrere Tage lang liegen, und er ließ es zu, ließ sie in Ruhe. Ihre Brüste schmerzten und tropften weiterhin, doch zu diesem Zeitpunkt hörte sie abrupt auf, Esko zu stillen, der damals ungefähr ein Jahr alt gewesen war. Sie schaffte es einfach nicht, sich um ihn zu kümmern, und vergaß völlig, dass es ihn gab. Wie konnte es ihn auch geben, wenn sie selbst gar nicht mehr existierte?

Jedes Mal wenn Siri wieder zu Bewusstsein kam, spürte sie rein körperlich die Erinnerung an das kleine Händchen, das irgendwann einfach losgelassen hatte, und dann sank sie wieder in sich zusammen. Wie Pentti klarkam, wusste sie nicht. In dieser Zeit dachte sie nur äußerst selten an ihn. Allerdings hatte Siri auch sonst nur äußerst selten an ihn gedacht, denn sobald sie ein Kind bekam, richtete sich ihr Fokus völlig auf das Neugeborene. Und mit den Kindern kam der Schlafmangel, und mit der Müdigkeit kam das Vergessen, und dann kam schließlich die Trauer, und mit der Trauer hieß sie das Vergessen regelrecht willkommen.

Am Ende brachten das Singen und das ständige Summen Siris dunkle Gedanken zum Schweigen. Dies half ihr, die Bilder auszublenden. Bis sie irgendwann nur noch das sah, was unmittelbar vor ihr lag. Und damit konnte sie umgehen.

Auf diese Weise erholte sie sich wieder. Sie richtete sich im Bett auf, kam zum Stehen hoch, setzte einen Fuß vor den anderen, verließ schließlich das Schlafzimmer, verließ das Haus, ging in den Stall und kehrte nach getaner Arbeit wieder zurück. Penttis seelische Genesung hingegen schien sich auf den festen Willen zu gründen, die Dinge hinter sich zu lassen, dem Geschehenen zu entfliehen und niemals zurückzuschauen. Danach machten sie weitere Kinder. Doch Siri genoss das Kindermachen nie besonders. Sie wusste, dass es Frauen gab, die es genossen oder irgendwann gelernt hatten, es zu genießen, oder zumindest vorgaben, es zu tun, doch sie gehörte nicht zu ihnen. Vielleicht schlummerte es irgendwo tief in ihrem Inneren, dieses Gefühl, diese Möglichkeit, doch sie konnte es nie finden, sondern summte weiter vor sich hin und setzte einen Fuß vor den anderen.

Onni, ihr Sonnenschein, wäre nie entstanden, wenn das Kindermachen Genuss erfordert hätte.

Ihn hätte es nie gegeben, wenn sie stärker gewesen wäre, wenn sie sich erbitterter verteidigt, laut geschrien, sich gewehrt hätte. Doch das tat sie nicht. Sie lag schweigend da, das Gesicht ins Kissen gebohrt, in das Pentti ihren Kopf presste, nach Luft ringend, sodass sie keine Kraft mehr zum Kämpfen übrig hatte, keine Kraft, sich ihm zu entziehen, während er wieder und wieder in sie hineinstieß.

Doch jetzt, nachdem sie diesen Schritt getan hatte, wusste sie, dass er notwendig gewesen war. Dass sie gezwungen gewesen war, ihn zu verlassen, während sie noch Luft bekam und lebte. Sonst hätte sie sich aufgelöst, hätte aufgehört zu existieren, wäre gestorben. Allerdings hätte sie es schon vor langer Zeit tun sollen, als sie jünger war, als ihre Liebe abflaute, doch damals war sie eben noch so jung gewesen, zu jung, jung und dumm.

Manche Leute sagen, dass man mit siebenundfünfzig noch immer jung ist. Und tatsächlich, mitunter betrachtete sie sich in ihrem Schlafzimmerspiegel oder in dem, der im Vorraum der Sauna hing, und nahm ihre Brüste, ihre Hüften sowie ihren Bauch in Augenschein, der sich vierzehnmal geweitet hatte und wieder geschrumpft war, und stellte fest, dass daran nichts auszusetzen war. In diesen Augenblicken wurde vor ihrem inneren Auge ein anderes Leben sichtbar und möglich. Eine Welt, in der sie begehrt wurde und in der ein Mann ohne Gesicht, ein Fremder oder ein Mann, dem sie bislang noch nicht begegnet war, sie in einer Art und Weise nahm, die sie innerlich brennen ließ. Sie ahnte, dass es möglich war, wenn der Mann die Frau nicht einfach nur zu seinem eigenen Lustgewinn benutzte und sie auf den Bauch drehte, wie Pentti es oft getan hatte. Er hatte sie einfach von hinten genommen, um sie nicht anschauen zu müssen oder ihrem Blick ausgesetzt zu sein.

Sie hatte durchaus andere Menschen gesehen, die von einer wilden, ungezügelten Lust befallen wurden. Und sie wusste, dass dies jedem widerfahren konnte. Selbst Leute, bei denen man es am wenigsten erwartete, konnten so geil werden, dass sich für sie Zeit und Raum auflösten und sie nicht mehr wussten, wo oben und unten war. Head over heels.

Die Erinnerungen an ihre kurze Zeit in Pappi Toimis streng religiösem Haushalt kehrten zurück. Dort hatte man sich tagsüber züchtig benommen, um dann im Schutz der Dunkelheit seinen Trieben und ganz anderen Gelüsten als der Liebe zu Gott freien Raum zu lassen. Diese Erinnerungen hatte Siri nie mit irgendwem geteilt, und höchstwahrscheinlich würden sie ihr bis ins Grab folgen, die Erinnerungen an ihren Schwiegervater im Schutz der Dunkelheit, damals, als sie selbst noch ein Kind gewesen war.

Lange Zeit war sie fest davon überzeugt gewesen, dass lediglich ein langes Warten vor ihr lag, das schließlich mit dem Tod enden würde. In dieser Vorstellung hatte sie ihr Leben gefristet, ausgeharrt, und auf die Befreiung durch den Tod gewartet. Vor sich hin summend, ihre Kinder gebärend. Sie herumtragend. Hin und wieder hatte sie allerdings ein Kind bekommen, das sie ganz besonders liebte. Wenn sie es laut aussprach, klang es absurd, aber so hatte sie es empfunden.

Ein Kind, das seine Mutter brauchte. Das sie mit diesem Blick anschaute, mit Riikos Blick. Natürlich liebte sie all ihre Kinder, selbstverständlich, und sie wollte keines von ihnen missen. (Das will keine Mutter.) Siri bereute, dass es nicht genügend Platz für alle in ihrem Herzen gegeben hatte, dass nicht allen die ungeteilte Liebe ihrer Mutter (oder auch ihres Vaters) zuteilgeworden war, doch immerhin hatten sie einander gehabt. Sie hatten ein Dach über dem Kopf gehabt, keinen Hunger leiden müssen, und sie hatten ihre Geschwister gehabt. Siri selbst wollte kein einziges ihrer Kinder missen und war der festen Überzeugung, dass sie alle dies auch spürten. Irgendwo tief in ihrem Inneren wussten sie es. Sie mussten es doch wissen, oder?

*

Siris Mutter hingegen hatte oft geäußert, dass sie Siris Geburt bereute. Einem Kind so etwas ins Gesicht zu sagen, ist grausam. Ganz sicher hatte es Siris Selbstachtung verletzt und zu dem werden lassen, was sie geworden war, ein Mensch, der glaubt, keine Liebe zu verdienen. Doch im Nachhinein empfand sie es als gar nicht so schlimm. Schließlich hatte sie es überlebt, all die Schläge und harten Worte ihrer Mutter waren durch andere Dinge in ihrem Leben wettgemacht worden. Wie auch bei den Kindern der Familie Toimi. Sie hatten einander gehabt (die meisten jedenfalls) wie einen gemeinsamen Fallschirm, der sich entfaltet, wenn man mit zu hoher Geschwindigkeit fällt. Und wenn sie sich nicht gegenseitig aufgefangen hatten, war Siri zur Stelle gewesen und hatte es übernommen. (Daran musste sie einfach glauben.) Und so würde sie es auch weiterhin tun, solange sie lebte. Sie besaß eine angeborene Liebe und Neugier, wie eine innere Lichtquelle, die nie erlosch. Eine Flamme, die zwar kurz zu flackern begann, wenn sie abends die Haustür abschloss oder draußen auf dem Kies Schritte hörte oder wenn das Telefon klingelte. Doch meistens schien das Licht hell und klar.

*

Am Anfang hatte nur Esko Pentti besucht. Esko war das ganze Unterfangen fast zu einfach vorgekommen, und ihn befiel ein schlechtes Gewissen. Doch das legte sich rasch wieder. Er hatte seinem Vater zugehört, all seine freie Zeit bei ihm verbracht, um zum einen das Haus zu bauen und zum anderen das Vertrauen des Vaters zu gewinnen, ihn in falscher Sicherheit zu wiegen. Und schon bald hatte Pentti dagesessen, seine riesigen Hände vors Gesicht geschlagen und angefangen zu weinen. Er hatte alle anderen Kinder verflucht, die ihn nie besuchten und so unmissverständlich Partei für ihre Mutter ergriffen.

Esko hatte schweigend dagesessen und weder ein böses Wort über Siri noch über eines seiner Geschwister verloren. Doch sein Schweigen wurde als Zustimmung gedeutet. Und Pentti überlegte laut, wie er sich an all den Familienmitgliedern, über die er jetzt jegliche Macht verloren hatte, rächen könnte.

»Geld, das ist das Einzige, was diese Aasgeier interessiert! Hörst du«, sagte er und schaute seinen ältesten Sohn erwartungsvoll an.

Und Esko sagte nichts, sondern nickte nur stumm. Er würde das Fundament für das neue Haus legen, das neben der großen Kiefer stehen sollte, dort, wo man (da waren sich alle rührend einig) es eigentlich schon damals hätte bauen sollen.

Eines Abends, als Pentti mit dem Abendkaffee herauskam, sagte Esko: »Ich weiß jetzt, wie du sie enterben kannst.«

Pentti zog die Augenbrauen hoch. In seinen Mundwinkeln war etwas eingetrockneter Senf hängen geblieben, worauf ihn niemand hingewiesen hatte.

»Überschreib mir einfach das Haus. Ich bin zwar im Augenblick nicht gut bei Kasse, aber wir lassen einen Grundschuldbrief ausstellen, und anschließend stottere ich die Summe monatlich ab. Die Papiere sind letztlich nur Formsache. Falls dir dann irgendwas zustoßen sollte, besitzt du nichts mehr. Dann kann dich auch niemand beerben, die anderen erben nur eine lange Nase.«

Nachdem er diesen Vorschlag unterbreitet hatte, hielt Esko die Luft an, gab sich äußerlich aber völlig ungerührt. Er betrachtete eingehend die Fingernägel seiner linken Hand, während er auf Penttis Reaktion wartete. Pentti nippte an seinem Kaffee und blickte Esko an. Esko fragte sich, ob sein Vater womöglich in sein Inneres hineinschauen und sehen konnte, wie stark es darin brodelte.

Schließlich nickte Pentti und versprach, darüber nachzudenken.

»Nie im Leben hätte ich gedacht, dass du so schlau wärst, Esko. Das wirft ja ein ganz neues Licht auf dich.«

Esko war sich ganz sicher, dass er es positiv gemeint hatte.

*

Kurz nachdem Voitto wieder zu Hause eingezogen war, kam Esko an einem Sommerabend nach Kuivaniemi. Er brachte Neuigkeiten.

»Wenn das neue Haus fertig ist, muss er raus.«

Siri meinte, in seinem Blick einen gewissen Triumph zu erkennen, was ihm gar nicht gut zu Gesicht stand. Doch dies war der Augenblick, auf den Esko nur gewartet hatte.

»Nee, das meinst du nicht ernst!«

Helmi war gerade zu Besuch in Kuivaniemi. Jetzt hockte sie auf der Veranda und rauchte.

»Doch. Das alte Haus wird abgerissen, und er muss raus.«

Esko zündete sich ebenfalls eine Zigarette an. Siri schwieg.

»Aber wo soll er denn hin?«

»Keine Ahnung, und ehrlich gesagt ist es mir auch egal, und ihm wahrscheinlich auch.«

Siri wusste, zu wem er kommen würde. Es grenzte an ein Wunder, dass Pentti bislang noch immer nicht bei ihr aufgetaucht war. Doch jetzt, wo er alles verloren hatte, kannte er keine Grenzen mehr. Sie sah seinen finsteren Blick vor sich.

Helmi nickte. »Dann merkt er endlich mal, wie es sich anfühlt.«

Doch was genau er merken sollte, sprach niemand aus. Siri stellte sich Pentti allein in seinem Haus vor, wie ein Gespenst an einem verlassenen Ort. Ihr Gespenst, jederzeit bereit, sie heimzusuchen und nie mehr in Ruhe zu lassen.

»Es wird bestimmt nicht leicht für ihn«, sagte sie.

Wer kannte Pentti und seine dunklen Abgründe besser als sie? Die schwarzen Löcher, die immer größer wurden. Siri schüttelte den Kopf, bemüht darum, die anderen zu beruhigen. Doch eigentlich galt es wohl eher ihr selbst.

»Er hat doch sein Auskommen«, wandte Esko ein. »Jetzt, wo er weiß, dass ihm der Grund und Boden nicht mehr gehört, arbeitet er auch nicht mehr so hart. Jetzt, wo er weiß, dass es nur noch eine Frage der Zeit ist, wann er ausziehen muss. Er sitzt meistens im Schaukelstuhl und führt Selbstgespräche. Manchmal zieht er sich allerdings das Jackett über, kämmt sich die Haare mit Wasser und fährt dann mit dem Pick-up in die Stadt. Ich glaub, er geht zur Bank. Jedenfalls kommt er immer mit ’nem verschlagenen Grinsen zurück.«

Siri sah es förmlich vor sich, dieses Grinsen. Dass er in die Stadt fuhr, verhieß nichts Gutes, und es konnte nur bedeuten, dass ihm irgendeine Idee gekommen war. Eine Art Überlebensstrategie, mit der er bis weit über seinen eigenen Tod hinaus anderen Schaden zufügen könnte. So war er nämlich gestrickt. Eifrig darauf bedacht, am Leben zu bleiben, für alle Zeiten weiterzuexistieren, unüberwindlich zu sein. Sie erinnerte sich noch an seine Worte an einem der letzten Abende in dem Haus, das sie vor so vielen Jahren erbaut hatten.

»Ein Teil von mir wird immer dableiben. Wenn du den Kindern in die Augen schaust, oder abends, bevor du einschläfst.«

Siri schaute ihren ältesten Sohn mit ernstem Blick an.

»Esko, pass gut auf, noch hast du ihn nicht besiegt. So einfach ist das nicht.«

»Ich weiß, aber es ist mir egal. Und mir ist es auch schnurz, was er macht. Jetzt ist es entschieden und damit basta.«

Helmi seufzte. »Denk daran, was Annie immer sagt«, rief sie ihm in Erinnerung.

Alle drei wussten genau, was Annie zu sagen pflegte: Nehmt euch in Acht vor Pentti, denn Pentti vergisst nichts. Das ist so sicher wie das Amen in der Kirche. Er erinnert sich an alles, genau wie die Elefanten.

*

Annie rief ihre Mutter jetzt öfter an, was Siri freute. Ihr großes Mädchen, so weit weg. Annie war schon immer weit weg gewesen, in sich zurückgezogen, doch jetzt lebte sie noch dazu weit entfernt, in einem anderen Land. Sie war so früh wie möglich von zu Hause ausgezogen und hatte nie zurückgeschaut. Siri hätte nicht erwartet, dass sie ihr Enkelkinder schenken würde. Na ja, noch war es nicht so weit, aber … Kinder sterben ja heutzutage nicht mehr so leicht, doch es kommt vor.

Nein, welch entsetzlicher Gedanke. Das wünschte sie niemandem, nicht einmal ihrem ärgsten Feind.

Annie war schon als Kind immer ihren eigenen Weg gegangen. Siris Mädchen hatten alle Zöpfe getragen. Siri hatte es in ihrer eigenen Kindheit geradezu geliebt, wenn sich ihre Mutter die Zeit nahm, ihr die Haare zu kämmen und zu flechten, obwohl sie so dünn und flatterig waren. Dann fühlte sie sich umsorgt und wusste, dass ihre Mutter nicht böse auf sie war. Diese Zeit gehörte allein ihr, denn das konnte die Mutter mit ihren Söhnen nicht machen. Siri wollte es ihren Kindern, ihren Töchtern, ebenfalls schenken. Bei Helmi funktionierte es, denn sie verhielt sich immer lieb und brav, aber bei Annie … Sie hatte eine empfindliche Kopfhaut, so musste es gewesen sein. Sie konnte das Haarekämmen nicht ausstehen, es tat ihr sogar weh. Deshalb sprang sie jedes Mal sofort laut heulend auf und versteckte sich.

Als sie höchstens sieben oder acht Jahre alt gewesen war, hatte sie sich eines Tages eine Schere geschnappt. Siri war im Stall gewesen, es war an einem Nachmittag im Frühjahr. Nein, sie wusste nicht mehr genau, wo genau sie gewesen war und was sie getan hatte, doch sobald sie das Haus betrat, war ihr klar, dass etwas nicht stimmte. Diese Stille im Haus, die eintritt, wenn Kinder etwas Verbotenes tun, wenn irgendetwas Bedeutsames in ihrem Universum geschieht. Genau diese Stille herrschte damals.

Annie wirkte so zufrieden, wie sie dort auf dem Hocker im Wohnzimmer saß, die hellen Locken auf dem Fußboden um sich herum ausgebreitet. Doch sie sah entsetzlich aus. Sie war sowieso schon furchtbar mager, genauso mager, wie Siri als Kind selbst gewesen war. Ihr vorstehender Bauch wirkte im Verhältnis zu ihren schmalen Ärmchen und Beinchen konstant geschwollen, und noch dazu waren ihr die Haare ausgefallen. Ja, so sah es aus, in großen Büscheln, nachlässig abgeschnitten von ungeübten Kinderhänden.

Siri musste an die Kinder zurückdenken, die man nach dem Krieg sah, mit kahl rasierten Schädeln und in gestreifter Kleidung. Deswegen war sie wahrscheinlich auch so böse auf Annie. Sie hatte Angst. Angst davor, dass Annie ebenfalls sterben würde.

Die Ohrfeige ließ Annie vom Hocker kippen, wobei sie Siri einen unergründlichen Blick zuwarf. Annie hatte schon immer diesen tadelnden Blick gehabt. Kann man so etwas überhaupt von einem Kind behaupten? Wer war sie, andere zu verurteilen? Das, was ich überlebt habe, hätte sie niemals überlebt, dachte Siri mitunter, obwohl auch dieser Gedanke ungerecht war. Denn wir geben doch wohl alle unser Bestes, unseren Lebensumständen entsprechend. Und unsere Lebensumstände können wir uns nicht aussuchen. Doch Siri hatte gewusst, dass Annie ihr Elternhaus beizeiten verlassen würde. Sie wusste schon früh, dass Annie in die Welt hinausziehen würde, sobald es ihr möglich wäre, weg von ihrem Elternhaus, von ihnen allen, auch von Siri.

In diesem Sommer sah Annie genauso aus wie ihre Brüder, denen Siri jedes Mal vor den Sommerferien die Haare schnitt. Alle Jungen – und Annie – standen draußen auf dem Hofplatz in einer Reihe und warteten darauf, auf den Hocker zu springen, wo Siri mit der Haarschneidemaschine über ihre Köpfe fuhr. Siri wusste noch genau, wie Annie vom Hocker hüpfte, als sie fertig war, und sah die Leichtigkeit in ihren Schritten, die Schwerelosigkeit, das Glück, ja, vielleicht das Glück.

Siri erinnerte sich noch gut an diesen Sommer, es war im Jahr 1961 oder 1962 gewesen. Ein Sommer mit einem Hitzerekord, in dem sie nicht schwanger gewesen war und in dem alle Kinder mit kurz geschorenen Köpfen herumgesprungen waren. Außer Helmi, ihr wuscheliges blondes Haar hatte tagaus, tagein wie ein Kranz um ihren Kopf herum gestanden.

Abends, nachdem die Kinder eingeschlafen waren, hatte sie alle sorgfältig zugedeckt und ihnen übers Haar gestrichen. Dies war der Moment, in dem sie an ihre toten Kinder denken musste und sich fragte, wie sich deren Haare wohl unter ihren Fingerspitzen angefühlt hätten. Und ob sie auch irgendetwas Unerlaubtes getan hätten, wofür sie bestraft worden wären. Oder ob sie vielleicht irgendetwas Witziges von sich gegeben hätten, das einen noch lange später schmunzeln ließ.

Sie würde es nie erfahren, und dennoch führten sie ihre Gedanken jeden Abend unweigerlich dorthin zurück. Sie streckte ihre Finger nach einer alternativen Wirklichkeit aus, einer Zukunft, die es nie geben würde.

*

Siri war sich immer sicher gewesen, dass Pentti sie überleben würde. Sein Körper kam ihr so unverwundbar vor, geradezu imprägniert. Sie war überzeugt davon, dass er hundert Jahre alt werden würde und dann eines Tages, wenn *er* es für angemessen hielt, abends zu Bett gehen und morgens nicht mehr aufstehen würde. Er würde das Haus so unordentlich wie möglich hinterlassen, damit seine Hinterbliebenen gezwungen wären, erst einmal richtig auszumisten. Die Frucht seiner teuflischen Pläne würde sich erst hinterher offenbaren. Denn genauso war er. Höchst erfinderisch, wenn es um ihn selbst ging. Aber immer einsam. Sein Ego bezog nie seine Kinder mit ein.

Er war ein gewiefter Taktiker, wenn es darum ging, anderen Leid zuzufügen.

Hatte er auch liebenswerte Seiten? Ja und nein. Für Siri war er eine Alternative gewesen, die einzige, die sie zu diesem Zeitpunkt gehabt hatte. Doch das stimmte eigentlich nicht ganz, denn es gibt immer Alternativen, auch wenn man sie nicht als solche erkennt.

Siri hatte schon als Kind für sich selbst sorgen müssen. Eine ihrer frühesten Erinnerungen handelte davon, dass ihre Mutter sie bestrafte, weil sie versucht hatte, an den Zitzen einer ihrer Kühe zu saugen. Weniger deshalb, weil es sich nicht gehörte, sondern weil es Siri nicht zustand, von der Milch zu trinken, die für andere Zwecke bestimmt war oder verkauft werden sollte, um die Haushaltskasse aufzubessern.

Jeder, der irgendwann einmal länger Hunger gelitten hat, weiß, wie dies die eigene Psyche beeinträchtigt. Mit den Kopfschmerzen lernt man irgendwann zu leben, doch viel länger dauert es, bis man aufhört, sich darüber zu wundern, wie schlapp der eigene Körper wird und wie wenig er einem gehorcht. Die Beine fühlen sich taub und schwer an und können oder wollen nicht mehr laufen, selbst wenn es ums Überleben geht. Diese benebelnde Trägheit im Kopf, die es unmöglich macht, ganze Sätze zu formulieren oder gar die eigene missliche Lage zu ändern, denn der Gedanke kommt nie weiter als bis zur nächsten Windung im Gehirn, danach ist alles dunkel. Den Hungrigen fiel es schwer, in die Schule zu gehen und etwas zu lernen, weil sie sich nicht konzentrieren konnten.

Siris ältester Bruder Ilo war ein kluger Kopf, wie man sagte, ihn hatte man in die Schule geschickt. Er sollte etwas lernen und sich bilden, damit aus ihm einmal etwas würde. Vier Jahre ging er zur

Schule, um dann abends alles an seine Brüder weiterzugeben, was er tagsüber gelernt hatte. Bestimmt auch an seine Eltern, auch wenn sie so taten, als hätten sie es nicht nötig. Doch ihr Vater lernte Lesen, zwar stockend und recht langsam, aber dennoch. Ihre Mutter hingegen lernte es nie (sie tat zumindest so), und es schadete ihr auch nicht, das hob sie immer wieder hervor. Wieso sollte sie ihr Gehirn auch mit derartigem Blödsinn füllen? Für eine Frau schickte es sich einfach nicht, sich so etwas Unnützes, einen solchen Unfug anzueignen. Sie machte keinen Hehl aus ihrer Verachtung gegenüber Bildung und dem geschriebenen Wort und rieb es jedem, der es hören wollte, unter die Nase. Die Allerschlimmsten in ihrer Welt aber waren die Pastoren. Die Familie Aamuvuori ging in den Dreißigerjahren regelmäßig in die Kirche, genau wie alle anderen Familien aus der Gegend auch, doch Siri wusste, dass ihre Mutter jedes Mal die Finger hinter dem Rücken kreuzte, da sie von den merkwürdigen Handlungen vorn am Altar nichts wissen wollte. Siri erinnerte sich noch daran, wie sehr sie geweint hatte, als die jüngste Tochter ihrer Nachbarn, die gleich alt war wie sie, an Tuberkulose gestorben war. Sie hatte Trost bei ihrer Mutter gesucht, die jedoch nur mit den Achseln gezuckt und gemeint hatte, dass weder Gott noch das Lesen einen vor dem Tod bewahren könnten und man sich eben daran gewöhnen müsse.

Siri hatte trotzdem Lesen gelernt, heimlich und unbemerkt von ihrer misstrauischen Mutter. Oder nicht ganz heimlich, denn ihr Wissensdurst ließ sich unmöglich stoppen, und ihr Gehirn war wie ein Schwamm, der gierig alles Wissen in sich aufsog. Ihre Brüder verehrten sie dafür, sie liebten sie mehr als irgendein Spielzeug oder eine Puppe, sie liebten sie als lebendige Seele mit einem offenen Gemüt. Ihr Vater liebte sie ebenfalls, und aus dieser Liebe heraus blühte Siri auf, schöpfte sie Lebenskraft.

Siri lernte für ihr Leben gern. Wenn sie jetzt, im Herbst ihres Lebens, einer Sache nachtrauerte, dann dieser, dass sie nie in die Schule hatte gehen dürfen. Sie vermutete nämlich, ebenfalls klug genug und dafür geeignet gewesen zu sein, genau wie Tarmo. Und vielleicht hätte es ihr auch so manche Tür geöffnet, doch welche, darüber wollte sie lieber nicht spekulieren.

Denn wenn man erst einmal anfängt, gewisse Dinge in seinem Leben zu bereuen, hat man bereits eine gefährliche Tür geöffnet!

Man darf sich nicht beklagen, dachte Siri.

Im Großen und Ganzen hatte sie dennoch recht viel Glück im Leben gehabt. Denn wenn sie nicht geheiratet hätte, hätte sie ihr Leben als Sklavin in der Welt ihrer Eltern fristen müssen, entweder als Magd auf dem Hof oder als Dienstmädchen in einer wohlhabenderen Familie. Wo sie sich zu Tode geschuftet hätte wie schon so viele andere vor ihr. Und außerdem hatten Ilo die vier Schuljahre am Ende auch nicht weitergeholfen. Als der Krieg ausbrach, hatte man keine Verwendung mehr für kluge Köpfe, da mussten schon andere Fähigkeiten aufgeboten werden.

*

Hinterher zitterte Esko am ganzen Körper. Er hatte seinen Vater gerade aufgefordert auszuziehen. Und ihm klargemacht, dass er nun nichts mehr besaß und sie nichts mehr von ihm wissen wollten. Esko hatte es nicht auf Seija und die Kinder geschoben, sondern sich mit geradem Rücken vor seinen Vater gestellt, ihm unverwandt in die Augen geschaut und gesagt, wie es war. Dass er sich eine andere Bleibe suchen müsse, dass er sein Zeug zusammenpacken und ausziehen solle.

Voitto war ebenfalls zu Hause gewesen, er war während ihres Gesprächs in den Stall gekommen. Zwar hatte er nichts gesagt, aber ziemlich bestürzt dreingeblickt. Nachdem Esko seine Forderung vorgebracht hatte und weder Pentti noch Voitto etwas entgegnet hatten, machte Esko auf dem Absatz kehrt und zog von dannen. Dabei kam es zu einem flüchtigen Blickkontakt zwischen den Brüdern, und obwohl Voitto noch immer nichts sagte, spürte Esko überdeutlich, dass Voitto ihm dies nicht so schnell verzeihen würde.

Esko war in seinen Wagen gesprungen und weggefahren, allerdings nur bis zur Hauptstraße, wo man ihn vom Hof aus nicht mehr sehen konnte. Dann hatte er den Wagen abgestellt. Das Gras im Straßengraben war hoch und wild gewachsen, und am Straßenrand blühte der Wiesenkerbel, dessen Blüten den Wagen wie kleine weiße Wölkchen umschlossen. Seine Hände hatten so stark gezittert, dass er sich nicht traute weiterzufahren. Er zündete sich eine Zigarette nach der anderen an und spürte, wie sich in seinem Körper allmählich eine gewisse Ruhe und Gelassenheit ausbreitete. Nach einer Weile wurden ihm auch die Fliegen bewusst, die um ihn herumsurrten, und ihm fiel auf, wie schmutzig die Windschutzscheibe seines Wagens war. Mit diesen Wahrnehmungen und Gedanken fuhr er schließlich nach Hause.

SIRI ERINNERT SICH. TEIL 2

Wie man im Krieg die Liebe findet. Flaggen und lange Prozessionen, und eine Art Exkurs.

Siri sah Pentti zum ersten Mal zu Beginn des Krieges.

Er war Mitglied der Truppen, die in Soanlahti stationiert waren, dem Dorf, in dem die Familie Aamuvuori lebte, im Bezirk Salmi in der Provinz Wiborg, kurz gesagt, in Karelien. Der Ort bildete einen wichtigen letzten Vorposten gegen die Russen.

Familie Aamuvuori lebte ihr Leben wie die meisten anderen Kleinbauern, immer an der Grenze zur Hungersnot und in Abhängigkeit von den Kapriolen des Wetters. Doch den Nationalismus hatten beide Eltern tief verinnerlicht. Sie erinnerten sich noch gut an den Unabhängigkeitskrieg im Winter 1918, an all die Hinrichtungen, die damals durchgeführt worden waren, sowie die Nachbarn, die einander niedergemetzelt hatten, und wollten auf keinen Fall zulassen, dass der Russe ihr Heimatland erneut schändete. Denn alles war schon immer die Schuld Russlands (oder eben der Sowjetunion) gewesen. So war es damals, so war es heute, und so würde es immer sein.

Aus diesem Grund quartierten sie Soldaten ein, was nicht alle im Ort taten, denn viele konnten es sich gar nicht leisten, doch Siris Mutter bestand darauf, dass man sich in Kriegszeiten gegenseitig helfen musste. Siri hatte die Kriegszeit als Zustand dauerhafter Bauchschmerzen in Erinnerung. Der mit Baumrinde gestreckte Teig des Roggenbrots. Der Haferbrei nur mit einem winzigen Butterfleckchen garniert, das an die Größe einer winzigen Wühlmaus in der Tundra erinnerte. Oder der fade Geschmack des Engelsüßes, den sie als Salat aßen, da in Zeiten des fortschreitenden Krieges die Funktion des Waldes als Speisekammer zunehmend wichtiger wurde.

Im Sommer ging es ihnen besser, da gab es immer irgendetwas Essbares, wenn auch nicht unbedingt im Überfluss. Dann schwammen Fische im Fluss, und in den Obstgärten oder im Wald wuchsen die Früchte und Beeren. Immer war irgendetwas reif. Und im Herbst musste man dann pflücken und pflücken und sammeln und sammeln und trocknen und trocknen und salzen und salzen, weil man wusste, dass der Winter nahte. Man konnte nur hoffen, dass er nicht allzu lang und kalt werden würde und man bis dahin dem Russen entkam. Ein langer harter Winter setzte einen gewissen Erfindungsreichtum in allem, was der Aufbesserung des Speiseplans diente, voraus.

Pentti Toimi war zwar nicht in der Familie Aamuvuori einquartiert, dafür aber mehrere seiner Kameraden.

Soldaten sind hübsch anzusehen. So einfach ist das.

Er war anders als die anderen. Die meisten finnischen Jungen im 16. Infanterieregiment, das in Soanlahti stationiert war (dort hatte man nur zwei Bataillone des Regiments untergebracht), erinnerten Siri an stattliche junge Birken.

Sie waren hoch aufgeschossen und schlaksig, und ihre Haut schien geradezu von innen heraus zu leuchten. Sie standen in vollem Saft, was ihrem Äußeren eine gewisse Anmut verlieh. Manche von ihnen hatten zwar Pickel im Gesicht (bedingt durch ihre noch ungeregelte Talgproduktion), doch auch diese Jungen sahen dank der Macht und Anziehungskraft ihrer Uniformen fescher aus, als sie vielleicht waren.

Pentti hingegen war aus einem völlig anderen Holz geschnitzt. Er war kleiner, was jedoch nicht weiter auffiel, jedenfalls Siri nicht, denn sie selbst gehörte ebenfalls zu den Kleineren. Sein Körper wirkte nicht so, als stünde er in vollem Saft, und innerlich schien er auch nicht zu sprudeln, er strahlte vielmehr eine gewisse Ruhe aus.

Es war merkwürdig, denn obwohl er tatsächlich ziemlich klein war, erweckte er bei Siri den Eindruck, dass sein Kopf über die Köpfe seiner Kameraden hinausragte, so, als würde er sie überwachen oder gewissermaßen von oben herab betrachten. Er beteiligte sich zwar an ihren ständigen Plänkeleien, war aber selbst nie die treibende Kraft. Und während sich manche Soldaten ziemlich dreist gegenüber Siri aufführten, verhielt er sich immer äußerst respektvoll und höflich. Einmal hatte er sogar einen Kameraden zurechtgewiesen, der versucht hatte, sich mit ihr einen Scherz zu erlauben und den Saum ihres Rockes ein wenig, nur ein klein wenig zu lupfen, und ihn ermahnt, es lieber bleiben zu lassen. In dem Moment war er ihr wie ein rettender Engel erschienen.

Mehr als einmal bot er sich an, ihre Milchkannen zu tragen, und während sie den kurzen Weg vom Stall bis zur Straße nebeneinanderher gingen, unterhielten sie sich jedes Mal, allerdings nie über den Krieg. Das war ihr am deutlichsten in Erinnerung geblieben. Sie empfand ihre Gespräche wie eine willkommene Ablenkung vom ewigen Hunger und Krieg. Pentti erzählte ihr vom Tornedal, und in Siris Ohren klang es wie ein magischer Ort, wo die Bäume unbeugsam bis in den Himmel wuchsen. Er beschrieb ihr die Wälder, in denen er aufgewachsen war, und die Landstraßen, auf denen er mit anderen Jungs auf dem Fahrrad um die Wette gefahren war. (Dabei war er immer der Schnellste gewesen – behauptete er jedenfalls, doch weil er nicht der Radfahrkompanie angehörte, wusste Siri nicht, ob es stimmte). Er erzählte ihr von seinen Schwestern, von den kleinen Geschwistern und der neuen schwedischen Frau seines Vaters und nicht zuletzt auch vom Glauben, der in seiner Heimat alles durchdrang. Dieser befremdliche Glaube, der sich dort ausgebreitet hatte, und dessen ständige Begleiter, das Zungenreden und der Fanatismus, der Absolutismus und der Alkoholismus, Waffenbrüder sozusagen. Siri begriff, dass Pentti trotz oder gerade wegen der Werte seiner Familie kein gläubiger Mann sein konnte, obwohl er sich hütete, es geradeheraus zu sagen. Im Gegensatz zu Siris Mutter hegte er jedoch keinen Hass gegen die Religion.

Es war Spätherbst oder Frühwinter, und sie standen draußen und warteten auf den Milchwagen. Vielleicht waren sie etwas früh dran, oder der Wagen zu spät. Siri saß oben auf dem hölzernen Milchpodest neben den Kannen. Pentti stand unten und spähte die Straße entlang.

»Bei uns zu Hause liegt schon fast ein halber Meter Schnee.«

»Oje, die Armen.«

Er zog die Augenbrauen hoch, zwar nur ganz leicht, aber so, dass Siri es sah.

»Warum das denn? Dann kann man sich doch viel leichter auf Skiern fortbewegen. Und alles ist in Weiß gehüllt. Sieht doch schön aus, dann wirkt die Welt viel weicher, wie in Baumwolle gepackt.«

Er schaute sie ununterbrochen an. Ernst und aufmerksam. Siri musste lächeln.

»Worüber lachst du?«

Sie schüttelte den Kopf. Sein Blick war ernst, und er schämte sich weder, noch wich er ihrem aus.

»Nun sag schon.«

»Nein, ich frag mich nur, was in deinem Kopf vorgeht. Deine Gedanken sind irgendwie … na ja, so ganz eigen.«

Jetzt lächelte er sie an. »Ja, wessen sollten es auch sonst sein?«

Ja, wessen?

Siri fand es ungewöhnlich, dass ein Mensch einen so überraschen konnte. Kein anderer Mensch, dem sie je zuvor begegnet war, hatte sie auf diese Weise überrascht.

Sie schaute ihn an, wie er in seiner Uniform dastand, kerzengerade und so stattlich, und in ihrem Herzen empfand sie plötzlich so etwas wie Glück (was es jedoch nicht war). Sie wusste selbst nicht, was es war, vielleicht Erstaunen oder Verwunderung, aber dieses Gefühl kam dem Empfinden von Glück so nahe (für jemanden, der noch nie Glück empfunden hatte), dass sie von diesem schwarzäugigen Soldaten aus dem Tornedal fasziniert war und in ihr eine Verliebtheit aufkeimte.

Sie dachte schon früh ans Heiraten und auch daran, dass ihre Eltern ihn akzeptieren würden, ja vielleicht sogar einverstanden wären. Irgendwo in diesem Zusammenhang wurde jedenfalls der Gedanke daran geboren. Doch sie sprach ihn nicht aus. Sie beide hatten nie auch nur annähernd über diesbezügliche Dinge gesprochen, und dennoch. Die Tatsache, dass er immer wieder zurückkehrte, um ihr die schweren Milchkannen abzunehmen, musste doch etwas zu bedeuten haben, mutmaßte Siri.

Als Finnland seine Militärposten vorverlegte und das 16. Infanterieregiment weitermarschierte, kam er bei ihrer Familie vorbei und verabschiedete sich förmlich. Er schüttelte Siris Eltern die Hand und bedankte sich für deren Gastfreundschaft, und Siri war beeindruckt davon, wie erwachsen und ernst er auftrat, wie jemand, der losgelöst vom Schutz seines Elternhauses und seiner Familie Verantwortung für das eigene Leben übernahm, ein unabhängiger Mensch.

Bei alldem kann man sich natürlich fragen, wie viel sie als Vierzehnjährige von diesen Dingen überhaupt begriff. Doch sie konnte sehen, dass zumindest ihr Vater von dem jungen Mann beeindruckt war, und an diesem Nachmittag weinte sie lange, die Stirn an den Leib ihrer Lieblingskuh Mai gelehnt.

Siri vermisste ihre gemeinsamen Gespräche, denn für eine Weile an etwas anderes als den Krieg zu denken, hatte ihr gutgetan. Und sie war sich ziemlich sicher, dass er sich in ihrer Gesellschaft ebenfalls wohlgefühlt hatte, weil er jedes Mal wieder zurückgekehrt war, obwohl die Kannen schwer waren und sich die Griffe tief in die Handflächen eingruben. Ihre Mutter hatte Siris und Penttis Annäherung aus gewissem Abstand verfolgt, immer mit einem unerbittlichen Blick, ähnlich dem eines Nagetiers oder Adlers, und Siri spürte förmlich ihre Missbilligung, auch wenn die Mutter nichts sagte.

Sie erteilte Siri oft Ratschläge, wie sie sich zu verhalten habe, wenn sie einmal heiraten wolle. Oder, besser gesagt, wie sie sich gerade nicht zu verhalten habe.

Wenn du dich so oder so verhältst, Siri, wirst du nie einen Mann finden.

Wenn du …

Wenn du …

Doch dann war Pentti vorbeigekommen, hatte ihren Eltern die Hände geschüttelt und sich für ihr solidarisches Verhalten bedankt, sodass selbst ihre Mutter ein wenig auftaute. Von da an erwähnte sie öfter wie im Vorbeigehen einen Landstrich namens Pohjolanmaa im Norden und erklärte unter anderem, dass man dort oben im Norden genau wüsste, was im Leben wichtig sei. Dort lebten die Menschen außerdem unter einem klaren reinen Himmel, und die Kinder seien nicht unterernährt, weil die Luft mit Optimismus angereichert war. Ihre Mutter war selbst niemals dort gewesen, hatte nie auch nur ihre Heimat verlassen, niemand in ihrem Dorf hatte es getan, doch ihr Bild vom Norden hatte sich unversehens von einem endlosen schwarzen Nichts in einen idyllischen Ort verwandelt, in dem die echten Finnen wohnten, die aus hartem Holz geschnitzt waren. Finnen, die sich nicht den Russen beugten und auf deren Seite schlugen, wenn eines Tages der Wind drehte.

Ein klirrend kalter Winter beherrschte sowohl die letzten Monate der Dreißigerjahre als auch die ersten des Jahres 1940, während der Krieg in anderen Gegenden ausgetragen wurde. Zwei von Siris Brüdern waren einberufen und an der Front stationiert worden, während man zu Hause um den Broterwerb kämpfte. Siri fand sich oft in Gedanken an Pentti Toimi wieder und fragte sich, ob er noch lebte und überhaupt noch an sie dachte. Dort, wo er sich gerade aufhielt, im Feindesland, das sie sich so vorstellte, als stünden lauter blutrünstige Russen hinter jeder Birke und jedem Felsblock.

Im Radio wurden Berichte gebracht, denen sie eifrig lauschte, obwohl ihre Eltern dagegen waren. Sie kam sich plötzlich so erwachsen vor, und schließlich würde sie im Sommer ja auch schon fünfzehn werden.

Kurz darauf kam der erste Todesbescheid. Siris Bruder Onni, der zweitälteste, war während der Kämpfe tödlich verwundet worden.

Sie erinnerte sich noch an das Aufstöhnen, das aus dem Körper ihrer Mutter drang oder eher entwich, wie sie es empfand und wie die Mutter eine Hand vor den Mund schlug, als befürchtete sie, dass noch weitere Klagelaute aus ihrer Kehle entweichen würden. Siri trauerte um ihren Bruder, doch wenn es gerade keiner sah, schlug sie ein Kreuz und dankte Gott dafür, dass bislang noch keine weiteren Todesnachrichten gekommen waren.

Was wusste sie schon übers Trauern oder darüber, wie es war, sein Kind zu verlieren? Nichts, gar nichts wusste sie. Schließlich war sie ja selbst noch ein Kind.

Im Spätwinter 1940 kam schließlich der Bescheid, über den man bereits spekuliert, von dem man aber dennoch gehofft hatte, dass es nur ein Gerücht wäre. Oberbefehlshaber Mannerheim sprach zur Nation. Der Krieg war vorbei. Der Krieg war sogar gewonnen worden, schien er zu sagen, und er bedankte sich beim Volk für alle Aufopferungen. Doch im Zuge des Sieges folgten weitere Aufopferungen, den Gerüchten nach zu urteilen, sollte Karelien den Russen überlassen werden. Das bedeutete, dass Aamuvuoren Kivi, der Hof im Dorf Soanlahti im Bezirk Salmi in der Provinz Wiborg, wo Siri ihr Leben lang gewohnt hatte und ihre Eltern geboren und aufgewachsen waren, evakuiert werden würde. Genauer gesagt, der gesamte Landesteil. Vorausgesetzt, man wollte nicht dort wohnen bleiben und von nun an zu Russland gehören. Das bedeutete, dass sie fliehen und alles zurücklassen mussten.

Darauf folgten unnachgiebige Worte der Mutter und eine verbissene Miene des Vaters.

Nur drei Tage blieben ihnen, um alles zu packen, was sich einpacken und mitnehmen ließ.

Siri besaß nicht gerade viel. Eine Bibel (ihre Mutter schnaubte bei deren Anblick, denn wozu sollte die gut sein?), ein Sonntagskleid, einige Seidenbänder, einen Kamm, Alltagskleidung. Alles in allem ziemlich anonyme Gegenstände, also nichts, was über sie als Person etwas aussagte. In ihrer Tasche war noch immer Platz, denn sie besaß gar nicht genügend, um sie vollständig zu füllen. Eine halb volle Tasche wertlosen Inhalts, bemaß man so seinen persönlichen Wert? Wer bin ich eigentlich?, fragte sie sich.

Sie half ihrer Mutter dabei, die wertvollsten und nützlichsten Haushaltsgegenstände sorgfältig einzupacken. Währenddessen stritten sich die Eltern unermüdlich. Ihre Mutter wollte den Hof niederbrennen, bevor sie ihn verließen, um nichts dem Russen zu überlassen. Der Vater hingegen meinte, dass es nur eine Frage der Zeit wäre, bis sie wieder zurückkehren könnten, und es deshalb wichtig wäre, das Haus sauber und sorgfältig verschlossen zurückzulassen, damit es bei ihrer Rückkehr möglichst noch unangerührt dastünde. Ihre Mutter glaubte jedoch nicht an eine Rückkehr und schimpfte den Vater einen Narren, weil er derartige Fantasien nährte, aber ganz sicher war sie sich offenbar nicht, da sie am Ende dann doch nicht auf ihrer Meinung beharrte.

Am frühen Morgen des 16. März 1940, einem Montag, verschlossen sie noch im Dunkeln die Tür des Hofes Aamuvuoren Kivi im Dorf Soanlahti im Bezirk Salmi in der Provinz Wiborg zum vermutlich letzten Mal. Sie hängten den Schlüssel an den Haken neben der Tür, und dann machten sie sich mit einem voll beladenen Pferdekarren und ihren (seit jenem Sommertag nur noch) sechs Milchkühen im Schlepptau auf eine lange Reise gen Westen.

Siri fror oben auf dem Umzugswagen, bemüht, das Gleichgewicht zu halten zwischen den auseinandergeschraubten Teilen des Webstuhls ihrer Mutter (wozu brauchte sie den eigentlich noch? Wahrscheinlich wollte sie einfach verhindern, dass der Russe ihn in die Finger bekäme), mehreren Milchkannen, Säcken mit Wäsche und nicht zuletzt der Familienkatze Pojs, die unruhig zwischen den Besitztümern hin und her kletterte. Siri hatte der Zukunft buchstäblich den Rücken gekehrt und sah ihr Elternhaus in der Ferne schrumpfen, bis es endgültig zwischen den Bäumen verschwand.

Schwarz-weiße kahle Birken säumten den Weg und standen dort als stumme Zeugen eines Flüchtlingsstroms, der sich langsam in Richtung Westen bewegte. Die Zweige der Kiefern hingen schwer unter den Schneemassen herab.

Unterwegs schlossen sich ihnen andere Familien an. Alle mit ihren gesamten Habseligkeiten, fein säuberlich gestapelt auf Holzkarren unterschiedlicher Größe. Hinter den Pferdekarren trotteten die Kühe her, mitunter auch noch weitere Pferde. Doch die meisten von ihnen waren ärmere Bauern und besaßen nur ein einziges Pferd (weil man für das Pflügen der Äcker oder den Transport von Waren nur eines benötigte). Über einigen Orten lag dichter Rauch, und Siri begriff, dass sich in anderen Familien offenbar die Einstellung ihrer Mutter durchgesetzt hatte.

Von Siris drei Brüdern lebten jetzt nur noch zwei, von denen sich zum Zeitpunkt ihres Aufbruchs allerdings nur einer zu Hause aufhielt. Er war fünf Jahre älter als Siri und hieß Rauha.

Von Ilo, der weiter nördlich stationiert war, hatten sie noch immer keine Nachricht, was sie jedoch für ein gutes Zeichen hielten, denn solange man nichts hörte, bestand Hoffnung. Es war wie eine schweigende Übereinkunft.

Siri musste an Pentti denken. Sie sah seine schwarzen Augen vor sich, während sein restliches Aussehen in die dunklen Nebel der Erinnerung gehüllt war. Sie konnte sich nur noch an seinen dunklen Blick und den kraftvollen Gang erinnern, der ihr aufgefallen war, als er mit den schweren Milchkannen neben ihr herlief.

Sie ging davon aus, dass dies wohl alles war, was ihr von ihm geblieben war, die einzige Erinnerung an den jungen Soldaten, den sie in ihrer Jugend flüchtig kennengelernt hatte, bevor der Ernst des Lebens begann.

Na ja, wie es wirklich weiterging, wissen wir ja.

Sie waren den ganzen Tag unterwegs gewesen, und als es Abend wurde, hatten sie ihr Ziel noch immer nicht erreicht. Siris Bruder und Vater wechselten sich damit ab, das Pferd zu führen und die Kühe zu treiben, damit Siri und ihre Mutter schlafen konnten. Allmählich dünnte die Karawane aus, und überall hielten Familien am Wegesrand an, um Feuer zu machen. Diejenigen, die weiterzogen, taten es in ähnlich langsamem Tempo wie Siris Familie. Im Morgengrauen begann ihre Stute Muru zu protestieren, und dann war auch die Familie Aamuvuori gezwungen, am Wegesrand zu rasten. Siri brachte der Stute und den Kühen Heu und empfand die Wärme ihrer Mäuler an den Handflächen als beruhigend. Die Tiere wirkten unerschütterlich und furchtlos, dabei mussten sie, so überlegte Siri, die steif gefrorenen Kadaver anderer Tiere vor ihnen am Wegesrand doch ebenfalls gesehen haben. Tiere, die an der Kälte zugrunde gegangen waren und die man für immer und ewig hatte zurücklassen müssen. Der Anblick von Menschenleichen war Siri zum Glück erspart geblieben.

Nach einem Frühstück, bestehend aus Kaffee und trockenem Roggenbrot (ohne Butter) bei einer Kälte von minus dreißig Grad, wie sie von einem Passanten erfuhren (worüber Siris Mutter verächtlich schnaubte, da sie selbst viel besser als irgendein Fremder wusste, wie kalt es tatsächlich war), setzten sie ihre Reise nach Westen, die Reise in die Zukunft oder, genauer gesagt, nach Joensuu fort, eine Kleinstadt im gleichnamigen Landkreis Joensuu in Nordkarelien. Eine kleine Gemeinde mit viel Landwirtschaft (Fleisch- und Milchproduktion), deren überwiegende Wirtschaftsleistung aber in der Holz- und Papierindustrie in den nordöstlichen Außenbezirken der Stadt erbracht wurde.

Das Erste, was die Flüchtlinge wahrnahmen, war der Gestank der Papierfabrik. Wie eine Vorahnung, ein böses Omen, drang er in ihre Nasenlöcher, lange bevor sie die Stadt erreichten. Die kleinen Kinder fingen wegen des üblen Geruchs an zu weinen, und die Frauen bedeckten ihre Gesichter mit Tüchern, sodass sie aus der Ferne an eine sich nähernde Räuberbande erinnerten.

Wenn sie nicht so große Angst gehabt hätte, Angst vor der Zukunft, vor dem Krieg, vor fast allem, hätte Siri das Ganze furchtbar spannend gefunden. Ja, eigentlich fand sie es sogar dennoch furchtbar spannend. Doch sie ließ es sich lieber nicht anmerken.

So weit entfernt von zu Hause war sie noch nie gewesen. Mehr als hundert Kilometer von Soanlahti entfernt. In der Stadt standen große mehrstöckige Steinhäuser, und es gab Geschäfte und, kaum zu glauben, Autos (wenn auch nicht gerade viele). Außerdem wirkten die Bewohner so weltgewandt. Siri schaute verstohlen zu ihrer Mutter hinüber, um herauszufinden, ob sie das Ganze ebenfalls faszinierend fand. Doch ihr Gesicht wirkte regelrecht versteinert, vor Schreck, wie Siri ahnte, und sie bemitleidete die Mutter, weil sie außerhalb ihrer natürlichen Umgebung so verloren wirkte.

»Hier stinkt's«, antwortete die Mutter kurz und bündig auf Siris Frage, wie ihr Joensuu gefiel.

»Man gewöhnt sich dran«, meinte eine freiwillige Helferin in barschem Ton, eine Frau aus Wiborg, die ebenfalls evakuiert worden war. Dann füllte sie dem nächsten in der Schlange die nächste Portion Roggengrütze auf den Teller, und damit war das Thema beendet.

Obwohl Siri die Stadt anfänglich so spannend gefunden hatte, verabscheute sie Joensuu letzten Endes. Sie verabscheute alles daran außer den Gestank, der ihr nicht viel ausmachte.

Als sie eintrafen, einen Tag nachdem sie ihr Zuhause verlassen hatten, wurden sie in die städtische Schule verwiesen, wo ihr Holzkarren neben anderen Karren abgestellt wurde. Ihre Kühe und das Pferd kamen vorübergehend in einem kleinen Stall unter, der zum Haus des Rektors gehörte und zu einer Garage umgebaut worden war. Der Rektor war gebeten worden, sein Auto herauszufahren, um stattdessen den vielen karelischen Tieren Schutz vor den hohen Minusgraden zu bieten. Das Auto erinnerte an ein fremdartiges modernes Monstrum. Siri fand dieses blecherne Skelett hoch spannend, doch ihre Mutter schnaubte nur verächtlich und schüttelte angesichts solch neumodischen Blödsinns den Kopf.

Die Familien wurden in Klassenzimmern untergebracht, und Familie Aamuvuori landete zusammen mit drei weiteren Familien im Naturkundesaal. An den Wänden hingen anatomische Tafeln, die ihre Mutter mit Stoff verhängte (Barbarei!), und hinter dem Katheder standen in einem Regal diverse Glasgefäße, in denen verschiedene Kleintiere in eine durchsichtige Flüssigkeit eingelegt waren. Siri stand lange davor und starrte in die schwarzen Augen eines Eichhörnchens, woraufhin sie in den darauffolgenden Nächten Albträume plagten, in denen die Tiere zum Leben erwachten und sie anfielen.

Im Essenssaal der Schule bereiteten freiwillige Helfer die Mahlzeiten für die Flüchtlinge zu, und man aß in langen Bankreihen schweigend und ohne zu wissen, was der nächste Tag oder auch nur die nächste Stunde bringen würde. Tagsüber kam sie meistens gut zurecht, doch abends und nachts war ihr das Ganze nicht geheuer, und sie konnte wegen der fremden Geräusche der anderen Familien im Klassenzimmer nur schwer einschlafen. Doch jeden Morgen beim Frühstück lag wieder ein neuer hoffnungsfroher Tag vor ihr.

Siri und ihre Mutter gingen nach dem Frühstück hinaus, um ihre Kühe zu melken, bevor sie dann die Milchkannen gemeinsam mit denen vieler anderer Familien in den Essenssaal trugen. Dementsprechend durften die Kinder im Schulgebäude von Joensuu zum Abendessen so viel frische Milch trinken, wie sie wollten, sodass dieser Aufenthalt zumindest für sie etwas Gutes mit sich brachte. Siri genoss die Milch ebenfalls, traute sich aber nicht, so viel zu trinken, wie sie gewollt hätte, denn zum einen befand sie sich gerade im Übergang zum Erwachsenwerden und wollte den kleineren Kindern die Milch nicht wegtrinken, zum anderen spürte sie den kritischen Blick ihrer Mutter, sobald sie etwas tat, was dieser nicht passte. Und trotz ihrer Zurückhaltung bekam sie von der Milch Bauchschmerzen.

Siri saß eines Abends am Fenster im Klassenzimmer und spähte die Hauptstraße entlang, wo sie ein weiteres Bataillon von Osten her in die Stadt einmarschieren sah. Den ganzen Nachmittag waren schon welche angekommen, wobei sich die Soldaten wie eine Einheit bewegten und sich allein schon dadurch stark von den Bauern unterschieden, die alle in ihrem eigenen Rhythmus und gewissermaßen suchend unterwegs waren, ohne zu wissen, wohin sie der nächste Schritt bringen würde.

Während Siri auf der Strohmatratze in ihre eigenen Decken gehüllt lag, völlig deplatziert auf dem Fußboden eines Klassenzimmers, fragte sie sich, ob es eventuell, zufälligerweise, ganz vielleicht sein könnte, dass auch Pentti an diesem Abend in Joensuu einmarschiert war. Und wenn nicht, ob er in den nächsten Tagen oder Wochen kommen würde, oder wie lange es nun dauern würde, bis sie die Anweisung bekämen, weiterzuziehen. Siris Eltern erwähnten nichts dergleichen, und Siri selbst war sich auch nicht sicher, ob sie es überhaupt wussten. Doch sie wollte nicht den Zorn ihrer Mutter heraufbeschwören und wartete stattdessen weiter. So vergingen die Tage, flossen irgendwann ereignislos ineinander.

Penttis Bataillon war nicht unter den ersten, die Joensuu erreichten, doch am dritten Tag kam er.

Zu diesem Zeitpunkt war die Stadt längst überfüllt, und der Naturkundesaal, in dem die Familie Aamuvuori einquartiert war, wurde jetzt von insgesamt acht Familien bewohnt. Sie hatten gehört, dass sie in der Reihenfolge ihrer Anmeldung weitergeschickt werden würden und dass sich der Staat bemühte, möglichst viel Land und Häuser zu annektieren, damit die Kleinbauern genauso weiterleben könnten wie zuvor. Allerdings mit dem Unterschied, dass sie in eine ihnen völlig unbekannte Gegend und in einen ihnen unbekannten Ort sowie in ein Haus ohne Geschichte ziehen würden. Beziehungsweise eines mit einer langen Geschichte, nur eben nicht ihrer eigenen. Doch noch hatten sie keinen Bescheid erhalten. Siris Vater und Bruder gingen jeden Morgen zum Rathaus, um an Informationen zu gelangen, oft waren sie den ganzen Tag weg, um dann abends verzagt und ohne Neuigkeiten wieder zurückzukommen.

Siri und ihre Mutter blieben im Schulgebäude zurück, wo sie sich um die Tiere kümmerten und ihre Habseligkeiten bewachten. Siri konnte kaum allein zur Toilette gehen, ohne dass die Mutter ihr folgte und ein Auge auf sie hatte. Doch am dritten Tag, als Siri gegen Mittag gerade zum Stall ging, um beim Ausmisten zu helfen, was alle Familien in einem festgelegten Rhythmus tun mussten, stand er unvermittelt mitten auf dem Schulhof, in voller Winterausrüstung. Siri erkannte ihn schon von Weitem. Pentti wirkte zwar etwas magerer und blasser als zuvor und hatte außerdem dunkle Ringe unter den schwarzen Augen, doch seine Haltung mutete noch immer genauso kraftvoll an. Er bewegte sich allerdings auf Krücken und humpelte leicht. (Das würde er sein Leben lang tun.)

Sie warf sich ihm um den Hals. Obwohl sie wusste, dass es keineswegs angebracht war, konnte sie sich nicht zurückhalten.

Ihre Beziehung war nicht so geartet gewesen, dass sie dies ohne Weiteres hätte tun können oder man es zumindest hätte erwarten können, doch sie konnte einfach nicht anders. Ihre Tränen hinterließen feuchte Flecken auf seiner Uniform, und er lachte leise in ihr Haar, während er sie umarmt hielt. Um sie herum wimmelte er nur so von Soldaten, und einige seiner Kameraden, die gerade vorbeikamen, pfiffen leise oder klopften Pentti anerkennend auf den Rücken. Dennoch blieben die beiden lange so stehen, eng umschlungen, in ihrer ersten Umarmung.

»Was hast du denn da gemacht, bist du verwundet?«

»Ach so, das«, murmelte er in ihr Haar. »Das ist nur 'ne leichte Schramme. Aber sie werden mich wahrscheinlich heimschicken.«

Siri schaute ihn erschrocken an. Obwohl sie direkt voreinanderstanden, konnte sie in seiner Iris keinerlei Farbabstufungen erkennen, seine Augen waren pechschwarz.

»Ins Tornedal?«

Er lachte auf. »Ja, wohin denn sonst?«

Sie lächelte ihn an. Und dann umarmte sie ihn erneut.

»Ich bin so froh, dich zu sehen.«

»Und ich bin froh, dich zu sehen, Siri Aamuvuori.«

*

Nach der ersten Umarmung gab es nicht mehr viel zu erklären. Pentti würde ins Tornedal zurückkehren, und diesmal würde Siri, erst vierzehn Jahre alt (bald fünfzehn), mitkommen. Die Zukunft der Familie Aamuvuori war ungewiss, und man konnte berechtigterweise annehmen, dass ihnen schwere Zeiten bevorstanden. Letztlich wog der Arbeitseinsatz eines jungen Mädchens die Verköstigung eines weiteren Essers nicht auf, jedenfalls nicht der eines Mädchens im gebärfähigen Alter.

»Vielleicht ist es dort oben etwas einfacher. Es wäre gut, wenn du dich mal satt essen könntest«, sagte ihre Mutter in einem Versuch, nett zu sein.

Sie heirateten am 23. März, zwei Tage nach Penttis zwanzigstem Geburtstag und wenige Monate vor Siris fünfzehntem. Von der Mitgift (die minimal war) und dem Soldatensold kauften sie sich Fahrkarten für den Zug, der sie bis ins Tornedal, genauer gesagt nach Rovaniemi und weiter zu Penttis Elternhaus bringen würde. Penttis Bein war noch immer nicht geheilt, und der Arzt in Joensuu war sich auch nicht sicher, ob er je wieder kampfestauglich werden würde, deshalb konnte er ihn ebenso gut heimschicken.

Natürlich waren Siris Eltern überrascht, aber nicht übermäßig, und natürlich hatten sie die Verbindung mit Pentti infrage gestellt, aber auch dies nicht übermäßig. Der Vater hatte ihre Hand fest gedrückt, als er sie zum Altar führte, und ihr zugeflüstert, dass sie nie vergessen solle, wo sie herkomme. Siri begriff nicht ganz, was er damit meinte, fragte jedoch nicht weiter, sondern nahm seine Worte widerspruchslos in sich auf. In ihrem Inneren sollten sie jedoch über die Jahre einen Schutzwall bilden, eine Art Panzer.

Vergiss nicht, wo du herkommst.

Die Trauzeremonie war genauso wie die restliche Hochzeit kurz und bündig. Keinerlei Ausschweifungen. Siri trug ihr Sonntagskleid, die Mutter hatte ihr ein Seidenband in die Haare geflochten und ihr das schönste Kopftuch umgebunden, doch anstelle von Blumen trug sie nur ein Büschel Gräser in der Hand, das mit viel gutem Willen als Brautstrauß durchging.

Pentti trug seine Freizeituniform und hatte seine ausgetretenen Winterstiefel, so gut es ging, gewienert. Als Trauringe trugen sie die vom Staat für diesen Zweck hergestellten Ringe aus Zinn, in deren Außenseite der kampfbereite finnische Löwe und in deren Innenseite die aktuelle Jahreszahl eingraviert waren. Diese Ringe wurden im Rathaus ausgeteilt, sowohl an diejenigen, die ihre echten Trauringe als Kriegsspende abgegeben hatten, als auch an Eheleute wie Siri und Pentti, die mithelfen würden, das neue Land aufzubauen. Dieser Ehering war der erste Schmuck, den Siri je besessen hatte. (Bei der Scheidung hatte sie ihn abgenommen und zwischen die Unterwäsche in die Kommodenschublade gelegt.)

Nach der Trauung ging die Hochzeitsgesellschaft in die Rathauskonditorei, wo man Kaffee trank und belegte Roggenbrote aß. Das Ganze war eine ziemlich förmliche Veranstaltung und nach ungefähr einer Stunde auch schon wieder vorbei. Mehr Zeit hatten sie nicht. Und worüber hätte man sich auch unterhalten sollen?

Dann wurde das Gepäck geholt, und man winkte sich zum Abschied auf dem Bahnsteig zu. Kurz darauf saß Siri schon im Zug, wo sie der Zukunft erneut den Rücken kehrte und ihren Eltern nachschaute (ihr Bruder war nicht mitgekommen). Und wieder sah sie all das, was sie bislang im Leben kennengelernt hatte, allmählich vor ihren Augen verschwinden. Als ihre Eltern schließlich nicht mehr zu sehen waren, wandte sie sich ihrem Ehemann zu.

Jetzt saßen sie also hier. Herr und Frau Toimi. Beide unterwegs in eine ungewisse Zukunft, in Siris Fall in eine noch ungewissere. Siri sah, wie sich die Landschaft draußen vor dem Zugfenster veränderte, und spürte deutlich, dass sie in die Dunkelheit hineinfuhren. Das Abteil war leer bis auf ein altes Hutzelweib, das südlich von Nurmes zugestiegen war. Die Frau schien sowohl blind als auch taub zu sein, oder jedenfalls so gut wie. Sie hatte die Arme schützend um den Korb auf ihrem Schoß geschlossen und schnarchte hin und wieder geräuschvoll.

Doch ansonsten waren sie allein. Zum allerersten Mal.

Siri warf einen Seitenblick auf Pentti, ihren Ehemann. Er schaute aus dem Fenster. Sein Nacken war ebenso gerade wie seine Nase. Unvermittelt drehte er den Kopf und schaute sie an.

»Bereust du es?«

Sie errötete. »Was? Nein, nein.«

Doch Pentti lächelte sie an und drückte ihre Hand.

»War doch nur ein Scherz«, sagte er und drückte ihr einen Kuss aufs Haar.

Ihm wäre nie in den Sinn gekommen, dass sie es ernsthaft bereuen könnte. (Nicht dass sie es tatsächlich getan hätte. Jedenfalls damals nicht.) Die restliche Fahrt über döste sie, den Kopf an seine Schulter gelehnt, und jedes Mal wenn der Zug hielt und sie die Augen öffnete, schien die Dunkelheit noch undurchdringlicher geworden zu sein. Als würden sie geradewegs ins Herz der Finsternis hineinfahren.

Als sie mehr als zwölf Stunden später und nach dreimaligem Umsteigen und vielen verfrorenen Stunden in kalten Bahnhofshallen aus dem Zug stiegen, war es noch immer dunkel. Während Pentti die Weiterfahrt zu seinem Elternhaus organisierte, wartete Siri. Sie stand auf dem Bahnsteig und sah, wie der Zug abfuhr und sich die ausgestiegenen Fahrgäste entfernten. Plötzlich vernahm sie in der Dunkelheit ein lautes Krachen, das sie noch nie zuvor gehört hatte. Außerdem verfärbte sich der Himmel wie durch Pinselstriche grün, was offenbar in Verbindung mit dem Krachen geschah. Siri stand wie versteinert da, so etwas hatte sie noch nicht erlebt.

»Dein erstes Nordlicht?«

Pentti stellte sich hinter sie und ergriff ihre Hand.

Sie nickte, während ihr Herz heftig pochte.

»Die Schweden glauben, dass es etwas zu bedeuten hat, wenn es sich zeigt.«

»Und was?«

»Tja, sie meinen, dass schwere Zeiten nahen.«

Siri hatte offenbar erschrocken aufgeschaut, sodass Pentti rasch weitersprach.

»Na ja, oder dass die Samen gerade über den Himmel gestürmt sind, um Rentiere zu jagen.«

Siri fiel es schwer, ihren Blick vom Himmel loszureißen, doch schließlich folgte sie ihrem Mann zur Pferdekutsche, die sie die letzten Kilometer bis nach Hause bringen würde.

Sie sollte sich nie ganz ans Nordlicht gewöhnen, und manchmal hielt sie auch jetzt noch inne, wenn es vom Donnerhall begleitet sein eindrückliches Schauspiel am Himmel vollführte.

✲

Penttis Elternhaus war groß, und darin schien es von Leuten nur so zu wimmeln: allen voran Penttis Vater, der angsteinflößende Prediger (angsteinflößend sowohl seiner Größe als auch seiner Ausstrahlung wegen), und seine neue Ehefrau, hager, aber hübsch, jedoch streng und lieblos, eine Schwedin, die sich nicht darum scherte, Finnisch zu lernen, und sich deshalb weder mit den Kindern ihres Mannes aus erster Ehe noch mit Siri unterhalten konnte.

Dort wohnten natürlich auch alle Halbgeschwister von Pentti im Alter zwischen fünfzehn Jahren und fünf Monaten, bislang sieben Kinder, doch es sollten noch mehr werden. Hinzu kamen Penttis Geschwister aus erster Ehe, nur zwei ältere Schwestern, da Penttis komplizierte Geburt den Tod seiner Mutter verursacht hatte. Die unverheirateten Schwestern wohnten noch zu Hause und machten ihn beständig für den Tod ihrer Mutter verantwortlich.

Es war ein Zuhause, das sich unter einer schweren Last zu ducken schien, und Siri empfand es auch rein körperlich so, denn sobald sie über die Türschwelle stieg, fiel es ihr schwer, sich aufrecht zu halten. Ein Zuhause, in dem man sich in Acht nehmen, ständig die Luft anhalten und seine Worte genau wählen musste. Sowohl die Atmosphäre als auch die Einrichtung der Räume unterschieden sich stark von Siris Elternhaus. Ihr Haus in Soanlahti war klein, aber hell gewesen, mit Gardinen vor den Fenstern und Fliegennetzen im Sommer, und darin war es nie still gewesen. Hier hingegen war es entsetzlich still. Und dunkel. Vor den Fenstern hingen keine Gardinen, auf den Tischen lagen keine Tischdecken, und obwohl im Ofen ein heimeliges Feuer prasselte, fröstelte Siri durchgehend in dem großen Haus.

Keiner war ausgesprochen unhöflich zu ihr, und alle behandelten sie mit Respekt, doch sie kam sich eher wie ein Gast als wie ein neues Familienmitglied vor. Ob dies jedoch an ihr oder ihrem Ehemann lag, konnte sie nicht sagen. Denn dass Pentti hier zu Hause war, davon merkte sie kaum etwas.

Pentti sah seinem Vater ähnlich, hatte dasselbe schwarze Haar und denselben Blick, doch die Züge des Vaters waren filigraner, als hätte man einen kleineren Meißel benutzt, um sie herauszuarbeiten. Sein Blick schien einen zu durchbohren, da er nie direkten Augenkontakt aufnahm, sondern immer einen imaginären Punkt über einem fixierte. Vielleicht hing es mit seiner direkten Verbindung zu Gott zusammen, dass er immer leicht nach oben schaute, zu einer höheren Macht aufschaute, wie um zu zeigen, dass ihn alles Menschliche, *Niedere* nicht anfocht.

Siri, die nicht besonders gläubig war (und im Lauf der Jahre ihren Glauben ganz aufgab), erlebte Penttis Vater nie als einen guten Christen, so wie es der Pastor in ihrem Heimatdorf gewesen war (auch wenn ihre Mutter immer eine gewisse Skepsis gegen ihn gehegt hatte), im Gegenteil, er kam ihr eher vor wie ein Mann, der ein großes finsteres Geheimnis in sich trug, das er streng hütete, was zur Folge hatte, dass er sich nicht auf andere Menschen einließ.

Die Monate, in denen die Frischverheirateten unter Pappi Toimis Dach lebten, kamen Siri im Nachhinein fast wie eine Sinnestäuschung vor, eine Einbildung. Nachts wurde sie oft von Penttis Albträumen geweckt, die ihn nach dem Krieg plagten, über die er aber nicht sprechen wollte. Manchmal wachte sie auf und sah ihn mit weit aufgerissenen Augen neben sich liegen, er schien etwas Grauenhaftes zu sehen, was nur er wahrnehmen konnte. Doch genauso oft wachte sie davon auf, dass er sich leise schluchzend im Dunkeln hin und her wälzte.

Die Nächte verstärkten dieses unwirkliche Gefühl der Einbildung noch.

Siri erinnerte sich noch viele Jahre später an das Haus, und immer wenn sie die Augen schloss, sah sie den riesigen Stall mit den vielen Kühen darin vor sich, und sie erinnerte sich auch an alle Kinder, ja sogar an die Erwachsenen, doch sie konnte sich nicht daran erinnern, dass irgendeiner von ihnen während der Zeit, in der sie dort gewohnt hatte, ihr auch nur eine einzige Frage gestellt hätte.

Es war, als wäre ihre Seele in diesem Haus zum Schweigen gebracht worden. Sie unterschied sich von den anderen, was diese allerdings viel eher begriffen hatten als sie selbst. Eingeschüchtert von ihrem andersartigen Temperament, ihrem andersartigen Lachen, ihrem andersartigen Dialekt, kurzum ihrer Andersartigkeit. Lange bevor ihr bewusst geworden war, dass sie sich dafür schämen sollte, hatte die Scham von ihrem Körper Besitz ergriffen. Immer wenn sie vor sich hin summte, fiel ihr auf, dass alle anderen, die Alten wie auch die Jungen, mit ihrer Arbeit innehielten und sie anschauten. Sie verstummte und kam sich unbeholfen vor. Und einsam. Diese Einsamkeit ließ die Tage lang werden.

Sie suchte ihre Zuflucht im Stall und kümmerte sich ums Melken. Nicht allein, das schaffte sie nicht, aber sie entlastete die Schwestern zumindest bei der Arbeit, die sie vorher größtenteils allein hatten bewältigen müssen. Doch diese dankten ihr weder, noch drückten sie auf irgendeine andere Weise ihre Freude darüber aus, dass sie sich zu ihnen gesellte, sondern sie wirkten stattdessen noch ablehnender, als hätte sie ihnen nicht nur den Bruder, sondern auch noch ihr kostbarstes Gut wegnehmen wollen. Über ihren Kopf hinweg wurden Blicke ausgetauscht, anfänglich verhohlene, doch nachdem sich die erste Scheu gelegt hatte, feindeten sie ihre junge Schwägerin regelrecht an. Sie verdrehten die Augen, sobald Siri sie nicht verstand, lachten sie aus oder ahmten ihren Dialekt nach, der sich stark von ihrem unterschied.

Siri erinnerte sich noch an den Mittsommerabend im Jahr 1940. Wie sie um das Feuer herumstanden und wie die Hitze ihre Wangen gewärmt hatte. Und sie erinnerte sich daran, wie Pentti sie hochgehoben und durch die Luft gewirbelt hatte, zum Vergnügen seiner kleineren Geschwister und zum Missfallen seiner Stiefmutter, und ihr ins Ohr geflüstert hatte, dass sie bald ausziehen würden. Dass er nun endlich das Stück Land bekommen habe, das sein Vater ihm versprochen hatte, bevor er in den Krieg gezogen war. Dieses Land grenzte nicht an die Ländereien der Familie Toimi, was eigentlich fast das Beste an der guten Nachricht war. Das bedeutete, dass sie der Familie entkommen und für sich sein würden, weit entfernt von den tadelnden Blicken der anderen.

Pappi Toimi war ein maßvoller Mann, der nicht mehr besitzen wollte, als er benötigte (auch wenn man darüber streiten kann, ob er überhaupt so viel benötigte, wie er besaß), und er wollte seinem Sohn so viel überlassen, wie der wiederum benötigte (weder mehr noch weniger), und deshalb erhielten die Frischverheirateten zum Umzug auch noch einige Möbelstücke, Wäsche, Porzellan und sogar drei Milchkühe und einige Küken, die zu eierlegenden Hühnern heranwachsen würden. Alles in allem war es nicht besonders viel, doch es reichte aus. Und genau genommen war es sogar mehr, als viele andere besaßen. Von Penttis Invalidenrente konnten sie Holz kaufen und sich ein Haus bauen, ein eigenes, ein Zuhause.

Es war kein großes Haus, und sie errichteten es rasch, denn das Wichtigste war, ein Dach über dem Kopf zu haben, wenn der Herbst kam. Doch es gehörte ihnen, und außerdem bestand jederzeit die Möglichkeit, es auszubauen oder anzubauen: ein Obergeschoss zum Beispiel. Ein Wasserklosett.

Der Grund und Boden hatte Penttis Onkel gehört, der jedoch gestorben war, ohne eine Frau oder Kinder zu hinterlassen. Und auch wenn es nie ausgesprochen wurde, schien dieser Onkel kein guter Christ gewesen zu sein. Deshalb kam es dem jungen Paar ein wenig so vor, als hätten sie Penttis Vater einen Dienst erwiesen, indem sie ihm das Land abnahmen und damit auch die Verantwortung für dieses gottlose verkommene Stück Erde. Vielleicht besuchte er sie auch deswegen so selten. Wie dem auch sei, es war jedenfalls eine Vereinbarung, die beiden Parteien zupasskam.

Auf dem Grundstück stand bereits ein baufälliger alter Stall, dessen eine Giebelfront fast vollständig morsch war und abgerissen werden musste. Doch die Grundmauern waren noch intakt und brauchten nur abgestützt zu werden. Damit bekamen auch die Tiere ein Dach über dem Kopf.

Außer einem verfallenen, zur Hälfte niedergebrannten Schuppen gab es kein weiteres Gebäude, sodass Siri und Pentti in den ersten Sommermonaten im Stall schliefen, während sie ihr neues Heim fertigstellten. Sie waren sich uneinig gewesen, wo man es errichten sollte, und letztlich hatte Pentti es einfach entschieden. Es sollte am oberen Ende des Grundstücks stehen, wo man nicht erst jede Menge Gestrüpp entfernen musste, sondern sofort mit dem Bau beginnen konnte. Siri hatte gefordert, dass es weiter unten und somit näher am Stall im Schatten einer hohen Kiefer stehen sollte, doch da ihr einziges Argument gefühlsmäßiger Natur war, setzte sich Pentti durch.

(Als das Haus fertig war, musste Pentti zugeben, dass er vorschnell gehandelt hatte, was den Standort des Hauses betraf, und in all den darauffolgenden Jahren träumte er sowohl im Stillen als auch höchst vernehmlich davon, ein neues Haus an dem Ort zu errichten, den Siri vorgeschlagen hatte. Dies war die einzige Entscheidung, bei der er je zugab, falschgelegen zu haben.)

Von da an lag viel Arbeit vor ihnen, bei der ihnen zwei von Penttis jüngeren Brüdern im Alter von fünfzehn und dreizehn Jahren zur Hand gingen, und an manchen Tagen kam auch sein Vater zur Unterstützung. Doch die Gottlosigkeit des Ortes schien ihn zu quälen, und den Söhnen machte das gemeinsame Arbeiten mit einem eisern schweigenden Vater ebenso wenig Spaß. Er blieb auch nicht lange, sondern wurde schon bald wieder zu Hause gebraucht.

Mit Ausnahme von zwei Wochen im Juli, als das Heu eingefahren werden musste, kam der Bau ohne weitere Komplikationen voran, und als der Herbst Einzug hielt, konnten sie ihr neues Zuhause beziehen.

Daraufhin begann Pentti mit dem Bau einer Sauna. Eine Sauna war ebenso notwendig wie ein Bett zum Schlafen, denn sonst gab es keine weitere Waschgelegenheit. Außerdem war es inzwischen zu kalt, um sich im Fluss zu waschen, wie sie es im Sommer getan hatten.

Den ganzen Sommer hindurch hatte Siri wie verrückt geschuftet, da sie sich neben der Mithilfe am Hausbau auch um die Tiere kümmerte. Jeden Tag hatte sie die Kühe gemolken, sie anschließend auf die Weide gebracht und jeden Abend wieder in den Stall getrieben. Darüber hinaus musste sie auch die Hühner füttern und ihre Eier verwerten. Hinzu kam das Ausmisten des Stalles. Ganz zu schweigen vom Essenkochen für alle Anwesenden sowie dem Geschirrspülen und Putzen. Doch nachts schlief sie gut und Pentti ebenfalls. Auch seine jüngeren Brüder begannen, rasch auf ihren Strohmatratzen zu schnarchen.

Das Jahr 1940 war ein Beerenjahr, in dem die Wälder voll mit Blaubeeren und Preiselbeeren und die Moore voller Moltebeeren waren.

Siri hatte sich an die Mücken gewöhnt, doch die Kriebelmücken plagten sie, vor allem die Gnitzen, *polttiaiset*, wie sie genannt wurden, die durch alle Fliegennetze und jeden Stoff hindurchdrangen. Gleichwohl zog sie los und verbrachte lange Tage mit Beerenpflücken, um abends mit vollen Eimern zurückzukehren. Und danach mussten die Beeren verarbeitet werden, damit sie nicht anfingen zu gären und ungenießbar wurden.

Obwohl sie jetzt ein Dach über dem Kopf hatten, wussten sie, dass es im Winter nicht leicht werden würde. Und je weniger sie Pappi Toimi um Unterstützung bitten mussten, desto besser.

Siri meinte, sich daran zu erinnern, dass sie damals im ersten Winter, in der ersten Zeit, glücklich gewesen waren. Ihr Haus war zwar klein und bestand nur aus einem einzigen Zimmer und einer Küche, doch abends schliefen sie dicht beieinander im Ehebett ein, vollkommen erschöpft von der harten Arbeit, die jeden Morgen ohne auch nur einen Ruhetag auf sie wartete.

Sonntags gingen sie pflichtschuldig in die Kirche, doch ab und an ließen sie mal einen Gottesdienst ausfallen. Als Penttis Vater noch auf der finnischen Seite wohnte, war das allerdings nicht ganz leicht, denn dieser erwartete, dass sie an allen Zusammenkünften der Laestadianer teilnahmen, woran jedoch weder Siri noch Pentti Interesse hatten. Wenn sie nicht kamen, drohte ihnen eine Moralpredigt, die oft noch länger dauerte als der normale Gottesdienst. Das wussten sie.

Pentti nahm Siri gelegentlich, jedoch nicht oft, sondern in unregelmäßigen Abständen. Das erste Mal geschah es im Stall, im ersten Sommer in ihrem neuen Zuhause. Penttis Brüder waren nicht mehr bei ihnen, es musste im Juli während der Heuernte gewesen sein, als Siri und Pentti zum ersten Mal ganz allein waren.

Ohne andere Menschen um sie herum, nur umgeben von ihren Kühen, deren schwere Leiber am anderen Ende des Gebäudes Ruhe ausstrahlten. Siri war nicht erregt, das wäre das falsche Wort gewesen, doch sie fühlte sich geborgen. Beim ersten Mal ging er recht behutsam vor, er legte sich auf der Strohmatratze auf sie und umschloss mit den Händen fest ihren Kopf. Sein dunkler Blick verschlang sie regelrecht, sog sie in sich auf, doch damals jagte Pentti ihr keine Angst ein, noch nicht, obwohl er ihren Kopf furchtbar fest hielt und seine Hände um ihre Wangen schloss. Sie hörte seine hechelnden Atemzüge.

Er drang in sie ein und blieb dann ganz still auf ihr liegen, beide verharrten lange so, ohne sich zu rühren. Und als er dann anfing, sich zu bewegen, dauerte es kaum ein paar Stöße, bis es schon wieder vorbei war. Doch auch danach blieb er noch lange auf ihr liegen und sah ihr tief in die Augen.

Hinterher waren beide ganz aufgedreht, vielleicht sogar glücklich, denn zu guter Letzt hatten sie nun endlich ihre Ehe vollzogen. Siri fühlte sich, tja, sie wusste es nicht so genau, aber sie glaubte, sich frei zu fühlen. Frei von ihrer Vergangenheit, als wäre sie ein unvertäutes Boot, das ungehindert auf dem Wasser trieb. Doch dieses Freiheitsgefühl nahm mit der Zeit ab, bis am Ende nichts mehr davon übrig war. Obwohl sie das erste Mal nicht gerade als angenehm empfand, erfüllte sie es doch mit einer gewissen Lebensfreude, einer Art Dankbarkeit. Mit der Gewissheit, dass das Leben jetzt ihr gehörte.

Anfänglich waren sie beide noch etwas schüchtern. Schließlich kannten sich Siri und der junge Soldat noch gar nicht richtig, obwohl sie die Keimzelle einer Familie bildeten, den Entwurf eines Heims, eines Lebens, einer Wirklichkeit. Ihre Schüchternheit trug dazu bei, dass sie einander in dieser ersten Zeit, den ersten Jahren, höflich und respektvoll behandelten. Penttis Albträume schienen allmählich abzuklingen, jedenfalls wachte er nachts nicht mehr so oft auf, und er hielt seine Frau auch nicht mehr mit seinem Hin-und-her-Wälzen wach. Wenn sie aneinander vorbeigingen, presste er sie manchmal an sich, und auch wenn er nicht jede Nacht zu ihr kam, spürte sie deutlich seine Erregung. Doch seine Erregtheit empfand sie weniger als angsteinflößend denn als rührend. Sie schätzte sich glücklich, weil sie es so gut getroffen hatte, doch an ihre eigene Erregung verschwendete sie nicht einmal einen Gedanken.

Die Zeit schreitet in uns Menschen auf so merkwürdige Weise voran. Sie ist vollkommen durchsichtig und zugleich schwerelos, sie bewegt sich so sanft und freundlich wie ein sprudelnder Bach, dass man geneigt ist zu glauben, es gäbe nur die Gegenwart. Doch die Zeit ist eben nicht nur vergleichbar mit einem Bach. Die Zeit schreitet überall voran. An allen Orten, in jedem Alter. Auch dort, wo wir gerade nicht sind, vergeht die Zeit schonungslos und unbarmherzig. Kompromisslos schreitet sie voran, in unerbittlichem Tempo, und wenn man zufällig innehält und das Ganze von außen betrachtet, stellt man fest, dass alle Menschen austauschbar sind und sich das eigene Leben unweigerlich dem Ende entgegenneigt. Noch bevor es richtig angefangen hat, ist man schon wieder verschwunden, zu Erde geworden, von der Zeit überspült und schließlich aus der Erinnerung getilgt.

Siris Brüder schrieben Briefe, und sie schrieb zurück. Sie berichtete von ihren Fortschritten mit dem Hausbau, und die Brüder berichteten von dem Dorf, in dem sie gelandet waren. Vom Hof, den sie zugeteilt bekommen hatten, in einer Gegend, in der die meisten Bewohner Schwedisch sprachen und keine Anstalten machten, den karelischen Finnen, die dort Land einforderten, Platz einzuräumen.

Siris Mutter setzte die neue Situation am meisten zu, und ihr Schwedenhass vergiftete allmählich die ganze Familie. Sie weigerte sich, die Sprache zu lernen, und brachte alle gegen sich auf, indem sie keinerlei Kompromisse einging, die ihren Söhnen das Leben erleichtert hätten. Als das Haus in Aapajärvi im Oktober 1940 fertig war, lud Siri ihre Familie ein, sie zu besuchen, doch weder antworteten sie auf ihre Einladung, noch kamen sie jemals vorbei. Ihre Mutter und ihr Vater sollten es zeitlebens nicht schaffen, Siri, ihr jüngstes Kind, in ihrem neuen Zuhause in Aapajärvi zu besuchen.

Warum sollten sie auch irgendwohin reisen? In Karelien war sowieso alles viel besser, heller, freundlicher. Die Rinde der Birken weißer und das Gras der Wiesen grüner. Und wenn man schon nicht dort sein konnte, wollte man nirgends sein. Verschwunden waren die Träume der Mutter von den aufrichtigen Menschen im Tornedal und ihren Wäldern. Verschwunden ihre eigenen Wälder.

Als der Frühling kam, wütete der Krieg erneut in Karelien. Doch diesmal würde Pentti nicht einberufen werden, da er als Invalide eingestuft worden war: wegen seines Humpelns, was er beliebig verstärkte, solange es seinen Zwecken diente. Allerdings kamen Nachrichten von Siris Brüdern, sowohl gute als auch weniger gute. Ihre Familie würde nach Hause zurückkehren! Als sie vor sich sah, wie die Familie im April nach Soanlahti zurückkehrte, mitten in der schönsten Jahreszeit, wenn der letzte Schnee taute und die Natur Knospen trieb, versetzte es ihr einen Stich ins Herz.

Das würde sie selbst nie mehr erleben, gewissermaßen angekettet im hohen Norden, wo sie von nun an gezwungen war auszuharren. Hier kam der Frühling nicht vor Ende Mai, und wenn man Pech hatte, sogar erst Anfang Juni. Dann setzte er allerdings mit Macht ein, und die gesamte Natur schien zu explodieren. Alles erblühte auf einmal und in verschwenderischer, fast unheilvoller Weise.

Siris Bruder Rauha wurde einberufen. Ilo, der älteste, war Reserveoffizier und konnte die Familie zumindest nach Hause begleiten. Beim Gedanken an ihren Bruder Onni, der im Krieg gefallen war, krampfte sich Siris Herz schmerzhaft zusammen. Sie stellte sich die Gesichter ihrer Familienmitglieder vor, inzwischen gealtert, genau wie ihr eigenes. Wenn sie sich im Spiegel betrachtete, sah sie eine ältere Version von sich selbst, doch Onni war nun für immer und ewig in seinem jungen Körper, in seinen jugendlichen Zügen gefangen, er würde nie älter werden als genau in diesem Moment oder, besser gesagt, im Augenblick seines Todes. Diese Gedanken stimmten sie so melancholisch, dass sie kurz davor war, in Tränen auszubrechen, doch sie musste sich zusammenreißen, denn sie hatte keine Zeit zum Weinen, da die Arbeit erledigt werden musste und nicht wartete.

Bislang hatte sie Pentti noch kein Kind geschenkt, und auch wenn es ihm nichts ausmachte, fragten sowohl seine Stiefmutter als auch seine Schwestern, was für ein Mädchen er da geheiratet hatte, das ihm keine Kinder gebären konnte. Sie fragten und fragten, zunächst zurückhaltend, doch im Lauf der Zeit, als sich noch immer kein Nachwuchs ankündigte, ganz unverhohlen.

Kurz darauf kam ein weiterer Brief aus Karelien, Siri wartete schon begierig am Briefkasten.

Endlich wieder zu Hause in Soanlahti, hatte die Familie ihr Dorf größtenteils in eine Kolchose eingebunden vorgefunden, und ihr liebevoll gepflegtes Heim war ziemlich heruntergekommen. Auf den Feldern, auf denen sie Roggen, Weizen und Kartoffeln gepflanzt hatten, wuchs jetzt Kohl, Kohl und noch mehr Kohl.

»Was sollen wir denn nur mit all den Kohlköpfen?«, schrieb Ilo, und Siri sah vor sich, wie sie in ohnmächtigem Erstaunen ihre Äcker abschritten, ein Meer von grünen, großblättrigen, dicht an dicht wachsenden Kohlpflanzen.

Auch die russischen Bauern hatten wieder aufbrechen und das Gebiet verlassen müssen. So ist die Natur des Krieges: Die Verlierer haben keine Wahl, und die Sieger eigentlich ebenso wenig. Auch wenn es so scheinen mag.

Im Sommer darauf war die Ordnung jedoch wiederhergestellt, und die Kartoffelpflanzen wogten wieder im Wind. Beide Brüder lebten zu

Hause, und Ilo, der älteste, hatte eine Frau gefunden, ebenfalls eine Heimkehrerin. Das frisch verheiratete Paar wohnte in seinem Elternhaus, Aamuvuoren Kivi, und man zwängte sich, so gut es ging, unter einem Dach zusammen. Obwohl ihr Bruder es nie so formulierte, konnte Siri zwischen den Zeilen lesen, dass ihre Mutter und Ilos Frau nicht gerade beste Freundinnen geworden waren. Doch schon bald wurde Ilos Frau schwanger, was die Abneigung der Mutter etwas zu mildern schien.

Ihr Bruder schrieb erneut, als sein erster Sohn geboren wurde, und diesmal erwähnte er auch, dass er Siri seine Familie gerne vorstellen würde. Siri schrieb zurück, dass sie liebend gern zu Besuch kommen würde, wenn sich die Lage etwas beruhigt hätte. Doch wann dies sein würde, wusste niemand. Die Zeit verging, zu Besuchen kam es nicht

Im Spätsommer 1944 wehte erneut der Wind der Veränderungen. Finnland hatte den Krieg verloren, und abermals erfuhr man, dass Karelien verloren war. Schon wieder waren die Bewohner Kareliens gezwungen, ihre Sachen zu packen und weiterzuziehen.

Diesmal setzte sich Siris Mutter durch, und der Hof, ihr Hof, der sich seit seiner Erbauung Mitte des neunzehnten Jahrhunderts im Familienbesitz befand, wurde, so klein er auch war, bis auf die Grundmauern niedergebrannt.

Siri hoffte, dass ihre Familie nun zu ihr kommen würde. Sie sehnte sich danach, nicht weil sie die Ihren vorbehaltlos geliebt hätte, jedenfalls nicht ihre Mutter, sondern weil sie das Bedürfnis nach Gesellschaft hatte. Sie schrieb ihnen und bat sie zu kommen, und sie schrieb auch, dass sie sie vermisste, was tatsächlich zunehmend der Wahrheit entsprach.

Nach vier Jahren im Norden hatte sie endgültig begriffen, dass ein deutlicher Wesensunterschied zwischen ihr und den Menschen hier oben bestand.

Siri redete viel, lachte oft und sang während der Arbeit laut vor sich hin. Doch nicht nur sie, in ihrem Heimatdorf waren alle so. Natürlich gab es Ausnahmen, Menschen wie ihre Mutter, die keiner Sache etwas Gutes abgewinnen konnten, aber auch sie beide verband ein gewisses

Temperament, eine Wesensart. Doch die Menschen, die sie hier oben kennengelernt hatte, allen voran Pentti, waren völlig anders. Eine andere Spezies, all together.

Sie standen schweigend, aufrecht und unbeugsam da. Wie die Kiefern. Aufrecht, hochgewachsen, unantastbar.

Siri und Pentti standen auf je einer Seite eines unsichtbaren Grabens, und beide mussten zusehen, wie der Abstand zwischen ihnen wuchs, wie sie einander nicht mehr verstanden oder verstehen wollten. So erlebte Siri es jedenfalls.

Nach vier Jahren Ehe waren sie noch immer kinderlos, und nicht, weil sie es nicht versucht hätten. Oder, besser gesagt, Pentti. Jetzt kam er sogar öfter zu ihr als früher. Er hielt zwar ihren Kopf nicht mehr so fest umschlossen, nahm aber auch keinen Blickkontakt mehr zu ihr auf. Oftmals schloss er seine Augen oder schien seinen Blick aufs Bettgestell zu richten, während Siri ihren auf die Astlöcher an der Decke heftete, die sich zu kleinen Gesichtern formten, zu winzigen Geschöpfen, die von oben auf sie herabschauten und sie schweigend als gefügige Ja-Sagerin verurteilten. Sonst dachte sie nie an diese Astlöcherfiguren, doch wenn sie so dalag und sah, wie sie anfingen, sich an der Decke zu bewegen, fühlte sie sich etwas weniger einsam, als nähmen diese sie zumindest wahr. Als wären sie Zeugen ihrer Situation – dieser Situation, die wir Leben nennen.

Doch die Kinder ließen auf sich warten.

Es sollte noch bis nach dem Krieg dauern, Siris Mutter hatte zu diesem Zeitpunkt bereits das irdische Leben verlassen. Und es kam auch keines ihrer Familienmitglieder Siri je besuchen, nein, stattdessen war sie diejenige, die ihre zwei Brüder mit Frauen und Kindern und ihren Vater auf deren neuem Hof besuchen musste. Sie wohnten alle gemeinsam in einem vom Staat bereitgestellten Hof nördlich von Linnanpelto in der schwedisch dominierten Gemeinde Sipoo, so weit im Süden des Landes, wie man nur kommen konnte.

Siri fuhr mit Elina dorthin, als diese gut ein Jahr alt war. Elina, ihr erstes Kind. Sie wurde im Frühjahr 1946 geboren und war ein kleines

Würmchen, Babys sind so unglaublich winzig. Siri war völlig überrascht, als sie endlich herauskam, sie und Pentti konnten ihr Glück kaum fassen. Ein perfektes kleines Kind, das trank und schlief und wuchs, wie es sollte. Elina war von Natur aus neugierig, und sie liebte diese Zugfahrt. Sie tapste auf unsicheren Beinchen zwischen den Abteilen hin und her, während der Zug in Richtung Süden ratterte, und Siri sah, wie sich die Landschaft hin zum Wohlbekannten und Gewohnten veränderte. Als der Zug in Pyhäntä südöstlich von Oulo anhielt, wäre Elina um ein Haar verloren gegangen, doch zum Glück erblickte Siri ihre Tochter schließlich draußen auf dem Bahnsteig und konnte sie mit Mühe und Not wieder in den Zug hereinziehen, bevor er abfuhr. Doch so war Elina veranlagt, immer irgendwohin unterwegs, auf der Suche nach spannenden Abenteuern oder Orten, die ihre Neugier geweckt hatten.

Es wurde eine wunderbare Reise, aus der Siri oft Kraft schöpfte. Sie traf ihre Brüder und deren Ehefrauen sowie deren Kinder und auch ihren Vater, der sie mit sanften Blicken bedachte. Jetzt, wo ihre Mutter tot war, wirkte er noch sanfter, und er nahm sich Zeit, um mit Elina herumzutollen. Elina, ein Kind, das man leicht ins Herz schließen konnte.

Pentti liebte die Kleine, vielleicht liebte er nur Elina und keines der Kinder nach ihr. Er liebte sie jedenfalls mehr als Siri, so empfand Siri es. Erst viel später wurde ihr bewusst, dass Elina ja auch *sein* erstes Kind gewesen war und dass die Müdigkeit und Trauer, die Einzug in ihr Leben gehalten hatten, es ihnen erschwerten, vorbehaltlos zu lieben, falls dies überhaupt möglich war.

Siri fiel es schwer zu verstehen, was während der Schwangerschaft mit ihr geschah, denn das Kind, das in ihr wuchs, nahm ihr jegliche Kraft. Sie war zu nichts imstande, und als es am schlimmsten war, musste Penttis Schwester kommen und den Winter 1945 über bei ihnen wohnen. Siri konnte seine Schwester nicht ausstehen, und diese Abneigung beruhte auf Gegenseitigkeit. Und obwohl sie selbst keine Kinder hatte, besaß sie die Unverfrorenheit, Siri zu verurteilen.

In ihren Augen war Siri keine richtige Frau, denn eine richtige Frau hält einiges aus und verkraftet vieles, doch Siri schaffte es nicht, so schwach, wie sie war. Gerade mal zwanzig Jahre alt.

Penttis Schwester sagte nichts, sondern verzog nur den Mund und band ihren Haarknoten noch straffer. Dennoch tat sie alles, worum Pentti sie bat. Sie melkte die Kühe, kochte Essen, spülte, putzte und wusch. Alles, worum Pentti sie bat und was Siri nicht schaffte.

Bei der Geburt war Penttis Schwester jedoch nicht von großem Nutzen, was Siri wiederum in gewisser Weise als Triumph verbuchte. Penttis Schwester hatte zwar bei den Entbindungen ihrer Stiefmutter mitgeholfen, doch Siri konnte sie nicht helfen. Siri brauchte sie gar nicht. Die Wehen setzten kurz vor Mitternacht ein, und Siri tat einfach, was ihr Körper ihr befahl. Sie atmete tief durch, als die Wehen stärker wurden, und presste, als sich ihr Bauch zusammenzog, bis sie das kleine Wesen schließlich ohne übermäßige Schmerzen oder sonstige Schwierigkeiten hinausgepresst hatte.

Pünktlich zum morgendlichen Melken war die kleine Elina auf der Welt (nicht größer als ein Kätzchen! Oder ein Holzscheit!), und Penttis Schwester konnte in den Stall hinausgehen, um die Kühe zu melken, sodass die drei Zeit zusammen hatten. Sie lagen als die kleine Familie, die sie waren, im Bett, Pentti hatte Siri im Arm, und Siri hatte Elina im Arm, und beide Eltern lagen da und schauten ihr Kind ununterbrochen an. Sie sagten nichts, sondern betrachteten fasziniert das schlafende, in weiße Baumwolltücher gehüllte Kind. Ihr dunkles Haar erinnerte an das eines Trolls und ihre hellen Augen an das Wasser der karelischen Seen. Irgendwann dösten sie ein, und als sie die Augen wieder öffneten, war Elina noch immer da, ja, sie war da. Schon am nächsten Tag fühlte sich Siri stark genug, um wieder zu arbeiten, und sie konnten Penttis Schwester heimschicken. Jetzt waren sie eine Familie.

*

Siri hatte getrauert, als Elina starb. Doch sie hatte nicht so stark getrauert wie Pentti. Woher sie das wusste, war ihr selbst nicht ganz klar, doch sie spürte es.

Die Talsohle ihrer Trauer war noch nicht erreicht.

Sie hatte von Anfang an gespürt, dass das Mädchen irgendwie anders war und dass sie es nur für gewisse Zeit bei sich haben würden. (Siri traute sich jedoch nicht, es Pentti zu sagen.) Elinas grenzenlose Neugier sollte sich als fatal erweisen, und die Tatsache, dass sie einfach so verschwinden konnte, ohne sich umzuschauen, ohne jede Angst vor Gefahren oder Konsequenzen. Genau so war es zugegangen. Sie war Pentti im Wald abhandengekommen, als sie dort einen Weihnachtsbaum schlagen wollten. Heftiger Schneefall hatte eingesetzt, und sie war einfach so auf ihren Skiern davongefahren, in die falsche Richtung und ohne die Ermahnungen ihres Vaters zu befolgen. Als Pentti nach Hause zurückkehrte und es Siri erzählte, stand ihr unmittelbar wieder die Situation vor Augen, als das Kind während der Zugfahrt einfach verschwunden war. Fast verschwunden. Doch sie erwähnte es nicht, sondern beschimpfte Pentti stattdessen, sodass er mitten im Schneesturm noch einmal hinausstürmte, geplagt von einem schlechten Gewissen und Schuldgefühlen, und am frühen nächsten Morgen fand er sie tatsächlich, stark unterkühlt, aber wie durch ein Wunder lebend.

Sie starb eine Woche später am Neujahrstag 1952. Welch entsetzlicher Beginn eines neuen Jahres. Siri saß an ihrer Bettkante und hielt ihre Hand, was eigentlich Penttis Aufgabe war. Jedenfalls saß er sonst immer bei ihr, um ihr löffelweise Fleischbrühe einzuflößen, die sie kraftlos hinunterschluckte, und ihr die Stirn zu kühlen, wenn das Fieber anstieg. Doch Pentti war gerade hinausgegangen, um in der Sauna Feuer zu machen. Als er zurückkam, war Elina tot. Siri hatte Schuldgefühle, weil sie ihm die Möglichkeit genommen hatte, sich von seinem Kind zu verabschieden, verbarg sie jedoch vor ihm. Beide hielten sich fest an den Händen und schluckten mühsam ihre Tränen hinunter, denn eigentlich hatten sie keine Zeit zum Weinen, da Riiko sie brauchte. Er war erst zwei Jahre alt und noch dazu herzkrank und schwach.

Elinas Tod wurde für Siri zu einer Mahnung, einer wehmütigen Erinnerung. Als Riiko später in Siris Armen starb, kamen alle Erinnerungen unvermittelt wieder hoch. All das, was sie bereits vergessen oder verdrängt hatte.

*

Eines späten Abends Ende Juni klingelte das Telefon in Kuivaniemi. Alle Kinder, die zu Hause waren, lagen bereits im Bett, und Siri hatte angefangen, das Essen für den nächsten Tag vorzubereiten. Es würde Kalakukko geben, in Brotteig gebackenen Fisch. Dieses geheimnisvolle Gericht hatte eigentlich nur wegen der Traditionsliebe der Karelier überlebt. Und auch Siri bereitete es aus Tradition zu. Sie buk das Brot jedes Jahr um diese Zeit.

Sie tat es, um ihre toten Kinder zu ehren, und hatte es seit 1952, nachdem ihr erstes Kind gestorben war, jeden Sommer getan. Immer in der Jahreszeit, in der die Maränen geräuchert wurden.

Sie stand gerade in der Küche und knetete den Teig, und als das Telefon klingelte, wusste sie sofort, wer anrief.

Sie hörte seine Atemzüge in der Leitung, lange bevor er etwas sagte. Schließlich räusperte er sich.

»Backst du gerade?«, fragte er.

Siri nickte stumm. Sie wusste, dass sie nicht zu antworten brauchte.

»Elina wäre im Frühjahr sechsunddreißig geworden.«

»Und Riiko dreiunddreißig.«

Sie rang nach Luft. Dieses Gespräch hatten sie schon oft zuvor geführt. Am Telefon war es allerdings leichter, denn wenn man wollte, konnte man einfach die Augen schließen und so tun, als wäre nichts geschehen. Als wäre alles wie immer, als wäre keine Zeit vergangen und die Liebe oder das Einvernehmen noch vorhanden. Sie rollte den Brotteig aus und verteilte die kleinen Fische nach einem bestimmten Muster darauf.

»So alt können unsere Kinder doch noch gar nicht sein, oder?«

Sie hörte seine Stimme, und sie hörte den jungen Soldaten, in den sie sich vor einem halben Leben verliebt hatte. Aber sie hörte auch den zweiundsechzigjährigen Griesgram, von dem sie sich hatte scheiden lassen. Er stellte eine weitere Frage und nahm ihr auch gleich die Antwort darauf ab.

»Das würde ja bedeuten, dass wir schon ziemlich alt sind. Aber das sind wir doch noch gar nicht, oder?«

Siri sagte nichts. Sie wusste, welche Antworten er von ihr erwartete. Es war ein Spiel, das sie spielten, ein unverfängliches, um über die toten Kinder zu sprechen, ohne den Schmerz in ihrer Seele anzurühren, der nie nachlassen würde.

Doch sie war nicht mehr seine Frau. Und sie hatte nicht vor, diesen Schmerz noch länger mit ihm zu teilen. Überhaupt noch irgendetwas mit ihm zu teilen.

Sie legte auf. (Dann legte sie den Hörer neben die Gabel. Nicht weil sie davon ausging, dass er noch einmal anrufen würde, aber ganz sicher sein konnte sie sich nicht.) Sie stellte das Fischbrot in die Speisekammer und bedeckte es mit einem feuchten Küchentuch, damit der Teig über Nacht gehen konnte. Am nächsten Tag würde sie das Brot servieren, und die Kinder würden es essen, zwar nicht gerade begeistert, aber sie wussten, dass sie sich nicht übers Essen beschweren durften, und sie wussten auch, dass es eine Bedeutung hatte, die man nicht infrage stellen durfte, wenn ihre Mutter das Kalakukko zubereitete.

Siri ging zu Bett. Ihr war schwer ums Herz, wie es immer der Fall war, wenn sie ihr Fischbrot vorbereitet hatte. Doch sie war froh, diesen Augenblick nicht mit Pentti teilen zu müssen. Die Trauer hatte sich nie leichter angefühlt, als sie sie noch geteilt hatten. Im Gegenteil, in seiner Gegenwart fühlte es sich immer so an, als zöge er sie mit sich in die Tiefe hinunter, und wenn sie nicht dagegen angekämpft hätte, wäre sie immer tiefer gesunken und nie wieder aufgetaucht. Und so darf sich Liebe nicht anfühlen.

*

Die Neugier hatte sie schließlich dazu getrieben, die Kontaktanzeige zu schalten.

Frau, siebenundfünfzig Jahre alt.

Dann hatte sie überlegen müssen.

In Karelien geboren.

Kenntnisse in der Landwirtschaft.

Singt gerne.

Sucht einen Mann für Unternehmungen, vielleicht für Liebe.

Du solltest freundlich und neugierig sein.

Weiter war sie nicht gekommen. Was erwartete sie noch vom Leben? Was konnte sie über sich selbst noch sagen?

Wie sich herausstellte, sollte sie damit schon ziemlich weit kommen. Die finnischen Wälder waren vermutlich voller einsamer Männer, Witwer oder Junggesellen, die sich nach einer Frau sehnten, mit der sie gemeinsam singen oder auch andere Dinge tun konnten.

In der darauffolgenden Woche bekam sie zehn Briefe. Zehn Stück! Sie, die sonst nur hin und wieder einmal eine Rechnung erhielt und höchstens einmal im Monat einen Brief von ihren Brüdern. (Auch wenn dies jetzt, wo man telefonieren konnte, nicht mehr so oft geschah.)

Die meisten Briefe kamen von Witwern. Zu dieser Zeit endeten die Ehen meistens noch auf diese Weise. Aber Scheidung? Na ja, vielleicht in Schweden. Oder womöglich in Helsinki.

Siri antwortete allen. Als sie im Postamt Briefmarken kaufte und die Briefe verschickte, schaute sie sich mehrmals um. Schließlich galt es zu vermeiden, dass sich die Nachbarn über diese neu zugezogene Schlampe das Maul zerrissen und mitbekamen, dass sie jetzt auch noch nach einem Kerl Ausschau hielt. Ja, ja, so sind sie, die Weibsbilder.

Doch nicht alle Bewerber waren fortschrittlich genug eingestellt, um eine Scheidung gefühlsmäßig zu verkraften (sie schrieben geradeheraus oder auch zwischen den Zeilen, dass sie Frauen hassten), womit eine natürliche Auslese erfolgte. Doch im Lauf des Sommers trudelten jede Woche weitere Briefe ein. Und obwohl eine Auslese erfolgte, blieben noch jede Menge Briefeschreiber übrig. Wie sollte sie sich nur für einen von ihnen entscheiden?

»O Mama, wie wunderbar!«

Helmi jubelte am anderen Ende der Leitung und versprach, so bald wie möglich vorbeizukommen, um ihr bei der Auswahl zu helfen. Es beunruhigte sie ein wenig, dass ihre Mutter sie beim Verfassen der Anzeige nicht um Unterstützung gebeten hatte, und sie fand es nachlässig, dass Siri nicht auf Fotos bestanden hatte, »damit man erfährt, ob der Kerl passabel aussieht«, doch in den meisten Fällen hatten die Männer auch ungebeten ein Foto von sich mitgeschickt.

Blieb nur noch die Frage, wie sie den Mut aufbringen sollte, sie persönlich zu treffen. Einen Neuanfang zu wagen. Trotz der anderen Sache, die noch immer im Hintergrund lauerte, jede Stunde, ja jede einzelne Minute.

EIN BESSERES LEBEN?

Wie schafft man es, sich nicht mehr dafür entschuldigen zu müssen, wer man ist? Wie gelangt man zu der Einsicht, genauso viel wert zu sein wie alle anderen? Geht das überhaupt?
Wie es ist, in ein tiefes Loch zu fallen und sich aus eigener Kraft wieder herauszuziehen.
Die jüngeren Geschwister nehmen nach und nach ihre Plätze in der Arena ein.

Für Siri war es geradezu ein physisches Bedürfnis, ihre Kinder um sich zu scharen. Und wenn es physisch nicht möglich war, dann wollte sie zumindest ihre Stimmen hören. Sie fragte sich, welche Tragödie erst eintreten müsste, damit es ihr beim nächsten Mal gelingen würde, alle bei sich zu Hause zu versammeln. Sie kramte die Zigarettenschachtel hervor und setzte sich auf den Hocker in der Küche. Dort saß sie und rauchte, während sie telefonierte und auf die Wiese hinausschaute. Diese Aussicht liebte sie so sehr, weil sie ihr gehörte, nur ihr.

Die Wildblumen auf der Wiese standen jetzt in voller Blüte. Klatschmohn und Wiesenkerbel blühten dort, Weidenröschen und Butterblumen. Wenn Siri hätte malen können, hätte sie diesen Ausblick gemalt. Doch jetzt begnügte sie sich damit, gierig die Farbenpracht in sich aufzusaugen. Vielleicht stimmte es sie milder und freundlicher gegenüber ihren Gesprächspartnern am anderen Ende der Leitung.

Sie wählte die Nummer von Annie (und Lauri). Doch es war Alex, der sich bereits nach dem zweiten Klingeln meldete. Sie mochte diesen dunkelgelockten jungen Mann, denn er hatte sanfte Augen und schien Annie wirklich zu lieben. Siri unterhielt sich eine Weile mit ihm, und dabei spielte es keine Rolle, ob sie einander verstanden oder nicht. Alex sprach mit einem weichen Dialekt, der sie an das Russisch erinnerte, das sie während der Kriegsjahre gehört hatte. Schließlich kam Annie vom Einkaufen zurück, und Alex reichte ihr den Hörer.

Siri war erstaunt, als sie erfuhr, dass Lauri ausgezogen war, sogar schon vor Mittsommer, und dann war er auch noch so weit weggezogen, nach Kopenhagen. Bei dem Gedanken, dass eines ihrer Kinder jetzt so weit entfernt wohnte, wurde ihr ganz schwindlig. Unten auf dem Kontinent, das übertraf beinahe ihr Vorstellungsvermögen.

Lauri hatte weder eine neue Adresse noch irgendeine Telefonnummer hinterlassen. Annie schlug Siri vor, einen postlagernden Brief an ein Postamt in der Innenstadt von Kopenhagen zu schicken, wenn sie ihn dringend erreichen wollte.

»In der letzten Zeit hier hat er sich so merkwürdig verhalten, Mama. Schlimmer als sonst. Und, Mama, er hat auch so furchtbar viel getrunken. Ich weiß, du kannst dir nicht vorstellen, dass er irgendwas anstellen würde, weil er einer von deinen Lieblingen ist, aber das war wirklich übel.«

Als sie aufgelegt hatten, blieb Siri noch eine Weile mit dem Telefonhörer in der Hand sitzen und dachte an ihren Lauri. Es stimmte, dass er ihr Liebling war, einer von ihren Lieblingen. Und vielleicht wäre alles anders gekommen, wenn er bei ihr oben im Norden geblieben wäre. Er hatte einen gewissen Einfluss auf Pentti, eine Autorität, die ihm selbst gar nicht bewusst war, wie Siri annahm. Doch sie war der festen Überzeugung, dass Pentti auf Lauri hörte, obwohl er sich nach Kräften bemühte, das Gegenteil vorzutäuschen. Und außerdem hätte Lauri ihr bei der Kleiderwahl helfen können.

Ihr Körper war nämlich gerade dabei, sich zu verändern. Sie hatte zugenommen. Sie liebte ihren neuen Körper und nahm geradezu andächtig ihre veränderten Formen wahr, aber sie wusste nicht mehr, was sie anziehen sollte. Lauri hätte sie zum Einkaufsbummel nach Tornio begleiten können. Es war dringend nötig, jetzt, wo sie … egal, es war jedenfalls zum ersten Mal nötig, dass sie sich Kleidung kaufte, die ihrem Körper schmeichelte und sie hübsch aussehen ließe.

Sie schaute auf die Uhr. Schon fast sechs. Bald müsste sie das Abendessen vorbereiten. Draußen im Vorgarten hörte sie die Kinder mit dem Hund spielen. Tarmo müsste jeden Augenblick zu Hause in seiner Wohnung in Helsinki sein. Sie wusste, dass der Ferienjob im Kaufhaus stressig war. Normalerweise übertrug man einem Fünfzehnjährigen noch keine verantwortungsvolleren Aufgaben, doch da er sich als besonders tüchtig erwiesen hatte, durfte er bereits den älteren Mitarbeitern dabei helfen, abends die Kasse zu machen und zu schließen. Das hatte er ihr erzählt. Der Stolz in seiner Stimme und der fast vollständig abgeschliffene Dialekt stimmten sie traurig, doch zugleich wusste sie, dass Tarmo genau dies benötigte, um zu überleben, um sich von einer Larve in eine Puppe und schließlich in einen Schmetterling zu verwandeln. Für ihn gab es keine andere Möglichkeit. Ihm gefiel es, wenn sie ihn anrief. Er sprach es zwar nie aus, doch sie hörte es an seiner Stimme, hörte die Einsamkeit heraus. Ihr kleiner Junge mit den tiefgründigen Gedanken, ihr kluges Köpfchen.

*

Tarmo freute sich auf seinen Umzug. Das tat er wirklich. Doch wenn er Lahja sah, wurde er melancholisch.

Er wusste, dass die nun bevorstehende Trennung von ihr lebensentscheidend sein und ernsthaft etwas kaputt machen könnte. Doch für wen von ihnen, das würde die Zeit erweisen.

Dennoch wusste er, dass er nicht bleiben konnte.

Sein ganzes Leben, oder jedenfalls seit er denken konnte, hatte er sich mit der Nase knapp über der Wasseroberfläche gehalten, so hatte er es empfunden. Und er wusste, dass er untergehen würde, wenn er bliebe.

Er wusste auch, dass Lahja es überleben würde, denn sie war aus härterem Holz geschnitzt als er. Sie war widerstandsfähiger, während er selbst nicht die psychischen Voraussetzungen dafür besaß, zusammen mit all diesen in jeder Hinsicht ungehobelten Bauernkindern in die Schule zu gehen. Ihm fehlte nämlich die Fähigkeit, seine Ohren auf Durchzug zu schalten. Großer Gott, er ertrug ja noch nicht mal mehr das Leben in seiner eigenen Familie, obwohl diese Menschen blutsverwandt mit ihm waren.

Vieles hatte er seinem Lehrer Strålfors zu verdanken. Ohne dessen scharfsinnigen Blick hätte er nie die Möglichkeit erhalten, eine Klasse zu überspringen, und ohne ihre vertraulichen Gespräche hätte er sich nie um einen Platz in der Arkadia, einer erstklassigen Privatschule in Helsinki mit Schwerpunkt Handel und Logistik, bewerben, geschweige denn ihn bekommen können. Eine ausgezeichnete Wahl für einen zukünftigen Wirtschaftswissenschaftler.

Lehrer Strålfors und seine Frau waren kinderlos und hatten ihn ins Herz geschlossen, ihn, den seltsamen Paradiesvogel aus einer Familie von einfältigen Dohlen.

Mehrere seiner Geschwister hatte Lehrer Strålfors schon unterrichtet, und argwöhnisch hatte er ein weiteres Kind der Familie Toimi in der Klasse willkommen geheißen, doch schon nach dem ersten Schultag war ihm klar geworden, dass sich dieses gänzlich von den anderen unterschied.

Ein solcher Schüler war dem Lehrer während all seiner Jahre an der Schule noch nie untergekommen.

Oder doch, einer schon, nämlich er selbst.

Er war eine äußerst seltene Begabung gewesen. Doch er hatte sich nie getraut zu promovieren. Irgendetwas hatte ihn davon abgehalten, diesen letzten Schritt in die Wissenschaft zu tun und sich gegenüber der Konkurrenz zu behaupten. Nein, er hatte ihn nie getan, und das bereute er oft, doch dank Tarmo war es ihm gelungen, sich einigermaßen mit seinem Schicksal zu versöhnen und stattdessen die Gewissheit zu erlangen, dass das Leben offenbar trotz allem eine Berufung für ihn bereithielt. Kurzum, der Herr Magister hoffte darauf, im Glanz von Tarmos Leistungen zu erstrahlen. Er besaß noch immer Kontakte in den akademischen Kreisen Helsinkis und konnte Tarmo mit wenig Aufwand zu einem Platz an der Arkadia verhelfen. (Eine größere Geldsumme, von der weder Tarmo noch der Rest der Familie Toimi etwas erfuhr, tat das Übrige. Strålfors gab schlicht und einfach vor, dass Tarmo ein Stipendium erhalten habe, und niemand hatte einen Grund, dies anzuzweifeln.)

Zudem besorgte der Lehrer Tarmo eine Unterkunft bei seiner Schwester in Töölö, einem westlichen Stadtteil Helsinkis. Die Schwester war ebenfalls kinderlos und auch Lehrerin, allerdings an einer Privatschule in der Hauptstadt. Sie wohnte in einer Dreizimmerwohnung, die seit Generationen der Familie gehörte, und hatte Tarmo mit Freude bei sich aufgenommen.

Die Fahrt zur Schule im Stadtteil Eira, der näher am Wasser lag, dauerte lange. Die meisten Schüler wohnten in der Nähe der Schule, entweder in Eira selbst oder in Brunnsparken, nur einige wenige wohnten wie er im noch vornehmeren Töölö. Die allermeisten Kinder aus Töölö besuchten allerdings eine Internatsschule in Turku, von der sich Tarmo während seines ersten Jahres in Helsinki eine ganz eigene Meinung würde bilden können.

Tarmo hatte dem Lehrer und seiner Frau versprochen, jede Woche Bericht zu erstatten, was er sehr ernst nahm. Denn natürlich waren nicht nur sie diejenigen, die durch Tarmo und seine Begabung gerettet wurden. Nein, in erster Linie war Tarmo derjenige, der gerettet wurde.

Aus einem bloßen Dasein in ein richtiges Leben.

Er fragte sich oft (genau wie seine Eltern auch), warum er in die Familie Toimi hineingeboren worden war. Dort hatte er schließlich nichts verloren. Außer zu leiden und sich unwohl zu fühlen. Lahja war die Einzige, die seine Existenz nicht infrage stellte. (Sie sah sie als einen Beweis für ihre eigene Existenzberechtigung, denn ohne ihren Bruder fiel es ihr schwerer, sich an den Sinn ihres eigenen Lebens zu erinnern. Doch dazu später mehr.)

Tarmo, benannt nach dem Eisbrecher, der eine entscheidende Rolle im Finnischen Bürgerkrieg 1918 sowie im Zweiten Weltkrieg gespielt hatte. Tarmo, wie sehr er sich für diesen Namen schämte. Wie konnte man bitte schön so heißen?

Tarmo gehörte zu jenen von Siris Kindern, die sie etwas mehr liebte. Als er im Spätwinter 1981 zu ihr kam und sie vor vollendete Tatsachen stellte, konnte sie ihm seinen Wunsch nicht abschlagen. Er hatte einen Platz in der Schule bekommen, und seine Unterbringung sowie die Finanzierung waren ebenfalls geregelt. Sie wusste, dass es ihm im Norden nicht gefiel, und sie wusste auch, dass er etwas Besonderes war, ihr kleiner Junge mit den großen ernsten Augen und all den Fragen im Kopf. Fragen, die sie nicht beantworten konnte. Er benötigte eine Großstadt, um aufzublühen, einen Ort, an dem genügend Menschen lebten, damit er nicht so unangenehm herausstach, er brauchte mehr. Doch sie trauerte angesichts seines bevorstehenden Umzugs, fast genauso stark wie Lahja, allerdings eher im Stillen.

Tarmo erinnerte Siri an ihren eigenen Vater. Er war ein guter Mann, ein lebensfroher angenehmer Mensch. Tarmo strahlte dieselbe Sanftheit aus. Dieser Junge trug nichts Böses in sich, keinen Funken. Zugleich sah er rein äußerlich Penttis Vater, dem Prediger, ähnlich. Er hatte denselben feingliedrigen Körper, Klavierfinger (auch wenn dieser Begriff in ihrer Gegend nicht geläufig war) und auch denselben strengen, durchdringenden Blick. Doch er hatte noch nicht gelernt, ihn zum eigenen Vorteil zu nutzen, wie Pappi Toimi es getan hatte, um zu bekommen, was er wollte. Um seine Umwelt so zu formen, wie er es wünschte, und es dann als Gottes Wille auszugeben.

Tarmo gehörte nicht zu Penttis Lieblingen. Er verstand sich nicht auf den Jungen, diesen neunmalklugen Schlaumeier, und vielleicht machte ihm auch sein Aussehen Angst, denn er glich einer jüngeren

Version seines eigenen Vaters. Pentti wirkte sogar etwas erleichtert, als Siri ihm erzählte, dass Tarmo ausziehen würde.

»Gut für die Haushaltskasse«, brummelte er vor sich hin, während er sich noch einen Löffel Wurstsuppe in den Mund schaufelte. »Aber in den Ferien kommt er nach Hause, um zu arbeiten. Das steht fest«, fügte er hinzu.

Siri lächelte Tarmo zu, der auf der Treppe hockte, die Arme um die Knie geschlungen. In diesem Augenblick sah Tarmo es vor sich: Nun würde sein Leben endlich beginnen.

Nach dem Sommer. Der Sommer verging, und der Umzugstag nahte.

Lahja, die im Frühling dreizehn geworden war, weigerte sich mehrere Wochen lang, mit ihm zu sprechen, bis letztlich auch sie es akzeptieren musste. Sie half ihm beim Packen, und er schenkte ihr seine alten Bücher, gebrauchte Bücher, die meisten von Lehrer Strålfors. Sie hatte zwar bereits alle gelesen, empfand jedoch die Geste als liebevoll, wenn auch als furchtbar traurig.

Sie saßen auf dem Bett in ihrem Zimmer. Die beiden teilten sich ein Bett, wie so viele ihrer Geschwister es getan hatten und noch immer taten, denn es gab weder genügend Platz noch Geld, um für alle Kinder eigene Betten aufzustellen. Und außerdem, was käme danach? Tja, eigene Zimmer, und dann wollten sie wahrscheinlich auch alle noch ein eigenes Pferd. Und noch dazu arbeitsfreie Sommerferien. Doch Tarmo und Lahja hatten nichts dagegen, sich ein Bett zu teilen. Sie lagen oft bis weit in die Nacht hinein mit der Taschenlampe unter der Bettdecke und lasen.

Aber jetzt war es damit vorbei.

»Ich komme in allen Ferien nach Hause«, versprach Tarmo.

Lahja verzog das Gesicht.

»Quatsch, tust du gar nicht.«

»Doch, Pentti wird mich zwingen.«

Sie boxte ihn gegen den Arm, ein spielerischer Boxhieb anstelle einer Umarmung, da eine Umarmung zu gefährlich, zu riskant war.

Sie lächelte ihm zu, so wie sie es nur dann tat, wenn sie andere Gefühle in Schach halten musste, und schließlich schüttelte sie den Kopf.

»Er wird 'nen Teufel tun, und das weißt du auch.«

Die Scheidung ihrer Eltern lag noch vor ihnen, als Tarmo im Spätsommer 1981 wegfuhr, doch Lahja wusste, dass Tarmo sich von diesem Ort befreien würde, sobald er im Bus säße. Er würde zurückkehren, daran zweifelte sie nicht, doch eben nur, wenn er es wollte und niemand anders, schon gar nicht Pentti.

Tarmo wischte sich eine Träne weg. Er konnte sie trotz des Boxhiebes und obwohl er sich wirklich bemühte, nicht mehr zurückhalten.

»Jetzt fang bloß nicht an zu flennen, großer Bruder, dann kleb ich dir eine.«

Doch Tarmo weinte trotzdem, und dann konnte auch Lahja ihre Tränen nicht mehr zurückhalten und weinte mit. So saßen sie nebeneinander, die Köpfe dicht zusammengesteckt, wie es schien, zum allerletzten Mal.

Siri, Pentti und Lahja brachten Tarmo gemeinsam zum Zug, und Siri umarmte ihn so innig, dass er rief: »Aua, Mama, nicht so fest.«

Siris Augen glänzten tränenfeucht, als sie ihm eine Tüte hinhielt. Darin befanden sich ihre Zimtschnecken, Tarmos Lieblingsgebäck, das sie am Tag zuvor extra gebacken hatte. Jetzt gab sie ihm ein Dutzend davon mit, als kleinen Rettungsanker auf seiner Reise hinaus in die große, weite Welt.

Pentti schüttelte ihm die Hand und wünschte ihm viel Glück. Doch Lahja blieb im Auto sitzen. Sie hatte zwar darauf bestanden mitzukommen, und sich geweigert, zu Hause auf Arto und Onni aufzupassen, doch am Bahnhof wollte sie dann doch nicht aus dem Auto steigen, sondern blieb sitzen, den Blick starr auf den Vordersitz gerichtet.

*

Tarmo meldete sich nach dem zweiten Klingeln. Es war Viertel nach sechs am Abend, und er wusste schon, bevor er den Hörer abnahm, dass seine Mutter anrief. An einem Wochentag mitten im Sommer rief sonst niemand in der leeren Wohnung an. Er hatte die gesamte Wohnung für sich, ja, sogar die ganze Stadt, wie es schien. Denn alle, die es irgendwie ermöglichen konnten, verließen die Stadt im Sommer. Sie fuhren aufs Land oder in den Schärengarten, aufs Meer hinaus oder auch nach Åland.

Helsinki ist keine Sommerstadt, in der mittags die Luft vor Hitze flimmerte und die Bewohner eine wohlverdiente Siesta einlegten, um bei den hohen Temperaturen nicht zu vergehen, doch Tarmo fand die Stadt geradezu wundervoll, wenn sie leer und es einigermaßen warm war. Und hell. Jetzt, wo er keine Hausaufgaben machen und auch keine Essenszeiten einhalten musste, schlenderte er nach der Arbeit ziellos durch die Straßen. Zum Abendessen schmierte er sich lediglich eine Stulle, die er oft auf dem winzigen Balkon im Stehen aß, während er ins Nichts hinausstarrte. Nur seine unmittelbare Umgebung wahrnehmend und sich ganz auf den Geschmack des Brotes konzentrierend, blendete er alle Gedanken aus.

Nach seiner bescheidenen, aber durchaus sättigenden Abendmahlzeit wusch er sich mit kaltem Wasser das Gesicht und zog sich um. Er hängte seine Anzughose und sein weißes Oberhemd sorgfältig über die Lehne eines Stuhls und zog Jeans und T-Shirt an.

Sein Ziel war immer das Sibelius-Monument, dieser Koloss, der auf einem Felsen im Sibelius-Park stand. Für das Bildnis des Komponisten interessierte er sich nicht weiter, nein, ihn faszinierte vielmehr diese beeindruckende Skulptur aus zusammengeschweißten Orgelpfeifen.

Die Skulptur bestand aus glänzendem Metall, und wenn die Sonne darauf schien, erzeugte sie auf den Rohren hübsche Spiegelungen und Reflexionen. Am meisten liebte er es jedoch, sich unter die Skulptur zu stellen und durch die Rohre hindurch in den Himmel hinaufzuschauen. Die darunter erklingenden eigenartigen Geräusche ließen ihn fast schwindlig werden. Es war eine Art stummes Rauschen, ja, er konnte es nicht besser beschreiben. Es war, als stülpten sich seine Gehörgänge nach außen, und er reagierte sogar physisch darauf, fühlte sich ganz rein und sinnerfüllt.

Doch manchmal standen noch andere Menschen vor dem Monument, und dann traute er sich nicht, sich unter die Rohre zu stellen, aus Angst, für sonderbar gehalten zu werden.

Mitunter hinderte ihn auch das Wetter daran, denn in diesem Sommer regnete es in Helsinki häufig.

Aber so oft es ihm möglich war, ging er hin.

Jetzt rief Siri an, ein weiteres mögliches Hindernis. Wenn seine Mutter besonders redselig war, zog sich das Gespräch mitunter so in die Länge, dass es ihm zu spät wurde, um noch hinauszugehen, weil er einfach zu müde war.

»Wie geht's dir, mein Schatz? Sind sie bei der Arbeit nett zu dir?«

»Ja, alles gut, Mama«, antwortete er wie jedes Mal.

Sorgfältig darauf bedacht, ihr nicht unnötig Kummer zu machen.

Diejenige, der er statt ihrer seine geheimsten Gedanken mitteilte, war Lahja, doch mit ihr hatte er den ganzen Sommer nicht gesprochen.

Seine Mutter war heute Abend gesprächig. Sie erzählte ihm, dass Voitto heimgekehrt war, und auch von Penttis bevorstehendem Auszug, und dass Esko ihn hinausgeworfen hatte. Tarmo hörte ihr nur mit halbem Ohr zu, denn all das, was dort oben geschah, erschien ihm viel zu weit weg. Er sah, wie sich die Abendsonne über Helsinki herabsenkte. Seine Laune sank ebenfalls, und in seinem Inneren machte sich Enttäuschung breit, bis er diesem Gefühl nachgab und es akzeptierte, sodass er es von sich schieben und sich stattdessen auf den nächsten Tag freuen konnte. Morgen würde er es ganz sicher schaffen, zur Skulptur zu gehen, denn Siri rief nie zwei Tage hintereinander an.

*

Als Tarmo im August 1981 in Helsinki aus dem Bus stieg, weiteten sich seine Lungen in ungeahnter Weise. Als würde sich ihr Volumen plötzlich verdoppeln. All seine Befürchtungen wegen Smog und Luftverschmutzung in der Hauptstadt lösten sich buchstäblich in Luft auf. Für Tarmo war es, als käme er nach Hause. Diese Stadt war seine, sie war wie geschaffen für ihn. Seine Pflegemutter oder Vermieterin, je nachdem, wie man es nennen wollte, also die Schwester von Lehrer Strålfors, nahm ihn am Bahnhof in Empfang. Hilma hieß sie, sie hatte freundliche Augen und trug einen etwas unmodischen Mantel. Sie war auch sonst weder elegant noch besonders hübsch, und dennoch wirkte sie im Vergleich zu den alten Bauersfrauen, die Tarmo bislang gesehen hatte, auf ihn wie ein Filmstar.

Oder auch im Vergleich zu Siri. Er schämte sich etwas, doch weshalb nun genau, das wusste er nicht. Schämte er sich vor Helsinki? Oder vor Siri?

Sie fuhren mit der Straßenbahn zu Hilmas Haus. Tarmo war noch nie zuvor Straßenbahn gefahren, und der Anblick der gediegenen Inneneinrichtung der Waggons, die mit Holzpaneelen versehenen Wände und mit grünem Samt bezogenen Sitze, verschlugen ihm die Sprache. Darf ich mich hier wirklich hinsetzen?, fragte er sich. Gehöre ich wirklich hierher? O bitte, sag, dass ich es tue!

Hilmas Wohnung, die jetzt auch seine Wohnung war, erschien ihm mit ihren hohen Decken und großen Fenstern unglaublich elegant. Sie überstrahlte alles, was er bislang kannte. Sein Zimmer, das ehemalige Dienstbotenzimmer, war winzig, aber es gehörte ihm und nur ihm. Darin standen ein schmales Bett, ein Schreibtisch und eine Kommode, und jeden Abend, bevor er das Licht ausschaltete, lag er eine Weile andächtig im Bett und bewunderte sein eigenes Reich.

Er fühlte sich wie neugeboren.

Wie ein Sterbender, der ins Leben zurückgekehrt war. Viele Menschen wissen nicht, was Dankbarkeit ist, kennen dieses Gefühl nicht. Doch Tarmo wusste es genau. Er musste auch nicht daran erinnert werden, da er sie jeden Tag aufs Neue in sich spürte. Wenn er mit der

Straßenbahn zur Schule fuhr, wenn er seine Hausaufgaben machte, wenn er sich abends die Zähne putzte und wenn er in seinem Bett liegend all den noch ungewohnten Stadtgeräuschen lauschte und nicht einschlafen konnte, da sie sich so stark von den ihm vertrauten Geräuschen unterschieden. Ja, in jedem wachen Augenblick spürte er, dass er eine zweite Chance bekommen hatte, und er stellte jede Minute hier den Minuten zu Hause gegenüber.

Jetzt hatte er keine Angst mehr, zu Besuch nach Hause zu fahren (so wie Annie sich vor dem Nachhausekommen fürchtete), denn er wusste, dass ihm dies hier niemand mehr nehmen konnte.

Nun besaß er einen Schlüssel zu einem anderen Leben, jetzt und auch in Zukunft. Deswegen würde es ihm auch nicht schwerfallen, über Weihnachten nach Hause zu fahren, denn zu Hause war nicht mehr sein Zuhause, sein wahres Zuhause war in Helsinki. Doch vor den einschneidenden Weihnachtstagen, die noch vor ihm und der ganzen Familie Toimi lagen, würde noch vieles andere geschehen.

Tarmo wusste, dass er anders war als seine restlichen Geschwister und auch anders dachte. Doch in der letzten Zeit fiel ihm auf, dass sich auch an ihm etwas verändert hatte. Denn er war in die Pubertät gekommen. Vorher hatte er schon seine Brüder und auch einige Klassenkameraden an der Arkadia in die Pubertät kommen sehen und drastische Veränderung an ihnen beobachtet. Als wären sie von einer qualvollen Krankheit befallen worden, die eine starke, ja geradezu radikale körperliche Wandlung mit sich brachte.

Doch in Tarmos Innerem geschah etwas anderes. Es war eher seelischer Natur, denn statt seines Körpers schien sein Herz zu reifen. Er konnte keinen sichtbaren Bartwuchs bei sich feststellen, und seine Libido – tja, er wusste nicht so recht.

Das sexuelle Erwachen fast aller seiner Brüder hatte er als einschneidend und nahezu brachial erlebt. Halbherzig verborgene erigierte Penisse, der Geruch nach frisch ejakuliertem Sperma und der Anblick von eingetrockneter Samenflüssigkeit auf steif gewordenen Laken. Doch bei Tarmo blieb all dies aus.

Stattdessen wurde er von Träumen heimgesucht, lebhaften Träumen abstrakter Natur, und doch wieder nicht. Sie handelten von Körpern, weder Frauen- noch Männerkörpern, sondern von einer Art androgynen Geschöpfen, die zwischen den Beinen völlig glatt, also geschlechtslos waren und weder Körperöffnungen besaßen noch irgendwelche Flüssigkeiten absonderten.

Er konnte sich auf einmal nicht mehr mit seinem eigenen Körper identifizieren und wünschte sich, dass er genauso glatt wäre wie die Körper in seinen Träumen, so rein und unverdorben.

Zu Beginn des Winterhalbjahrs besuchte er gemeinsam mit seiner Schulklasse eine Oper im Alexandertheater, die ihn stark beeindruckte. Zum einen faszinierten ihn die Räumlichkeiten an sich. Der ihm so fremdartig vorkommende altertümliche vergoldete Prunk. Zum anderen die Handlung, eine Geschichte über die Mühsal einer Kleinbauernfamilie in dem Landesteil, aus dem er selbst stammte. Und zum Dritten die lebendige Musik aus dem Orchestergraben. Doch letztlich waren es vor allem die Körper der Darsteller, die wie in seinen Träumen geschlechtslos zu sein schienen und deren elegante Anmut und unterkühlte Erhabenheit ihn ungemein erregten.

Die Tänzer, die sich so formvollendet und selbstverständlich bewegten, als hätten sie nie etwas anderes getan, faszinierten ihn. Ihm war nie zuvor in den Sinn gekommen, dass sich der menschliche Körper auch so zeigen konnte.

Tarmo verspürte zum ersten Mal in seinem Leben so etwas wie Geilheit.

Mit erhitzten Wangen saß er während des gesamten ersten Aktes ganz vorn auf der Kante seines Klappsitzes aus rotem Samt, und in der Pause musste er sich regelrecht zwingen, seinen Klassenkameraden nach draußen zu folgen. Auf der Straße stand er dann schweigend neben ihnen und hörte sie wie von Ferne reden. Sie unterhielten sich über die Hausaufgaben, das bevorstehende Wochenende, aber auch übers Ballett und das Orchester. Gespräche, von denen er sich in seinem früheren Leben nie hätte träumen lassen, ihnen je lauschen zu dürfen, geschweige denn sich an ihnen beteiligen zu können.

Doch jetzt war er mit den Gedanken woanders. Vor seinem inneren Auge sah er immer wieder die Körper der Tänzer vor sich, ihre Beweglichkeit und Anmut. Und er fragte sich, wie sie sich wohl anfühlten, wenn er deren geheimnisvolle Ecken und Winkel mit den Fingern erforschen und nach Öffnungen absuchen würde.

Als zum Beginn des zweiten Aktes geläutet wurde, hakte sich eine Klassenkameradin bei ihm unter, ein junges Mädchen namens Mirja, und sie gingen gemeinsam wieder hinein. Sie hatte knapp schulterlanges Haar, das beim Sprechen ungehindert von einer Seite zur anderen flog.

»Das war beeindruckend, oder?«, flüsterte sie ihm ins Ohr. »Hast du es als kleiner Junge eigentlich auch so erlebt?«

Tarmo brachte lediglich ein Nicken zustande und musste heftig schlucken. Doch der Kloß in seinem Hals wollte sich einfach nicht lösen. Aber er verspürte keinen Schmerz, im Gegenteil, er wurde vor lauter Glück von einem Schwindel erfasst, weil er jetzt wusste, wo er hingehörte. Er hatte eine Heimat gefunden.

Nach der Vorstellung gingen sie gemeinsam in ein Lokal und tranken Kaffee. Tarmo saß schweigend und gedankenverloren da, während sich die anderen unterhielten.

Er musste an sein früheres Leben zurückdenken und versuchte, sich vorzustellen, wie es wäre, gemeinsam mit seinen Eltern nach einem Opernbesuch Kaffee zu trinken, doch der Gedanke erschien ihm so lächerlich, dass er den Kopf schütteln musste.

Plötzlich fiel ihm auf, dass einer seiner Klassenkameraden, Tomas, ihn über den Tisch hinweg anschaute. Tarmo spürte, wie seine Wangen heiß wurden. Er schüttelte erneut den Kopf und schaute weg. Doch als er wieder hinschaute, sah er, dass Tomas ihn noch immer ansah, leicht amüsiert, aber freundlich. Tarmo lächelte ihm zu, und es fühlte sich gut an. Hier war er unter Freunden. Niemand würde ihm

Prügel androhen oder ihn demütigen, hier brauchte er nicht die Luft anzuhalten, sondern konnte befreit atmen.

Die Jungen in Helsinki waren irgendwie anders, die Mädchen übrigens auch. Großstadtkinder. Sie wirkten so weltgewandt, selbstbewusst, selbstsicher, ja, so glücklich. Und sie hießen ihn mit offenen Armen willkommen. Oder eben so offen, wie Fünfzehnjährige nun mal sind, doch in ihrer Gesellschaft fühlte sich Tarmo innerhalb weniger Wochen mehr zu Hause als während seiner gesamten früheren Schulzeit. Tarmo fand rasch Freunde und wurde in eine Clique intellektueller Jungen aufgenommen. (Zu der auch Mädchen gehörten, aber nur wenige.) Alle hatten denselben ernsten Gesichtsausdruck, dieselbe aufrechte Haltung, denselben klaren Blick auf ihre Umwelt.

Tarmo besaß nicht dasselbe Budget für Klamotten wie sie, doch das war nicht weiter schlimm. Selbst sein geerbter Wintermantel und seine verschlissenen Stiefel wirkten in dieser Umgebung selbstverständlich und passend. Lehrer Strålfors hatte ihm zum Examen noch ein Paar Lederhandschuhe und eine Pelzmütze geschenkt, und beides verstärkte seinen Eindruck als junger Intellektueller noch.

Ziemlich bald nach dem Opernbesuch freundete sich Tarmo mit Tomas an. Die beiden Jungen sahen einander ähnlich und hätten abgesehen von Tarmos dunklen Augen auch Brüder sein können. Tomas' Augen waren hellblau wie die eines Wolfes, fand Tarmo. Tomas wohnte genau wie er selbst in Töölö, wenn auch in einem vornehmeren Viertel. Sie kamen leicht miteinander ins Gespräch und konnten auch völlig unbeschwert in der Gegenwart des anderen schweigen.

Wahre Freunde erkennt man daran, dass man gemeinsam mit ihnen schweigen kann, wie schon die alten Philosophen sagten.

Wie selbstverständlich gingen sie nach der Schule zusammen nach Hause, und schon bald besuchten sie sich gegenseitig in ihren Wohnungen. Dort erledigten sie schweigend ihre Hausaufgaben oder, wenn sie bei Tomas waren, was öfter vorkam, hörten sie in seinem Zimmer Musik von seinem eigenen Plattenspieler.

Durch Tomas lernte Tarmo, dass Musik vieles bedeuten, viele unterschiedliche Dinge beinhalten und auch in vielen unterschiedlichen Ausdrucksformen existieren kann. Hier bekam er zum ersten Mal Sibelius und Miles Davis zu hören – und noch viele, viele andere Musiker und Komponisten, die er rasch zu lieben begann. Die Welt der Musik, die bis dahin völlig unbekanntes Terrain für ihn gewesen war, öffnete sich nun für ihn, und er verschlang alles gierig, was ihm in die Finger kam.

Tomas war das einzige Kind eines Arztehepaares, das ganz offensichtlich dem alteingesessenen Geldadel angehörte. Sie wohnten in einer weiträumigen Wohnung in der Topeliusgata mit Aussicht auf den schönen Topeliuspark. Tomas hatte das größte Zimmer bekommen, das Platz genug bot für ein Bett, ein Sofa, einen Schreibtisch und mehrere volle Bücherregale.

Tarmo fühlte sich wohl in Tomas' Wohnung. Sie lagen oft auf dem Perserteppich in seinem Zimmer und lauschten Miles Davis' Platte *Bitches Brew,* wobei er sich ganz den fremdartigen, entrückten Klängen hingab. Tomas lag entweder neben ihm, oder er hockte in der Fensternische und rauchte.

Ein paar Monate nach Schulbeginn, irgendwann im Oktober, küsste Tomas Tarmo zum ersten Mal. Es geschah zu den verführerischen Tönen von »Pharaoh's Dance«. Tarmo spürte sein Herz im Rhythmus der Trommeln rasen, und die Verspieltheit der Trompete spiegelte wider, wie sehr ihn dieses unerwartete Ereignis und auch seine eigenen Gefühle überrumpelten.

Anfänglich war er völlig überrascht, doch als er in Tomas' hellblaue Augen schaute, nur wenige Zentimeter von seinen entfernt, kam es ihm so selbstverständlich vor, dass er gar nichts anderes tun konnte, als den Kuss zu erwidern. Etwas Vergleichbares hatte er noch nie zuvor gespürt. Zum ersten Mal wurde er mit gewaltiger Kraft in seinen eigenen Körper zurückgeschleudert, in sein eigenes Fleisch und Blut. Eine fremde Zunge in seinem Mund. Tomas' warmer Körper, der sich gegen seinen eigenen presste. Sie verbrachten den gesamten

Nachmittag damit, gegenseitig ihre Münder zu erforschen. Als Tarmo am Abend nach Hause kam, fragte Hilma ihn, ob er bei seinem Kameraden vielleicht irgendetwas Unverträgliches gegessen hätte, so geschwollen, wie seine Lippen aussahen.

Tarmo antwortete ausweichend und schlich sich ins Badezimmer. Dort sah er im Spiegel seine von den Küssen in Mitleidenschaft gezogenen Lippen, den glasigen Blick und die rosigen Wangen. Ihm begegnete der Blick eines Mannes, der glücklich aussah.

An diesem Abend schlief Tarmo zum ersten Mal mit den Händen unter der Bettdecke ein, und von nun an änderten seine Träume ihren Charakter. Sie handelten zwar noch immer von Körpern, die gewissermaßen androgyn, schlank, rein und elegant aussahen, doch jetzt besaßen sie ein deutlich sichtbares Geschlecht.

Tarmo hatte nicht gewusst, dass Homosexualität oder auch Sexualität im Allgemeinen so unterschiedliche Ausdrucksformen haben kann. Bislang hatte er schließlich nur seinen Bruder und dessen vulgäre Ausstrahlung als Vergleich gehabt. Lauri repräsentierte eine komplett gegensätzliche Variante des Schwulseins, mit der sich Tarmo nur schwer identifizieren konnte und die er zuweilen geradezu verachtete. Denn Lauri schien manchmal zu glauben, eine Frau sein zu können, wenn er beim Gehen nur genügend mit dem Hintern wackelte, sich schminkte, hautenge Jeans anzog oder beim Sprechen neckisch mit dem Handgelenk wedelte. Doch jetzt wurde ihm klar, was er trotz seiner Intelligenz früher nicht begriffen hatte, nämlich dass Liebe und Sexualität viele verschiedene Gesichter haben können und dass seine eigene Sexualität unmittelbar unter der Oberfläche schlummerte. Er musste nur noch das Wesen seines eigenen Begehrens erkennen.

Von nun an war er fest entschlossen, sein Inneres zu erkunden und zu erforschen. Wer weiß, vielleicht hielt es ja etwas Wunderbares bereit!

Auf die ersten Küsse auf dem Perserteppich in Tomas' Zimmer folgten viele weitere Zärtlichkeiten. Die Klassenkameraden schienen ihre beginnende … ja, wie war ihre Beziehung eigentlich genau geartet? – zu akzeptieren. Doch sie fassten sich nur in Tomas' Zimmer an. Es kam zwar vor, dass sich in der Straßenbahn oder auch in der Schule ihre Fingerspitzen wie zufällig berührten, doch dabei blieb es auch. Und dennoch merkte man, dass sich zwischen ihnen etwas entsponnen hatte und sich weiter entspann.

Verstohlene Augenaufschläge, heimliche Blicke, vielsagende Mienen, wenn irgendwelche Äußerungen sie an etwas erinnerten, an etwas aus ihrem eigenen Universum, und wie sie sich bisweilen nur schwer das Lachen verkneifen konnten und stattdessen eine Hustenattacke vortäuschten oder es anderweitig kaschierten.

Ihre Klassenkameraden verhielten sich jedoch diskret und eher ermunternd, sodass sie sich nie gezwungen sahen, es anzusprechen oder Stellung zu beziehen. Die jungen intellektuellen Gymnasiasten zogen es im Allgemeinen vor, das Dasein zu abstrahieren, und redeten lieber über das, was sie in Büchern gelesen hatten, oder über Ausstellungen, die sie besucht hatten. Aber für simples Geschwätz interessierten sich die meisten nicht, da sie davon überzeugt waren, zu etwas Höherem, Edlerem geboren zu sein. Tratsch und Klatsch war nur etwas für Leute, die nichts Besseres zu tun hatten.

Eines Nachmittags, als sie wie immer auf dem Fußboden lagen und sich küssten, wurde unerwartet die Tür zu Tomas' Zimmer geöffnet. Im Türrahmen stand Tomas' Vater, Chefarzt Annerdahl, ein schmaler, drahtiger Mann in blank gewienerten Schuhen und teurem Anzug mit stahlgrauem Blick. Er hatte ebenso dunkles Haar wie sein Sohn, aber vollständig ergraute Schläfen, die fast wie gefärbt oder angemalt aussahen, wie um seine Autorität zu unterstreichen.

Der Chefarzt schaute seinen Sohn und dessen Klassenkameraden an, während die Sekunden vergingen. Fünf oder zehn, Tarmo wusste es nicht, denn es kam ihm vor, als wäre die Zeit stehen geblieben oder als hätte Chefarzt Annerdahl sie mit seinem eiskalten Blick eingefroren, doch dann machte er auf dem Absatz kehrt und schlug die Tür hinter sich zu. Genauso unvermittelt, wie er aufgetaucht war, war er auch wieder verschwunden. Nur das Geräusch seiner Schritte hallte noch im Korridor nach.

Der unangekündigte Besuch seines Vaters hatte physische Auswirkungen auf Tomas. Er begann, zu schwitzen und mit den Zähnen zu klappern, während sein Blick flackerte. Noch dazu lehnte er umgehend jeglichen Körperkontakt ab und zuckte zusammen, als Tarmo seine Schulter berührte.

»Ich denke, es ist besser, wenn du jetzt gehst«, sagte Tomas.

Er schaute Tarmo nicht in die Augen.

»Aber ich kann dich doch jetzt nicht allein lassen«, protestierte Tarmo.

»Ist schon in Ordnung. Ich muss mich nur ein wenig ausruhen.«

Tarmo nahm widerwillig seine Sachen und schlich aus dem Zimmer. Er musste an seinen eigenen Vater denken und fragte sich, was Pentti wohl getan hätte, wenn er in derselben Situation das Zimmer betreten, und wie er selbst reagiert hätte. Tomas benahm sich nicht unhöflich oder aggressiv, im Gegenteil, er wirkte eher erschöpft, und Tarmo fühlte sich verdammt mies. Als er an diesem Oktoberabend unter einem rosa gefärbten Himmel nach Hause zurückging, machte er sich geradezu Sorgen um seinen Freund. In der Nacht schlief er schlecht und sah unablässig dessen Gesicht vor sich.

Am nächsten Tag kam Tomas nicht in die Schule.

Tarmo verspürte während des gesamten Schultages eine nagende Unruhe. Während den anderen Schülern nicht einmal aufzufallen schien, dass Tomas fehlte, konnte Tarmo an nichts anderes denken. Er hatte Mühe, sich auf den Unterricht zu konzentrieren, und mittags konnte er kaum sein Pausenbrot hinunterbringen. Der Käse schien in seinem Mund aufzuquellen, sodass er ihn in die Serviette spucken musste.

Auf dem Heimweg nach der Schule nahm er wie immer die Straßenbahn und ging aus reiner Gewohnheit an Tomas' Haus vorbei.

Davor blieb er unschlüssig stehen.

Warum hatten ihn seine Füße, sein Körper eigentlich hierhergeführt, und was sollte er jetzt tun?

Er schaute zu Tomas' Fenster hoch und sah im Zimmer Licht brennen.

Was sollte er tun? Was hätte Tomas gewollt?

Er musste an Tomas' distanziertes Verhalten und seine Reaktion auf das Hereinplatzen des Vaters denken.

Doch er musste auch an die Küsse seines Freundes denken und wie sich seine harte Männlichkeit gegen ihn gepresst hatte. Und diese erotische Erinnerung verlieh ihm schließlich den Mut, die Haustür aufzustoßen und die vier Stockwerke im vom Marmor widerhallenden Treppenhaus bis zu Annerdahls Wohnung hinaufzusteigen.

Vor der Tür blieb er lange stehen, bevor er sich durchringen konnte zu klingeln. Schließlich tat er es einfach. Wie lange er die Luft angehalten hatte, merkte er erst, als Tomas ihm nach schier endlosem Warten schließlich öffnete.

Erst in diesem Augenblick konnte er ausatmen.

Tomas sah blass aus. Er sah eigentlich immer blass aus, fast anämisch. Sein dunkles Haar bildete einen starken Kontrast zur durchscheinenden Haut, die sich über seine schmalen Gliedmaßen spannte. Doch jetzt schien dieser Kontrast noch stärker geworden zu sein. Er sah so zerbrechlich aus, als würden die Gliedmaßen von seinem Körper abbrechen, wenn man ihn zu hastig berührte. Wie bei einer Porzellanfigur.

Tarmo hatte das Verlangen, ihn zu berühren, traute sich jedoch nicht.

»Wie geht es dir?«, brachte er schließlich hervor.

Die Worte klangen aus seinem Mund unnatürlich.

Tomas zuckte mit den Achseln.

»Bist du krank?«

Tomas schüttelte den Kopf. Er schaute flüchtig in Tarmos Gesicht, wich seinem Blick aber rasch aus, wie ein scheues Tier.

»Oder doch, das bin ich wohl. Krank und pervers. Einer, der eingesperrt gehört.«

Er brach in Tränen aus und ließ sich in Tarmos Arme fallen. Tarmo stand da und hielt seinen Freund fest, der so herzerweichend an seiner Schulter schluchzte. So standen sie lange im Treppenhaus, während Tomas lautlos, aber so heftig weinte, dass sein ganzer Körper zitterte.

»Darf ich reinkommen?«, fragte Tarmo nach einer Weile flüsternd, den Mund im weichen Haar seines Freundes vergraben.

»Ja, okay, aber nur kurz. Ich glaub, sie kommen bald heim.«

In Tomas' Zimmer setzte sich Tarmo auf die Sofakante. Den Mantel behielt er an, nur seine Handschuhe und die Pelzmütze legte er ab. Tomas ließ seinen Kopf auf Tarmos Schoß sinken, und dann schauten sie lange in den bewölkten Himmel über Helsinki. Hinter den Wolken lugte gerade die Sonne hervor, sodass der gesamte Himmel in Lila- und Rosatöne getaucht zu sein schien, wie in einer lautlosen Symphonie.

Beide mussten eingeschlafen sein, denn als Tarmo die Augen aufschlug, war es draußen stockdunkel. Irgendwo in der Wohnung hörte er Schritte. Er warf einen raschen Blick auf den dunklen Haarschopf seines Freundes in seinem Schoß und löste sich so leise und behutsam von ihm, wie er nur konnte.

Er wusste, wo der Hintereingang der Wohnung lag. Er hätte einfach hinausschlüpfen können, ohne gesehen zu werden. Doch irgendetwas in seinem Inneren wehrte sich dagegen, um Entschuldigung zu bitten. Er wusste nicht genau, woher dieses Gefühl kam, vielleicht von seiner lebenslangen Unterwürfigkeit (obwohl er erst vierzehn war), vom ständigen Kopfeinziehen und Achtgeben, ja nicht herauszustechen.

Von nun an wollte er sich nie mehr dafür entschuldigen, wie er war.

Anstatt durch den Dienstbotengang in Richtung Küche zu gehen, machte er kehrt und ging zurück ins Innere der Wohnung, den Geräuschen entgegen.

Im großen Eingangsbereich standen Tomas' Eltern in ein Gespräch vertieft. Sie verstummten abrupt, als sie ihn erblickten. Chefarzt Annerdahl öffnete den Mund, um etwas zu sagen, schloss ihn jedoch wieder, als Tarmo seine Hand hob und ihm klarmachte, dass er nicht unterbrochen werden wollte. Er wusste, dass die Worte, die er jetzt aussprach, wichtig sein würden, vielleicht sogar die wichtigsten in seinem bisherigen vierzehnjährigen Leben, und er wog sie sorgfältig ab.

Tomas' Eltern wirkten müde. Sie trugen beide teure Wollmäntel mit Pelzkragen und dazu Hüte, sie einen mit Brosche und Pelzbesatz und er einen aus grauer Wolle, passend zu Mantel und Jackett. Sie sahen aus wie zwei amtsmüde Regenten, ging es Tarmo durch den Kopf.

»Verehrter Herr Annerdahl, verehrte Frau Annerdahl. Ich weiß nicht, ob ich mich Ihnen schon richtig vorgestellt habe. Tarmo Toimi heiße ich.«

Tomas' Eltern drehten sich zu ihm um, und seine Mutter faltete die Hände. Es sah aus, als wollte sie einem Klavierstück lauschen. Tarmo redete weiter.

»Ja, ich weiß, dass wir uns schon begegnet sind, doch ich glaube nicht, dass Sie mich kennen. Zwischen Ihrem Sohn Tomas und mir hat sich eine tiefe Zuneigung entwickelt. Sie müssen wissen, dass ich jeden Tag beim Aufwachen wieder aufs Neue erstaunt und dankbar bin, dankbar dafür, dass ich hier in Helsinki aufwache, statt dort, wo ich jetzt eigentlich sein müsste. Ich komme aus einem kleinen Dorf weit oben im Norden, meine Eltern sind Bauern, und ich bin eines der jüngsten Kinder in einer großen Geschwisterschar.«

Die Eheleute starrten ihn an. Er war nicht sicher, was sie dachten, doch jetzt, wo er einmal angefangen hatte zu reden, hatte er nicht vor, sich den Mund verbieten zu lassen. Er holte Luft.

»Meine Eltern können zwar lesen, aber kaum mehr als das, und meine Mutter ist keinen einzigen Tag in ihrem Leben zur Schule gegangen. Mein Vater ist ein hasserfüllter Mann, der offenbar nur deswegen so viele Kinder gezeugt hat, um sie als unbezahlte Arbeitskräfte auf seinem Hof zu beschäftigen. Die meisten von uns Kindern sind unseren Eltern in gewisser Weise ähnlich, jedenfalls äußerlich und vom Gemüt her. Zumindest ist nachvollziehbar, dass sie aus dieser Verbindung stammen.«

An dieser Stelle breitete er die Arme aus, wie um zu sagen, um zu *betonen*, schauen Sie mich an, schauen Sie, wie ich aussehe.

»Auf mich trifft das allerdings nicht zu. Ich sehe zwar aus wie mein Vater, habe dunkle Haare und dunkle Augen, aber mein Vater ist klein und grob gebaut, doch woher mein Gemüt, mein Verstand stammt, weiß ich nicht.«

Er schaute sie an, während er Luft holte. Sie standen schweigend da und hörten ihm aufmerksam zu.

»Ich bin schon immer anders gewesen. Ich habe mit drei Jahren lesen gelernt und es daraufhin meiner jüngeren Schwester beigebracht. Und außerdem hatte ich das Glück, einen Lehrer zu bekommen, der mich sah, der mein Potenzial erkannte und der mich auch bei der Bewerbung um den Ausbildungsplatz an der Arkadia unterstützte. Und dort lernte ich Ihren Sohn kennen.«

Als er Tomas erwähnte, zog ein dunkler Schatten über das Gesicht des Vaters. Die Mutter legte vorsichtig ihre Hand auf den Arm ihres Mannes, wie um zu verhindern, dass er sich bewegte.

»Sicher ist es schwer zu verstehen für jemanden, der nicht in diesen Verhältnissen aufgewachsen ist, ich kann es ja selbst kaum verstehen. Doch all diese jungen Menschen an der Arkadia, und allen voran Ihr Sohn, sie haben mich dazu gebracht, an mich selbst zu glauben. Dank ihnen weiß ich, dass ich nicht mehr um Entschuldigung bitten muss.«

Jetzt spürte er, wie ihm Tränen in die Augen stiegen. Er schaute sich im Eingangsbereich mit dem glänzenden Parkett und der edlen dunklen Medaillontapete um und spürte, wie er Kraft aus all diesen toten Dingen schöpfte. Wir sind tot, schienen sie zu sagen. Aber du lebst, denk daran, Tarmo Toimi! Und mit diesem Gefühl beendete er seine Rede, indem er sagte: »Sie haben mir vermittelt, dass ich, so wie ich bin, zu etwas tauge. Und dieses Gefühl sollten alle jungen Menschen erleben dürfen.«

Dann lächelte er leicht.

»Ja, und alle älteren natürlich auch.«

Danach standen sie lange schweigend da. Tarmo spürte, wie jeglicher Mut, den er eben noch aufgeboten hatte, und dieses neu erworbene Gefühl des Erwachsenseins und die Selbstsicherheit, die ihn erfüllt hatten, wie ihn all das nun allmählich wieder verließ und er, vor dem Chefarzt des traditionellen Eiraspitals und seiner ebenfalls respektierten und äußerst renommierten Ehefrau Doktor Annerdahl stehend, wieder zum vierzehnjährigen Jungen wurde.

Was würden sie jetzt tun?

Doch genau wie er angenommen und innerlich gespürt hatte, waren sie vernünftige, intelligente und, ja, moderne Menschen. Das Unbekannte hatte ihnen Angst gemacht. Das Gefühl, dass ihr kleiner Sohn jetzt nicht mehr ihnen gehörte, und nicht zuletzt auch diese schmutzige Pubertät. Aber sie mussten diesem Unbekannten nur ein Gesicht geben, dann würde ihre Vernunft zu ihnen sprechen und helfen, es zu verstehen.

Sie sagten nicht besonders viel, doch hinterher hatte er den Eindruck, dass sie ihn respektierten. Chefarzt Annerdahl gab ihm die Hand, nicht auf distanzierte Weise, sondern er schüttelte sie mit beiden Händen, und Tarmo spürte, wie deren Wärme ihn umschloss. Als er an diesem Abend nach Hause ging, fühlten sich seine Schritte leicht an. Draußen fiel der erste Schnee, und Tarmo fühlte sich zwar einsam, aber stark. Er fühlte sich in seiner Überzeugung bestärkt, dass es einen Sinn ergab, für sich selbst einzustehen.

Am Montag darauf erschien Tomas nicht in der Schule. Als Tarmo seine Klassenkameradin Mirja fragte, erzählte sie ihm, dass Tomas jetzt aufs Brinkhallinternat auf einer Insel namens Kakskerta im Schärengarten von Turku gehen würde.

Sie zuckte nur mit den Achseln, und ihre hellrosafarbenen Lippen bewegten sich ganz unbefangen, doch Tarmo blieb regelrecht die Luft weg.

»Das ist ja keine große Sache, schließlich werden viele schwierige Schüler dorthin geschickt. Damit sie uns besser im Blick haben und uns zurechtstutzen können.«

Dann wandte sie sich wieder ihrer Tischnachbarin zu und setzte das Gespräch fort, das Tarmo gerade unterbrochen hatte.

Er stürzte aus dem Klassenraum und aus dem Schulgebäude hinaus. Es war das erste und einzige Mal, dass er die Schule während des

Unterrichts verließ. Sein Herz pochte heftig im Brustkorb, und nachdem er die vielen Treppenstufen in Tomas' Haus nach oben gerannt war, verspürte er einen Blutgeschmack im Mund.

Während er vor der Wohnungstür stand und dagegen hämmerte, beruhigte sich seine Atmung allmählich, doch er merkte rasch, dass niemand zu Hause war.

Er sank im Treppenhaus in sich zusammen und blieb auf den kalten Marmorfliesen sitzen, bis seine Tränen versiegten. Dann stand er auf wackeligen Beinen wieder auf und ging langsamen Schrittes durch die Abenddämmerung nach Hause.

Er sollte Tomas nie wiedersehen. (Aber zehn Jahre später aus der Zeitung von seiner Verlobung erfahren, doch das ist eine andere Geschichte.)

Chefarzt Annerdahl hingegen sollte Tarmos akademische Laufbahn genauestens verfolgen und ihn von nun an auf seinem Lebensweg unterstützen. Er gab sich nie zu erkennen und nahm auch nie Kontakt zu Tarmo auf, aber er war immer da, still über ihm schwebend und ihn beschützend. Der Mut des jungen Mannes hatte ihn stark beeindruckt. Annerdahl war es auch, der Tarmo für den Ferienjob empfahl, den er später bekam, und er saß zudem im Vorstand der Arkadia, der die Stipendien vergab.

Der Verlust von Tomas hatte zur Folge, dass Tarmo sich umso mehr aufs Lernen stürzte.

Er brillierte geradezu.

All seine Klassenkameraden waren fleißig und intelligent, doch die meisten von ihnen hegten keine besonderen Ambitionen. Sie schrieben gute Klassenarbeiten, weil sie im Unterricht gut aufpassten, doch in ihrer Freizeit lasen sie lieber Sartre und diskutierten in der Cafeteria den Existenzialismus, anstatt sich irgendwelche historischen Jahreszahlen oder das Periodensystem einzuprägen.

Jetzt, wo Tarmo seine gesamte Freizeit mit der Nase in Schulbüchern verbrachte, glänzte er bald in allen Fächern. Seine Lehrer waren beeindruckt und ließen ihn wissen, dass seine Chancen auf ein

Stipendium gut stünden, wenn er so weitermachte, und dass alle Stipendiaten der Arkadia es weit gebracht und Großes geleistet hätten. Ja, auch Chefarzt Annerdahl hatte einmal zu ihnen gehört.

*

Nach dem Verlust von Tomas hatte er angefangen, in seinem Zimmer Sibelius zu hören. Hilma besaß einen Schallplattenspieler sowie eine Aufnahme von Sibelius, und er wusste, dass es ihr gefiel, wenn er Musik hörte.

»Dann steht der Plattenspieler nicht nur herum und staubt ein«, sagte sie und lächelte ihm zu.

Tarmo gefiel besonders die vierte Symphonie. Sie war düster und schien einer tiefen Trauer und Einsamkeit Ausdruck zu verleihen. Das dumpf grollende Cello ließ sein Herz regelrecht erzittern. In derselben Art und Weise, wie es sich vor seinem inneren Auge durch die Landschaft bewegte, in bedachtsamem Crescendo, schienen sich auch Tarmos Gefühle zu steigern, und seine Hoffnungslosigkeit drohte zu eskalieren. Plötzlich sah er vor sich, wie das Eis auf dem Strom barst und sich das tiefschwarze Wasser mit Macht Bahn brach, unmöglich zu stoppen.

Als Tarmo das Sibelius-Monument zum ersten Mal sah, musste er weinen. Er hörte die kraftvollen Strophen in seinem Inneren, und die beeindruckende Anzahl zusammengesetzter Orgelpfeifen schien geradezu über dem Felsen zu schweben. Sie führten seine Gedanken an einen Abgrund, den Abgrund in seiner Seele. Er hatte die Tiefe seiner Seele noch nicht ausgelotet und wusste weder, wie weit die Dunkelheit schon in ihn vorgedrungen war, noch, in welchem Tempo.

Das Monument war hübsch anzusehen, doch das war es nicht, was ihn dorthin zog. Es war eher der Abgrund. Jedes Mal wenn er von dort wieder wegging, schien seine Trauer noch ein wenig tiefer geworden zu sein, und schon bald wurde er abhängig von diesem Gefühl.

Von der Tatsache, dass er diese Dunkelheit kontrollieren konnte. Das Schwarze in seiner Seele wurde immer schwärzer. Es wirbelte herum wie das eiskalte Wasser im Fluss zur Zeit der Eisschmelze.

Bei seinen Anrufen in Aapajärvi ließ er sich nichts anmerken. Er wollte Siri, Lahja oder auch Lehrer Strålfors nicht beunruhigen. Er wollte auch nicht, dass jemand versuchen würde, ihn zu überreden, wieder nach Hause zu ziehen. Seine Rechnung war nicht aufgegangen. Die frische Luft in Helsinki kam ihm jetzt abgestanden vor. Er hörte nur mit halbem Ohr zu, wenn Lahja von den Auseinandersetzungen zu Hause berichtete, von den zunehmenden Wutausbrüchen des Vaters. Und obwohl Tarmo versuchte, ihren Enthusiasmus über gewisse andere Dinge zu teilen, wurde ihm bewusst, wie weit er sich inzwischen von dieser Welt entfernt hatte, nicht nur rein physisch betrachtet, sondern auch mental, und es gelang ihm nicht mal ansatzweise, Enthusiasmus aufzubringen.

»Stell dir vor, sie würden es wirklich tun. O mein Gott, Tarmo, stell dir vor, wenn sie ihn verlässt!«

»Das kann ich mir nur schwer vorstellen.«

»Ja klar, geht mir auch so, aber so schlimm ist es wirklich noch nie gewesen. Du wirst es selbst sehen, wenn du Weihnachten nach Hause kommst.«

»Ja, wir werden sehen. Du, ich muss jetzt auflegen. Ich geh gleich mit ein paar Freunden ins Kino. Grüß alle von mir!«

Und dann legte er rasch auf, bevor ihm die Stimme versagen oder Lahja durchschauen würde, wie unglücklich er war.

*

Als Tarmo seine Tasche für die Weihnachtsferien packte, achtete er darauf, nichts in der Wohnung zurückzulassen. Er musste an den gestrigen letzten Schultag zurückdenken, wie sehr seine Klassenkameraden den Ferien entgegengefiebert und noch für denselben Abend eine Fete bei einem ihrer Mitschüler geplant hatten, dessen Eltern verreist waren. Mirja hatte ihn gefragt, ob er auch kommen würde, doch er hatte nur den Kopf geschüttelt und war weggegangen. Danach hatte ihn keiner mehr gefragt, obwohl sie bestimmt sahen, dass es ihm nicht gut ging.

Nicht dass sich Tarmo von seinen Klassenkameraden ausgegrenzt fühlte. Nein, im Gegenteil, er fühlte sich noch genauso zugehörig wie zuvor, doch irgendetwas in seinem Inneren war ihm abhandengekommen, und er konnte es nicht mehr wiederfinden.

Als Tarmo am Donnerstag vor Weihnachten in den Zug nach Tornio stieg, musste er daran denken, wie viel sich verändert hatte, seit er zum letzten Mal dort gewesen war.

Er hatte die Liebe gefunden und sie wieder verloren.

Er hatte Hoffnung geschöpft und sie wieder verloren.

Jetzt wusste er, dass die Welt woanders nicht besser war und dass es nicht mit dem Ort zusammenhing, sondern nur mit dem Alter. Vor ihm lagen noch so viele Jahre der Selbstbestimmung.

Zu viele.

Er fuhr gen Norden in die Dunkelheit, und seine Seele unternahm dieselbe Reise. Im Zug dachte er seinen Gedanken schließlich zu Ende.

Dieses Weihnachten würde sein letztes werden. So konnte er nicht weiterleben.

*

Er musste lange am Bahnhof warten und fröstelte, bis Buckel schließlich mit seinem schwarzen Wagen auftauchte.

»Oh, oh, oh, Kleiner«, sagte er zu Tarmo. »Oh, oh, oh.«

»Alles in Ordnung?«

»Zu Hause ist die Kacke am Dampfen. Oh, oh, oh.«

Tarmo wusste genau, dass sein Bruder gefragt werden wollte, doch jetzt, wo sein Inneres eine einziges schwarzes Loch war, das alles absorbierte, fehlte ihm einfach die Kraft dazu. Stattdessen lehnte er seinen Kopf gegen die kalte Seitenscheibe und schloss die Augen.

Er spürte die forschenden Blicke seines Bruders.

»Tarmo? Bist du krank?«

Tarmo schüttelte den Kopf.

»Nur müde«, brachte er hervor.

Als Buckel ihm schließlich erzählte, was Arto zugestoßen war, und er begriff, dass er in ein Elternhaus zurückkehrte, das gerade im Chaos versank, bekam er ein schlechtes Gewissen. Er riss sich also zusammen, so gut er eben konnte.

Als er die Küche betrat, erblickte er als Erstes Lahja. Sie stand am Herd und rührte gerade mit einem Löffel in einem Topf. Obwohl sie ihm den Rücken gekehrt hatte, sah er, wie angespannt und aufgewühlt sie war. Annie und Helmi umarmten ihn hingegen lachend und benahmen sich ungefähr wie immer, oder zumindest fast so.

Sie machten sich über seine Kleidung und seine Frisur lustig und zogen ihn wegen des unglaublich coolen Dialekts auf, den er sich zugelegt hatte, und alles war fast wieder so wie früher.

Als Lahja sich umdrehte und ihm geradewegs in die Augen schaute, sank ihm das Herz in die Hose. Jegliche Energie, die er aufgeboten hatte, wich aus seinem Körper, und er fühlte sich kraftlos wie ein nasser Lappen.

»Und, wie geht's?«, fragte er leise.

Keiner außer Lahja hörte es. Sie schüttelte nur den Kopf, dann drehte sie sich um und widmete sich wieder dem Kochen.

Tarmo wusste nicht, ob es an ihm lag oder an Arto oder ob vielleicht etwas ganz anderes die Ursache war, die Streitereien der Eltern, oder vielleicht ein Zwist mit ihrem Freund, diesem halbstarken Langweiler, mit dem sie gerade zusammengekommen war, bevor er nach Helsinki ging. Tarmo konnte sie auch nicht fragen. Er konnte nichts tun, um seiner Schwester zu helfen.

Er legte sich in ihrem ehemaligen gemeinsamen Zimmer aufs Bett, das nun Lahja allein gehörte. Dort schaute er zu den Astlöchern an der Holzdecke hinauf und sah, wie sie allmählich verschwammen, während ihm die Tränen aus den Augenwinkeln liefen und bis zu den Ohren und am Hals hinunterrannen.

Oh, warum war nur alles so hoffnungslos? Er hätte nie nach Helsinki gehen dürfen. Doch er hätte auch unmöglich bleiben können. Er sah nur einen Ausweg.

Den Tod.

So leicht, so frei, so verlockend.

Doch wie sollte er es anstellen? Sollte er sich vor einen Zug oder eine Straßenbahn werfen oder sich am Türgriff seines Zimmers bei Hilma Strålfors erhängen?

Seit ihm der Gedanke gekommen war, also wenige Wochen, nachdem er Tomas verloren hatte, hatte er hin und her überlegt, wie er es am besten anstellen könnte.

Deshalb hatte er es hinausgezögert.

Doch jetzt, wo er heimgekehrt war und er selbst dort, in seinem Elternhaus, von einem Gefühl der Hoffnungslosigkeit und Ausweglosigkeit übermannt wurde, hatte er sich entschieden. Es sollte hier oben geschehen. Möglichst bald. Zwar nicht mehr vor Weihnachten, aber kurz danach. Eine Woche später. Maximal zwei. Und er wusste nun auch, wie er es machen würde.

*

Er tat es wenige Tage nach Neujahr. Es war mitten am Tag, und alle anderen Familienmitglieder waren beschäftigt. Er schlich sich zum Saunahaus, das um diese Uhrzeit normalerweise bis auf wenige, aber vorhersehbare Ausnahmen leer war.

In seiner Jackentasche steckten eine Plastiktüte und eine Rolle Klebeband, die er aus der Garage geholt hatte. Silberfarbenes, reißfestes Gewebeband. Selbst wenn ihn Panik befallen und er es sich im letzten Moment anders überlegen sollte, wusste er, dass das Klebeband halten würde.

In der anderen Jackentasche steckte ein Brief, den er geschrieben hatte. Er war an Lahja gerichtet. Aber er hoffte innerlich, dass es nicht seine Schwester wäre, die ihn finden würde. Sondern eher Buckel. Oder Pentti. Oder Lauri, der schon vor ein paar Tagen heimgekommen war. Irgendwer, der ihn nicht so stark liebte.

In der Sauna war es dunkel, die Fenster waren klein und die Beleuchtung spärlich, doch für das, was er vorhatte, benötigte er kein Licht. Er setzte sich auf die unterste Bank, die für die kleineren Kinder reserviert war, um sich an die Hitze zu gewöhnen, oder auf der die Erwachsenen saßen, wenn sie sich oder die Kinder wuschen. Er schaute sich um, ergriffen vom Ernst der Situation.

In seinen Ohren erklangen die Streicher von Sibelius. Entschlossen streifte er die Plastiktüte über den Kopf, und dann beeilte er sich. Er musste sie rasch zukleben, damit sie luftdicht wäre, bevor er das Bewusstsein verlieren würde oder das Ganze bereute. Er war sich nicht sicher, was zuerst eintreten würde.

Er klebte mehrere Lagen Klebeband übereinander und warf durchs weiß-grüne Plastik hindurch einen letzten Blick ins Innere der Sauna. Als er fertig war, legte er sich auf die Bank und wartete. Wartete auf den Tod.

Die Panik hatte ihn noch nicht mal ergriffen, als sich unvermittelt jemand auf ihn stürzte und mit den Händen die Tüte aufriss. Luft strömte ihm entgegen. Die noch leicht warme Saunaluft fühlte sich auf seinem heißen Gesicht frisch und kühl an. Es war Lahja, die über ihm hockte und ihm die Plastiktüte vom Kopf riss. Als sie feststellte, dass er atmete und nicht mehr zu ersticken drohte, starrte sie ihn wütend an.

Dann verpasste sie ihm eine schallende Ohrfeige, die ihn wieder zum Leben erweckte.

»Hey, was machst du denn da!«

»Nein, zum Teufel, was machst *du* da? Glaub ja nicht, dass du dir einfach so das Leben nehmen kannst. Meinst du etwa, du kriegst alles, oder wie?«

Tarmo schaute seine Schwester verwirrt an. Wovon redete sie nur?

»Dein Leben ist voller Chancen und Möglichkeiten. Und wenn du das nicht kapierst, dann bist du einfach nur dumm.«

Er blickte seine Schwester an. Die Stoppelhaare bedeckten kaum ihre Ohren. Er schaute sie an, wie er sie schon unzählige Male zuvor angeschaut hatte, doch jetzt schien es, als sähe er sie mit anderen Augen, mit einem neuen Blick, den man erst bekommt, wenn man etwas von außen betrachtet.

Plötzlich schämte er sich. Sie hatte recht. Er hatte wirklich alle Chancen bekommen. Jedenfalls verglichen mit Lahja. Dir gefällt es in der Schule nicht? Oder in diesem Kaff? Kein Problem, hier, bitte, eine Freikarte für ein anderes Leben, ein spannendes Leben, ein neues Leben. Du kannst noch mal neu anfangen. Und musst dich nicht mehr mit dem alten Scheiß abgeben oder mit vorgefassten Meinungen, nur weil du anders bist, weil du etwas anderes möchtest, mehr erwartest, etwas Besseres, mehr vom Leben. Du kannst von Glück sagen, dass du als Mann geboren wurdest, auch wenn der Stoff deines Anzugs scheuert und du dir darin steif und fehl am Platz vorkommst. Immer noch besser, ein Mann zu sein als eine Frau. Auf einmal betrachtete er seine ganze Situation als Außenstehender. Es fiel ihm wie Schuppen von den Augen. Ihm wurde übel, und er schämte sich.

»Es tut mir leid«, sagte er schließlich.

Er fuhr sich mit den Händen durch die Haare.

»Großer Gott, ich bin so 'n verfluchter Idiot.«

Lahja entgegnete ganz ruhig: »Ja, das bist du.«

Dann boxte sie ihn in die Schulter.

»Aber keine Sorge, ich kümmere mich um dich.«

Nach dem Vorfall in der Sauna bewachte Lahja ihn, das spürte er. Doch es machte ihm nichts aus. Im Gegenteil, er war dankbar für die Nähe seiner Schwester, dafür, jemanden zu haben, dem es nicht egal war, ob er lebte oder tot war.

In gewisser Weise brachte dieser Vorfall die Geschwister wieder einander näher. Zum Glück, denn in den darauffolgenden Turbulenzen, dem Geschwistertreffen in Helmis Wohnung, der Konfrontation ihres Vaters und allem Weiteren konnten sie erneut dieselbe Kraft beim jeweils anderen schöpfen wie früher. Tarmo beschlich das Gefühl, dass sich vielleicht wirklich alles irgendwie regeln würde. Für alle. Aber vor allem für ihn selbst. Er sagte sich, dass er gerade erst vierzehn Jahre alt war und das gesamte Leben noch vor ihm lag. Wenn er sich dies nur oft genug vor Augen führte, würde er es sicher auch irgendwann glauben.

Als Alex wie ein großes behaartes Überraschungspaket aus Stockholm eintraf, bot Tarmo sich an, ihm die Sauna zu zeigen und einzuheizen. Lahja folgte ihm wie selbstverständlich, denn für sie war der Selbstmordversuch ihres Bruders noch sehr präsent. Sie hatte schließlich keinen Zugang zu seinem Inneren und wusste nicht, ob er es womöglich noch einmal versuchen würde.

Beide Geschwister wurden vom Ernst der Situation ergriffen, als sie die Sauna betraten, weil sie an die Situation am Vortag denken mussten.

Jetzt zeigten sie Alex die Räumlichkeiten. Dieser fremde Mann würde ein Teil ihrer Verwandtschaft, ihrer Familie werden. Sein Mund stand nie still. Entweder sang oder summte er vor sich hin, oder er gab irgendein Kauderwelsch aus Schwedisch, Englisch und noch mindestens einer weiteren Sprache von sich.

Die Geschwister tauschten vielsagende Blicke aus, bevor Tarmo das Wort ergriff.

»Yes, this is the Sauna«, sagte er und breitete die Arme aus.

»And where do you swim?« Alex machte Schwimmbewegungen mit den Armen.

»No.«

Tarmo schüttelte den Kopf, während Lahja starr zu Boden blickte. Tarmo wusste genau, dass sie laut loslachen müsste, wenn sie seinem Blick begegnete.

»No swimming. Just sit here. Sweating.«

Alex wirkte enttäuscht.

»And then maybe … rolling in the snow?«, schlug Lahja vor.

»Ah, perfect.«

Alex lächelte sein breites Lächeln und begann, sich seiner Kleidung zu entledigen.

Die Geschwister ließen ihn in der Sauna allein und gingen Arm in Arm hinauf zum Haus. Jetzt waren sie zusammen, wenn auch nur noch für ein paar Tage.

*

Siri hatte es nie irgendwem erzählt. Wie sie damals am Ufer des Torne älv gestanden und die gewaltigen schwarzen Wassermassen hatte hinunterströmen sehen. Und wie sie davon geträumt hatte, hineinzuspringen und sich von ihnen verschlucken zu lassen.

Im Nachhinein wusste sie nicht mehr, was sie mitten am Tag am Fluss gewollt hatte, denn eigentlich hätte sie vollauf mit ihrer täglichen Arbeit beschäftigt sein müssen, mit den Kindern, dem Essenkochen, Wäschewaschen, Geschirrspülen und Holzhacken. Mit Tausenden von Dingen, die ihren Alltag bestimmten, allem, was erledigt werden musste. Die Tatsache, dass sie es nicht mehr wusste, verstärkte das irreale Gefühl noch. War es tatsächlich so gewesen, oder hatte sie es nur geträumt?

Aber nein, es war kein Traum. Wenn sie tief genug grub, konnte sie noch Spuren dieses Gefühls in sich ausmachen. Der Wunsch, sich einfach aufzulösen. Das eigene Ich einfach verschwinden zu lassen. Aufzugeben. Aufzuhören zu kämpfen, aufzuhören sich zu bekriegen, einfach aufzuhören zu überleben.

Doch dieses Gefühl war so tief in ihrem Inneren begraben, dass sie es nicht mehr fürchtete.

Ganz anders war es gewesen, als sie dort am Ufer des reißenden Stromes stand. Sie hatte lange in die Fluten hinuntergestarrt. Bis sie irgendwann nichts mehr erkannte, sich stattdessen aber ihre Aufmerksamkeit schärfte und nach innen richtete, auf die finsteren Wirbel in ihrer Seele. Und dann hatte sie eine Stimme in sich rufen hören, dass es doch ein Leichtes wäre, sich einfach vom Felsen hinunter- und hineinzustürzen. Ins eiskalte Wasser, in die Strömungen, denen selbst ein guter Schwimmer nicht gewachsen war.

Irgendetwas hatte sie letztendlich dazu bewogen, wieder zu gehen. Was es war, wusste sie nicht mehr. Doch sie erinnerte sich noch gut an das Gefühl danach, als sie über die Schwelle ihres Hauses in Aapajärvi trat. Es war früher Abend oder später Nachmittag und draußen noch immer hell. Alles sah genauso aus wie immer, und dennoch hatte sich etwas verändert. Eigentlich war gar nichts geschehen, und dennoch war alles anders, neu. Sie hatte ihre Kinder, die auf sie zugestürmt kamen, in die Arme geschlossen. Welche genau, wusste sie auch nicht mehr, doch sie hatte ihre kleinen Körper gespürt, ihre Wärme, und gewusst, dass sie die richtige Entscheidung getroffen hatte.

Dennoch hatte es so lange gedauert, bis sie endlich anfing zu leben, anstatt nur zu überleben.

*

Siri hatte im Lauf des Frühjahrs öfter mit Tarmo telefoniert. Er hatte jedes Mal nach Lahja gefragt, doch die war nur selten zu Hause gewesen und meistens mit ihrem Freund unterwegs, an dem sie aus unerklärlichen Gründen hing. Siri hatte die Gelegenheit genutzt, um sich mit ihm zu unterhalten, wenn er schon mal anrief.

Jetzt, wo sie vor vollendeten Tatsachen stand, hatte Siri mehr Zeit oder, besser gesagt, sie nahm sie sich. Deshalb war Tarmo auch der Erste, der vom Haus in Kuivaniemi erfuhr. Er hatte sie zum Kauf ermuntert und gemeint, dass es fantastisch klänge und er sich schon darauf freute, sie dort zu besuchen.

»Und du?«, hatte Siri gefragt. »Wie geht's dir da unten in der Großstadt?«

Tarmo hatte die Antwort hinausgezögert, bevor er sagte: »Danke, gut, Mama. Eine Zeit lang war es nicht leicht, aber ich glaube, dass es jetzt besser wird.«

EIN SCHLECHTER FREUND / DAS MÄDCHEN MIT DEM GEHEIMNIS / ZWEI SCHRÄGE VÖGEL

Die Rache einer Frau. Die Abgründe einer Frauenseele, sind das auch deine Abgründe, oder gar die aller Frauen? Kann man die Macht über sein eigenes Schicksal wiedererlangen? Kann man je Kontrolle darüber ausüben? Darf man glücklich sein? Kann man überhaupt glücklich sein? Und worum geht es eigentlich bei diesem Telefonat, das alles verändern wird?

Siri saß am Bartresen und zerrupfte die Serviette in kleine Schnipsel, während sie wartete. Sie wünschte, sie hätte sich vorm Losfahren zu Hause einen Schnaps genehmigt.

Siri schämte sich nicht für ihre Scheidung. In gewisser Weise war sie sogar stolz darauf, zum ersten Mal ihr Leben selbst in die Hand genommen zu haben. Die Möglichkeit ergriffen zu haben, noch einmal neu anzufangen.

Aber konnte man überhaupt neu anfangen? Lief es letztendlich nicht doch immer auf dasselbe hinaus? So hoffnungslos konnte einem das Leben vorkommen, wenn sich der eigene Blick, die eigene Seele, das Herz verfinstert hatte.

Menschen änderten sich nicht. Das war doch ausgeschlossen, oder? Wie naiv zu glauben, dass es möglich wäre, sich zu ändern, oder? Nein, höchstwahrscheinlich war es nicht möglich. Aber konnte man für das verantwortlich gemacht werden, was man als junges Mädchen getan hatte, noch bevor man zu einer erwachsenen Person herangereift war? War das wirklich gerecht?

Aber wann war man reif genug, um Verantwortung für sein eigenes Handeln und seine Entscheidungen oder auch deren Ausbleiben übernehmen zu können?

Siri hatte sich nie vorstellen können, dass ihr Leben einmal so verlaufen würde. Doch das kann wohl niemand. Sie hatte nicht geglaubt, dass sich die Welt, in die sie hineingeboren worden war und die sie kannte, derart verändern würde. In gewisser Weise hatte sie immer gedacht, dass die Welt so blieb, wie sie war, und immer so aussehen würde, wie sie sie als Kind erlebt hatte, obwohl sie wusste, dass sich die Zeiten ändern.

Man muss sich in vielerlei Hinsicht anpassen. Und man muss wissen, dass es die Welt, in die man hineingeboren wurde, nicht mehr geben wird, wenn man seinen Lebensabend erreicht hat. Es gab vieles, was Siri nicht wusste oder nicht beherrschte. Und sie wusste auch nicht, wie sie sich im Hinblick auf ihren Traum verhalten sollte, den sie sich so gern erfüllen wollte. Der Traum von der Liebe. Aber vielleicht ließ er sich ja trotzdem verwirklichen.

Helmi hatte ihr Bestes gegeben, um sie zu unterstützen. Und Siri nahm dankbar ihre Hilfe an. Auch wenn sie ihre Tochter mitunter bremsen musste, denn Siri war schließlich schon siebenundfünfzig und frisch geschieden, und trotz Helmis Bemühungen gehörte Siri doch einer älteren Generation an und besaß Züge, die sie weder abstreifen wollte noch konnte.

Ihre Handflächen waren feucht, und der Stoff ihres Kleides scheuerte. Es war neu und aus Polyester und noch dazu in einer größeren Größe als irgendein Kleidungsstück, das sie je zuvor besessen hatte, denn sie schien immer weiter zuzunehmen. Es war ein hübsches Kleid, ein *modernes* (bei diesem Wort musste sie das Gesicht verziehen). Doch, man konnte sagen, was man wollte, es war ein hübsches Kleid, und es stand ihr gut. Blau-weißes Muster auf schwarzem Grund, die Ärmel dreiviertellang und der Rock bis knapp übers Knie reichend (nicht zu lang, ein Kompromiss mit Helmi).

Sie wusste, dass sie gut aussah. So gut, wie es ihr eben möglich war. Doch im Augenblick scheuerte und kratzte das neue Kleid, und als sie spürte, wie ihr der Schweiß ausbrach, war sie dankbar für das Unterkleid, das die Feuchtigkeit aufsog, bevor sich sichtbare Flecken unter den Armen, am Rücken und zwischen den Brüsten auf dem Stoff bilden würden.

Helmi meinte, dass Schwarz eine gute Farbe sei, weil man darauf die Schweißflecken nicht so deutlich sah, doch ganz sicher sein konnte sie sich nicht.

Siri erblickte ihr Gesicht in der Spiegelwand hinter den Spirituosenflaschen. In den Augen, die von dort zurückschauten, lag keinerlei Angst, was sie beruhigte. Im Gegenteil, sie blickten sie ruhig an, froh darüber, hergekommen zu sein.

»Das Leben ist ein Abenteuer«, sagte sie sich, so hieß es doch auch in diesem alten Tango-Schlager.

Es waren noch fünf Minuten bis zu ihrem Date, wie sie auf der Wanduhr am anderen Ende der Bar sehen konnte. Zur Sicherheit trug sie dem Anlass zur Ehre noch eine Armbanduhr.

Das Tragen einer Armbanduhr und auch von anderem Schmuck war für Siri keinesfalls selbstverständlich, denn lange Zeit war ihr Ehering der einzige Schmuck gewesen, den sie besessen hatte. Doch im Lauf der Jahre hatten sich einige Schmuckstücke bei ihr angesammelt, was sie hauptsächlich ihren Töchtern verdankte, die sie ihr zu Weihnachten oder zum Geburtstag geschenkt hatten. Doch sosehr sie diese Geschenke auch geliebt hatte, innig und unbeschwert, eher wie ein Kind als eine vielfache Mutter, oder auch wie eine Elster (wie ihre eigene Mutter es ausgedrückt hätte), hatte sich nie ein Anlass gefunden, Schmuck zu tragen. Nein, es hätte eher eigenartig gewirkt, wenn sie juwelenbehängt die Kühe gemolken hätte. Doch im Grunde gefiel ihr alles, was glitzerte.

Und jetzt konnte sie ihren Schmuck endlich tagaus, tagein tragen, denn niemand konnte mehr Anstoß daran nehmen.

*

Welch Ironie des Schicksals. Sie fragte sich oft, warum man sie ausgerechnet auf den Namen Lahja getauft hatte. Wenn ihre Eltern damals nur gewusst hätten, wie wertlos sie sich fühlen würde.

Lahja bedeutet Gabe.

Lahja fragte sich, ob Siri es je bereut hatte, ihrer letztgeborenen Tochter diesen hübschen Namen gegeben zu haben, oder, besser gesagt, wie oft sie es schon bereut hatte. Sie fragte sich auch, wie enttäuscht ihre Mutter von ihr sein musste, da sie sich nicht im Mindesten als Gabe erwies.

Wenn man sich selbst zu lange als Enttäuschung ansieht, entpuppt man sich irgendwann tatsächlich als Enttäuschung. Früher hatte Lahja immer Tarmo an ihrer Seite gehabt, dessen Hand sie ergreifen konnte. Er hatte ihr das Gefühl vermittelt, wenn auch nicht unbedingt eine Gabe, so doch zumindest wertvoll zu sein. Doch seit Tarmo ausgezogen war, hatte sich alles verändert. Tarmo und Lahja waren Pseudozwillinge. Sie waren sich so nahe, wie zwei Kinder es nur sein können, ohne gemeinsam in der Gebärmutter ausgetragen worden zu sein. Beide konnten sich nicht an ein Leben ohne den jeweils anderen erinnern. Sie waren mit nur etwa einem Jahr Abstand geboren worden, und Lahja folgte Tarmo überallhin. Schon von klein auf hatten sie eine enge Beziehung zueinander gehabt. In dieser kinderreichen, konfliktbeladenen Familie, die ständig mit Platzmangel zu kämpfen hatte, waren sie zu Verbündeten geworden. Zu einem Ruhepol füreinander. Seelisch wie auch physisch. Genauso war es gewesen, bis Tarmo ausgezogen war und Lahja im Chaos zurückgelassen hatte.

Und mit Chaos ist nicht nur alles gemeint, was die Familie betrifft, sondern vor allem das Gefühlschaos, das Lahjas Pubertät bestimmte.

Lahja und Tarmo, Tarmo und Lahja. Sie hatten einander immer nahegestanden.

Vom Aussehen her waren sie sich ganz und gar nicht ähnlich. Er dunkelhaarig, feingliedrig und mit ernsten Zügen. Sie aschblond, athletisch gebaut wie eine Sprinterin (um es freundlich auszudrücken) oder auch untersetzt und gedrungen. Sie hatte hellblaue schräg stehende Schlitzaugen, die manche als samisch bezeichnen würden (was durchaus kein Kompliment sein musste), und dann war da noch dieses fortwährende Lächeln: Ihre Lippen waren tatsächlich dauerhaft zu einem leichten Lächeln geformt. Als trüge sie ein Geheimnis in sich. Ein hämisches Grinsen, so hatte Pentti es wahrgenommen und sich davon provozieren lassen, und inzwischen ließ sich auch Matti davon provozieren.

Matti, ihr Freund.

Er hatte sich zwischen Tarmo und sie geschlichen, oder auch Tarmos Position eingenommen, jetzt, wo ihr Bruder so weit weg war.

Lahja hatte es nicht immer leicht gehabt. Sie fand keine Freunde und auch keinen Ort, an dem sie sich wohlfühlte, nicht zu Hause und auch nicht in der Schule. Eigentlich lebte sie beständig außen vor, sie wurde zwar nicht gemobbt, blieb jedoch immer für sich und war fast unsichtbar. Und wenn man unsichtbar durchs Leben gehen muss, hat man es nicht gerade leicht. Dann kann es vorkommen, dass man für immer unsichtbar, unterentwickelt, unfertig und verschwommen bleibt.

Wenn es einem schwerfällt, sich selbst zu erkennen, kann man ungewollt an Leute geraten, die man sich nicht unbedingt ausgesucht hätte, wenn man eine Wahl gehabt hätte. Doch Lahja hatte keine Wahl, so sah sie es jedenfalls. Als Matti eines Tages vor ihr stand und ihr die Möglichkeit eröffnete, sichtbar zu werden, schärfere Konturen anzunehmen, ergriff sie diese Chance. Und jetzt war sie Mattis Freundin.

Matti, der die Schule geschmissen hatte und nun im Postamt Briefe sortierte. Tarmo mochte Matti nicht, und Matti mochte Tarmo nicht. Doch Lahja mochte Matti auch nicht, wie sie feststellen musste.

Genauer gesagt: Im Grunde hatte sie es schon die ganze Zeit gewusst, doch die Situation spitzte sich allmählich zu. Allerdings hatte sie es nie irgendwem erzählt. Es war nur ein ungutes Gefühl, etwas, das sie nervte. Oh, warum hatte sie sich nur einen Freund zulegen müssen? Und dann auch noch einen, der vier Jahre älter war und den sie nicht mal mochte oder wenigstens respektierte. Und der sie, wenn er ganz ehrlich war, auch nicht mochte.

Doch Matti war beharrlich. (Man könnte auch sagen, stur.) Wenn er sich etwas in den Kopf gesetzt hatte, zog er es durch. Wie ein Maulwurf, der sich bis zu seinem Lebensende durch die Erde wühlt. Und jetzt hatte er sich in den Kopf gesetzt, Lahja zu bekommen. Und Lahja fiel kein guter Grund ein, Nein zu sagen. Stattdessen spielte sie auf Zeit und hoffte, dass die Sache vielleicht im Sande verlaufen würde. Oder er das Interesse verlieren würde. Oder irgendetwas anderes geschehen würde.

Sie wünschte, sie würde sich verlieben.

Idealerweise in Matti, das wäre am einfachsten gewesen.

Aber fast ebenso gern in jemand anders, wen auch immer. Sie hatte ziemlich oft das Gefühl, dass ihr Leben nicht ihr gehörte und dass sie eigentlich gar nicht frei war (ein Gefühl, das sie übrigens mit Siri teilte, was allerdings keine von beiden wusste). Dass sie nur eine gewisse Anzahl vorherbestimmter Wahlmöglichkeiten besaß und sich bei jeder Entscheidung, die sie fällte, jeder Wahl, die sie traf, zwar eine Tür hin zu weiteren (ebenfalls vorherbestimmten) Möglichkeiten öffnete, während sich gleichzeitig aber auch immer mehr Türen schlossen.

Sie dachte unablässig darüber nach, wie ungerecht es doch war, dass Tarmo der Ältere war und einfach so von zu Hause wegziehen konnte. Noch dazu war er ein Junge, das gab letztlich den Ausschlag dafür, dass er wegziehen durfte. Wenn Lahja zuerst geboren worden wäre und sich herausgestellt hätte, dass sie das Genie in der Familie gewesen wäre, hätte man sie nie gehen lassen. Und der Herr Magister, dieser verkappte Homo, wäre nie im Leben auf die Idee gekommen, ihr seltenes Talent zu fördern, oder wie er sich ausgedrückt hatte, als es darum ging, Siri zu überzeugen. Denn Lahja war nahezu unsichtbar, selbst für Lehrer Strålfors. Auf eine Schule für die Reichen in der Hauptstadt zu gehen, gehörte jedenfalls nicht zu ihren vorherbestimmten Wahlmöglichkeiten.

Die Erwachsenen waren regelrecht verblüfft von Tarmos Begabung, fast eingeschüchtert, aber zugleich neugierig darauf zu sehen, wie weit er es bringen würde, wenn man ihn förderte.

Doch sobald Lahja Anstalten machte, ihm zu folgen, wurde sie barsch zurechtgewiesen, denn nur Tarmo war für die Universität vorgesehen. Weißt du überhaupt, was das kostet? Das kannst du vergessen! Dies und Ähnliches bekam sie zu hören, woraufhin sie sich nicht anders zu helfen wusste, als die Fäuste in den Hosentaschen zu ballen und wütend von dannen zu stapfen.

Sie schwankte zwischen heftiger Wut darüber, in der falschen Reihenfolge, zur falschen Zeit, am falschen Ort und mit dem falschen Geschlecht im falschen Körper geboren worden zu sein, sowie einer tiefen Resignation und Scham. Als wäre es ihre eigene Schuld, als hätte sie es selbst zu verantworten.

Lahja erinnerte sich noch daran, wie sie Lesen gelernt hatte. Sie war vier Jahre alt, als Tarmo es ihr beibrachte. Wer es ihm beigebracht hatte, wusste sie nicht, vielleicht hatte er es einfach selbst herausgefunden und den Code geknackt.

Ja, Tarmo war cleverer als sie, schon immer gewesen, doch Lahja besaß im Gegenzug einiges, das ihrem Bruder fehlte: eine hübsche, klare Stimme, eine besondere Schlagfertigkeit, einen hervorstechenden Mut und eine starke Neugier. Vielleicht brach sich hier das karelische Erbe Bahn?

Sie hatten nachmittags auf der Küchenbank gesessen, wo ihre älteren Geschwister gerade Hausaufgaben machten (widerwillig und mit großer Mühe). Tarmo und Lahja mussten zwar noch keine Hausaufgaben machen, wollten aber unbedingt ebenfalls bald zur Schule gehen.

Sie waren die einzigen Kinder in der Familie Toimi, die diesen Wissensdurst besaßen. Tarmo konnte bereits seit mehreren Monaten lesen, nur wusste eigentlich keiner genau, wie lange schon, weil es nur zufällig entdeckt wurde. Er hatte auf dem Wandkalender gesehen, dass sein Geburtstag bevorstand (er kannte zwar das Datum nicht, dafür war er noch zu jung, doch er las, dass dort Mai und Tarmo vier Jahre stand), und anschließend hatte er es auch Lahja beigebracht.

Gemeinsam hatten sie dagesessen und sich durch eine Ausgabe der Lokalzeitung *Pohjolan Sanomat* buchstabiert, bis Pentti wütend geworden war, weil er sich bei dem verfluchten Lärm nicht mehr auf die Nachrichten im Wohnzimmer konzentrieren konnte. Und sie hatten ihre Leseversuche bis zum nächsten Tag aufschieben müssen.

»Du hast noch dein ganzes Leben vor dir, wo du lesen kannst«, sagte Esko zu ihr. »So eilig ist es doch nicht.«

Sie erinnerte sich noch daran, dass ihr die Wut ihres Vaters keine Angst eingejagt hatte. Rein instinktiv begriff sie schon als Vierjährige, dass sie sich eine Fähigkeit oder, besser gesagt, eine Waffe angeeignet hatte, derer sich sonst nur die Erwachsenen bedienten. Dass sie ihren Vater ein Stück eingeholt hatte, und er, je mehr sie zu ihm aufschloss oder diese Fähigkeit ausbaute, eines Tages (hoffentlich schon bald) keine Macht mehr über sie haben würde.

Eines Tages würde sie ihn besiegen, wenn auch nicht physisch, so doch mit ihrer Intelligenz.

Das hatte sie schon als Vierjährige begriffen. (Auch wenn sie es erst viel später in Worte fassen konnte.) An diesem Abend ging sie klaren Blickes und leichten Herzens zu Bett. Die Buchstaben hatten sie in ihrer Welt willkommen geheißen, und sie spürte, dass sie dorthin gehörte.

Danach hatte sie schon bald fließend lesen können, und das Einzige, was sie sich zum Geburtstag oder zu Weihnachten je wünschte, waren Bücher.

Lahja erlebte den schönsten Sommer ihres Lebens, als sie zehn Jahre alt war und sich den Arm gebrochen hatte. Sie war beim Sport von der Sprossenwand gefallen und musste mit dem Krankenwagen ins Krankenhaus gebracht werden. Siri war mit dem Bus hinterhergekommen, um sie abzuholen, und hatte ihr auf dem Rückweg ein Eis spendiert. Lahja erinnerte sich noch daran, wie das Eis geschmolzen und in den Gips hineingetropft war, wie es an der Öffnung für den Daumen anfing, zu kleben und säuerlich zu riechen. Von da an brachte sie diesen Geruch immer mit Eis in Verbindung.

Der gesamte Sommer hatte vor ihr gelegen, ein ganzer Sommer ohne Arbeit, und sie durfte den lieben langen Tag lesen, ohne dass jemand sie davon abhalten konnte. Gelegentlich wurde sie dazu verpflichtet, auf ihre kleineren Geschwister aufzupassen, doch den überwiegenden Teil des Sommers war sie frei – frei, in die magische Welt der Bücher einzutauchen.

Tarmo und sie lasen andauernd irgendwelche Bücher, von deren Inhalt sie sich dann später gegenseitig berichteten. Auf diese Weise eigneten sie sich rasch einen großen Wissensschatz an.

Lahja war eher praktisch veranlagt und bevorzugte eigentlich Sachbücher, doch es gefiel ihr auch, sich gemeinsam mit Tarmo Tagträumen hinzugeben, oftmals auf seine Initiative hin, denn er bevorzugte Abenteuerromane. Er nahm Lahja mit auf Luftangriffe von Kampffliegern, Skitouren übers Gebirge oder geheime Agentenaufträge südlich der Sahara. Lahja erklärte Tarmo im Gegenzug, wie eine Dampfmaschine funktionierte oder was sich hinter dem Begriff Fotosynthese verbarg, lange bevor sie es in der Schule lernten. Dank Lahja wussten sie auch, dass es so etwas wie Apartheid, den Sechstagekrieg oder auch Martin Luther King gab. Die Liste über das Wissen, das sich die beiden Geschwister angeeignet hatten, ließe sich beliebig fortsetzen.

Doch jetzt war es damit vorbei. Jetzt unternahmen sie ihre Bildungsreisen jeder für sich allein, und all die Erfahrungen, die sie früher miteinander geteilt und die sie verbunden hatten, vergrößerten auf einmal eher den Abstand zwischen ihnen.

Lahja wurde zunehmend von Zweifeln geplagt. Würde sie je ihren Vater besiegen, würde sie je das Leben für sich erobern können, damit es wirklich irgendwann ihr gehörte, mit eigenen Wahlmöglichkeiten und Entscheidungen?

Lahjas Leben war so furchtbar still und leer geworden. Tarmo schrieb ihr Briefe, und sie schrieb zurück, doch der Abstand zwischen ihnen war rein physisch spürbar und wuchs mit jedem Tag, während beide mehr Erfahrungen sammelten, hauptsächlich er, aber auch sie. Das Leben ist ein merkwürdiges Phänomen. Es findet überall und zur gleichen Zeit statt. Es geht Minute für Minute weiter, füllt sich mit Inhalt, und jeder Mensch macht Erfahrungen, ob er nun will oder nicht. Doch wenn es sich an verschiedenen Orten abspielt, nicht an ein und demselben, sondern an getrennten, ist es vergleichbar mit zwei auseinanderstrebenden Ästen an einem Baum. Die beiden Leben verlaufen nicht mehr parallel zueinander, sondern entfernen sich immer weiter voneinander.

*

Er hatte sich verspätet. Doch er hatte sich dafür entschuldigt. Hatte nicht gewusst, wo er parken sollte. Und war dann auch noch in die falsche Richtung gelaufen, weil er sich in der Stadt nicht so gut auskannte.

»Ist doch kein Problem, fünf Minuten früher oder später, das ist doch kein Beinbruch«, sagte Siri.

Er sah gut aus, doch das wusste sie schon, da er in seinem ersten Brief ein Foto mitgeschickt hatte. *Nicht so* wie Pentti, sondern eher in einer karelischen Weise, wie Siri fand. Eher wie ein entfernter Cousin von ihr.

Er war groß, einen Kopf größer als sie, und seine Züge hatten etwas Edles. Hohe Wangenknochen und einen kleinen Höcker auf der Nase, das helle Haar spärlich, aber sorgfältig gekämmt, und zur Jeans trug er ein klein gemustertes Hemd.

»Ich hatte leider keine andere heile Hose«, sagte er und lächelte entschuldigend. In seinen Augenwinkeln bildeten sich winzige Fältchen.

»Aber das Hemd ist neu!«, fügte er hinzu und strich mit den Fingern darüber.

Das sah selbst sie, da es noch Faltspuren aus dem Karton aufwies. Aber er hatte etwas herzergreifend Sympathisches an sich, fand Siri.

»Das hier ist auch neu«, sagte Siri und deutete auf ihr Kleid.

»Ist es auch so warm? Puh, wie ich in diesem Hemd schwitze«, stöhnte er, und dann mussten sie beide lachen, was die Sache ungemein erleichterte.

Er hieß Mikael und war eigentlich Schwede, wohnte aber schon seit Langem auf der finnischen Seite. Sein Finnisch war mehr als gut, er sprach es fließend. Aber er fuhr einen Volvo.

Sie bestellten Kaffee und setzten sich an einen Tisch etwas abseits, wo sie sich lange unterhielten.

Es war nett. Siri wusste nicht genau, was sie erwartet hatte, jedenfalls nicht, dass es so nett oder, besser gesagt, einfach sein würde. Denn mit Mikael (oder Mika, wie er bevorzugte, genannt zu werden) fühlte es sich einfach an. Er war Witwer und Vater zweier erwachsener Kinder, eines Jungen und eines Mädchens, die beide nach Stockholm gezogen waren und die er nur selten sah.

»Die beiden kamen öfter zu Besuch, als ihre Mutter noch lebte, inzwischen aber nicht mehr ganz so oft. Sie haben einfach zu viel um die Ohren. Und ich hab sie auch noch nicht besucht. Aber ich freu mich immer, wenn wir uns sehen.«

Siri nickte und erzählte ihm von ihrer Annie, die ebenfalls dort wohnte, und dass sie vorhatte hinzufahren, wenn das Kind geboren wäre. Aber wann genau, das müsste sie noch sehen.

»Wir könnten ja zusammen runterfahren«, schlug Mika vor und rührte Zucker in seine zweite Tasse Kaffee. »Das wäre doch eine Idee!«

Und dann lächelte er sie an und zwinkerte ihr mit seinen kleinen hellgrauen Augen schelmisch zu. Obwohl sie sich gerade erst kennengelernt hatten, verspürte Siri ein deutliches Ziehen in der Magengegend oder möglicherweise noch etwas tiefer, und sie wusste, dass sie Mika wiedersehen wollte.

Sie blieben noch mindestens zwei Stunden sitzen, bevor es Zeit wurde aufzubrechen. Er begleitete sie zum Auto und fragte dann, ob er sie auf die Wange küssen dürfe (das durfte er!), und danach fragte er, ob sie ihn wiedersehen wolle.

Siri lächelte.

»Das würde ich gerne.«

»Tja, wie verhält man sich in so einer Situation eigentlich angemessen?«, fragte Mika.

»Mhm, keine Ahnung, da muss ich erst nach Hause fahren und meine Tochter fragen. Sie war auch diejenige, die das Kleid für mich ausgesucht hat. Und die Bar ebenfalls!«

Sie lachten leicht beschämt über die Situation, über sich selbst und über das Unaussprechliche, das schon nach so kurzer Zeit zwischen ihnen zu keimen begann. Doch wenn man so etwas spürt, dann spürt man es eben.

Siri stieg ins Auto und fuhr nach Hause. Unterwegs ertappte sie sich dabei, so hingebungsvoll zu lächeln, dass ihr die Wangen wehtaten. Wann hatte sie das je zuvor getan?

Es würde ein schöner Sommer werden.

*

Die bevorstehenden Sommerferien würden anders werden als alle vorigen. Lahja spürte es im ganzen Körper. Nicht nur, weil sie nach Siris Scheidung umgezogen waren, sondern auch, weil es der erste Sommer ohne Tarmo war.

Lahja verbrachte ihre Freizeit mit Lesen, Erledigungen im Haushalt und diversen Stunden in Mattis beigefarbenem Saab, in dem sie mit Matti herumknutschte und sich an seinem muskulösen Körper rieb.

Das Herumknutschen war genauso langweilig wie die Farbe seines Autos und weckte keinerlei Gefühle in ihr. Sie vermisste ihren Bruder, obwohl sie sauer auf ihn war. Und während sie sauer auf ihn war, war sie zugleich sauer auf sich selbst, weil sie genau wusste, dass er die richtige Entscheidung getroffen hatte. Für Tarmo bestand die einzige Chance, mit dem Leben zurechtzukommen, darin, an einem Ort zu leben, der für ihn bestimmt war. Auch darauf war sie sauer, nämlich, dass sie selbst im Gegenzug einfach alles aushalten und hier oben überleben konnte.

Sein Leben neben einem Genie zu fristen, ist ziemlich anstrengend. Insbesondere wenn man das Genie liebt, darüber hinaus aber immer ein winziges bisschen neidisch oder missgünstig ist. Und selbst meint, vielleicht ebenfalls etwas mehr, nur ein wenig mehr, oder etwas Besseres verdient zu haben, auch wenn es (noch) niemand gemerkt zu haben scheint.

Nach dem unheimlichen Vorfall in der Sauna rief Tarmo öfter an. Sie merkte, dass sich ihr Bruder noch immer mit ihr verbunden fühlte, wusste jedoch nicht genau, ob er ihr distanziertes Verhalten bemerkte. Denn für Lahja war der Abstand zwischen ihnen noch größer geworden.

Sie erfand oft Ausreden, um nicht nach Hause kommen zu müssen oder um möglichst bald auflegen zu können, wenn Tarmo sie einmal ans Telefon bekam. Die Entfremdung zwischen ihnen setzte ihr ziemlich zu, insbesondere weil sie wusste, dass sie diese selbst verursachte. Doch sie konnte einfach nicht anders.

Lahja wusste, dass Siri sie liebte, genügend, jedenfalls so viel wie nötig.

Aber auch kein bisschen mehr.

Zu glauben, dass Kinder so etwas nicht merken oder spüren, ist naiv, denn natürlich spüren sie es.

Lahja war in jeder Hinsicht ein außergewöhnliches Kind, doch ihr Nachteil bestand darin, dass sie ein Mädchen war. Wäre sie als Junge geboren worden, hätten ihre Eltern und die Menschen in ihrem Umfeld sie höchstwahrscheinlich stärker beachtet. Und sie selbst sich vermutlich auch. Der Mensch, der immer an ihrer Seite gewesen war, bei dem sie sich hatte anlehnen können, dem sie hatte vertrauen und auf den sie sich hatte verlassen können, war Tarmo. Zwar waren da noch die anderen Geschwister, insbesondere die kleineren, doch ansonsten hatte sie sich immer einsam gefühlt. Sie hatte immer angenommen, dass es kein großes Problem sei, denn schließlich hatte sie Tarmo, und sie beide würden einander immer verbunden sein und irgendwann gemeinsam in die Welt hinausziehen.

Doch jetzt war er weg.

Ohne Tarmo fiel es ihr schwerer, die Sticheleien ihrer Klassenkameraden zu ertragen, und auch, ihre Einsamkeit auszuhalten. Sie vermisste es, all die kleinen Dinge des Alltags mit jemandem teilen zu können. Jemand, der immer genau wusste, was man meinte, und für den man sich alle Erlebnisse aufhob, die am Tag passiert waren. Wie in einer kleinen Schachtel im Herzen, aus der man sie dann, wenn man sich wiedersah, hervorholen konnte. Dann hätte man gemeinsam über alles Lustige und auch Schreckliche lachen und letztendlich überleben können.

Doch jetzt, wo Tarmo 738 Kilometer entfernt wohnte, trainierte sie regelrecht, alles an sich abgleiten zu lassen. In der letzten Zeit hatte sie sich sogar ganz bewusst Schmerzen zugefügt und sie möglichst lange ausgehalten. Versucht, sich daran zu gewöhnen und einen Ort in ihrem Inneren zu finden, an dem sie sich sicher fühlen könnte. An dem ihr nichts mehr wehtun würde.

Sich in den Schmerz zu fügen, ihn anzunehmen und sich nie dagegen zu wehren, ist eine provozierende Eigenschaft. Damit kann man sogar Menschen provozieren, die behaupten, einen zu lieben.

Matti war nicht von Natur aus gewalttätig, das spürte er. Nur irgendetwas an Lahjas Verhalten, ihre Passivität, irritierte ihn unglaublich. Er wusste nie, ob sie wirklich mit ihm zusammen sein wollte oder ihn wirklich liebte, denn sie zeigte keinerlei Gefühle, sondern zuckte immer nur mit den Achseln. Für sie schien nichts wirklich eine Rolle zu spielen.

Und er, der bereit war, sie zu lieben, obwohl sie weder hübsch noch beliebt war (das war Matti auch nicht, doch das war ihm egal, oder es zählte in seinen Augen nicht), er wurde rasend und gewalttätig, weil sie seine Liebe nicht erwiderte oder sich nicht wenigstens dankbar zeigte.

Zum ersten Mal schlug er sie, als sie nach der Schule nicht mit zu ihm kommen wollte. Sie gab vor, für eine Klassenarbeit lernen zu müssen, doch Matti wusste, auch wenn er nicht besonders schlau war, dass sie nie für irgendeine Arbeit lernen musste, da sie alles bereits auswendig kannte und es schon irgendwo gelesen hatte. In irgendeinem Buch, in all den Millionen von Büchern, die sie immer überallhin mitschleppte. Dass sie ihn auf diese Weise anlog, trieb ihn in den Wahnsinn. Er war auf seiner frisierten Puch zum Schulgebäude gefahren und hatte dort auf sie gewartet. Die Sonne schien und spiegelte sich auf dem Benzintank, und alles war in bester Ordnung, bis sie Nein sagte.

Er stieß sie von sich weg, sodass sie rückwärts hinfiel.

Doch Lahja sagte nichts. Ihr Mund öffnete und schloss sich mehrmals, und in ihre Gesichtszüge trat Erstaunen, aber sonst geschah nichts weiter. Kurz darauf stand sie wieder auf, wischte sich den Schmutz von der Jeans und ging von dannen.

Hinterher bereute er es, wie alle Männer, die ihre Frauen schlagen.

Er fuhr zu ihr nach Hause und klopfte an die Haustür, obwohl er ihre Familie verabscheute, und Lahja kam heraus und stellte sich auf die Veranda. Sie ließ ihn nicht einmal herein, sondern stand ans Treppengeländer gelehnt einfach nur da und schaute ihn schweigend an, wobei sie mit keiner Miene verriet, was sie dachte.

Er hatte ihr ein Medaillon gekauft, ein kleines versilbertes Herz, das man öffnen und schließen konnte. Dann hatte er ein winziges Foto von sich selbst ausgeschnitten und hineingesetzt. In die andere, noch leere Hälfte sollte sie ein Foto von sich setzen, so hatte er es sich vorgestellt, und dann würden sie beide dort an ihrem Hals hängen, die Gesichter nur wenige Millimeter voneinander entfernt und für immer vereint.

Sie betrachtete das Medaillon in ihrer Hand lange. Als er fragte, ob er ihr helfen solle, die Kette anzulegen, schüttelte sie rasch den Kopf und warf ihm dann einen nahezu ängstlichen Blick zu.

»Äh, ich will gleich in die Sauna. Aber danach, wenn ich sauber bin, leg ich sie an. Danke.«

Und dann drückte sie ihm einen Kuss auf die Wange und schlüpfte rasch wieder ins Haus hinein.

Matti blieb auf der Veranda stehen und kam sich wie ein absoluter Idiot vor. Er hatte sich nicht entschuldigt, jedenfalls nicht ausdrücklich, und das setzte sozusagen den Standard für sein weiteres Verhalten. Zwar entschuldigte er sich immer in irgendeiner Form, so gehörte es sich schließlich, doch dabei sprach er das Wort »Entschuldigung« nie aus, und meistens vermittelte er sein Anliegen auch nicht besonders überzeugend.

Sie trug das Medaillon nie, sondern verwahrte es als Erinnerung an dieses Mal, *das erste Mal,* ganz hinten in einer Schublade.

*

Siri hatte beschlossen, ihn zum Abendessen einzuladen. Mika. Ursprünglich hatte sie nicht vorgehabt, Helmi einzuweihen, und wollte ihre Tochter auch auf keinen Fall um Rat fragen, aber schließlich tat sie es doch.

»Willst du ihn wirklich nach Hause einladen? Und wo sollen die Kinder dann hin?«

»Die sollen dabei sein, dachte ich.«

Sie hörte Helmi am Telefon nach Luft ringen.

»Aber, Mama, das geht doch nicht. Damit wirst du ihn vergraulen.«

Siri sah einen Zitronenfalter vor dem Küchenfenster vorbeiflattern. Plötzlich fielen ihr lauter Kleinigkeiten auf, die sie früher nie beachtet hatte. Zeichen des Glücks, wenn man sie nur beachtete. Sie lächelte ihrer Tochter nachsichtig durch den Hörer zu.

»Aber, meine liebe Helmi, er weiß doch, dass ich Kinder habe. Viele Kinder. Und dass einige von ihnen noch zu Hause wohnen.«

»Ja, er *weiß* es vielleicht, und er sagt vielleicht auch, dass es okay ist, aber wenn er sie dann *sieht,* kriegt er garantiert Panik. Mama, vertrau mir, ich weiß, wie Männer ticken.«

Siri lächelte. Sie schätzte den Rat ihrer Tochter, auch wenn sie in diesem Fall nicht vorhatte, ihn zu befolgen.

»Na ja, wir werden sehen.«

Und dann hatte sie ihn angerufen. Er meldete sich nach dem vierten Klingeln und klang völlig außer Atem.

»Ich hab gerade Unkraut gejätet, und dann ging plötzlich das Telefon. Normalerweise ruft ja niemand bei mir an, aber dann hab ich gedacht, also gehofft, dass du es vielleicht bist.«

»Aha, du hast also an mich gedacht?«

»Das weißt du doch, Siri Aamuvuori. Das weißt du.«

Und dann lächelte sie erneut, und sie beschlossen, dass er schon am Sonntag kommen sollte. Heute war Donnerstag. Also schon in drei Tagen.

*

Zum ersten Mal schlug Matti Lahja im September 1981, und nun war es Juni 1982. Schon knappe zehn Monate später hatte sie sich so an den Schmerz gewöhnt, dass sie kaum noch darauf reagierte. Ihre Schmerzgrenze hatte sich inzwischen so weit verschoben, dass sie nur noch ganz verschwommen existierte und drohte, sich ganz aufzulösen.

Seit ihrem Umzug nach Kuivaniemi hatten die Misshandlungen zugenommen.

Sie waren für Matti die einzige Möglichkeit, um auf Nähe von Lahja zu hoffen. Sie schlief zwar oft mit ihm, verhielt sich dabei jedoch meistens eher passiv und stumm. Manchmal hatte sie jedoch keine

Lust, und dann leistete sie zumindest etwas Widerstand, was ihm fast noch besser gefiel, als wenn sie einfach nur dalag wie eine Tote.

Lahja wusste nicht, wie sie sich sonst verhalten sollte, und sie hatte auch keinen, mit dem sie über all das reden konnte, was sie quälte. Über das Gefühl, wertlos zu sein und dass das richtige Leben irgendwo anders stattfand.

Wenn Tarmo geblieben wäre, hätte sie sich ihm vielleicht anvertrauen können. Vielleicht hätte er sie vor Matti retten können, so wie sie ihren Bruder in den Weihnachtsferien gerettet hatte. Alle Leute um sie herum wirkten irgendwie erleichtert darüber, dass sie jetzt jemanden an ihrer Seite hatte und somit immerhin etwas an ihr *normal* war. Jetzt hatte sie wenigstens einen Freund, der zumindest normal wirkte. Er arbeitete im Postamt und hatte eine eigene Wohnung, eine kleine Einzimmerwohnung in der Innenstadt von Tornio. Das Mietshaus bestand ausschließlich aus Einzimmerwohnungen, und irgendwo fand immer eine Party statt, sodass jedes Wochenende mehrfach die Polizei gerufen wurde.

Lahja hasste dieses Haus. Sie hatte Angst, sich darin aufzuhalten, weil sie instinktiv spürte, dass niemand auf ihre Hilferufe reagieren würde, wenn es hart auf hart käme, und Matti sie irgendwann so stark misshandeln könnte, dass es um Leben und Tod gehen würde.

Als Siri ihr erzählte, dass »ein Mann zum Abendessen« kommen würde, reagierte Lahja befremdet. Ihr war überhaupt nicht klar gewesen, dass Siri einen neuen Mann suchte.

Dann wurde sie wütend auf ihre Mutter.

Für wen hielt sie sich eigentlich, dass sie sich nach Liebe sehnte?

Dass sie überhaupt glaubte, Liebe verdient zu haben?

Oder jemanden, der nett zu ihr war?

Jemanden, mit dem es ihr gut ging?

Lahja hätte Siri am liebsten angeschrien. Geschrien, dass sie keinen neuen Vater brauchte, und wer zum Teufel Siri zu sein glaubte, sich diese Freiheiten einfach herausnehmen zu können. Doch Lahja war nicht der Typ Tochter, die ihre Mutter anschrie. Stattdessen schlich sie achselzuckend in ihr Zimmer hinauf, wo sie hinter dem Buch verschwinden konnte, das sie gerade las. Momentan war es die Geschichte über den Aufstieg und Fall des Römischen Reiches. Ihr fiel es schwer, sich auf den Inhalt zu konzentrieren, doch sie wusste, dass sich ihre Wut irgendwann legen würde. Wenn doch nur Tarmo zu Hause gewesen wäre. Dann hätten sie sich gemeinsam über diesen Irrsinn lustig machen können.

Lahja dachte oft darüber nach, ihrem Leben ein Ende zu setzen.

Am häufigsten malte sie sich aus, wie es wäre, sich in der Morgen- oder Abenddämmerung vor einen Zug zu werfen. In dieser dunklen Zeitspanne zwischen Tag und Nacht, Nacht und Tag.

Nicht weit entfernt von dem Haus, in dem sie jetzt wohnten, lag ein unbeschrankter Bahnübergang, dessen Signalanlage des Öfteren nicht funktionierte. Zuweilen legte sie sich auf die Gleise und horchte, doch sobald sie das Rauschen eines herannahenden Zuges vernahm, sprang sie wieder auf.

Darüber hinaus nahm sie mehrere Anläufe, um einen Brief zu schreiben, den Brief an Tarmo. Doch sie beendete ihn nie, denn irgendetwas hinderte sie daran. Sie war einfach noch nicht bereit. Außerdem hatte sie Angst davor, was passieren könnte, wenn Matti den Brief fände. Nein, in der letzten Zeit waren viele angefangene Abschiedsbriefe im Ofen gelandet.

Doch es war nicht der Tod an sich, mit dem sie liebäugelte. Nicht mit der entschlossenen Art und Weise, wie Tarmo sich ihm genähert hatte. Nein, für sie war es eher der Gedanke an den Tod, der wie ein Schmerzmittel wirkte. Wenn sie sich vorstellte, dass es sie nicht gab, nicht mehr gab, tat das Leben nicht mehr so weh. Völlig abgeklärt und methodisch konnte sie das Geschehen Szene für Szene vor ihrem inneren Auge ablaufen lassen: sie auf den Gleisen, der heranrasende Zug, die Beerdigung, die weinenden Gesichter ihrer Familienmitglieder. Dann tat es nicht mehr so weh.

*

Siri hatte hin und her überlegt, was sie zum Abendessen anbieten sollte. Sie wusste, dass sie kochen und backen konnte und dass ihr Essen gut schmeckte, doch sie wollte, dass es etwas mehr über ihre Person aussagte. Insgeheim spürte sie, dass Mika ein aufmerksamer Mann war und ihre Anstrengungen würdigen und schätzen würde, und das beeindruckte Siri und machte sie stolz. Doch nervös machte es sie ebenfalls.

Letztlich hatte sie sich entschieden, Schnittchen mit Räucherlachs und zum Nachtisch eine Sahnetorte zu servieren. Die Kinder sprangen während der Vorbereitungen in der Küche herum. Siri hatte Lockenwickler im Haar (Helmi hatte sie ihr gekauft und gezeigt, wie man sie benutzte) und trug nur ein Unterkleid und darunter einen Büstenhalter. Es war ziemlich warm in der Küche und schon halb zwei. Um vierzehn Uhr wollte er kommen, und sie schimpfte mit Arto und Onni, weil sie die von ihr bereitgelegten Hemden nicht anziehen wollten. Doch sie hörten nicht auf Siri und spielten stattdessen weiter Katz und Maus um ihre Beine herum.

Dann vernahm sie plötzlich das bekannte Geräusch von Autoreifen, die sich auf dem Kies näherten. Kam er etwa schon jetzt? Es war doch erst … noch war es viel zu früh! Sie schaute hinaus und erblickte einen schwarzen Mercedes. Gerade stieg Tatu aus, und auf der Beifahrerseite erblickte sie Lauri. Lauri? Was wollte der denn hier? Er trug ein Paar Jeansshorts, so knapp, dass sie selbst für eine Frau viel zu kurz gewesen wären.

Lauri konnte doch jetzt nicht kommen!, schoss es ihr durch den Kopf. Er würde alles kaputt machen. Doch schon im nächsten Augenblick schämte sie sich für diesen Gedanken, der rascher aufgetaucht war, als sie ihn hatte stoppen können. Sie schüttelte den Kopf. Selbstverständlich war er willkommen, und Tatu auch. Sie hatte sich sowieso noch immer nicht an den kleiner gewordenen Haushalt gewöhnt und bereitete jedes Mal so viel Essen zu, dass es für alle Kinder reichen würde, obwohl nur ein Drittel von ihnen noch zu Hause wohnte.

»Mein liebes Kind, was machst du denn hier?«

Lauri zuckte nur mit den Achseln und zündete sich eine Zigarette an, während er ihr geschminktes Gesicht in Augenschein nahm.

»Wer ist denn diese kesse Dame? Und was hast du mit meiner Mutter gemacht? Beim letzten Mal hatte meine Mutter jedenfalls noch keine Lockenwickler im Haar.«

Dann drückte er Siri einen dicken feuchten Kuss mitten auf den Mund.

Plötzlich tauchte Onni im Türrahmen auf.

»Gleich kommt ein alter Knacker zu Besuch!«

Siri bedeutete ihm, still zu sein.

»Nein, kein alter Knacker.«

Lahja kam gerade die Treppe heruntergeschlendert, die Nase in Band drei von *Aufstieg und Fall des Römischen Reiches* steckend.

»Nein, Mamas Kerl kommt zum Abendessen.«

Lauri und Tatu machten große Augen und zogen dann ihre Mutter auf, bis sie spielerisch mit der Hand zum Schlag ausholte.

Genau in dem Augenblick bog Mikas blauer Volvo aufs Grundstück ein.

Siri wäre am liebsten im Erdboden versunken. Während sie rasch die Treppe hinaufflüchtete, um ihr Kleid überzustreifen und die Lockenwickler aus dem Haar zu entfernen, hörte sie innerlich Helmis kritischen Kommentar.

Mein Gott, was soll der Mann denn von dir denken?

Doch wie sich herausstellte, trug er es mit Fassung. Die Kinder hatten sich vorbildlich verhalten (wenn auch ziemlich neugierig) und ihn zur Hollywoodschaukel geführt, wo sie ihm sogar ein Glas Mahla serviert hatten, den Birkensaft, den sie in den Tagen zuvor gezapft hatten.

Da saß er nun, umgeben von ihren Kindern. Tatu und Lauri, Valo und Lahja sowie Arto und Onni. Er unterhielt sich entspannt mit ihnen und hörte allen aufmerksam zu. Siri blieb auf der Veranda stehen und betrachtete das Szenario. Doch dann erblickte er sie, und seine Miene hellte sich auf. Er zwinkerte ihr zu, bevor er sich wieder Onni zuwandte, der ihm gerade Löcher in den Bauch fragte.

»It's a keeper!«, sagte Lauri, als Mika später am Abend wieder in seinen Volvo gestiegen war, um heimzufahren.

Es war kurz vor zehn, und der Himmel leuchtete rosafarben.

»Und was bedeutet das?«, wollte Siri wissen.

»Na, dass du dir den Typen warmhalten solltest.«

»Findest du?«

Sie wusste bereits, dass die Kinder ihn mochten, doch sie wollte es hören, wieder und wieder.

»Aber was er bloß mit 'nem Volvo will«, sagte Tatu und grinste.

Verliebte sind großzügig. Wenn sich das Leben leicht anfühlt und es einem zulächelt, dann lächelt man gerne zurück. Man lächelt alle und jeden an, die einem begegnen. Siri hätte Pentti durchaus verzeihen können. So empfand sie es. Wenn er jetzt vor ihr gestanden hätte, hätte sie ihm vielleicht die Hände auf die Schultern gelegt und ihm geradewegs ins Gesicht gesagt, dass sie ihm verzieh. Doch da er ihr nicht über den Weg lief, bekam sie auch keine Gelegenheit dazu.

Stattdessen versuchte sie, ihren Kindern mehr Liebe und Aufmerksamkeit zu schenken. Nicht nur denen, die sie am meisten liebte, sondern allen.

Lauri war noch immer nicht damit herausgerückt, warum er unangemeldet bei ihr aufgetaucht war, außer dass er Urlaub hatte und sie überraschen wollte. Doch Siri war sich ziemlich sicher, dass noch etwas anderes dahintersteckte, wollte ihn jedoch nicht unter Druck setzen. Aber schon nach wenigen Tagen erklärte er, dass er für ein paar Tage zu Helmi fahren und dort übernachten würde.

»Aber mach dir keine Sorgen, Mama, ich komm zurück zu dir. Der Sommer ist ja noch lang.«

Dann küsste er sie erneut und verschwand hinaus zu Tatus wartendem Auto. Doch Siri wusste, dass er ihr etwas verschwieg. Sie hoffte nur, dass es nichts Schlimmes wäre. Denn im Augenblick ließ sich doch alles so gut an.

*

Lahjas Leben war seit der Scheidung ihrer Eltern in gewisser Weise einfacher geworden. Nur in einer Hinsicht wurde es komplizierter. Siri schien sie jetzt mehr zu lieben oder jedenfalls weniger an ihr Anstoß zu nehmen.

Vielleicht war Lahja auch einfach nur unsichtbarer geworden.

Sie war froh, Pentti nun nicht mehr sehen zu müssen. Doch im Gegenzug hatte Mattis Einfluss auf ihr Leben zugenommen. Sie spürte es mitunter rein physisch und bekam kaum Luft. Als würden sich seine großen Hände um ihren Hals schließen und die Luftröhre zusammenpressen, bis ihr schwarz vor Augen wurde. Doch jedes Mal, wenn er es wirklich tat, ließ er irgendwann wieder von ihr ab und bereute es. Aber manchmal waren seine Hände auch gar nicht nötig, dann reichte allein schon der Gedanke an seine Faust aus, um sie nach Luft ringen zu lassen.

Doch irgendwo am Horizont konnte sie Licht sehen. Es flackerte zwar schwach, aber sie erahnte es, zumindest zeitweilig. Sie hatte nur noch ein Jahr Schule vor sich, dann könnte sie von zu Hause ausziehen.

Matti wollte, dass sie schon jetzt zu ihm zog. Doch Lahja log ihn an und gab vor, es nicht zu dürfen, obwohl sie sich gar nicht sicher war, ob es wirklich stimmte. Wahrscheinlich sogar nicht. Sie behauptete, dass Siri jetzt, wo sie alleinstehend war, ihre Hilfe mehr denn je benötigte, in Wahrheit musste sie jedoch weniger im Haushalt mithelfen als vor der Scheidung. Lahja wusste nicht genau, ob Matti ihr glaubte, doch er bestand zumindest nicht darauf.

Tarmo hatte eigentlich vorgehabt, nach Schuljahresende nach Hause zu kommen.

Das stand schon lange fest, eigentlich von Anfang an. Sie hatten diesen Sommer zusammen verbringen wollen.

Doch um Ostern herum hatte er zu Hause angerufen und berichtet, dass er einen Ferienjob in Helsinki bekommen habe. Er würde bei Sokos, dem renommierten Warenhaus am Mannerheimväg in der Innenstadt von Helsinki, jobben und somit nach dem letzten Schultag nicht heimkommen können. Schon gleich am ersten Ferientag würde er dort anfangen und dann den gesamten Juli hindurch arbeiten. Und außerdem hatte er von seiner Schule ein Reisestipendium erhalten, weil er in allen Fächern herausragend war und überall Einsen hatte. Das bedeutete, dass er im August mit einigen Klassenkameraden nach Pompeji fahren dürfte, um sich die Ausgrabungen dort anzuschauen.

Aber danach, *danach* hätte er zehn Tage frei, bevor die Schule wieder anfing, und *dann* würde er nach Hause kommen.

Lahja verstummte am Telefon, als er ihr davon berichtete, und ihm fiel auch nichts weiter zu erzählen ein, sodass sie nach langem Schweigen sagte: »Ich muss jetzt los.«

Tarmo nickte stumm, und dann legten sie auf.

Doch schon am nächsten Tag rief er wieder an und erzählte ihr von der Saatgutbank.

Lahja glaubte, dass er sich darum bemüht hatte, ihr zu helfen, weil ihn ein schlechtes Gewissen plagte. Er hatte ihr den Job bestimmt vermittelt, weil er sich den Sommer über nicht um sie kümmern konnte oder verhindern wollte, dass sie von Matti misshandelt wurde.

Wie dem auch sei, jedenfalls war es ihm gelungen, ihr einen Ferienjob zu verschaffen, noch dazu direkt in Kuivaniemi. Sie sollte im Rahmen einer Universitätsstudie, die in der Fakultät für Landwirtschaft und Forstwissenschaften der Universität Helsinki durchgeführt wurde, gemeinsam mit einem anderen Mädchen Pflanzenproben und Samen sammeln und sortieren. Es handelte sich um eine relativ selbstständige Tätigkeit, die jedoch zu einem großen Teil aus Katalogisierungsarbeiten bestand. Ob ihr das lag, konnte sie nur schwer einschätzen, aber zumindest war es etwas Neues, und schon allein deswegen war es gut.

Lahja freute sich auf den Ferienjob, doch ihr graute davor, mit einem anderen Mädchen zusammenzuarbeiten. Denn sie hatte noch nie zuvor eine Freundin gehabt. Ihr graute davor, gezwungen zu sein, den ganzen Sommer gemeinsam mit einer Fremden zu verbringen und dieselbe Luft zu atmen wie sie.

Sie hatte zwar zwei ältere Schwestern, doch das ließ sich nicht vergleichen. Zum einen, weil sie miteinander verwandt waren, zum anderen wegen des enormen Altersunterschieds. Zwischen Lahja und Helmi waren es zehn und zwischen Lahja und Annie sogar vierzehn Jahre. Sie würde nie eine Beziehung auf Augenhöhe mit ihnen haben können, bevor sie nicht selbst erwachsen wäre, und vielleicht selbst dann nicht einmal.

Die Toimi-Schwestern behandelten sich gegenseitig mit einer Art stummem Respekt. Als wären sie übereingekommen, dass man sich ein wenig umeinander kümmerte und einander verteidigte, ansonsten aber in Ruhe ließ. Man mischte sich nicht in die Angelegenheiten der anderen ein.

☆

Der Rattenkönig war wieder vereint. Es war, als zöge es die Geschwister zueinander, als würde jedem und jeder Einzelnen aus den Tiefen der eigenen Seele zugeraunt, dass es an der Zeit sei, sich zu versammeln.

Nicht alle kamen, aber fast alle. Einer nach dem anderen krochen sie hervor.

☆

Es war noch früh am Morgen, als Lahja mit dem Fahrrad zum Rathaus von Kuivaniemi fuhr, in dem sich auch die Post und die Bibliothek befanden. In der Woche zuvor hatten die Sommerferien angefangen, und sie hatte ein grauenhaftes Wochenende hinter sich, das allerschlimmste bislang. Matti hatte Lahja zu allen möglichen Feten mitgeschleppt, es war ein Partywochenende sondergleichen gewesen. Mit wenig Schlaf, viel Alkohol und einer hundsmiserablen Laune.

Als sie schließlich am Sonntagmorgen Valo anrief, um von einem Fest außerhalb von Tornio abgeholt zu werden, hatte sie seit der Nacht von Donnerstag auf Freitag nicht mehr geschlafen, und ihre unteren Körperöffnungen schmerzten so stark, dass sie unweigerlich das Gesicht verzog, als sie so vorsichtig wie möglich neben ihrem Bruder auf den Beifahrersitz sank. Valo, der noch immer zu Hause wohnte und das Gymnasium besuchte, war zwar genauso alt wie Matti, aber vom Wesen her völlig anders als ihr Freund.

Valo fiel auf, dass seine kleine Schwester nicht gut drauf war, und fragte, ob er ihr irgendwie helfen könne. Doch als sie den Kopf schüttelte, fragte er nicht weiter. Sie hatten schon vor langer Zeit den Versuch aufgegeben, miteinander zu reden, als hätten sie die Türen zu ihren jeweiligen Zimmern geschlossen. Am Ende hat man so viele Türen geschlossen, dass einem allein schon das Öffnen zu anstrengend wäre. Dann ist es leichter, sein Leben Seite an Seite zu leben, ohne den anderen an den eigenen Gedanken und Gefühlen teilhaben zu lassen.

Doch als sie ihn anrief, hatte er sofort begriffen, dass es ernst war.

Als sie schließlich aufs Grundstück in Kuivaniemi einbogen, war Arto schon aufgestanden. Er saß auf der Veranda und trank Milch direkt aus der Packung, die einen dicken Milchbart auf seiner Oberlippe hinterließ. Siri und Onni schliefen noch, als Lahja sich die Treppe zum Dachboden hinaufschleppte, in ihr eigenes kleines Zimmer, wo sie todmüde ins Bett sank, außerstande, sich vorher auch nur die Schuhe auszuziehen.

Gegen Abend wachte sie mit trockenem Mund und pochenden Schmerzen in Kopf und Unterleib auf. Alle anderen saßen in der Küche versammelt, ausnahmsweise waren alle zu Hause, und jetzt nahm sie auch den Geruch von Frischgebackenem wahr, der das ganze Haus erfüllte. Siris Zimtschnecken und Aniskrapfen. Letztere mochte sie am liebsten, dieser Lakritzgeschmack beim Hineinbeißen in die gezuckerte fettige Kruste und diese perfekte Fluffigkeit der Krapfen. Ganz zu schweigen vom angenehmen Sättigungsgefühl, nachdem man vier, fünf oder sechs davon gegessen hatte.

Jetzt registrierte sie auch die Blicke ihrer Brüder, die genau wussten, wie sehr sie Süßes liebte und dass sie sich wie eine Schneekönigin darüber freuen würde.

»Heute gibt's Abendkaffee«, rief Onni fröhlich und schlürfte seinen Kaffee von der Untertasse.

Siri verkündete, dass frisch gebrühter Kaffee auf dem Herd stand. Lahja nahm sich einen Aniskrapfen vom Teller auf dem Küchentisch und setzte sich am äußersten Rand der Holzbank vorsichtig auf eine Pobacke. Bemüht, sich wie immer zu geben und so zu tun, als hätte sich nichts verändert, als wäre nichts verloren gegangen, lauschte sie den immerwährenden Plänkeleien ihrer Brüder und den Stimmen aus dem Radio.

Dabei kaute sie. Sie kaute und kaute, doch sosehr sie sich auch bemühte, es gelang ihr nicht, den Krapfen hinunterzuschlucken, der in ihrem Mund immer größer wurde. Die Sonne schien durch die Spitzengardine herein, und als ein Strahl von Valos Armbanduhr reflektiert wurde und ihr direkt ins Auge stach, verspürte sie unvermittelt einen Würgereiz, woraufhin sie zur Spüle stürzte und sich geradewegs hinein erbrach.

Siri schaute sie weder an, noch fragte sie, wie es ihr ging.

»Upps, das waren wohl etwas zu viele Partys«, sagte sie nur leise und rollte dann weiter einen Teig aus. Die frühere Siri hätte heftig mit ihr geschimpft, doch die frühere Siri war verschwunden. Ob nur für heute oder für immer, das war schwer zu sagen.

Wie von Ferne hörte sie Onnis Fragen und wie Valo ihm zu erklären versuchte, wie es möglich war, dass man sein Lieblingsessen erbrach, obwohl man den ganzen Tag geschlafen und weder gefrühstückt noch zu Mittag oder zu Abend gegessen hatte.

Doch was sagt man, wenn man sich so weit in sein Inneres hineinverirrt hat, dass man um sich herum nur noch Dunkelheit sieht? Wie gelangt man wieder zurück ans Licht? Der Weg dorthin ist so furchtbar weit. Lahja hatte sich wieder auf den Dachboden zurückgezogen und weitergeschlafen. Am frühen Montagmorgen hatte sie sich dann behutsam und sorgfältig in der Sauna gewaschen, wo es nach dem Anfeuern am Vortag noch angenehm warm war, und das kühle Wasser hatte ihre Lebensgeister geweckt. Dann hatte sie sich auf ihr Fahrrad gesetzt und war die drei Kilometer bis zum Ortskern von Kuivaniemi gestrampelt. Und hier war sie nun.

Verschwitzt, auf wackeligen Beinen, aber *noch am Leben.*

Die Sonne brannte ihr im Nacken, und der Schweiß tropfte ihr von der Nase in den Mund, wo er einen salzigen Geschmack hinterließ.

Auf der Vortreppe des Gebäudes saß ein Mädchen in ihrem Alter, in einen dicken Schmöker vertieft. Er sah aus wie der finnische Klassiker *Die sieben Brüder.* Lahjas Schritte auf dem Kies ließen das Mädchen aufschauen. Sie hatte ihr langes fast schwarzes Haar zu zwei dünnen Zöpfen geflochten, die ihr bis in den Schoß reichten. Ihre Haut war ganz blass, als wäre sie noch nie der Sonne ausgesetzt gewesen, und sie trug eine Brille mit dicken Gläsern. Ihre Augenbrauen waren markant, aber ungewöhnlich spärlich. Sie war mager, ganz ähnlich wie Tarmo, fand Lahja.

Als hätte sie als Kind Hunger gelitten.

Das Mädchen streckte Lahja die Hand entgegen, stand aber nicht auf.

»Maire«, stellte sie sich vor.

Lahja ergriff ihre Hand. In ihrer eigenen verschwitzten schwieligen Hand fühlte sie sich ganz zierlich und kühl an.

»Lahja«, stellte sich Lahja vor.

Dann fiel ihr nichts weiter zu sagen ein, und sie setzte sich schweigend neben Maire auf die Treppe. Das Sitzen schmerzte noch immer, aber es ging schon besser als am Vortag. Rein körperlich betrachtet, würde sie bestimmt heilen.

Sie schaute auf die asphaltierte Straße, auf der ein Auto parkte, und erblickte mehrere Häuser sowie ein paar Büsche. Dann wurde ihr bewusst, dass sie noch nie zuvor jemandem begegnet war, der außerhalb der Schulzeit freiwillig ein Buch las. Außer natürlich Tarmo und ihr selbst.

»Bist du auch zum Samensortieren hier?«, fragte Maire, den Blick noch immer auf die Seiten ihres Buches geheftet. (Es war tatsächlich *Die sieben Brüder.*)

Lahja nickte, merkte jedoch, dass Maire es nicht sehen konnte, sodass sie gezwungenermaßen mit »Ja« antwortete.

Sie hasste den Klang ihrer eigenen Stimme, der ihr so weltfremd und fehl am Platz vorkam. Überhaupt fühlte sie sich neben Maire irgendwie deplatziert. Verschwitzt und klein gewachsen, mit ihren selbst geschnittenen Stoppelhaaren und ihrer Jeansshorts, dem schmuddeligen T-Shirt und der Jeansweste.

Auf einmal kam sie sich lächerlich vor. Maire trug ein ausgewaschenes Sommerkleid mit Blümchenmuster, das ihr für den Antritt eines Ferienjobs an einem warmen Junimorgen viel passender erschien.

Woher diese Gedanken kamen, wusste Lahja jedoch nicht. Sie hatte sich noch nie zuvor Gedanken über ihr Aussehen oder ihre Klamotten gemacht, und sie hatte auch noch nie in ihrem Leben ein Kleid getragen, abgesehen von ihrem Taufkleid. Und darüber hinaus hatte sie sich noch mit keinem anderen Mädchen verglichen.

»Du siehst genauso aus, wie du bist«, sagte Maire später einmal zu ihr. »Du versuchst nie auszusehen wie jemand anders, und das gefällt mir. Die meisten in unserem Alter suchen ja immer noch nach ihrer Identität. Was sie anziehen sollen, was sie denken sollen, wie sie reden sollen. Aber du nicht. Vom ersten Augenblick an, als ich dich gesehen hab, wusste ich, wer du warst.«

»Und wer war ich?«

»*Das* wusste ich damals noch nicht. Aber ich wusste, dass du zu hundert Prozent du selbst warst. Im Gegensatz zu mir oder zu allen anderen, die ich kenne. Die einfach nur 'ne Show abziehen.«

Lahja seufzte. »Ich wünschte, ich könnte 'ne Show abziehen.«

»O nein, fang bloß nie damit an. Du besitzt schließlich eine äußerst seltene Gabe. Daher ja auch dein Name.«

Sie pikste Lahja neckisch und liebevoll in die Seite, und Lahja verzog das Gesicht.

»Du ziehst doch gar keine Show ab. Und du entschuldigst dich auch nie bei irgendwem für irgendwas. Du bist das mutigste Mädchen, das ich je getroffen hab.«

»Haha, very funny«, entgegnete Maire.

Sie schüttelte den Kopf.

»Mag sein, dass ich mutig wirke, aber ich bin es nicht. Das weiß ich genau.«

Doch unabhängig davon, was Maire sagte oder ihr weismachen wollte, würde sich Lahjas Bild von Maire nicht ändern.

*

Siri erlebte ihren ersten Orgasmus im Alter von siebenundfünfzig Jahren. Er fühlte sich sagenhaft und umwerfend an. Erstaunlich und auch ein wenig angsteinflößend – was passierte nur mit ihr? (Ihre Beine begannen, unkontrolliert zu zittern, bekam sie womöglich gerade eine Art Anfall? Nein, wohl doch nicht …)

Nachdem sie sich wieder etwas gefangen hatte, schaute sie Mika mit einem Blick voller Zuversicht und Bewunderung an, sodass er lachen musste.

»Das ist mir noch nie passiert.«

Er drückte ihr einen Kuss aufs Haar.

»Hat es dir gefallen?«

»Es war wunderbar.«

Sie lagen gemeinsam im Bett, in Siris Bett. Siri hatte Onni schlafend aus dem Zimmer getragen, und dann hatten sie die Gelegenheit beim Schopf gepackt, in der Hoffnung, dass er noch eine Weile schlafen würde.

Ihre Beine hatten sich in der Bettdecke verheddert, und sie lag mit dem Kopf auf seinem Arm. Siri kam sich vor wie ein Filmstar oder zumindest wie irgendein Promi, wie sie hier auf einer klein geblümten orangefarbenen Bettdecke drapiert lag und eine Zigarette rauchte, während ihr Liebhaber mit behaarter Brust und glänzender Stirn zärtlich ihren Rücken streichelte.

»Daran könnte ich mich glatt gewöhnen«, sagte sie seufzend.

»Ja, keine schlechte Idee.«

Mikas Stimme klang so sanft, und seine Finger strichen federleicht über ihren Körper, als hätten sie sich dort schon immer zurechtgefunden.

Siri musste an all die Male denken, als Pentti zu ihr gekommen war und sie genommen hatte. Sie schämte sich vor sich selbst und vor Mika. Wenn er von all den Jahren, all der Zeit gewusst hätte, die sie damit vergeudet hatte, sich selbst und ihren Körper so schlecht zu behandeln.

Aber sie war noch so jung gewesen und hatte es nicht besser gewusst. Sie hatte nicht begriffen, dass das Leben, das Miteinander, das *wahre* Leben ganz anders sein konnte.

Früher hatte sie nie hinterher auf Penttis Schulter gelegen und eine Zigarette mit ihm geteilt, und er hatte ihr auch nie in dieser Weise den Rücken gestreichelt.

»Hast du das mit deiner Frau auch erlebt?«

Mika schaute sie an, als dächte er nach.

»Nein«, antwortete er dann. »Wir haben ziemlich jung geheiratet, und das eigentlich auch nur, weil es von uns erwartet wurde. Und wir waren schüchtern. Außerdem konnten wir nicht richtig offen miteinander reden. Das gelingt einem anscheinend erst, wenn man älter wird.«

Siri nickte. Sie hatte immer angenommen, dass das Leben langsamer werden würde, wenn man erst die fünfzig überschritten hatte. Dass alles in Zeitlupe ablaufen und der Körper ebenso wie die Seele allmählich verdorren würde. Doch jetzt lag sie hier mit einer neugeborenen Seele und einem Körper, der keineswegs verdorrte, sondern im Gegenteil mit jeder Sekunde mehr anzuschwellen und aufzublühen schien. Sie schaute auf ihre Brüste hinunter. Sie waren nie besonders üppig gewesen, und Siri hatte sie auch nie als etwas anderes als ein Mittel zum Stillen ihrer Kinder angesehen. Aber jetzt! Sie nahm Mikas Hand und legte sie auf ihren Busen.

»Könntest du«, fragte sie, »könntest du das, was du eben getan hast, vielleicht noch mal machen?«

Dabei schaute sie ihm geradewegs in die Augen, und er nickte, drückte die Zigarette aus und bedeckte dann ihren gesamten Körper von oben bis unten mit sanften Küssen, bis sie zu zittern und schlottern, zu beben und vibrieren begann.

Noch nie zuvor hatte sie sich so lebendig gefühlt.

*

Die Bibliothekarin, die die Studie vor Ort leitete oder, besser gesagt, den Auftrag erhalten hatte, die Mädchen einzuweisen, war eine ältere Dame mit langem grauem Haar, das genauso wie Maires zu zwei Zöpfen geflochten war.

»Sie ist die Schwester meiner Oma und heißt Oili«, flüsterte Maire, als sie ihr ins Büro der Bibliothek folgten.

»Eine alte Jungfer. Und ich glaub, dass sie 'ne Lobotomie hinter sich hat.«

Lahja riss die Augen weit auf.

»Also, vielleicht«, fügte Maire hinzu. »Vielleicht hat sie 'ne Lobotomie hinter sich.«

Oili, Maires möglicherweise hirnamputierte Großtante, die Bibliothekarin, hatte alle nötigen Informationen für die Studie zuerst per Telefon und dann in Form einer großen Postsendung erhalten, die Reagenzgläser, Spatel, Umschläge und vorgedruckte Aufkleber enthielt. Sie las den Mädchen die Auftragsanweisung mit monotoner Stimme und ohne ein einziges Mal aufzuschauen vor.

»Legen Sie dann die Probe in das für diesen Zweck vorgesehene Probenröhrchen. Es ist wichtig, dass die Proben nicht durch andere Proben verunreinigt werden.«

Lahja linste zu Maire hinüber, die ihr achselzuckend zulächelte. Lahja lächelte zurück. Als Oili zu Ende gelesen hatte, schaute sie die beiden Mädchen lange schweigend an.

»Das kriegen wir hin«, sagte Maire und nickte ihrer Großtante selbstsicher zu.

»Gut«, sagte Oili und wirkte erleichtert. Dann entfernte sie sich und ließ die Mädchen mit dem gesamten Material allein.

»Hast du irgendwas davon kapiert?«, fragte Maire.

Lahja schüttelte den Kopf. »Vielleicht sollten wir es erst mal selbst lesen. Mit etwas mehr Betonung.«

Maire musste über Lahjas Imitation von Oilis Stimme lachen, und dann vertieften sie sich in die Unterlagen, um herauszubekommen, was sie eigentlich den ganzen Sommer über tun sollten.

Es handelte sich tatsächlich um einen ziemlich spannenden Auftrag, bei dem sie Proben von Pflanzen am Ufer des Kuivajoki entnehmen sollten, dem nahe gelegenen Fluss, der den See Oijärvi entwässerte und in den Bottnischen Meerbusen mündete. Das Ganze war Teil einer Studie über die Vegetation an Fließgewässern, für die verschiedene Pflanzenexemplare innerhalb ihres Verbreitungsgebietes gemessen, fotografiert sowie Proben davon gesammelt werden sollten.

»Puh«, rief Maire aus und strich sich eine Haarsträhne aus dem Gesicht, die sich aus einem ihrer Zöpfe gelöst hatte. »Aber das schaffen wir schon, da bin ich mir sicher. Du siehst jedenfalls superintelligent aus. Und ich *bin* superintelligent, das weiß ich. Trotzdem, eigentlich sind wir ja fast noch Kinder. Deshalb …« Sie streckte mit einer siegesgewissen Geste den Zeigefinger in die Luft. »… zuerst ein Eis!«

Genauso begann Lahjas Ferienjob und damit auch ihre Sommerferien, und sie stellte fest, dass sie seit der Begegnung mit Maire kein einziges Mal mehr an die Ereignisse vom Wochenende zurückgedacht hatte. Insgeheim fragte sie sich, ob das Leben wirklich so einfach sein konnte, ob es einem Abenteuer gleichen konnte. Als sie am selben Nachmittag wieder nach Hause radelte, fühlte sich ihr Körper völlig anders an als noch am Morgen. Jetzt strich der Wind sanft über ihre Wangen, und ihre Augen tränten vom Luftzug, also durch äußeren Einfluss und nicht von innen wie am Morgen.

*

Als Lahja nach Hause kam, lag Lauri in der Hollywoodschaukel und aß Erdbeeren. Er war wieder zurück in Kuivaniemi. Normalerweise hätte sie ihn ignoriert und wäre gleich in ihr Zimmer hinaufgegangen, doch jetzt fühlte sie sich gestärkt vom Tag und war fröhlich und energiegeladen. Deshalb setzte sie sich auf eine Seite der Hollywoodschaukel, und Lauri legte seine Füße auf ihre Beine.

»Wo bist du denn gewesen?«

Er schaute sie an. »Bei Helmi.«

»Warst du auch in Aapajärvi?«

»Nee, war ich nicht. Warum fragst du?«

Lahja zuckte mit den Achseln. Sie nahm sich ebenfalls eine Erdbeere aus der Schale.

»Und wo bist du gewesen, kleine Schwester?«

»Bei der Arbeit.« Sie zuckte erneut mit den Achseln. »Mit Maire.«

Lauri zog fragend die Augenbrauen hoch. »Ach nee, wirklich?«

»Was?«

Er schüttelte den Kopf und zog erneut die Augenbrauen hoch.

»Ach nichts, kleine Schwester. Nichts.«

*

Maire wohnte gerade bei ihren Großeltern. Eigentlich lebte sie mit ihrer Familie in Helsinki. Doch in diesen Sommerferien wollte Maire lieber zu ihrer Oma und ihrem Opa fahren, weil ihre Eltern arbeiten mussten.

»Ich wollte nicht noch einen Sommer in der Stadt verbringen, da wird man ja völlig rappelig«, erklärte sie in ihrem reinen, gepflegten Hauptstadtfinnisch.

Lahja fand, dass sie wie eine Nachrichtensprecherin im Fernsehen klang oder wie irgendeine Moderatorin, die sich bemühte, deutlich zu sprechen, solange sie auf Sendung war, und unmittelbar danach wieder ganz normal redete. Doch Maire klang immer so, wie sie feststellte, die ganze Zeit. Lahja kam aus dem Staunen nicht heraus.

Sie musste an Tarmo denken, der mittlerweile fast so redete wie Maire und anstelle von Begriffen, die im Tornedal üblich waren, rein finnische benutzte.

Lahja wusste nicht, was sie am meisten erstaunte: die Tatsache, dass dieses Mädchen, mit dem zusammen sie ihren Ferienjob ausübte, ein Mensch aus Fleisch und Blut war und noch dazu auf derselben Wellenlänge lag wie sie selbst. Oder dass Lahja der Ferienjob wirklich gefiel, obwohl sie angenommen hatte, dass er sich nicht groß vom Rest des Lebens unterscheiden würde. Also eher einem langen Warten auf, tja, nicht gerade den Tod gleichkam, aber auf eine hoffentlich interessante Zukunft (auch wenn diese ihr genauso entfernt und unerreichbar erschien wie der Tod). Aber jetzt freute sie sich schon auf den nächsten Tag, wenn sie abends zu Bett ging.

Es war ein einfacher Job, der durchaus interessante Seiten hatte, oftmals aber auch gerade spannend genug war, um nicht die Aufmerksamkeit zu verlieren und nachlässig zu werden. Meist konnte man sich während des Arbeitens gut unterhalten, und oft musste man sich sogar gegenseitig helfen. Also ein Job, der wie gemacht dafür war, ihn gemeinsam mit einer Freundin auszuüben.

Denn Maire und Lahja wurden schon am ersten Tag Freundinnen. Und das, obwohl Lahja noch nie zuvor einem Mädchen wie Maire begegnet war. Mit ihrer hinter der Brille immer leicht schmollend wirkenden Miene, ihrer selbstsicheren Art und ihrer Liebe zu Büchern. Sie vermutete, dass Maire gemobbt worden wäre, wenn sie auf ihre Schule gegangen wäre. Doch gleich darauf wurde ihr bewusst, dass dies eine unlösbare Gleichung war, denn wenn Maire jetzt in dieselbe Klasse gegangen wäre wie sie, hätten die anderen zwar versucht, sie zu mobben, doch so erhaben, wie sie auf Lahja wirkte, wäre sie unnahbar gewesen. Und wenn sie die Schule schon seit der ersten Klasse besucht hätte, hätte es sie längst nicht mehr gegeben, denn eine Persönlichkeit wie ihre hätte dort nie überleben, geschweige denn aufblühen können. All das, was Maire ausmachte, hätte man ihr längst ausgetrieben, sodass sie nur noch ein Schatten ihrer selbst gewesen wäre. Ein Häufchen Elend.

Doch Maire ging genauso wie Tarmo in Helsinki zur Schule. In Helsinki schien es offenbar mehr Raum für andersgeartete Existenzen zu geben. Genauso wie in der Literatur.

Wenn Lahja mit Maire zusammen war, die übrigens genauso alt war wie sie, fühlte sie sich Tarmo näher. Als nähme sie Anteil an seiner Welt, wenn Maire von ihrer Heimatstadt erzählte, von den Straßen und Plätzen, von ihrer Schule und all den Idioten, die sie besuchten. Doch obwohl Maire auf die meisten von ihnen herabzuschauen schien, wurde deutlich, dass sie kein einsamer Mensch war, sondern jede Menge Freunde hatte.

Lahja hoffte, dass es Tarmo genauso ging.

Dass er Freunde gefunden hätte und sein gesamtes Umfeld jetzt seine guten Seiten wahrnehmen und zu schätzen wissen würde. All das Fantastische, das ihn ausmachte. All das, was hier oben nie jemand wahrgenommen hatte. Außer natürlich Lahja.

Das Beste an ihrem Ferienjob war allerdings (also neben der Tatsache, dass sie zum ersten Mal in ihrem Leben eine Freundin gefunden hatte), dass sie jetzt weniger Zeit für Matti hatte.

Nach dem Partywochenende zum Schuljahresabschluss hatten sie sich nur ein Mal getroffen, und zwar an einem Abend bei Lahja zu Hause. Es war fast zwei Wochen danach und somit zwei Wochen nach Beginn ihres Ferienjobs und ihrer Begegnung mit Maire.

Sie hatten schweigend in der Hollywoodschaukel gesessen, und Matti wusste, dass er sich bei ihr entschuldigen musste, und zwar in einer besonderen Art und Weise. Denn das, was an besagtem Wochenende passiert war, hätte für einen jungen Mann wie ihn mit etwas Pech mit einem Gefängnisaufenthalt enden können. Doch sosehr er sich auch bemühte, zu Lahja vorzudringen, sie war genauso verschlossen und abweisend wie sonst auch.

Es war ein Freitagabend, und er blieb fast zwei Stunden. Valo war ausnahmsweise zu Hause und setzte sich mit einem Bier in der Hand in einiger Entfernung taktvoll auf die Treppenstufen vor der Sauna, von wo aus er Lahja und Matti gut im Blick hatte. Lahja begriff, dass ihr großer Bruder sie beschützen wollte, und möglicherweise funktionierte es sogar, denn bei diesem Besuch krümmte Matti ihr kein Haar.

»Mannomann, was für ein verrücktes Wochenende letztens«, begann er zögerlich. »Ich hatte verflucht nochmal den totalen Blackout.«

Er beäugte Lahja.

»Du auch?«

Sie schüttelte den Kopf, schaute ihn jedoch nicht an. Stattdessen starrte sie beharrlich hinunter auf ihre Hände. Sie hatte keinen Blackout gehabt. Im Gegenteil, sie erinnerte sich noch sehr gut daran. Genauso wie er auch.

Matti strich sich eine schweißnasse Haarsträhne aus der Stirn und zündete sich an seinem glühenden Zigarettenstummel eine neue an, bevor er eine Bierdose aus einer Plastiktüte zog und Lahja fragte, ob sie Lust auf eine Spritztour hätte.

Lahja schüttelte den Kopf, fast unmerklich, aber dennoch.

»Ich muss morgen arbeiten.«

»Was für 'ne verfluchte Plackerei. Sechs Tage die Woche schuften. Lädst du mich dann schick zum Essen ein, ich meine, von der vielen Knete, die du kriegst?«

Lahja antwortete nicht. Sie saß reglos da und wartete.

Sie wartete schweigend, während er seine Zigarette rauchte und sein Bier trank. Als er fertig war, rülpste er geräuschvoll und schnippte seine Kippe ins Gras, bevor er aufstand und zu seinem Saab ging.

»Wir sehen uns«, sagte er, ohne sich umzudrehen, und Lahja blieb in der Hollywoodschaukel sitzen, bis er in seinem Auto davongefahren und das Motorengeräusch verklungen war.

Die Mücken tanzten um ihren Kopf herum, doch die störten sie nicht weiter. Jetzt hatte sie endlich eine Möglichkeit gefunden, eine Möglichkeit, um Abstand zu Matti und auch zu dem Teil ihrer selbst zu gewinnen, der meinte, nichts Besseres verdient zu haben.

Als sie ins Haus gegangen war, ging auch Valo hinein. Drinnen saß die gesamte Familie auf dem Sofa versammelt und schaute schweigend

Nachrichten. Abgesehen vom Zirpen der Grillen, das durchs offene Fenster hereindrang, und der Stimme des Nachrichtensprechers war nur das Klirren der Kaffeetassen auf den Untertassen zu hören.

Während des Zusammenseins mit Maire wurde ihr zum ersten Mal bewusst, dass auch sie ein Recht auf ein gutes Leben hatte.

Dass die Welt auch ihr gehörte.

Und nicht nur allen anderen, allen normalen Menschen.

Maire war auch diejenige, die sie schließlich in die Begriffswelt des Feminismus einweihte. Lahja erfuhr in einer ihrer Mittagspausen zum ersten Mal etwas darüber, ungefähr drei Wochen nach Beginn ihres Ferienjobs, als sie draußen hinter dem Bibliotheksgebäude rücklings im Gras lagen und beobachteten, wie die Wolken über den Himmel zogen. Lahja musste unweigerlich lachen. Dann rollte sie sich auf die Seite und schaute Maire an.

Maire hatte die Arme hinterm Kopf verschränkt und kaute auf einem Grashalm herum. Sie lachte nicht. Sofort hörte auch Lahja auf zu lachen.

»Erzähl mir mehr«, forderte sie Maire auf.

»Und wovon genau?«

»Erzähl mir alles, was du weißt.«

An diesem Nachmittag kamen sie mit dem Katalogisieren nur langsam voran, weil sie so ins Gespräch vertieft waren. Und als sie sich später voneinander verabschiedeten, fühlte sich Lahja wie ein neuer Mensch.

Sie ging erhobenen Hauptes zu ihrem Fahrrad, schloss es auf und radelte mit einem völlig neuen Blick nach Hause, ein in sich gekehrter und gleichermaßen auf die Welt gerichteter Blick.

Lahja hatte sich auf Anraten von Maire mehrere Bücher in der Bibliothek ausgeliehen. Als sie heimkam, legte sie sich in die Hollywoodschaukel und begann zu lesen. Von da an las sie ununterbrochen.

Irgendwann rief Siri zum Abendessen, und ohne von ihrem Buch aufzuschauen, kam Lahja zum Tisch, wo sie während des gesamten

Essens weiterlas, bis sie spätabends über dem Werk *Das andere Geschlecht* einschlief.

Zu Hause wunderte ihr Verhalten niemanden weiter. Ihre Familie war es gewohnt, dass sich Lahja in allen Texten verlor, die sie las, und ließ sie in Ruhe. Sie verschlang den Wälzer in fünf Tagen, allerdings mit einem Wochenende dazwischen, an dem sie von morgens bis abends las. Als sie am Sonntagabend fertig war, stand sie lange im Badezimmer und betrachtete ihren Körper. Der Blick, der ihr im Spiegel begegnete, war mutig, es war der Blick einer Person, die um ihren eigenen Wert wusste, auch wenn sie noch nicht genau erkannt hatte, wer sie eigentlich war.

Zum ersten Mal erblickte sie darin eine junge Frau. Sie empfand sogar eine gewisse Zärtlichkeit für ihr Spiegelbild, für die Frau, die sie von der Wand aus anschaute.

Am nächsten Montag hatte Maire einige ihrer Lieblingsbücher mitgebracht, und in den darauffolgenden Wochen las Lahja Hunderte, nein Tausende von Seiten, geschrieben von feministischen Schriftstellerinnen der Gegenwart. Natürlich las sie Märta Tikkanen und andere skandinavische Feministinnen wie Suzanne Brøgger, Maria-Pia Boëthius, aber auch Erica Jong und Germaine Greer. Danach auch Autorinnen früherer Generationen wie Fredrika Bremer, Elin Wägner und Edith Södergran. Und alles, was in der Bibliothek nicht verfügbar war, eigentlich das meiste, konnte sie sich von Maire ausleihen, die trotz ihres geringen Alters schon eine beeindruckende Anzahl von Büchern besaß.

»Du kannst dich bei meiner Schwester bedanken«, erklärte sie und verwies auf ihre ältere Schwester, die an der Universität über den modernen Feminismus forschte und plante, eine Doktorarbeit darüber zu schreiben.

Das Katalogisieren und Sammeln von Pflanzen geriet jetzt noch weiter ins Hintertreffen, weil sie ihre Arbeitstage mit Lesen und Diskussionen über verschiedene Denkerinnen und deren Theorien verbrachten, wobei sie sich sowohl über die literarische Qualität der Bücher als auch über rein ideologische Fragen unterhielten.

Lahja veränderte sich.

Ob sich Maire ebenfalls veränderte, wusste sie nicht, denn für sie war schließlich nichts von alldem neu. Lahja sah vor sich, wie Maire gemeinsam mit ihren Klassenkameraden in einer beeindruckenden riesigen Bibliothek in der Hauptstadt saß und gerade darüber stritt, ob Simone de Beauvoir nun Sartre hätte verlassen sollen oder nicht. Doch daran, dass ihre Freundschaft wuchs und inniger wurde, herrschte kein Zweifel.

Lahja hatte angefangen zu rauchen. Es war ein Teil ihrer neuen Identität. Und außerdem hatte sie angefangen, sich zu schminken. Ihre Haare waren schon seit jeher kurz gewesen, der Pony jedoch immer etwas länger, um ihre Augen zu verbergen. Doch damit war jetzt Schluss. Von nun an schob sie das Haar hinter die Ohren, hob den Kopf und begegnete selbstbewusst den Blicken aller anderen.

*

Siri nahm die Verwandlung ihrer Tochter durchaus wahr.

Doch sie war darüber nicht gerade begeistert.

Sie fand es zwar gut, dass sich das Mädchen nun nicht mehr so oft mit diesem unangenehmen Jungen traf. Der Typ, den sie für Lahjas blaue Flecken und ihre zunehmend geduckte Haltung verantwortlich machte. Doch jetzt roch Lahja öfter nach Zigarettenrauch, wenn sie nach Hause kam, und das gefiel Siri ganz und gar nicht. Und außerdem hatte sich auch etwas in ihrem Benehmen geändert.

Sie war aufmüpfig geworden.

Hatte aufgehört, den Kopf einzuziehen.

Früher war Lahja immer allen Konflikten ausgewichen. Wenn sie ärgerlich gewesen war oder ihren Willen nicht hatte durchsetzen können, hatte sie jedes Mal wütend mit den Füßen aufgestampft und war aus dem Zimmer gestürmt. Doch jetzt blieb sie ganz ruhig stehen und erklärte ihrer Mutter, dass sie einfach nur in patriarchalen Strukturen gefangen sei und es das Beste wäre, wenn sie beide sich zusammentun würden, anstatt sich von den Männern entzweien zu lassen, wie diese es schon seit Jahrhunderten oder, besser gesagt, Jahrtausenden praktizierten.

Lahjas Worte jagten Siri Angst ein, und sie tat ihr Bestes, um die Äußerungen ihrer Tochter zu überhören. Aus Angst vor – tja, schwer zu sagen, wovor sie eigentlich Angst hatte.

Denn in vielerlei Hinsicht hatte sich auch Siri verändert, sie war zu einer starken und emanzipierten Frau geworden. Allerdings war sie noch immer sehr mit Liebesdingen beschäftigt, spätabends, wenn es keiner sah. Jedes Mal wenn sie ihren Körper im großen Schlafzimmerspiegel betrachtete, sah sie ihn mit dem Blick eines Mannes, und nicht irgendeines Mannes, sondern dem des gut aussehenden Tornedalschweden, der sie immer öfter besuchte.

Siri fragte sich, was ihre eigene Mutter wohl von ihr gedacht hätte, wenn sie diese Veränderung hätte sehen können. Jetzt, wo Siris Tage nicht mehr so stark mit Arbeit ausgefüllt waren, nicht mehr aus Schuften und Schleppen von morgens bis abends bestanden, hatte sich ihr Körper verändert und war weicher geworden. Ihre Hüften, die Oberschenkel, der Bauch und auch der Po wurden runder, sodass sie in gewisse taillierte Kleider nicht mehr hineinpasste. Doch es fühlte sich gut an. Wenn sie abends im Bett lag und sich zerstreut über den Bauch oder die Hüften strich, spürte sie nicht länger die Knochen darunter. Jedes Mal wenn sie an das kleine magere Mädchen zurückdachte, das immer wegen seiner Schmächtigkeit gehänselt worden war (die zu einem gewissen Teil auf Unterernährung beruhte), war sie froh darüber und stolz darauf, sich verändert, ja verwandelt zu haben. Doch weitaus mehr als ihre körperliche Verwandlung beschäftigte sie ihre seelische. Was hätte ihre Mutter in ihrem Blick gesehen? Hätte er ihr Angst eingejagt, oder hätten sie sich möglicherweise sogar als Gleichgesinnte begegnen können? Die kleine Siri, die sie einmal gewesen war, wäre zumindest stolz und beeindruckt gewesen, wenn sie sich jetzt selbst hätte sehen können.

Siebenundfünfzig Jahre alt und endlich eine richtige Frau. Zum ersten Mal fühlte es sich so an.

»Deine Tochter ist dir recht ähnlich«, sagte Mika eines Abends beim Anziehen.

Siri ließ ihn noch immer nicht bei sich übernachten, sondern bestand darauf, dass er abends wieder heimfuhr. Damit Onni keinen Mann in ihrem Bett vorfände, wenn er nachts zu ihr ins Schlafzimmer getapst kam. Und um auch ihre anderen Kinder nicht zu provozieren. Am schlimmsten wäre es, wenn sie sich verplapperten und Pentti von Mika erfuhr.

Denn sie mochte sich kaum ausmalen, was dann passieren würde. Jeden Morgen wachte sie noch immer in der Dämmerung auf, rechtzeitig zum Melken, und horchte, ob sich draußen womöglich seine Schritte näherten. Vor ihrem inneren Auge sah sie dann, wie er die Schlafzimmertür aufriss, sich auf Mika stürzte und ihn halb totprügelte, obwohl er einen ganzen Kopf kleiner war. Denn Pentti wurde von stärkeren Kräften angetrieben.

»Findest du, dass Lahja mir ähnlich ist?«

Sie lag noch im Bett und schaute ihm dabei zu, wie er sich das Hemd zuknöpfte.

»Ja, oder besser gesagt kann ich mir vorstellen, dass du als Jugendliche genauso warst.«

»So wie sie?«

Er hielt inne und lächelte sie an.

»So wild und frei und intelligent.«

Siri schüttelte den Kopf, denn dass irgendwer Lahja als wild, frei und intelligent einschätzte und es noch dazu positive Attribute waren, die Mika letztlich auch ihr zuschreiben wollte, das war mehr, als sie verkraftete.

»Als ich jung war, war ich ganz bestimmt nicht so«, entgegnete sie entschieden.

Doch insgeheim war sie sich nicht so sicher.

*

Lahja beobachtete die äußere Verwandlung ihrer Mutter, die kaum jemandem entgehen konnte. Aber auch die in ihrem Inneren, die sie niemandem offenbarte und die auch nur gelegentlich aufblitzte. Wenn sie ihre Mutter so anschaute, hatte sie den Eindruck, dass den Kindern der Familie Toimi bald eine Veränderung ins Haus stünde.

Auch wenn sie es geheim hielten, hörte Lahja spätabends, wenn es schon im ganzen Haus dunkel war, wie der Motor des Volvos gestartet wurde, und sie sah auch die sanften zärtlichen Blicke ihrer Mutter, die sie diesem Kerl zuwarf.

Lahjas und Maires Freundschaft war im Lauf des Sommers gewachsen und noch enger geworden. Nicht nur interessierten sich beide für den theoretischen Feminismus, sie trauten sich nun auch, andere, banalere Gedanken miteinander zu teilen. Maire erzählte ihr zum Beispiel, dass sie noch Jungfrau war.

»Ich hab überhaupt kein Interesse an diesen körperlichen Dingen. Allein schon der Gedanke an Pimmel und Bartstoppeln … wie eklig!«

Lahja konnte nicht anders, als zu nicken und ihr beizupflichten, und sie musste unweigerlich daran zurückdenken, wer sie vor diesem Sommer gewesen war. So willenlos und desinteressiert an ihrer eigenen Person, dass sie geradewegs in die Klauen des erstbesten Machos geraten war.

Sie erzählte Maire von Matti. Natürlich nicht alles, zumindest nicht das, was sie am meisten verletzt hatte, doch genügend, damit Maire sich das eine oder andere selbst würde zusammenreimen können. Es war eigenartig, denn wenn Maire sie mit ihrem klaren mitleidsvollen Blick und, wie es schien, geradezu zärtlich anschaute, schämte sich Lahja nicht so, wie sie es vor allen anderen Leuten getan hätte. Sie fühlte sich wahrgenommen und spürte, dass sie sogar sich selbst verzeihen konnte, weil Maire sie so akzeptierte, wie sie war, und nicht für ihr früheres Verhalten verurteilte. Ein befreiendes, geradezu berauschendes Gefühl.

Als sie an einem Sommerabend von einem Besuch bei Maire nach Hause radelte, ertappte sie sich dabei, wie sie aus voller Kehle sang, während ihr Fahrrad die leicht abschüssige Straße von Maires Großeltern bis zu sich nach Hause wie von selbst hinunterrollte. Sie sauste dahin, stark und unerschrocken, und sang dabei lautstark, ungeachtet all der Leute, die sie unterwegs hören könnten. Vorbei an Nachbarhöfen, grasenden Kühen, Birken und blühenden Sommerwiesen.

Ungefähr einen halben Kilometer vor dem Abzweig hinunter auf den gekiesten Vorplatz erblickte sie den beigefarbenen Saab am Straßenrand.

Zum Umkehren war es zu spät, und sie konnte auch nicht einfach daran vorbeifahren, denn wenn Matti erst einmal beschlossen hatte, sie daran zu hindern, würde sie nicht gerade weit kommen.

Er stand rauchend gegen die Motorhaube gelehnt. Seine Augen waren gerötet, wahrscheinlich vom Zigarettenrauch. Er hatte doch wohl nicht geweint?

Er schaute sie an und lächelte.

Lahja sprang vom Fahrrad und schob es das letzte Stück bis zum Auto.

»Was machst du hier?«, fragte sie, obwohl sie die Antwort bereits wusste.

Matti zuckte mit den Achseln. Er musterte sie von Kopf bis Fuß.

»Hast du abgenommen?«

Jetzt zuckte Lahja mit den Achseln. Eigentlich hatte sich nur ihre Haltung verändert. Sie zog den Kopf nicht mehr ein und hielt sich viel gerader, doch sie sah keinen Sinn darin, es Matti zu erklären.

»Du siehst gut aus«, sagte er und kam näher.

Lahja erstarrte. Sie zog eine Zigarette aus ihrer Westentasche und zündete sie an.

»Rauchst du jetzt etwa?«

»Es gibt vieles, was du über mich nicht weißt«, antwortete sie langsam und blies ihm den Rauch ins Gesicht.

»Und, willst du es mir nicht zeigen?«

Seine Hand schob sich zwischen ihre Beine. Er nahm sich einfach die Freiheit heraus, wie schon so viele Male zuvor.

Doch jetzt war Schluss damit.

Sie packte ihn durch die Hose hindurch brüsk im Schritt und drückte fest zu, fest genug, um ihm ihre Macht zu demonstrieren.

Und es funktionierte. Matti begann zu wimmern und zog augenblicklich seine Hand zurück.

»Ich werde dir gar nichts mehr zeigen«, entgegnete sie ruhig, während sie seine Hoden fest umschlossen hielt. »Damit ist jetzt Schluss, und zwischen uns ist auch Schluss.«

Sie schaute ihm geradewegs in die Augen, bis er ihrem Blick nicht länger standhalten konnte. Dann ließ sie sein Geschlecht los.

Matti wich zurück, und sie schaute ihn an. Ein allerletztes Mal, dachte sie. Dann sprang sie auf ihr Fahrrad und trat in die Pedale. Das Haus ihrer Mutter kam schon in Sichtweite.

»Das wollte ich dir eigentlich auch gerade sagen!«, rief Matti ihr hinterher.

Lahja fuhr weiter.

»Du bist mir viel zu durchgeknallt!«

Sie trat weiter in die Pedale.

»Auf so 'ne Schlampe wie dich hab ich keinen Bock mehr.«

Sie lächelte.

»Und hässlich bist du noch dazu!«

Jetzt verstand sie seine Worte kaum noch.

»Und außerdem total schlecht im Bett!«

Jetzt hörte sie nur noch den Wind in den Ohren, und als sie ihre normale Geschwindigkeit erreicht hatte, fingen ihre Augen vom Luftzug an zu tränen.

*

Als sich ihre Lippen begegneten, spürte sie zum ersten Mal, worüber sie schon in so vielen Romanen gelesen hatte: das elektrisierende Gefühl eines Kusses. Sie erlebte etwas, das Menschen schon Jahrhunderte oder gar Jahrtausende vor ihr erlebt hatten. Doch weil Mattis Küsse die einzigen waren, die sie je bekommen hatte, und weil diese ganz und gar nicht elektrisierend gewesen waren, hatte sie angenommen, dass all dies nur erfunden wäre.

Doch dann umschlossen Maires Lippen ihre, und sie spürte es im ganzen Körper. Spürte, wie ihr Mund auf einmal direkt mit ihrem Bauch verbunden war, und sie verspürte ein Ziehen im Unterleib. Auch ihre Haut war plötzlich so empfindlich geworden, als hätte sie Fieber bekommen, und ihr Herz pochte heftig, nahezu unkontrolliert. Ja, ihr ganzer Körper wurde von diesem kleinen Kuss erfüllt.

Danach schauten sie einander lange an. Lahja zündete sich eine Zigarette an, obwohl sie wusste, dass Maire den Geschmack nicht mochte, oder vielleicht sogar gerade deswegen.

Sie hatte keine Ahnung, wie sie reagieren sollte, wenn Maire sie erneut küssen würde.

»Ich wollte das schon ganz lange tun«, sagte Maire nach einer Weile.

»Wirklich?«

»Ja, eigentlich schon, seit ich dich zum ersten Mal sah.«

Lahja lächelte. Der Gedanke war ihr selbst gar nicht gekommen. Oder, besser gesagt, sie hatte ihn nicht zugelassen. Und als Erstes fielen ihr die praktischen Schwierigkeiten ein. Die Entfernung. Die anderen Leute. Ihre Familie. Siri. Großer Gott, Siri.

Dennoch konnte sie nicht umhin, noch ein wenig mehr an Maire heranzurücken und zärtlich ihre Hand zu berühren.

*

Siri begriff nicht recht, warum er im Wohnzimmer auf einmal vor ihr auf die Knie fiel.

Doch als er ihr die kleine Schmuckschatulle hinhielt, begriff sie. Noch bevor er etwas sagte. Und dann sagte er es.

»Siri Aamuvuori, möchtest du meine Frau werden?«

Sie musste entsetzt dreingeblickt haben, denn er sprach rasch weiter.

»Also, es hat natürlich keine Eile! Ich dachte ja nicht, sofort. Ich dachte, später irgendwann.«

Sie schüttelte den Kopf, und in ihre Augen traten Tränen.

»Das ist gerade alles etwas zu viel für mich.«

Mika nickte, er war immer so verständnisvoll.

»Natürlich, natürlich.«

Er hob die Hände, als hätte ihn jemand mit einer Waffe bedroht.

»Nimm dir all die Zeit, die du brauchst. Ich wollte dich nur unbedingt fragen. Damit du über meine Gefühle für dich Bescheid weißt. Und meine Absichten.«

Was sollte sie jetzt tun? Sie wusste, dass es unmöglich war.

Sie war zwar geschieden und frei von Pentti, juristisch betrachtet frei, eine unabhängige Frau und so weiter. Doch sie wusste, dass sie nicht erneut heiraten konnte, solange Pentti lebte. Er würde es nicht zulassen.

Sie nickte Mika zu und lächelte, doch innerlich fühlte sie sich ganz leer.

*

Der Sommer nähert sich dem Ende. Die Wiesen sind gemäht, und das Heu ist eingebracht, zwar nicht in Kuivaniemi, aber auf dem Land rundherum, wo es Tiere gibt, die im Winter Heu benötigen. Zum Beispiel in Aapajärvi. Draußen in den Wäldern reifen die Beeren heran. Dieses Jahr gibt es jede Menge Blaubeeren, und sie sind groß, denn es ist warm gewesen und hat viel geregnet. Im Tornedal sind fast ungewöhnlich tropische Regenschauer niedergegangen, für die sich der Himmel urplötzlich geöffnet hat, um schon im nächsten Augenblick wieder wolkenlos zu strahlen. Blaubeeren lieben das und wachsen so zu großen süßen Früchten heran.

Aber um die Moltebeeren ist es nicht so gut bestellt, was mit dem Kälteeinbruch Ende Mai zusammenhängt, als sie gerade blühten.

Viele der kleinen weißen Blüten erfroren, und der starke Wind machte es auch nicht besser.

*

Alle Brüder sind gemeinsam zum Baden gefahren. Lahja und Siri sind jedoch zu Hause geblieben.

Lahja liegt auf dem Sofa und liest, als das Telefon klingelt.

Am anderen Ende hört sie Seijas Stimme.

»Es brennt!«, ruft sie. »Es brennt. Das ganze Haus brennt. Ich bin hingekommen, und, o mein Gott, es brennt.«

»Was sagst du? Es brennt? Wo brennt es?«

Lahja begreift nicht, wovon Seija redet.

Dann kommt Esko ans Telefon.

»Gib Mama den Hörer.«

»Sie ist im Garten und jätet Unkraut.«

»Dann hol sie, Lahja! Schnell! Verstanden?«

Esko hat sie noch nie zuvor angeschrien, und Lahja tut, was er sagt. Sie rennt barfuß in den Garten und ruft nach ihrer Mutter. Sie ruft und ruft.

»Mama, komm schnell, Esko ist am Telefon. Mama, wo bist du?«

Blauer Himmel und grüne Wiesen. Plötzlich steht Siri da, mitten in all dem Grün. Sie ist verschwitzt und ihr Kopftuch leicht schmutzig, von der Pflanzerde, wie es aussieht.

Siri wischt sich den Schweiß aus der Stirn. Sie wirkt beunruhigt, ihre Miene ist ernst.

»Ich komme, sag ihm, dass ich komme.«

Im Nachhinein erscheint es Lahja, als hätte Siri die Worte gefaucht oder vielleicht geflüstert, aber Lahja geht schnell ins Haus und ergreift den Hörer, der an einer Schnur von der Küchenwand herunterbaumelt.

»Sie kommt«, sagt sie zu ihrem großen Bruder, und dann setzt sie sich draußen auf die Veranda und zündet sich eine Zigarette aus der

Schachtel ihrer Mutter an. In diesem Augenblick pfeift sie darauf, ob es jemand sieht, denn sie ist in Gedanken ganz woanders.

Schon kurz darauf kommt Siri zu ihr hinaus und setzt sich neben sie. Sie nimmt sich eine Zigarette aus der Schachtel und scheint gar nicht zu merken, dass Lahja ebenfalls raucht. Ihre Hände zittern, und ihr Blick ist die Ferne gerichtet.

Sie sitzen eine Weile schweigend nebeneinander, und Lahja schaut hinauf in den wolkenlosen Himmel.

»Aapajärvi ist abgebrannt. Das ganze Haus.«

Lahja sagt nichts.

Kurz darauf biegt Tatus Auto aufs Grundstück ein, und dann sind alle wieder versammelt. Onni und Arto und Valo und Lauri. Tarmo natürlich nicht. Er ist weit entfernt in Helsinki.

»Sie können noch nicht sagen, wie es passiert ist. Aber sie haben Pentti nirgends gefunden. Man kann das Haus noch nicht betreten, aber alles deutet daraufhin, dass er weg ist.«

»Weg?«

Lahja kapiert nicht ganz, was Siri meint. Oder vielleicht merkt sie auch, dass es gerade jetzt, in diesem Augenblick besonders wichtig ist, dass Siri die Dinge deutlicher benennt, als sie es je zuvor getan hat.

»Tja, tot.«

TEIL 3

WHO DUNNIT

EIN UNGLÜCK KOMMT SELTEN ALLEIN

Polizeiermittlungen.
Alle Geschwister versammeln sich erneut. Es ist Spätsommer. Ein großes Fest oder dergleichen steht an.
Jetzt ist endlich etwas passiert!
Oder?
Es ist doch etwas passiert, oder?

Wo kommt man hin, wenn man stirbt? Wird man zu einem kleinen Engel, der auf einer flauschigen Wolke oben im blauen Himmel schwebt, das Kinn auf die Hand gestützt und den Blick auf all die Menschen dort unten gerichtet, die aus der Entfernung an kleine Puppen erinnern oder an Ameisen, wie sie so geschäftig herumlaufen?

Oder wird man neu geboren? Wird man vielleicht wiedergeboren, als Ameise oder als das kleine Baby der Nachbarn oder gar als Baum, Blume, Möwe oder Mücke?

Oder ist man einfach nur tot? So, als würde man unendlich lange schlafen und nie mehr aufwachen?

Oder kommt man in den Himmel? An einen völlig neuen Ort, an dem man noch nie gewesen ist, wo alles hell und schön ist und man all die anderen wiedertrifft, die ebenfalls gestorben sind? Und wenn man ein schlechter Mensch war, kommt man dann stattdessen in die Hölle? Und wie schlecht muss man gewesen sein, um in die Hölle zu kommen?

Arto wusste es nicht, doch er dachte wegen der jüngsten Ereignisse viel über diese Dinge nach.

*

Annie seufzte tief, so tief, wie es nur Schwangere tun können, und legte den Hörer auf die Gabel. Im Schlafzimmer war es dunkel und heiß. Obwohl die Jalousien heruntergelassen waren, machte sich die Morgendämmerung bereits bemerkbar, wie immer im Juli in Stockholm. Es war ein heißer Sommer, und Annies Körper war schwer und unförmig. Sie war jetzt definitiv hochschwanger.

Sie warf einen Blick auf den Radiowecker auf dem Nachttisch. Die roten Ziffern darauf zeigten 5:07 Uhr an.

»Wer war es denn, Principessa?«

Alex murmelte seine Frage im Halbschlaf ins Kissen.

Doch Annie antwortete nicht. Sie saß einfach nur da. Alex rieb sich die Augen, schaute verschlafen zu ihr auf und wartete auf ihre Antwort. Doch sie saß einfach nur schweigend da, halb nackt, wie sie war, den vorgewölbten Bauch und die angeschwollenen Brüste nur mit einem dünnen Nachthemd bedeckt, die Beine von der Bettkante baumelnd. Die Haare, die sie jetzt länger trug, völlig verwuschelt.

»Annie?«

Endlich kam Bewegung in sie.

»Es geht um meinen Vater. Ich muss nach Hause. Er … Es hat gebrannt. Sie können ihn nicht finden. Sie glauben, dass … er …«

Dann kamen die Tränen. Und mit den Tränen die Erinnerungen. All die frühen Sommermorgen, an denen Annie als Kind gemeinsam mit ihrem Vater in den Stall gegangen war. Sein Blick, so offen und ehrlich, während er all ihre Fragen beantwortete, so gut er konnte. Fragen zum Leben und Fragen zum Tod. Pentti hatte nie einen

Unterschied zwischen Kindern und Erwachsenen gemacht, und jetzt war er tot. Ihr Kind würde nie einen Großvater haben, außer auf vergilbten Fotos in einem Fotoalbum.

Alex wollte sie unbedingt begleiten. Er bestand darauf. Doch Annie war knallhart. Es ging nicht. Er sollte sich nicht von der Arbeit freinehmen, denn jetzt brauchten sie alles Geld, was sie nur bekommen konnten.

»Aber er ist doch dein Vater.«

Sie hatte aufgehört zu weinen, verspürte aber einen Druck unter den Augenlidern, als könnten jeden Moment erneut Tränen hervorschießen. Doch das konnte natürlich auch mit den Hormonen zusammenhängen. Annie schaute Alex an.

»Und jetzt ist er tot.«

Sie erinnerte sich an den Geruch ihres Vaters, den Geruch nach Kaffee und Kuhscheiße und noch etwas anderem, Drittem, vielleicht eingetrocknetem Dreck. Eine Erinnerung, die sie nicht ganz zu fassen bekam. Sie schüttelte den Kopf.

Doch Alex beharrte darauf. Er umfasste ihre Schulter.

»Ich werde dein Fels in der Brandung sein. Die Schulter, an der du dich ausweinen kannst.«

Annie war von seiner Beharrlichkeit irritiert. Sie fragte sich, warum er nicht kapierte, dass es keinen Sinn hatte, in ihr Innerstes vordringen zu wollen. Das hatte sie sich während dieser Schwangerschaft schon oft gefragt, seit Alex bei ihr eingezogen war (oder, wie er es ausdrückte, seit sie zusammengezogen waren, als gäbe es etwas Gemeinsames oder einen Zusammenhalt zwischen ihnen). Ihr Innerstes gehörte nur ihr. Und niemand anderem. Sie seufzte und schüttelte seine Hand ab.

»Aber begreifst du es denn nicht, das geht nicht.«

Schon kurz darauf bereute sie, so abweisend reagiert zu haben. Sie merkte, wie verletzt er war, und strich ihm über den Rücken.

»Wenn ich dort bin, muss ich den anderen eine Stütze sein. Du wirst nur das Gefühl haben, im Weg zu stehen. Weißt du nicht mehr, wie es beim letzten Besuch war?«

Jedes Mal wenn Annie merkte, dass sie ihn verletzt hatte, bereute sie es hinterher. Doch sie war offenbar nicht imstande, daraus zu lernen und anders zu reagieren, konnte es einfach nicht bleiben lassen, es war ihr unmöglich.

»Ich muss mich um meine Mutter kümmern, sie ist bestimmt am Boden zerstört. Und um meine Geschwister. O mein Gott.«

Und dann brach sie erneut in Tränen aus. Am Ende setzte Annie ihren Willen durch, denn Annie setzte immer ihren Willen durch.

Während sie im Zug saß, ließ sie ihren Gedanken freien Lauf. Ihr kamen lauter Dinge in den Sinn, die völlig bedeutungslos erschienen.

Sie erinnerte sich daran, wie Pentti sich immer geräuspert hatte, wenn er vor Leuten reden sollte, die er nicht gut kannte.

Sie erinnerte sich auch an seine endlosen Tiraden über den Krieg. Lange Monologe ohne jegliche Pointe. Und wie alle Anwesenden irgendwann abschalteten, weil sie es einfach nicht mehr hören konnten.

Sie erinnerte sich daran, wie sie auf seinem Schoß gesessen und hilflos zu ihm aufgeschaut hatte, nachdem sie vom Fahrrad gefallen und sich beide Knie sowie das Kinn aufgeschlagen hatte und es heftig blutete. War sie damals sieben Jahre alt gewesen oder acht, zehn, elf?

Sie erinnerte sich daran, wie es in seinen Augen manchmal aufblitzte, wenn jemand einen Witz zum Besten gab oder, wie er es ausdrückte, eine Schnurre.

Sie erinnerte sich an seine rauen trockenen Hände, die nie ganz sauber wurden, sosehr er sie auch mit Gallseife schrubbte.

Sie erinnerte sich an seine Stimme, wie heiser sie geklungen hatte, wenn er ausnahmsweise einmal nicht brüllte, so fremd war ihm der leise Tonfall.

An all das erinnerte sie sich und noch an Millionen Dinge mehr, und wenn sie die Augen schloss, sah sie ihren Vater vor sich.

Das Wissen darum, dass die Zeit verging, während sie unterwegs war, hatte etwas Beruhigendes. Sie bewegte sich zwar mit jedem Kilometer auf den Schmerzpunkt zu, aber mit jeder Minute entfernte sie sich zugleich auch davon.

Sie sah, wie sich die Spätsommerlandschaft draußen vor dem Fenster veränderte und gewissermaßen in der Zeit zurückging, denn je weiter man nach Norden kommt, desto früher ist der Sommer dort noch. In gewisser Weise konnte sie sich also einbilden, in die Vergangenheit zu reisen, an einen Ort vor der Zeit, als sie noch nicht vaterlos gewesen war.

Das Kind in ihrem Bauch bewegte sich, wie es tagsüber oft der Fall war. Sie könne dankbar dafür sein, hatte man ihr gesagt, dass sich das Kind nachts ruhig verhielt und sie schlafen ließ, denn es sprach einiges dafür, dass es sich, wenn es erst einmal geboren wäre, an ihren Tagesrhythmus anpassen würde und sie dann nachts durchschlafen könnte.

Annie fuhr zuerst nach Aapajärvi. Sie nahm den Bus, so wie sie es früher immer getan hatte, als sie noch zu Hause wohnte. Als sich niemand aus der Familie die Mühe gemacht hatte, sie in der Stadt abzuholen.

Das letzte Stück musste man zu Fuß gehen. Es waren an die drei Kilometer, doch sie merkte rasch, dass sie sich selbst überschätzt hatte, denn ihre geschwollenen Füße taten schon nach wenigen Hundert Metern weh. Im Sommer 1982 herrschte selbst hier oben im Tornedal eine Rekordhitze. Zum Glück brauchte sie nicht die gesamte Strecke zu laufen, denn nach ungefähr einem Kilometer kam unverhofft der Nachbar auf seinem Traktor angefahren. Er meinte, dass sie in ihrem Zustand doch verflucht nochmal nicht mehr zu Fuß gehen müsse, und half ihr hinauf.

Sie mussten beide über ihre Schwerfälligkeit lachen.

Nachdem sie sich nacheinander in die Kabine gezwängt hatten, bekundete er ihr murmelnd sein Beileid, und dann fragte er, wann das Kind denn käme.

Als er erfuhr, dass es nur noch wenige Wochen dauern würde, schimpfte er erneut, denn was hatte sie in diesem Zustand verflucht nochmal hier oben zu suchen? Wenn es um Leben und Tod ging, ginge das Leben ja wohl verdammt nochmal vor. Annie antwortete ausweichend, und dann schwiegen sie während des letzten holprigen Stücks Weg.

Schon eigenartig, wie sehr sich der Anblick gewisser Orte ins Gedächtnis einprägt, denn alles hier oben sah so aus wie immer. Es sah genauso aus, wie sie es sich vorgestellt hatte, als sie im Zug saß, und auch wenn sie die Augen schloss, änderte sich nichts daran. Sie hatte den Anblick dieser Landschaft gewissermaßen zu allen Jahreszeiten verinnerlicht, er war eingebrannt in ihre Netzhaut. Doch das Haus, das gab es nun nicht mehr.

Sie erinnerte sich noch daran, wie sie an jenem Wintertag Abschied davon genommen hatte, auf dem Hofplatz innegehalten und sich umgeschaut hatte, überzeugt davon, dass es das letzte Mal wäre. Doch eigentlich hatte sie angenommen, dass *sie* nie mehr zurückkehren würde, und nicht, dass das Haus verschwinden würde.

Dort standen jetzt zwei Streifenwagen, und dahinter erblickte sie die Reste des Gebäudes, das einmal ihr Elternhaus gewesen war.

Einige wenige Fragmente der Außenwände standen noch, und mittendrin thronte der Schornstein, schwarz und völlig verrußt, ansonsten war nicht mehr viel übrig. Nur noch ein paar lose Treppenstufen, die haltlos in der Luft hingen.

Die Glut schwelte nicht mehr, aber die Luft flimmerte noch, das konnte sie aus der Entfernung sehen. So, wie es immer der Fall ist, wenn ein Untergrund heiß ist, wie Asphalt an einem heißen Sommertag. Wie im Hochsommer in Stockholm.

Weiter hinten, am entgegengesetzten Ende des Grundstücks, befand sich die Baustelle von Eskos Haus. Die Außenwände waren noch nicht hochgezogen, doch die Streben des Fachwerks und der Dachstuhl waren bereits errichtet, sodass man ahnen konnte, wie das Haus einmal aussehen würde. Zumindest konnte man es sich mit etwas Fantasie vorstellen.

Eskos Haus stand wirklich genau an der richtigen Stelle. Dort hätte auch ihr Elternhaus stehen müssen, es war einfach der richtige Ort für ein Haus. Die Kiefer daneben stand schon seit ewigen

Zeiten stoisch da, und ihre Krone ragte weit in den blauen Himmel hinauf.

Das alte Haus war verschwunden.

Nur der Stall stand noch, und für einen Augenblick vergaß Annie, was passiert war. Sie wartete darauf, dass ihr Vater jeden Moment die Stalltür aufstoßen, über den Hofplatz geschlendert kommen und träge die Hand zum Gruß heben würde.

Als sie sich den beiden Streifenwagen näherte, erblickte sie Polizeichef Juha Sotilainen. Er war gerade ins Gespräch mit einem anzugtragenden Kommissar vertieft, der, wie sie annahm, aus Kemi angereist war (in der Stadt besaßen sie mehr Ressourcen, jedenfalls mehr als hier oben in der Einöde). Juha Sotilainen war bestimmt schon an die sechzig, mutmaßte sie und musste an all die Male zurückdenken, als er streng dreinblickend mit seinem Wagen auf den Hof eingebogen war, auf dem Rücksitz einen Sprössling der Familie Toimi. Annie selbst war nie von der Polizei nach Hause gebracht worden, die meisten anderen Geschwister hingegen schon, manche sogar mehrmals.

Jedes Mal wenn sie ihn sah, hatte er noch ein paar Kilo mehr zugenommen. Sein Körper schien mit zunehmendem Alter gewaltig in die Breite zu gehen. Als er Annie erblickte, kam er auf sie zu, tätschelte ihr unbeholfen die Schulter und sprach ihr sein Beileid aus. Er roch nach altem Schweiß, nein, er stank geradezu, und Annie musste die Luft anhalten, um ihren Brechreiz zu unterdrücken.

Sie war nicht darauf vorbereitet gewesen, dass während der Schwangerschaft plötzlich alle möglichen Gerüche auf sie einströmten, gegen die sie sich unmöglich wehren konnte. Jetzt zum Ende hin musste sie sich zwar nicht mehr so oft übergeben, doch der heiße Sommer schien alle Gerüche noch zu verstärken.

Der Polizeichef schaute sie an, als wartete er darauf, dass sie etwas sagen würde.

»Es ist, wie es ist«, sagte Annie, denn es war, wie es war, und viel mehr gab es nicht zu sagen.

Sotilainen nickte.

»Traurig, dass es mit ihm ein solches Ende nehmen musste.«

Als Annie nichts entgegnete, redete er weiter: »Jetzt wissen wir auf jeden Fall, wodurch der Brand ausgelöst wurde.«

Er klopfte sich auf die Brusttasche. Annie begegnete seinem Blick, doch als sie noch immer nichts sagte, zog er eine Zigarette aus seiner orangefarbenen North-State-Schachtel und bot sie ihr an. Sie schüttelte den Kopf.

»Und wodurch?«

Der Polizeichef schaute sie fragend an.

»Na ja, wodurch wurde der Brand ausgelöst?«

»Tja, also …« Er sog an seiner Zigarette und wedelte dann damit herum. »Durch so eine hier. Er muss im Bett gelegen und geraucht haben. Und dann ist er wohl eingepennt. Ihr alter Herr.«

Annie schüttelte entschieden den Kopf. »Das kann nicht sein. Er hat überhaupt nicht geraucht.«

Der Polizeichef zuckte mit den Achseln. Er schien ihr gar nicht zuzuhören.

»Das haben wir zumindest rausgefunden.«

Er drückte den Zigarettenstummel aus und machte Anstalten, in seinen Wagen zu steigen.

»Springen Sie rein, junge Frau, dann fahr ich Sie in die Stadt. In Ihrem Zustand müssen Sie ja nicht unbedingt hier draußen rumstehen und sich diesen Anblick antun.«

Annie schüttelte den Kopf. Der Polizeichef zuckte erneut mit den Achseln und zwängte seinen massigen Körper mit einiger Mühe auf den Fahrersitz. Sollte er doch losfahren und seinen fetten Arsch wieder im Büro parken, dachte sie. Wo er sich am wohlsten fühlte, egal, ob die Arbeit gemacht wurde oder nicht.

Durch die heruntergelassene Seitenscheibe schaute er noch einmal zu ihr hoch. Sie sah die Schweißtropfen in seinem Gesicht, und der Mief seiner Körperausdünstungen mischte sich mit dem Rauch seiner Zigarette, sodass ihr erneut übel wurde. Seine Gesichtshaut schrumpelte sich zu einem Lächeln zusammen.

»Sie wissen ja, junge Frau, Menschen verändern sich. Und Ihr Vater, tja … Nach der Scheidung war er nicht mehr ganz er selbst.«

Mit diesen Worten startete er den Motor seines Wagens und verschwand. Die anderen Polizisten nickten ihr zu, bevor sie in das andere Auto stiegen und ebenfalls losfuhren. Sie hinterließen eine Staubwolke, die sich erst legte, nachdem die Motorengeräusche verklungen waren.

Annie blieb noch lange allein vor der Ruine des Hauses stehen.

Das Baby bewegte sich, und sie strich gedankenverloren über ihren Bauch. Sie traute sich nicht, das Haus oder das, was davon übrig geblieben war, zu betreten. Stattdessen ging sie hinüber zum neuen Haus und stieg geradewegs durch eine der künftigen Wände hinein.

Sie setzte sich auf einen stützenden Fußbodenbalken. Das Haus stand im Schatten der großen Kiefer, und sie konnte sich gut vorstellen, wie es sich darin leben würde, wenn es erst einmal fertig wäre.

Dieses Haus würde alles verkörpern, was das alte Haus nicht gewesen war: Es würde gleich von Beginn an solide gebaut werden, ohne spätere Um- oder Anbauten. Und es würde an der schönsten Stelle des gesamten Grundstücks stehen. An heißen Sommertagen würden die Bäume Schatten und Kühle spenden, und während der Winterstürme würden sie Schutz bieten.

Hier würde Esko mit seiner Familie wohnen. So, wie er es sich immer erträumt hatte. Jetzt würde der Hof ihm gehören. Inklusive der Ländereien und der Tiere. Bestimmt war das Ganze ein paar Hunderttausend finnische Mark wert.

Sie wusste nicht, ob ihre Familie das Finanzielle bereits geregelt hatte, hoffte es jedoch. Vor ihrem inneren Auge sah sie aber bereits, wie die Aufteilung des Besitzes ihres Vaters in einen heftigen Streit ausartete. Tatu wäre sicherlich aufgebracht, auch Helmi sowie einige andere Geschwister.

Sie selbst wollte nichts haben. Hatte es nie gewollt. Annie hatte schon immer Wert darauf gelegt, allein zurechtzukommen. Sie hatte sich nie irgendwo Geld geliehen und immer alles selbst finanziert.

Wenn es zu einem Streit ums Erbe käme, würde sie auf stumm schalten und den Raum verlassen, that's for sure.

*

Wie begräbt man einen Menschen, der verbrannt ist? Durchsucht man seine Asche und sammelt kleine Reste ein, die man wiedererkennt? Und worin sammelt man sie? In einer Plastiktüte? Oder in einem Eimer? Und woran erkennt man überhaupt einen verbrannten Körper? Worin unterscheidet er sich von allem anderen Verbrannten? Woran erkennt man, dass es ein Knochen des eigenen Vaters ist und kein Stuhlbein? Oder eine alte Pelzmütze und nicht die versengten Haare eines Menschen? Oder geht man auf Nummer sicher und kratzt alles zusammen, was noch da ist, und hofft auf das Beste?

*

Annie saß noch immer im halb fertigen Haus, als Esko auf den Hofplatz fuhr. Er war überrascht, sie zu sehen. Sie hatte ihn seit dem Telefonat wegen des Brandes nicht mehr gesprochen. Eigentlich hatte sie mit keinem ihrer Geschwister gesprochen, seit sie das letzte Mal hier gewesen war. Im Winter, als alles angefangen hatte.

Siri hatte Annie angerufen und es ihr berichtet. Sie hatte ruhig und gefasst geklungen. Sich dafür entschuldigt, dass sie so früh am Morgen anrief, und es ihr geradeheraus gesagt. Es weder beschönigt noch sie gebeten, sich erst einmal hinzusetzen, sondern nur gesagt, dass das Haus abgebrannt war und Pentti, wie es schien, im Feuer zu Tode gekommen war.

»Ich komme«, hatte Annie nur entgegnet, sonst nichts weiter.

Dann hatte sie ihre Tasche gepackt und war zum Bahnhof gefahren. Dort hatte sie den erstbesten Zug in Richtung Norden genommen. Später hatte sie noch einmal umsteigen müssen, um sich schließlich in Luleå in einen Bus nach Haparanda zu setzen.

Als Annie Esko erblickte, kamen ihr erneut die Tränen. Sie ließ sich in seine Arme fallen, und er fing sie auf und hielt sie fest.

»Wenn du so große Sehnsucht nach mir hast, solltest du wohl öfter vorbeikommen, kleine Schwester«, flüsterte er ihr ins Ohr.

Annie konnte nicht antworten, die Tränen überwältigten sie diesmal noch heftiger als vorher. Doch sie ließ es geschehen.

In schweren Zeiten kann man immer auf die Familie zählen. Und als Annie an der Schulter ihres großen Bruders weinte, spürte sie eine Geborgenheit, die sie bei Alex nicht erlebte. Sie malte sich die Trauer ihrer Familienmitglieder aus und wie sie sich gegenseitig trösten würden. Wie es den Schmerz lindern und ihn erträglicher machen würde.

»Letztlich war es nur eine Frage der Zeit«, sagte da Esko.

Annie schaute ihren Bruder durch die Tränen hindurch an. Er weinte nicht, sondern wirkte genauso wie immer. Sonnengebräunte muskulöse Oberarme, die unter den kurzen Ärmeln seines T-Shirts spannten.

»Du hast die Bullen gerade verpasst«, sagte Annie.

Esko zuckte mit den Achseln.

Annie holte tief Luft.

»Sie meinten, dass der Brand durch eine brennende Zigarette ausgelöst wurde.«

Annie schaute ihren Bruder an. Er murmelte etwas vor sich hin, während er dastand und sein Haus betrachtete. Sie meinte, ein leises Lächeln unter seinem Schnauzbart zu erahnen.

»Und, was sagst du dazu?«

Wieder zuckte er mit den Achseln. Esko wirkte keinesfalls vaterlos. Annie nickte. »Das Haus steht genau da, wo es schon immer hätte stehen sollen.«

»Ja, ganz genau.«

Jetzt lächelte er sie an, diesmal herrschte kein Zweifel. Sogar seine Zähne wurden sichtbar.

»Aber nun fahren wir erst mal nach Kuivaniemi, damit du die anderen wiedersiehst.«

Er nahm ihre Tasche und ging voran zum Auto, während er weiterredete.

»Und das Haus musst du dir natürlich auch ansehen! Es ist wirklich schön, ganz weiße Wände, aus Eternit, weißt du.«

Er drehte sich nicht noch einmal um und wirkte auch sonst völlig unbeeindruckt von dem schwarzen Gerippe, das aus der Asche des alten Hauses herausragte.

»Hast du eigentlich schon von Mamas neuem Lover gehört? Komm, Annie, gleich wirst du alles erfahren.«

*

Kuivaniemi war genauso, wie die anderen es Annie berichtet hatten und sie selbst es sich vorgestellt hatte.

Eine Zuflucht.

Ein glückliches Fleckchen Erde.

Ein von Trauer unbefleckter Ort.

Alle Familienmitglieder, die jetzt dort wohnten, hatten die Chance auf einen Neuanfang bekommen. Vor allem Onni und Arto.

Als Eskos beigefarbener Mercedes aufs Grundstück einbog, kamen sie sofort angerannt.

Die beiden stürzten sich auf ihre große Schwester, kaum dass sie ausgestiegen war. Wie zwei unbändige Welpen waren sie, und im Schlepptau hatten sie tatsächlich einen Welpen, Onnis Spitz Kiva.

Die beiden waren ein Stück gewachsen, seit Annie sie zuletzt gesehen hatte.

Der Sommer hat diesen Effekt auf Kinder. Insbesondere auf die Kinder hier oben im Norden, die den größten Teil des Jahres in einer unfruchtbaren Dunkelheit leben, in einem unwirtlichen Klima, in dem nichts wachsen kann und alles brachliegt und nur auf die Rückkehr des Lichts wartet. Auf Licht und Wärme. Genau wie die Bäume und Blumen, die Natur, bekommen auch die Kinder in den hellen Monaten einen Wachstumsschub.

Sie waren größer geworden und Artos Narben blasser. Außerdem wirkten ihre Bewegungen jetzt freier, so kam es ihr zumindest vor. Sie wurden nicht mehr von jener diffusen Angst vor ungeahnten Konsequenzen zurückgehalten, mit der Annie aufgewachsen war. Mit einem Gefühl, dass jeden Moment irgendetwas Schlimmes passieren könnte.

Sie verlangten noch nicht mal nach Geschenken, wie sie es sonst immer getan hatten, wenn ihre große Schwester heimkam.

Annie umarmte sie, einen nach dem anderen. Sie umschloss ihre kleinen Gesichter mit den Händen und schaute ihnen tief in die Augen, um zu prüfen, ob sich darin irgendwelche Spuren vorangegangener Katastrophen abzeichneten.

Onni lachte nur und ließ sie gewähren. In den Augen ihres jüngsten Bruders erblickte sie ein Strahlen, das schon immer da gewesen war und vielleicht sogar immer da sein würde. Für ihn war das Leben eine einzige Überraschung, ein wunderbares Abenteuer, das nur darauf wartete, gelebt zu werden.

Und Arto, ja, der war ebenfalls fröhlich, vielleicht sogar glücklich. Ihn machte Annies eindringliche Begutachtung jedoch nervös, sein Blick flackerte. Doch ihr zweitjüngster Bruder war von Natur aus schon immer unruhiger gewesen. Vielleicht lag es auch am Alter, daran, dass er jetzt reif genug war, um das eine oder andere zu begreifen oder zumindest in Grundzügen zu verstehen.

Jedenfalls fragte er: »Bist du da gewesen? Hast du es gesehen?«

Annie nickte nur, sie hatte keine Antwort parat. Erstaunt darüber, dass jemand nachfragte.

»Hat es noch gebrannt? Hast du ihn gesehen? War mein Zimmer noch da? Und die Treppe?«

Er bombardierte sie regelrecht mit Fragen. Sein Blick war todernst.

»Ich hab ihr das neue Haus gezeigt«, warf Esko ein und fuhr mit der Hand durch Artos kurzes Stoppelhaar.

An gewissen Traditionen rüttelte Siri nicht, auch wenn sich so manches andere verändert hatte. Das obligatorische Haareschneiden zu Beginn der Sommerferien fand wie eh und je statt.

Im Haus waren die restlichen Geschwister versammelt. Nicht alle, aber viele von ihnen. Das Radio in der Küche plärrte und erhöhte den ohnehin schon hohen Geräuschpegel noch zusätzlich. Die Stimmung war herzlich, ja, nahezu ausgelassen.

Lahja war dort, auch sie verändert. Annie konnte es nicht genau ausmachen, aber ihre jüngste Schwester wirkte irgendwie selbstbewusster. Sie umarmte und küsste ihre große Schwester und kicherte belustigt über deren dicken Bauch, der beim Umarmen im Weg war. Die frühere Lahja hätte sich weder getraut, ihre ältere Schwester zu umarmen noch zu küssen.

»Boah, ist der hart«, rief sie grinsend aus.

»… rief die Blondine und leckte sich die Lippen«, warf Lauri hinter seiner Zeitung ein. Er lümmelte gerade im Schaukelstuhl und las.

Helmi boxte ihn in die Seite, als sie mit einem Teller frisch frittierter Aniskrapfen aus der Küche kam.

»Hüte deine Zunge, kleiner Bruder! Hier sind schließlich Kinder anwesend!«

Dann warf sie sich Annie mit einem breiten Lächeln um den Hals. Annie kam die Umarmung merkwürdig anonym vor, und ihre Schwester erschien ihr so viel dünner, als sie sie in Erinnerung hatte. Hatte sie abgenommen? Doch Helmi zuckte nur mit den Achseln und fuhr so energisch fort, den Kaffeetisch zu decken, dass Annie für einen Moment den Eindruck hatte, hinter der übertriebenen Fröhlichkeit ihrer Schwester verberge sich noch etwas anderes. Doch was auch immer es war (oder auch nicht war), heute würde sie es ohnehin nicht erfahren.

Annie versuchte, Blickkontakt mit Lauri aufzunehmen, doch der versteckte sich hinter seiner Zeitung. Auch er hatte keine rot geweinten Augen, wie sie feststellte. Das letzte Mal hatte sie ihn irgendwann im März gesehen, als er nach Brandbergen gekommen war, um seine Sachen abzuholen. Auch damals hatte er nicht mit ihr sprechen wollen, und Annie beschlich das Gefühl, dass er ihr irgendetwas verheimlichte. Blödsinn, redete sie sich ein.

Valo lag auf dem Sofa und schlief. Wie konnte er nur bei diesem Höllenlärm schlafen? Doch das hatte er schon immer gekonnt. Sie erinnerte sich noch daran, wie schwer sein kleiner Körper gewesen war, als sie ihn abends manchmal in sein Bett hinaufgetragen hatte. Er war immer hinter dem Sofa eingeschlafen, sozusagen mitten im Geschehen. Und völlig unabhängig vom Geräuschpegel.

Tatu saß am Tisch und trank Kaffee. Auf der Tischplatte thronten ausladende Kuchenteller, beladen mit Siris Gebäck.

Auf einem lagen die herzhaften karelischen Piroggen nebst Eibutter, und auf mehreren anderen lagen frisch gezuckerte Aniskrapfen und Zimtschnecken, die noch so heiß waren, dass sie im ganzen Haus einen Duft nach Zimt und frisch gebackenem Hefeteig verbreiteten.

In der Küche war Siri gerade damit beschäftigt, ein weiteres Blech Aniskrapfen zu frittieren.

Ihre Mutter hatte die Haare unter einem geblümten Kopftuch zusammengefasst, und als Annie in die Küche kam, hielt sie inne. Annie hatte den Eindruck, dass ihre Mutter sie mit einem warmherzigen Blick bedachte, den sie meinte, noch nie zuvor an ihr gesehen zu haben. Jedenfalls nicht, wenn sie Annie anblickte.

Sie schauten einander lange an, bis Siri die Arme ausbreitete.

»Komm her.«

Annie umarmte ihre Mutter, und sie merkte, dass sich auch Siris Körper verändert hatte. Er fühlte sich viel weicher und anschmiegsamer an als früher, und Annie brach erneut in Tränen aus. Offenbar war sie die Einzige, die noch Tränen übrig hatte, denn auch Siri ließ sich nicht von ihr anstecken. Stattdessen trocknete sie Annies Tränen mit dem Zipfel ihrer Küchenschürze, genauso, wie sie es getan hatte, als Annie noch klein gewesen war, und dann hakte sie sie unter. Blödsinn, rief Annie sich in Erinnerung und ließ sich von ihrer Mutter an den Kaffeetisch führen.

»Nimm dir einen Aniskrapfen und erzähl uns, wie es dir ergangen ist.«

»Komm, Annie! Ich will auch mal die Tritte spüren!«

Das war Onni.

Alle scharten sich um ihren Bauch herum und legten die Hände darauf. Doch Oskar, das Baby in ihrem Bauch, schien die unerwartete Aufmerksamkeit einzuschüchtern, denn er lag plötzlich ganz still, sosehr sie auch dagegen klopften, draufdrückten oder ihm etwas zuflüsterten.

»Ich weiß noch, wie es war, als du in Mamas Bauch gelegen hast«, sagte Annie und strich Onni übers Stoppelhaar.

»War ich auch so schüchtern?«

»Du warst ganz bestimmt keinen einzigen Tag in deinem Leben schüchtern!«

Die Geschwister lachten, und Annie schaute in die Runde. Jetzt, wo sie alle versammelt waren, kam ihr alles so einfach vor. Man hätte fast meinen können, es wäre gar nichts passiert, als wäre alles genauso wie immer.

Sie saßen am langen Esstisch, der mit einem von Siris selbst gewebten blau-weißen Tischläufern geschmückt war, und darauf stand sogar eine kleine, aus Holz gefertigte finnische Flagge. Fehlte nur noch die Torte, dann wäre der Eindruck einer ausgelassenen Familienfeier perfekt.

Arto stand noch immer im Türrahmen und sagte nichts. Sein Blick war wachsam, nein, Arto war regelrecht auf der Hut. Auch er schien die fröhliche Stimmung am Kaffeetisch nicht ganz nachvollziehen zu können.

Annie winkte ihn zu sich. Er kam widerwillig näher und setzte sich neben sie.

»Du weißt doch, was nun ansteht, oder?«

Arto schüttelte den Kopf und schaute auf seine Hände hinunter, die ruhig im Schoß lagen.

»Kommt Papa jetzt in die Hölle?«

Er schaute zu ihr auf, und sie erblickte Tränen in seinen Augen. Natürlich war gar nichts so wie immer, sosehr man auch versuchte, den Anschein zu erwecken. Annie strich ihm übers Haar. Es fühlte sich ganz flauschig an.

»Nein, kleiner Mann«, antwortete sie, »als Nächstes steht die Beerdigung an. Und dafür zieht man sich fein an, mit Schlips und so weiter, und dann kommen jede Menge Leute in die Kirche, und der Pastor predigt, und dann wird auf der großen Orgel Musik gespielt, sodass es durch die ganze Kirche dröhnt, und anschließend gibt es Kaffee und Kuchen im Gemeindesaal.«

Sie umarmte ihn und sprach so leise, dass nur er es hörte: »Und du kannst die ganze Zeit meine Hand halten, wenn du willst.«

Arto nickte und schluckte heftig und dann nahm er sich eine karelische Pirogge. Eibutter wollte er dazu jedoch nicht haben.

*

Er atmete auf.

Auf Annie konnte man sich verlassen.

Arto hatte vor, bei der Beerdigung in ihrer Nähe zu bleiben.

Annies Worte beruhigten ihn für den Moment, doch das Gedankenkarussell in seinem Kopf drehte sich weiter. Arto wusste, was der Tod war, nämlich, wenn man aufhörte zu existieren. Wenn man nie mehr jemanden treffen konnte. Aber viel mehr wusste er auch nicht. Er hatte schon Kühe sterben sehen, aber noch nie einen Menschen. Er hatte zwar die Brüder Kekkola gesehen, aber nur, als sie noch lebten, und dann *danach,* als sie in ihren Särgen lagen. Ja, dieser Anblick war wirklich keinem aus der Umgebung erspart geblieben.

Die Brüder Kekkola waren schon immer etwas seltsam gewesen. Man witzelte, dass ihre Eltern wohl etwas zu eng miteinander verwandt gewesen seien oder ihre Mutter sie bis zum sechsten Lebensjahr gestillt und ihnen deswegen Hexenmilch eingeflößt hätte, die ihre Gehirne vergiftet hatte. Infolgedessen wären die Uhren stehen geblieben und die Zeit rückwärtsgelaufen, doch zugegebenermaßen wusste niemand genau, warum sie so waren, wie sie waren.

Die beiden Jungs waren groß gewachsen, und ihre Augen standen in den breiten Gesichtern ziemlich eng beieinander. Ihr Lachen glich einem Grunzen, das sie ständig von sich gaben. So als lachten sie wie in einer Endlosschleife über einen schlechten Witz. Und sie nahmen auch nie Augenkontakt mit einem auf. Nein, sie wichen dem Blick ihres Gegenübers aus wie Tiere, die sich schämen, weil sie wissen, dass sie etwas Verbotenes getan hatten.

Die Brüder Kekkola fuhren ständig auf ihren Arbeitstraktoren herum. Immer in ihren geerbten Blaumännern mit Flicken auf den Knien und am Hintern, mit ihren blauen Arbeitsjacken und ihren viel zu kleinen Kappen auf dem Kopf. Kappen, die in der Stadt ausgeteilt wurden, wenn gerade Markttag war und man ein Zeitungsabonnement abschloss. Sie hatten keine Freunde, und man wusste, ja, man wusste es einfach, they were up to no good.

Genau wie die meisten anderen Kinder im Ort zog sie der Fluss magisch an, doch von den Leuten auf dem Land können nur wenige schwimmen. Sie haben schlicht und einfach keine Zeit, um es zu lernen. Und den Eltern fehlt ebenfalls die Zeit, um mit ihren Kindern loszuziehen und es ihnen beizubringen. Niemand in der Familie Toimi konnte schwimmen, und die meisten Nachbarn auch nicht.

Immer ging etwas anderes vor. Immer gab es irgendwas zu tun, vor dem Frühstück, vor dem Mittagessen, vor dem Abendessen, vor der Nacht, vor dem Sommer und vor dem Winter. Immer gab es etwas Wichtigeres, als mit den eigenen Kindern im Wasser zu planschen. Und als Bauer muss man nicht schwimmen können.

Die Kekkolabrüder konnten also auch nicht schwimmen. Dennoch hingen sie andauernd am Flussufer herum. Auf der Brücke, auf dem Steg oder mit der Angel in einem abgetakelten alten Ruderboot. Ja, sie fühlten sich magisch zum Wasser hingezogen.

Arto durfte nie mit den anderen zum Fluss gehen, obwohl der relativ nah am Hof in Aapajärvi vorbeifloss. Auf die älteren Geschwister hatte Siri nicht mehr so großen Einfluss, eigentlich wollte sie nicht, dass irgendeines ihrer Kinder zum Ufer hinunterging, aber zu Arto sagte sie ausdrücklich:

»Ich möchte nicht, dass du hingehst, wenn die Kekkolajungs dort sind. Nicht dass die noch auf die Idee kommen, dich zu ertränken, oder sich irgendeinen anderen Blödsinn ausdenken.«

Was dieser andere Blödsinn hätte sein können, wusste er nicht, aber er begriff, dass es besser wäre, keine Widerworte zu geben.

Er war ein folgsames Kind, das meistens tat, was man ihm sagte.

Die Narben an seinem Körper würde er für immer behalten. Aber sie würden verblassen. Und Arto war so freundlich und umgänglich, durch und durch, dass er immer Freunde haben würde. Später auch Freundinnen und danach eine Frau und Kinder und alles, was dazugehörte, bis zum Lebensende. Denn Arto war einfach ein liebenswürdiger Mensch.

Seine Narben machten ihm nichts aus, selbst wenn ihn deswegen irgendwer auslachen würde, denn das Allerwichtigste für ihn war der Zusammenhalt seiner Familie und das Vermeiden unnötigen Ärgers. Und genau das war es vielleicht, worauf die Worte seiner Mutter abzielten, auf seine Gutmütigkeit, seine Gutgläubigkeit.

Schließlich kam der Tag, an dem das ständige Herausfordern des Todes durch die Brüder Kekkola seinen Höhepunkt erreichte. Sie gingen in eine allerletzte Runde und verloren sie. Letzten Endes überlistete der Tod sie doch.

Es geschah im späten Frühling 1982, nur wenige Wochen vor dem Umzug nach Kuivaniemi. Die Luft war schon ziemlich warm.

Das Wasser im Torne älv war jedoch noch eiskalt und strömte fast schwarz und in einer lebensgefährlichen Geschwindigkeit durchs breite Flussbett.

Man erzählte sich, dass die Brüder versucht hätten, ein Entenküken zu retten, das ihnen »aus Versehen« ins Wasser gefallen war. Und dass bei der Rettungsaktion erst der eine und kurz darauf auch der andere Bruder ins Wasser gestürzt sei. Beide konnten nicht schwimmen (und selbst wenn sie es gekonnt hätten, hätten sie äußerst durchtrainiert sein müssen, um die Kälte auszuhalten und sich der starken Aprilströmung zu erwehren).

Sie trieben bis zum Wasserfall in Kukkola, der fast zehn Kilometer entfernt lag, wo sie letztlich hängen blieben.

Die Kekkolajungs im Kukkolafors. Ob darüber wohl Witze gerissen wurden? Trauten sich die Leute das? Insgeheim bestimmt.

Man sagte, dass ihre Mutter vor Trauer außer sich gewesen sei, was den Leuten allerdings ziemlich merkwürdig vorkam. Hauptsächlich deswegen, weil es für einen Außenstehenden nur schwer nachvollziehbar war, wie auch nur irgendein Mensch diese Jungen hatte lieben können. Doch dabei ließ man völlig außer Acht, dass sie schließlich die Söhne einer Mutter und zudem auch einmal klein und unschuldig gewesen waren.

So wie alle Kinder dieser Erde wohl hoffentlich einmal geliebt worden sind.

Doch Eila Kekkola hatte kein Geld. Sie konnte sich weder ein Begräbnis leisten noch Särge. Auch keinen Leichenschmaus, keine Blumen, keine Grabsteine.

In Situationen wie dieser sprang der wohltätige finnische Staat ein und finanzierte die Beisetzung seiner einkommensschwachen Bürger, denn hierin unterscheiden wir Menschen uns immerhin noch von den Tieren. Allerdings herrschte zu dieser Zeit selbst in den ärmeren Gemeinden Sparzwang. Man wollte zumindest das wenige einsparen, was sich einsparen ließ, und deswegen experimentierte man gerade mit der Materialwahl von Särgen. Inspiriert von Ostdeutschland, wo der Staat das Sterben noch stärker rationalisiert hatte.

Bei Armenbegräbnissen in Tornio und Umgebung wurden zu dieser Zeit die allereinfachsten Särge bereitgestellt, bestehend aus Hartfaserplatten, die man im Volksmund Pappschachtel nannte. Sie verbrannten bei der Einäscherung gut und verrotteten ebenfalls recht schnell.

Außerdem gab es diese Särge auch in Übergrößen, wie sie im Fall der Kekkolajungs benötigt wurden.

Doch die Frage, die man vor ihrer Beerdigung nicht bedacht hatte, lautete, wie das Sargmaterial auf Feuchtigkeit reagieren würde.

Die beiden wurden an einem späten Apriltag beerdigt. Die Trauerfeier wurde abgehalten und die Särge draußen im Kirchhof abgestellt, um nach dem Beerdigungskaffee (ebenfalls vom wohltätigen Staat finanziert) schließlich ins Krematorium transportiert zu werden. (Von Lachsschnittchen oder dergleichen konnte hier allerdings nicht die Rede sein, stattdessen gab es lediglich trockenes Gebäck, wenn auch vier verschiedene Sorten: Hildabrötchen, Schwarz-Weiß-Gebäck, Heidesand und Mandelkekse).

Zugegebenermaßen mussten noch einige Telefonate geführt werden. Man benötigte zusätzliche Sargträger, da die Särge um einiges schwerer waren als sonst und das Friedhofspersonal die Aufgabe nicht allein bewältigen konnte.

Während also Kaffee getrunken und Kekse gegessen wurden und parallel dazu mehrere starke Männer unterwegs zur Kirche waren, fing es an zu regnen.

Und wenn Papier nass wird, verliert es seine Stabilität.

Man unternahm mehrere tapfere Versuche, doch die Särge ließen sich in ihrem durchnässten Zustand einfach nicht transportieren. Was zur Folge hatte, dass die beiden armen Jungs übers Wochenende dort auf dem Kirchhof in ihren Pappkisten liegen bleiben mussten, bevor man am nächsten Werktag einen Bagger anfordern konnte, dessen Schaufel groß genug war, um sie zu verfrachten. Was wiederum zur Folge hatte, dass im Lauf des Wochenendes alle Bewohner aus der Umgebung vorbeigefahren kamen, um die Pappsärge in Augenschein zu nehmen, manche sogar zweimal. Und diesen Anblick vergaß so schnell keiner mehr.

Für Arto war der Anblick dieser Särge die allererste Begegnung mit dem Tod.

Wie gesagt, der Tod an sich war ihm nicht fremd. Schließlich hatte er in Aapajärvi in der einen oder anderen Weise fast täglich mit ihm zu tun gehabt, aber als menschliches Phänomen, das auch ihn oder seine Familie, also Menschen betreffen könnte, war ihm der Tod neu. Der Tod der Kekkolabrüder an sich setzte ihm nicht nennenswert zu, er sah ihn eher als Bestätigung dafür, dass Siri mit ihren Ermahnungen recht gehabt hatte und man auf seine Mutter hören sollte (was er hingegen schon vorher gewusst hatte). Aber diese Särge. In seinem sechsjährigen Bewusstsein war der Anblick dieser Särge zum reinsten Horrorszenario geworden.

Darin zu liegen, in einem vom Regen durchweichten Pappkarton, und zu spüren, wie lauter kleine Tierchen durch die Pappe hineinkrabbelten, durch die Haut hindurch in den Körper gelangten … Wie sie sich winzige Gänge durch die Poren bohrten oder durch die Nase hineinkrochen, unter den Augenlidern oder den Fingernägeln hindurch, durch den Pimmel, den Po, überall konnten sie hineinkriechen.

Und dass alle es sehen konnten! Jeder Hans und Franz konnte mit dem Auto vorbeikommen und anhalten, einfach die Deckel öffnen und die Leichen dort liegen sehen, völlig schutzlos, außerstande, sich zu bewegen, zu wehren, zu verstecken.

Arto musste immerzu daran denken und hoffte, dass sein Vater (oder das, was noch von ihm übrig war) auf keinen Fall in einem solchen Pappkarton liegen und einfach irgendwo abgestellt werden würde.

Als er Tarmo danach fragte, lachte der nur.

»Diese Pappschachteln haben sie doch nur genommen, weil die Brüder Kekkola nicht in normale Särge reinpassten. Und Spezialanfertigungen konnten die sich nicht leisten. Ihre Mutter war doch so verflucht knickerig, die haben ja nicht mal 'nen Grabstein gekriegt oder so.«

Doch Tarmos Antwort beruhigte ihn nicht, Arto machte sich trotzdem Sorgen.

Er vermisste seinen Vater, und doch wieder nicht. Der Vater hatte ihm oft Angst eingejagt und sich nie besonders um Arto gekümmert.

Doch Arto war immer ein wenig nervös, wenn er irgendetwas zum ersten Mal tun sollte. Außerdem war eine Beerdigung eine ernste Sache, da kamen viele Leute, und alles war so feierlich. Er fingerte nervös an seinem Schlips herum, während er zwischen Tarmo und Lauri auf der Rückbank des Autos eingeklemmt saß.

Die anderen schienen kein bisschen beunruhigt, jedenfalls nicht von Dingen, über die er sich den Kopf zerbrach. Annie vielleicht schon, sie hatte zumindest geweint. Arto hatte nicht geweint, als er vom Tod seines Vaters erfuhr. Und seine anderen Geschwister hatte er auch nicht weinen sehen. Aber vielleicht hoben sie sich ihre Tränen ja für die Kirche auf.

Als er die Kirche betrat, war er überrascht, denn ganz vorn stand ein Sarg aus dunklem Holz. Er wirkte ziemlich klein, ganz anders als die Särge der Kekkolabrüder, doch Tarmo versicherte ihm, dass Pentti darin lag und auch genügend Platz hatte.

Der Sarg glänzte, und als die Sonne durch eines der Seitenfenster hereinschien und von der Oberfläche reflektiert wurde, wirkte er fast golden. Ein bisschen bequem erschien er ihm allerdings schon, er erinnerte ihn an eine eigene, ziemlich luxuriöse kleine Koje. Auch wenn sich Arto vielleicht noch ein kleines Guckloch gewünscht hätte. Er fragte sich, ob Gott eventuell seine Gedanken hörte und jetzt böse auf ihn wäre.

Arto fragte sich auch, ob Pentti jetzt wohl neugierig war.

Wo auch immer er sich gerade befand.

Ob er neugierig darauf war zu erfahren, wer alles zu seiner Beerdigung gekommen war.

»Sein letztes Fest, sein großer Abgang, la grande finale«, wie Lauri gemeint hatte.

Das Beste am Tod seines Vaters aber war, dass alle nach Hause zurückgekommen waren. Zum ersten Mal seit, ja, er wusste gar nicht genau, seit wann, waren alle wieder vereint. Erst war Lauri angekommen, aber das war doch noch vor dem Brand gewesen, oder? Arto war sich nicht sicher, aber er hatte den Eindruck, dass sein Bruder schon länger zu Hause war. Und er hatte Onni und ihm sogar Geschenke mitgebracht. Schokolade in Form von Schildkröten! Sonst bekamen sie nie Schokolade.

Danach war Annie gekommen, und am Abend vor der Beerdigung sogar Tarmo, den ganzen Weg aus Helsinki.

Als sie zur Kirche fuhren, legten sie einen Zwischenstopp in Aapajärvi ein. Sie wollten kurz schauen, wie der Hausbau vorankam. Aber vielleicht war es auch nur ein Vorwand, damit sie sich einen Schluck aus dieser Flasche genehmigen konnten, deren Inhalt nicht für Kinder bestimmt war. Dort stand es, das große Haus, doch Arto musste immer nur an das alte Haus denken, oder das, was davon noch übrig war.

Es erinnerte ihn ein wenig an den Rumpf eines Piratenschiffs mit schwarzen Masten, die aus dem Aschehaufen herausragten.

Er konnte sich nicht mehr vorstellen, selbst einmal dort gewohnt zu haben, sogar darin geboren worden zu sein, und dass Pentti darin gestorben war.

Keines seiner Geschwister hatte Zeit, um mit ihm zu reden, und niemand gab irgendetwas preis, wenn man nicht selbst fragte. Doch welche Art von Fragen die richtigen waren, die zu den Antworten führen würden, die man haben wollte, das konnte er unmöglich im Voraus abschätzen.

Arto musste an das Grillfest bei den Nachbarn zurückdenken, bei dem sie ein ganzes Schwein über dem offenen Feuer gebraten hatten. Er hatte das Schwein noch vor Augen, wie es über der Glut zusammengeschrumpft und seine Haut versengt war. Arto wusste zwar genau, dass sein Vater nicht gegrillt worden war, aber vergangene Nacht war er mit genau diesem Bild vor Augen schweißgebadet aufgewacht. Es hatte sich regelrecht in seine Netzhaut eingebrannt.

Auch wenn Pentti weder besonders beliebt noch hoch geachtet gewesen war, so war die Kirche fast voll. Aber wenn man zwölf noch lebende Kinder hat und zehn noch lebende Geschwister, von denen die meisten Laestadianer sind, kommen unweigerlich viele Menschen zusammen.

Jedenfalls im Tornedal.

Und wenn gerade sonst nichts in der Gegend los ist, wie es an einem heißen Sommertag im Juli oft der Fall ist (das Heu ist bereits eingebracht), kann es durchaus vorkommen, dass sich auch die Nachbarn auf den Weg machen und wiederum deren Nachbarn mitbringen.

Der Pastor hielt eine kurze Predigt, eingeschüchtert durch all jene Trauergäste, die frommer waren als er selbst. Und als Olli, einer von Penttis Halbbrüdern (hoch aufgeschossen, dunkelhaarig und mit gefurchten Wangen), schließlich das Wort ergriff, protestierte keiner. Er hielt eine lange Ansprache, deren Inhalt sich Uneingeweihten und Kindern nur schwer erschloss.

Olli sprach von der Heiligen Taufe und wie sie ablief, eben nicht nur mittels Wasser und durch den Heiligen Geist, sondern auch durch Feuer. Er sprach davon, dass der Teufel die Menschen beschmutzt habe und dass der Himmlische Vater seine Kinder unmöglich in die Arme schließen könne, bevor sie nicht von der schmutzigen Sünde gereinigt worden seien. Dass der Erlöser selbst erklärt habe, gekommen zu sein, um auf der Erde Feuer zu legen. Aber dass diejenigen, die er als weltliche Kinder bezeichnete, also alle Ungläubigen, das Feuer fürchteten und glaubten, es sei das Feuer des Teufels. Dass sie zwar glaubten, rein zu sein, aber es in Wahrheit gar nicht waren.

Während seiner Ansprache bestätigten viele der versammelten Trauergäste seine Worte, indem sie mehrfach »Amen« und »Halleluja!« riefen.

Arto schaute sich um. Zu seiner Linken saß sein jüngerer Bruder und zu seiner Rechten Lauri, der den Onkel auf der Kanzel unverwandt anstarrte. In Lauris Augen konnte Arto keine Tränen erblicken, mehrere der anderen Geschwister hörte er jedoch leise schniefen. Aha, dann war es also, wie er angenommen hatte: Sie hatten sich die Tränen für die Kirche aufgehoben. Und dennoch kam es ihm eigenartig vor, denn keiner von ihnen schien richtig traurig zu sein. Draußen hatten alle herumgewitzelt, sich gekabbelt und genauso verhalten wie sonst auch, als wäre nichts passiert.

Und doch hatte sich alles verändert, oder?

»Manchmal weint man auch, wenn man nicht traurig ist. Es hängt gewissermaßen von der Stimmung ab, die um einen herum herrscht.«

Tarmo und Lahja versuchten, es ihm hinterher zu erklären.

»Oder man muss gerade an irgendwas anderes Trauriges denken.«

»Oder an jemand anders, der gestorben ist.«

»Oder vielleicht ist es einem auch wichtig, was die Leute denken, und man gibt nur vor zu trauern.«

Arto begriff nicht alles, was sie sagten, bis ins Letzte, doch eines verstand er. Nämlich, dass andere Leute, ältere oder erfahrenere, die Dinge, die ihm eigenartig vorkamen, offenbar ganz anders sahen.

Zum Glück hatte er seine Geschwister Tarmo und Lahja, die ihm das eine oder andere erklären konnten.

Siri gehörte nicht zu den Müttern, die viel erklärten, und in der letzten Zeit hatte sie außerdem so viel um die Ohren gehabt, mit den Nachbarn und der Polizei und all seinen Geschwistern und Penttis Geschwistern und dem Brand und Eskos Familie. Und dann natürlich auch mit Mika, ihrem schwedischen Freund, diesem Weichei. Oder, na ja, so abfällig wollte er es eigentlich gar nicht ausdrücken, denn eigentlich mochte er Mika. In seiner Nähe musste man nämlich nie Angst haben, dass einem irgendetwas Schlimmes passierte.

Zum Glück kümmerten sich alle Geschwister umeinander, wie sie es schon immer getan hatten und auch immer tun würden.

Die Orgelmusik am Ende der Trauerzeremonie kam Arto ohrenbetäubend laut vor, und neben ihm sang Onni außerdem aus voller Kehle mit. Er sang von Gottes Liebe, die groß und glühend war, und seine Stimme überschlug sich sogar.

Arto hätte sich am liebsten die Ohren zugehalten, traute sich jedoch nicht. Deshalb blieb er still sitzen, die Hände unter die Oberschenkel geklemmt, damit sie sich nicht irgendwann selbstständig machten. Den Blick hielt er starr auf den Sarg vorn im Kirchenschiff gerichtet.

Nach der Zeremonie hatte sich eine lange Menschenschlange am Kirchenportal gebildet. Alle wollten einem die Hand schütteln und den Kopf tätscheln, und erst danach konnten sie endlich zum Kaffeetrinken in den Gemeindesaal hinübergehen.

All die herausgeputzten Menschen zu sehen, fand er spannend. Sowohl diejenigen, die man kannte und sonst nur in dreckigen Arbeitshosen oder mit Kopftüchern im Haar sah, als auch diejenigen, die man noch nie zuvor gesehen hatte. Ganz zu schweigen von denen, an die man sich überhaupt nicht erinnern konnte, obwohl sie beharrlich darauf hinwiesen, dass sie doch die Tante oder der Onkel oder auch irgendeine Cousine oder sonst wer Verwandtes waren.

Die Männer rochen alle frisch geduscht und nach Pomade. Sie hatten ihre besten Ausgehanzüge angezogen. Die Frauen trugen schwarze Kleider und Nylonstrumpfhosen und hatten sich die Haare frisch frisiert sowie Parfüm, Rouge und zum Teil sogar Lippenstift aufgelegt. Bei manchen von ihnen breiteten sich unter den Achseln schwarze Flecken auf dem Stoff aus, und ihre Nasen glänzten.

Siri sah hübsch aus, wie er fand. Heute trug seine Mutter kein Kopftuch, und irgendwer (vielleicht Annie?) hatte ihr das Haar frisiert. Ihre starren Locken wippten auf und ab, wenn sie den Kopf drehte und sich umschaute. Sie hatte Lidschatten aufgelegt, der das Blau ihrer Augen noch intensiver leuchten ließ als sonst.

Annie saß dort mit ihrem dicken runden Babybauch. Ihr Gesicht war jetzt ebenfalls voller, was ihr ziemlich gut stand. Außerdem waren ihre Haare länger geworden.

Ihre Augen sahen gerötet aus, schon die ganze Zeit. Annie war die Einzige, die weinte, doch woran das genau lag, wusste Arto nicht. Vielleicht wünschte sie sich, dass das Baby in ihrem Bauch endlich herauskommen würde. Vielleicht war sie aber auch traurig, weil Pentti ihr Baby nie kennenlernen würde. Aber vielleicht hatte sie auch einfach nur Sehnsucht nach Alex.

Annie war allein hergekommen, ohne Alex. Er war auch nicht nachgekommen.

Tarmo war etwas später eingetroffen. Er hatte nach Salmiakpastillen gerochen und nach der weit entfernten Großstadt. Arto hatte schon befürchtet, dass Tarmo die Beerdigung verpassen würde. Er selbst hätte sich hingegen niemals vorstellen können, sie zu verpassen, selbst wenn er erwachsen gewesen wäre und an einem wahnsinnig aufregenden Ort ganz weit weg gewohnt hätte. Aber Tarmo offenbar auch nicht.

Alle waren da, wie man so schön sagte. Selbst die Polizisten waren gekommen. Es schien wirklich niemanden zu geben, der die Beerdigung verpassen wollte.

Arto schaute verstohlen zu Voitto hinüber, der ihm an der Kaffeetafel im Gemeindesaal schräg gegenübersaß. Das kantige Gesicht seines Bruders wirkte verbissen. Doch Voitto weinte nicht.

Irgendetwas an der Miene seines Bruders flößte ihm Angst ein.

Hirvo machte Voittos Gesichtsausdruck ebenfalls Angst. Es kam oft vor, dass Arto wusste, was Hirvo dachte, ohne ihn danach gefragt oder überhaupt irgendwas gesagt zu haben. Jetzt schaute er verstohlen zu seinem Bruder hinüber, der ganz am Ende des Tisches saß. Arto schaute Hirvo an, der wiederum Voitto anstarrte. Doch Voitto saß einfach nur schweigend da. Er unterhielt sich mit niemandem. Nach einer Weile stand Voitto auf und verschwand nach draußen. Kurz darauf stand auch Valo auf und dann Hirvo. Alle drei verschwanden durch dieselbe Tür hinaus. Unmittelbar darauf kam jemand an den Tisch und räumte ihr Geschirr weg, sodass sich neue Gäste mit ihren Kuchentellern und Kaffeetassen hinsetzen konnten.

Irgendwer redete von einem Riesenandrang, und zum Glück hatte man wie immer weitaus mehr vorbereitet, als letztlich verzehrt werden würde.

Irgendwann ohne Häppchen oder Torten dazustehen, war das Schlimmste, was einem passieren konnte, und an derartige Pannen erinnerten sich die Gäste weitaus länger als an irgendwelche Flüche in der Kirche oder eventuelle Schlägereien mit der Gastgeberin. In diesem Fall gab es jedoch, so wie die Dinge lagen, keine Gastgeberin, und die Beerdigung wurde aus dem Nachlass bezahlt. Arto stellte sich den Nachlass eher wie einen reichen entfernten Verwandten vor, dieser Begriff war ihm fremd und unverständlich.

Draußen brannte die Sonne vom Himmel, und gegen fünfzehn Uhr wurde es richtig heiß. Arto und Onni vergnügten sich im Pfarrhof miteinander, so wie die meisten Kinder der anderen Trauergäste.

Als wäre der Anlass ein ganz anderer gewesen, nahm die Lautstärke stetig zu, und die Lachsalven lösten einander in immer engeren Zeitabständen ab, je höher der Promillegehalt im Blut der Erwachsenen wurde.

Die Männer versammelten sich auf der Veranda des Gebäudes (ausgenommen die tiefgläubigen), und die Kinder scharten sich um sie herum, weil sie wussten, dass sie hier das eine oder andere neue Schimpfwort aufschnappen könnten.

Der alte Viihtinen, der auf dem Hof seines Sohnes wohnte, ebenfalls in Aapajärvi, hatte die Beine übereinandergeschlagen und gab gerade einen Schuss Koskenkorva aus einem Flachmann in seinen Kaffee. Die Flasche wanderte regelmäßig aus der Innentasche seines Jacketts heraus und wieder hinein. Der Alte gab immer die unglaublichsten Geschichten zum Besten, und sein lautes Lachen war ansteckend. Er stand bei jedem Fest im Mittelpunkt, bis er entweder einschlief oder ihn seine Frau nach Hause scheuchte.

Jetzt erzählte er gerade schlüpfrige Witze, bei denen sich die meisten Anwesenden vor Lachen fast ausschütteten. Hin und wieder warf er einen verstohlenen Blick in den Gemeindesaal, um zu sehen, wie viel Zeit ihm noch bliebe, bevor er nach Hause müsste. Seine Tage waren gezählt, und das Fest könnte für ihn jeden Moment vorbei sein. Deshalb trug er bei jedem Witz, den er riss, noch etwas dicker auf.

Die Lachsalven wurden immer lauter, und die Kinder prägten sich alles gut ein, um es bei nächster Gelegenheit weiterzuerzählen. Auf dem Schulhof oder hinter der Scheune, am Kiosk oder auch abends zu Hause im Jungenzimmer.

*

Im Gemeindesaal standen die Fenster weit offen, und hin und wieder wehte eine leichte Brise herein. Annie war dankbar für die geringste Abkühlung. Sie schwitzte in ihrem schwarzen Polyesterkleid, das sie extra für diesen Anlass bei Frau Kaunio gekauft hatte. Es war ihr viel zu groß oder, genauer gesagt, in ihrem jetzigen Zustand passte es genau, doch wenn das Kind erst geboren wäre, würde es viel zu weit sein. Außerdem würde es sie immer an die Beerdigung erinnern, sodass sie es hinterher wohl oder übel entsorgen müsste, obwohl es dafür eigentlich viel zu teuer gewesen war.

Annie saß da und stocherte mit ihrer Gabel in der Sahnetorte herum. Sie nahm noch einen Schluck Kaffee. Der Kaffee schmeckte nicht besonders gut. Die Torte ebenfalls nicht, obwohl sie mit Moltebeeren, Annies Lieblingsbeeren, garniert war, noch dazu reifen. Während ihrer gesamten Kindheit hatte sie immer dem Juli entgegengefiebert, dem Monat, in dem die Moltebeeren reif wurden. Doch jetzt brachte sie sie nicht hinunter. Die Beeren verbreiteten einen modrigen Geruch, wie sie fand, und anfänglich konnte sie nicht recht ausmachen, ob es die Moltebeeren waren oder ob ihr Unterleib roch.

Um sie herum saßen Verwandte und Nachbarn sowie die Brüder ihres Vaters, die an ihrem pechschwarzen Haar und ihrer Kleidung gut zu erkennen waren. Hier und dort erblickte sie auch ihre Geschwister, auch wenn sich die meisten von ihnen schon längst in den Garten verzogen oder zumindest den stickigen Saal verlassen hatten. Annie fand allein schon den Gedanken an die Hitze draußen unerträglich, und sie hörte auch die Lachsalven, die einander in regelmäßigen Abständen ablösten. Sie wusste genau, was dort abging, und blieb lieber drinnen sitzen. Sie hatte sich für das kleinere Übel entschieden.

Ihr Onkel Olli, den sie in ihrer Kindheit mehrfach besucht hatten, war nach der Trauerzeremonie auf sie zugekommen, um sie zu umarmen und zu segnen. Annie mochte ihren Onkel, doch die Ansprache, die er in der Kirche gehalten hatte, hatte ihr ganz und gar nicht gefallen. Die Beerdigung war von Penttis Brüdern instrumentalisiert worden.

Die meisten seiner Brüder waren in der laestadianischen Lehre verwurzelt und tiefgläubig. Und obwohl Pentti, der älteste von ihnen, es nie gewesen war, sahen sie es als ihr gutes Recht an, in einem Gotteshaus über Gott zu predigen, wenn dort schon den Gottlosen Zugang gewährt wurde.

Annie schob sich eine Moltebeere in den Mund, doch das Knacken der Kerne in der Frucht hatte zur Folge, dass sich ihr beinahe der Magen umdrehte. Sie gab auf und legte ihre Kuchengabel zurück auf die Serviette.

»Entschuldigen Sie die Störung«, hörte sie unvermittelt eine Stimme hinter sich sagen.

Dort stand Teuvo Mäkilä, blass und verschwitzt wie immer. Er war der Rechtsanwalt der Familie. Das heißt, der Mann, den man aufsuchte, wenn man Hilfe bei juristischen Fragen benötigte.

Die Familie Toimi benötigte zwar nicht gerade oft Hilfe bei juristischen Fragen, ebenso wenig wie die meisten anderen Familien in der Gegend. Doch Mäkilä war der Mann, den man im Falle eines Falles konsultierte.

»Ich möchte Ihnen mein Beileid aussprechen und natürlich auch zur Eheschließung und so weiter gratulieren«, sagte er und deutete nickend auf ihren Bauch.

»Oh, aha … ja, danke«, sagte sie.

Sie hatte keine Lust, ihn über ihren Personenstand aufzuklären.

Mäkilä fischte ein schmuddeliges Stofftaschentuch aus seiner Hosentasche und wischte sich damit die Stirn ab, bevor er es in die Tasche zurückschob. Sein gräulich gelber Hautton und das übermäßige Schwitzen hatten ihn schon immer kränklich aussehen lassen. Doch im Alter war es noch schlimmer geworden. Jetzt stand er da, unangenehm berührt, das Gewicht von einem Fuß auf den anderen verlagernd.

»Möchten Sie sich nicht setzen?«, fragte Annie.

»Was? Ach nein, ich will gar nicht weiter stören. Ich wollte nur kurz … also, es geht da um eine Sache …«

Sie zog fragend die Augenbrauen hoch.

»Also, es geht um Penttis Testament.«

»Testament? Ich wusste gar nicht, dass es eins gibt.«

»Nein, das ist genau der Punkt. Das weiß wohl keiner. Er war ja … na ja, während seiner letzten … Also im Frühjahr hat er viel Zeit damit verbracht, es aufzusetzen.«

Er seufzte.

»Nach der Scheidung. Alle paar Tage kam er mit Bergen von Unterlagen zu mir und wollte, dass ich deren Eingang bestätige und sie beglaubige und ihn im Hinblick auf ihre Rechtskräftigkeit berate und was sonst noch alles.«

Annie fiel es schwer, sich ihren Vater in einer Anwaltskanzlei vorzustellen. War er etwa in seinen verdreckten Arbeitshosen dort hingefahren? Oder hatte er seinen guten Anzug angezogen? Hatte er sich die Haare gekämmt? Sich rasiert? All das wollte sie Mäkilä fragen, doch sie blieb stumm.

Der Rechtsanwalt räusperte sich. »Na ja, wie dem auch sei, jedenfalls gibt es jetzt ein Testament. Und dazu gewisse Anweisungen.«

»Anweisungen?«

Mäkilä lachte auf. Es klang wie ein Zwischending zwischen Niesen und Husten.

»Ja, das entspricht zwar nicht ganz der … gewöhnlichen Vorgehensweise, wenn man es so sagen will … Aber Ihr Vater war ja auch kein gewöhnlicher Mensch.«

Jetzt lächelte er, und Annie meinte, in den wässrigen Augen des Anwalts so etwas wie Trauer auszumachen. Vor ihr stand also offenbar ein Mensch, der ebenfalls in gewisser Weise um ihren Vater trauerte.

»Aber es wäre gut, wenn Sie bald mal bei mir vorbeischauen würden, dann könnten wir es uns gemeinsam ansehen.«

Annie nickte. »Soll ich den anderen auch Bescheid sagen?«

»Nein, nein!«

Mäkilä schaute sich um, seine unvermittelte Gefühlsäußerung schien ihm selbst peinlich zu sein. Er redete mit leiserer Stimme weiter.

»Seine Hinweise diesbezüglich waren eindeutig. Nur Sie sollen kommen.«

»Nur ich?«

»Ja, in der Anweisung steht, dass im Falle seines Ablebens Annie kontaktiert werden soll.«

*

Gegen neunzehn Uhr waren sie wieder zurück in Kuivaniemi. Siri deckte den Abendbrottisch mit kalten Pellkartoffeln, Brot, Käse und eingelegtem Hering, und ausnahmsweise wurden auch Bier und eine Flasche Wodka auf den Tisch gestellt. Das heißt, ausnahmsweise war Siri es, die Alkohol auf den Tisch stellte. Die Geschwister aßen und tranken, prosteten sich gegenseitig zu und sangen Trinklieder, zwar nicht alle, aber die meisten. Mika war ebenfalls gekommen und hatte mit klarer tiefer Stimme auch eines zum Besten gegeben. Annie war irgendwann in die Sauna gegangen, um sich ein wenig zu erfrischen, wie sie sagte, und Arto meinte, dass ihm ziemlich heiß sei und er sich für eine Weile draußen in die Hollywoodschaukel setzen würde.

Während er dort saß und sachte hin und her schaukelte, musste er wieder an den Tod denken. Er dachte über alles nach, was er am heutigen Tag erlebt hatte. All das, was er noch nie zuvor gesehen hatte.

Er war so tief in Gedanken versunken, dass er es kaum merkte, als Annie sich ihm von der Sauna her näherte.

Ihre Haare waren ganz feucht, und das Wasser tropfte auf ihre nackten Schultern herunter. Sie hatte sich ein Handtuch um den Körper geschlungen.

»Ah, hier sitzt du also«, sagte sie.

Arto nickte.

»Sind sie drinnen endlich fertig mit dem Saufen?«

Er lächelte und zuckte mit den Achseln. Ein Lächeln, das weder aussah wie ein Lächeln noch so wirkte. Es war eher ein Zittern seiner Gesichtshaut.

Sie saßen schweigend in der leicht quietschenden Hollywoodschaukel. Im Augenblick schwirrten erstaunlich wenige Mücken herum.

Sollte er Annie zu den Äußerungen der anderen befragen, die er gehört hatte? Vielleicht könnte sie ihm alles erklären.

»Annie?«, begann er und schaute zu ihr auf. »Wie ist Papa eigentlich gestorben?«

Sie strich ihm über den kurz geschorenen Kopf.

»Er ist verbrannt, kleiner Mann.«

»Ja, das weiß ich. Aber wie fing es an zu brennen?«

»Das weiß ich nicht. Das weiß keiner.«

Arto schwieg.

»Ich glaub … ich glaub, dass es vielleicht doch jemand weiß«, sagte er schließlich. »Ich hab sie vorhin nämlich reden hören.«

»Und wen?«

Arto antwortete nicht.

»Ich hab gehört, wie sie gesagt haben, dass das Haus schneller Feuer gefangen hat als die Garage. Und dann haben sie gelacht.«

Er schaute zu seiner Schwester hoch.

»Na ja, vielleicht nicht gelacht, vielleicht haben sie auch nur gehustet. Aber, Annie, ich glaub, dass es jemand weiß.«

Noch bevor Arto zu Ende geredet hatte, wurde die Haustür geöffnet, und Lauri und Tatu kamen mit bloßen Oberkörpern herausgetanzt. Sie verkündeten, jetzt in die Sauna gehen und so viele Aufgüsse machen zu wollen, bis sich ihre Haut schälen würde. In ihrem Schlepptau folgten noch weitere Geschwister, als hätte jemand ein Fass aufgemacht. Helmi kam und quetschte sich neben Annie auf die Hollywoodschaukel. Siri kam ebenfalls heraus und nach ihr auch Mika. Siri nahm Arto in den Arm und erklärte ihm, dass es jetzt Zeit sei, zu Bett zu gehen, und Arto, der ein gehorsames Kind war, folgte seiner Mutter hinein.

EIN TESTAMENT

Die Geschwister versammeln sich. Völlig überraschend kommt ein Testament zum Vorschein, und die Ergebnisse akribischer Planung werden offenbar. Wer zuletzt lacht, lacht am besten – dieser Spruch könnte einem dazu einfallen.

Am Morgen nach der Beerdigung wachte Annie früh auf. Das Kind in ihrem Bauch strampelte, und sie wusste nicht recht, ob sie es geweckt hatte oder umgekehrt. Sie wusste nur, dass sie unmöglich wieder einschlafen könnte.

In diesem Haus aufzuwachen, hatte etwas Tröstliches. Ein Haus, das völlig rein und unbefleckt von Erinnerungen war und dennoch eine starke Vertrautheit und Geborgenheit ausstrahlte, weil sich die Familie darin versammelt hatte. Natürlich nicht die ganze. Auch Pentti nicht. Pentti würde nie mehr kommen. Sie spürte die Trauer wie ein Zittern am ganzen Körper, und unvermittelt blitzten lauter Erinnerungen vor ihrem inneren Auge auf, ähnlich wie bei einer Diashow: wie er die Sohlen seiner Stiefel nur flüchtig an der Vortreppe abstrich, bevor er das Haus betrat, und sich dann trotzdem darüber beschwerte, wie viel Kuhscheiße immer ins Haus getragen wurde. Oder wie er den Kopf hob und schnupperte, wenn Siri etwas Leckeres gekocht hatte.

Unten in der Küche stand bereits frisch gebrühter Kaffee. Die Luft war klar, doch die nächtliche Feuchtigkeit hing noch in Form von kleinen Tautropfen auf den Wiesen. Wie winzige Tränen.

Draußen auf der Veranda saß Tatu und trank Kaffee. Annie setzte sich neben ihren jüngeren Bruder. Sie beobachteten, wie der Tau trocknete und es allmählich Tag wurde. Mit keinem der anderen Geschwister konnte sie in derart vollkommenem Einvernehmen zusammensitzen, ohne etwas zu sagen.

»Und, wie läuft's mit der Familie?«, fragte sie schließlich.

Tatu zuckte mit den Achseln. »Und selbst?«

Annie verzog das Gesicht. »Zum Glück ist der hier bald draußen.«

Sie tätschelte ihren Bauch. Ihr Bruder legte ebenfalls eine Hand darauf. Dann lachte er überrascht auf.

»Was für ein Rabauke! Ich wusste gar nicht, dass du das in dir hast.«

»Das haben wir doch wohl alle in uns.«

Dann wurde sie ernst und erzählte ihm von Teuvo Mäkilä. Tatu hörte zu. Dabei starrte er vor sich hin, sodass es den Anschein von Desinteresse hatte, doch Annie sah genau, wie er seinen Körper streckte, seine Muskeln anspannte und buchstäblich die Ohren spitzte.

»Und was hat das zu bedeuten?«, fragte er.

Annie zuckte mit den Achseln. »Das werden wir wahrscheinlich demnächst erfahren.«

»Aber … warum du? Hattet ihr Kontakt?«

Sie schüttelte den Kopf.

»Das letzte Mal hab ich ihn kurz nach Neujahr gesehen. Keine Ahnung, worum es geht. Aber es verheißt nichts Gutes.« Annie holte Luft. »Wo warst du eigentlich, als du es erfahren hast?«

Tatu zuckte mit den Achseln. »Weiß ich nicht mehr.«

»Du weißt es nicht mehr?«

Annie runzelte die Stirn.

Das konnte nicht wahr sein. Sich nicht daran zu erinnern, wo man gerade gewesen ist, als man die Nachricht vom Tod seines Vaters erhalten hat. Sie selbst würde es nie vergessen.

»Wie, du weißt es wirklich nicht mehr?«

Dann wurden sie von Lahja unterbrochen, die sich kurz mit einem Becher Kaffee zu ihnen setzte, bevor sie ihnen zum Abschied zunickte und einen schönen Tag wünschte. Annie und Tatu blieben sitzen und sahen sie auf ihrem Fahrrad davonstrampeln. Über der Wiese lösten sich gerade die letzten Nebelfetzen auf.

»Ich kann dich hinfahren«, sagte Tatu.

»Aber sag den anderen nichts davon«, ermahnte Annie ihn, obwohl sie wusste, dass es unnötig war. Tatu behielt alles, was man ihm anvertraute, für sich.

*

»Möchten Sie Kaffee? Tee?«

Annie schüttelte den Kopf. »Ich würde am liebsten gleich zur Sache kommen.«

»Mhm, o ja, natürlich«, murmelte der Anwalt und humpelte zu einem in die Wand eingelassenen Tresor hinter seinem Schreibtisch.

Annie versuchte, sich ihren Vater in dieser staubtrockenen Aktenkammer vorzustellen.

Pentti, der zwar lesen konnte, aber in seinem ganzen Leben noch nie auch nur ein Buch angerührt hatte. Der alle gebildeten Menschen verachtet, aber offenbar genügend Vertrauen in Teuvo Mäkilä gesetzt hatte, um ihm sein Testament anzuvertrauen.

Das Testament.

Merkwürdig, dass ihr Vater überhaupt eines verfasst hatte. Als Annie am Morgen, bevor sie mit Tatu losgefahren war, Siri vorsichtig danach gefragt hatte, hatte ihre Mutter nur geantwortet, dass er ganz bestimmt keines geschrieben hätte, solange sie verheiratet gewesen waren – dass sie aber weder wusste noch sich ausmalen konnte oder wollte, was er hinterher getan hatte.

Im Büro von Teuvo Mäkilä war es stickig. Es roch nach alten, abgegriffenen Büchern, ein Geruch, der Annie schon immer angeekelt hatte (deshalb ging sie auch nie in die Bibliothek). Doch in der letzten Zeit verursachte er ihr noch stärkere Übelkeit als sonst, wahrscheinlich wegen der Schwangerschaft. Sie fragte Mäkilä, ob sie das Fenster öffnen dürfe. Der blasshäutige Anwalt nickte und murmelte, dass es eine gute Idee sei, und klaubte ein zerknittertes Stofftaschentuch aus der Hosentasche, mit dem er sich die Stirn und den Hals abwischte. Annie fragte sich, ob es dasselbe war wie am Vortag.

Seine Maßnahme war jedoch zwecklos, weil er schon nach wenigen Minuten wieder genauso verschwitzt war wie zuvor.

Er bedeutete ihr, auf dem Ledersofa Platz zu nehmen, und setzte sich selbst mit großer Mühe auf dessen Lehne, obwohl sein Körper nicht dafür gemacht war, auf irgendwelchen Lehnen zu hocken.

Er räusperte sich und stieß einen schmatzenden Laut aus, als säße er auf einem Pferd und spornte es an weiterzutraben. Annie vermutete, dass es ihm selbst gar nicht bewusst war.

»Also, es geht um das Testament …«

»Ja, Sie hatten es gestern erwähnt.«

»Genau. Allerdings werde ich Sie diesbezüglich alle bitten müssen herzukommen, damit wir es gemeinsam durchgehen können.«

Er schmatzte erneut.

»Letztendlich geht es aber um ein anderes Dokument, das Ihr Vater verfasst hat. Es ist nicht rechtskräftig … ja, wie soll ich es sagen … Es ist kein … sondern eher ein Brief.«

»Ein Brief?«

»Ja.«

Er warf ihr einen Blick zu, den sie nicht deuten konnte. Lauerte dort eine gewisse Angst in seinen Augen?

»Ist er an mich gerichtet?«

Der Anwalt atmete schwer, nickte und wiegte seinen Kopf dann hin und her. »Ja und nein.«

Annie hatte offenbar verwirrt dreingeblickt, denn jetzt legte Mäkilä ihr eine Hand auf den Arm. Beim Anblick seiner Finger musste Annie unwillkürlich an schleimige Fische denken.

Er beugte sich zu ihr vor. »Es ist ein Brief, den Ihr Vater geschrieben hat. Er hat in den letzten Monaten seines Lebens viel Zeit darauf verwendet, konnte ihn aber nicht ganz fertigstellen. Dennoch hat er deutlich darauf hingewiesen, dass dieses Dokument von seinen Nachfahren gelesen werden soll.«

Die Sonne schien strahlend durchs Fenster herein, und Annie konnte nicht begreifen, dass das Leben einfach so weiterging. Hier saß sie nun. Die Sonne schien, und ihr Vater war tot, doch von der anderen Seite her flüsterte er auf einmal ihren Namen.

»Ich glaube, ich nehme doch einen Kaffee«, sagte Annie.

»Natürlich!«

Mäkilä wirkte erleichtert und verschwand hinaus in den Nebenraum zu einer Kochnische. Dort hörte sie ihn eine Weile herumhantieren, bevor er mit einem kleinen Tablett wieder hereinkam, auf dem eine Kaffeetasse, ein Milchkännchen und ein Zuckerschälchen standen. Auf einem Teller daneben lagen einige eingeschweißte Kekse, die allerdings so aussahen, als wäre ihr Verfallsdatum längst abgelaufen.

»Er wollte, dass Sie diesen Brief den anderen vorlesen.«

»Und warum?«

Der Kaffee schmeckte verbrannt und ziemlich bitter, doch Annie zwang sich, daran zu nippen, trotz einer weiteren Welle der Übelkeit, die sie übermannte.

»Tja, das hat er nicht genau gesagt. Aber ich wollte ihn auch nicht danach fragen. Ich hatte gehofft, dass Sie es vielleicht wüssten. Aber Sie wissen es nicht?«

Annie schüttelte den Kopf. Ihr war leicht schwindlig, und sie ahnte, dass der letzte Wunsch ihres Vaters, also gewissermaßen die Botschaft von der anderen Seite, nichts Positives verhieß. Mit anderen Worten, es konnte sich kaum um ein Geschenk handeln, das er ihr hinterließ, sondern eher um eine Strafe.

»Wie dem auch sei. Ich hatte jedenfalls gedacht, da er ziemlich umfangreich ist … Ja, ich wollte Ihnen zumindest die Möglichkeit geben, sich etwas vorzubereiten, bevor Sie diesen Brief Ihren Geschwistern vorlesen.«

Seiner Miene nach zu urteilen, hatte Mäkilä ihn ebenfalls gelesen.

»Und worum geht es darin?«

Er antwortete nicht.

»Es ist wohl das Beste, wenn ich ihn hole«, sagte er schließlich, ging zum Tresor hinterm Schreibtisch und nahm ein Bündel Papiere heraus, das er ihr reichte. »Ich lasse Sie am besten damit allein, dann haben Sie ein wenig mehr Ruhe.«

Er griff nach seinem Jackett und schloss vorsichtig die Tür hinter sich.

Annie betrachtete das Papierbündel. Es sah aus wie ein kleines geheftetes Handbuch mit einem Deckblatt, auf dem folgende Überschrift stand:

Erklärungen zu meinem Testament, ein Versuch. Von Pentti Toimi.

Darunter stand eine Datumsangabe: *Anfang Juli.* Also hatte er das Dokument erst kürzlich verfasst. Annie schien es fast so, als bräuchte sie nur die Hand in die Vergangenheit auszustrecken, um diese zu berühren. Die Vergangenheit.

Erklärungen zu meinem Testament, ein Versuch.
Während ich diese Zeilen schreibe, jetzt, an meinem Lebensabend und, wie es scheint, von der anderen Seite des Grabes her, weiß ich mehr über das, was kommen wird, als ihr, meine Nachfahren. Ihr hingegen schwebt nämlich immer noch im Dunkeln. In Angst und Verwirrung.

Ich erwarte nicht, dass mich jemand verstehen wird. Ich habe auch nicht die Absicht oder erwarte gar, dass mir jemand verzeiht. Ich rechne nicht damit, dass jemand um mich trauert. Und ich rechne auch nicht damit, dass mich jemand lieben wird.

Das Einzige, was ich am Ende meiner Lebensbahn mit Sicherheit weiß, ist, dass man mich in Erinnerung behalten wird. In der Erinnerung werde ich weiterleben. In all euren Erzählungen, den gesprochenen und niedergeschriebenen. In euch, die ihr einmal meine Familie wart. Ich weiß, dass ich mich euch allen ins Gedächtnis eingebrannt habe.

Ich könnte natürlich einen Versuch unternehmen, es zu erklären. Könnte versuchen, mich zu entschuldigen. Mich zu rechtfertigen. Ich könnte von dem berichten, was ich gesehen habe. Von dem, was ich erlebt habe. Vielleicht tue ich das auch, wer weiß? Aber interessiert das letztendlich, am Ende aller Tage, noch irgendwen? Ist es den Menschen überhaupt möglich, einander zu verstehen? Und spielt es überhaupt eine Rolle? Schon bald bist du selbst tot. Ende, aus.

Annie betrachtete seine Worte. Merkwürdig. Dort auf dem Papier erkannte sie die Stimme ihres Vaters wieder. Und plötzlich war es, als wäre er anwesend. Zum ersten Mal spürte sie in diesem Raum so etwas wie seine Nähe. Sie versuchte, das Gefühl abzuschütteln, holte Luft und blätterte um.

Die Liebe

Über die Kraft der Liebe ist schon viel gesagt worden, und Liebe scheint für viele eine allumfassende treibende Kraft zu sein. Ein wichtiger Teil des Lebens. Vielleicht hätte es für mich auch so werden können. Vielleicht hätte aus mir ein ganz normales Kind werden können.

Unglücklicherweise war meine Mutter nicht fürs Kinderkriegen geschaffen. Vielleicht war es auch so, dass ich bei der Geburt viel zu groß war, wie es hieß. Oder aber die Nachbarsfrau war schuld, weil sie zu spät zur Entbindung kam. Als Kind habe ich mir viele Fragen gestellt, doch wie es letztlich genau war oder warum es so kam, tut jetzt nichts mehr zur Sache. Denn es kam, wie es kam, und in der Nacht, als ich geboren wurde, starb meine Mutter, Elina Toimi.

Mein Vater blieb allein zurück und musste von nun an drei kleine Kinder aufziehen. Was natürlich für einen Mann nicht infrage kam. Mein Vater wusste jedoch, was zu tun war. Er streckte seine Fühler aus und ließ schließlich ein Kindermädchen von der schwedischen Seite kommen. Die allermeisten unserer Verwandten lebten nämlich in Schweden, dorthin sehnte er sich höchstwahrscheinlich auch. Wie auch immer, jedenfalls kam Asta zu uns. Sie kümmerte sich um uns Kinder und sie melkte die Kühe. Sie kochte Essen. Sie flickte unsere Kleidung. Sie tat alles, was von ihr erwartet wurde. Ich weiß noch, wie sie immer genau im richtigen Augenblick den Kopf zum Gebet senkte, was ich nie hinbekommen habe. An Asta gab es eigentlich nichts auszusetzen.

Sie hegte allerdings wie so viele Schweden einen Widerwillen gegen die finnische Sprache. Asta unternahm nichts, um sie zu lernen, aber die meisten Bewohner unseres Tals sind ja mehr oder weniger zweisprachig. Die Dichter sagen, dass die Sprache des Herzens universell ist, oder wie auch immer man es nun formuliert. Und so kam es, dass schon an meinem ersten Geburtstag eine weitere Hochzeit anstand.

Asta hätte meine Mutter sein können, ich weiß, dass sie es gekonnt hätte, wenn sie es nur gewollt hätte. Ich hätte sie Mama nennen können. Doch sie wollte es nicht. Sie wollte die Kinder anderer Leute nicht. Asta wollte eigene Kinder. Und sie wollte, dass ein Unterschied zwischen ihnen und uns bestand, zwischen ihrem Fleisch und Blut und unserem. Wir, die nur gezwungenermaßen ihre Kinder wurden.

Ich bin hier im Tornedal geboren worden und aufgewachsen, am Ufer des Flusses. Auf diesem Ackerland. Damals herrschten unruhige Zeiten. Als kleiner Junge konnte man damit rechnen, erst als Knecht auf dem Hof zu arbeiten und danach, im wehrpflichtigen Alter, schließlich Soldat zu werden. Und wenn das Schicksal es gut mit einem gemeint hatte und man mit heiler Haut davongekommen war, das heißt, nicht von irgendeinem kleinen Russen zum Krüppel gemacht worden war, konnte man möglicherweise einmal selbst Bauer werden. Und dann würde einem irgendwann die Liebe hold werden und einen befreien. Man würde eine Frau finden. Eine mit breiten Hüften und ruhigem Gemüt, die tat, wie ihr geheißen wurde, und einen liebte und ehrte und einem viele Kinder schenkte. Im besten Fall Söhne, obwohl natürlich auch einige Töchter gebraucht wurden, damit man keine teuren Arbeitskräfte einstellen musste.

Das war mein Traum.

Nicht dass ich tagsüber auf dem Heuboden gelegen und vor mich hin geträumt hätte, aber ich stellte es mir so vor. Ein Traum von einer Zukunft, der sich für die meisten von uns Jungen im Tornedal erfüllen sollte. Wenn man besonders klug war, konnte es auch anders kommen. Dann konnte es sein, dass man Pastor wurde. Doch das war nur wenigen vergönnt.

Ihr kennt mich und wisst genau, dass ich über all dies Klugscheißer nur lache, aber um meine Gedanken niederzuschreiben und sie begreiflich darzulegen, besitze ich genug Verstand und Begabung.

Mein Vater, eine Mischung aus beidem, Pastor und Bauer, war klug genug gewesen. Doch er besaß nach eigenem Dafürhalten auch andere Fähigkeiten, die noch wichtiger waren. Eine Art moralischen Kompass, der ihn auf seinem verschlungenen Lebensweg leitete.

Der direkte Weg, der schmale Pfad, ist steinig, doch man hat keine andere Wahl, und niemand hat je behauptet, dass das Leben leicht wäre. Manche Menschen genießen es eben mehr, sich zu quälen, als andere oder können größeres Leid ertragen, um Gott zu dienen. Doch dazu später mehr.

Als der Krieg ausbrach, hatte ich mich noch keiner Frau in dieser Weise genähert, im Unterschied zu einigen Kameraden. Aber vielleicht wollten sie auch einfach nur angeben, das weiß ich nicht.

Du, Siri, solltest jedenfalls meine erste und einzige Frau werden.

Ich verstand nichts von der Liebe und hatte mir auch nichts weiter aus Mädchen gemacht, bevor ich dir begegnet bin. Sie waren einfach nichts für mich. Mit all ihren Geheimnissen und ihrem schwer zu deutenden Lachen. Warum kichern Mädchen eigentlich immer, auch wenn es gar nichts zu lachen gibt?

Siri, du warst anders als alle anderen Mädchen. Du warst so … fröhlich, aber du hast eben nicht gelacht wie eine dumme Gans, über nichts und wieder nichts, so wie die anderen es taten … Du hast hart gearbeitet, und du warst nie stumm. Aus deinem Mund kam ein beständiges Summen.

Siri, du hast viel geredet, aber nie so, dass man sich daran gestört hätte. Du warst jung und schüchtern und wusstest nichts von der Welt, aber du hattest keine Angst. Du hast mir immer in die Augen geschaut. Das haben die Mädchen zu Hause nicht gemacht.

Zu Hause sahen sie mich immer als eine Art Abweichler an, vielleicht sogar als schlechten Menschen.

Siri, du hast mich mit einem klaren Blick angeschaut, besser kann ich es nicht formulieren. Ich konnte es jedenfalls spüren. Wir aus dem Tornedal, wir reden nicht gerade viel, aber in deiner Gesellschaft habe ich mich wohlgefühlt, auch wenn ich es dir nicht offen sagen konnte. Ich glaube, dass du dich in meiner Nähe auch wohlgefühlt hast, weil du mich immer die Milchkannen tragen ließest. Und außerdem hast du mir immer etwas vom Abendessen aufgehoben, nicht weil du wusstest, dass ich kommen würde, sondern weil du darauf gehofft hast. Weißt du noch, als du es mir gesagt hast? So etwas hatte noch nie jemand zu mir gesagt. Dass er oder sie darauf hoffte, dass ich kommen würde.

Annie holte tief Luft. Die Worte ihres Vaters, in dieser Form an ihre Mutter gerichtet, machten sie verlegen. Ja, sie schämte sich regelrecht, als hätte sie sich zwischen die beiden gestellt und sie heimlich belauscht. Doch so verhält es sich wohl mit dem Tod, er setzt alle Regeln außer Kraft.

Nachdem wir uns der Front genähert hatten und ich dich nicht mehr jeden Tag sah, musste ich ununterbrochen an dich denken. Tja, ziemlich lächerlich. Aber die Gedanken an dich sorgten dafür, dass ich überlebt habe. Das glaube ich zumindest. Wenn man im Nachhinein an den Krieg zurückdenkt oder versucht, jemandem, der noch nie einen Krieg erlebt hat, der nicht dabei gewesen ist, davon zu berichten, dann klingt das Ganze völlig sinnlos. Ich glaube, dass du es gesagt hast, Lauri. Du warst als kleiner Junge immer besonders begierig darauf, etwas über den Krieg zu erfahren. Also bevor du zu dem wurdest, was du jetzt bist. Du meintest, dass es der reine Wahnsinn wäre, so unheimlich und angsteinflößend, und damit hattest du auch recht. Und dennoch war genau dies unser Alltag.

Ich schweife gerade vom Thema ab, doch das ist mir bewusst. In meiner rechten Brusttasche hatte ich einen Brief verwahrt, das weiß ich noch, als wäre es gestern. Ich konnte das Papier durch den Stoff hindurch spüren. Es war kein langer Brief, und ich wusste auch nicht, ob ich mich je trauen würde, ihn abzuschicken, aber ich hatte ihn zumindest geschrieben und kam mir verdammt mutig vor. Als reichte es allein schon aus, die Worte niedergeschrieben zu haben, damit es sie gab.

»Siri, möchtest du meine Frau werden? Wenn du diese Zeilen liest, bin ich vielleicht längst tot, aber du sollst wissen, dass ich noch nie zuvor einem Mädchen wie dir begegnet bin. Möchtest du mit mir kommen? Mich lieben? Ich will für dich sorgen. Ich will dich lieben.«

So lauteten auch meine Worte an dich, als wir uns im März 1940 in Joensuu wiedersahen. Auch wenn sie nicht gerade so formuliert waren wie in einem Gedicht, sondern direkter. Erinnerst du dich noch daran?

Siri, ausgerechnet dir, die du nie stumm warst, verschlug es erst mal die Sprache. Und ich, der in dieser Hinsicht nie besonders mutig gewesen war, spürte, wie mir der Schreck in die Glieder fuhr und ich Bauchschmerzen bekam. Ich fühlte mich augenblicklich an meine Kampfeinsätze erinnert oder, besser gesagt, an den Moment unmittelbar davor, kurz bevor die Hölle losbrach. Diese langen Sekunden, bis du endlich genickt hast. Du hattest deinen Mund zu einem schmalen Strich zusammengekniffen. Dann hast du schließlich genickt, fast unmerklich, aber ich habe es gesehen. Und von da an hatte ich keine Angst mehr. Ich nahm dich in die Arme. Und dann war es beschlossene Sache.

Damals, in meiner Jugend, leuchtete meine Flamme hell und klar. Mein Licht leuchtete am stärksten von allen. Das Feuer in mir war groß. Außerdem sah ich gut aus. Auch wenn es lächerlich klingt, aber so war es. Meine Hände konnten zupacken, und ich war empfindsam. Mein zukünftiger Lebensweg lag völlig unberührt vor mir, das Gras zu beiden Seiten hoch gewachsen und weich, noch ungemäht.

Siri, kannst du das verstehen? Ich erinnere mich noch genau an das allererste Mal, als wir uns sahen. Es war, als würde mein Herz aussetzen. Du warst ganz anders als alles andere, was ich zuvor gesehen hatte. Und du würdest mein werden. Deine Haut war so hell, so weiß, fast durchsichtig. Und deine Augen waren blau und dein Blick fest.

Siri, du hast oft gelächelt. Das weiß ich noch. Du lächeltest oft. Ganz anders als alle Menschen, denen ich zuvor begegnet war. Aber genau genommen warst du eine Russin. So war es tatsächlich, aber das kapierte ich damals noch nicht. Ich, der bislang nur die ernsten schweigenden Frauen oben im Norden kannte. Frauen wie Asta, meine Stiefmutter, Frauen ohne Lächeln. Oder meine Schwestern. Aus ihren Mündern kamen nur Ermahnungen, keine Melodien, niemals.

Ich erinnere mich noch gut an dieses Summen. In deinem Inneren trällerte immer irgendeine Melodie, ein immerwährendes Lied. Mitunter war es ganz leise, doch manchmal steigerte es sich zu einem starken klaren Gesang.

Siri, du hattest eine schöne Stimme. Ich habe es dir nie gesagt, aber es stimmt. Du hast es selbst nicht geglaubt, aber es ist wahr. Am Anfang lag immer ein unterschwelliges Lachen darin. Aber kein höhnisches Lachen. Da war ich mir sicher.

Doch irgendwann erlosch dieses Lachen.

Ich weiß noch genau, wann es erlosch, das ewige Lachen in deiner Stimme.

Es war, als Elina uns genommen wurde. Damals verdunkelte sich vieles, für uns beide.

Viele Jahre lang habe ich keine Liebe mehr in mir gespürt. Schon seit vielen Jahren spüre ich keine Liebe mehr in mir.

Weiter unten stand mit Bleistift geschrieben:
Hier werde ich noch einen Absatz über das Verdienen von Liebe einfügen, ich muss ihn nur noch formulieren.

Die Trauer
Ja, diese Gedanken führen uns zum nächsten Thema. Ein Thema, über das es mir schwerfällt zu schreiben. Doch manchmal muss man eben Dinge tun, die einem schwerfallen.

Elina hatte sich im Wald verlaufen. Das wisst ihr ja. Im Schneesturm. Auf Skiern. Und sie blieb ziemlich lange verschwunden. Wir glaubten schon, sie verloren zu haben. Doch dann bin ich noch mal rausgegangen, ich hatte so ein Gefühl. In dieser Situation habe ich zum ersten und einzigen Mal in meinem Leben zu Gott gebetet. Gott, zeig mir, ob sie noch lebt oder ob sie tot ist, betete ich. Wenn du das tust, werde ich ... Ja, ich habe angefangen, mit ihm zu verhandeln. Und er hat es mir gezeigt. Sie kam zurück. Sie war nicht tot. Ich dankte Gott für diese zweite Chance. Wir hatten eine zweite Chance bekommen. Jedenfalls glaubten wir das.

Doch es war gar keine zweite Chance. Denn Elina war bereits krank. Und sie gehörte uns nicht länger. Sie war nur vorübergehend bei uns.

Elina war unser erstes Kind. Mein erstes Kind. Ich weiß noch genau, wie sie aussah. Sie war das schönste Kind, das man sich nur vorstellen konnte. Und wir tauften sie auf den Namen meiner Mutter, Elina. Meine Mutter, die uns ebenfalls viel zu früh verlassen hatte. War es der Name, der ihr zum Verhängnis wurde? War es, weil ich zu Gott gebetet hatte, weil ich zu viel erbat und keinen Verzicht übte? Oder wurde sie uns genommen, weil wir ihr diesen Namen gegeben hatten?

Blödsinn, Gott existiert gar nicht. Vergesst das nicht.

Sie bekam eine Lungenentzündung, und daran ist sie letztlich gestorben. Ich kann nur sagen, dass es keinen Unterschied macht, ob man sich auf den Tod vorbereitet oder nicht. Wenn das Leben aus dem Körper deines Kindes rinnt, wenn die Seele den Körper verlässt, ist nichts, aber auch gar nichts daran natürlich. Gerade noch spürt man das Kind und dann, im nächsten Augenblick, nicht mehr. Dann ist es nur noch eine leere Hülle. Man kann sich nicht darauf vorbereiten. In diesem Augenblick hätte ich nur allzu gern mit allem Schluss gemacht. Keine weiteren Kinder mehr gezeugt, es einfach dabei belassen. Das Leben einfach so weiterlaufen lassen.

Doch das konntest du nicht, Siri. Deine Trauer war zu übermächtig und drohte dich zu verschlingen.

Die einzige Beschwörungsformel, die dich am Leben hielt, lautete, den Tod zu besiegen, ihn hereinzulegen. Immer mehr Kinder zu zeugen, bis es so viele waren, dass es auf eines mehr oder weniger nicht mehr allzu sehr ankam. Damit der Schmerz und die Trauer über ein verlorenes Kind nicht mehr so übermächtig wären. Keine Bedeutung mehr hätten, oder zumindest nicht mehr so große.

Du hast mir nie verzeihen können, das weiß ich.

Aber wir hatten ja noch den Jungen, ich glaube, er hieß Riiko. Auf wessen Namen er getauft worden war, weiß ich nicht mehr. Vielleicht auf keinen bestimmten. Vielleicht sollte der Junge einen Namen tragen, der zu nichts verpflichtete. Ich selbst wurde am 21. März 1920 als Pentti Toimi geboren. Ich wurde auf den Namen Pentti getauft, weil ich am Namenstag des heiligen Benedikt geboren wurde.

Annie hielt inne. Was meinte er damit, nicht zu wissen, auf welchen Namen sein erstgeborener Sohn getauft worden war? Sollte das irgendeine verschlüsselte Botschaft sein? Eine, die er seinen Kindern oder Siri zwischen den Zeilen mitteilen wollte? Dass er sich nicht mehr an den Namen erinnerte, konnte doch wohl nicht sein, oder? Sie las weiter.

Als Siri ein weiteres Kind bekam, kehrte ihre Fröhlichkeit zurück, und sie fing wieder an zu singen. Es war, als würde der Gesang in ihrem Körper aufsteigen wie der Saft der Birken im Frühjahr. Jedenfalls für kurze Zeit.

Denn mit dem erstgeborenen Jungen stimmte etwas nicht. Ich meine, es war irgendwas mit dem Herzen.

Und damit kehrte die Dunkelheit zurück in unser Leben. Als er schließlich auch starb, war ich fest davon überzeugt, dass Siri verrückt werden oder sterben würde. Oder beides. Sie zog sich völlig in sich selbst zurück, ich kann es nicht besser beschreiben. Und für sehr lange Zeit war es unmöglich, Kontakt zu ihr aufzunehmen.

Schließlich gelang es mir, sie irgendwie wachzurütteln. Du, Annie, wurdest unter Umständen gezeugt, die alles andere als ideal waren, aber mir blieb keine andere Wahl. Ich sah nur eine Möglichkeit, wie ich sie retten könnte: Sie musste ein weiteres Kind bekommen.

Also rettete ich sie, indem ich sie mit Gewalt nahm und mit Gewalt ein Kind in sie einpflanzte. Na ja, Gewalt hin oder her, sie war ja kaum anwesend. Ich weiß nicht mal, ob sie es überhaupt bewusst mitbekam.

Aber als sie irgendwann merkte, wie heilsam dies für sie war und wie ihre Trauer verblasste, wollte sie noch mehr Kinder haben. Immer mehr. Doch vielleicht wäre es im Nachhinein betrachtet besser gewesen, sie damals sterben zu lassen.

Hättest du das vorgezogen, Siri? Vielleicht hätte ich mir doch eher eine gefühlskalte schwedische Frau nehmen sollen, so wie mein Vater es getan hatte. Eine, die in ihrem ganzen Leben noch nie einen sonnigen Tag erlebt hat.

Wir beerdigten Elina nicht auf dem Friedhof. Das brachten wir nicht über uns. Sie liegt auf der Weide begraben, wo wir alle begraben haben, die auf unserem Hof gestorben sind, Menschen wie Tiere.

Dort könnt ihr mich ebenfalls begraben, wenn ihr mich losgeworden seid.

Die Religion

Ich wurde am 21. März 1920 als Pentti Toimi geboren. Ich wurde in der laestadianischen Lehre erzogen. Doch eines habe ich immer gewusst: dass ich anders war. Nicht so wie die anderen in der Familie, sondern ziemlich außergewöhnlich, und zwar im Guten wie im Schlechten.

Ich musste früh lernen, dass Gottes Worte am schwersten wogen. Und schon früh grübelte ich im Stillen darüber nach, denn ich war mir nicht so sicher, ob dieser Gott tatsächlich recht hatte. Vieles von dem, was in der Kirche oder in Gottes Namen geschah, erschien mir altmodisch und äußerst ungerecht, eher willkürlich und ganz und gar unnötig. Doch im Haus meines Vaters war kein Platz für derlei Überlegungen.

Ich wurde von Frauen erzogen, aber nicht von meiner Mutter. Ich wurde im strengen Glauben aufgezogen, dem allerstrengsten, doch ich wusste schon von Kindheit an, dass es keinen Gott gibt.

Ich sagte es nie laut, das war auch nicht nötig. Mein Vater wusste, dass ein gottloses Kind in seinem Haus lebte. Es war nicht nur so, dass ich ihm die Frau genommen hatte, sondern ich besaß auch die Frechheit, zu überleben und noch dazu ein glückliches Kind zu sein, zumindest überwiegend. Ich meine jedenfalls, ein glückliches Kind gewesen zu sein, bis ich begriffen hatte, dass ich für alles, was ich je haben wollte, selbst verantwortlich war.

Ich hatte keine Angst vor meinem Vater, doch ich merkte schon früh, dass wir beide nicht aus demselben Holz geschnitzt waren.

Mein Vater nahm sich eine neue Frau. Es ging relativ schnell, und er tat letztlich nur, was jeder gottesfürchtige Mann von ihm erwartete. Schließlich war man geboren worden, um zu arbeiten und sich fortzupflanzen. Wieso sollte er sich diesen Forderungen widersetzen? Mein Vater tat das, was von ihm erwartet wurde. Und er sagte zwar nie geradeheraus, dass ich ihm Angst einjagte, aber ich glaube, dass es so war. Deshalb ließ er in meiner Nähe auch nie irgendwelche Gefühle zu, er wollte nichts riskieren.

Meine Geschwister waren anders als ich. Sie taten ebenfalls, was von ihnen erwartet wurde, und waren gottesfürchtig. Natürlich waren sie genauso ungezogen wie alle anderen Kinder auch, doch ich merkte, dass sie an Gott glaubten und Hoffnung in ihn setzten.

Sie waren das genaue Gegenteil von mir. Meine jüngeren Geschwister leben noch immer im laestadianischen Glauben, wohnen brav auf der schwedischen Seite und buckeln immer schön. Im Gegensatz zu mir. Woran meine älteren Schwestern glaubten, weiß ich nicht. Sie schlichen immer schweigend durch die Räume des heimischen Hofes, gehasst von unserer Stiefmutter, ohne jegliche Wahlmöglichkeiten. Bis sie irgendwann verblassten und in Vergessenheit gerieten.

Sorgt unter allen Umständen dafür, dass meine Brüder auf meiner Beerdigung nicht predigen. Haltet sie unbedingt davon ab, sich und mich mit ihrem blöden Geschwätz lächerlich zu machen. Verbietet ihnen den Mund.

Als ich mir eine Frau nahm, war ich sorgfältig darauf bedacht, so weit entfernt von meinem Elternhaus zu heiraten wie nur möglich. Und trotz der großen Entfernung kam es mir vor wie Heuchelei, dort in der Kirche vor dem Pastor und vor Gott zu stehen und das Ehegelübde abzulegen. Aber ich tat es Siri zuliebe, dachte jedenfalls, dass ich es ihr zuliebe tun müsste.

Ich lernte früh, dass es hier auf dieser Welt niemanden gab, der mich je so verstehen oder lieben würde, wie ich war.

Nicht dass ich genau gewusst hätte, wer ich eigentlich war. Aber ich spürte stark und deutlich in mir, dass ich in dieser Welt völlig einsam war. Und dass alles, was ich je täte oder zustande brächte, ein Produkt meiner eigenen Anstrengung sein würde. Und das tröstete mich.

Als mein Vater starb, weinte eine ganze Gemeinde um ihn. Eine Gemeinde aus lauter Narren, die es nicht besser wussten.

Sie liebten ihn und hielten ihn für gütig. Doch ich wusste schließlich genau, wie er wirklich war. Er war kein guter Mensch. Er war ein ängstlicher Mann, der sich im Schatten der Religion duckte, der all seine Entscheidungen als gottgewollt hinstellte und sich deshalb nie für irgendwas verantworten musste. Dementsprechend wurde er fälschlicherweise für einen guten Christen gehalten.

Doch das ist alles Blödsinn. Es gibt keinen Gott, und es gibt auch keinen Sinn im Leben.

Letzten Endes ist meine gesamte Verwandtschaft auf die schwedische Seite übergesiedelt, geflüchtet geradezu. Die einzige Verwandte, die noch hier bei mir ist, ist meine Mutter. Sie liegt auf dem Friedhof von Karunki begraben. Das wisst ihr ja. Du, Annie, warst jedenfalls ein paarmal mit mir dort, erinnerst du dich daran? Die Frau, die ihr Leben für mich gelassen hat, die Einzige, die wahrhaftig eine gute Christin war.

Traut nie einem christlichen Mann über den Weg.

Was man weiß, weiß man, und Gott existiert nicht. Merkt euch das.

Der Krieg

Über den Krieg gibt es viel zu sagen. Es ist allerdings auch schon viel gesagt worden, von Leuten vor mir. Bei dem Dokumentationswahn, der überall in der Welt herrscht, haben wir wohl alle von den Schrecken des Krieges erfahren.

Als der Krieg ausbrach, war ich neunzehn Jahre alt. Aber ich hatte mich schon im Herbst des Vorjahres dem Militär angeschlossen, noch bevor der Einberufungsbefehl kam. Eigentlich wollte ich gar nicht kämpfen und auch keine Soldaten erschießen, doch mir blieb keine andere Wahl. Zu Hause konnte ich nicht bleiben. Jedenfalls nicht, wenn ich an einem friedlichen Auskommen mit meinem Vater interessiert gewesen wäre. Du, Helmi, du hast immer behauptet, dass ich nichts für meine Veranlagungen könnte. Aber ich wusste durchaus, dass dies ein Problem war. Dass eines schönen Tages mein Temperament mit mir durchgehen würde und ich dann nicht mehr wüsste, wozu ich fähig wäre. Vermutlich wollte ich einfach lieber einem Russen das Leben nehmen als einem Finnen. (Eben meinem Vater.)

Tja, die Russen, ich habe sie von Geburt an gehasst. Wie es die meisten in meiner Generation taten. Unser Hass war flammend und stark, wir hassten alle Russen, ohne Ausnahme. Denn wir waren schließlich noch nicht auf der Welt gewesen, als die Finnen unfrei waren. Also bevor Finnland selbstständig wurde. Während sich alle anderen um uns herum noch sehr gut daran erinnerten, wie es gewesen war, unfrei zu sein. Sie wussten auch, was es noch alles beinhaltete. Das konnten wir, die in den Zwanzigerjahren geboren worden waren, nicht verstehen, glaube ich, weil sich unser Wissen auf das beschränkte, was man uns erzählt hatte.

Nach einem rasch abgehaltenen Wehrdienst in der Nähe von Suomussalmi zusammen mit Hunderten von anderen Jungen in derselben Situation wurden wir ausgeschifft. Unser Kampftraining bestand unter anderem darin, ein Gewehr zu laden und damit zu schießen. Wir nannten es Spitzohr, aber ich weiß nicht, wie es richtig hieß. So etwas hat mich nie interessiert. Genauso wenig wie Automarken oder dergleichen. Nein, ich bin nicht so wie du, Tatu.

Wir mussten uns anstellen und alle nacheinander dasselbe Gewehr benutzen, drei Gewehre verteilt auf achtzig Jungen, die alle demselben Verband angehörten. Dabei erfuhren wir auch, dass an der Front höchstwahrscheinlich nicht genügend Gewehre für alle vorhanden sein würden. Aber wir gaben unser Bestes und lernten, uns möglichst lautlos und schnell auf Skiern zu bewegen, unser Messer zu schärfen und schließlich dem Russen die Waffen abzunehmen.

Ein weiterer Schwerpunkt unseres Trainings umfasste auch das Lernen von Zeichensprache, Codewörtern und Kartenlesen. Ich träumte davon, einen Platz im Radfahrbataillon zu bekommen, das sich im Winter jedoch zumeist auf Skiern fortbewegte. In meiner Jugend war ich nämlich ein ziemlich guter Radfahrer gewesen. Aber daraus wurde nichts. Stattdessen landete ich beim Fußvolk, wie wir genannt wurden, wir in den anderen Bataillonen unseres Infanterieregimentes, dem 16., der Gruppe, die man später als Talvela-Truppe bezeichnete.

Aber das interessiert wohl eher keinen außer dich, Voitto.

Annie sah ihren Vater vor sich, wie er ziemlich lange und mit großer Mühe daran gesessen hatte, dieses Dokument zu verfassen (dessen war sich Annie sicher, denn sie hatte ihn früher öfter Briefe an die Gemeindeverwaltung schreiben sehen, was für ihn die reinste Hölle gewesen war. Er hatte jedes einzelne Wort, das er niederschrieb, laut gelesen). Und jetzt quälte sie sich durch den Inhalt. Sie fragte sich, warum er das alles überhaupt geschrieben hatte. Und ob es irgendeinen Grund dafür gab, dass er es gerade jetzt getan hatte. Hatte er sich bedroht gefühlt? Hatte er sich womöglich nach dem Tod gesehnt? Oder ihn gar geplant?

Jedenfalls wurden wir nach dreimonatigem Training während des bitterkalten Spätwinters 1939 mit dem 16. Infanterieregiment nach Karelien geschickt. Wir waren in mehreren Dörfern entlang der Grenze stationiert, und dort, in Soanlahti, begegnete ich einer gewissen Siri Aamuvuori.

Ich erinnere mich noch gut an die Kameraden in meinem Bataillon. Wir waren noch Jungs, die meisten fröhlich und ungebunden, immer für einen Streich oder eine Stichelei gut. Man machte Witze auf Kosten anderer, das war der gängige Jargon, insbesondere damals, bevor es richtig losging und wir in den Kampf zogen. Wir hatten bislang noch nichts vom Wahnsinn des Krieges mitgekriegt, von dem, was einen Menschen verändert und das Licht in seinem Inneren für immer erlöschen lässt. Alle Zivilisten waren froh und dankbar, dass wir kamen. Wir wurden überall mit Respekt behandelt und manchmal sogar wie Könige. Die Kameraden witzelten viel über die Anziehungskraft von Uniformen auf Frauen, doch das lag mir fern.

Ich erinnere mich noch an die Kälte. Es war wirklich so kalt, dass man bis auf die Knochen fror. Selbst ich, der an Kälte gewöhnt war.

Aber ich erinnere mich auch daran, dass ich es spannend fand. Ich hatte nie Angst. Wenn die Vorräte zur Neige gingen, die Minusgrade in den Körper krochen und man genau wusste, dass auch an diesem Tag wieder mehrere Kameraden ihr Leben lassen würden, setzte dies vielen stark zu. Einige Soldaten weinten, nicht alle, aber doch viele. Ich hingegen fand alles einfach nur spannend, weil es etwas anderes, Neues war.

Ich hatte noch nie vor irgendwas Angst. Ich habe nie zurückgeschaut. Meine Familie war mir nie wichtig gewesen. Als ich mein Elternhaus verließ, wusste ich zwar nicht, was mich erwarten würde, aber ich wusste, dass ich endlich frei sein würde.

Ein einziges Mal während des Krieges hatte ich allerdings doch Angst. Es war stockdunkel, und sie schossen auf uns. Oftmals waren wir dem Feind überlegen gewesen. Unser Kommandant, ein verdammt harter Bursche, der unten auf dem Kontinent ausgebildet worden war und schon gemeinsam mit Mannerheim in der Armee des

Zaren gedient hatte, schickte uns in eine Offensive nach der anderen. Doch zu diesem Zeitpunkt befand er sich gerade irgendwo anders. Ich weiß nicht mehr, wo, vielleicht war er zu einer strategischen Sitzung gerufen worden, jedenfalls meine ich mich zu erinnern, dass uns kein Erwachsener unterstützte, sondern auf beiden Seiten der Gefechtslinie nur lauter verängstigte Pimpfe standen, die wie die Bekloppten aufeinander schossen.

Ich hörte Kugeln durch die Luft sausen und sah etliche Soldaten um mich herum fallen. Mir war klar, dass ich unbedingt etwas tun müsste, und ich schnallte mir so leise wie möglich die Skier unter. Dann schnappte ich mir zwei Waffenbrüder, einen groß gewachsenen Kerl aus der Gegend von Oulu mit Pickeln im Gesicht und einen mit abstehenden Ohren aus Joensuu. Ich wusste, dass beide schnelle Skifahrer waren, genau wie ich selbst, und dass genau dies vonnöten sein würde. Danach riss ich mein Bajonett an mich, und wir fuhren geduckt los. Ich plante, einen möglichst weiten Bogen um den Feind zu schlagen, damit wir uns von hinten anschleichen könnten. Ein Hinterhalt, eine Angriffstechnik, die uns unser Kommandant gleich während der ersten Kriegstage erklärt hatte. Als noch Zeit zum Reden war.

Kurz und gut, wir wollten den Krieg mit List und unter Ausnutzung des Winters gewinnen. Als wir loszogen, hatte ich keine Angst, doch als wir kurz darauf geradewegs einem Russen in die Arme fuhren und ich ihn mit meinem Bajonett erstechen musste, bekam ich eine Scheißangst.

Ich sah, wie sein Blut den Schnee rot färbte, und starrte in das Weiß in seinen Augen. Ich sah auch die Panik in seinem Blick, als er begriff, was mit ihm geschah. Er trug nur eine dünne Sommeruniform, keine Winteruniform wie ich, wie wir. Kurz darauf sank er mit rasselndem Atem auf die Knie hinunter. Und dann war er tot.

Er war der Erste, den ich getötet habe, jedoch nicht der Einzige. Der Mann hatte nichts von Wert bei sich, außer einem silbernen Medaillon mit dem Foto einer Frau darin. Nichts, wovon ich hätte Nutzen haben können. Mit Fortschreiten des Krieges bekamen dann auch einige russische Soldaten Winteruniformen. Ich erinnere mich noch an einen weiteren Russen, den ich getötet habe. Stellt euch vor, wie überrascht und froh ich war, als sich herausstellte, dass er genau dieselbe Schuhgröße hatte wie ich und seine Winterstiefel in weitaus besserem Zustand waren als meine!

Solche Dinge heiterten uns während der Kämpfe auf.

Jedenfalls gelang es uns, den etwas abseitsstehenden Feind mit dem Maschinengewehr von hinten anzugreifen und ihn verflucht nochmal regelrecht aufzuschlitzen!

Ich kam mir vor wie ein wahrer Held, der sich und seinen Kameraden das Leben rettete. Dank dieses kleinen Manövers! Diesmal hatte mein pickeliger Freund ihn sich vorgeknöpft, und ich glaube, dass es sein erster Toter war, denn hinterher war er ganz weiß im Gesicht und musste sich übergeben.

Doch mit der Zeit wird das Töten leichter. Man gewöhnt sich daran. Manche Leute behaupten zwar, dass es nie leichter wird, doch ich glaube, die stellen sich nur an, oder sie lügen, was weiß ich, oder vielleicht sind sie auch einfach nur aus anderem Holz geschnitzt und weniger belastbar als ich.

Ich habe keine Angst vor dem Tod. Man muss auch keine Angst vor ihm haben. Der Tod kommt zu uns allen. In Kriegszeiten wie in Friedenszeiten. Irgendwann steht er vor einem, sosehr man sich auch bemüht, ihm zu entrinnen. Aber wenn man das nicht begreift, begreift man es nicht. So einfach ist das.

Die Gerechtigkeit

Ich bin euer Vater gewesen. Das könnt ihr nicht leugnen. Vielleicht nicht gerade der Vater, den ihr euch gewünscht habt, so ein Vater, wie ihr Jungen für eure Kinder sein wollt. Aber man kann wohl behaupten, dass ich ein Vater gewesen bin, der nach bestem und einzigem Wissen gehandelt hat und den ihr verdient habt. Nicht alle Menschen leben gottgefällig. Nicht alle Menschen leben für ihre Kinder. Ich zum Beispiel nicht.

Eure Mutter hat das für uns beide übernommen. Ich habe mein Leben nach bestem Wissen und Gewissen gelebt und wurde nicht von allen von euch geliebt, das weiß ich. Aber ich bin gerecht, nicht nach allgemeinen Maßstäben, doch ich habe meine eigene Gerechtigkeit, meine innere Richtschnur. In dieser Hinsicht bin ich genau wie mein Vater geworden, aber das ist auch schon die einzige Ähnlichkeit zwischen ihm und mir. Er hatte ebenfalls seine eigene moralische Richtschnur, einen inneren Kompass, und ließ es nicht zu, dass man ihm reinredete.

Keiner von euch kann mich dafür verurteilen. Ihr könnt mich nicht an den Pranger stellen, keiner kann mir ans Bein pissen.

Du, Esko, hast es allerdings beinahe geschafft. Das muss ich zugeben. Ich weiß nicht, ob du den anderen erzählt hast, wie viel Geld ich für den Hof bekommen habe.

Und dass wir einen Grundschuldbrief ausgestellt haben mit einem Betrag, den du, wie du meintest, nach und nach abstottern wolltest.

Bis dir dieser Grundschuldbrief plötzlich abhandengekommen ist. Und du nicht mehr daran gedacht hast. Total vergessen hast, dass es ihn gab. Aber den anderen Brief hast du nicht vergessen, oder? Die Schenkungsurkunde. Dass ich dir den gesamten Hof überlassen habe. Nein, das hast du natürlich nicht vergessen. Aber zum Glück habe ich eine Kopie von beidem auf meinem Nachttisch im Schlafzimmer liegen.

Demzufolge gehört Aapajärvi jetzt dir, Esko. Aber wie willst du eigentlich all deine jüngeren Geschwister ausbezahlen?

Vielleicht denkt ihr jetzt an diese Lebensversicherung. Erinnert ihr euch noch daran? Ja, das tut ihr bestimmt. Jedenfalls einige von euch. Im Falle meines Ablebens fließt eine Summe von hunderttausend Mark an die Hinterbliebenen. Ja, diese Lebensversicherung, die habe ich abgeschlossen. Obwohl Mäkilä mir davon abgeraten hat.

Ich werde die Kinder belohnen, die ich mir gewünscht und die ich geliebt habe. Alle anderen sind mir egal. Schockiert euch das? Tja, welcher Gott soll mich dafür bestrafen? Zeigt ihn mir. Aber ich lache nur darüber, egal, welchen Gott ihr meint.

Nun gut, diese Lebensversicherung existiert. Die hättet ihr euch bestimmt gern unter den Nagel gerissen, das kann ich mir denken. Aber das könnt ihr vergessen. Meinen Anteil vom Hof und das wenige Geld, das ich noch besitze, vermache ich nämlich meiner ältesten Tochter Annie. Der Rest von euch kann meine alten Lexikonbände kriegen und sich damit den Arsch abwischen. Ach nee, die hab ich ja selbst schon aufgebraucht! Ha!

Der Tod

Wenn ihr diese Zeilen lest, bin ich schon tot.

Jetzt gibt es mich nicht mehr. All das, woraus ich bestand, ist verschwunden. Mein Fleisch und Blut und auch meine Erinnerungen.

Ich habe nichts aufgehoben. Aber mir würde es gefallen, wenn ich euch allen einen Teil von mir eingepflanzt hätte.

Vielleicht werdet ihr nicht länger von mir sprechen oder vielleicht doch, aber das ist mir gleich.

Auch wenn ihr meinen Namen nie mehr erwähnt, werden Teile von mir weiterleben. In euch, in euren Kindern, in euren Enkeln. Die werden vielleicht gar nichts über mich wissen und sich auch nicht an mich erinnern, aber das, was mich als Person ausgemacht hat, wird weiterleben. Es wird tief in eurem Inneren eingebettet sein, wie ein Samenkorn, das nur darauf wartet zu keimen.

Die Wahrheit

Wer will die Wahrheit schon wissen? Ganz ehrlich. Wer will sie wissen? Sie steckt nicht im Detail, sondern ergibt sich aus dem großen Ganzen. Wer wird sich schon an irgendwelche lächerlichen Einzelheiten erinnern, wer hat schon Zeit und Lust dazu?

Als Mäkilä nach der Mittagspause zurück in die Kanzlei geschlichen kam, saß Annie noch immer auf dem Sofa.

Vor ihr stand die halb volle Kaffeetasse.

Sie hatte nicht geweint.

»Na …«, sagte der Anwalt und wischte sich die Schweißperlen von der Stirn. »Welchen Eindruck hat der Brief auf Sie gemacht?«

Annie schaute ihn an.

»Wie soll ich meinen Geschwistern das nur vorlesen?«

Mäkilä räusperte sich. »Na ja, Sie müssen es natürlich nicht tun. Aber die Fakten stimmen. Ihr Vater hat Ihnen allein seinen gesamten Besitz vermacht.«

»Den Hof auch?«

»Den Hof?« Mäkilä wirkte erstaunt. »Nein. Ich dachte, Sie wüssten es. Den hat er Esko vermacht. Es gibt eine Schenkungsurkunde, die das bestätigt.«

»Und den Grundschuldbrief, von dem Pentti geschrieben hat?«

Der Anwalt schüttelte den Kopf.

»Ein solches Dokument existiert nicht.«

*

Wenige Tage später las Annie den restlichen Familienmitgliedern Penttis Brief vor. Alle hatten sich in der staubigen Anwaltskanzlei versammelt. Als Annie fertig war, herrschte Schweigen. Mäkilä begann, sich nervös zu winden, er war genauso verschwitzt wie immer und räusperte sich mehrfach.

»Tja, die Situation ist zugegebenermaßen recht ungewöhnlich. Sie können das Testament natürlich anfechten, aber ich kann Ihnen schon im Voraus sagen, dass es sich dabei um einen langwierigen Prozess handelt, der oftmals nicht unbedingt von Erfolg gekrönt ist …«

Annie unterbrach ihn. »Ich glaube nicht, dass irgendjemand von uns das Testament anfechten will.«

Sie schaute sich im Raum um. Ihr Herz pochte heftig. Obwohl sie das Testament schon einmal gelesen hatte, wühlte sein Inhalt sie noch immer ziemlich auf.

»Aha, nicht?«, wandte Helmi ein. Ihr sonst so warmherziger Blick war jetzt finster geworden. »Du als Alleinerbin hast ja leicht reden.«

Annie erinnerte sich noch an ihre Streitereien mit Helmi im Teenageralter. Sie hatten sich zwar nicht oft gestritten, aber wenn, dann ging es um Leben und Tod.

»Ach reg dich ab. Es gibt ja gar kein Geld, das weißt du doch. Und selbst wenn, hätte ich es nicht haben wollen.«

Doch Helmi machte keine Anstalten, sich abzuregen. Sie schien gerade erst richtig in Fahrt zu kommen.

»Warum wollte er eigentlich, dass ausgerechnet du den Brief vorliest? Hast du ihm etwa geholfen, ihn zu verfassen?«

»Hör jetzt auf, Helmi, genau das wollte er doch bezwecken«, sagte Esko. Er lehnte an der Wand hinter dem Sofa, auf dem sich mehrere Geschwister zusammenzwängten. »Genau das wollte Pentti: dass wir uns weiter gegenseitig die Augen auskratzen.«

Helmi durchbohrte ihren Bruder fast mit dem Blick.

»Das kannst du ja locker sagen. Du bist doch der größte Gewinner von allen. Aber du hast das Ganze letztlich auch ausgeheckt.«

Annie spürte, wie ein Schweißtropfen zwischen ihren Brüsten hinunterrann. Sie schaute verstohlen zu Mäkilä hinüber, der mit der Hand auf dem Türgriff dastand, als wolle er jeden Moment die Flucht ergreifen.

»Ach, lass ihn in Ruhe«, ergriff nun Lauri das Wort. »Es wollte doch sowieso niemand sonst den Hof haben.«

»Nein, den Hof nicht. Aber was wäre gewesen, wenn man ihn verkauft hätte? Ich hätte jedenfalls nicht Nein gesagt, wenn dabei 'n bisschen Kohle rumgekommen wäre. Aber das darf man ja nicht laut sagen. Besser, man tut so, als hätte man es nicht nötig.«

Helmis Augen sprühten vor Wut, und ihre Hände zitterten. Annie fand, dass ihre Schwester ziemlich abgemagert wirkte und außerdem müde aussah. Tatu wirkte ebenfalls müde, fand sie. Habe ich eigentlich nur Augen für mich selbst, oder sehe ich noch irgendwen anders? Wenn das Kind da ist, werde ich versuchen, mich wieder mehr um die anderen zu kümmern, beschloss sie.

»Denk doch mal an das viele Geld. Wobei, das war ja offenbar genau das, was du getan hast, oder?«

Helmi warf ihrem älteren Bruder einen hasserfüllten Blick zu. Annie begriff nicht, warum ihre Schwester so wütend war. Früher schien sie sich nie etwas aus Geld gemacht zu haben. Wieso hatte sie sich dermaßen verändert?

Doch ihre Vorwürfe schienen an Esko abzuperlen. Er zuckte nur mit den Achseln und zündete sich eine Zigarette an.

»Und was sagst du zu alldem, Mama?«

Helmi war die Erste, die Siri miteinbezog. Siri wirkte dort im Lehnstuhl ganz klein und verletzlich. Sie schaute ihre Kinder unangenehm berührt an und seufzte.

»Tja, was soll ich sagen? Euer Vater war ein gestörter Mensch. Das hab ich schon immer gewusst.«

Annie fragte sich, ob ihre Mutter möglicherweise all die liebevollen Worte nicht gehört hatte, die Pentti über sie geschrieben hatte. Annie hatten sie jedenfalls fast zu Tränen gerührt. Ihr Vater war wirklich ein Selfmademan gewesen. Wenn er doch nur in eine andere Zeit, auf einem anderen Kontinent und in andere Verhältnisse hineingeboren worden wäre.

»Sprich nicht schlecht über die Toten.«

Das waren die ersten Worte, die Voitto äußerte. Er stand mit kerzengeradem Rücken auf der anderen Seite des Sofas. Obwohl er in Zivil gekleidet war, hatte Annie den Eindruck, dass er strammstand wie beim Militär.

Helmi bedeutete ihm mit einer aufgebrachten Handbewegung, den Mund zu halten. Es sah aus, als würde sie eine Fliege oder Bremse verscheuchen.

»Nein, zum Teufel, das meinte ich nicht, Mama. Ich will eine Antwort darauf, warum du Esko dein gesamtes Erbe abgetreten hast.«

Jetzt sprang Valo vom Sofa auf. Er hatte die ganze Zeit schweigend neben Helmi gesessen. Doch jetzt ergriff er das Wort.

»Aber das hat sie doch gar nicht getan. Drehst du jetzt völlig durch, oder was? Er hat sie ausgezahlt! Das kapier ja selbst ich!«

»Aber der Marktwert! Denk mal daran. Selbst wenn man nicht ganz so viel dafür gekriegt hätte, hätte es trotzdem ziemlich in der Kasse geklingelt.«

Sie kamen nicht weiter. Mäkilä hatte zwar bestimmt erwartet, dass es während der Testamentseröffnung zu der einen oder anderen Gefühlsäußerung kommen würde, doch er hatte sich ganz sicher nicht vorstellen können, wie heftig sie ausfallen würden. All die Geschwister der Familie Toimi trugen so viele Aggressionen in sich.

Keiner von ihnen schien sich daran zu erinnern, dass sie ihren Vater gerade erst durch ein schreckliches Unglück verloren hatten. Sicher war Pentti Toimi niemand gewesen, den man nicht uneingeschränkt lieben konnte, aber es handelte sich doch immerhin um ihren Vater.

*

Siri sagte nichts mehr. Sie saß schweigend im Lehnstuhl und schaute hinunter auf ihre Hände. Onni, Arto, Lahja und Tarmo waren in Kuivaniemi geblieben. Besser gesagt, Lahja war in der Bibliothek bei ihrem Ferienjob, und Tarmo passte zu Hause auf seine beiden jüngeren Brüder auf. Nur die älteren Kinder waren mitgekommen, und die meisten von ihnen beteiligten sich an der Diskussion. Na ja, als richtige Diskussion konnte man es nicht unbedingt bezeichnen, es war eher ein endloses Lamentieren.

Siri hörte ihre Kinder streiten, doch sie vernahm ihre Stimmen wie aus weiter Ferne.

Aber die Wut und Trauer in ihren Gesichtern sah sie deutlich.

All diese Menschen. Jetzt waren sie erwachsen. All ihre mündigen (noch lebenden) Kinder saßen hier zusammen. Siri musste an den jungen Mann denken, der Pentti einmal gewesen war. Und an sein Schweigen, das so typisch für ihn war.

Hatte er all die Worte, die er in diesem Brief niedergeschrieben hatte, tatsächlich in sich gehabt? Derlei Dinge hatte er ihr zu Lebzeiten nie gesagt. Hätte es irgendwas verändert? Wahrscheinlich schon.

Aber sie glaubte trotzdem nicht, dass er sie als Frau wahrgenommen hatte. Glaubte nicht, dass er sie wirklich gesehen oder geliebt hatte. Erst jetzt war sie fähig, um den Mann zu trauern, den sie einmal geheiratet hatte und der jetzt nicht mehr da war. Doch er war schon lange vorher gegangen, hatte sich in ein Wesen verwandelt, das man unmöglich lieben konnte.

Siri vermisste Pentti nicht. Seit der Scheidung hatte sie ihn nicht einen einzigen Tag vermisst. Aber in ihr hatte sich etwas anderes geregt, der Wunsch nach einem würdigen Abschluss. Doch auch dieses Gefühl hatte nicht lange gewährt und sich schon kurz darauf wieder verflüchtigt. Wenn sie an Gespenster geglaubt hätte, hätte sie es vielleicht so empfunden, dass ein Gespenst durch den Raum gegangen wäre. Doch schon kurz darauf war alles wieder so gewesen wie immer.

Ihre Gedanken wanderten zu Elina. Dass ein Kind stirbt, dass *eines* der eigenen Kinder stirbt, kann durchaus vorkommen. Aber wenn auch noch das zweite stirbt, geschieht etwas mit einem. So war es jedenfalls bei Siri gewesen.

Gegen die Trauer um Riiko hatte sie sich nicht mehr wehren können. Diese hatte sie so lange außer Gefecht gesetzt, dass ihr Blick eigentlich erst jetzt wieder frei geworden war. Als wäre sie damals bei seinem Tod abgetaucht und nach all den Jahren erst jetzt wieder an die Oberfläche gelangt.

Doch der Gedanke an Riiko war noch immer der erste, mit dem sie morgens aufwachte, und der letzte, bevor sie abends einschlief.

An Elina, dieses willensstarke Mädchen mit den Korkenzieherlocken, die immer nur getan hatte, was ihr gerade in den Sinn kam, dachte Siri eigentlich nie. Doch, an zwei Tagen im Jahr: an Elinas Geburtstag und an dem Tag ihres Verschwindens. Pentti hingegen hatte sein Leben lang mit Siris Vorwürfen, nämlich für den Tod der Tochter verantwortlich zu sein, leben müssen.

Und das stimmte, sie hatte es ihm vorgeworfen. Doch wenn sie genauer darüber nachdachte, fiel ihr auf, dass sie ihm schon seit vielen Jahren keine Vorwürfe mehr machte. Tief in ihrem Inneren hatte sie ihm längst verziehen, sie hatte nur vergessen, es ihm mitzuteilen. Dieses kleine Detail.

Ja, das Mädchen war mit Pentti unterwegs gewesen. Sie waren mit Skiern in den Wald hinausgezogen, um einen Weihnachtsbaum zu schlagen. Nur Pentti und Elina, während Siri mit Riiko und Esko zu Hause geblieben war. Draußen im Wald waren die beiden dann in Streit geraten, was bei Elina häufig vorkam, denn das eigensinnige, willensstarke Kind hatte nie auf seine Eltern gehört oder ihre Anweisungen befolgt. Und als Elina auf Skiern davongefahren war, hatte Pentti ihr nicht nachgesetzt.

Sie waren nicht besonders weit von zu Hause entfernt gewesen, vielleicht nur ein oder zwei Kilometer, und sein Stolz hatte ihn daran gehindert, dem Kind zu folgen. Stattdessen hatte er die Tanne gefällt, die ihm am besten gefiel, und nicht den Baum, den Elina unbedingt hatte haben wollen, und anschließend war er allein wieder nach Hause gefahren.

»Ich dachte, dass sie schon längst wieder zu Hause wäre«, hatte er immer wieder aufs Neue gesagt, als sich herausstellte, dass sie mitnichten zu Hause und auch sonst nirgends aufzufinden war.

Die ganze Nacht lang hatte er nach ihr gesucht, und die ganze Nacht lang war Siri wach geblieben und im Haus auf und ab gegangen, immer wieder zwischen den Bäumen hindurch Ausschau haltend. Als Pentti schließlich in der Morgendämmerung nach Hause zurückgekehrt war (Siri war offenbar im Sessel eingedöst, denn sie hatte anfänglich nicht gewusst, wo sie war) und sie das kleine Bündel in seinen Armen erblickte, war sie sicher gewesen, dass das Kind tot war. Sie hatte seine Worte kaum gehört und nicht verstanden, warum er das tote Kind unbedingt in warme Decken einhüllen wollte. Nein, es hatte mehrere Minuten gedauert, bevor sie begriffen hatte, dass ihr Kind noch lebte, wenn auch stark unterkühlt. Aber sie hatte Elina lebend zurückbekommen.

Es war ein stilles Weihnachten gewesen, und Pentti war gleich am nächsten Tag noch einmal losgezogen und hatte im Wald die riesige Tanne gefällt, den Auslöser für den Streit, den Grund für Elinas Verschwinden. Und obwohl sie das halbe Wohnzimmer ausfüllte und ihre Spitze die Decke streifte, hatten Siri und Pentti diese Tanne mit Weihnachtsengeln und Pfefferkuchen geschmückt. Denn Elina war krank. Sie war schon länger erkältet gewesen, und die Nacht im Wald hatte ihren Zustand nicht gerade verbessert. Am Weihnachtsmorgen hustete sie schließlich so stark, dass sie ihren Milchreis wieder erbrach.

Am Silvestertag hatte Pentti den Arzt gerufen, der eine Lungenentzündung diagnostizierte, gegen die man nur wenig tun konnte. Sie konnten nur beten und hoffen, dass diese bald wieder abklingen würde.

Doch das tat sie nicht, und am Nachmittag des 1. Januar 1952 war Elina schließlich gestorben. Sie hatte ununterbrochen gehustet, bis sie am Ende aufhörte zu husten. Esko war gerade erst geboren worden und nur wenige Monate alt, doch er war untröstlich gewesen und hatte nicht schlafen können. Natürlich konnte er nicht wissen, was passiert war, doch möglicherweise hatte er es dennoch gespürt, denn er ließ sich wirklich mit nichts trösten. Riiko hingegen schien gar nicht registriert zu haben, was geschehen war.

Sie legten Elina draußen in den kalten Schuppen. Dort musste ihre Leiche so lange liegen bleiben, bis man sie beerdigen konnte. Bis der Frost aus dem Boden gewichen war. Und jedes Mal wenn sie Brennholz oder etwas anderes aus dem Schuppen benötigten, musste Pentti hinausgehen, denn Siri setzte keinen Fuß hinein.

Jetzt im Nachhinein wurde ihr klar, dass Pentti am meisten um das Mädchen getrauert hatte. Und nicht sie selbst, wie sie immer angenommen hatte. Nein, es war, als hätte jeder von ihnen ein Kind verloren: er Elina, sie Riiko.

Irgendwann waren die Diskussionen, die gegenwärtig im Raum geführt wurden und die Siri nur entfernt wahrnahm, ausgeartet, und Esko und Voitto waren handgreiflich geworden. Die anderen Geschwister versuchten, die beiden Raufbolde voneinander zu lösen, allerdings nur mit mäßigem Erfolg. Siri musste mit ansehen, wie Voitto auf seinem älteren Bruder hockte und ihm ein ums andere Mal die Faust ins Gesicht rammte, während sich Lauri und Tatu nach Kräften bemühten, ihn von Esko wegzuziehen. Doch Voitto war stark und entschlossen. Schließlich musste die Polizei gerufen werden, und Kommissar Sotilainen musste der Familie Toimi ein weiteres Mal zu Hilfe eilen.

*

Am Ende musste keiner der beiden Streithähne hinter Gitter, denn sie hatten schließlich doch voneinander abgelassen, aber Kommissar Sotilainen bot Voitto sicherheitshalber an, ihn im Auto nach Aapajärvi mitzunehmen. Ein Angebot, zu dessen Annahme Voitto allerdings verpflichtet wurde. Valo, der sich im Konflikt auf Voittos Seite geschlagen hatte, wollte ihn unbedingt begleiten. Und wer von den anderen sollte schon etwas dagegen haben? Valo war jetzt so gut wie erwachsen und frei, zu tun und zu lassen, was er wollte.

Helmi stürmte aus dem Raum, noch immer stinksauer, und Annie beschlich das ungute Gefühl, dass sie beide heute womöglich zum allerletzten Mal miteinander geredet hatten. Doch dann kam ihr der Gedanke, dass Helmis Verhalten vielleicht nur durch die Konfrontation mit dem Tod ausgelöst worden war und deswegen die Gefühle mit ihr durchgegangen waren.

Tatu brachte Annie, Lauri und Siri nach Hause, während Hirvo gemeinsam mit Esko zurück zur Baustelle fuhr.

Im Auto schwiegen sie. Annie musste an ihren Vater denken und daran, dass es ihm bestimmt große Genugtuung verschafft hätte mitzuerleben, wie sein Brief, sein Testament, genau den Effekt gehabt hatte, den er sich gewünscht und den er vorhergesehen hatte.

DAS VERBRECHEN EINES ZEHNJÄHRIGEN

Jetzt ist definitiv etwas passiert, das wird nun auch für gewisse andere Familienmitglieder ersichtlich. Ein Feuer ist ein einschneidendes Ereignis, das sich auch auf die Umgebung auswirkt. Was für ein Feuer es auch immer ist.

Irgendetwas stimmte nicht. Das spürte Annie. Sie wurde das Gefühl einfach nicht los. Nach der aus dem Ruder gelaufenen Testamentseröffnung hatte zu Hause das reinste Chaos geherrscht. Sie hatte noch nicht die nötige Ruhe gefunden, um ihrem Gefühl auf den Grund gehen zu können, spürte jedoch, dass unmittelbar unter der Oberfläche ihres Bewusstseins irgendwas lauerte und sie daran erinnerte, dass etwas nicht mit rechten Dingen zuging.

Von der Vertrautheit, die sich normalerweise einstellte, wenn der Rattenkönig vereint war, war nichts mehr zu spüren. Jetzt wirkte es eher, als liefen alle Geschwister wie aufgescheuchte Hühner durcheinander. Der einzige gemeinsame Nenner bestand darin, dass keiner mehr etwas mit den anderen zu tun haben wollte.

Ausgenommen Annie. Sie hatte erneut versucht, mit Arto zu sprechen, doch das war nicht ganz leicht gewesen. Man darf nicht vergessen, dass er noch ein Kind war, noch dazu ein recht kleines, und dass kleine Kinder oftmals nicht die Wahrheit sagen, wenn sie unter Druck stehen. Selbst dann nicht, wenn sie es nicht tun, weil sie eben nun mal Kinder sind.

Arto hatte schließlich zugegeben, dass er irgendwen, von dem er annahm, dass es Valo war, mit jemandem hatte sprechen hören, von dem er annahm, dass es Hirvo war. Das glaubte er zumindest. Aber er war sich nicht ganz sicher. Etwas später sagte er dann noch, dass die beiden höchstwahrscheinlich über Voitto gesprochen hätten.

»Und sie haben über Valos Schuhe gesprochen.«

»Über seine Schuhe?«

Arto nickte.

»Ja, dass Schnee drauf gewesen ist.«

»Schnee? Bist du dir da sicher?«

Arto zuckte mit den Achseln. Offenbar fand er, dass es jetzt reichte, und danach bekam Annie nicht mehr viel aus ihm heraus. Sie sah sich stattdessen gezwungen, mit Valo zu sprechen, um diese Angelegenheit zu klären. Doch mit Valo zu sprechen, war keine leichte Aufgabe, denn er schien plötzlich schwer beschäftigt zu sein, und sie konnte ihn nirgends finden. Irgendwer, vielleicht war es Lahja, meinte, dass er Esko auf der Baustelle half.

»Was für 'n Blödsinn«, sagte Tatu. »Dieser miesen Ratte hilft doch kein Schwein.«

Seine Worte blieben gezwungenermaßen in der Luft hängen, in der flimmernd heißen Nachmittagsluft.

*

Ein Feuer zu legen, ist eine sinnliche Erfahrung, weil nahezu alle Sinne erforderlich sind, damit es gelingt oder, wie man so schön sagt, damit es lichterloh brennt.

Man braucht seine Augen, um das Flackern der Flamme zu beobachten. Man braucht seine Ohren, um das Prasseln richtig einzuschätzen.

Man braucht seine Nase, um den unverkennbaren Geruch zu identifizieren. Und schließlich braucht man, und das ist fast das Wichtigste, ein gewisses *Je ne sais quoi*. Wenn man dieses gewisse Etwas nicht von Natur aus besitzt, kann man es sich unmöglich aneignen. Denn in den Prozess des Feuerlegens fließt etwas ein, das sich nur schwer benennen lässt und das manche als etwas Göttliches oder Beseeltes bezeichnen würden.

Jedenfalls benötigt man eine besondere Fähigkeit, um die Zeichen eines aufflackernden Feuers zu erkennen und um abzuschätzen, wann es dabei ist zu entflammen oder zu erlöschen. Eine Erfahrung, die man nur durch wiederholtes Training und ausgeprägtes Interesse am Feuer gewinnt.

Schon die allerersten Menschen auf der Welt kamen sich mit ihrer neu erworbenen Fähigkeit unbesiegbar vor wie auch die Menschen nach ihnen zu allen Zeiten. Und auch heute noch ergeht es ihnen so, wenn sie Macht über das Feuer gewinnen.

Selbst in unserer heutigen Welt gibt es Menschen, die sich zum Zündeln hingezogen fühlen oder, besser gesagt, sich berufen fühlen, die elegante Tradition des Feuerlegens weiterzuführen. Damit stoßen sie in der Gesellschaft allerdings oft auf Unverständnis und werden eher als gestörte Individuen angesehen. Man erfindet Schimpf- und Schmähworte für sie wie Pyromane, Feuerteufel und dergleichen.

Doch das macht den Zündlern nichts weiter aus. Sie scheren sich nicht um die verurteilenden Blicke der Gesellschaft, weil ihr Trieb, Feuer zu legen, stärker ist als die Angst davor, geächtet oder für ihre Handlungen verurteilt zu werden.

Selbst wenn die Kriminalität in einem Ort mit sozialem Wohlstand oder starker Polizeipräsenz sinkt, sinkt die Anzahl der gelegten Brände noch lange nicht. Deren Anzahl wird nicht von Faktoren wie Wohlstand oder sozialer Kontrolle beeinflusst, sondern beruht stattdessen auf etwas völlig anderem, nämlich auf einer Art innerem Ruf. Wenn das Feuer ruft, antwortet man.

Ein Holzgebäude in Brand zu setzen, ist schwieriger, als man glaubt. Insbesondere mitten im eiskalten Winter. Doch auch im Herbst oder Frühjahr und sogar im Sommer kann es schwierig sein. Wenn man es noch dazu aus dem einen oder anderen Grund (zum Beispiel versicherungstechnischer Art) aussehen lassen will, als sei das Feuer an einer ganz bestimmten Stelle ausgebrochen, so erfordert dies genaueste Planung.

Die Stelle, an der ein Feuer ausbricht, wird heißer als die übrige Brandstelle. Und wenn man es so aussehen lassen will, als wäre ein Mensch darin umgekommen, weil er im Bett geraucht hat, muss man das Feuer folgerichtig neben dem Bett entfachen. Wie lange man es schüren muss, lässt sich schwer sagen, doch wenn man den Eindruck erwecken will, dass es unbeabsichtigt ausgebrochen ist und eben nicht gelegt wurde, braucht es etwas Zeit.

*

Annie lag auf dem Sofa und spürte, wie sich ihr Bauch anspannte, was in der letzten Zeit immer öfter vorkam. Dann wurde er hart wie eine Kugel, und das Kind lag ganz still. Diese Muskelkontraktionen hielten nicht besonders lange an und traten auch nur tagsüber auf. Sie taten nicht weh, und wenn sich die Muskeln wieder entspannten, bewegte sich das Kind auch wieder ungehindert und scheinbar völlig unbeeindruckt davon.

Auf einmal hörte sie draußen vor dem Fenster ein Auto aufs Grundstück einbiegen. Sie war allein zu Hause, die anderen waren zum Baden gefahren und Siri zum Einkaufen geradelt.

Annie trat auf die Veranda. Draußen vor dem Haus hielt ein blauer Volvo, aus dem ein Mann stieg, den Annie bislang nur ein einziges Mal zuvor gesehen hatte. Es war am Abend von Penttis Beerdigung gewesen. Sie hatte ihn begrüßt, aber sonst nicht weiter mit ihm gesprochen.

Er blieb vor dem Haus stehen und lächelte sie an.

»Erinnern Sie sich noch an mich? Ich bin Mika.«

Seine Stimme klang sanft und melodisch und ließ einen gewissen Akzent erahnen.

Annie nickte.

»Sie ist mit dem Fahrrad zum Einkaufen.«

Mika schien sich mit dieser Information zu begnügen und ließ sich auf der Vortreppe nieder, um, wie es schien, auf Siri zu warten.

Annie wusste nicht recht, was sie tun sollte, deshalb blieb sie auf der obersten Treppenstufe stehen. Dann sagte sie: »Entschuldigen Sie, wenn ich frage, aber in welchem Verhältnis stehen Sie eigentlich zu meiner Mutter?«

Die Frage schien ihn zu verwirren.

»In welcher Beziehung stehen Sie beide zueinander?«

»Oh, hat sie das nicht gesagt?« Jetzt lächelte er wieder. »Dann steht es mir wohl nicht zu, es zu verraten.«

»Was zu verraten?«

Mika lächelte sie an, noch immer sanft, während er sie beäugte, und schließlich schien er sich entschieden zu haben.

»Wir sind verlobt, Siri und ich.«

*

Er schlich sich im Schutz der Dunkelheit an, wohl wissend, dass der Mülleimer eine Weile brennen müsste, um im Zuge der nachfolgenden Ermittlungen als Brandherd identifiziert zu werden.

Denn polizeiliche Ermittlungen würde es ganz sicher geben.

Um diese Zeit, im Schutz der Nacht, schliefen die meisten Familienmitglieder schon, wenn auch nicht alle. Hoffentlich würde der Abfall stark genug brennen, bevor er sich in die Ecken des Gebäudes schleichen und dort ebenfalls Feuer legen könnte.

Es war ein wirklich schönes Feuer. Sowohl vom Anblick als auch vom Klang her. Für manche Menschen gibt es nichts Schöneres als das einzigartige Geräusch eines lebhaft prasselnden Feuers. Eine perfekte Mischung aus hohen und tiefen Tönen verbunden mit einem rhythmischen Knistern, in das vereinzelte Fanfaren eingewoben waren. Die kamen von den Astlöchern, wie er aus vorherigen Experimenten gelernt hatte. Es klang einfach wunderbar, und es war, als hörte man im Holz das Pulsieren des Lebens.

Er hatte noch nie zuvor ein derart großes Feuer gelegt. Noch nie zuvor überhaupt in dieser Art und Weise Feuer gelegt. Er war nervös, doch er wusste (oder glaubte zumindest), dass er diese Aufgabe würde bewältigen können. Sie hatten ihm gesagt, dass es eine Aufgabe sei, die er bewältigen könne. Und dass sie ihm genau erklären würden, wie er vorgehen sollte. Und sie hatten ihm geholfen. Ihm das eine oder andere eingebläut.

Wie zum Beispiel diese Sache mit dem Brandherd. Etwas, das er beim Feuermachen auf dem Hof selbst schon beobachtet, über das er aber nie weiter nachgedacht hatte.

Schließlich kann man nicht voraussetzen, dass ein Kind alles weiß. Er hatte im Inneren des Gebäudes alles vorbereitet und entlang der Fußleisten gewissenhaft Benzin versprüht oder, besser gesagt, dort, wo bei einer sorgfältigeren Bauweise die Fußleisten verlaufen wären.

Als er damit fertig war, hatte er an der Außenseite weitergemacht. Anschließend war er hineingegangen und hatte den Inhalt des Mülleimers angezündet, in dem immer irgendwelche ölverschmierten leicht entzündlichen Lappen lagen, die sofort Feuer fingen.

Dann stellte er sich draußen hin und wartete. Von drinnen hörte er das heimelige Prasseln des Feuers. Als es stark genug brannte und die Flammen über den Rand des Mülleimers emporragten, schlich er langsam ums Gebäude herum, einen langen Holzspan in der Hand haltend (der perfekt als kleine Fackel oder großes Streichholz diente, weil er gut und langsam brannte), und strich damit sachte über die Außenwände. Das Feuer breitete sich aus, und er konnte sich höchst zufrieden wieder ins Wohnhaus zurückstehlen. Im Flur streifte er seine schneebedeckten Schuhe ab, bevor er die Treppe hinaufschlich und neben seinen schlafenden Geschwistern ins Bett kroch.

Von draußen war nichts zu hören, doch sein Zimmer lag auch auf der entgegengesetzten Seite des Hauses.

Es gelang ihm sogar einzuschlafen, doch ungefähr anderthalb Stunden später wurde er jäh geweckt. Er wusste nicht mehr genau, wer von seinen Geschwistern es war, jedenfalls rief irgendwer aufgeregt: »Es brennt! Es brennt!«

Herrajumala! Großer Gott!

Die ganze Familie versammelte sich draußen auf dem Hofplatz (im Schlafanzug, obwohl es Januar war) und starrte auf die brennende Garage, die den dunklen Himmel erleuchtete wie ein Mittsommerfeuer und zudem eine starke Hitze abstrahlte.

Die Feuerwehr wurde gerufen und kam mit Sirene und Blaulicht angefahren. Das Ganze war enorm spannend, und in dieser Nacht machte kaum jemand mehr ein Auge zu.

Wie hatte das nur passieren können? Alle redeten aufgeregt durcheinander, schüttelten die Köpfe und zuckten hilflos mit den Schultern.

Auf einmal sah Valo durch die lichterloh brennende Bretterwand hindurch, wie sich in der Garage etwas bewegte. Bestimmt waren es nur die Rauchschwaden von irgendeiner Chemikalie, redete er sich ein. Eine Sprühdose, die Feuer gefangen hatte und jetzt qualmte. Siri sah es ebenfalls und stürzte durch die Tür hinein, noch bevor Pentti oder einer der Feuerwehrleute sie stoppen konnte. Kurz darauf war ein Krachen zu hören, und er sah, wie die Mutter seinen Bruder Tatu durch den dichten Rauch und die emporsteigenden Flammen hinausschleifte. Seine Kleidung war völlig versengt, und er war bewusstlos. Valo verspürte ein Ziehen im Unterleib. Klar, dass dieser Idiot da drinnen gewesen war. Warum hatte er selbst nicht genauer nachgeschaut? Schließlich stand Tatus Auto dort, und praktisch gesehen war es Tatus private Garage. Valo sah, wie Siri weinend die Arme um Tatus leblosen Körper schlang. Natürlich musste er sofort ins Krankenhaus gebracht werden. Aber trotzdem, ist es etwa normal, dass man schon mit fünfzehn ein eigenes Auto besitzt? Verdammte Scheiße auch. Es war zwar nur ein fahruntüchtiger alter Lada, wie Pentti gemeint hatte, und auch nicht besonders viel wert, aber offenbar war Tatu trotzdem nicht bereit gewesen, sich davon zu trennen.

Valo beschloss, keine Schuldgefühle für das zu empfinden, was er getan hatte. Natürlich war er derjenige gewesen, der diesen verfluchten alten Schuppen abgefackelt hatte. Doch schließlich war es nicht seine Idee gewesen, und er hatte es auch nicht ganz allein getan. Und außerdem war ja keiner hops gegangen. Eigentlich war nur diese verfluchte Schrottkiste verbrannt und die Garage ebenfalls, aber mit etwas Glück bekäme man dafür ein paar Kröten von der Versicherung zurück.

Doch daran dachte Valo in diesem Moment nicht. Zu diesem Zeitpunkt war er gerade mal zehn Jahre alt. Aber gewissen anderen, älteren Familienmitgliedern gingen derlei Gedanken in dieser Nacht durchaus durch den Kopf.

Nein, Valo schämte sich nicht, im Gegenteil, er war sogar stolz. Außerdem fand er, dass es diesem eingebildeten Arschloch ganz recht geschah. Sein blöder Lada brauchte sowieso viel zu viel Platz in der Garage, und Tatu nahm sie mit seinem Herumwerkeln Tag und Nacht in Beschlag. Valo hatte nichts für Buckel übrig, und obwohl er seinem Bruder natürlich nicht den Tod wünschte, fand er dennoch, dass er gewissermaßen selbst schuld war. Jedenfalls hatte er kein Mitleid mit ihm.

Man muss nicht unbedingt an Astrologie glauben, um nachvollziehen zu können, dass alle Menschen in irgendeiner Verbindung mit den vier Elementen stehen. Oder sich zu einem davon besonders hingezogen fühlen. Alle Menschen, oder zumindest die allermeisten, werden von einem Element dominiert. Das muss nicht unbedingt etwas zu bedeuten haben, aber es *kann* durchaus etwas bedeuten.

Artos Element war zum Beispiel ganz offenkundig das Wasser. Ihn zog es regelrecht zum Wasser hin, während er zugleich höllischen Respekt davor hatte. Man könnte behaupten, dass ihn das Wasser bestrafte und zugleich tröstete. In gewisser Weise gilt dies für alle Menschen. Somit trugen auch alle Geschwister der Familie Toimi sowie ihre Eltern ein dominierendes Element in sich.

Siris Element war, ganz eindeutig, Luft.

Und Penttis Element war das Feuer gewesen. Sein heiliger Zorn war schon immer dem feurigen Element entsprungen. Nicht zu vergessen die Art und Weise, wie er starb!

Auch Valos Element war das Feuer. Er war kein temperamentvoller Junge oder, besser gesagt, junger Mann. Nein, ganz im Gegenteil, er war eher wortkarg. Doch ihn zog es zum Feuer wie einen Nachtfalter zum Licht. Und in derselben Art und Weise, wie das Feuer Besitz von ihm ergriff, wollte er selbst das Feuer besitzen und Macht darüber ausüben. Er hatte schon als Vierjähriger angefangen, mit Streichhölzern zu spielen, und hätte damals, Ende der Sechzigerjahre, fast sein Elternhaus in Brand gesteckt. Auf Valo musste man immer ein Auge haben, gerade weil er so unauffällig und still war. Er unterschied sich stark von manch anderen Kindern, die laut schreiend nach Aufmerksamkeit verlangen und ihren Platz in der Welt einfordern. Nein, Valo bewegte sich gewissermaßen immer unter dem Radar, hatte es schon immer getan. Er suchte sich ständig irgendwelche Beschäftigungen, die ihn völlig in Anspruch nahmen, und man konnte nur hoffen, dass diese relativ ungefährlich waren und weder ihn noch irgendwelche Menschen in seiner Nähe das Leben kosten würden.

*

Annie kochte Kaffee und bot dem betagten Verlobten einen Becher an. Sie setzten sich ans Kopfende des langen Esstisches.

»Lange dauert es nicht mehr, oder?«, meinte Mika und deutete mit einem Nicken auf ihren Bauch.

»Nein, ist schon bald so weit.«

»Ihr erstes Kind?«

Annie seufzte. Sie betrachtete den Tischläufer, der wie eine viel zu niedrige Mauer zwischen ihnen lag. Dabei musste sie zwangsläufig an ganz andere Mauern denken, trennende. Unsichtbare Mauern, die dafür sorgen, dass alle Menschen ihr Leben nebeneinanderher führen, wie kleine Inseln im Meer, ohne je Einblick in die Seelen ihrer Mitmenschen zu bekommen. Wie sie feststellen musste, kannte sie noch nicht mal ihre eigene Mutter. Erdreistete sich dieser Kerl, der ihr gegenübersaß, etwa gerade zu behaupten, dass er sie kannte? Und das schon nach so kurzer Zeit?

»Ich verstehe ja, dass Sie nur höflich sein wollen. Und Sie sind bestimmt auch ein sehr netter Mensch. Vielleicht sogar etwas zu nett.«

Sie versuchte, sich ihre Mutter zusammen mit diesem Mann vorzustellen. Er war ganz anders als ... ja, eigentlich anders als alles andere in Siris Leben. Ganz anders als Pentti. Ja genau, vor allem das.

»Mein Vater ist gerade gestorben. Unser Vater. Und wir haben noch ein paar, wie soll ich es sagen ... Dinge zu klären. Deshalb glaube ich, dass es das Beste wäre, wenn Sie sich ein wenig zurückhalten würden.«

Mika trank schweigend seinen Kaffee aus. Er schaute sie mit seinen freundlichen Augen an. Doch sein Blick hatte keine beruhigende Wirkung auf sie. Im Gegenteil, er irritierte sie zunehmend. Annie wollte sein Mitleid nicht. Sie wollte vielmehr, dass alles wieder so wäre wie immer. Am liebsten wäre sie jetzt sowieso tausend Kilometer entfernt von hier gewesen, um sich diesem ganzen Chaos zu entziehen.

»Schließlich kenne ich Sie gar nicht, und auch wenn Sie sagen, dass Sie vorhaben, meine Mutter zu heiraten, finde ich, dass etwas mehr Respekt angebracht wäre. Lassen Sie uns doch bitte mit unserer Trauer allein.«

Mika stand auf und schob seinen Stuhl zurück an den Tisch. Dann trug er seinen Kaffeebecher in die Küche und stellte ihn in die Spüle. Er schien sich bereits wie zu Hause zu fühlen. Bestimmt hatte er schon mehr Zeit in diesem Haus verbracht als sie selbst, ging es ihr durch den Kopf.

»Ja, ich verstehe. Siri hatte nur so unberührt gewirkt. Und ich habe einfach vergessen, daran zu denken, dass ihre Kinder ja auch noch da sind oder, besser gesagt, dass sie ihren Vater verloren haben.«

Dann nickte er ihr zu und ging zur Haustür. Im Türrahmen drehte er sich noch einmal um.

»Als meine Frau starb, war meine Tochter übrigens furchtbar wütend. Was letztlich nur natürlich ist. Eine ganz normale Trauerreaktion.«

Für wen hielt er sich eigentlich? Lehnte einfach dort am Türrahmen und meinte, Antworten parat zu haben. Annie ballte die Hände zu Fäusten, und ihre Fingernägel gruben sich in die Handflächen. Wenn ich noch ein einziges Mal diese Visage vor mir sehe, vergesse ich mich.

Mika stand noch immer dort und schaute sie lange an, bis er endlich nach draußen verschwand. Sie hörte, wie er seinen Wagen startete und wegfuhr. Das Motorengeräusch wurde allmählich leiser, bis es schließlich ganz verschwand.

*

Als das Haus sechseinhalb Jahre später abbrannte, war es Sommer.

Es geschah ebenfalls nachts, aber in einer hellen, warmen Nacht.

Valo hatte Voitto gefragt, wer diesmal Feuer gelegt habe, doch Voitto hatte nur mit den Achseln gezuckt und geantwortet, dass nicht jedes Feuer gleich mit einer Verschwörung zusammenhängen müsse. Damit war das Thema für ihn beendet. Valo hatte mehrfach nachgehakt, aber nichts weiter aus ihm herausgekriegt.

Voitto hatte einfach dichtgemacht, und Valo war der Überzeugung, dass sich sein Bruder verändert hatte. Er war ganz und gar nicht mehr der Bruder, den er in Erinnerung hatte. Früher hatten sie immer zusammengehalten, sie beide gegen den Rest der Welt oder, besser gesagt, gegen die restliche Familie. Doch jetzt fühlte er sich ziemlich einsam. Allmählich kam ihm allerdings der leise Verdacht, dass es nicht Voitto war, der sich verändert hatte, sondern er selbst.

Valo begriff rasch, dass der Brand auch Annie keine Ruhe ließ. Sie hatte offenbar ebenfalls das Gefühl, dass irgendetwas nicht stimmte, dass irgendwas faul war. Dennoch versuchte er, sich damit abzufinden, dass es wahrscheinlich ein Unfall gewesen war. Dass alles nur Einbildung wäre und die starken Gefühle, die der Hausbrand in ihm hervorgerufen hatte, mit dem Garagenbrand von damals zusammenhingen. Nicht alle Brände sind gelegte Brände. Vielleicht war er aber auch deshalb so aufgewühlt, weil der Pakt, den Voitto und er damals geschlossen hatten, ganz offensichtlich nicht mehr bestand. Jetzt wusste Valo nicht mehr, was er denken sollte, weil es ihm niemand sagte. Aber er hatte keinerlei Interesse daran, stattdessen einen Pakt mit seiner großen Schwester zu schließen. Seine ältere Schwester, die sich für etwas Besseres hielt als er, als alle anderen. Was hatte sie eigentlich überhaupt in Schweden zu suchen? In der Großstadt? Für wen zum Teufel hielt sie sich eigentlich?

In jeder Familie bilden sich Allianzen zwischen den Geschwistern. Zeitweilige oder auch dauerhafte, wie im Fall von Lahja und Tarmo. Ihre Verbindung war so innig, dass man die anderen Geschwister im Vergleich zu ihnen beiden kaum als Geschwister ansehen konnte, eher als eine Art Cousinen und Cousins oder gar noch entferntere Verwandte.

Valo hatte immer zu seinen älteren Brüdern aufgeschaut, doch im Lauf der Zeit hatte ihn einer nach dem anderen enttäuscht. Sie entsprachen einfach nicht seiner Auffassung davon, wie ein Mann zu sein hatte.

Im Alter von zehn Jahren, zum Zeitpunkt des Garagenbrandes, war schließlich nur noch einer seiner Brüder übrig geblieben, der bei ihm nicht in Ungnade gefallen war, nämlich Voitto.

Voitto hatte damals schon nicht mehr zu Hause gewohnt, sondern an einem geheimen Ort (für Valo war er jedenfalls geheim, weil unbekannt), an dem er gerade seine Ausbildung in der Spezialeinheit abschloss.

Die Tatsache, dass sein Bruder als Einziger in der Familie Toimi eine militärische Laufbahn eingeschlagen hatte, beeindruckte Valo tief.

Genauso wie Voitto und Pentti hatte auch Valo vor, sein Vaterland zu verteidigen, wenn er alt genug dafür wäre. Er schaute mit Wehmut zurück auf die großen Kriege, in denen sein Vater damals als junger Mann gekämpft hatte, und fragte sich, ob er selbst je etwas so Großartiges würde erleben dürfen.

Seine anderen Brüder, diese Memmen, interessierten sich hingegen nur für sich selbst. Einige von ihnen hatten noch nicht einmal den Begriff Memme verdient. Valo wollte diesen Gedanken lieber nicht zu Ende denken, denn allein schon ihre Art war ihm absolut zuwider, ihre krankhafte Gier.

Doch der Bruder, den er am meisten hasste, war Buckel. Buckel, ebenfalls ein Kind des Feuers mit einer stark leuchtenden Flamme, verkörperte das komplette Gegenteil von Valo. Tatu hatte sich zum Beispiel noch nie um sein Aussehen geschert.

Valo hingegen war ein hübsches Kind gewesen.

Ganz objektiv betrachtet. Die meisten Babys sind hässlich wie nur was, Valo jedoch nicht.

Er kam bereits als hübsches Baby zur Welt. Formvollendet. Das sagte man ihm jedenfalls schon von klein auf immer wieder, und möglicherweise förderte es auch seine Neigung, sich oft im Spiegel anzuschauen. Dies konnte er stundenlang tun, doch vielleicht hätte er es auch getan, wenn die Leute ihm nicht so viele Komplimente gemacht hätten. Im Geiste sah er schon all die jungen Mädchen und Frauen vor sich, die ihn bewundern und lieben würden, und auch alle Jungen und Männer, die unbedingt so aussehen wollten wie er.

Zugegebenermaßen kann die Pubertät selbst dem hübschesten Kind hart zusetzen, doch Valo setzte sie keineswegs zu. Er sparte Geld in einer Blechdose, die er unter einer losen Bodendiele neben seinem Bett versteckte. Mittlerweile hatte er schon eine Menge zusammen, Geld, von dem er sich operieren lassen würde.

Valo reichte es nicht aus, einfach nur hübsch zu sein, so hübsch, wie er war. Er wollte noch hübscher werden, der Hübscheste von allen. Und er war fest davon überzeugt, dass er eines Tages, wenn er in den Spiegel schaute, die Gewissheit erhalten würde, nichts mehr an sich ändern zu müssen, wenn er es nur selbst in die Hand nehmen und sein Äußeres aufbessern würde. Er war noch zu jung, um zu begreifen, dass völlig andere Maßnahmen als der Eingriff mit dem Messer erforderlich wären, damit er sein Spiegelbild so akzeptierte, wie es war. Manche Menschen begreifen nie, dass das Aussehen zweitrangig ist, zumal Schönheit ohnehin ganz im Auge des Betrachters liegt und stattdessen vielmehr der eigene Charakter zählt. Valo hatte es zumindest nicht begriffen. Deshalb hatte er all diese Stunden vor dem Spiegel zugebracht, und jetzt wusste er genau, was er ändern würde, und auch, in welcher Reihenfolge.

Zuerst kämen die Ohren dran, das stand fest. Die Ohren waren das Einzige, was ihn an seinem Aussehen wirklich störte. Er hatte sich die Haare etwas länger wachsen lassen, damit sie seine abstehenden Ohren verbargen, doch auf Dauer war dies natürlich keine Lösung. Er hatte dünnes fliegendes Haar, keine volle wogende Mähne wie zum Beispiel Lauri. Mit diesen Haaren würden sich seine Segelohren nie völlig kaschieren lassen.

Nach den Ohren würde die Nase drankommen. Wann immer er es sich leisten könnte. Er hatte Penttis Nase geerbt. Und obwohl sie im Augenblick gar nicht mal so schlecht aussah, wusste er, dass sowohl die Nase als auch die Ohren ein Leben lang wachsen würden, und er hatte ganz gewiss nicht vor, zu warten, bis er vollständig deformiert sein würde. Er wollte selbst Verantwortung für sein Aussehen übernehmen und es nach seinen Möglichkeiten gestalten.

Manche Menschen sind so fasziniert von der Schönheit, dass diese zum einzigen und ausschließlichen Kriterium in ihrem Leben wird.

Sie glauben daran, glücklicher zu sein, mehr Freunde zu finden und nicht zuletzt auch mehr Macht ausüben zu können, wenn sie nur hübscher, ja, am hübschesten wären.

Ganz im Gegensatz zu dem, was man hätte annehmen können, war Valo allerdings nicht gerade beliebt bei den Damen.

Eigentlich hätte es der Fall sein müssen, oder man hätte es zumindest erwarten können, doch dem war nicht so.

Er besaß gewisse Eigenschaften oder, besser gesagt, einen Mangel solcher Eigenschaften, der die Damen auf Abstand hielt.

Als sie nach Kuivaniemi umgezogen waren, war anfänglich eine ganze Schar von jungen Mädchen mit den unterschiedlichsten Anliegen und unter den absonderlichsten Vorwänden vorbeigekommen, um die Familie Toimi im Ort willkommen zu heißen. Doch inzwischen waren ein paar Monate vergangen, und der Reiz des Neuen hatte sich verflüchtigt. Mittlerweile schien keine der jungen Damen Valos Schönheit noch Beachtung zu schenken.

Im nächsten Jahr würde er seinen Wehrdienst antreten, doch zuvor müsste er noch seine Ohren richten lassen. Er hatte bereits eine Operation wegen psychischen Leidensdrucks beantragt, doch sie war abgelehnt worden, weil seine Ohren aus medizinischer Sicht nicht stark genug abstanden. So lautete jedenfalls die Beurteilung des Arztes, die sich nicht anfechten ließ. Doch dieser Quacksalber hatte ganz offensichtlich keine Ahnung. Valo blieb wohl oder übel nichts anderes übrig, als die Operation aus eigener Tasche zu bezahlen. Danach würde er beim Militär Karriere machen und viel Geld verdienen (wie er sich einbildete), davon würde er endlich alles operieren lassen können, was er operieren lassen wollte, und wenn er anschließend nach Hause zurückkehrte, würden alle schwer beeindruckt sein. Und dann, tja, seine Pläne hatten noch keine konkreten Formen angenommen, aber früher oder später würde er sich eine Frau nehmen, und wenn diese Kinder haben wollte, würde er sie ihr schenken. Ja, irgendwann würde er ein treu sorgender Familienvater und Ernährer sein.

*

Seine Annahme, Annie entrinnen zu können, erwies sich als Irrglaube.

Sie versuchte, mit ihm über das zu reden, was Arto meinte, gehört zu haben. Zum Beispiel über Valos vom Schnee feuchte Schuhe nach dem Garagenbrand. Doch Valo versuchte, der Konfrontation beharrlich auszuweichen. Er hoffte, dass sich das Problem von selbst lösen würde, wenn er seine Schwester nur lange genug ignorierte.

Tief in seinem Inneren wusste er zwar, dass es nicht funktionieren würde, aber versuchen konnte er es zumindest. Denn er wusste, dass es nicht nur um diesen Brand von 1976 gehen würde, wenn Annie erst einmal in Fahrt gekommen wäre, sondern auch um alle anderen Brände, die je gelegt worden waren. Und über den letzten wollte er am allerwenigsten reden.

Er wollte auch nicht an das erinnert werden, was er gesehen hatte, als er ein paar Tage nach dem Brand in der verkohlten Ruine herumgestolpert war.

Der Brand war nämlich keinesfalls von einer brennenden Zigarette ausgelöst worden.

Er fand es eigenartig, dass die Polizisten bei ihren Untersuchungen gewisse Dinge übersehen hatten, die ihm selbst aufgefallen waren. Aber vielleicht waren die Bullen im Gegensatz zu Valo, der auf langjährige Erfahrung im Feuerlegen zurückblicken konnte, auch nicht auf Brände spezialisiert.

Man denke nur an ihre These vom Rauchen im Bett. Dafür hätte Pentti ja zumindest Raucher sein müssen. Und darüber hinaus hätte der Brandherd tief sein müssen, da eine Zigarette zwar mit geringer Intensität, dafür aber lange brennt, ähnlich wie feuchtes Holz oder Baumstümpfe.

Doch sein Elternhaus hatte gleichmäßig gebrannt, ohne jeden ersichtlichen Brandherd, was die Polizisten eigentlich hätte nachdenklich stimmen müssen.

Polizeiliche Ermittlungen kosten Geld, schon klar, das begriff selbst Valo. Und die Aufnahme von Ermittlungen hätte zur Folge, dass dieser Bulle gezwungen sein würde, ausnahmsweise einmal seinen fetten Arsch hochzukriegen und wirklich zu arbeiten.

Pentti war nicht besonders beliebt gewesen. Großer Gott, selbst seine eigene Familie hatte ihn ja kaum geliebt. Na ja, geliebt sowieso nicht, respektiert vielleicht. Oder eher noch: gefürchtet.

Und tschüs, auf Nimmerwiedersehen, schienen alle einvernehmlich zu denken. (Und jetzt her mit der Kohle.)

Doch Valo vermisste seinen Vater, oder zumindest vermisste er jemanden, der ihm sagte, was er tun und wie er denken sollte.

Valo bereute es, nach Kuivaniemi gezogen zu sein. Er wünschte, er wäre zum Zeitpunkt des Umzugs etwas mutiger gewesen und hätte sich getraut zu sagen, dass er vielleicht doch lieber in Aapajärvi wohnen bleiben wollte. Hätte er das wirklich gewollt? Valo liebte Pentti nicht, doch er brauchte ihn. Und jetzt, wo ihm keiner mehr sagte, wo es langging, fühlte er sich so unglaublich verloren. So niedergeschlagen. Er vermutete, dass seine Gefühlslage etwa dem entsprach, was man gemeinhin als Trauer bezeichnete.

*

Annie wusste, dass sie es aus ihm herausbekommen würde. Vielleicht würde es etwas dauern, aber früher oder später würde er ihr alles erzählen. Valo konnte sie nicht anlügen, jedenfalls nicht auf lange Sicht. Doch er entzog sich ihr. Hatte immer irgendwas zu tun, musste auf einmal jeden Tag zur Baustelle, um Esko zu helfen, und kam erst spätabends nach Hause, wenn Annie schon schlief.

Doch zu guter Letzt bekam sie ihn zu fassen. Eines Morgens, als sie früh aufgewacht war, noch bevor er das Haus verlassen hatte, stand er in der Küche und trank Milch direkt aus der Packung, den Autoschlüssel in der freien Hand. Widerwillig folgte er ihr hinaus auf die Veranda.

Es war ein schöner Morgen, noch leicht neblig, wie es in Kuivaniemi oft der Fall war (es hing mit der küstennahen Lage zusammen, der Bottnische Meerbusen begann etwas weiter westlich unweit des Ortes). Die Luft war so früh am Morgen noch frisch, und Annie fröstelte in ihrem dünnen Nachthemd. Doch sie wusste, dass die Temperatur innerhalb weniger Stunden stark ansteigen und die Luft dann wieder vor Hitze flimmern würde, wie es bei hohen Bodentemperaturen immer der Fall ist. Schon seit ihrer Ankunft war es tagsüber furchtbar heiß gewesen, und ihre Füße, die sich nachts hatten ausruhen können, begannen jetzt wieder, auf nahezu doppelte Größe anzuschwellen, wie es in letzter Zeit immer der Fall war. Sie schwollen jeden Tag an, mitunter schon vormittags, aber manchmal, wenn sie Glück hatte und es nicht ganz so heiß war (oder sie sich nicht allzu viel bewegte), auch erst am Nachmittag. Das Einzige, was dann half, war, zu kühlen. Annie füllte Wasser in leere Limonadenflaschen und legte sie in die Gefriertruhe. Wenn sie dann ihre Fußsohlen auf den Flaschen abrollte, spürte sie sofort, wie das Stechen unter der Haut nachließ.

Annie saß auf der Vortreppe und wandte sich Valo zu. Widerwillig begegnete er ihrem Blick. Sie sah ihrem Bruder an, dass irgendetwas nicht stimmte, dass er ihr etwas verschwieg, genauer gesagt. Sie glaubte zwar nicht, dass er etwas mit dem Brand zu tun hatte, aber er schien etwas zu wissen. So musste es sein.

»Valo, diese Sache mit der Garage damals, du weißt ja, dass dir keiner irgendwelche Vorwürfe macht, oder? Das Ganze ist schließlich schon ziemlich lange her.«

Er guckte sie verängstigt an. »Was hast du gehört?«

Unwillkürlich begann eines seiner Beine zu zittern. Er versuchte, sich nichts anmerken zu lassen, doch obwohl er seine Sitzposition änderte, zitterte es weiter. Annie antwortete nicht, sondern schaute ihn weiterhin mit festem Blick an.

»Valo, damals warst du doch noch ein Kind.«

Sie streckte einen Arm aus und strich ihm übers Haar. Führte eine Haarsträhne hinters Ohr, doch automatisch brachte er seine Frisur sofort wieder in Ordnung.

»Valo, keiner macht dir Vorwürfe.«

Ihre Stimme klang so sanft wie eine unverbindliche Umarmung. Sie hoffte, dass er sich letztlich, rein bildlich gesprochen, hineinsinken lassen würde, wenn sie nur lange genug dasäße und ihre Arme ausstreckte. Dass er ihr erzählen würde, was sie hören wollte, und endlich mit der Wahrheit herausrückte.

»Mensch, Valo, alle wissen es. Alle wissen, wer die Garage in Brand gesteckt hat. Und bald wissen sie auch, wer das Haus in Brand gesteckt hat. Alle werden es erfahren.«

Jetzt reagierte Valo.

»Aber ich war es nicht!«

Sie sah die Angst im Blick ihres Bruders. Ein weiteres Mal streckte sie ihre Hand aus und berührte ihn, diesmal an der Schulter.

»Das glaub ich auch nicht. Das glaubt niemand.«

Annie umfasste seine Schulter. Er wirkte so klein und verletzlich. Sie musste daran denken, wie sie ihn einmal einen ganzen Sommer lang herumgetragen hatte. Damals war er drei oder vier Jahre alt gewesen und hatte die Windpocken gehabt. Nicht nur ein paar vereinzelte, sondern sein gesamter Körper war damit bedeckt gewesen, jeder einzelne Millimeter. Am schlimmsten aber war es an den Fußsohlen, und er konnte nicht auftreten, weil es zu sehr wehtat. Deshalb hatte Annie ihn getragen. Darüber hinaus hatte sie ihn auch immer daran erinnert, nicht zu kratzen, damit er keine hässlichen Narben davontrüge. Diese Warnung hatte unmittelbar Wirkung gezeigt: Natürlich wollte er keine hässlichen Narben bekommen, und obwohl er noch so klein war, war es ihm schon damals wichtig gewesen, eine glatte und schöne Haut zu besitzen.

Sie erinnerte sich noch daran, wie nahe sie sich in jenem Sommer gewesen waren. Wie er sich entspannt hatte, als er merkte, dass ihm jemand Aufmerksamkeit schenkte, ausnahmsweise einmal nur ihm. Doch sobald die Windpocken verheilt waren, hatte sie aufgehört, ihn herumzutragen. Schließlich gab es keinen Grund mehr dafür, und danach war ihre Verbindung abgerissen.

Als sie jetzt weitersprach, klang ihre Stimme noch immer sanft, sanft wie ein Streicheln.

»Aber irgendwer hat das Haus in Brand gesteckt, oder? Und du weißt auch, wer, Valo.«

*

Valo antwortete nicht. Die Gedanken schossen wild in seinem Kopf umher.

Mittäter. Brandstifter.

Valo hatte sich nie in seiner Familie zu Hause gefühlt. Er hatte immer den Eindruck gehabt, abseitszustehen und die anderen zu beobachten. Sie von außen zu betrachten und nur das zu sehen, was andere Leute sahen, wenn sie die Familie Toimi anschauten. Er fand, dass sie allesamt schmutzig waren. Sich selbst hingegen empfand er als rein. Das hatte er sich jedenfalls immer eingeredet. Ganz sauber und rein und hübsch und fein. Doch die Wahrheit lautete, dass letztlich auch er nur ein schmutziger kleiner Bauernjunge war, genau wie alle anderen Toimis auch. Er musste es sich nur eingestehen. In seinen Adern floss dasselbe abartige Blut wie in ihren, und er hatte ebenso großen Anteil an dem, was im Januar 1976 passiert war, vielleicht sogar noch größeren, weil er persönlich den Schuppen angezündet hatte. Dass man ihn dazu angestiftet oder überredet hatte, weil er noch ein Kind gewesen war, zählte nicht als Entschuldigung.

Mittäter. Brandstifter.

Annie sprach noch immer mit sanfter Stimme. Als wollte sie ihm versichern, dass es nicht schlimm sei und keiner wütend auf ihn sein würde, solange er ihr nur die Wahrheit erzählte.

»Du musst verstehen, dass es nicht ganz leicht ist, dir zu glauben, so viel, wie du immer mit Streichhölzern gespielt hast. Und wenn man daran denkt, dass deine Schuhe in der Nacht damals voller Schnee waren.«

Mittäter. Brandstifter.

»Ja, ich hab die Garage angezündet, ich war's. Okay!«

Die Worte purzelten einfach so aus ihm heraus, und es war unmöglich, sie zurückzunehmen.

»Aber eigentlich wollte ich das gar nicht. Pentti hat gesagt, dass ich es tun soll. Er und Voitto hatten an Weihnachten über den alten Schuppen geredet. Als Voitto auf Urlaub zu Hause war. Und sie meinten, dass man ein stolzes Sümmchen von der Versicherung bekommen könnte, wenn er abbrennen würde.«

Valo hatte seine Beteiligung am Brand noch nie zuvor zugegeben. Er hatte immer alle glauben lassen, dass Pentti die Streichhölzer in der Hand gehalten und er selbst es nur zufällig gesehen oder gehört hätte. Obwohl ihm irgendwann klar geworden war, dass man ihn schon von Anfang an verdächtigt hatte, auch wenn es nie jemand ausgesprochen hatte.

»Und Pentti meinte auch, dass es nicht weiter schade um den Lada wäre. Dass man diese Scheißkiste gleich mit abfackeln könnte.«

Unvermittelt kullerten ihm Tränen über die Wangen. Peinlich berührt wischte er sie mit dem Handrücken weg. Dann schaute er seine Schwester an.

»Aber, Annie! Inzwischen hab ich aufgehört mit dem Feuerlegen. Und außerdem hätte ich das nie, niemals gewagt.«

Er wünschte, sein Vater wäre jetzt bei ihm gewesen. Pentti hätte Valo verteidigt, was den Garagenbrand anging. Zumindest den. Doch nun war er ganz allein. Seine Schwester saß zwar neben ihm, den Arm um seine Schulter gelegt, doch er hatte sich in sich selbst zurückgezogen, war ganz allein mit sich selbst.

»Das glaub ich dir auch, kleiner Bruder. Aber wir beide wissen, dass es irgendwer getan hat. Oder?«

Er nickte. Er schaute sie nicht an, nickte aber.

*

Annie betrachtete ihren Bruder.

Plötzlich überkamen sie zärtliche Gefühle.

Sie glaubte ihm. Diesmal war er nicht beteiligt gewesen. Sie glaubte, dass er alles erzählt hatte, was er wusste, auch wenn sie sich natürlich nicht sicher sein konnte. Er ließ sich leicht beeinflussen, insbesondere von Leuten, die ihm imponierten. Vielleicht hatte Voitto damals irgendwas geäußert, das Valo dazu veranlasst hatte, ihn beeindrucken zu wollen. Oder hatten sie es sogar gemeinsam geplant? Der zehnjährige Junge, der er damals gewesen war und den man angestiftet hatte, die Garage abzubrennen, tat ihr leid. All die Jahre hatte er sich nicht getraut, es zuzugeben. Viel zu lange hatte er ein dunkles Geheimnis mit sich herumgetragen. Annie fand sogar, dass er jetzt etwas erleichtert wirkte.

Irgendwann musste sie pinkeln gehen, und als sie von der Toilette zurückkam, waren sowohl Valo als auch das Auto verschwunden. Annie konnte nicht auf Valos Hilfe zählen, das wusste sie. Doch allein schon dieses kurze Zwiegespräch hatte ihr Gewissheit darüber verschafft, dass irgendetwas nicht stimmte. Und sie musste herausfinden, was. Jetzt hatte sie sich entschieden.

Sie würde zur Polizei gehen.

Die meisten Leute sind nicht so veranlagt, schlecht über andere zu denken, insbesondere nicht über Familienangehörige oder ihnen nahestehende Menschen. Dennoch ist es eine Tatsache, dass überall Verbrechen verübt werden, auch oder gerade in unserer heutigen Zeit. Und immer ist der Täter jemandes eigenes Kind, jemandes Schwester, Bruder, Mutter, Vater oder auch die Partnerin oder der Partner.

Hat man erst einmal die Tür geöffnet, wenn auch nur einen Spaltbreit, hat man erst mal Verdacht geschöpft, ist es nur ein kleiner Schritt, bis sich das Gedankenkarussell zu drehen beginnt. Und ist es erst einmal in Fahrt gekommen, dann ist es kaum noch zu stoppen. Das wissen die meisten von uns.

In der Fantasie ist letztlich alles möglich.

*

In der Fantasie ist letztlich alles möglich.

Sotilainen lachte nur und schlug sich mit der Hand auf die Schenkel. Als wäre dies der beste Witz, den er je gehört hatte. Annie saß auf dem Stuhl vor seinem Schreibtisch und wartete. Sie hatte die Hände wie zum Gebet im Schoß gefaltet und rührte sich nicht. Das Baby in ihrem Bauch lag auch still. Es war, als würde der kleine Oskar ebenfalls warten, vielleicht sogar die Luft anhalten.

Der Polizeichef lachte so heftig, dass er einen Hustenanfall bekam und die Empfangsdame im Vorzimmer besorgt den Kopf zur Tür hereinschob, um nachzusehen, ob alles in Ordnung sei. Er wedelte abwehrend mit der Hand, während sein dicker Bauch wippte und sein Husten schließlich in ein Glucksen überging. Dann wischte er sich die Tränen aus den Augenwinkeln und seufzte zufrieden.

»Wenn ich Sie richtig verstanden habe, möchten Sie also, dass wir die Ermittlungen wieder aufnehmen?«

Annie nickte.

»Ich habe nämlich nicht gerade den Eindruck, dass sie besonders gründlich durchgeführt wurden.«

Sotilainen wurde mit einem Schlag ernst. Er beugte sich zu ihr vor.

»Jetzt hören Sie mir mal gut zu, mein hübsches kleines Fräulein.«

Er deutete mit seinem drallen Zeigefinger auf sie, und hätte sie etwas dichter dran gesessen, hätte er sie sogar berührt, da war sie sich sicher. Sie war froh, dass der Schreibtisch zwischen ihnen stand, und wollte lieber nicht wissen, wie es sich anfühlte, wenn sich dieser Zeigefinger in ihre Schulter oder gar in ihre Brust bohrte, oder wo auch immer er sie sonst treffen würde. Sein Anblick erinnerte sie nämlich an eine verschrumpelte Fleischwurst. Annie hatte sogar den Eindruck, dass der ganze Mann irgendwie nach Wurst roch. Vielleicht hatte er ja ein paar Würste in seiner Schreibtischschublade versteckt, falls ihn unerwartet der Hunger überkommen sollte.

»Sie glauben also, mir nichts, dir nichts aus dem hübschen kleinen Stockholm hier hochkommen zu können, um mir vorzuschreiben, wie ich meine Arbeit zu machen habe?«

Während er sprach, spritzte eine Kaskade von Speicheltröpfchen aus seinem Mund, und er durchbohrte sie fast mit dem Blick. Die finsteren Augen tief eingebettet in sein feistes Gesicht.

»Verflucht noch eins! O nein, meine Liebe, das können Sie sich abschminken. Die Ermittlungen sind nämlich bereits eingestellt worden.

Und wir haben keinen Ressourcen, um alle möglichen alten Fälle wieder aufzurollen, die die Leute so anschleppen. Nein, wenn die Karten erst mal auf dem Tisch liegen, dann liegen sie.«

Sotilainen kramte geschäftig in den Unterlagen auf seinem Schreibtisch herum. Doch schließlich schien er sich wieder zu beruhigen und schaute sie an. Seine Stimme klang jetzt beherrscht, und er sprach klar und deutlich, als wollte er sichergehen, dass ihr ja kein Wort entgehen würde.

»Annie Toimi. Es tut mir leid, dass Ihr alter Herr gestorben ist. Es tut mir wirklich leid, meine Liebe, aber Sie sollten Ihrer Trauer besser auf andere Weise Ausdruck verleihen.«

Dann schüttelte er den Kopf.

»Und nun bitte ich Sie, mein Büro zu verlassen. Ich muss jetzt weiterarbeiten.«

Mit diesen Worten wandte er sich wieder den Papierstapeln auf seinem Schreibtisch zu und tat so, als wäre Annie Luft.

Sie konnte nichts weiter tun. Wut kochte in ihr hoch. Doch letztlich war sie wütend auf sich selbst, weil sie vergessen hatte, mit wem sie gerade sprach. Und wer sie selbst war. Als Frau konnte man keinerlei Hilfe von der Polizei erwarten (jedenfalls nicht hier oben, vielleicht sogar nirgendwo auf der Welt). Erst recht nicht, wenn man einem Beamten unterstellte oder, wie sie es getan hatte, geradewegs ins Gesicht sagte, dass er seiner Arbeit nicht nachgekommen oder schlicht und einfach unfähig war.

Jetzt hatte sie ihn verärgert, und nach diesem Intermezzo würde er ihr nie wieder Gehör schenken.

Sie setzte sich draußen vor dem Polizeirevier auf eine Bank und sah sich um. Die Stadt war geradezu entvölkert, nur ein einziges Auto fuhr vorbei, und über den Bürgersteig schlurfte ein einsamer Teenager mit schlechter Haltung und in viel zu warmen Jeans. Der kleine Oskar in ihrem Bauch rührte sich noch immer nicht. Sie stupste ihn an, und er reagierte seinerseits mit einem vorsichtigen Stupser. Als signalisierte ihr das Baby ebenfalls, sich wieder zu beruhigen. Offenbar machte sich das Patriarchat schon im Mutterleib bemerkbar. Annie seufzte. Sie sollte jetzt besser wieder nach Hause fahren. Und dann müsste sie sich notgedrungen eine andere Vorgehensweise überlegen.

*

Doch Annie brauchte nicht besonders lange zu überlegen, wie ihr nächster Schritt aussehen sollte.

Nachdem alles ausgerechnet und die Bestattungskosten beglichen waren, wurde sie vor vollendete Tatsachen gestellt. Es ging um das Geld, das sie erben würde. Eine ziemlich eindeutige Sache. Hinsichtlich der Besitzverhältnisse des Hofes in Aapajärvi hingegen gab es gewisse Ungereimtheiten. Pentti hatte seinen Anteil Esko überschrieben, und die Unterlagen dafür waren im April unterzeichnet worden. Doch ein Grundschuldbrief, in dem stand, dass Esko Zahlungen an seinen Vater zu leisten hatte, war nirgends auffindbar. Eine Feuersbrunst kann vielerlei Konsequenzen haben.

Der Wert des Hofes inklusive Grund und Boden wurde mit zweihundertfünfzigtausend finnischen Mark beziffert, eine Summe, mit der man so einiges hätte finanzieren können. Annie hatte ganz inoffiziell beschlossen, das Erbe mit ihren Geschwistern zu teilen, doch wie es aussah, existierte dieses Geld jetzt nicht mehr. Wie es aussah, gab es gar nichts, was man hätte teilen können.

Das Haus gehörte Esko und damit basta. Es kam nicht weiter überraschend, denn schließlich hatte alles darauf hingedeutet. Dennoch hatten alle gewissermaßen auf ihren Anteil gehofft. Gehofft, obwohl sie es eigentlich gewusst hatten, ohne es je auszusprechen.

Aber jetzt brach plötzlich die Hölle los.

Helmi regte sich am meisten auf. Helmi und Tatu. Die beiden litten ständig unter Geldsorgen, ihre Portemonnaies waren so durchlässig wie Siebe, schon immer gewesen, schon seit Kindertagen. Beide hatten sich in Siris Haus aufgehalten, als der Rechtsanwalt anrief und Annie sprechen wollte. Warum er ausgerechnet Annie anrief, war unklar, aber vielleicht hatte es damit zu tun, dass sie eine der Ältesten war. Oder auch diejenige, die ihren Vater beerben sollte. Außerdem machte es keinen Sinn, ihrem ältesten Bruder die aktuellen Informationen zu unterbreiten, weil der logischerweise bereits wusste, dass ihm das Elternhaus und der Hof gehörten. Oder besser gesagt das, was noch davon übrig war. Jedenfalls gehörte ihm der Grund und Boden und alles, was darauf stand.

Helmi, Tatu und Lauri saßen auf der Veranda und ließen ihrer Wut freien Lauf. Annie konnte sie vom Wohnzimmer aus hören. Sie hörte, wie sich ihre Geschwister über Eskos Geschäftstüchtigkeit ereiferten.

»Ich fass es einfach nicht, wie er sich einen solchen Plan zurechtlegen konnte!«, rief Helmi aus.

Lauri stimmte ihr zu: »Und wie er ihn so dreist durchgezogen hat!«

Esko, der sonst so einfältig war. Doch das bewies einmal mehr, wie sehr sie ihn unterschätzt hatten.

»Es kommt mir vor, als hätte ich ihn überhaupt nicht gekannt«, bemerkte Tatu.

Helmi betonte immer aufs Neue, dass Esko als großer Sieger aus der Sache hervorgegangen sei, jetzt, wo klar war, dass ihm der Hof allein gehörte. Während für die anderen Geschwister kein einziger Pfennig blieb.

Na ja, ein paar Pfennige schon. Wenn man Bilanz über das Erbe ihres Vaters zog, stellte sich heraus, dass Annie eine Summe von fünftausend finnischen Mark erben würde. Fünftausend Mark, das war alles, was von einem Leben übrig blieb.

Fünftausend finnische Mark entsprachen Anfang der Achtzigerjahre ungefähr achttausend schwedischen Kronen. Inflationsbereinigt entspräche diese Summe heute ungefähr zwanzigtausend Kronen oder tausendneunhundert Euro. Ein durchschnittliches Monatsgehalt eines heutigen Landarbeiters. Man muss kein Mathegenie sein, um ausrechnen zu können, dass sich von diesem Betrag weder eine Luxusvilla noch eine Weltreise finanzieren lässt. Aber dennoch, für denjenigen, der leer ausgeht, ist jede einzelne Krone oder, besser gesagt, finnische Mark, ein Reichtum.

Annie bat Tatu um sein Auto. Diesmal wollte sie sich nicht chauffieren lassen. Ihr war nur allzu bewusst, was geschehen würde, wenn eines ihrer Geschwister mitkommen und Esko konfrontieren würde.

Sie sagte nicht, wo sie hinwollte, sah in den Blicken ihrer Geschwister jedoch die Eiseskälte und den stummen Vorwurf. Warum hatte Pentti all sein Geld ausgerechnet ihr vermacht? Und was hatte das zu bedeuten? Selbst wenn Annie ihnen ihr gesamtes Erbe überlassen hätte, hätten sie so reagiert. In den Augen ihrer Geschwister stand sie letztlich auf der falschen Seite, doch wie sie dorthin geraten war, spielte keine Rolle.

Der Fahrtwind zerzauste Annies Haare, und sie drehte das Autoradio auf volle Lautstärke. Es hatte etwas Tröstliches, in dem verrauchten schwarzen Benz zu sitzen, während im Radio schmissige Sommerhits dudelten, angekündigt von gut gelaunten herumalbernden Moderatoren.

Für kurze Momente gelang es ihr zu vergessen, wer sie war. Und dieses Gefühl genoss sie in vollen Zügen. Für sie hätte es immer so bleiben können. Am liebsten würde ich mich jetzt einfach vom Acker machen und nie mehr zurückkehren, dachte sie.

Doch dann holten sie die Pflichten des Alltags wieder ein.

Als Annie endlich auf den Hofplatz einbog, war sie erleichtert. Esko wirkte ebenfalls erleichtert, nämlich darüber, dass Annie allein kam.

»Na, hast du die Axt dabei?«

Er grinste sie an. Es war ein geflügeltes Wort aus ihrer Kindheit, das beide verstanden. Pentti hatte sie damals immer versucht, einzuschüchtern und bei ihren Arbeiten anzutreiben, indem er ihnen damit drohte, ihrem Hund den Kopf abzuhacken, wenn sie nicht gehorchten. (Letztlich hatte er es aber nie getan, und der Hund starb viele Jahre später an Altersschwäche. Danach hatten sie sich allerdings nie wieder einen Hund zugelegt.)

Annie lächelte nicht. Sie hatte die Hände in die Seiten gestemmt und wartete darauf, dass Esko reden würde. Doch Esko erweckte nicht gerade den Eindruck, als hätte er ihr etwas mitzuteilen. Er zuckte nur mit den Achseln, während er an seinem Zollstock herumfummelte.

»Ich weiß auch nicht, warum er sich darauf eingelassen hat. Warum er mir vertraut hat. Er hätte doch misstrauisch werden und meinen Hass spüren müssen. Jedenfalls hätte er kapieren müssen, dass ich die Gelegenheit beim Schopf packen würde, jetzt, wo er mir völlig ausgeliefert war.«

Annie fehlten die Worte.

»Na ja, die Leute sehen halt, was sie sehen wollen. Aber ich bin nicht hier, um mir anzuhören, wie du ihn um seinen gesamten Besitz gebracht hast. Ich will über den Brand reden.«

Esko schien nicht auf sie eingehen zu wollen und sprach unbeirrt weiter. Annie stand mit dem Rücken zum alten Haus oder besser gesagt dem, was noch davon übrig war, und Esko stand ihr gegenüber. Seine Miene war völlig ausdruckslos, sein Blick nach innen gekehrt.

»Das Schlimmste war, dass es sich hinterher so gut angefühlt hat. Nicht nur, weil ich ihn beschissen hatte, oder besiegt. Nein, weil ich auch alle anderen reingelegt hab. Euch alle.«

Er bedachte sie mit einem schiefen Lächeln. Es erinnerte sie an Siris Lächeln, Annie hatte es nur ausgeblendet, weil es schon so lange her war, seit ihr Bruder zuletzt gelächelt hatte. Allerdings hatte dieses Lächeln jegliche versöhnende Kraft verloren. Es war eher ein abschätziges Grinsen.

»Ihr habt ja nie an mich geglaubt. Esko! Ach, der kann doch nichts. Aber das hier konnte ich. Auch wenn zugegebenermaßen etwas Glück im Spiel war. Eigentlich hatte ich nämlich vorgehabt, ihm diesen Grundschuldbrief zu stibitzen. Und außerdem war der gar nicht beglaubigt. Ich weiß also nicht, ob er überhaupt gegolten hätte, aber egal.« Er zuckte mit den Achseln. »Darum brauche ich mir ja jetzt keine Sorgen mehr zu machen.«

»Aber, Esko, du kannst die anderen doch immer noch auszahlen. Das wäre jedenfalls die anständigste Lösung.«

Er schüttelte den Kopf, und sein Lachen klang eher wie ein Schnauben. In seinem Gesicht waren noch immer die Spuren von Voittos Fäusten zu sehen.

»Jetzt ist es zu spät, Annie. Ich weiß, dass du es anders siehst, aber es ist zu spät. Ich sehe ihre wutentbrannten Blicke regelrecht vor mir. Sie werden mir nie verzeihen. Im Gegenteil, wenn ich jetzt auch nur die kleinste Schwäche zeige, werden sie mich in tausend Stücke zerreißen.«

Sie schüttelte den Kopf. »Es sind immerhin deine Geschwister.«

Er lachte auf, ein kurzes trockenes Lachen, das eher an ein Bellen erinnerte.

»Ja, genau deswegen.«

Esko zündete sich an der Glut seiner aufgerauchten Zigarette eine neue an.

»Und außerdem hab ich keine müde Mark mehr. Alles, was wir zusammengespart haben, ist in den Bau geflossen. Und in die Abzahlungen an unsere Mutter.«

Er lehnte sich gegen die Wand seines halb fertigen Hauses.

»Eigentlich lief es doch wie geschmiert. Er hat genauso reagiert wie geplant. Hat genau das getan, was ich erwartet hab. Irgendwie wussten wir doch, wie er tickt, der Alte.«

Esko redete weiter. Doch er schaute Annie nicht an. Sie hatte den Eindruck, dass er ihre Anwesenheit völlig vergessen hatte, so eingenommen, wie er von seiner eigenen Erfolgsgeschichte war.

Nachdem Siri ihren Kindern mitgeteilt hatte, dass sie sich scheiden lassen wollte, hatte er bewusst die Nähe seines Vaters gesucht und war regelmäßig nach Aapajärvi gekommen. Er war oft in den Stall gegangen anstatt zu seiner Mutter ins Haus. Hatte den Anschein erweckt, Stellung bezogen zu haben und entschlossen auf Penttis Seite zu stehen.

Esko hatte seinem Vater das Gefühl gegeben, dass man sich auf ihn verlassen konnte. Dass er sein Mäntelchen nicht nach dem Wind hängte, wenn Sturm aufzog. Auf ihn konnte man sich immer verlassen.

»Auch nachdem Mama mit den anderen Kindern ausgezogen war, kam ich ihn noch besuchen.«

Nachdem die restliche Familie den Hof verlassen hatte, war Esko ebenfalls mit gepackten Taschen aufgebrochen, allerdings in die andere Richtung. Er war dort eingezogen, wo die anderen gerade ausgezogen waren. Und während er mit dem Bau seines neuen Hauses beschäftigt gewesen war, hatte er seinen Vater oft um Rat gefragt. Jedes Mal bevor er wieder heimfuhr, war er noch eine Weile bei ihm geblieben. Er war es auch gewesen, der Pentti vorgeschlagen hatte, mit der ganzen Familie ins Elternhaus zu ziehen, das ohnehin fast leer stand. Dann würde sich Seija ums Kochen, Geschirrspülen und den Hausputz kümmern können. Pentti hatte erfreut zugestimmt und gemeint, dass es doch gar keine schlechte Idee sei.

»Es war nur so, dass sich Seija geweigert hat. Oder zumindest versucht hat, sich zu weigern, bis sie irgendwann nachgeben musste.«

Die paar Wochen würde sie es ja wohl durchstehen, hatte er gemeint, wenn sie dadurch etwas bekämen, was sie sich schon so lange gewünscht und wovon sie immer geträumt hatten. Und in der Tat, ein paar Wochen hatte sie es im Haus ausgehalten. Doch als Pentti irgendwann eines ihrer Kinder anschrie, hatte Seija nicht mehr an sich halten können, und während Esko mit dem Gießen des Fundaments für das neue Haus beschäftigt war, hatte Seija die Koffer gepackt und ihn vor vollendete Tatsachen gestellt. Seija und die Kinder zogen wieder nach Hause zurück. Esko hingegen blieb. Annie konnte es sich nur allzu gut vorstellen. Das Wissen darum, dass es irgendwo eine Welt gab (oder vielleicht sogar überall um sie herum), in der das Verhalten ihres Vaters nicht der Norm entsprach und die Menschen ihm die Stirn boten, wenn er sich danebenbenahm, vermittelte ihr ein gutes Gefühl.

Jedenfalls hatte Pentti Esko beobachtet, ihn auf die Probe gestellt und schließlich für würdig befunden.

»Ich hab ganz deutlich gespürt, dass er mich irgendwie getestet hat, um rauszufinden, wo meine Sympathien liegen.«

Esko war hauptsächlich wegen der Sache mit Seija und den Kindern länger geblieben, auch wenn seine Familie wieder nach Hause zurückgezogen war. Doch das hatte Pentti ausgereicht, so eitel, wie er trotz allem gewesen war. In Eskos Gesellschaft hatte er sich letztlich weniger einsam gefühlt. Aber wenn er etwas mehr nachgedacht hätte, hätte er, ein Meister der Konspiration, vielleicht begriffen, worauf es hinauslaufen würde. Doch selbst Pentti hatte mit Einsamkeitsgefühlen zu kämpfen, und er war auch nicht mehr der Jüngste. So kam es, dass der Vater seinem ältesten Sohn nach und nach sein Herz ausgeschüttet hatte.

»Er hat mir fast leidgetan, weil er mir so einsam vorkam. Und auf einmal wirkte er auch steinalt.«

Zwischenzeitlich hatte Esko jedoch gezögert, wie er Annie anvertraute, und überlegt, ob das, was er tat, richtig war.

Doch dann hatte er diese Gedanken abgeschüttelt. Hatte sich gezwungen, an all die schlimmen Erlebnisse zurückzudenken und sie noch einmal aufleben zu lassen. Penttis Entgleisungen im Stall, all seine niederträchtigen Worte, einfach alles. Dadurch war es ihm leichter gefallen, auf Kurs zu bleiben.

»Darin lag meine Stärke. Ich dachte einfach an alles, was dieser Mann verbrochen hatte.«

Pentti war ein wirtschaftlich denkender Mann gewesen, dem Geld mehr bedeutet hatte als seine Mitmenschen, das wusste Esko. Er hatte seinem Vater das Argument unterbreitet, dass dieser jeden Monat Sozialhilfe beziehen könnte, wenn er kein eigenes Haus mehr besäße. Und dass alles nur eine Formsache sei, dass er sein Haus trotzdem behalten würde und sie sich immer um ihn kümmern würden. Dass er sich keine Sorgen darüber zu machen brauche. Bis schließlich der Tag kam, an dem Pentti seinem ältesten Sohn seine Hälfte des Hofes überschrieb. Und genau darauf hatte Esko gewartet. Von da an dauerte es nicht mehr lange, bis ein anderer Wind wehte.

Jetzt, wo Esko bekommen hatte, was er wollte, und endlich das erreicht hatte, worauf er so lange hingearbeitet hatte, war ihm der Vater nicht mehr wichtig.

»Ich habe ihm eine Frist von drei Monaten gesetzt. Gesagt, dass ich ihm helfen könnte, eine Wohnung in Rovaniemi zu finden. Und danach bin ich wieder zurück nach Hause gezogen. Aber dann tauchte unerwartet Voitto auf. Irgendwann im Frühjahr, vielleicht im Mai. Jedenfalls kurz vor Ablauf seiner Zeit hier draußen. Mit Haus oder ohne.«

Dann warf Esko Annie erneut ein schiefes Lächeln zu und breitete die Hände in einer Geste aus, die andeutete: Tja, was soll man da machen.

Annie schaute ihren Bruder an. Es kam ihr vor, als sähe sie einen Fremden vor sich. Eine Person, die einem Sekunde um Sekunde weniger vertraut vorkommt, bis man sie irgendwann nicht mehr wiedererkennt.

War ihr Bruder dazu fähig, jemanden umzubringen? Er, der offenbar zu so vielem anderen fähig gewesen war, von dem sie ebenfalls keine Ahnung gehabt hatte.

»Ich muss dich jetzt fragen, das begreifst du doch, oder?«

Esko wirkte überrascht, ihre Stimme zu hören.

»Ja, was denn? … Ach, das! Nein, ein Brandstifter bin ich nicht. Das solltest selbst du wissen. Denk doch mal nach. Aber trotzdem hab ich manchmal Schuldgefühle, weil ich ihn vielleicht dazu getrieben habe.

»Wozu getrieben?«

Esko lachte auf, und seine hellen Haare flatterten im Wind.

»Mensch. Dieser Mann hat sich doch in seinem ganzen Leben noch kein einziges Mal übertölpeln lassen. Glaubst du etwa nicht, dass er das hier geplant hat?«

»Willst du etwa damit sagen, dass er sich das Leben genommen hat?«

Annie runzelte die Stirn. Esko zuckte mit den Achseln.

»Ich kann dir nur eins sagen, Annie, lass das Ganze auf sich beruhen. Und kümmere dich um deine eigenen Angelegenheiten. Schau nicht andauernd zurück. Nimm das Geld und hau ab. Für mich war es natürlich ein echter Glücksfall, dass dieser Grundschuldbrief verbrannt ist. Aber, Annie, wenn man dir im Laden zu viel Wechselgeld zurückgibt, sagst du doch auch nichts, oder? Du steckst das Geld ein und gehst.«

Es war sinnlos. Dennoch versuchte sie, ihrem Bruder ins Gewissen zu reden. Jedenfalls dem Teil von ihm, der durch Blutsbande mit den anderen vereint war. Durch Blut und Erbeigenschaften sowie alle Erfahrungen, die sie miteinander teilten.

»Aber denk doch mal an die anderen. An uns Geschwister. Wir haben nur noch uns.«

Esko warf ihr einen unergründlichen Blick zu. »Glaub ja nicht, dass sie auf die Idee kommen, dir zu verzeihen. Aber wenn du meinst, in dieser Sache privat ermitteln zu müssen, solltest du dich vielleicht auf den Zusammenhang zwischen Voittos Rückkehr und dem Brand unseres Elternhauses konzentrieren.«

Bevor Annie wieder ins Auto stieg, wollte Esko noch eines loswerden.

»Irgendwie scheint es mir jetzt so, als wäre unser Vater letztlich als Sieger aus dieser Sache hervorgegangen. Beeindruckend, das muss man schon zugeben.«

*

Valo saß im Wartezimmer der Arztpraxis. In seinem Schoß lag die Blechdose. Sie war blau und verrostet und enthielt seine gesamten Ersparnisse.

Valo hoffte, dass ihm der Arzt helfen würde, obwohl er nicht genügend Geld besaß. Es war zwar nicht besonders wahrscheinlich, das wusste er, aber er hoffte, den Rest später bezahlen zu können, so wie Pentti es mit seinem neuen Traktor gemacht hatte.

Valo konnte sich nur schwer damit abfinden, enterbt worden zu sein. Und alle Geschwister mit ihm, oder fast alle. Er hatte fest mit dem Geld gerechnet, auch wenn es nur ein paar Hunderter gewesen wären.

Der Arzt lächelte ihn von der anderen Seite seines Schreibtisches her mitleidig an.

»Valo, das ist doch Blödsinn«, sagte er sanft und schob die Blechdose über die Tischplatte zurück.

Valo schob sie ihm wieder hin und versuchte es erneut.

»Aber vielleicht kann man wenigstens ein Ohr operieren.«

Der Arzt schüttelte den Kopf. »Valo, selbst wenn man theoretisch ein Ohr operieren könnte, würde man es in deinem Fall erstens nicht tun, und zweitens bin ich nicht der richtige Ansprechpartner für derlei Eingriffe.«

»Aber Sie sind doch Arzt, oder nicht?«

»Ja, aber kein Spezialist für so etwas. Da müsstest du schon in eine größere Stadt fahren. Nach Kemi oder vielleicht sogar nach Vaasa.«

Valo schüttelte den Kopf. Wie hatte er nur so dumm sein können. Dummer, dummer Junge. Wie hatte er sich nur einbilden können, dass sein Vorhaben Erfolg haben könnte?

Dann öffnete der Arzt eine seiner Schreibtischschubladen und nahm einen Handspiegel heraus. Er hielt ihn Valo hin. Valo betrachtete sein Spiegelbild.

»Schau her. Schau dir diesen jungen Mann an.«

Valo blickte in sein eigenes Gesicht.

»An ihm ist nichts auszusetzen.«

Valo sah, wie dem jungen Mann dort im Spiegel die Tränen über die Wangen hinunterliefen.

»Du taugst so, wie du bist.«

Valo schnappte sich die Blechdose und wischte sich mit dem Handrücken die Tränen weg.

»Dann eben danke für nichts«, sagte er und ging.

Später saß er auf einer Parkbank am Busbahnhof und aß ein Eis. Er hatte sich eines der größten ausgesucht und es mit dem Geld aus seiner Blechdose bezahlt. Jetzt war es auch egal. Die Summe, die er bräuchte, würde er sowieso nie zusammenbekommen.

Das Vanilleeis war mit einem roten, nach Erdbeeren schmeckenden Fruchtgelee durchzogen, dessen Muster sich ständig veränderte und jedes Mal verschwand, wenn man am Eis leckte.

Es schmeckte lecker, und draußen war es angenehm warm. In der Dose neben ihm lag das Geld. Er war sechzehn Jahre alt. Eigentlich könnte ich mir irgendwas Schönes davon kaufen, dachte er. Zum Beispiel eine Fahrkarte. Ich könnte einfach wegfahren. Mit den knapp zwölfhundert Mark, die ich gespart habe, würde ich ziemlich weit kommen.

Die Busse fuhren in regelmäßigen Abständen los. Er müsste nur einsteigen. Sollte er in Richtung Westen fahren, nach Schweden? Oder lieber in Richtung Süden, nach Turku? Nach Helsinki? Bis wohin würde er kommen?

Auf einmal wurde ihm bewusst, dass höchstwahrscheinlich niemand nach ihm suchen würde. Er fragte sich, wie lange es wohl dauern würde, bis zu Hause überhaupt jemand merkte, dass er verschwunden war. Ein paar Tage? Vielleicht aber auch länger.

Doch er war ein freier Mann und niemandem irgendetwas schuldig. Er war frei zu gehen. Valo ließ das Gefühl auf sich wirken. Ließ sich das Wort »frei« auf der Zunge zergehen wie das Eis, das er genoss.

Vielleicht war diese Sache mit seinen Ohren ja wirklich nicht so schlimm. Er musste an Buckel und sein deformiertes Gesicht denken. Buckel bereitete es keinerlei Schwierigkeiten. Vielleicht würde es Valo ja irgendwann ähnlich ergehen. Er könnte in seinem Zimmer die Spiegel abhängen und allen Schaufenstern ausweichen. Er könnte sich mit Menschen umgeben, die noch hässlicher waren als er selbst. Oder Menschen wie Buckel, denen es sowieso egal war, wie jemand aussah.

In diesem Augenblick wurde ihm zum ersten Mal bewusst, dass er ein freier Mensch war. Zum ersten Mal war er frei. Er schleckte den Rest seines Eises auf, warf aber die Waffel weg. Eiswaffeln hatte er noch nie besonders gemocht.

Valo hielt das Gesicht in die Sonne und schloss die Augen. Sie wärmte sein Gesicht in ganz ähnlicher Weise, wie ein Feuer wärmte. Das Licht drang durch seine Augenlider und färbte die Dunkelheit dahinter orange. Auf einmal verspürte er Lust, an einen Sandstrand zu fahren und sich dort hinzulegen. Irgendwo im Ausland. Sich von der Sonne bräunen zu lassen. Schließlich war die Sonne dort oben am Himmel, wenn man es genau betrachtete, ein ewig brennendes Feuer.

✡

Annie stieg ins Auto und fuhr zurück nach Kuivaniemi. Im Rückspiegel erblickte sie Esko, der noch immer dastand und ihr hinterherschaute.

Sie seufzte. In gewisser Weise konnte sie ihren älteren Bruder und seine Beweggründe verstehen. Sie fand zwar nicht, dass er recht hatte, aber sie verstand ihn. Verstand, warum ihm jegliche Reue fernlag.

Annie wusste, dass sie ihm verzeihen würde. Sie hatte es schon fast getan. Esko müsste sich eher wegen seiner jüngeren Geschwister Sorgen machen. Wobei er ja gerade bewiesen hatte, dass sie ihm egal waren und er auf ihre Reaktionen pfiff.

Aber genau das konnte Annie am wenigsten begreifen. Wieso war ihm deren Meinung so vollständig egal? Vielleicht lag es daran, dass er bereits eine eigene Familie hatte. Dass für ihn jetzt nur noch diese von Bedeutung war. Und außerdem könnten sie zum Herbst endlich in ihr neues Haus einziehen. Annie fragte sich, ob es ihr wohl ähnlich ergehen würde, wenn Oskar erst geboren wäre. Ob Alex und das Kind das einzig Wichtige in ihrem Leben sein würden. So wichtig, dass alles andere unwichtig werden würde.

Im Augenblick konnte sie es sich nur schwer vorstellen.

Aber wenn sie einmal in sich hineinhorchte, was war ihr dann wirklich wichtig? Woran war ihr ernsthaft gelegen? An ihren Eltern? Ihren Geschwistern? Was war das Wichtigste in Annies Leben? Obwohl sie jetzt schon seit fast einer Woche hier oben war, hatte sie nur ein einziges Mal pflichtschuldig bei Alex angerufen. Sie versuchte sich ihr Leben, ihre Zukunft, wie eine lange Schnur vorzustellen oder wie die Landstraße, die sie gerade entlangfuhr. Eine gerade Strecke, die ins Ungewisse führte. Doch sosehr sie sich auch bemühte, sah sie außer einem großen anonymen Nichts rein gar nichts vor sich.

EIN NAME, DER VERPFLICHTET

Dieses Kapitel ist das vorletzte des Buches. Annie unternimmt einen Versuch, den Dingen auf den Grund zu gehen und die Wahrheit über den Brand ihres Elternhauses herauszufinden. Hit me baby one more time.
Wir lernen den letzten Bruder in der Geschwisterschar kennen. Eine nicht unbedingt angenehme Bekanntschaft.

Annie fuhr nach Hause. Das heißt, nach Kuivaniemi. Ihr Zuhause war das nicht, that's for sure. Doch es kam ihrem Elternhaus so nahe wie nur möglich. Der Anblick des abgebrannten Hauses, ihres richtigen Elternhauses, ließ sie nicht mehr los. Und dennoch, jedes Mal wenn sie daran zurückdachte, war der Anblick etwas weniger schmerzhaft.

Eines Tages wird die Gegenwart Vergangenheit sein. Eines Tages wird die Gegenwart Vergangenheit sein, und dann wird mir all das hier völlig unbedeutend und weit weg vorkommen. Dieser Gedanke leitete sie, nahm sie an die Hand, ein Gedanke, in dem sie zur Ruhe kommen und Trost finden konnte.

Das stellvertretende Elternhaus war voller Geschwister. Es war geradezu vollgestopft. Ein eigenartiger Anblick, denn Annie hatte nicht mehr den Eindruck, dass es sie noch zueinander hinzog oder sie einander brauchten (oder zumindest voneinander abhängig waren). Dennoch waren (fast) alle da. Sie kreisten umeinander wie die Insekten, gefangen auf kleinem Raum, und schienen genauso wenig wie Insekten zu begreifen, dass sie eigentlich die Wahl hatten. Sie könnten einfach durchs Fenster hinausfliegen und in Richtung Zukunft verschwinden. In eine weniger beengte Zukunft.

Früher hatte ihr Vater paradoxerweise immer als verbindendes Element fungiert, als gemeinsamer Feind, gegen den man sich wehren und aufbegehren musste. Doch was verband sie jetzt eigentlich noch, wo er nicht mehr da war? Pentti hatte völlig ungeachtet der Umstände seines Todes rechtzeitig eingesehen, dass das Leben endlich war, und vorgesorgt. So war es gewesen, zweifellos.

Was ist ein Erbe? Woraus besteht das, was man hinterlässt? Rein physisch betrachtet, aus Besitztümern. Und noch etwas anderem, nämlich dem eigenen Blut, das man weitergegeben hat und das jetzt in den Adern der jüngeren Generationen weiterfließt, noch immer stillschweigend gegenwärtig. Aber woraus noch? Aus einer dritten Komponente, dem Erbe, das die Menschheit dazu veranlasst, Statuen und Bibliotheken zur Ehre der eigenen Person zu errichten sowie Straßen auf den eigenen Namen zu taufen. Das Kapital, das man ein Leben lang angesammelt hat und das am Ende zusammengerechnet wird, nachdem man das Zeitliche gesegnet hat. Aber was bleibt? Als was bleibt man in Erinnerung? Als Vaterfigur oder als erbärmlicher Kuhficker?

*

Voitto war anders als die anderen. Siri hatte damals bereits genügend Kinder geboren, um dies beurteilen zu können. Sie tauften ihn auf den Namen Voitto, was Gewinn bedeutete. Pentti bestand darauf, obwohl ihm sonst die Namen seiner Kinder nicht besonders wichtig waren. Voitto sollte der Junge heißen und damit basta. Zwar hieß in der Verwandtschaft niemand so, doch Pentti bestand darauf. Keine weiteren Erklärungen.

Voitto wurde dementsprechend auch zu Penttis Kind. Er folgte seinem Vater auf Schritt und Tritt, und Pentti wurde seiner nicht überdrüssig, so wie es bei den anderen Kindern der Fall war, wenn sie ihm an den Fersen klebten. Deshalb gewöhnten sie es sich auch rasch wieder ab, dem Vater nachzulaufen. Alle anderen Kinder wurden in gewisser Weise zu Siris Kindern, doch Voitto war Penttis Kind.

Siri hatte sich oft gefragt, ob sie bei dem Jungen vielleicht zu schnell aufgegeben hatte. Ob ihre gefühlsmäßige Abwesenheit womöglich dafür gesorgt hatte, dass er zu dem geworden war, der er war, und er sich demzufolge nur an seinen Vater hatte wenden können, dessen Wertvorstellungen nicht unbedingt immer die besten waren.

*

Voitto erinnerte sich noch genau an das erste Mal, als er ein größeres Tier getötet hatte. Also etwas Größeres als einen Vogel, einen Frosch oder eine Ratte.

Wahrscheinlich experimentieren alle Kinder irgendwann einmal mit Ameisen, Spinnen oder Schnecken, um das Leben und den Tod zu erkunden. Damals war er dreizehn Jahre alt.

Der Vorfall ereignete sich an einem Sommertag, als Voitto einen der Hundewelpen des Nachbarn aufgelesen hatte.

Die Viecher entwischten andauernd aus ihrem Hundezwinger, und außerdem gaben sie nie Ruhe. Sie kläfften und bellten rund um die Uhr, was einen fast wahnsinnig machen konnte. Selbst der kleinste Schmetterling, der vorbeiflog, brachte sie dazu, wie verrückt anzuschlagen, und niemand gebot ihnen Einhalt. Die Nachbarn schien es jedenfalls nicht weiter zu kümmern.

Pentti wetterte immer, dass er, wenn er je einen von diesen kleinen Teufeln zu fassen kriegen sollte, diesen Köter im Brunnen der Nachbarn ertränken würde, damit es ihnen ein für alle Mal eine Lehre sei.

»Und dann häng ich ihnen den Kadaver an den Briefkasten, haha, oder an den Fahnenmast. Das wär's doch!«

Wie auch immer, als Voitto eines Tages in dem Waldstück herumstromerte, das die beiden Höfe voneinander trennte, hörte er jenes Kläffen, das ihm so bekannt vorkam und das er so verabscheute.

Und ganz richtig, dort hinter einem umgestürzten, mit Moos überwachsenen Baum, war einer der Welpen vom Nachbarhof gerade eifrig damit beschäftigt, im Waldboden herumzuscharren.

Hundewelpen sind so einfältige Tiere. Dieser bekam nicht einmal Angst, als Voitto sich näherte.

Voitto musste fast über das dumme kleine Biest lachen, das heftig mit dem Schwanz wedelte, als er es hochhob, um es mit langen Schritten durch den Wald bis zu seinem Lieblingsort zu tragen. Zu seinem eigenen kleinen Labor. Dieser dämliche arme Teufel kriegte es erst mit der Angst, als es schon zu spät war (obwohl es eigentlich schon von Anfang an zu spät gewesen war). Als Voitto das Tier in einen Müllsack steckte, den er zuknotete und dann in dem nahe gelegenen kleinen Weiher versenkte. Er beobachtete, wie der Sack auf der Wasseroberfläche hin und her schaukelte, während der Hund darin mit einer beeindruckenden Energie versuchte, seinem Schicksal zu entrinnen.

Dabei hörte Voitto ihn verzweifelt kläffen und in seiner Sprache, die für Menschenohren nur in ihrer ursprünglichen Bedeutung verständlich war, um sein Leben flehen.

Doch Voitto ließ sich davon nicht beeindrucken. Obwohl ihm klar war, dass dieses Kläffen jeden anderen Menschen, insbesondere jedes andere Kind, beunruhigt und dazu veranlasst hätte, dem kleinen Tier das Leben zu retten.

Voitto beunruhigte es jedoch nicht. Er war froh darüber, dass ihn eine solche Lappalie nicht weiter berührte. In diesem Augenblick kam er sich unbesiegbar vor. Als schwebte er ein paar Zentimeter über dem Boden, wie ein übermenschliches Wesen. Wie ein Gott.

Beim nächsten Mal würde er gleich von Anfang an kleine Löcher in den Sack stechen.

In diesem Fall hatte er Glück gehabt, dass der Hund den Sack an einigen Stellen selbst aufgerissen hatte, sodass die Luft entweichen konnte. Doch beim nächsten Mal würde er vielleicht eher ein bewusstloses oder bereits totes Tier in den Weiher werfen, dachte er, und dann hätte er nicht so viel Glück.

Beim nächsten Mal.

Er blieb stehen und blickte auf die Wasseroberfläche, bis sie wieder ganz glatt war und man nicht einmal mehr erahnen konnte, was dort vor vier Minuten und zweiunddreißig Sekunden passiert war. Die Sonne stand hoch oben am Himmel und ließ ihre Strahlen durch die Baumwipfel hindurchrieseln. Mit seiner Armbanduhr nahm er die Zeit, angefangen von dem Augenblick, als er den Sack ins Wasser warf, bis zu dem Moment, als dieser von der Wasseroberfläche verschluckt wurde und keine Blasen mehr aufstiegen. Bis der Weiher wieder glatt wie ein Spiegel dalag.

Dann drehte Voitto sich um und ging langsam nach Hause. Auf dem Rückweg versuchte er, die Luft anzuhalten. Er schaffte es eine Minute und einundzwanzig Sekunden lang. (Doch im Lauf der Jahre sollte er lernen, die Zeitspanne bis auf drei Minuten zu verlängern.)

Ihm war ganz schwindlig geworden.

Er fühlte sich geradezu berauscht.

Alle Farben um ihn herum wirkten jetzt viel klarer, alle Düfte stärker, und es war, als hätten sich während seines Experiments all seine Sinne geschärft. Dieses Gefühl hielt noch mehrere Tage an, und er brauchte nur in seiner Erinnerung an diesen Ort zurückzukehren, um alles noch einmal aufs Neue zu erleben.

Seitdem bestand die Welt für ihn aus einem Davor und einem Danach. Mittlerweile konnte er sich kaum mehr an dieses Davor erinnern, an die Welt, zu der er keinen Zugang gefunden, über die er keine Kontrolle erlangt hatte. Das Leben, das sich irgendwo anders abzuspielen schien, dort, wohin ihm der Zutritt verwehrt worden war.

Doch jetzt gab es ein Danach. Dieser Zustand vollkommener Präsenz, das Wissen darum, dass alles möglich war und in Reichweite lag. Er musste nur seine Hand ausstrecken, um es zu berühren, zu ergreifen, zu fangen, zu besitzen.

*

Nach diesem Erlebnis war Voitto immer wieder aufs Neue von seiner Umwelt fasziniert.

Siri reagierte zunächst erfreut, als ihr Sohn begann, sich mehr für seine Umgebung zu interessieren. Voitto stellte ihr bestimmte Fragen über alltägliche Dinge. Er wollte den Namen einer Pflanze wissen, oder wie lange eine Kuh trächtig ist, oder auch völlig andere Dinge. Sie legte keinen Wert darauf, wonach er fragte, sondern atmete nur erleichtert auf, weil er überhaupt fragte. Ihre Freude wurde jedoch rasch von einer noch größeren Unruhe abgelöst, als sie eines Tages aus dem Wald zurückkehrte und ihren Sohn vor einer der niedrigeren Regenwassertonnen hinterm Haus hocken sah.

Diese Regenwassertonnen waren an unterschiedlichen Stellen des Hofes aufgestellt. Manche davon waren hohe Ölfässer, andere wiederum niedrigere Behälter oder Eimer, insgesamt standen ein gutes Dutzend solcher Gefäße auf dem Grundstück verteilt.

Siri fragte sich, was der Junge dort machte, denn er hockte ganz still und konzentriert da und schien überhaupt nicht zu bemerken, dass sie sich ihm von hinten näherte. Bei näherem Hinschauen erschrak sie.

Die jüngsten Kinder hatten sich zum Sommer Kaninchen gewünscht, und diese Kaninchen hatten sich natürlich in der Art und Weise fortgepflanzt, wie Kaninchen es nun mal tun, worüber sich Pentti regelmäßig beklagte.

»Diese verfluchten Nager. Perverse Biester. Können nichts anderes als rammeln.«

Und jetzt stellte Siri fest, dass Voitto mit einem der Kaninchen spielte.

Zumindest sah es so aus.

Als sie näher kam, realisierte sie jedoch, wie das Kaninchen verzweifelt versuchte, aus dem Eimer herauszuklettern, ohne jedoch Halt zu finden. Jedes Mal wenn es ihm gelang, sich oben am Rand festzukrallen, schubste Voitto es wieder hinunter in den Eimer, sodass es seinen trostlosen Kampf fortsetzen musste.

Siri war schockiert, doch eigentlich wunderte es sie nicht. Dem Kaninchen setzte Voittos Folter ganz offensichtlich ziemlich zu. Doch auf dem Boden des Eimers erblickte sie noch mindestens zwei weitere Tiere.

Ertrunken.

Ertränkt.

»Voitto!«

Er sprang erschrocken auf.

»Was machst du denn da?«, fragte sie ihn, doch es war eine Frage, auf die er keine Antwort hatte und die auch keine erforderte.

Denn sie sah schließlich, was er machte.

Es gab nichts, womit er es hätte rechtfertigen können. Und während er schweigend dastand, gelang es dem Kaninchen endlich, über den Rand zu klettern und wegzuspringen oder, besser gesagt, um sein Leben zu rennen.

Voitto zuckte mit den Achseln und wollte schon gehen, doch Siri stellte sich ihm in den Weg. In diesem Sommer waren sie beide gleich groß, es war der letzte Sommer, bevor er ihr über den Kopf wuchs. Jetzt standen sie da, Auge in Auge, auch wenn Voitto lieber wegschaute.

»Und die anderen da drinnen? Was soll mit denen passieren?«

Sie deutete auf den Wassereimer. Aber er verzog keine Miene.

»Jetzt ist es an dir, sie irgendwo zu begraben. Und gieß das Wasser aus«, fügte sie hinzu, »das taugt jetzt nämlich nicht mehr.«

Mit diesen Worten verschwand sie ins Haus, doch ihr Herz schlug so rasch, dass sie gezwungen war, sich in der Küche erst einmal auf die Feuerholzkiste zu setzen und durchzuatmen, um sich wieder zu beruhigen.

(Mit dem Wasser hätte man zwar durchaus noch die Pflanzen gießen können, doch Voittos Tat hatte sie so erschüttert, dass sie so schnell wie möglich alle Spuren davon vernichten wollte.)

Wenn man so tut, als wäre etwas nicht geschehen oder als hätte man es nicht gesehen oder gehört, ist es dann möglich, dieses Ereignis aus seinem Bewusstsein, aus der Welt, aus der Weltgeschichte zu streichen?

*

Voitto blieb stehen und sah seine Mutter im Haus verschwinden. Sein Herz pochte heftig, und für einen Augenblick spielte er mit dem Gedanken hinterherzugehen, um ihr zu zeigen, wer hier das Sagen hatte. Er war jetzt immerhin dreizehn Jahre alt, und sie waren gleich groß.

Ja, er könnte es ihr durchaus zeigen.

Schließlich war er doch imstande dazu, oder? Er könnte zum Beispiel einem Menschen durchaus das Leben nehmen, oder?

Letztlich nahm Voitto den Eimer und schleppte ihn in den Wald.

Er war wütend und spürte, wie seine Ohren heiß und rot wurden. Und er schämte sich.

Es war dämlich gewesen, das Experiment so nahe am Haus durchzuführen. Doch er hatte eigentlich gar nicht vorgehabt, länger dort zu hocken. Hatte nicht beabsichtigt, so viele Karnickel zu ertränken, aber es war so unglaublich leicht gewesen, dass er einfach, ohne nachzudenken, weitergemacht hatte, einfach so.

Er bereute es nicht und hatte auch keine Angst vor irgendwelchen Strafen, denn er wusste, wie Siri gestrickt war. Sie wollte alles Unangenehme immer am liebsten so schnell wie möglich hinter sich lassen. Und selbst wenn sie ihn hätte bestrafen wollen, was hätte sie tun können?

Eigentlich konnte ihm nichts und niemand etwas anhaben. Keine Strafe der Welt würde ihm zusetzen können. Deswegen fühlte er sich völlig frei.

Jetzt trug er den Eimer mit den toten Kaninchen in den Wald. Er wusste noch nicht genau, was er mit ihnen machen würde, doch in seiner Hosentasche steckte sein Schnitzmesser, das er im Vorjahr von Pentti zum zwölften Geburtstag geschenkt bekommen hatte.

Siri war dagegen gewesen, weil das Verschenken von Messern ihrer Meinung nach Unglück brachte. Sie fand, dass man für ein Messer immer bezahlen sollte. Doch Pentti hatte nur verächtlich geschnaubt (dieser dämliche karelische Aberglaube) und den Kopf geschüttelt (diese verrückten Russen), und Voitto hatte das hübsche Messer letztendlich bekommen. Es hatte einen Handgriff aus Fichtenholz, verziert mit schönen Schnitzereien, und eine Scheide aus Rentierfell, das seinen Fingern schmeichelte.

Voitto trug das Messer fast immer bei sich. Schließlich konnte man nie wissen, wann man es brauchte.

Seit einiger Zeit nahm er es auch heimlich mit in die Schule, und jedes Mal wenn ihn irgendetwas ärgerte oder wütend machte, strich er einfach mit den Fingern über das Rentierfell in seiner Hosentasche, was ihn ungemein beruhigte. Falls es irgendwann einmal darauf ankäme und er gezwungen sein sollte, sich zu verteidigen, ja, wenn irgendwann mal etwas passieren sollte, wusste er, dass er seinen kleinen Helfer in der Tasche hatte.

Manche Kinder sind vernarrt in Puppen oder Teddybären, andere haben ein Haustier. Wieder andere haben Geschwister oder Freunde. Doch Voittos bester Freund war dieses Messer. Er hätte ihm sogar einen Namen geben können, doch so war er nicht veranlagt.

Am allerbesten aber fühlte er sich, wenn er allein mit seinem Messer im Wald war.

Er hatte mehrere Geschwister, die sich ebenfalls gerne im Wald aufhielten. Hirvo war am häufigsten von ihnen dort. Doch Voitto wusste, dass Hirvo nie allzu weit laufen würde. So pummelig, wie er war, kam er schon nach kürzester Zeit ins Schwitzen.

Voitto hatte sich ganz bewusst einen Ort ausgesucht, der weit genug entfernt lag, um den neugierigen Blicken der anderen zu entgehen.

Im Wald steuerte er regelmäßig seinen Lieblingsplatz an, um in Ruhe zu schnitzen oder seine Experimente durchzuführen.

Dieser Platz lag ganz in der Nähe des Weihers, in dem er den Welpen ertränkt hatte. Es war ein riesiger, ziemlich flacher Stein, der groß genug war, um hinaufzuklettern, und der an der Unterseite eine kleine Aushöhlung besaß. Auf der ebenen Oberfläche konnte er sitzen oder liegen, ohne dass ihm irgendetwas wegrollte. Hier schnitzte er Pfeile oder Speere, und hier schlitzte er auch zum ersten Mal ein totes Tier auf, um sein Inneres in Augenschein zu nehmen.

Er war erstaunt, wie viel Blut ein so kleiner Kaninchenkörper enthielt. Es floss in einem stetigen Rinnsal über den Stein und verschmierte dabei seine Jeans, sodass er sie hinterher im Weiher auswaschen musste. Zum Glück war es ein heißer Sommertag.

Die Sonnenstrahlen drangen durch die Baumkronen hindurch und wärmten ihn, doch das war für ihn nicht entscheidend, denn er nahm seine Umgebung gar nicht mehr wahr. Er hätte mit seiner Arbeit auch weitergemacht, wenn es geschneit, gestürmt oder gehagelt hätte.

Er hatte einen Schnitt von der Kehle bis hinunter zur Blume gesetzt. Ähnlich, wie er es bei Pentti gesehen hatte, als der vor Kurzem ein Schwein geschlachtet hatte. Doch das Schwein hatte noch gelebt, und das Herz hatte sein Blut rasch aus dem Körper hinausgepumpt, anders als es bei dem toten Karnickel der Fall war.

Das Blut rann aus dem kleinen Körper heraus. Voitto musste ihn erst ausbluten lassen, bevor er seine Untersuchungen fortsetzen konnte. Anschließend hatte er sorgfältig und methodisch alle Eingeweide herausgenommen. Einige davon waren durch den Schnitt verletzt worden, doch die meisten sahen noch intakt aus. Das Herz war jedenfalls heil, und er studierte es mit großem Interesse. Dieser kleine Klumpen, ohne den kein Lebewesen funktionierte. Er wirkte so unbedeutend. Was er natürlich nicht war. Ohne Herz kein Leben.

Dann entnahm er die anderen kleinen Organe und legte sie der Reihe nach auf den Stein. Eine winzig kleine Leber. Zwei weitere Teile, die er als Nieren identifizierte. Die Lungen. Danach verbrachte er viel Zeit damit, alle Organe zwischen den Händen zusammenzupressen, an ihnen zu riechen und sie schließlich aufzuschneiden.

Voitto erwies sich als Naturbegabung. Wenn ein Mensch entdeckt, worin er gut ist, überkommt ihn oftmals ein Gefühl der Erhabenheit. Man hat den Eindruck, Teil eines größeren Ganzen zu sein, vielleicht sogar eines göttlichen Plans. Plötzlich ergibt alles einen Sinn, und im Körper breitet sich eine gewisse Ruhe aus. Von da an weiß man, dass man sich nicht länger mit Nebensächlichkeiten aufhalten oder gar allem hinterherjagen muss, um nicht abgehängt zu werden. Wenn man weiß, was man kann, braucht man all das, was man nicht kann, nicht mehr zu fürchten. Oder sich wie ein Versager zu fühlen, nur weil man nicht der Norm entspricht.

Voitto war gut darin zu töten, das wusste er jetzt.

Und offenbar war er auch gut darin, Leichen zu sezieren, obwohl ihn das nicht in denselben Rausch versetzte. Es handelte sich eher um eine zielgerichtete Arbeit, deren Befriedigung darin lag, Ordnung zu schaffen, die aber nicht gerade dazu beitrug, sich lebendig zu fühlen. Es erinnerte ihn ein wenig an ein Sortieren oder Archivieren.

Mit dem zweiten Kaninchen ging es schneller, und diesmal arbeitete er wesentlich sauberer. Er zog einen Schnitt quer über die Kehle und ließ das Blut langsam herausrinnen, während er das Tier an den Hinterläufen festhielt. Er sah, wie das Blut das Blaubeerkraut rot färbte, und empfand erneut eine gewisse Erhabenheit. Darüber hinaus schienen sich auch seine Sinne zu schärfen, und er spürte den süßlichen, leicht metallischen Geruch des Blutes. Er konnte sogar genau beschreiben, wie das Blut auf seiner Zunge schmecken würde, ohne es probiert zu haben. So gut waren seine Sinnesorgane aufeinander abgestimmt.

Als das Kaninchen nicht mehr blutete, versuchte er, ihm das Fell abzuziehen. Seiner Auffassung nach funktionierte es richtig gut, aber als er fertig war, empfand er dennoch eine leichte Enttäuschung. Jetzt, wo der Kadaver fein säuberlich gehäutet vor ihm lag, hatte sich jegliche Spannung verflüchtigt. Im Eimer lagen noch zwei weitere Kaninchen, die er mit derselben Präzision aufschnitt wie die ersten beiden.

Als er schließlich fertig wurde, war es Abend geworden, und jede Menge Mücken surrten um ihn herum.

Er hatte lange überlegt, was er mit den Kadavern anstellen sollte. Sollte er sie einfach dort liegen lassen und abwarten, was geschah? Oder sollte er sie irgendwo als Beute aufhängen? Sollte er sie als Falle benutzen und darauf hoffen, dass es ihm gelingen würde, damit ein größeres Tier zu fangen? Letzteres hätte ihn am meisten gereizt, doch darauf fühlte er sich noch nicht gut genug vorbereitet.

Es endete mit einer Art Kompromiss.

Das gehäutete Kaninchen hängte er in eine junge Birke, und das erste, nicht optimal sezierte Exemplar band er an einen Baumstumpf. Das dritte ließ er auf dem Waldboden liegen, durchbohrte es mit einem Stock und trieb diesen mit einem Stein ein Stück weit in die Erde hinein, damit man es nicht so leicht losreißen könnte. Den letzten Kadaver zerstückelte er schließlich und drapierte die einzelnen Teile oben auf seinem Stein.

Der Anblick des zerteilten Tieres gefiel ihm, auch wenn eines seiner Geschwister es natürlich jederzeit würde finden können. Aber der Einzige, der sich allenfalls bis hierher verirren könnte, war höchstwahrscheinlich Hirvo. Und selbst wenn er herfinden würde, glaubte Voitto nicht, dass er irgendetwas ausplaudern oder sich gar beschweren würde. Er würde eher rote Ohren bekommen und den Blick abwenden, doch er würde sich nicht trauen, etwas zu sagen.

Voitto freute sich schon darauf, in den nächsten Tagen wieder herzukommen und zu sehen, wie sich die Natur ihre Tiere zurückholte. Er hatte vor, ihren Verfall eingehend zu studieren.

Als er nach Hause kam, hatten die anderen bereits zu Abend gegessen.

Erst jetzt merkte er, wie hungrig er war.

Die Töpfe mit Fleisch und Kartoffeln standen noch auf dem Herd.

Voitto füllte sich eine große Portion auf und schlang das Essen im Stehen hinunter, den Oberkörper über die Spüle gebeugt, während er seinen Blick über den Hofplatz schweifen ließ. Er aß gierig und verschluckte sich mehrmals, wobei er sich wie ein Raubtier vorkam. Nicht einmal den Geschmack des Essens nahm er wahr, sondern er spürte nur, wie sein Körper nach Energie schrie, die er ihm schnellstmöglich zuführte.

Pentti und Esko saßen gerade in der Sauna, und aus Annies und Helmis Zimmer im Obergeschoss konnte er gedämpftes Lachen hören. Voitto stand sozusagen mitten im Geschehen und wusste genau, wo sich alle anderen befanden. Er kam sich vor wie ein Urtier, vielleicht ein Wal, ausgestattet mit einem Echolot, der instinktiv spürte, wo sich seine Beute tummelte, und der alles unter Kontrolle hatte.

Es war ein glücklicher Moment, auf den er später im Leben oft zurückblicken sollte. Ein Zustand der Geborgenheit, den er gedanklich immer dann aufsuchte, wenn ihm die Gegenwart zu stark zusetzte. Hier hatte er die totale Kontrolle, nichts konnte ihm zustoßen.

*

Siri hatte im Lauf der Zeit gelernt, die Eigenheiten ihrer Kinder zu akzeptieren. Sie waren nun mal, wie sie waren, und dagegen konnte man nichts machen. Aber als Voitto sein Elternhaus verlassen hatte, war Siri hauptsächlich froh gewesen – froh, ihn nicht mehr in unmittelbarer Nähe zu wissen.

Als kleines Kind hat er oft schlafgewandelt, und sie hatte es als ziemlich unangenehm empfunden, davon aufzuwachen, dass er am Fußende ihres Bettes stand. Manchmal hörte sie ihn auch auf der Treppe, wenn er im Traum irgendwohin unterwegs war, wobei sie annahm, dass es sich nur um die Hölle handeln konnte. Eine Unterwelt, zu der man hinabsteigen musste. Dann stieß sie jedes Mal Pentti an, damit er aufwachte und den Jungen wieder ins Bett zurückbrachte. Als Voitto später schließlich von zu Hause auszog und das Militär gewissermaßen die Verantwortung für ihn übernahm, atmete sie auf. Allerdings nur im Stillen, denn als Mutter darf man sein Kind doch nicht so ablehnen, oder?

Zum Teil hing es damit zusammen, dass er sie nicht brauchte. Zum Teil, aber nicht nur. Viele ihrer Kinder brauchten sie nicht, hatten sie nie gebraucht oder brauchten sie irgendwann nicht mehr. Zum Beispiel Helmi. Helmi war immer ein selbstständiges Kind gewesen, aber voller Liebe. Sie liebte ihre Mutter, und Siri liebte Helmi, obwohl sie wusste, dass ihre Tochter sie nicht brauchte. Deswegen hatte sie auch ziemlich erstaunt reagiert, als Helmi ihr unmittelbar vor ihrem ersten Date mit Mika ein Geheimnis anvertraut hatte.

Es geschah, nachdem es Helmi nicht gelungen war, den Reißverschluss am Kleid ihrer Mutter zu schließen. Die Finger ihrer rechten Hand hatten sich zusammengekrampft und wirkten völlig verkrümmt. Erst hatte sie versucht, es mit einem Witz abzutun, doch als Siri nicht gelacht hatte, war Helmi ebenfalls ernst geworden und mit Tränen in den Augen auf die Bettkante hinuntergesunken.

»O Mama, ich hab es noch keinem erzählt. Aber der Arzt glaubt … also er sagt, dass es unheilbar ist. Und dass es immer schlimmer wird, bis …«

Dann hatte sie angefangen zu schluchzen, so hilflos, dass es Siri in der Seele wehtat, weil nichts, was sie sagte oder tat, ihrer Tochter helfen könnte. Helmi hatte geweint, so heftig geweint, dass ihre Schultern durchgeschüttelt wurden. Anschließend hatte sie ihrer Mutter von einer Medizin erzählt, die angeblich ganz neu auf dem Markt wäre und gerade an Testpatienten in den USA ausprobiert würde. Wenn sie doch nur genügend Geld hätte, dann könnte sie dorthin fahren, und dann würde vielleicht alles wieder gut werden, und Lill-Pasi müsste nicht ohne Mutter aufwachsen.

Doch dann waren sie auf einmal von Onni unterbrochen worden, der heulend ins Zimmer gestürmt kam. Er hatte sich beim Tischlern in seinem Spielhaus verletzt, und aus seinem Daumen quoll Blut. Danach hatte Helmi das Thema nicht wieder aufgegriffen, doch Siri, die jetzt wusste, worauf sie achten musste, sah, wie ihre Tochter darum kämpfte, ihre Hand vor den Geschwistern zu verbergen. Ihr fiel auch auf, wie schnell sie das Thema wechselte, wenn irgendwer auch nur ansatzweise darauf zu sprechen kam.

All meine Kinder, wie lange muss ich mir denn noch Sorgen um sie machen? Werden sie je ohne mich klarkommen? Doch sie wusste die Antwort bereits, und die stimmte sie sowohl traurig als auch froh.

*

Voitto fühlte sich in der Nähe anderer Menschen unwohl. Er wusste nicht, worüber er mit ihnen reden sollte, und es gelang ihm auch nicht, sich in andere hineinzuversetzen. Er gab zu rasch auf und gelangte zu der Überzeugung, dass Freundschaft, Liebe und dergleichen nichts für ihn wären. Das überließ er lieber anderen.

Ihm war schnell klar geworden, dass er in Zukunft nur wenig mit Menschen zu tun haben wollte. Er träumte weder von Frauen noch von Freundschaften. Eigentlich träumte er überhaupt nicht. Doch auch für ihn gab es eine Zukunft, selbst wenn er keine Vorstellung davon hatte.

Pentti meinte irgendwann, dass er doch beim Militär gut aufgehoben sein würde, und deshalb glaubte Voitto es ebenfalls. Also verpflichtete er sich so bald wie möglich beim Militär.

Doch er war nicht auf die soziale Komponente des Wehrdienstes vorbereitet gewesen. Deshalb gestaltete sich seine Zeit als Rekrut auch weitaus qualvoller als erwartet.

Die anderen Soldaten merkten rasch, dass er anders war, aber sie hatten im Unterschied zu allen Leuten, von denen Voitto früher umgeben gewesen war, keine Angst vor ihm. Sie grenzten ihn anfänglich aus, indem sie ihn mieden, doch im Lauf der Zeit, als sie merkten, dass Voitto keine nennenswerte Reaktion zeigte, wendeten sie auch Gewalt an. Er musste sich nicht nur ihren Spott und ihre Beschimpfungen anhören, sondern bekam darüber hinaus auch ihre Fäuste zu spüren. Außerdem zwangen sie ihn regelmäßig zu entwürdigenden Arbeiten. Voitto war zum Beispiel immer derjenige, der bei Exkursionen die

Latrinengruben ausheben musste. Sein Kommandant tat so, als merkte er nicht, was geschah, und weil sich Voitto weder beschwerte noch dagegen wehrte, unternahm er nichts weiter.

Irgendwann hatte Voitto eine Möglichkeit gefunden, alles Schmerzhafte auszublenden. Manchmal öffnete er allerdings die Tür zu seinem verwinkelten Inneren einen Spaltbreit und gewährte Einblick dorthinein, wo er wusste, dass es wehtun würde. Er redete sich ein, es nur zu tun, um sich abzuhärten. Um sich für den Tag zu rüsten, an dem er in einem bewaffneten Konflikt vom Feind gefangen genommen würde. Doch wenn er ehrlich war, dienten diese Vorbereitungen eher dazu, seinen ganz persönlichen Krieg gegen den Rest der Welt zu führen, falls es je zu einem globalen Krieg kommen sollte.

Dieses ewige Stochern in der nie heilenden Wunde und auch seine Hinwendung zum Schmerz dienten in Wirklichkeit dazu, seinen menschlichen Kern, die Liebe zu sich selbst am Leben zu erhalten. Denn wenn es diese entlegenen Winkel seiner Seele eines Tages plötzlich nicht mehr gäbe, was sollte er dann noch verteidigen oder am Leben halten?

Voitto fühlte sich in der großen Geschwisterschar einsam. Es war schon immer so gewesen, und er wusste genau, dass die anderen (fast) ausschließlich mit irgendwelchen Hintergedanken seine Nähe suchten.

Man könnte sogar sagen, dass sie ihn für ihre persönlichen Zwecke ausnutzten. Nämlich immer dann, wenn sie irgendetwas selbst nicht tun konnten oder wollten. Zum Beispiel, um eines der anderen Geschwister oder sonst irgendeinen Peiniger einzuschüchtern. Voitto fungierte letztlich als ihr persönlicher Bodyguard oder Henker.

Voitto kannte keinerlei Grenzen und hatte auch niemals Angst. Deshalb wandten sich seine Geschwister an ihn, wenn sie in irgendeiner heiklen Angelegenheit Hilfe benötigten.

Voitto sagte nie Nein.

Er hatte schon viele Nachbarskinder in Angst und Schrecken versetzt, indem er sie rücklings gegen eine Mauer gepresst oder verprügelt hatte, und immer wenn die Erwachsenen ihn zur Rechenschaft zogen, zuckte er nur mit den Achseln. Er war verschwiegen, was ihm auch beim Militär zugutekam. Um seiner Geschwister willen hatte er schon viele Schläge einstecken müssen, doch das ließ ihn kalt. Er hatte schon früh trainiert, physische Schmerzen auszuhalten, obwohl Pentti ihn nie angerührt hatte, im Gegensatz zu all seinen anderen Kindern, die er schlug, wenn sie irgendetwas falsch gemacht hatten (oder auch, wenn dies nicht der Fall war). Das Verprügeln übernahmen eher andere Erwachsene in seiner Umgebung. Angefangen von den Lehrern bis hin zu den Nachbarn und Verkäufern im Laden. Doch Voitto war nicht gerade derjenige, der nach Hause rannte und sich bei seiner Mutter ausheulte. Er nahm die Prügel schweigend hin.

Aber er traf gewisse Vorbereitungen. Worauf, das sollte die Zeit erweisen.

Man darf nun allerdings nicht glauben, dass Voitto von seinen Geschwistern nur ausgenutzt wurde. Nein, es kam auch vor, dass er sie für seine Zwecke ausnutzte. Wie Geschwister es nun mal tun. In einem ewigen Tauschhandel, einem Kreislauf, der bis zu dem Tag funktioniert, an dem irgendwer die Nase voll hat, und zwar so voll, dass er abspringt.

Hirvo, der schon immer ein besonderes Verhältnis zu Tieren hatte (auch schon bevor er gelernt hatte, mit ihnen zu kommunizieren), hatte im Alter von sechs Jahren ein zahmes Eichhörnchen, eines, das ihm aus der Hand fraß. Voitto wollte das Nest des Eichhörnchens ebenfalls sehen, und Hirvo, naiv genug, um sich über die ungewohnte Aufmerksamkeit seines Bruders zu freuen, hatte ihn mitgenommen und ihm den Ort gezeigt, an dem das Eichhörnchen, Orri hatte er es genannt, mit seinen neugeborenen Jungen nistete.

Doch das hätte er besser nicht tun sollen. Denn als Hirvo das Nest erneut aufsuchte, nachdem Orri sich nicht zur gewohnten Zeit hatte blicken lassen, war es leer gewesen, und seine Eichhörnchen waren nirgends aufzufinden. Hirvo hatte Voitto gefragt, ob er wisse, was passiert sei, doch der hatte nur achselzuckend vorgegeben, keine

Ahnung zu haben. Seitdem hatte Hirvo Orri nie wiedergesehen, und dieser Verlust quälte ihn noch lange. Insgeheim wusste er, dass die Tiere umgebracht worden waren.

Danach fragte Voitto kein einziges Mal mehr, ob er Hirvo begleiten dürfe. Hirvo hätte es ihm auch nicht erlaubt.

Es geschah im selben Sommer wie der Vorfall mit den Kaninchen und auch der mit dem spurlos verschwundenen Welpen des Nachbarn. In den Wäldern des Tornedal begann man, sich allmählich Sorgen zu machen, ob dort womöglich Wölfe oder gar Bären ihr Unwesen trieben.

Dieser Sommer sollte allerdings der letzte gewesen sein, in dem Voitto so unvorsichtig war. Er selbst schob es später auf sein geringes Alter, seine Unwissenheit und auch seine Arglosigkeit. Aber nicht zuletzt auch auf seine starken Triebe, die er damals nur schwer hatte zügeln können. Außerdem hatte er nicht begriffen, wie seine Umwelt auf sein Verhalten reagieren würde, auch wenn er es geahnt hatte. Doch inzwischen kapierte er es, und jetzt wusste er auch genau, was er tat und wie er die Dinge in Zukunft handhaben müsste, um keine Spuren zu hinterlassen.

*

Gibt es so etwas wie ein ganz normales Kind? Und wenn ja, wann ist ein Kind dann normal? Weichen bei genauerem Hinsehen nicht alle Kinder irgendwie von der Norm ab und sind sonderbar, eigenartig, auffällig? Gilt das für alle Kinder oder nur für die Kinder der Familie Toimi? Wie war Siri selbst als Kind gewesen? Sie war jedenfalls nicht normal gewesen. Verhält es sich nicht vielleicht eher so, dass alle Menschen und alle Kinder zu allen Zeiten in gewisser Weise unnormal und gestört gewesen sind? Und dass man nur immer wieder danach streben kann, bessere Voraussetzungen für die eigenen Kinder zu schaffen, damit sie weniger gestört sein mögen, als man selbst es gewesen ist? Dass man einzig und allein darauf hoffen kann? Aber wenn man so viele Kinder hat, dass man sie noch nicht einmal an beiden Händen abzählen kann, ist es dann nicht vielleicht etwas zu viel verlangt, zu hoffen, dass sie allesamt bessere Versionen von einem selbst werden mögen? Mit etwas Schwund muss man doch zumindest rechnen, oder?

Siri musste an Lauri denken. Sie wusste nicht genau, warum Lauri wie aus dem Nichts nach Hause gekommen war. Doch sie freute sich darüber, ihn bei sich zu haben.

*

An Weihnachten 1975, als Arto gerade mal ein halbes Jahr alt war, kam Voitto auf Weihnachtsurlaub nach Hause. Er diente jetzt schon seit anderthalb Jahren beim Militär und würde demnächst per Schiff zu seinem ersten Auslandseinsatz aufbrechen, Gerüchten zufolge nach Zypern. Voitto freute sich darauf, seinen Peinigern endlich zu entkommen.

Zu Hause war alles beim Alten.

Voitto folgte seinem Vater auf Schritt und Tritt, wenn er in Aaapajärvi war, das hatte sich einfach so ergeben, denn Pentti war der Einzige, der ihn nicht wie einen Fremden oder Abweichler behandelte. War er inzwischen wirklich zu einem Fremden geworden? Für seine Familie? Für sich selbst?

Alle anderen schienen ihm entweder auszuweichen oder ihn einfach zu ignorieren. Sie nahmen keinen Blickkontakt zu ihm auf und antworteten nur flüchtig auf seine Fragen. Mit Ausnahme von Pentti.

Pentti war genauso wie immer, ja, eigentlich sogar recht gut gelaunt.

Allerdings jammerte er ihm vor, dass er ziemlich knapp bei Kasse sei. Doch das sagte er immer, und es war wohl auch immer der Fall, aber jetzt beschäftigte ihn offenbar etwas ganz Bestimmtes. Ihm zufolge hatte irgendein Nachbar im Suff seine eigene Sauna abgebrannt und eine ansehnliche Summe von der Versicherung zurückbekommen.

»Das wär's doch! Vielleicht sollte ich einfach das ganze Haus abfackeln, und dann werden wir Millionäre!«

Er lachte lauthals darüber, wurde jedoch rasch wieder ernst.

»In dem Fall solltest du Valo fragen, ob er dir helfen kann«, sagte Voitto.

Er wusste, dass sein jüngerer Bruder noch immer mit Streichhölzern spielte, obwohl alle glaubten, dass er längst damit aufgehört habe. Voitto hatte jedes Mal seine rußverschmierten Finger gesehen, wenn Valo ins Haus zurückgekehrt war, nachdem er draußen Feuerholz geholt, Wasser hereingetragen oder irgendeine andere Arbeit verrichtet hatte. Valo war zwar erst zehn Jahre alt, doch Pentti machte keine großen Unterschiede zwischen Erwachsenen und Kindern, sondern behandelte alle gleich (beziehungsweise gleich schlecht). Jetzt murmelte er angesichts Voittos Vorschlag etwas vor sich hin und nickte.

Bevor Voitto am Neujahrstag wieder zur Militärbasis zurückfuhr, beorderte Pentti ihn und Valo in den Stall.

Er verkündete, dass er nachgedacht habe und zu dem Schluss gekommen sei, auf diese verfluchte Garage gut und gern verzichten zu können. Und wenn man den ganzen Scheiß abfackelte, könnte man statt dieses baufälligen Schuppens mit diesem vermaledeiten Schrotthaufen von Auto darin, das eh nur den gesamten Platz wegnahm, doch eine vernünftige Garage bauen.

»Wozu braucht dieser Nichtsnutz überhaupt 'ne eigene Garage? Hä? Sollen jetzt all meine Söhne 'ne eigene Garage kriegen? Soll das besser sein, als wenn ich eine Garage habe? Ist das etwa wichtiger als das Essen auf dem Tisch?«

Der Vater konnte manchmal ziemlich überzeugend sein.

Voitto zuckte mit den Achseln und meinte, dass es zwar eine gute Idee sei, man dafür aber schon jemanden bräuchte, der meisterlich Feuer legen könne, damit es auch den Anschein eines Unglücks erwecke.

Daraufhin schauten beide Valo an.

Valo, der sich wahnsinnig darüber freute, dass man ihn zu diesem vertraulichen Gespräch zwischen den einzigen beiden echten

Männern in seiner Familie eingeladen hatte, ließ sich nicht lange bitten und meldete sich freiwillig.

So kam es, dass man beschloss, im Januar 1976 die Garage abzubrennen.

*

Voitto war fünfundzwanzig, als er wieder nach Hause zurückzog. Er kam nach Mittsommer, als Siri schon seit zwei Monaten gemeinsam mit seinen jüngeren Geschwistern nicht mehr dort lebte. Esko war ebenfalls ausgezogen. Voitto hatte mittlerweile seit sieben Jahren beim Militär gedient, und als er per Brief von den Ereignissen zu Hause erfuhr, reichte er noch am selben Nachmittag sein Urlaubsgesuch ein. Ihm war klar, dass Pentti auf seine Rückkehr hoffte, auch wenn sein Vater es nicht so ausdrückte. Aber er konnte es zwischen den Zeilen lesen.

»Die haben mich allesamt reingelegt. Und jetzt sitze ich ziemlich in der Scheiße.«

Voitto packte seine Habseligkeiten zusammen und trat gleich zu Wochenbeginn die Heimreise an.

Normalerweise dauerte der Austrittsprozess aus einem Spezialverband länger, doch weil Voitto gerade erst von einem umfangreichen Auslandseinsatz zurückgekehrt war und niemand so genau wusste, wo er als Nächstes stationiert werden würde (und er zudem nicht besonders beliebt bei seinen Vorgesetzten war, auch wenn man ihn jetzt nicht mehr ausgrenzte), wurde sein Antrag auf unbefristeten Urlaub genehmigt. Zwischen den Zeilen konnte man lesen, dass es auch nicht weiter schlimm gewesen wäre, wenn er gar nicht zurückkommen würde, doch offiziell hatte er weder gekündigt, noch war ihm gekündigt worden. Er hatte sich nur beurlauben lassen.

Voitto lebte sein Leben, ohne je eine engere Beziehung zu einem anderen Menschen eingegangen zu sein. So etwas hat Auswirkungen auf das Denken und auch auf die Seele.

Auch wenn man von Geburt an »normal« gewesen wäre, wird man irgendwann sonderlich, wenn man sich durchs Dasein treiben lässt wie eine Boje ohne Verankerung.

Voitto betrachtete alle lebenden Geschöpfe als Kuriositäten. Oder, besser gesagt, er machte keinen Unterschied zwischen ihnen und, sagen wir mal, den verschiedenen Orten, die er besucht hatte. Ein Mensch, ein Palast, ein U-Boot, ein mehrere Hundert Jahre alter Olivenbaum, für ihn war alles dasselbe. Es hatte nichts mit ihm zu tun.

Er hatte beim Militär Karriere gemacht, doch er war kein Naturtalent, und es handelte sich auch nicht gerade um eine steile Karriere. Viele der Kameraden, mit denen zusammen er seinen Wehrdienst angefangen hatte, waren jetzt hochrangige Offiziere, doch Voitto war nie höher aufgestiegen als bis zum Leutnant, und selbst das hatte einige Zeit gedauert.

Keiner in der Truppe hatte ihn je einen Fehler machen sehen, doch die Aura, die ihn umgab, wurde er einfach nicht los. Diese Aura verhinderte, dass er Freunde fand, und wenn man keine Freunde hat, ist es schwierig, Karriere zu machen, insbesondere beim Militär.

Voitto gehörte den sogenannten friedenserhaltenden Streitkräften an, war jedoch während seiner gesamten Laufbahn kein einziges Mal in einen bewaffneten Konflikt geraten, und seine Zeit auf Zypern hatte er zugegebenermaßen hauptsächlich mit Schwimmen, Laufen, Fitnesstraining und Radfahren verbracht, um sich in Form zu halten. Für den Fall, dass sich irgendwo irgendwann eine Situation zuspitzen sollte, die militärische Präsenz erforderte.

Er war bereits achtzehn Monate lang auf Zypern stationiert, als er zum ersten Mal mit einer Frau intim wurde. Er hätte sich gewünscht, dass es sich einfach so ergeben hätte. Doch auch die Frauen flogen nicht gerade auf ihn, sodass er schließlich, dreiundzwanzigjährig und noch immer unschuldig, eine Prostituierte aufgesucht hatte, um zum ersten Mal das zu erleben, was andere als Erotik bezeichneten. Um rein technisch zu untersuchen, ob dies vielleicht etwas für ihn wäre.

Doch es wurde eine Enttäuschung.

Sie war weder besonders schön noch besonders jung, aber eine Empfehlung seines Vorgesetzten gewesen. Sein Vorgesetzter, dieser versoffene General, saß auf der Mittelmeerinsel nur noch seine Zeit bis zum Ruhestand ab. Er war Voitto gegenüber nicht ganz so ablehnend eingestellt wie sein vorheriger Chef und hatte sich gewissermaßen seiner angenommen.

»Sie beherrscht ihr Metier«, hatte der General versprochen und so heftig gelacht, dass sein Bauch auf und ab hüpfte.

Mehr hatte er ihm nicht verraten, und Voitto hatte sich auch nicht getraut nachzufragen. Außerdem hatte er auch nicht gewusst, wonach er hätte fragen sollen, denn in dieser Hinsicht war er ein völlig unbeschriebenes Blatt. Er wusste ja nicht einmal, was ihm gefiel. Ob er junge oder ältere Frauen, große, kleine, dicke, dünne, welche mit großen Brüsten oder eher mit kleinen bevorzugte, er wusste rein gar nichts über seine eigene Sexualität. Er hatte nur selten bewusst masturbiert, war hingegen aber oft mit einer feuchten Unterhose aufgewacht, nachdem er im Schlaf ejakuliert hatte. Doch wenn die Geilheit ihn übermannte, sah er nie irgendein Gegenüber vor sich. Die wenigen Male, als er seinen Penis eher qualvoll an der rechten Handfläche gerieben hatte, bis der Samenerguss kam, sah er immer nur eine schöne Aussicht vor sich. Als stünde er auf einer hohen Bergspitze, von nichts anderem umgeben als Luft oder Atmosphäre, jedenfalls sah er kein lebendes Geschöpf, so weit das Auge reichte.

Die ganze Situation war ihm unangenehm, und dort in der Gasse in Nikosia empfand er die Wirklichkeit als ziemlich aufdringlich. Aber Maria, wie sie hieß, war ihm sympathisch. Eine kurvige Frau mit dunkelgelockten Haaren und der Andeutung eines Damenbarts. Ihren Schweißgeruch versuchte sie, notdürftig mit einem Moschusparfüm zu kaschieren, aber ihre Augen leuchteten, und sie bemutterte ihn zärtlich.

»Good boy«, sagte sie wieder und wieder zu ihm, während er sich erst auf ihr und schließlich in ihr bewegte.

Er fand es angenehm. Jedenfalls angenehmer, als sich selbst zu befriedigen, oder zumindest interessanter, aber trotzdem nicht besonders erregend.

Wenn man einmal für Sex bezahlt hat, wird es leichter, es wieder zu tun.

Doch als er später auf eigene Faust Prostituierte aufsuchte, war er sorgfältig darauf bedacht, die unmittelbare Umgebung zu meiden. Außerdem sollten sie jung und schlank sein. Nach einigen weiteren Erfahrungen wurde ihm klar, dass er Frauen ohne ausgeprägte weibliche Formen bevorzugte, und es erregte ihn, wenn sie ihm während des Akts die Luft abdrückten. Auch gern so lange, bis ihm schwarz vor Augen wurde.

Zwischenmenschliche Begegnungen sind allerdings nicht ganz unkompliziert, wenn man jedes Mal spürt, wie das Gegenüber zurückweicht, wenn auch nur innerlich. Darüber hinaus zog es Voitto auch nicht so oft in Bordelle wie seine Kollegen, da er kein großes Bedürfnis nach Nähe verspürte. Außerdem wählte er nie mehrfach dieselbe Prostituierte, so wie es die meisten seiner Kollegen taten, die ihre Favoritinnen hatten, denn alles, was familiär anmutete, war für ihn unvorstellbar, um nicht zu sagen, das Schlimmste überhaupt.

Pentti freute sich, als Voitto nach Hause zurückkehrte.

Er sprach es nicht aus, aber Voitto spürte es.

Sie hatten sich in der Gesellschaft des anderen schon immer wohlgefühlt.

In einer wortlosen, einvernehmlichen und konfliktfreien Zweisamkeit.

Doch sein Vater hatte sich verändert. Er selbst vermutlich auch, was ihm allerdings weniger auffiel. Pentti war gealtert. Sein Gesicht war eingefallen, und er hatte sich gewissermaßen in sein Inneres zurückgezogen, wo er sich tagsüber zunehmend aufhielt. Den Blick in sich gekehrt, niemand anderem Zutritt gewährend.

Zugleich war er auch reizbarer als früher, selbst Voitto gegenüber, den er früher nie angeschnauzt, angeschrien oder gar mit einem seiner bissigen Kommentare vergrätzt hatte. Doch jetzt bekam auch Voitto seinen Zorn zu spüren. Oder, besser gesagt, jetzt war es nur noch Voitto, der alle Gefühlsäußerungen seines Vaters zu spüren bekam, positive wie negative.

Weil kein anderer mehr da war.

Hirvo war wie ein aufgescheuchtes Tier in den Wald geflüchtet, nachdem Voitto nach Hause zurückgekehrt war, und danach ward er nicht mehr gesehen.

Esko war hinten auf der Baustelle beschäftigt und näherte sich noch nicht mal dem alten Haus oder dem Stall (beide Gebäude sollte er vor dem Tod seines Vaters nicht mehr betreten). Esko und Pentti führten eine Art Kalten Krieg gegeneinander und behandelten sich weitgehend wie Luft.

Die einzige weitere Person, die Pentti mit einer gewissen Regelmäßigkeit traf, war Teuvo Mäkilä, der Rechtsanwalt. Doch Voitto begleitete Pentti nie zu diesen Terminen, sodass er nicht wusste, worüber die beiden redeten oder wie die Atmosphäre bei diesen Treffen war.

Manchmal kehrte Pentti bester Laune und mit einem verschlagenen Lächeln auf den Lippen heim, ein fröhliches Lied vor sich hin trällernd. Dieses Lächeln, das vor vielen, vielen Jahren einmal Eisberge zum Schmelzen hätte bringen können und über das sich Voittos Geschwister damals lustig gemacht hatten, das aber jetzt kaum noch jemand zu Gesicht bekam. Und außerdem gab es niemanden mehr, der sich über Pentti hätte lustig machen können.

Nur noch Voitto war da.

Jeder Morgen glich dem vorangegangenen. Voitto wachte in der Dämmerung auf, oftmals irgendwann zwischen drei und vier Uhr. Dann absolvierte er seine Morgengymnastik, die aus einem Lauf zum gut fünf Kilometer entfernten Torne älv bestand, wo er, wenn das Wetter es zuließ, einmal oder mehrfach zum gegenüberliegenden Ufer und wieder zurück kraulte, abhängig davon, wie stark die Strömung am jeweiligen Tag war, bevor er wieder nach Hause joggte. Auf dem Rückweg ließ er seinen Körper von allein trocknen.

Dann machte er Feuer im Ofen, wenn Pentti nicht bereits aufgestanden war und diese Aufgabe übernommen hatte. Und danach ging er hinaus in den Stall, um beim morgendlichen Melken mitzuhelfen.

Wenn sie mit dem Melken fertig waren, frühstückten sie, oftmals gab es Roggenbrot (nicht Siris selbst gebackenes, sondern fades gekauftes) mit Margarine und dicken Scheiben Jagdwurst belegt, die sie zusätzlich mit Senf bestrichen, und dazu tranken sie schwarzen Kaffee. Dann folgte die tägliche Arbeit, all die Arbeit, die tagaus, tagein erledigt werden musste.

Voitto nahm sich jedoch regelmäßig eine Auszeit, die er im Wald verbrachte. In *seinem* Wald.

Im Wald konnte er aufatmen.

Er ging zum Weiher, der ihm jetzt, da er selbst erwachsen war, lächerlich klein vorkam. Und er ging zu seinem großen Stein, dem Opferstein. Manchmal sprang er hinauf, um sich für eine Weile hinzusetzen und auszuruhen, wobei er den Geräuschen des Waldes lauschte. Der Stein war kaum mehr als einen guten Meter hoch, höchstens einen Meter zwanzig, und Voitto erinnerte sich noch daran, wie ihm das Hinaufklettern in seiner Kindheit wie das Erklimmen eines Berges vorgekommen war.

Pentti schlief im Elternschlafzimmer, das Siri und er bewohnt hatten, seit das Obergeschoss ausgebaut worden war, und Voitto hatte sich im ehemaligen Mädchenzimmer einquartiert, in dem vor nicht allzu langer Zeit noch Tarmo und Lahja geschlafen hatten und das Lahja nach Tarmos Auszug mit Arto und Onni geteilt hatte.

Im Zimmer standen ein Etagenbett, eine Kommode und ein Klappbett.

Voitto schlief im Klappbett.

Warum, wusste er nicht. Höchstwahrscheinlich, weil er es seit vielen Jahren gewohnt war, in unbequemen quietschenden Feldbetten zu schlafen. Außerdem wusste er, dass er im Etagenbett (unabhängig davon, ob er oben schlief oder unten) mitten in der Nacht panisch und schweißgebadet aufwachen würde und nicht wieder würde einschlafen können.

Als er beim Militär angefangen hatte, hatte er aufgehört, Tiere zu töten.

Voittos Selbstkontrolle war so ausgeprägt, dass er sich gewissermaßen in sein Inneres zurückziehen, also vollständig vor seiner Umwelt abschotten konnte und damit jegliches Verlangen im Keim erstickte. Und wenn er dann erst einmal dichtgemacht hatte, verspürte er keinerlei Bedürfnisse mehr. Vergleichbar mit Krokodilen, die Herzfrequenz sowie Blutstrom kontrollieren und lange reglos unter der Wasseroberfläche ausharren können, bis sie plötzlich angreifen. Wenn Voitto während seines qualvollen Militärdienstes eine Sache gelernt hatte, dann, seine eigenen Triebe zu unterdrücken, bis er nichts mehr spürte. Er konnte lange ohne Schlaf, ohne Bett und sogar ohne Essen auskommen, und dementsprechend wusste er auch, dass er selbst dann zurechtkäme, wenn er nie wieder mit einer Frau intim werden würde. Nicht einmal sein Interesse am Leben oder Tod war stark genug. Und dieses Wissen darum, dass niemand an ihn herankommen konnte, empfand er als höchst befreiend.

Dieses Wissen reichte ihm aus.

Die Gewissheit, dass er sich wie eine einsame Insel oder ein Schiff auf dem großen weiten Meer durchs Leben treiben lassen konnte und nie auch nur irgendeiner menschlichen Seele mehr begegnen müsste, nie mehr.

Doch seit er wieder nach Hause zurückgekehrt war, hatte sich natürlich einiges verändert. So wie es immer der Fall ist, wenn man an den Ort, den ursprünglichen, zurückkehrt. Den Ort, an dem alles angefangen hat.

Voitto saß oft oben auf seinem Stein und dachte an seine Kindheit zurück, oder blieb gedanklich daran hängen.

Er musste an all die von ihm getöteten Kleintiere zurückdenken, aber auch an seine Klassenkameraden, an seine Familie und an alle Menschen, die seinen Weg gekreuzt und ihn in irgendeiner Hinsicht verletzt oder es zumindest versucht hatten. Voitto war der Überzeugung, dass er nur bei sehr wenigen Menschen einen bleibenden Eindruck hinterlassen hatte. Und er redete sich ein, genau dies auch beabsichtigt zu haben.

Sein gesamtes erwachsenes Leben hatte er darauf verwendet, gefühlsmäßig abzuschalten, allein zurechtzukommen und stark zu werden. Doch jetzt, als er in sein Elternhaus zurückgekehrt war und dort einen Vater vorfand, der keineswegs mehr stark war, sondern eher an ein verzweifeltes Raubtier erinnerte, das in eine Ecke gedrängt worden war, fiel es Voitto immer schwerer, seine Kontrolle aufrechtzuerhalten und sich zurückzuhalten.

Was zurückzuhalten?

Er wusste, dass er Pentti Angst eingejagt hatte. Es war nicht seine Absicht gewesen, denn er hatte es im Schlaf getan, oder gewissermaßen im Halbschlaf.

In einem schlafähnlichen Zustand.

Er hatte geträumt, doch was genau, daran erinnerte er sich nicht mehr. Aber es war ein brutaler Traum gewesen, in dem ihn jemand verfolgt hatte. Er hatte sich verteidigen müssen. Hatte sich unter dem Klappbett versteckt, war jedoch entdeckt worden, und dann war er irgendwie in Penttis Schlafzimmer gelandet und erst wieder zur Besinnung gekommen, als er über seinen Vater gebeugt dastand. Mitten in der Nacht.

»Geh wieder zurück ins Bett.«

Penttis Stimme hatte ihn geweckt, ja, offenbar war es so gewesen.

Er, der seinen Vater noch nie zuvor hatte schlafen sehen. Er hatte ihn ja noch nicht einmal im Bett liegen sehen.

Voitto bekam Angst, weil sein Vater so zerbrechlich wirkte, so verletzlich und mager. Die Haare standen zu allen Seiten ab, und ohne Gebiss sah er noch älter aus. Voitto spürte seinen eigenen rasenden Puls, spürte, wie ihm der Schweiß den Rücken hinunterrann, und er wusste nicht, was er beabsichtigt hatte zu tun. Was passiert wäre, wenn er nicht aufgewacht oder geweckt worden wäre.

»Geh wieder schlafen.«

Doch, in gewisser Weise wusste er es, oder spürte es.

Seitdem ließ ihn Penttis Blick mitten in der Nacht nicht wieder los. Pentti hatte Angst gehabt. Er hatte denselben Blick gehabt wie damals die Kaninchen im Wassereimer.

Na ja, jedenfalls hatte er genau denselben Eindruck erweckt. Er hatte genau wie sie die schiere Panik bekommen.

Voitto hatte schon immer schlafgewandelt, doch früher war es ungefährlich gewesen. Das Schlimmste, was passieren konnte, war, dass er mitten in der Nacht ohne Schuhe ins Freie hinausging und sich Frostbeulen an den Füßen holte oder dass er stolperte und die Treppe hinunterfiel. Doch während seiner nächtlichen Anwandlungen hatte er nie versucht, sich selbst oder irgendwen anders zu verletzen. Aber das hier war etwas anderes, Neues. Diesen traumähnlichen Zustand hatte er zum ersten Mal während seines Militärdienstes erlebt.

Beim ersten Mal war er aufgewacht und hatte sich in einer Toilettenkabine wiedergefunden, zusammengekauert zwischen Kloschüssel und Wand. Wie lange er dort gesessen hatte, wusste er nicht. Beim nächsten Mal war er davon aufgewacht, dass er einen anderen Soldaten gewürgt hatte. Nicht fest, aber fest genug, um seinen Kameraden zu wecken und ihn schlagartig in Panik zu versetzen. Diese Zwischenfälle kehrten in unregelmäßigen Abständen wieder. Manchmal ereignete sich jede Nacht einer, manchmal vergingen aber auch mehrere Monate bis zum nächsten Mal, doch sie verschwanden nie vollständig. Kein Militärpsychiater konnte die Ursache für seine Probleme ermitteln, und demzufolge war auch keine Heilung in Aussicht.

Voitto war seit sechseinhalb Jahren nicht mehr zu Hause gewesen, seit dem Winter, als die Garage abgebrannt war. Er hatte sich von seinem Elternhaus ferngehalten, bewusst oder unbewusst, und als er letztlich zurückgekehrt war, hatte er einen Schock erlitten.

Es war, als wäre er in ein Elternhaus zurückgekommen, das nur noch halb vorhanden war, oder noch nicht mal mehr halb. Als stünde er vor den jämmerlichen Resten. Viele Möbel waren ausgeräumt worden, wenn auch nicht alle, dahingegen fehlte jegliches Leben.

Die Einzigen, die noch da waren, waren die Tiere. Die Kühe und die Schweine, aber keine Menschen.

Im Haus war weder aufgeräumt noch geputzt worden. Pentti war schmutzig, die Tiere waren schmutzig, die Fenster und die Bettwäsche ebenso wie das Geschirr.

Er hatte Pentti im Stall angetroffen, wo sein Vater gerade versuchte, einen rostigen Eimer zu reparieren. Unrasiert und irgendetwas vor sich hin murmelnd. Lauter zusammenhangloses Zeug. Die Gedanken schienen ihn wie Wellen zu überspülen und lösten einander in steter Regelmäßigkeit ab, ohne je zu Ende gedacht zu werden.

Der Kontrast zwischen dem Anblick seines Vaters und ihm selbst hätte nicht größer sein können. Voitto in seiner Ziviluniform, frisch rasiert und akkurat frisiert, die kakifarbene Militärtasche über der Schulter hängend.

Er hatte seinen Vater zur Begrüßung umarmt und ihn dann behutsam ins Haus geführt, wo er ihm ein paar Eier gebraten und Kaffee gekocht hatte. Das Eigelb war noch flüssig, und beim Essen blieben Reste davon in Penttis Bartstoppeln hängen. Doch sein Vater merkte es nicht und redete weiter, erzählte Voitto dies und jenes, wie er es in dessen Gegenwart immer getan hatte, in Gegenwart *seines* Sohnes.

Durchs Küchenfenster konnte man das Fundament des neuen Hauses sehen, Eskos Haus. Es stand am anderen Ende des Grundstücks neben dem großen Baum, dort, wo nach Überzeugung aller dieses Haus eigentlich hätte stehen sollen. Von Beginn an. Doch Esko war nirgends zu sehen.

»Der?« Pentti zuckte mit den Achseln. »Den hab ich kaum zu Gesicht bekommen, seit ich die Papiere unterschrieben hab. Dabei hat er zuerst groß rumgetönt, dass er mir eigentlich helfen will. Dass er das Ganze mit mir zusammen machen will, ja, ja, das waren schöne Worte, klang alles gut, richtig gut, bis ich unterschrieben hab, bis der Hof ihm gehörte.«

Während Pentti redete, kratzte er mit einem Zinken seiner Gabel den Dreck unter seinen Fingernägeln weg.

»Aber dann kam plötzlich alles Mögliche dazwischen. Seija wollte nicht hier wohnen, weil sie Angst vor mir hat, und dann mussten sie doch in der Stadt bleiben, und von dort war es zu weit zu fahren, und plötzlich konnten sie es sich dann doch nicht mehr leisten, dass Esko ganz im Sägewerk aufhört. Esko, nee, den seh ich kaum noch. Irgendwann hatte er die Nase voll von mir, und jetzt bleiben mir gerade mal drei Monate. Oder noch weniger, vielleicht nur zwei. Dann muss ich hier raus.«

Voitto hatte seinem Vater am großen Esstisch gegenübergesessen. Der Tisch war für zehn oder sogar fünfzehn Personen ausgelegt, doch jetzt war er überhäuft mit alten Ausgaben der Lokalzeitung, schmutzigem Geschirr sowie verschiedenen Werkzeugen und irgendwelchen angefangenen Reparaturprojekten. Völlig überladen und gleichzeitig gähnend leer.

Siri musste an Esko denken. Um ihn hatte sie sich nie Sorgen machen müssen. Er gehörte zu ihren normalen Kindern, die gut zurechtkamen. Die normal zu funktionieren schienen. Esko, ihr großer Junge, der älteste, seit Riiko gestorben war. Doch seit Weihnachten hatte er sich verändert. Früher, als er noch klein gewesen war, hätte er nie jemanden anlügen können. Aber jetzt holte er es doppelt und dreifach nach. Er hatte nicht nur alle praktischen Dinge hinsichtlich der Scheidung, des Hauskaufs sowie des Grundschuldbriefs und der Schenkungsurkunde geregelt. Nein, dabei hatte er es nicht belassen. Er hatte Pentti obendrein hereingelegt. Siri hätte nicht gedacht, dass er so weit gehen würde, und als sie es erfuhr (Helmi hatte es ihr erzählt), war sie zunächst überrascht gewesen.

»Es war so einfach, Mama«, sagte er, als sie ihn am Telefon danach fragte. Und sie hörte, wie stolz er am anderen Ende der Leitung klang.

»Ich hab ihm einfach versprochen, dass er wohnen bleiben darf. Für den Rest seines Lebens. Wir haben es sogar schriftlich festgehalten.«

Doch dann, als Aapajärvi schließlich ihm gehörte, war Esko durchgestartet. Er hatte Pentti versprochen, bis zum Lebensende im Haus wohnen bleiben zu dürfen, das hatten sie schriftlich festgehalten. Und alles, was er ihm versprochen und sie schriftlich festgehalten hatten, hatte er auch gehalten. Aber alles andere, was nicht vertraglich geregelt worden war, hatte er in Angriff genommen. Zum Beispiel die Modernisierungen, mit denen er seinem Vater immer in den Ohren gelegen hatte. Siri wusste davon, es ging um die Erneuerung der Milchmaschine und Fütterungsanlage sowie viele weitere kostspielige Investitionen, die nach Eskos Dafürhalten die Milchproduktion wieder effizient machen würden, oder zumindest effizienter. Parallel dazu begann er, das Haus zu bauen, das neue Haus, in dem er zukünftig mit seiner Familie wohnen würde.

Doch dann war Voitto nach Hause zurückgekehrt.

Siri wusste, dass er kommen würde, sobald er von der Scheidung erführe. Er, der seine Mutter nicht ausstehen konnte. Pentti dagegen liebte er merkwürdigerweise. Aber vielleicht war es gar nicht so merkwürdig, irgendwie kam es Siri so vor, als hätte er nur darauf gewartet, nach Hause zurückzukehren und mit seinem Vater allein zu sein.

Voitto. Er war zwar auch ihr Kind, aber er hatte ihr schon als kleiner Junge immer leichtes Unbehagen bereitet. Er gehörte zu ihren unnormalen Kindern, den verlorenen. Jedenfalls war er der Einzige, der nicht mitgewirkt hatte, als es um die Scheidung ging, und als er heimkam, war er völlig unbeeinflusst von den Ereignissen der jüngsten Vergangenheit. Er kam, um seinem Vater nach bestem Vermögen zu helfen. Voitto war definitiv der Sohn seines Vaters, daran herrschte kein Zweifel.

Aber schließlich war doch alles vergebens gewesen. Siri hatte ihn außer auf der Beerdigung und der Testamentseröffnung nie getroffen, und obwohl er ihr leibliches Kind war, kam er ihr wie ein Fremder vor.

»Mama, er kann doch nirgendshin. Er wird bestimmt bald wieder zu seiner Truppe zurückkehren«, hatte Esko entgegnet, als sie ihn darum bat, vor Voitto auf der Hut zu sein.

Aber noch war er nicht dorthin zurückgefahren, woher er gekommen war.

*

Voitto liebte seinen Vater. Lieben war vielleicht das falsche Wort, weil er eigentlich unfähig war zu lieben. Doch das, was er *spürte,* was er in sich trug, was er insgeheim wusste, wenn sich all das in irgendeiner Weise in ein Gefühl hätte umwandeln lassen, wäre wohl Liebe gewesen. Er hatte jedenfalls vorgehabt, sich um seinen Vater zu kümmern und zu verhindern, dass ihm irgendetwas zustieße.

Doch die Jahre beim Militär hatten ihm auch noch den letzten Rest Menschlichkeit ausgetrieben, den er in sich getragen hatte, und nachdem er diesmal heimgekehrt war, wurde sein Gefühl, dass er sein Leben mit Belanglosigkeiten vergeudete, übermächtig.

Stattdessen sollte er lieber das tun, weswegen er eigentlich auf die Welt gekommen war.

Und das hatte mit Leben und Tod zu tun, wie er annahm.

In der Nacht, als sein Elternhaus abbrannte, war er gerade im Wald gewesen und hatte seine Fallen kontrolliert. Insgesamt hatte er ungefähr zehn Fallen aufgestellt, mit denen er hoffte, ein größeres Tier zu fangen. Möglicherweise einen Dachs, einen Wolf oder vielleicht sogar einen Bären.

Abends graute ihm immer vorm Einschlafen, aus Angst, dass seine Triebe mit ihm durchgehen würden und er seinen Vater im Schlaf umbringen könnte.

Erst viel später war ihm bewusst geworden, dass er den Brandgeruch schon eine ganze Weile wahrgenommen hatte, allerdings ohne weiter darüber nachzudenken. Doch als er sich dem Haus näherte und den hellen Lichtschein am bereits dämmernden Sommerhimmel erblickte, hatte er begriffen. Das letzte Stück zum Haus rannte er, doch es war vergebens.

Das Haus brannte bereits lichterloh.

Der Hofplatz war leer. Er konnte die Kühe im Stall brüllen hören, doch Pentti war nirgends zu sehen.

Doch, irgendwo war er.

Voitto wusste sofort, wo.

*

Voitto hatte sie aus der Entfernung gesehen.

Seit dem Brand hielt er sich überwiegend im Wald auf.

Jetzt sah er seine ältere Schwester mit ihrem dicken Babybauch im Rohbau von Eskos neuem Haus stehen.

Er hatte sie schon seit vielen Jahren nicht mehr gesehen.

Merkwürdig, der Gedanke an all diese Menschen. Menschen, die alle mit ihm verwandt waren. Aus demselben Fleisch und Blut. Sie lebten ihr Leben irgendwo draußen in der Welt parallel zu seinem.

Und obwohl er nie an sie dachte, existierten sie.

Er sah, wie Annie und Esko miteinander redeten, wie seine Schwester irgendwann in Tränen ausbrach, und schließlich auch, wie sie wieder wegfuhren.

Dennoch dauerte es viele Stunden, bis er es wagte, sich aus dem Schutz des Waldes zu lösen, den Hofplatz zu überqueren und sich dem Haus zu nähern, das einmal dort gestanden hatte. Das Haus, das es nun nicht mehr gab. Der Ort, an dem sein Vater gestorben war.

Voitto weinte nicht, aber er empfand Trauer. Jedenfalls, soweit Voitto Toimi Trauer empfinden konnte.

Er lief in den Spuren dessen, was einmal gewesen war, auf und ab und beschloss, seine Beurlaubung so bald wie möglich zu beenden.

Bis zur Beerdigung würde er noch bleiben, aber danach wollte er schnellstmöglich zurück in seine Uniform. Diese ungewohnte Freiheit. All diese Bäume. All diese Geschwister. All diese Gefühle.

Nein, all dies war nichts für ihn.

ANNIES LETZTE KONFRONTATION

Annie macht den Sack zu. Sie sagt ihrer Familie Adieu und verlässt das Tornedal auf Nimmerwiedersehen. In der Tasche das Geld, im Arm das Kind?

Kinder tragen, obwohl sie noch so klein sind, schon ganze Welten in sich. Bereits im neugeborenen kleinen Winzling sind alle Informationen dicht gebündelt, die Gene aufgereiht. Und die Keimzellen, die lange brachgelegen haben, beginnen endlich zu wachsen.

Jetzt liegt dir die Welt zu Füßen, denken die Eltern, die auf ihr kleines Wunderwerk hinunterschauen. Doch das stimmt nicht. Aus einem Kind kann vieles werden, aber eben nicht alles. Nicht alles Mögliche. Denn sobald man geboren wird, beginnen sich die ersten Türen zu schließen.

Bevor man ein Kind zur Welt bringt, denkt man, dass dieses Kind alle Voraussetzungen hat, dass ihm alle Möglichkeiten offenstehen. Dass man als Eltern die Aufgabe hat, sein Kind zu einem großartigen Wesen zu erziehen, und wenn nicht zu einem großartigen, dann zumindest zu einem glücklichen. Man glaubt, es zu einem glücklichen Individuum heranziehen zu können, jedenfalls zu einem glücklicheren, als man es selbst ist.

Geboren werden. Leben. Anfangen zu sterben.

Es wäre töricht zu behaupten, dass Eltern keine Verantwortung dafür trügen, was aus ihrem Kind wird. Dass es ganz unabhängig von ihnen zu dem wird, wozu es bestimmt ist. Doch man sollte sich bewusst machen, dass man weitaus weniger Kontrolle ausüben kann und weniger Verantwortung trägt als ursprünglich angenommen.

Das Kind wird zu dem, was es wird, und das hängt von vielen unterschiedlichen Faktoren ab.

Wenn man dann ein zweites Kind bekommt, geht einem auf, wie wenig Einfluss man eigentlich auf seine Nachkommen hat. Denn Kinder sind unterschiedlich. Sie werden mit Unterschieden geboren und entwickeln sich unterschiedlich, abhängig von einer Menge unterschiedlicher Faktoren.

Die Liebe der Eltern zu ihrem Kind stellt natürlich einen wesentlichen Faktor dar. Aber bei Weitem nicht den einzigen.

Nirgendwo in den Gesetzen der Biologie ist festgelegt, dass es unserer Natur entspricht, glücklich zu werden.

Siri erinnerte sich noch gut an Annies Geburt. Es war eine schnelle Geburt gewesen, die sie ganz allein durchstand. Sie fand mitten im Sommer statt, als es draußen ziemlich warm war und das Heu dringend eingebracht werden musste. Schon am Morgen hatte Siri gespürt, dass es bald losgehen würde. Sie fühlte sich wie in einer Blase eingekapselt, hatte keinen Appetit und nicht einmal mehr Lust auf den Kaffee, den Pentti ihr ans Bett brachte. (Unvorstellbar, dass es eine Zeit gegeben hatte, in der er ihr Kaffee ans Bett brachte!)

»Soll ich Aila holen?«, fragte Pentti.

Aila war die Nachbarsfrau, die bei Eskos Geburt dabei gewesen war.

Doch Siri schüttelte den Kopf.

»Nimm Esko mit nach draußen, alles andere wird sich schon finden.«

Esko war drei, fast vier Jahre alt, und er liebte es, auf die Felder mitzukommen und dort seinen eigenen kleinen Leiterwagen, den Pentti ihm gebaut hatte, mit Heu zu beladen.

Kinderkriegen war reine Frauensache. Eine Angelegenheit, für die ausschließlich die Frau zuständig war. Pentti wäre es nie eingefallen, Siris Aussage infrage zu stellen. Und auch wenn sie selbst nicht so genau wusste, was sie brauchte, war dies der einzige Bereich, in dem er nicht darauf bestand, zu bestimmen.

Nach dem Frühstück gingen Vater und Sohn also hinaus aufs Feld, während Siri zu Hause blieb. Sie mistete im Stall aus, was im Sommer weniger anstrengend war, weil die Kühe den größten Teil des Tages draußen auf der Weide waren. Doch schon nach kurzer Zeit spürte sie, wie an ihren Beinen eine Flüssigkeit hinunterrann, das Fruchtwasser, und sich die ersten leisen Wehen ankündigten.

Sie ging hinauf zum Haus und bereitete die Entbindung vor. Legte frische Handtücher bereit und holte alte Bettlaken, kochte die Schere ab und legte sie auf den Nachttisch, und dann kroch sie selbst ins Bett und wartete.

Die Abstände zwischen den Wehen wurden rasch geringer, doch die Schmerzen machten ihr keine Angst mehr. Nur bei der allerersten Entbindung hatten ihr die Wehen Angst eingeflößt, bevor sie begriffen hatte, dass es nicht noch schlimmer werden würde. Es handelte sich um Schmerzspitzen, und wenn man wusste, dass der Schmerz nicht noch weiter zunehmen würde, konnte man sie aushalten. Jetzt atmete sie sich durch die Wehen, und schon bald verspürte sie den wohlbekannten Druck. Das Schwierigste an der Geburt war das Herauspressen des Kindes. Doch da ihr in dieser arbeitsreichen Jahreszeit sowieso niemand dabei helfen konnte, weil alle arbeitsfähigen Männer, Frauen und Kinder draußen auf den Feldern gebraucht wurden, musste sie es wohl oder übel allein bewerkstelligen.

Die Presswehen, die das Kind das letzte Stück durch den Geburtskanal hindurch ins Leben hinausbeförderten, waren diejenigen, die Siri am meisten fürchtete. Diese Wehen schmerzten entsetzlich. Doch auch die hatten irgendwann einmal ein Ende. Diesmal hatte sie keine Angst. Sie wartete einfach. Als die wohlbekannte Welle des

Schmerzes über sie hereinbrach, war sie gewappnet, und insgesamt waren nicht mehr als drei Presswehen nötig, um ihr Kind zur Welt zu bringen. Dieses Mädchen, ihr viertes Kind, Annie.

Die Kleine hatte schon unmittelbar nach der Geburt Durst und suchte sofort mit den Lippen nach der Brustwarze. Siri beobachtete fasziniert, wie das kleine Wesen blindlings an ihrem Oberkörper hinaufrobbte, sie fand, sich augenblicklich daran festsaugte und zu trinken begann. Das hatten ihre anderen Kinder nicht getan. Als Annie satt war, blickte sie geradewegs ins Gesicht ihrer Mutter und beäugte sie lange mit gerunzelter Stirn. Fast misstrauisch, wie es Siri vorkam. Bis das Kind schließlich beschlossen zu haben schien, dass ihre Mutter etwas taugte, und in ihren Armen einschlief.

Keine ihrer vorherigen Entbindungen hatte Siri so tief beeindruckt wie diese. Und außerdem empfand sie es als etwas ganz Besonderes, eine Tochter zu gebären. Diese Tochter würde überleben. Dessen war sie sich sicher. So lebenshungrig, wie sie war.

*

Diesmal hatte sich Annie Zeit genommen. Sie hatte alle zusammengetrommelt und angekündigt, etwas mit ihnen besprechen zu wollen, bevor sie in den Bus steigen würde. Den Bus nach Hause. Weg von hier. Zu sich nach Hause. Ihre Tasche stand fertig gepackt im Flur, und Tatu würde sie zum Bahnhof fahren. Es waren noch vier Stunden bis zur Abfahrt. Alex würde sie am nächsten Tag in Stockholm am Hauptbahnhof abholen. Darauf hatte er bestanden.

Ja, anfänglich war er sauer auf sie gewesen, weil sie unbedingt den Bus nehmen wollte (»In deinem Zustand! Und was machst du, wenn im Bus plötzlich die Wehen einsetzen?«), doch Annie hatte seine Einwände nur mit einem Lachen abgetan und etwas von Frauen und Geburten seit ewigen Zeiten entgegnet. Welcher Mann kann schon dagegen argumentieren? Außerdem machte sie sowieso, was sie wollte, wie immer.

Annie saß am Kopfende des langen Esstisches im Haus in Kuivaniemi. Es war ein warmer, sonniger Tag. Sie spürte den Puls in ihren geschwollenen Füßen, ein regelmäßiges Pochen. Das Baby in ihrem Bauch lag ungewöhnlich still, wie sie fand. Doch es hieß ja, dass sich das Kind zum Ende hin immer weniger bewegen würde, zum einen wegen des geringer werdenden Platzes und zum anderen, weil es bereits spürte, dass die Geburt bevorstand, und es Kraft sammeln müsste, um sie zu meistern.

Ihre Geschwister waren um den Tisch herum versammelt und blickten ernst drein. Siri saß ihr auf der anderen Schmalseite gegenüber. Sie trug eine Schürze und ein Kopftuch, da gerade Backtag war, wie es seit dem Umzug schon mehrere gegeben hatte. In der Küche standen die Bleche aufgereiht, auf denen der Hefeteig während des Aufgehens unter Küchenhandtüchern ruhte.

Annie betrachtete ihre Hände und hatte auf einmal den Eindruck, sie noch nie zuvor wahrgenommen zu haben.

»Jetzt spreche ich es einfach mal aus. Warum will eigentlich keiner außer mir wissen, was wirklich passiert ist? Das frag ich mich schon eine ganze Weile.«

Sie blickte einen nach dem anderen an.

»Bis mir einfiel: Ihr wollt es gar nicht wissen, ihr seid nicht neugierig darauf …«

Keiner machte auch nur den geringsten Ansatz, irgendetwas zu sagen. Alle saßen schweigend auf ihren Stühlen.

»… weil ihr längst wisst, was passiert ist.«

Sie ließ erneut ihren Blick über den Esstisch schweifen, an dem sich keiner regte. War das hier etwa ihre Familie? Sie hatten so vieles gemeinsam. Aber wie konnte es sein, dass Annie sich inmitten von ihnen jetzt so einsam vorkam?

»Ihr seid alle an diesem Schlamassel beteiligt.«

Annie klopfte leicht gegen ihren Bauch, während sie redete. Es geschah völlig unbewusst, wie Schwangere es manchmal tun. Eine Art stumme Kommunikation mit einem anderen Geschöpf.

»Diese Scheidung. Die hat absolut nichts Gutes bewirkt. Okay, Pentti war weiß Gott nicht der ideale Vater, aber … Am Ende ist ihm gar nichts mehr geblieben. Und zwar wegen euch.«

»Denk dran, dass Mama ihn aus eigenen Stücken verlassen hat. Und zwar keinen Tag zu früh.« Es war Tatu, der schließlich das Wort ergriff. Die anderen sagten noch immer nichts.

»Ja, aber ordentlich angestachelt von euch.«

Helmi verdrehte die Augen. »Jetzt sei doch nicht so pathetisch. Sie wollte ja selbst weg von ihm, und schließlich hat sie keiner gezwungen. Aber wenn ich mich recht erinnere, warst du sogar diejenige, die am lautesten geschrien hat. *Mama, du musst es unbedingt tun. Das ist deine einzige Chance, Mama.* Und das ganze Gerede.«

Obwohl es keiner direkt aussprach, wusste Annie, was Sache war. So musste es abgelaufen sein. Ihre Geschwister hatten Pentti alles genommen. Jetzt wollte Annie es genau wissen. Wer hatte es getan? Und wessen Idee war es gewesen? Wer hatte es ausgeführt? Und wie war es abgelaufen?

Esko räusperte sich.

»Na ja, wir haben ihm vielleicht schon gedroht, zumindest ein bisschen. Und ihn reingelegt. Jedenfalls ich. Und klar, ich hab ihm vielleicht auch alles genommen, zumindest alles, was möglich war. Aber du hast ja schließlich danebengestanden und mir zugestimmt. Und danach bist du einfach abgehauen. Zurück nach Stockholm.«

»Und jetzt kommst du einfach so wieder her. Auf deinem hohen Ross. Schöne Aussicht von da oben, ja?«

Das war Lauri. Sein Blick war finster, schon seit einer ganzen Weile, ohne dass Annie gewusst hätte, warum.

Esko machte eine abwehrende Handbewegung, als wollte er Lauri zum Schweigen bringen, bevor er selbst weiterredete.

»Aber wir sind hier nicht die Schuldigen. Wir haben kein Komplott geschmiedet, um ihn umzubringen, Annie. Das glaubst du doch wohl selbst nicht. Dem Alten wurde es irgendwann ganz einfach zu viel.«

Er breitete die Arme in einer Geste aus, die wohl ungefähr besagen sollte: Wir sind doch deine Familie.

Aber wenn Annie sie nun nicht mehr als Familie haben wollte?

Dann jedoch überkamen sie Zweifel: Vielleicht bildete sie sich tatsächlich alles nur ein? Vielleicht war wirklich nichts passiert. Nichts anderes als das, was die anderen zu sehen schienen oder sehen wollten. Ein einsamer alter Mann, der an seinem Lebensabend angefangen hatte zu rauchen. Ein armer alter Greis, der beim Rauchen eingeschlafen war. Nichts anderes als ein Unglück. Ein tragischer Unfall.

Doch warum erstaunte das niemanden? Warum waren sie nur alle so unwillig, dieses Szenario wenigstens zu hinterfragen?

»Das Haus ist ganz sicher nicht von selbst in Brand geraten.«

Sie hatte nicht vor aufzugeben. Konnte es einfach nicht. Es war wie ein Juckreiz in ihrem Inneren, in ihrer Seele.

»Nein, das hat ja auch keiner behauptet.«

Jetzt ergriff plötzlich Voitto das Wort.

Sie schaute ihn an. Äußerlich ähnelte er seinem Vater so sehr, dass ihr sein Anblick wie eine Zeitreise in die Vergangenheit vorkam.

»Was meinst du damit?« Helmi fuchtelte mit ihrer brennenden Zigarette in der Luft herum.

»Er war es nicht gewohnt zu rauchen, und dadurch kam es zu diesem Unglück. Er hat im Bett geraucht, ist dabei eingepennt und hat vergessen, die Kippe ordentlich auszudrücken.«

Tatu nickte. »Ja, so war es. Denk doch nur an all das alte Stroh in der Wandverkleidung. Wahrscheinlich hat es bloß einmal ganz laut Puff gemacht. Das Haus hat sogar besser gebrannt als die Garage. Es war ja wie gemacht dafür, wenn man so will.«

Mit zufriedenem Gesichtsausdruck zündete er sich eine Zigarette an.

»Aber dabei vergesst ihr eines«, wandte Annie ein.

Helmi schaute sie an. Ihr Blick war unergründlich, und Annie spürte deutlich, dass ihre Schwester irgendwo in ihrem Inneren eine Tür geschlossen hatte, die Annie unmöglich öffnen konnte. Ihr war der

Zutritt zu einem Teil ihrer Schwester verwehrt, und wenn hier und jetzt nicht die Wahrheit ans Licht käme, würde sie sie nie erfahren.

»Das da wäre?«, fragte Helmi.

»Dass er gar nicht geraucht hat.«

»Nein, nicht? Und woher weißt du das?«, fragte Lauri. »Du warst doch gar nicht zu Hause.«

Esko unterbrach ihn. »Das ist doch jetzt egal. Vielleicht hat er damit angefangen. Vielleicht auch nicht. Wir wissen es nicht. Wahrscheinlich hat ihm die Scheidung so zugesetzt, dass …«

»Er war kein Mensch, der sich das Leben nimmt, und das wisst ihr auch. Oder, Voitto? Du warst doch bei ihm, oder nicht? Stimmt's? Du weißt doch, was ich meine, oder?«

Sie flehte ihren Bruder regelrecht an, doch der saß kerzengerade und reglos auf seinem Stuhl. Er erwiderte ihren Blick, ohne eine Miene zu verziehen.

»Wirklich super, Annie, was du alles weißt.« Das waren Helmis Worte. »Kapierst du's denn nicht? Für ihn war das alles ziemlich heftig. Nach der Scheidung war er nicht mehr derselbe, aber davon hast du ja keinen blassen Schimmer, weil du nicht hier warst. Oder, Mama?«

Helmi saß am hinteren Ende des Tisches gleich neben ihrer Mutter und streckte die Hand nach ihr aus. Doch Siri schwieg und wand sich leicht.

*

Siri hatte früh gemerkt, dass diese Tochter aus anderem Holz geschnitzt war als die vor ihr geborenen Kinder. Sie hatte den Eindruck, als wäre Annie ihr eigener Herr, schon von Beginn an, eine autarke Einheit, ein selbstständiges Individuum. Sie weinte nie und bat auch nie um Hilfe. Doch wenn sie sich einmal etwas in den Kopf gesetzt hatte, ließ sie nicht mit sich reden. Und so war es auch jetzt. Annie hatte beschlossen, der Frage nach der Brandursache auf den Grund zu gehen, und auch der Frage, wie Pentti ums Leben gekommen war, und sie würde nicht lockerlassen, bis sie die Wahrheit erführe.

Und wie lautete die Wahrheit?

Tja, die Wahrheit kann ganz unterschiedliche Dinge beinhalten. Für Siri lautete sie zum einen, dass sie sich jetzt frei fühlte. Sie hatte fast schon darauf gewartet, dass Pentti, geschieden oder nicht, irgendwann in der Tür stehen und in ihr Haus, ihr Leben in Kuivaniemi hereinplatzen würde.

Doch das würde jetzt nicht mehr passieren. Und die zweite Wahrheit lautete, dass sie erleichtert war. Wenn sie an den Pentti zurückdachte, der aus dem Grab zu ihr gesprochen hatte, kam er ihr wie ein völlig anderer Mensch vor als der, mit dem sie einmal zusammengelebt hatte. Denn Pentti hatte Siri nie Einlass in sein Innerstes gewährt.

Damit eine Beziehung wachsen kann und zwei Menschen in Liebe oder Harmonie oder zumindest einvernehmlich zusammenleben können, müssen beide Partner in der Lage sein, sich einander zu öffnen. Sie müssen Vertrauen zueinander aufbauen und sich einander zuwenden.

Doch dazu war Pentti nicht imstande gewesen. Und Siri auch nicht. Aber Mika konnte es. Und er war gerade dabei, es ihr beizubringen.

Er hatte ihr übrigens auch verschiedenes andere beigebracht.

*

Es war hoffnungslos.

Annie kam nicht weiter. Es war, als redete sie gegen eine Wand. Oder gegen viele kleine Wände. Und sie merkte, dass jede Frage, die sie stellte, die anderen nur noch mehr zusammenschweißte.

Die Symbiose des Rattenkönigs. Sie spürte, dass sie nicht länger mit ihm verwachsen war. Dass sich ihre Verankerung in der Gruppe gelöst hatte und sie allein zurückblieb, während alle anderen weiterzogen, ohne dass sie irgendetwas dagegen tun konnte. Ihr gemeinsamer

Feind war gewissermaßen aus der Welt geschafft worden, und jetzt waren sie nicht länger aufeinander angewiesen.

Lieber hätte sie in einer Symbiose mit ihnen weitergelebt und wäre unwissend geblieben. Dann hätte sie nicht allein mit ihren Zweifeln dagestanden, so wie jetzt. Doch diese Option gab es nicht. Wenn der Schleier vor den Augen erst einmal gelüftet wurde, ist es unmöglich, in die Unwissenheit zurückzukehren, wie Lars Levi Laestadius es ausgedrückt hätte.

Esko berührte sie am Arm.

»Hör doch, Annie. Es ist ja wohl kein Geheimnis, dass niemand von uns hier Pentti geliebt hat. Es gab einfach nichts, was wir an ihm hätten lieben können. Dafür hat er schon gesorgt. Und das weißt du auch. Sind wir traurig darüber, dass er tot ist? Mal ganz ehrlich. Wohl eher nicht. Aber sind wir deswegen Mörder? Schau uns doch an.«

Er breitete die Arme aus.

»Sind wir Mörder?«

Annie betrachtete ihre Geschwister.

Waren sie Mörder?

Esko saß neben ihr an der Längsseite des Tisches, im Blaumann. Er hatte seine Arbeit auf der Baustelle unterbrochen, als Annie angerufen hatte. Esko, der das Haus für sich haben wollte. Sein Motiv wäre ökonomischer Natur gewesen, aber nicht zuletzt auch persönlicher. Der Vater hatte ihn in einer Art und Weise enttäuscht, die seine Moral, seine Seele verändert hatte.

Helmi. Sie saß am anderen Ende des Tisches in einer superkurzen Jeansshorts und einem karierten Holzfällerhemd mit hochgekrempelten Ärmeln und einem Knoten vor dem Bauch. Es sah aus, als gehörte es ihrem Ehemann Pasi. Helmi, die nicht darüber reden wollte, warum ihre Hände plötzlich zitterten, und zwar so stark, dass sie gezwungen war, sich draufzusetzen, wenn sie glaubte, dass es gerade niemand sah. Doch Annie sah es. Sie nahm an, dass es vom Alkohol kam und nicht zuletzt auch mit Pasi zusammenhing. Er trug eine gewisse Verantwortung dafür, dass die beiden immer knapp bei Kasse waren. Keines der Geschwister hatte so wütend reagiert wie Helmi, als ihr bewusst geworden war, dass sie kein Geld erben würde. Wofür auch immer sie es benötigte. Aber letztlich war es auch unerheblich, denn Menschen wie Helmi benötigten ständig Geld, egal wofür.

Zu Siris anderer Seite saß Valo. Valo, der aussah, als würde er am liebsten im Erdboden versinken. Wirkte er nicht geradezu schuldbewusst? Annie hätte es nicht weiter gewundert, wenn er den Brand gelegt hätte. Einmal Brandstifter, immer Brandstifter. Annie war klar, dass Valo einiges über dieses Feuer wusste, unabhängig davon, ob er das Haus nun angezündet hatte oder nicht. Doch sosehr sie auch versucht hatte, ihn auszuquetschen, er wollte nicht damit herausrücken. Sie hatte einfach nicht mehr genügend Einfluss auf ihn.

Früher, als sie noch zu Hause gewohnt hatte, und auch später, wenn sie zu Besuch nach Hause gekommen war, hatten sich alle anderen auf sie verlassen und auf sie gehört. Noch an Weihnachten war sie diejenige gewesen, die alle zusammengetrommelt und dazu gebracht hatte, Siri gemeinsam zu konfrontieren. Sie hatte die Scheidung vorangetrieben, den Ball ins Rollen gebracht und letztlich sogar dafür gesorgt, dass sie heute hier saßen. Ja, Valo wusste etwas, doch was es war, würde sie ihm nicht entlocken können.

Neben Valo saß Voitto. Voitto, ihr zwei Jahre jüngerer Bruder. Er war immer loyal gegenüber Pentti gewesen, das wusste Annie. Nicht dass er fähig gewesen wäre zu lieben oder in der Art und Weise Liebe zu empfinden, wie andere Menschen es tun. Doch er war als Einziger in der Geschwisterschar durch seinen Vater geprägt worden. Der Einzige, dem die Liebe zu seinem Vater nicht ausgetrieben worden war. Die Liebe, die alle Kinder intuitiv für ihre Eltern empfinden, bis sie eines Tages einen Grund haben, es nicht mehr zu tun. Doch Voitto hatte sich verändert. Es war schon lange her, seit Annie ihn zum letzten Mal gesehen hatte. Sie erinnerte sich noch daran, wie unbekümmert er als Kind gewesen war. Er hatte schon immer gern Verbotenes getan, war schon immer up to no good gewesen, und hatte es immer mit einem Achselzucken und Lächeln quittiert, wenn er dabei ertappt wurde. Doch jetzt wirkte er so unglaublich kontrolliert. Der Rücken kerzengerade, die Hände auf die Oberschenkel gestützt. Wie hatte er es geschafft, diesen tief in seinem Inneren verankerten Drang zu zügeln? Hatte er es überhaupt geschafft? Konnte man es schaffen? War es nicht eher so, dass sich diese Wildheit unweigerlich irgendeinen anderen Weg suchte, und sei es, dass sie durch die dunklen Ecken und Winkel entwich, die sich eben nicht kontrollieren ließen?

Hirvo saß Voitto direkt gegenüber. Er kratzte sich gerade mit dem Stiel seines Kaffeelöffels den Dreck unter den Fingernägeln weg, so wie Pentti es immer getan hatte. Hirvo, der schon seit ein paar Tagen in Kuivaniemi übernachtete, um Onni und Arto beim Ausbau des Hundezwingers zu helfen, jetzt wo Arto sich entschieden hatte, dass er nun doch einen Hund haben wollte. Hirvos Nacken und auch seine Arme waren dunkelbraun gebrannt, weil er viel Zeit im Freien verbrachte. Im Wald, dort, wo er sich am wohlsten fühlte. Unter den Tieren, die ihn weder verurteilten noch hinterfragten, sondern einfach in Ruhe ließen. Annie hatte den Verdacht, dass Hirvo den Vater mit den Kühen gesehen hatte, wenn nicht an dem Tag, als Arto in die Kupferwanne gefallen war, dann an einem anderen. Könnte vielleicht das, was er gesehen hatte, ihn dazu veranlasst haben … ja, wozu eigentlich? Jedenfalls war Hirvo erstaunlich geschickt, wenn es darum ging, Feuer zu machen, das wusste Annie. Auch wenn er nicht unbedingt der Typ war, der damit hausieren ging.

Dann saß dort Tatu, der immer mit dem Knie wippte. Annie kam dieses ewige Wippen wie ein Ausdruck seiner inneren Verfassung vor. Immer in Bewegung, nie zur Ruhe kommend. Wie ein Haifisch, keep on swimming. Tatu hatte den Garagenbrand noch mit keinem Wort erwähnt, jetzt, wo sie wussten, wer ihn gelegt hatte. Obwohl sie es ja, wenn man es genau betrachtete, eigentlich schon seit dem Winter gewusst hatten. Annie konnte sich nicht vorstellen, wie es sich anfühlen musste, wenn man wusste, dass einem der eigene Vater so übel hatte mitspielen wollen. Wie war es Pentti nur gelungen, all die moralischen Klippen zu umschiffen, die in seinem Weg lagen? Tatu würde es zwar nie offen zugeben, doch Annie hatte den Eindruck, dass er nach dieser Sache niemanden ungestraft davonkommen lassen würde. War vielleicht er derjenige gewesen, der diesmal Feuer gelegt hatte? Um sich für den Brand im Januar 1976 zu rächen? Der Brand, der dafür gesorgt hatte, dass er jetzt mit einer Gesichtshälfte hier saß, die an eine Buckelpiste erinnerte, und vor lauter Nervosität nicht still sitzen konnte? Dass man ihn und seine Beweggründe, seine wahren Absichten, nie ganz durchschaute?

Lauri hatte vorgehabt, schon am Tag nach der Beerdigung wieder abzureisen. Doch die anderen hatten ihn gezwungen zu bleiben. Er war Annie die ganze Zeit ausgewichen, und sie hatte ihn fast festhalten müssen, um ihn überhaupt ansprechen zu können. Sie wusste, dass sie ihn verloren hatte, lange bevor sie begriffen hatte, dass sie auch ihre restlichen Geschwister verlieren würde. Lauri, der immer zu ihr aufgeschaut hatte, der immer wie ein Welpe an ihr gehangen hatte. Irgendetwas war mit ihm geschehen, doch sie würde nie erfahren, was. Und was hatte ihn eigentlich dazu veranlasst, schon so früh, eine Woche vor dem Brand, wieder nach Hause zu kommen? Darauf hatte er nicht antworten wollen. Annie wusste, dass er sein Elternhaus hasste und schon einen guten Grund bräuchte, um überhaupt herzukommen. Aber wie lautete der? Und warum hatte er es jetzt so eilig, wieder wegzufahren? Obwohl er noch keine Bleibe in Kopenhagen hatte? Er hatte ihr versprochen, seine neue Adresse zu schicken, sobald er eine hätte. Aber Annie wusste genau, dass er es nicht tun würde.

Siri stand auf und murmelte etwas Unverständliches, bevor sie in den Garten hinaus verschwand.

Annie begriff nicht, wie sich ihre Mutter so unberührt von allem geben konnte. Von diesem Gespräch. Davon, wie die blinden Flecken zwischen den Geschwistern wuchsen, als stünden sie auf einer Eisscholle, die zerbrach und dahinschmolz, sodass sie mit ansehen mussten, wie sich das Meer zwischen ihnen immer weiter ausbreitete, bis sie einander schließlich aus den Augen verloren. Doch vielleicht reicht die Liebe einer Mutter nur bis dorthin. Vielleicht will man keine Verantwortung mehr für seine Kinder übernehmen, wenn sie ein gewisses Alter erreicht haben oder wenn es zu viele geworden sind.

Tarmo, Lahja, Arto und Onni waren draußen im Garten. Annie wusste nicht, was sie gerade machten, doch hin und wieder hörte sie Lahjas lautes Lachen, das ihr so ungewohnt frei vorkam. Und Kivas fröhliches Bellen. Eine merkwürdige Kulisse für die gedrückte Stimmung, die drinnen um den großen Esstisch herum herrschte. Sie hörte, wie sich Siris Lachen dort draußen unter das der anderen mischte. Draußen, wo das Leben mit den Kindern weiterging, die noch zu jung waren, um an Annies Krisensitzung teilzunehmen.

*

Siri dachte daran, wie viel Glück sie trotz allem im Leben gehabt hatte. Es kam ihr fast wie eine göttliche Fügung vor, dass sie nach all diesen Jahren nun einen Mann an ihrer Seite hatte. Noch dazu einen guten, auch wenn er nun zufällig Schwede war. Er war sanftmütig, aber nicht weibisch, und tatkräftig, wenn es erforderlich war.

Sie ergänzten sich gut.

Sie brachten einander zum Lachen.

Sie waren wie zwei eingespielte Tanzpartner. Solche, die man bei den Olympischen Spielen im Fernsehen sieht. Solche, bei denen zwar der Mann führt, aber beide feinfühlig auf die Schritte des anderen reagieren, vorwärts, rückwärts und seitwärts.

Obwohl sie sich erst so kurze Zeit kannten, hatten sie schon eine große Nähe zueinander aufgebaut und konnten sich ihre intimsten Gedanken und Geheimnisse anvertrauen. Dinge, für die man sich eigentlich hätte schämen müssen, ja allein schon der Gedanke daran hätte manch anderen heftig beschämt.

Und welch ein Glück, dass sie nun frei waren. Dass Siri letztendlich frei war. Der Tod hatte sie befreit.

*

»Und was willst du diesem Polizisten sagen? Glaubst du etwa, dass die Bullen an solchen Mordermittlungen interessiert sind? Dieser fette alte Scheißkerl, der will doch viel lieber auf seinem breiten Arsch hocken bleiben und Kaffee trinken und Knöllchen ausstellen. Der verschwendet doch seine Zeit nicht damit, irgendeinem Verbrechen hinterherzujagen, das womöglich gar nicht begangen wurde.«

Das kam wieder von Tatu.

»Es glaubt doch eh keiner, dass es ein Verbrechen war, Annie. Lass es endlich hinter dir«, meinte Lauri.

»Vielleicht liegt es ja auch an den Schwangerschaftshormonen«, bemerkte Esko mit einem Grinsen. »Ich hab gehört, dass Schwangere manchmal solche Anwandlungen haben. Bei Seija war das zwar nicht der Fall, aber so was kommt schon mal vor.«

Alle gaben sich so entspannt. Warum erkannte eigentlich keiner außer ihr den Ernst der Lage? Warum kapierte keiner, dass dieses Treffen hier vermutlich die letzte Zusammenkunft der Geschwister sein würde? Und wenn sie es kapierten, warum kümmerte es sie nicht?

»Lass gut sein, Annie. Sieh es doch als gerechte Strafe Gottes an. Dass er uns endlich mal was Gutes tun wollte. Oder pfeif meinetwegen auf Gott. Nenn es … Schicksal. Das Schicksal versucht ausnahmsweise mal, was wiedergutzumachen.« Das waren Hirvos Worte. Nun schaute er sie direkt an. »Der Familie Toimi kann doch auch mal was Gutes passieren, oder? Sollte das so schlimm sein?«

Hirvo lächelte. Es sah merkwürdig aus. Als wären seine Muskeln diese Art von Bewegung gar nicht gewohnt.

»Sieh es doch einfach als Geschenk an. Als kleines Geldgeschenk … Du brauchst es ja nicht mal selbst auszugeben. Eröffne ein Bankkonto für den Kleinen. Oder spende es dem Kinderhilfswerk. Oder gib es einfach mir!« Helmi lächelte ebenfalls. »Ich bin nämlich total pleite, Schwesterherz.«

In Annies Tasche im Flur lag ein Umschlag mit lauter Hundertern. Das Geld, das nach Abzug der Beerdigungskosten übrig geblieben war. Viertausendzweihundert finnische Mark. Zweiundvierzig Hunderter.

Zugegebenermaßen ein stolzes Sümmchen. Doch nicht genügend, um wirklich etwas zu ändern zu machen. Jedenfalls nicht life changing.

Doch, es veränderte das Leben schon. Dieses Erbe, der Tod. Es veränderte die Geschwisterdynamik. Jetzt, wo ihrer aller Peiniger aus dem Weg geräumt war, hatte sich der Fokus verschoben.

Es veränderte das Leben gerade stark genug. Und genau das hatte Pentti bezweckt, als er sein gesamtes Geld lediglich einem seiner Kinder vermachte.

Ein irreparabler Riss war entstanden.

*

Annie sah es erst hinterher. Dann allerdings überdeutlich.

All diese Puzzleteile, die sie verzweifelt versucht hatte aneinanderzufügen. Sie passten nicht zusammen. Oder doch, aber nicht so, wie sie es erwartet hatte.

Sie alle waren letztlich gemeinsam verantwortlich für Penttis Tod, dessen war sie sich nun sicher. Auch sie selbst hatte ihren Anteil daran.

Aber es war nicht unbedingt sicher, dass es sich dabei ausschließlich um böse Absicht handelte.

Vielleicht verdienen es manche Menschen zu sterben?

Bevor sie noch mehr Schaden anrichten.

Bevor sie ihre kranken Gene weiterverbreiten.

Manche Dinge müssen schon im Keim erstickt werden.

Der Garagenbrand.

Voittos Desinteresse an allem Lebendigen.

Eskos übergroßes Interesse an der optimalen Dämmung seines Hauses.

Valo, der Feuermachen über alles liebte.

Tatu, der den Garagenbrand von 1976 nie verzeihen würde.

Und all die anderen.

Und all deren Traumata.

Und all das Erbgut in ihren Körpern. Gespeicherte Informationen, bereit, jederzeit abgerufen zu werden, oder gerade dann, wenn man es am wenigsten erwartete.

Alle Puzzleteile lagen vor ihr, doch Annie gelang es nicht, sie aneinanderzufügen. Es erinnerte sie daran, wie man sich fühlt, wenn man aus einem Traum geweckt wird, den man nicht vergessen oder in dem man noch ein wenig verweilen möchte. Sosehr man auch kämpft und versucht, daran festzuhalten, es ist vergebens.

Alles liegt direkt vor einem, unmittelbar unter der Oberfläche, und dennoch ist es unmöglich zu erreichen, access denied.

*

Annie saß gerade auf der Toilette, als es passierte. Es machte plopp. Sie spürte es rein körperlich. Und als Flüssigkeit in die Toilettenschüssel hinunterrann, wusste Annie, dass es passiert war. Das, wovon alle behaupteten, dass es nicht besonders oft passiert. Die Fruchtblase war geplatzt, bevor sie auch nur eine einzige Wehe gespürt hatte.

Überrascht stolperte sie hinaus auf die Veranda. Siri erblickte Annie und schien instinktiv zu verstehen, was Sache war.

»Ist es so weit?«, fragte sie.

»Ja, ich glaub schon.«

»Komm, dann fahren wir«, sagte Siri und ging zum Auto.

Im Flur stand die Tasche, und Annie ergriff sie. Aus dem Wohnzimmer hörte sie die Stimmen ihrer Geschwister.

Tarmo, Lahja, Onni und Arto waren nirgends zu sehen. Na ja, auch egal.

Im Auto setzten die Wehen ein. Eine nach der anderen brachen sie in immer kürzeren Abständen über Annie herein.

»Es wird schon gut gehen«, sagte Siri beruhigend. »Hör einfach auf deinen Körper. Der Körper weiß, was zu tun ist.«

Die Mutter drückte Annies Hand, und genau in dem Augenblick kam eine besonders starke Wehe. Annie erwiderte den Händedruck und hielt die Hand ihrer Mutter fest, bis sie das Krankenhaus erreicht hatten.

Dort angekommen, schaute Annie ihrer Mutter in die Augen. Siri wirkte wie von innen erleuchtet. Sie sah glücklich aus, fand Annie. Die Mutter erwiderte ihren Blick in einer Art wortlosen Kommunikation, und Annie empfand eine gewisse Erhabenheit. Jetzt war alles zu spät und zugleich alles verziehen.

Siri fragte nicht, ob sie Annie begleiten sollte, und Annie forderte ihre Mutter auch nicht auf zu warten, damit sie sich später sehen könnten.

Die Mutter strich ihr über die Wange, lächelte und sagte: »Mach dir keine Gedanken mehr über das, was gewesen ist. Schon bald hast du eine eigene Familie, um die du dich sorgen musst.«

Annie nickte, und als sie das kurze Stück zum Eingang des Krankenhauses zurücklegte, überkam sie ein fast spirituelles Gefühl. Sie schritt völlig rein, reingewaschen und frei, in die Zukunft. Doch als die nächste Wehe über sie hereinbrach, musste sie abrupt stehen bleiben und sich am Türrahmen festhalten.

✡

Alles in Annies Leben ging schnell. So auch die Entbindung. Gegen vier Uhr nachmittags war sie ins Krankenhaus gekommen, und kurz nach dem Abendessen war das Baby geboren. Während der Entbindung war sie ganz allein im Kreißsaal, das heißt, nur sie und die Hebamme und eine Krankenschwester. Die Hebamme fragte, ob sie jemanden anrufen solle, doch Annie schüttelte den Kopf. Das einzige Geräusch im hell erleuchteten Raum war Annies Gurgeln, während sie sich durch eine Wehe nach der anderen hindurchatmete.

Kurz darauf ertönte Kindergeschrei. Das Schreien eines Babys, die ersten Geräusche eines Neugeborenen. Des ersten Menschen.

»Glückwunsch, es ist ein Mädchen«, sagte die Hebamme.

Annie schaute auf. »Was?«

Die Hebamme lächelte. »Hatten Sie etwas anderes erwartet?«

Und dann reichte sie ihr das Kind. Das winzige Wesen.

»Ja, es sollte doch ein Junge sein«, war alles, was Annie hervorbringen konnte.

»Das Kleine hat es sich offenbar anders überlegt.«

Annie bekam ihr Kind auf die Brust gelegt. Das Mädchen. Es war am ganzen Körper mit einem weichen schwarzen Flaum bedeckt.

»Sie sieht aus wie ein Troll«, sagte Annie und sah auf einmal Wasser auf ihr Kind hinuntertropfen. Es waren ihre eigenen Tränen, wie sie feststellen musste.

»Ja, ein richtiges kleines Wollknäuel«, entgegnete die Hebamme lachend.

Das kleine Wesen. Es roch nach Eisen, und der Geruch berauschte Annie fast.

»Ist der Vater ein sehr dunkler Typ?«, fragte die Krankenschwester.

Der Vater. Annie musste lächeln, und als sie antwortete, hatte sie nur Augen für das Kind. Ihr Kind.

»Nein, das hat sie von mir, nur von mir. Das ist Samenblut und Wallonenblut und Gott weiß was noch alles. Aber es kommt von mir.«

*

Sie schaute auf mich herunter, auf mein verschrumpeltes kleines Gesicht, und da wusste sie, dass sie von jetzt an frei war. Sie war nicht mehr mit ihrer Vergangenheit verbunden, sondern im Hier und Jetzt verankert. Nicht mehr jenes Erbe zählte, das sie in sich trug, sondern das Erbe, was sie aktiv an mich weitergeben würde. Und auch an meine Kinder, meine Enkelkinder und an alle nachfolgenden Generationen. Denn wir sind der Vergangenheit nichts schuldig, außer einer Sache, nämlich Zeugnis über das abzulegen, was geschehen ist. Und es nie zu vergessen, sondern das, was wir wissen, weiterzugeben. Damit die eigenen Kinder und auch die noch ungeborenen Kinder und selbst diejenigen, die dann leben werden, wenn wir längst gestorben sind, teilhaben können an unserem Testament.